공녀님!
공녀님!

# 공녀님! 공녀님! 2

## Lady! Lady!

# 공녀님!
# 공녀님! 2

**지은이** 박희영
**펴낸이** 이형기
**펴낸곳** 도서출판 가하
**브랜드** 가하 에픽

**초판인쇄** 2014년 6월 13일
**초판발행** 2014년 6월 20일
**출판등록** 2008년 10월 15일 제 318-2008-00100호

**주소** 서울 영등포구 양평로 67, 1209 (당산동5가, 한강포스빌)
**전화** 02-2631-2846  **팩스** 02-2631-1846

www.ixbook.co.kr

ISBN  979-11-5682-159-5    04810
      979-11-5682-157-1    04810(set)

값 11,000원

copyright ⓒ 박희영, 2014

# Concents

## 09. 숨어 피는 꽃

　기사단에 도착한 후 아렌은 마치 약속이라도 한 듯 집무실로 향했다. 집무실 앞에 도착한 것까진 좋았으나, 차마 문을 열고 들어가볼 엄두가 나질 않는다. 아렌은 한참 동안 집무실 문을 바라보다가 벽에 기대 주르륵 내려가 쪼그려 앉았다.

　"제스 베이비, 들어갈까?"

　아렌이 제스 베이비에게 중얼거리자, 제스 베이비는 올망졸망한 입술을 몇 번 들썩거리더니 '우아아!' 하고 크게 울었다. 아렌이 화들짝 놀라는 순간, 집무실 문이 벌컥 열렸다. 아렌은 고장 난 인형처럼 삐걱거리는 목을 억지로 돌려 서서히 위를 바라봤다. 어둠 속에 형형히 떠 있는 푸른 눈과 시선이 마주치는 순간, 어색한 웃음이 터졌다.

　"어, 저 왔어요."

　"……."

　제스는 가볍게 한숨을 쉬더니 문에 살짝 몸을 기대고 그녀를 내려다봤다. 도대체 이제껏 어디서 뭘 했냐는 눈빛이었지만, 아렌은 애써 그 시선을 피하며 맞은편 창문으로 시선을 옮겼다. 별이 총총히 박힌 밤하늘이 확 트여 아름다웠다.

"어디 갔었지?"

한참의 침묵 후에 제스가 입을 열었다. 아렌은 대답할지 말지 고민하다가 입을 뗐다.

"친구 좀 만나러 다녀왔어요."

"친구라면 그 마법사 말인가?"

"네."

"……밤바람이 차다. 들어와라."

몇 번의 질문이 더 돌아올 거라고 예상했는데, 이건 다소 의외인 말이었다. 지금도 어색한데 들어가선 얼마나 더 어색할까. 그냥 돌아갈까. 이런 생각을 하고 있는 중에 그녀 품에 안겨 있던 제스 베이비가 쑥 빠져나갔다.

"엥?"

아렌은 무심코 뒤를 돌아봤다. 제스 베이비를 안고 있는 건, 다름 아닌 제스였다. 왜 데려갔냐고 물으려는 순간 그가 쑥 내려갔다. 그와 함께 제 시야가 빙글 돌았다. 그녀는 방금 일어난 사태를 이해하지 못하고 작은 비명 소릴 냈다.

"에? 에?"

아렌은 마치 쌀부대처럼 제스의 어깨에 걸쳐져 있었다. 그녀가 당황하며 발버둥 치려 하자, 제스가 주의를 주듯 낮은 목소리로 말했다.

"……가만히 있어라."

"으익! 놔주세요!"

당황스럽기 그지없었다. 아무리 발버둥 쳐도 조금의 흔들림조차 없는 게, 마치 장난감이라도 된 기분이었다. 걸음을 척척 옮겨간 제스가 간이 침대에 그녀를 내려놓을 때까지 그녀는 그런 기분을 쭉 느끼고 있어야 했다.

짐짝 취급당한 아렌은 잔뜩 상기된 채로 제스를 노려보기 시작했다. 어둠 속에서 단둘이 마주 보고 있는 건 꽤 긴장되는 일이었기에, 달뜬 호흡을 들키지 않으려 꽤 애를 써야 했다.

"뭐예요. 갑자기."

"……."

제스는 그녀와는 다른 이유로 미간을 찌푸리고 있었다. 원래 체구가 작은 건 알고 있었지만, 남자치고는 너무나 가벼웠기 때문이다. 도대체 먹은 건 다 어디로 들어가는 건지.

그가 천천히 입을 열었다.

"……그 공작가는."

"……."

'공작가'라는 단어를 듣자 아렌의 얼굴에서 미소가 씻기듯 조금씩 사라졌다. 그런 아렌을 보며 제스가 말했다.

"어머니 가문과 가까웠다. 그들은 알지 못하지만."

짧은 말에 모든 것이 포함되어 있었다. 그저 그래서 무시할 수 없었다고 그가 말하고 있었다. 아렌은 순간적으로 의문이 들었다. 왜 이렇게 변명하듯이 말을 하는 걸까. 원래대로라면 어떤 오해를 하든 내버려뒀을 텐데.

하지만 그보다 더 이해할 수 없는 건, 저 변명 아닌 변명을 들으며 제마음이 점점 나아져간다는 것이다. 맺힌 게 없는데 풀릴 것이 있는가. 이상한 일이었다.

잠시간의 정적 후에 제스가 그녀를 향해 입을 열었다.

"그 핀."

"네?"

"……."

제스의 시선을 따라 손을 올려본 아렌은 곧 손끝에 닿아 오는 차가운 금속 느낌에 소스라치게 놀라버렸다. 세이가 달아줬던 꽃핀! 그걸 그대로 하고 있었던 것이다.

"아, 이걸 아직도 안 빼고 있었…….. 오해하지 말아요! 전 그런 취미 없어요!"

아렌은 얼른 핀을 빼내 주머니 속에 찔러 넣었다. 얼마나 놀랐는지 아직도 가슴이 콩닥거렸다. 꽃핀을 내려놓자 주머니에 줄곧 있었던 무언가가 손을 건드렸다. 이걸 건네줄까 말까, 고민을 하던 그녀는 냅다 손을 내밀었다.

"아, 참. 이, 이거요."

"…….."

허공에 내밀어진 손 위로, 이게 뭐냐는 시선이 꽂힌다. 한껏 민망해진 아렌은 결국 그의 손을 직접 끌어당겨서 쥐여주었다.

"무투대회 우, 우승 기념 선, 선물이에요."

제스가 손을 살며시 펴서 그것을 물끄러미 내려다본다. 은으로 도금된 투박한 시곗줄이 그늘 속에서 반짝이고 있다. 아렌은 최대한 담담하게 대충 얼버무렸다.

"오해하지 말아요. 그냥 지나가다가 보여서 산 거니까."

"…….."

"좋은 시곗줄을 가지고 있다면 쓰지 말고요, 그거 그냥 싼 거니까. 그냥, 우승 기념이라는 의미만 받아준다면…….."

제가 무슨 말을 하고 있는지 모를 정도로 횡설수설하던 아렌은 무심코 제스를 바라보았다가 할 말을 싸그리 잊어버리고 말았다. 무슨 일이 있어도 무표정을 고수해왔던 그가 웃고 있었던 것이다. 그림처럼 내려앉은 미소가 꿈결인 듯 잔잔했다.

공녀님!
공녀님! 2

"제스! 지, 지금, 지금……. 방금……."

아렌이 뭍에 나온 붕어처럼 입을 뻐끔거리는 사이 제스가 휙 뒤돌아서 걸음을 옮겼다. 그녀가 제스를 내려놓고 그의 뒤로 따라붙었다.

"제스, 방금 웃었어요?"

눈이 어떻게 된 건 아닐까, 의심하며 고개를 빼내 그의 표정을 확인했지만 이미 무표정으로 돌아간 지 오래였다.

"무슨 말인지 모르겠군."

"에이, 시치미 떼기는. 웃었잖아요, 분명. 그런데 주위가 워낙 어두워서 잘 못 봤는데, 한 번만 더 웃어보면 안 돼요? 네?"

"싫다."

"방금은 안 웃었다면서요."

"……."

"치사해요. 웃는다고 얼굴이 닳는 것도 아닌데. 한 번만 더 보여줘요."

아렌은 한껏 기대를 담은 얼굴로 그를 올려다보았지만, 제스는 야멸찰 정도로 고개를 반대쪽으로 돌려버렸다.

사실 그도 아렌 때문에 이만저만 당황스러운 게 아니었다. 왜 자신이 변명을 했는지부터 그녀가 가버린 직후 혹여나 또 사고를 치진 않았을까, 다치진 않았을까 걱정한 것, 돌아온 그녀를 확인하자 그제야 안도할 수 있었던 것, 그리고 저도 모르게 미소 지은 것까지 전부.

그는 더 이상 그녀에게 눈길을 주지 않으려고 애썼다. 아렌은 때때로 그의 감정을 예리하게 잡아낼 때가 있어서, 이런 상태에서 얼굴을 보이면 더욱 곤란했다.

"제스, 사실은 저한테 미안했던 거죠? 혼자 보낸 거 말예요."

"……."

혹시나 해서 던져본 질문에 아무런 대답이 돌아오지 않았다. 정말로 아니라면 '덜떨어진 소리'라며 일축했을 텐데.

그때, 제스의 우렁찬 울음소리가 침묵이 감도는 그들 사이를 갈랐다. 향긋한 암모니아 냄새가 퍼지자, 아렌은 좋은 생각을 떠올리고 씩 웃었다.

"내가 원하는 거 하나 들어주면 화 풀게요."

"……."

제스와 눈이 마주치자 아렌의 입가에 뜻 모를 미소가 번져 나갔다. 제스가 저도 모르게 몸을 흠칫했다.

"기저귀 갈아볼래요?"

제스는 마치 사형선고를 받은 느낌이었다.


날씨가 좋지 않아 잔뜩 흐려진 하늘 아래, 누군가 기사단 입구로 들어왔다. 기사 두 명과 그들이 견습 기사로 스카우트해 온 소년 하나다. 요즈음 기사단엔 견습 기사를 스카우트해 오는 임무를 완수하고 돌아온 기사들이 많아져서 예전에 비해 많은 활기가 도는 편이었다. 기사들은 거의다 돌아왔지만, 무슨 이유에선지 부단장 라미에와 프레드릭의 애인, 코델리아 일행에게선 아직 소식조차 없었다.

그들을 기다리느라 훈련 일정이 많이 늦어진 것도 사실이기에, 제스는 결국 먼저 포섭된 이들로만 훈련을 진행하라고 지시했다. 이제 남은 것은 견습 기사들의 훈련 일정을 마지막으로 검토하는 것뿐이었다.

제스가 그에 관련된 서류 결재를 끝내고 정리할 즈음, 기회만 엿보고 있던 아렌이 빙그레 웃으며 말을 걸었다.

"제스!"

제스의 손길이 눈치 못 챌 정도로 가늘게 움찔했다. 아렌은 제스 베이비를 내려놓고 그 앞으로 달려왔다.

"약속했던 거 할 시간이에요."

"……."

제스가 묵묵히 있자 아렌이 먼저 과장된 몸짓으로 제스 베이비가 있는 쪽으로 안내했다.

"어서 오세요, 제스 님!"

아렌의 가게 점원 같은 말투에, 제스의 미간이 급격히 좁아졌다. 하지만 별다른 말은 붙이지 않은 채 그녀를 따라 간이침대로 다가갔고, 아렌이 침대 앞에 앉아 옆자리를 툭툭 쳤다. 제스가 얇은 한숨을 내쉬며 그 자리에 털썩 앉자 그녀는 기다렸다는 듯 기저귀를 들었다.

"자, 이제 시작할게요."

"……."

아렌은 차근차근 기저귀를 펴고 채우는 시범을 보여줬고, 제스는 무표정하게 그걸 바라보았다. '초보자도 쉽게 하는 기저귀 갈기' 강좌가 한바탕 지난 후에 아렌이 다소 거만한 얼굴로 제스를 향해 기저귀를 내밀었다.

"이제 해보세요!"

"……."

제스가 그녀를 물끄러미 바라보고 있자 아렌이 채근하듯 기저귀를 그의 앞에 놓아주었다. 기대했던 만큼 제스는 기저귀 갈기에 젬병이었다. 오른쪽 왼쪽을 헷갈려하는 그를 보며 아렌은 굉장히 흡족한 미소를 지었고, 반대로 제스는 그녀가 재밌어하는 게 못마땅한 듯 잔뜩 미간을 찌푸렸다.

"제스. 참, 솜씨가 없기는. 그렇게 하는 게 아니라니까요."

"그럼 어쩌란 말인가."

혼란스러움이 가득한 목소리였다. 아렌은 터져 나오는 웃음을 가까스로 참으며 — 대놓고 웃었다간 안 한다고 자리를 박차고 일어설 것만 같다! — 다시 시범을 보여줬다.

"잘 봐요! 이걸 이렇게 해서⋯⋯."

제스는 의외로 상당히 진지하게 그녀의 강좌에 귀 기울였다. 간단히 재시범을 끝낸 아렌이 한번 해보라는 뜻으로 그에게 눈짓하자, 제스는 어색한 손길로 기저귀를 갈기 시작했다.

결과는 실패, 실패, 또 실패였다. 서툰 손길이 불편한지 제스 베이비가 가끔씩 인상을 찡그렸고, 그때마다 제스는 아렌의 도움을 받아야만 했다.

기저귀 하나 가는 데 걸린 시간은 장장 30분. 초보자라는 걸 감안해도 꽤나 오래 걸렸다. 하지만 그 정도 가치는 충분히 있는 일이었다. 무려 쫌팽이의 새로운 모습을 봤지 않은가!

아렌은 입을 손으로 가리며 키득거렸다.

"아, 오늘 정말 계 탄 날이네요."

"⋯⋯."

제스는 대꾸도 하지 않고 기저귀를 가지고 와서 홀로 연습을 하기 시작했다. 더 이상 할 필요가 없는데도 열심이다. 기저귀 갈기에서 느껴지는 착실함이라니. 아렌은 흐뭇한 미소를 만면에 띠고 그를 바라봤다.

제스와 제스 베이비, 그리고 기저귀의 조합은 세상에서 가장 안 어울리는 조합인 게 분명했지만, 그리 보기 싫진 않았다. 아니, 오히려 보기 좋았다. 검을 쓰는 것보단 의외로 이쪽이 어울릴지도 모른다는 엉뚱한 생각까지 들었다.

제스가 한동안 기저귀 갈기에 몰두해 있자, 지루해진 아렌이 크게 하품을 했다.

'흐아아. 잠 와. 어제 늦게 들어와서 잠을 너무 못 잤나⋯⋯.'

아렌의 눈이 점점 가늘어졌다.

그로부터 얼마나 지났을까. 혼자서라도 열심히 연습을 한 탓에 기저귀 갈기의 명수가 된 제스가 고개를 돌렸다. 언제 잠이 든 건지 아렌은 꾸벅꾸벅 졸고 있다.

　볼 위로 흐트러진 은색 머리카락을 보자 어젯밤 일이 연달아 떠올랐다. 마법사와 놀러 다녀왔다고 했던가, 사내 녀석이 머리에 분홍색 꽃핀을 하고 나타나다니 기가 막혔다. 그보다도 저 꽃핀은 선물 받은 것인지, 제가 직접 산 것인지가 궁금해졌다. 그리고 동시에, 그는 왜 그런 것에 신경을 쓰는 건지 스스로에게 물었다. 답은 애매했지만, 머리는 곧 '아렌과 안다는 마법사에게 석연치 않은 부분이 있기 때문이다.'라는 괜찮은 변명거릴 내놓았다.

　하필이면 아렌과 알고 지내는 마법사가 수상한 이유는 두 가지였다. 붉은 연꽃에 대한 정보를 줬다는 것, 그리고 마력이 차단되어 있는 곳에서도 마법을 쓸 수 있는 흔치 않은 케이스라는 것. 이것만으로도 충분히 조사해볼 만한 가치가 있다.

　하지만 상대가 누군지도 정확히 모른 채 표적 수사를 진행할 순 없는 일. 부단장 라미에가 부재중이라 아쉬운 대로 프레드릭에게 그에 대한 조사를 맡겼는데, 어찌 된 게 보고를 올릴 기미조차 보이지 않는다. 이를 망아지 녀석에게 물어보는 게 가장 확실하겠지만 말할 리 만무하고.

　제스가 무거운 한숨을 내쉬었다. 붉은 연꽃의 일을 해나갈 때면 마치 누군가 시야를 가려놓은 석연치 않은 느낌이 계속 들었던 게 사실이었다. 이번에도 의외로 쉽게 풀리고 있긴 한데 언제 막힐지 전혀 예상할 수조차 없고. 때로는 누군가의 손아귀에서 놀아나고 있는 것 같다는 느낌을 받을 때도 있었다.

　고민에 빠진 제스와는 달리 아렌은 이미 꿈나라에 간 지 오래였다. 아렌이 고개를 두어 번 끄덕거리더니 무언가 먹는 꿈을 꾸며 입맛을 찹찹

다셨다.

　망아지 녀석, 자려면 편하게 자면 될 것을.

　제스가 고개를 돌리자마자 아렌의 고개가 침대로 서서히 떨어졌다. 잽싸게 그 사이로 손을 넣어 지탱해주었기에 망정이지, 그렇지 않았으면 모서리에 머리를 부딪힐 뻔했다.

　조심스럽게 머리를 침대 위에 놓아주려고 했는데, 잠든 아렌이 팔을 잡아끄는 통에 의도치 않게 팔베개를 해주는 꼴이 되어버렸다.

　팔을 뺄 것인가, 말 것인가.

　그의 인생에서 이토록 망설여지는 순간은 또다시 없을 것 같았다. 그녀의 가느다랗고 따뜻한 숨결이 살결을 훑고 지나가자, 자연히 팔을 빼는 쪽으로 생각이 기운다. 제스는 뭔지 모를 긴장감을 느끼며 아주 느릿하게 팔을 빼기 시작했다.

　아주 약간 빼내기가 무섭게 아렌이 그의 팔을 세게 잡아당겼다. 둘의 얼굴이 숨소리가 들릴 정도로 가까워지자 제스는 하던 일을 포기했다. 이대로 아렌이 깨서 눈을 마주치게 되었다가는……. 뒤는 상상하기 싫었기 때문이다. 차라리 처음부터 가만히 있었으면 좋았을 것을. 제스의 시선이 아렌의 얼굴을 훑었다. 그녀의 얼굴을 이토록 가까이서 보는 건 그도 처음이었다.

　어둑어둑한데도 아렌의 피부는 빛이 날 만큼 하얗다. 속눈썹은 눈이 내리면 그 위에 소복이 쌓일 것처럼 길었다. 작은 얼굴임에도 짙고 곧은 눈썹, 오똑한 코, 불그스름한 입술……. 있을 건 다 들어가 있었다. 남에게 무심한 그였지만, 순간 아렌이 정말 남자가 맞는지 의심이 들었다.

　"……."

　제스의 시선이 아래를 향했다. 창 사이로 들어온 바람에 셔츠가 하늘하늘 흩날리고 있었다. 아렌이 셔츠 단추 두어 개를 풀어놨기 때문에, 무심코 셔츠를 바라본 제스는 그녀의 가슴에 무언가 이상한 게 둘러져 있는 걸 발견했다. 희고 매끄러운 살결 위에 붕대가 칭칭 감겨져 있다. 다친 곳이 있었던가?

제스가 팔을 뻗어 셔츠의 세 번째 단추를 끌렀다. 툭, 너무도 쉽게 단추가 열리며 푹 파인 쇄골이 모습을 드러났다. 상처를 봐주려는 것뿐인데 어쩐지 범죄를 저지르는 듯한 기분이 들었다. 잠시 멈칫한 제스의 손끝이 다시 셔츠의 네 번째 단추에 가서 닿았다.

막 끄르려는 순간 누군가 집무실 문을 두드리는 소리가 귓가를 때렸다. 제스는 황급히 아렌이 베고 있는 팔을 빼냈고, 아렌은 그대로 머리를 침대에 콩 박았다.

"아야야……."

별안간 느껴지는 불쾌한 통증에 아렌이 인상을 쓰며 부스스 얼굴을 들었다. 아렌이 정신을 차리고 주변을 두리번거렸을 땐 이미 제스는 일어서서 창가를 향해 발을 옮기고 있었다.

"들어와."

제스가 냉정을 되찾고 말하자, 그제야 문이 열리며 프레드릭이 들어왔다. 제스는 그의 인사를 받아주면서도 그의 뒤로 따라오는 한 여인을 보고 눈을 가늘게 떴다. 제스와 시선을 마주치자 그녀가 고개를 숙이며 예의를 갖춰 인사했다.

"아이를 맡아주실 분이 오셨습니다."

프레드릭의 말이 끝나자 여인이 이어 입을 열었다.

"자애의 여신, 에윈딜을 섬기는 사제입니다. 길 잃은 어린 양이 있다기에 왔습니다."

제스는 그녀를 묵묵히 바라보다가 아렌에게로 고개를 돌렸다. 아렌은 잠이 확 깬 듯 휘둥그레진 눈으로 사제를 바라보고 있었다. 잔뜩 굳어진 입술에서 신음 소리 비슷한 말이 흘러나왔다.

"오늘……이었어요? 보내는 날이…….."

"……."

"다, 다음으로 미루면 안 될까요?"

흔들리는 은색 눈동자가 제스를 응시했다. 하지만 제스는 다소 엄격한 어조로 으르듯 말했다.

"잊었나? 넌 기사단의 기사다."

언제까지고 아이를 돌볼 순 없다는 말이다. 그를 알아들은 아렌은 눈에 띄게 흠칫했다. 그의 말은 머리로는 충분히 이해하고 있었지만, 가슴은 그렇질 못했다. 약간은 원망스런 눈빛으로 그를 바라보던 아렌이 고개를 떨어뜨렸다. 아렌과 제스를 번갈아 쳐다보며 눈치를 보던 프레드릭이 그녀를 향해 달래는 어투로 말했다.

"아렌, 마음이 아프겠지만 그 아이를 생각해서라도 보내는 게 나아."

"네."

아렌은 착잡한 얼굴로 제스 베이비를 내려다보았다. 일주일의 시간이 이렇게 짧을 줄은 상상도 못 했다. 더 잘 못 해준 것, 해줬어야 했던 것들이 새록새록 떠오르며 가슴이 미어진다. 프레드릭 형의 말처럼 이제 보내야 되는 거겠지. 더 좋은 곳으로. 그게……, 제스 베이비에게도 좋은 거겠지.

아렌은 가늘게 떨리는 손을 뻗어 제스 베이비를 안아 올렸다. 그녀는 최대한 평정심을 유지하며 걸음을 옮겨 사제에게 다가갔다. 제스도 조용히 다가와 그녀의 곁을 지켜주었고, 아렌이 사제를 향해 입을 열었다.

"얘 이름은 제스 베이……. 읍!"

아렌이 '제스 베이비'를 다 말하기도 전에 제스가 바람같이 그녀의 입을 틀어막았고, 아렌이 반항심에 가득한 눈빛으로 제스를 올려다봤다. 그녀에겐 눈길도 주지 않은 채 제스가 고요한 어조로 사제에게 말했다.

"……매튜."

"……."

그 이름을 듣고 아렌은 두 눈을 휘둥그레 떴고, 반대로 사제는 두 눈을 감으며 말했다.

"신의 선물이라는 뜻이군요. 잘 알겠습니다."

아렌이 더 이상 입을 달싹거리지 않자, 제스가 그녀의 입에서 손을 뗐다. 찰나의 온기지만 차갑게 식었던 뺨이 이미 따뜻해져 있었다.

'이름을 지어줬구나……. 들은 척도 안 하더니.'

아렌이 마지막으로 제스 베이비의 얼굴을 새기듯 내려다봤다.

"제스 베이……. 아니, 매튜. 내가 보러 갈 때까지, 잘 지내렴."

목이 막혀 왔지만, 그래도 아렌은 마지막 인사를 울면서 하고 싶진 않아서 어금니를 꽉 깨물고 속삭였다. 매튜는 이런 상황을 아는지 모르는지, 방실방실 웃고만 있었다. 아렌은 차오르는 눈물을 억지로 삼키곤 사제를 향해 말했다.

"이 아이, 잘 부탁드려요."

"네. 걱정하지 마세요."

사제가 아이를 받아들고 프레드릭과 함께 집무실을 나섰다. 그들이 나간 후 제스는 못 박힌 듯 서 있는 아렌에게로 시선을 돌렸다. 그녀의 어깨가 미세하게 떨리고 있었다.

"잘 지내겠죠?"

"……."

아렌은 그에게 조금이라도 우는 모습을 보여주고 싶지 않아 고개를 푹 숙였다. 제스의 손이 다시 그녀의 턱을 잡고 그에게로 돌렸다. 저항하기도 전에, 눈물 젖은 눈을 보이고야 말았다. 아렌은 아차 하며 서둘러 눈가를 닦아낸 후 한 걸음씩 뒤로 물러섰다. 꼴사납다, 이런 모습.

마찬가지로 당황한 제스의 손이 그녀에게 향하려고 하다가 잠시 멈춘다. 다가갈까 말까 머뭇거리다 이내 멀어져간다.

"고마웠어요, 제스. 전 이제 방으로 돌아갈게요. 수고하세요."

뭐가 고맙고 수고하라는 건지 모르겠다. 그저 머리가 어지러워 되는 대로 말을 주워 뱉었다.

탁탁탁, 집무실을 나간 그녀의 발걸음 소리가 점차 멀어지자 집무실에 침묵이 찾아왔다. 제스의 시선이 제 손바닥에 가서 박힌다. 눈가에 그렁그렁 달려 있던 눈물방울이 생소한 감정이 되어 그의 마음속에 퍼져 나가기 시작했다.

제스가 천천히 든 손으로 얼굴을 덮었다. 굳게 다문 입술 사이로 곤혹스러운 목소리가 새어 나왔다.

"……미치겠군."

보기 드물게 챙이 커다란 모자를 눌러쓴 한 여인이 다소 거친 걸음으로 황성 복도를 걸어가고 있었다. 벽에 걸린 촛대가 던지는 빛에, 그녀의 한쪽 안면을 가린 가면이 번들거리며 드러났다.

그녀의 걸음이 멈춘 곳은, 어느 조용한 방 앞이었다. 주변을 한 번 휙 둘러보고 문을 열자 어둠이 그녀를 삼켰다. 빛 한 점 없는 그늘 속에서 흐릿하게 일렁이는 한 인영을 발견한 그녀가 침착하게 입을 열었다.

"세이모어 공작."

그녀의 목소리가 울림이 되어 사방에 퍼져 나갔다. 그에 응답하듯 사방에 동시에 불이 환해진다. 불빛 속에서 드러난 세이의 얼굴은 싸늘하게 식어 있었다. 홍채가 보이지 않을 정도로 새까만 눈동자가 그녀를 위아래로 훑는다.

"괜찮은 겁니까? 이렇게 자유롭게 나다니셔도."

"다 공작께서 보살펴주신 덕분이지요."

비꼬는 말이 재미있었는지 세이의 입가에 냉소적인 미소가 흘렀다. 그 얼굴이 마치, 지하 감옥에서의 상황을 떠올리게 해 카트린느의 입술이 바르르 떨렸다. 분하지만 두렵다. 당장이라도 저자를 발밑에서 짓이기지 않으면 분이 풀릴 것 같지 않은데, 그럴 수 없음이 통탄스러웠다. 노여움과 원망, 분노로 인해 그녀의 얼굴이 추악하게 일그러진다.

"전하께서 마련해주신 비밀 통로를 통해 왔으니, 기사단에 들킬 염려는 없습니다. 걱정해주셔서 감사할 따름입니다."

"걱정을 한 것처럼 보였다니 다행이군요."

조롱 섞인 그의 말에도 반박을 하지 못하고 카트린느가 입술을 꾹 깨물었다.

"제가 여기에 온 것은 다름 아니라, 황비 전하의 전언을 전하기 위해서입니다."

"무엇입니까?"

"전하께선 기사단장의 처리를 공작께서 맡아주셨으면 하시고 계십니다."

"……."

"일전에 있었던 무투대회에서 기사단장의 실력을 확인한 결과, 비밀리에 처리하기엔 어렵다는 결론을 내렸습니다. 처리할 수는 있으나 판이 너무나 커집니다. 그것은 공작께서도 바라지 않는 일이겠지요."

잠시 말을 멈춘 카트린느가 손에 들고 있던 작은 카드를 테이블 위에 올려두었다.

"얼마 후 있을 무도회를 기사단이 경호하게 될 겁니다. 사람들의 시선이 분산되는 자리에서 처리하면……."

"제가 왜 그래야 합니까?"

즐거움이라곤 보이지 않는 웃음에 카트린느가 대답할 말을 찾지 못해 어물거렸다.

"공작께선 저, 저희와 뜻을 함께하기로 하지 않았습니까."

"저는 베이판에 관련된 일에만 관여해왔고, 앞으로도 그럴 생각입니다. 다만 기사단장 한 명 처리하지 못해 제게 도움을 요청하는 것은, 스스로 이용 가치를 떨어뜨리는 짓이라고 생각지 않습니까?"

카트린느는 땀이 차오른 손으로 치맛단을 쥐었다. 어떻게든 그를 움직여야 하는데, 어찌해야 할지 막막하다. 빠르게 머리를 굴린 그녀가 망설이다가 입을 열었다.

"은발의 소년 말입니다. 아렌, 이라고 했던가요?"

"……."

세이가 보기 드물게 미간을 좁혔다. 처음으로 비웃음이 아닌 감정을 드러내자 그녀가 서둘러 말을 이었다.

"공작께서 친히 아끼시는 그 소년이, 기사단장의 곁에 있던 걸 보았습니다."

"……."

"제가 보기엔 공작이 생각하시는 것보다 더 가까운 사이인 듯싶었는데, 그렇다면 이 또한 기사단장이 거슬리는 이유가 되지 않겠습……."

그녀는 미처 말을 맺지 못했다. 쩍 벌린 짐승의 아가리처럼 벌어진 손이 그녀의 목을 꽉 잡아 들었기 때문이다. 숨이 쉬어지질 않는다. 단번에 꺾어버릴 만큼 엄청난 힘이었다.

"내가 너희들의 수작에 넘어갈 성싶은가?"

"그것이……."

"사라져라. 이곳은 네가 함부로 들락거릴 곳이 아니니."

그의 말이 끝나기가 무섭게 그녀의 몸이 거대한 손에 이끌려가듯 방 밖으로 내쳐졌다. 쾅 소리를 내며 세차게 닫힌 문은 아무리 당겨보아도 미동조차 하지 않았다.

카트린느는 밀려오는 모멸감에 온몸을 사시나무처럼 떨며, 그 자리에서 오랫동안 떠나지 못했다.

하일렌의 시장 바닥을 돌아다니며 공녀를 찾던 카일은, 제 뒤를 끈질기게 따라오는 두 남녀를 향해 인상을 찌푸리며 뒤돌아섰다.

"도대체 언제까지 쫓아다닐 겁니까?"

"이봐, 너 지금 네가 얼마나 좋은 제안을 거절한 건 줄이나 알고 있는 거야?"

코델리아가 답답함을 이기지 못하고 버럭 소리 질렀다. 이쯤 되면 화가 날 법도 할 것이, 기사단 스카우트 제안을 한 후 일방적인 무시를 당한 지 어언 며칠이 지났던가. 아무리 이유를 물어도 대답을 해주지 않고, 별다른 일 없이 이곳저곳 헤매기만 하니 갑갑하지 않을 수 없었다.

카일이 또 그녀를 무시하고 돌아서려 하자 코델리아가 펄펄 뛰며 외쳤다.

"야! 내 말 좀 들어봐! 좀!"

"필요 없다고 했을 텐데요."

"으으, 됐어! 이제 그만하죠, 부단장님!"

부단장, 라미에는 벽에 기대서 사과를 한입 아삭 베어 먹었다. 그는 하늘을 바라보면서 여유롭게 사과를 던지고 받기를 반복했다.

"카일이라고 했나. 너, 지금 사람 찾으러 다니고 있지?"

"그건 어떻게 아신 겁니까?"

카일이 약간 놀라워하며 묻자 라미에가 약간은 따분한 어조로 대답한다.

"보아하니 꽤 오래 찾아 헤맨 것 같은데, 기사단의 도움을 받으면 더 빨리 찾을 수 있을 텐데?"

"죄송합니다. 그것 또한 거절하겠습니다."

카일이 딱 잘라 거절하자, 라미에가 픽, 비웃음을 흘린다.

"기사단을 과소평가하지 마. 기사단의 힘을 빌리면 네가 찾는 사람을 길어도 한 달 이내엔 찾을 수 있다. 그래도 필요 없다면 가도 좋아."

"……."

"아아, 골라도 하필 주어진 기회도 못 알아보는 돌덩이를 고르다니. 사람 보는 눈이 이토록 없어질 줄이야. 코델리아, 너 나랑 같이 은퇴할래?"

꽤나 직설적인 말을 하고는 그가 서글서글하게 웃었다. 코델리아는 '또 나왔군, 저놈의 독설.'이라고 작게 중얼거리고는 한숨을 쉬었다. 그녀 또한 라미에만큼이나 카일을 놓치기 아쉬워했지만, 더 이상 설득해봐야 통하지 않을 것처럼 보였다.

코델리아가 단념을 하고 돌아서려는 순간, 카일이 조용히 물었다.

"늦어도 한 달 안에 찾을 수 있다니……. 그게 정말입니까?"

코델리아는 기쁨 반, 놀라움 반인 얼굴로 뒤돌았다.

"정말이야! 이분이 정보 쪽으론 정보 길드보다도 빠삭하시거든! 그렇게 보이지 않지만 말이야."

"이봐, 그렇게 보이지 않는 건 또 뭐야?"

기사단은 내내 논외였던 카일도 이번만큼은 망설일 수밖에 없었다. 지금의 그로선 귀족가와 황성도 조사를 해야 한다. 그리고 거기에 도움을 줄 수 있는 게 기사단밖에 없다면 이 기회는 잡아야 맞다.

카일이 주저하고 있자 사과를 한 번 더 베어 먹은 라미에가 입을 우물거리며 말했다.

"이번에 안 받아들이면 그냥 갈 거야. 마지막 제안이야. 기사단에 들어와."

코델리아가 슬쩍 카일의 눈치를 봤다. 그는 손으로 턱을 쓰다듬으며 잠시 고민하더니, 이윽고 이제까지와는 다른 대답을 했다.

"제가 그 사람을 찾는 데 도움을 줄 수 있다니 마다할 필요가 없겠군요."

코델리아의 얼굴이 환해졌다.

"그렇다면……."

코델리아의 말을 대신하듯, 카일이 짧게 고개를 끄덕이고는 입을 열었다.

"가죠. 그 기사단이라는 곳."

"좋아, 가보자고."

라미에가 씩 웃으며 남은 사과를 바닥에 던졌다.

## 10. 깊이 뿌리내린

얼굴 위로 쏟아지는 아침 햇살을 팔로 가리며 아렌이 몸을 뒤척였다. 전날 결국 조금 울고 자버린 탓인지 유난히 눈꺼풀이 무거웠다. 아렌은 손끝으로 눈꺼풀을 꾹꾹 누르며 조금 더 잘지 말지 생각하다가, 오늘이 어떤 날인지 불현듯 떠올리고 벌떡 일어났다.

"악! 오늘이 첫 훈련일인데! 설마 늦은 건 아니겠지!"

아렌은 비명을 내지르며 일어나서 잠옷 상의부터 쑥 벗었다. 그러자 옆에서 조용히 지켜보고 있던 로도모나스가 화들짝 놀라 뒤돌아섰다.

"아, 미안. 로도모나스."

— ......

얼굴을 잔뜩 붉히고 헛기침을 쿨럭쿨럭 해대는 게, 자신도 남자라는 걸 잊지 말아달라는 듯 보였다. 하지만 여전히 아렌의 눈엔 그는 한없이 귀여운 애완동물로만 보일 뿐이었다. 가슴 붕대를 단단히 묶고, 움직이기 편한 옷을 입고 나가기 전 그를 향해 말했다.

"로도모나스, 훈련 나가야 하니까 여기 있어야 해?"

로도모나스가 뒤돌아 아렌을 힐끔 바라봤다가 새침한 처녀마냥 고개를 휙 돌려버린다. 훈련을 하는데 따라갈 수 없다는 데엔 동의는 하지만, 마음에 들지 않는 모양이다.

"미안해, 로도모나스. 대신 맛있는 거 많이 가져올게."

— ……꼭이야.

로도모나스가 마지못해 고개를 끄덕여주자, 아렌은 빙긋이 웃고는 방을 나섰다. 다행히 늦지는 않았는지 다른 견습 기사들도 팔을 돌리거나 하는 둥 스트레칭을 하며 복도를 걸어가고 있었다. 이번 견습 기사는 남자가 월등히 많았는데, 그들과 숙소를 같이 쓰지 않는 건 천만다행인 일이었다. 1인실이 아니었다면 욕실 사용이나 옷을 갈아입는 것 자체가 고역이었을 테니.

숙소에서 나와 연무장에 도착해보니, 낯선 얼굴이 여기저기 보였다. 저 사람들이 전부, 이번에 새로 들어온 견습 기사들인 모양이었다. 개중 몇몇은 이미 무리지어 친해진 모양이었다.

아직 훈련 전이라 시간이 남아 있어, 아렌은 연무장 안쪽으로 가서 통에 몇 개 꽂혀 있는 활을 이리저리 살펴보고 있었다. 대부분은 낡았지만, 몇 개는 가져가서 다듬기만 하면 꽤 쓸 만할 것 같았다.

그때 누군가 뒤에서 그녀의 어깨를 툭 쳤다. 깜짝 놀라 뒤돌아보니 그녀와 동갑으로 보이는 갈색 머리 소년이 보였다. 양 볼에 주근깨가 있어 장난기 가득한 인상의 그가 유쾌하게 입을 열었다.

"안녕! 너도 견습 기사니?"

"응, 맞아. 안녕."

뒤돌아선 아렌이 그가 청하는 악수를 받으며 고개를 끄덕였다.

"난 리안이라고 해! 기사단에 와서 처음으로 또래를 만나네! 무진장 반갑다!"

"나도 반가워. 여기 주변엔 아는 사람이 없었거든. 내 이름은 아렌이야."

그녀의 손을 놓아준 리안이 주변을 쭉 둘러보았다.

"훈련이 시작되려면 아직 시간이 좀 남았는데, 이렇게 다들 일찍 모인 걸 보면 다들 많이 들떴나 보다. 그치?"

"어쩐지 너도 많이 들뜬 것처럼 보이는데."

"어? 그, 그래? 사실 이건 비밀인데, 어젯밤에 한숨도 못 잤지 뭐야. 첫 훈련이라니 말이야."

리안이 부끄럽다는 듯 속닥거리며 말했다. 오늘은 기사로서 첫발을 내딛는 날, 저런 반응도 이상한 건 아니었다. 그녀는 좋은 친구 하나를 또 만났다고 생각하며 그와 어떤 무기를 주로 쓰는지, 누구에게 스카우트 되었는지, 그리고 앞으로의 기사단 생활에 대해 이야기를 나누었다.

한참 떠들어대다가 대화거리가 잦아들어 갈 때쯤, 굵직한 남성의 목소리가 연무장에 울려 퍼졌다.

"아렌!"

"프레드릭 형!"

고개를 돌려보니 그녀와 절친한 형인 프레드릭이 쿵쿵거리며 뛰어오고 있는 모습이 보였다. 여긴 웬일이냐고 물으려고 했는데, 그는 그럴 기회도 주지 않고 그녀에게 무언가를 떠맡겼다.

"아렌! 너 마침 잘 만났다. 내가 바빠서 그런데 이거 단장님한테 좀 전해드릴래?"

"어? 어어? 네……."

"고마워!"

프레드릭은 아렌에게 서류만 맡긴 채로 자리를 떠나버렸다. 이번엔 훈련에 참가하지 않는 모양이지. 졸지에 심부름을 하게 된 아렌은 그의 뒷모습을 바라보다가 걸음을 옮겼다.

"잠깐만, 단장님이라니. 기사단장님을 말하는 거야?"

"응, 맞아."

"단장님? 그 기사단장님? 우와! 나도 뵈러 갈래! 따라가도 되지?"

"응? 아. 원한다면야."

아렌이 흔쾌히 고개를 끄덕이자 리안은 잔뜩 신난 채 그녀의 뒤를 졸졸 따라왔다.

'그나저나 프레드릭 형이 보고할 거라면……. 역시 저번 지하 감옥 사건에서 내린 명에 관한 거겠지?'

그때 분명 제스가 마법사와 공녀에 대한 조사를 지시했었다. 조사가 끝나서 보고가 올라오든 아니든 신경 쓰이는 건 마찬가지였다.

아렌은 집무실로 향하는 계단을 올라가면서, 서류 첫 장을 슬그머니 열어보았다. 중간 보고서라 그런지 다행히 하일렌 제국 내의 마법사와 공녀에 대한 정보밖에 없었다. 아렌은 안에 자신에 대한 정보가 없는 걸 확인하고 안심하면서도, 한편으론 세이가 없는 것에 대해 이상함을 느꼈다. 세이는 분명 황성 마법사라고 했는데, 국적은 하일렌이 아닌 특이 케이스라는 건가?

"처음 왔을 때부터 황성은 정말 근사하다고 생각했었는데! 기사단의 건물은 더, 더, 더 멋있구나!"

"어? 어어……. 그래. 나도 그렇게 생각해."

생각에 잠겨 있던 아렌은 리안의 목소리에 화들짝 놀라며 서류 표지를 닫았다. 리안이 따라오지 않았더라면 서류에 대해 더 자세히 볼 수도 있었을 텐데, 아쉬운 일이었다.

"그런데 말이야, 집무실을 이렇게나 잘 찾는 걸 보면 혹시 너 단장님을 뵌 적이 있는 거야?"

"응, 몇 번."

아렌이 고개를 끄덕이자 리안의 두 눈이 튀어나올 듯 커졌다.

"뭐! 몇 번씩이나? 어떻게?"

"처음에 길에서 스카우트해주신 분이 기사단장님이셨거든. 기사로 스카우트를 해주신 건 아니었지만."

"너를 스카우트해주신 분이 기사단장님이라고!"

리안은 벼락을 맞은 듯 충격에서 헤어나지 못하는 얼굴이었다. 무투대회에서 대단한 명성을 날린 그 기사단장이 스카우트한 사람이면 보통 사람은 아니겠다는 눈빛이 강렬하다. 그에 따라 뭔가 머쓱해진 아렌은 고개를 끄덕이고 계단을 마저 올라갔다.

막상 집무실 앞에 딱 멈춰 서니 긴장감이 엄습했다. 그러고 보니 오늘은 제스 베이비, 매튜를 보내고 난 후 제스를 처음 보는 날이 아닌가. 우는 얼굴을 직접적으로 본 건 아니지만, 그래도 붉어진 눈시울을 봤을 때 그의 당황하던 얼굴은 아직도 뇌리에 선명히 남아 있었다.

어떻게 제스 얼굴을 봐야 하지?

가장 먼저 든 의문은 그것이었다.

서류는 대체 어떤 얼굴로 건네준담. 그냥 문 앞에 두고 갈까? 아니면 문 밑 틈새로 집어넣고 도망갈까?

아렌은 어쩐지 미미하게 달아오르는 얼굴을 애써 식히려 부채질을 하고 있었다. 하지만 그 마음을 알 리 없는 리안은 고개를 갸우뚱하며 팔을 뻗었다.

"왜 안 들어가고 있어? 여기가 집무실 아니야?"

"엇, 잠깐……!"

아렌이 제지하기도 전에, 리안이 집무실 문을 두드렸다. 똑똑, 하는 노크 소리가 울림과 동시에 아렌의 입이 벌어졌다. 아, 이런. 그녀가 낭패한 얼굴로 굳어 있자 리안이 어리둥절한 얼굴로 '왜? 표정이 왜 그래? 무슨 일 있어?'라는 질문을 연발했다.

"들어와라."

그의 목소리를 듣자, 온몸이 한층 더 긴장되는 것 같았다. 잠시 얼어 있던 그녀는 고개를 세차게 저으며 생각을 고쳤다.

'그래, 어차피 평생 안 볼 것도 아니잖아!'

크게 심호흡하며 마음을 가라앉힌 아렌이 문고리를 힘차게 돌렸다. 경첩이 매끄럽게 돌아가는 소리가 들리며 제 본거지나 다름없었던 친숙한 집무실이 눈에 들어왔다. 무언가를 찾듯 빠르게 움직인 시선이 창가에 이르러서 멈추었다.

이른 아침인데도 제스는 한 치의 흐트러짐 없는 제복 차림으로 창가에 서 있었다.

"이거……, 프레드릭 형이 전해드리라고 했어요."

"거기 두고 가라."

"네."

아렌은 작게 대답하며 책상 위에 서류를 내려놓았다. 그대로 뒤돌아 가려 했지만, 제스가 뒤도는 게 더 빨랐다. 곧은 입매가 천천히 열렸다.

"매튜는 신전에 잘 도착했다고 한다. 그곳에서 잘 돌봐줄 거라고도 말하더군."

"그렇군요."

혹시나 했는데 역시나 이 주제가 나오는구나. 상황의 어색함을 견디지 못한 아렌이 눈을 질끈 감았다가 떴다. 어떻게든 화제를 전환해야겠다. 빠르게 머리를 뒤적거린 아렌이 불쑥 입을 열었다.

"아참, 그 이후로 제가 조사를 좀 해봤는데요. 단장님. 들어주시겠습니까?"

"무슨 조사를 말하는 거지?"

시킨 게 없는데 조사를 해 왔으니 의아해할 만도 했다. 원래대로라면 조금 더 조사가 진행된 후에 보고하려 했는데, 이 어색한 상황을 탈피하기 위해선 공적인 문제로 넘어가는 수밖에 없다. 정말로 어쩔 수 없는 선택이었다.

"일전에 탈옥한 카트린느 부인 말예요. 아무래도 뭔가 석연치 않아 그녀의 방을 뒤져보았는데, 몇 가지 눈에 띄는 서신들을 발견했습니다."

"서신?"

아렌은 고개를 끄덕이며 말을 이었다.

"황성 내에 지인이 많은 자다 보니 주고받은 서신의 양 또한 방대했는데요. 개중에서 개인적인 서신을 모두 제하고 나니 남은 것은 열 개 남짓이었습니다. 전부 암호로 쓰여 있어 무슨 내용인지는 알아보기 어려웠는데 이것 또한 붉은 연꽃과 관련이 있는 것 같습니다."

"암호를 해독하기엔 시간이 지나치게 많이 드는데."

제스가 손으로 턱을 천천히 쓸며 생각에 잠기자 아렌이 씩 웃어 보였다.

"굳이 암호를 해독할 필요가 없어요, 단장님. 저희는 또 하나, 카트린느 부인과 함께 석연찮게 사라져버린 사람을 한 사람 더 알고 있잖아요?"

"그 근위대원 말인가?"

"예. 최근 마틴과 서신을 주고받았던 이들을 종합한 결과, 카트린느 부인의 경우와 겹치는 몇 사람을 찾을 수 있었습니다. 그들 또한 붉은 연꽃과 관계되어 있을 확률이 큰 거겠죠. 허락만 해주신다면 그 명단 또한 조사해서 가져올게요."

자신만만하게 말을 맺는 아렌을 보며 제스는 속으로 적잖이 놀랄 수밖에 없었다. 이제는 사라져버린 단서 몇 개만으로 추리하여 가져온 결과치고는 괄목할 만한 내용 아닌가. 웬만한 수사관보다 더 뛰어난 행동력과 판단력이었다.

하지만 한편으론 한숨이 나올 수밖에 없었다. 붉은 연꽃에서 손을 떼라고 했더니, 저렇게 혼자 다니면서 조사를 벌이고 있었다니.

"계속 그리 날뛰다간 정말로 위험해질 수 있다."

"괜찮습니다. 수사망도 좁혀진 이상 더욱 비밀리에 행동할 수 있으니까……."

"내 말 들어."

단호하게 떨어지는 말에 아렌은 이해할 수 없다는 듯한 얼굴이었다. 이대로 수사가 진행된다면 어쩌면 정말로 붉은 연꽃의 핵심과 닿을 수도 있는데 왜 그만하라는 건지 알 수가 없었다. 믿지 못한다고 하기엔, 그녀가 해온 것들이 너무도 많지 않은가. 설마 정말로 걱정이라도 한다는 것인가?

"……저어."

둘 사이에 묘한 기류가 흐르자 밖에서 기다리던 리안이 고개를 쏙 들이밀고 조심스레 입을 뗐다.

"아……무튼 보고는 끝났으니 가보겠습니다. 편히 쉬십시오."

화들짝 놀란 아렌은 서둘러 서류를 던지듯 놓고 뒤돌아섰다. 걸음을 재촉하여 재빨리 집무실을 나서자 리안 또한 허둥지둥 인사를 하고 그녀 뒤를 따라 나갔다. 건물에서 나오고 나서야 아렌은 제대로 숨을 쉴 수 있었다.

가슴에 바람이 든 듯 쿵덕거린다. 생소한 느낌에 아렌이 인상을 찡그리는 동안, 뒤따라온 리안도 놀란 가슴을 쓸어내리며 말하고 있었다.

"우와, 기사단장님 정말 대단하신 분이네. 앞에선 꼼짝도 못하겠어."

"으응."

"그런데 넌 정말 기사단장님과 가깝구나. 그렇게 편하게 이야기도 하고 말이야."

"가깝다니, 그런 거 아냐."

아렌이 대충 대답해주며 두 손으로 볼을 감쌌다. 어째서인지 빨갛게 달아오른 얼굴이 잠잠해질 기미를 보이지 않았다. 그런 그녀를 옆에서 빤히 관찰하던 리안이 갑자기 그녀의 팔을 턱 잡았다.

"너, 잠깐만."

리안은 위아래로 그녀를 훑듯이 살핀 후 마지막으로 가슴께로 시선을 내렸다.

"아, 남자 맞구나. 너무 예쁘게 생겨서 헷갈렸네."

"……."

아렌은 순간 모든 걸 다 잊고 눈가가 촉촉해져 오는 게 느껴졌다. 밋밋한 가슴 덕에 여자인 게 들키지 않다니. 틀림없이 붕대로 가린 탓일 거다. 그래, 붕대를 감지 않았으면 달랐을 거야. 아렌은 애써 속으로 스스로를 위로했다.

"그런데 갑자기 그건 왜?"

"아니, 아무것도 아니야. 그냥 좀 이상해서."

그저 이상하다곤 했지만, 리안의 시선은 접착된 것처럼 떠나질 않았다. 연무장으로 향하고 행과 열을 맞추어 서고 훈련이 진행되는 와중에도 말이다. 그 뜨거운 시선을 더 이상 견딜 수 없었던 아렌은 결국 참지 못하고 그에게 물었다.

"너 말이야, 아까부터 왜 그러는지 설명을……."

"단장님이시다!"

순간 아렌은 입을 닫고 시선이 쏠린 곳으로 고개를 돌렸다. 제스가 프레드릭을 포함한 몇 명의 기사들을 거느리고 연무장으로 들어오는 모습이 보였다. 기사단장의 자리에 있는 만큼 견습 기사들의 첫 공식 훈련을 지켜보러 온 모양이었다. 아렌이 그들에게서 시선을 떼지 못하고 있자,

줄곧 옆에서 유심히 지켜보던 리안이 입을 열었다.

"잠깐만, 너 아까부터 이상한데. 혹시 기사단장님한테……, 반했냐?"

"뭐?"

갑자기 치고 들어오는 질문에 아렌은 망치로 머리를 얻어맞은 것 같은 기분이었다. 그녀의 반응에 리안은 걸려들었다는 듯 말을 이었다.

"아까 집무실에서도 그렇고, 네 눈빛이 짝사랑하는 남자를 바라보는 계집애 같기에 말이야. 남몰래 좋아하는 게 아닌지 계속 의심이 되더라니까."

짝사랑? 좋아해? 갑자기 이게 무슨 소리지? 그럼 아까부터 계속 쳐다봤던 게 그 이유 때문이란 말인가?

아렌의 입술이 가늘게 떨렸다.

"이상한 소리 하지 마."

"어라, 진지해지니까 더 수상하네. 정말 흠모하기라도……."

"그런 장난은 재미없어."

"아니면 말지 왜 그렇게 정색하고 그래. 사람 무안해지게."

리안이 머쓱한 얼굴로 머리를 긁적이고 입을 다물었다. 더 이상 그에 관한 대화가 이어지진 않았지만, 이미 머릿속은 실 뭉치처럼 헝클어진 지 오래였다.

좋아해? 흠모해? 짝사랑을 해? 내가, 제스를?

한 번도 생각지도 못한 가정에, 머리가 띵해졌다. 물론 그를 존경하기도 하고, 붙어 있다 보니 정이 든 건 사실이었다. 그런데, 뭐……?

아렌은 충격을 받은 나머지 보호구와 목검을 받아 착용하는 중에도 머리가 어지러웠다.

"간단한 대련 형식으로 진행하겠다! 상대방을 한 번씩 치고 빠지도록!"

"아렌, 살살 부탁해."

아까까지 한 말은 머릿속에도 없는 건지 리안이 서글서글한 얼굴로 그를 마주 봤다. 아렌은 초점 없는 눈으로 제 손에 들린 목검을 응시했다.

"시작!"

프레드릭의 외침이 들리자마자, 기회를 보던 리안이 목검을 휘두르며 달려들었다. 제스에 대한 이야기로 정신을 놓고 있던 아렌은 앞에서 머리를 향해 내리쳐지는 목검을 보자마자 반사적으로 움직였다. 상체를 틀어 피하고, 중심을 잃은 리안의 후두부를 목검으로 세게 후려쳤다. 예전에 제스에게 배웠던 그대로.

"억!"

급소를 강하게 후려 맞은 리안이 짧은 비명을 지르며 그대로 쓰러졌다. 나무토막처럼 뻣뻣해진 몸이 바닥 위에서 움찔거리는 걸 보고 나서야 아렌은 불에 덴 듯 정신을 차렸다.

아, 이거 연습이었지.

"이런, 미안해. 리안. 일어설 수 있겠어?"

아렌은 잡고 일어나라는 뜻에서 손을 내밀었지만, 리안은 눈을 뒤집으며 기절해버리고 말았다. 웅성거림이 퍼져 나가는 가운데 프레드릭이 급히 달려와 그의 상태를 살폈다.

"이런, 완전히 기절해버렸잖아!"

"네? 기절요?"

"이봐, 들것 들고 와, 들것!"

결국 리안은 정신을 차리지 못한 채 연무장 밖으로 실려 나갔으며, 그를 그렇게 만든 아렌은 한 달간 계단 청소를 모두 도맡는 벌을 받아야 했다.

지평선 근처에 짙게 깔린 붉은 황혼 위로 화사한 안개가 옹기종기 모여 있다. 구름은 화사한 하늘을 시샘하듯 대지에 닿을 정도로 내려왔다. 첫 훈련을 성공적으로 마친 견습 기사들은 모두 각자의 숙소에서 휴식을 취하고 있었다. 단 한 사람, 아렌을 제외하고.

"기사가 된 지 하루 만에 다시 시종으로 돌아가다니⋯⋯."

아렌은 허탈한 얼굴로 걸레를 내려놓으며 몸을 일으켰다.

「아까 집무실에서도 그렇고, 네 눈빛이 짝사랑하는 남자를 바라보는 계집애 같기에 말이야. 남몰래 좋아하는 게 아닌지 계속 의심이 되더라니까.」

다시금 머릿속에 울리는 리안의 목소리에 머릿속이 복잡해졌다. 좋아하다니, 말도 안 되는 소리였다. 절대 아니다. 그럴 리가 없지 않은가. 아렌은 자꾸만 복잡해지는 머리를 애써 정리했다.

"쫌팽이에 대답도 잘 안 하고, 웃지도 않고⋯⋯."

'무엇보다도 나를 남자로 생각하고 있는데⋯⋯.'

아렌의 거친 손길에서 약간 힘이 빠졌다. 그래, 어떻게 저를 남자로 생각하고 있는 사람을 사랑할 수 있단 말인가. 아렌은 스르르 몸을 일으키고 바닥에 놓인 걸레를 응시했다. 바닥을 적신 물기가 말라갈 때쯤, 옆에서 차갑고도 고요한 음성이 들려왔다.

"거기서 뭘 하고 있지?"

깜짝 놀란 아렌은 천장을 뚫을 기세로 벌떡 일어났다. 벌렁벌렁거리는 가슴을 꾹 누르며 고개를 들었다. 언제 다가왔는지 제스가 미간을 좁힌 채 그녀를 내려다보고 있었다.

"노, 놀랐잖아요."

"대련 상대를 기절시키다니, 첫날부터 온갖 말썽은 다 피우는군."

제스가 바닥에 널브러진 걸레를 흘끗 쳐다보았다. 아렌은 작은 탄성을 내며 얼굴을 붉혔다. 그러고 보니 제스도 조금 전 훈련 시간에 보러 왔기 때문에, 리안을 패서 기절시키는 것도 본 것이다.

제스가 아무 말 없이 옆을 스쳐 지나가려 하자, 아렌은 반사적으로 몸을 돌려 그를 붙잡았다.

"그런데 제스, 저녁 시간인데 식사는 챙겨먹은 거죠?"

"생각 없다."

"그러면 안 돼요! 그렇지 않아도 끼니를 거르는 때가 많던데, 저녁만이라도 잘 좀 챙겨먹으라고요!"

제스가 천천히 그녀를 훑어보았다.

언제부터 저토록 건방지게 말하게 된 건지 알 길이 없다. 단단히 기를 죽여놓으려면 그럴 수도 있었을 테지만, 지금 와서 굳이 그렇게까지 할 생각은 들지 않았다. 아렌 한 명쯤은 저 하고 싶은 대로 내버려두는 것도 괜찮을 것 같기도 하고, 이리저리 뛰어다니는 것이나 시시각각 변하는 표정을 보는 것도 소소한 재미라면 재미였다.

제스가 그런 생각에 빠져 있는 사이, 아렌은 귀를 뒤흔드는 듯한 큰 소리를 따라 주변을 휘휘 살피고 있었다.

쿵쾅, 쿵쾅, 쿵쾅.

고릴라가 제 가슴을 칠 때 나는 소리와 엇비슷하게 들렸는데, 주변엔 그런 소리를 낼 만한 게 아무것도 보이지 않았다. 아렌은 제스를 힐끔 보며 물었다.

"제스, 어디서 큰 소리 안 들려요?"

미간이 살짝 좁아지는 걸로 보아 안 들리는 모양이다. 이게 대체 어디서 나는 소린지 찬찬히 따라가보던 아렌은 곧이어 그 소리가, 자신의 심장에서 난다는 걸 알아챘다.

쿵, 쿵, 쿵.

딱히 아프거나 하진 않지만 소리가 너무도 커서, 터져버리지나 않을까

덜컥 걱정부터 들었다. 아렌은 울상이 된 얼굴로 고개를 들었다.

"제스, 내 심장이 이상해요!"

"……."

나 이러다 죽는 거 아닐까. 심장이 고장 난 것만 같다. 이럴 수가, 몇 년이나 살았다고 벌써부터 죽을병에 걸린단 말인가. 아직 못 해본 것도 많은데! 아렌이 금방이라도 울 것 같은 얼굴로 말하자, 제스는 무슨 뜬금없는 소릴 하냐는 얼굴로 서 있다가 한 발자국 내디뎠다.

심장이 이상하다고 했으니, 심장 소리를 들어볼 생각으로.

하지만 그가 다가올수록 아렌은 도움을 요청하기는커녕 뒷걸음질만 치고 있었다.

"악! 다가오지 마세요!"

가까이 오니까 더 심해지잖아. 아렌이 점점 멀어지자 제스의 표정 또한 미묘하게 흐트러졌다.

"갑자기 왜 그러지?"

"으아아, 나도 잘 모르겠어요. 다가오지 마세요."

항상 고목나무에 붙은 매미마냥 주변에서 떨어지지 않던 아렌이 도리어 다가오지 말라고 하니, 낌새가 이상할 수밖에 없었다. 문제는 한 발자국 다가가면 세 발자국씩 뒷걸음질치고 있다는 점이다.

"더는 오지 말아요. 그, 그리고 나 갈 거니까 따라오면 안 돼요!"

"……."

"청소 땡땡이치는 거 아니에요!"

제스를 제외한 모든 세상이 빙글빙글 도는 것 같은 느낌이었다. 미친 듯이 뒷걸음질만 치던 아렌은 결국 뒤돌아서 계단을 타고 내려가버렸다. 한참을 뛰어 연무장에 도착하자 다리가 후들거려 더 이상 뛸 수 없었다. 하지만 지금은 가쁜 숨보다도 미친 듯이 뛰는 심장의 고동 소리에 정신이

나갈 것만 같다.

"뭐, 뭐야. 진짜! 심장이 왜 이래? 병이라도 있는 건가? 벼, 병원! 병원에 가봐야겠어!"

아렌이 심장을 움켜쥐고 허둥지둥 발걸음을 다시 옮겼다.


황성 의원은 때 아닌 곤란에 처해 있었다. 즐겁게 퇴근하려던 찰나 들이닥친 은발의 기사 때문이다. 여자만큼이나 예쁘장하게 생긴 기사는 심장이 이상하다고 하면서도, 맥을 짚지 않고 진찰을 해달라는 억지를 쓰고 있었다.

"그러니까, 맥을 짚지 않으면 병명을 알 수 없다고요?"

"그래. 몇 번 말하나. 맥을 짚어야 병명을 정확하게 알 수 있네."

아렌은 손톱을 잘근잘근 씹으며 고민에 빠졌다. 일반인은 모르지만 경험이 많은 의원은 맥박만으로 성별을 가려낼 수 있을 텐데. 여기서 맥을 짚어달라 내놨다간 지옥행 티켓을 돈 주고 사는 것과 마찬가지겠지.

아주 대놓고 '나 퇴근하게 너 빨리 나가줬으면 좋겠다.' 하고 티 내는 의원에게 아렌이 억지로 눈을 맞추며 말을 걸었다.

"증상만으로 어떤 병인지 알 순 없나요?"

"대충 짐작이야 할 순 있겠지만 그리 정확하게는 알 순 없을 걸세."

그래도 아예 모르는 것보단 낫겠지 싶어 아렌이 그녀의 증상을 넌지시 꺼냈다.

"음, 제가 가끔, 가슴이 뛰는데요. 호흡도 가빠지고요."

"그리고? 다른 증상은 없나?"

"얼굴이 빨개지기도 하고……. 문제는 가슴이 답답할 정도로 심하게 뛴다는 거예요."

"언제부터 그랬지?"

"으음, 며칠 전부터⋯⋯인 것 같아요."

의원이 미간을 좁히며 생각에 잠기고 한동안 말을 하지 않자 아렌은 덜컥 겁이 났다. 심각한 병인가?

"아무래도 심장에 문제가 있는 것 같네. 아무래도 맥을 짚어보는 게 좋겠어."

"아, 맥은 좀⋯⋯."

아렌이 머뭇거리며 손목을 뒤로 숨겼고, 완강한 그녀의 태도에 의원이 고개를 절레절레 저으며 말했다.

"맥을 짚어보지 않는 이상 피상적으로밖에 알 수 없어. 그 증상만으론 의심 가는 병은 너무 많아. 그러고 보니 남자치곤 몸이 너무 가늘군. 저혈당도 의심되는데, 밥은 먹고 다니나?"

"네. 오히려 너무 잘 먹고 다녀서 탈인걸요."

아렌이 제스 밥을 빼앗아 먹은 걸 떠올리며 말했다. 저혈당으로 치면 사실 저보다 제스가 더 걱정이 됐다. 이제부턴 작작 뺏어먹어야지.

아렌이 다른 생각에 빠져 있는 사이 의원은 매우 심각해져 있었다.

"설마 했는데⋯⋯. 공황장애도 의심이 되는군. 혹시 간헐적으로 극도의 공포심을 느끼며 죽음에 이를 것 같은 느낌이 드나?"

"예?"

"극도의 공포심이 느껴지면서, 심장이 터지도록 빨리 뛰거나 가슴이 답답하고 숨이 차며 땀이 나는 등, 신체 증상이 동반된 죽음에 이를 것 같은 극도의 불안 증상을 느끼느냐는 말일세."

점점 삼천포로 빠지는 것 같은 기분에 아렌의 얼굴이 일그러졌다.

"⋯⋯아뇨, 그건 아닙니다."

"그렇다면 심장병이 분명하네. 조속히 치료를 받는 게 좋겠어."

마음의 준비를 하듯 깊이 숨을 들이쉰 의원이 진중한 목소리로 말했다.

신이시여! 거친 탄식을 내뱉으려는 그녀에게로 의원이 손가락을 튕기며 다시 입을 열었다.

"아, 하나 물어보는 걸 잊었네. 혹시 그게 특정인을 만났을 때만 일어나는 현상은 아닌가?"

"……특정인요?"

"그래. 그게 꼭 병이 아닐 수도 있거든. 아, 병이라면 병인가. 상사병."

장난스럽게 말한 의원이 아렌을 흘끗흘끗 곁눈질하며 키득거렸다. 아렌이 눈에 띄게 당황해하며 말을 더듬거렸다.

"상……사……. 누, 누굴 상대로……."

"짐작 가는 상대가 없나?"

있다. 있어서 문제다. 아주 큰 문제.

하지만 그것을 부정하려는 듯 아렌은 도리질을 하고는 빠르게 말했다.

"네, 그런 것 없습니다. 그런데 아무래도 여기선 제가 원하는 답을 얻지 못할 것 같네요. 실례했습니다."

꾸벅 인사하고 나와서 숙소로 향하는 내내, 아렌은 줄곧 후회 어린 한숨을 내뱉고 있었다.

얻어낸 것도 없고……. 세이나 찾아가볼걸.

이제까지 미뤄 봤을 때, 세이는 모르는 게 없는 사람이었다. 세이에게 물어봤으면 상사병 같은 헛소리가 아닌, 더 정확한 진단을 들을 수 있을 텐데. 치료도 확실히 해줄 테고 말이야. 하지만 너무 늦은 시간에 찾아가는 건 실례겠지.

잠시 고민하던 아렌이 몸을 도로 틀어 숙소를 향해 마저 걸어갔다. 그녀의 등엔 까닭 모를 고뇌가 잔뜩 묻어 있었다.


제스는 굳게 닫힌 고동색 문을 바라보며 몇 번이고 돌아가려고 했다.

아무리 조금 전 아렌의 상태가 이상했던 게 마음에 걸렸다고 하더라도, 이곳까지 찾아온 건 과하다 싶었기 때문이다.

몇몇 단원들은 심지어 제 방에서 나오려다가 제스를 발견하고 도로 들어가기까지 했다. 볼일이 있다면 얼른 보고 떠나는 게 맞는 듯싶다. 얕게 한숨을 쉰 후, 문을 노크했다. 하지만 안에서는 아무런 응답이 들려오지 않았다.

잠시 동안 기다리다가 집무실로 다시 발길을 돌리려는데, 친숙한 목소리가 등 뒤에서 들려왔다.

"어, 제스? 왜 여기에……."

당황해하는 그녀의 얼굴을 보며, 제스도 그에 대답할 수 있었으면 좋겠다고 생각했다.

"조금 전에 상태가 안 좋은 듯해서."

제스의 말에 아렌의 눈이 크게 흔들렸다. 엉뚱한 생각이 꼬리에 꼬리를 물기 시작했다. 아니, 그보다도 조금 전에야 진정되었던 가슴이 다시금 뛰기 시작했다. 이러다 들키면 안 되는데. 아렌이 가슴을 부여잡고 제스의 시선을 피하자, 그가 차분하고 낮은 목소리로 말했다.

"혹 어디 아픈 건가?"

"아, 아, 아, 아뇨!"

걸음을 뗄 때 그녀에게 다가가자, 조금 전과 마찬가지로 흠칫 놀라며 뒷걸음질 친다. 계속되는 그녀의 이상한 행동에, 제스는 더더욱 미간을 좁히며 빠르게 다가갔다. 아렌 또한 계단 앞까지 쭈뼛쭈뼛 뒷걸음질 쳤으나 제스가 더 빨랐다.

'으아아, 언제까지 다가오는 거야! 이러다가 다 들리겠어!'

"자, 자, 자, 잠깐만요! 오지 마세요!"

"……."

아렌이 고개를 푹 숙이며 팔을 뻗어 그를 막자, 제스는 문득 발걸음을 멈추고 아렌을 내려다봤다.

"……내가 뭔가 했나?"

아렌은 눈을 굴려 그를 살짝 훔쳐봤다. 그의 눈빛엔 약간의 곤혹스러움이 담겨 있다. 하긴 그도 까닭 없이 이런 취급 받는 게 이상하겠지. 괜스레 미안해진다. 하지만 지금으로선 그녀 또한 남 걱정해줄 여력이 없었다. 그녀는 흡 하고 숨을 크게 들이켜며 두 팔을 마구 휘저었다.

"아무것도 아니에요! 근데, 오지 마세요!"

"……."

"아니, 그게 말이죠. 어어……."

작은 입이 어물거리며 무언가를 뱉어내려 하다 만다. 손까지 떠는 걸 보니 심각한 일이 있는 모양인데, 말을 해주지 않으니 답답하기만 하다. 어떻게든 진정시키려고 손을 뻗어보아도 흠칫흠칫 놀라는 통에 그조차 쉽지 않았다.

"이, 이상하게 들릴진 모르겠지만 제스, 당분간 보지 말아요!"

"……."

"그래요, 너무 붙어 있었잖아요? 그동안 제스도 귀찮았죠? 나도 뭐썩 좋진 않았어요. 아, 내가 무슨 소릴……. 아무튼! 요는 다, 당분간좀……, 떨어져 지내요, 네! 그러는 게 좋겠네요. 서로에게."

저 할 말만 속사포로 뱉어낸 아렌은 차마 제스의 얼굴은 확인하지 못한 채 방으로 들어가버렸다. 문을 닫고 제스가 시야에서 사라져버린 다음에야, 아렌은 그제야 숨을 고를 수 있었다. 벽에 기대 주르륵 내려가는 아렌을 향해 로도모나스가 포르르 날아왔다.

아렌이 주먹으로 가슴을 퍽퍽 소리 나게 치기 시작했다. 로도모나스가 깜짝 놀라며 앞발로 그녀의 주먹을 잡고 고개를 도리도리 저었다.

— 그러면 아파. 아렌이 아파.

"그래."

아렌이 조그맣게 대구해주며 로도모나스를 쓰다듬어주었다.

"도대체 왜 이러는 거지……."

제스 근처에만 가도, 아니, 이제는 제스 얼굴을 떠올리기만 해도 가슴이 무너질 듯 쿵쾅거린다. 문제는 눈치를 챈 다음부터 급속도로 증상이 심해진다는 것이다. 처음엔 단순히 심장이 심하게 뛰고 얼굴이 빨개질 뿐이었는데, 방금 그를 만났을 땐 가슴 전체가 지끈거리며 아팠다.

아렌은 두근거림이 얼른 잦아들기를 바라며 무릎 사이에 얼굴을 파묻었다. 제스는 아직도 문밖에 서 있는 건지 아무런 발자국 소리가 들려오질 않는다. 설마 들어오는 건 아니겠지, 덜컥 겁을 먹은 순간 유난히 거칠어진 걸음 소리가 멀어져갔다. 제스가 떠나는 모양이다.

아렌은 속으로 안도할 수밖에 없었다. 그가 방에 들어왔으면 어땠을지 생각도 하기 싫었다.

"차라리 정말 심장병이었으면 좋겠다."

아렌이 깊은 한숨을 쉬며 중얼거렸다. 그녀가 심란하건 말건 두근거림은 제스가 떠난 한참 후에도 잦아들 기미를 보이지 않았다.


"으으, 정말 좀비가 따로 없네."

아렌이 거울 속에 비친 제 모습을 보며 중얼거렸다. 평소의 생기발랄함은 사라진 지 오래, 눈 밑 다크 서클은 줄넘기를 할 수 있을 정도로 내려온 데다 볼은 움푹 파여 있었다.

"이건 다 제스 때문……. 쿨럭!"

아렌은 세차게 기침을 하고 코를 훌쩍였다. 몸이 으슬으슬 춥고 무거워지는 게, 예감이 영 좋질 않다. 로도모나스가 날개를 파닥거리며 날아와 앞발로 아렌의 이마를 탁 짚었다.

— 뜨거워, 아렌 이마.

"응? 정말?"

아렌도 따라서 제 이마에 손을 가져가보았다. 손보다 이마가 약간 뜨끈해져 있는 게, 미약하지만 감기 기운이 있는 듯했다.

"괜찮아. 금방 나을 거야."

— 안 돼, 뜨거워. 아렌 이마.

"로도모나스, 그렇게 걱정되면 오늘은 같이 갈까?"

그녀의 제안에 로도모나스가 금방 고개를 끄덕거리며 언제나처럼 머리 위에 톡 떨어졌다. 로도모나스가 머리카락에 얼굴을 묻고 비비적거리자 아렌은 또 있는 힘껏 껴안고 싶다는 충동을 느꼈다.

그때, 누군가 문을 두드렸다.

'어, 이 시간에 누구지?'

아렌은 갑자기 들려오는 노크 소리에 고개를 갸우뚱하며 문을 열었다. 볼에 넓게 퍼진 주근깨만큼이나 장난기 가득한 얼굴이 보였다. 의외의 등장에 아렌이 놀라 두 눈을 깜박거렸다.

"뭐야, 너 벌써 돌아다녀도 돼? 괜찮아?"

"당연하지. 이래 봬도 맷집 하나는 좋다고. 그런데 너, 너무하긴 했어. 뒷목을 그렇게 쳐버리다니."

리안이 뒷목을 손으로 문지르며 끙끙대자 아렌이 미안한 얼굴로 그를 바라봤다.

"미안해, 나도 모르게 그만. 일부러 그런 건 아냐. 많이 아파?"

"아냐, 그냥 장난 쳐본 거야. 기절했다가 깨니까 다 나았어. 내가 맷집 하나는 좋거든."

"그런데 아침부터 웬일이야? 아직 훈련 시간까지 좀 남았는데."

아렌이 텅 빈 복도를 휘휘 둘러보며 묻자 리안이 어깨를 으쓱해 보였다.

"기사들과 견습 기사들까지 다, 모이라는 지시야."

"응? 견습 기사들까지? 왜?"

"몰라. 가면 이야기해주겠지. 근데 너, 얼굴이 왜 그래? 어쩌다 하룻밤 사이에 그렇게 폭삭 늙어버렸어?"

"글쎄, 나도 모르겠어."

아렌은 지끈거리는 관자놀이를 꾹꾹 누르며 눈을 감았다. 기사단을 전체 다 집합시킨 걸 보면 특별한 일이 있는 것일 테니 제스 또한 나타날 것이다. 그런데 이런 상태라면 도저히 정상적인 얼굴로 제스를 마주할 수가 없을 것 같았다. 이러다가 그의 얼굴을 영영 보지 못하게 될지도 모른다는 위기감마저 든다. 가도 괜찮을까.

그렇게 속으로 묻고 답하기를 계속하며 머리를 쥐어뜯고 있는데, 옆에 잠자코 있던 리안이 그녀를 콕 찔렀다. 그는 웬 정신병자를 보는 눈으로 그녀를 바라보고 있었다.

"아까부터 혼자 웃었다가, 인상 찡그렸다가, 머리 쥐어뜯었다가……. 너 혹시……?"

위아래로 훑어보는 눈초리가 예사롭지 않았다. 왠지 불길해졌다. 어제에 이어 또 무슨 이상한 소릴 하려고?

아렌이 흠칫하며 물러서자 리안의 얼굴 위로 장난기가 한가득 번졌다.

"쑥스러워할 필요 없어. 이 형님은 어제 다 눈치 깠단다. 너 단장님 생각했지?"

"그런 장난 치지 말라고 했지."

싸늘하게 맞받아친 아렌은 휙 뒤돌아서서 연무장으로 향했다. 제 장난이 너무도 과했다고 생각했는지 리안이 그녀의 뒤를 급하게 따라붙었다.

"저기, 아렌. 사실 고백할 게 있는데 말이지……."

"시끄러워. 말 시키지 마."

쌀쌀맞은 그녀 반응에 리안은 끙끙대며 눈치를 살폈고, 아렌은 걸음을 빨리하여 그에게서 최대한 멀어졌다. 연무장에 다가갈수록 리안이 다시 말을 붙이는 주기가 짧아졌다. 도대체 무슨 짓을 했기에 계속 이러는 건가 싶었는데 연무장에 도착하자마자 알 수 있었다. 처음 보는 기사 한 명이 그녀에게 다가와 어깨를 툭툭 치며 말을 걸어온 것이다.

"짝사랑 중이라며? 힘내."

"……."

아렌이 얼굴을 일그러뜨림과 동시에, 리안이 손으로 얼굴을 감싸며 '망했다.'라고 조그맣게 중얼거렸다. 그의 죄를 더욱 확실히 해주려는 듯 저 멀리 있던 기사 하나도 그녀에게 다가와선 같은 말을 되풀이했다.

"짝사랑은 힘든 거지. 응원할게."

그제야 깨달았다. 조금 전부터 리안이 그토록 부르짖었던 '고백'이 무엇인지. 불타오르는 듯한 눈빛이 저를 향하자, 리안이 몸을 흠칫하며 뒷걸음질 쳤다. 어금니를 빠드득 가는 소리가 들렸다.

"이게 어찌 된 건지 차근차근 이야기해줄래, 친구야?"

"어, 어어. 그게, 난 그냥 한 사람한테만 말한 건데……. 그게 금방 퍼져 나가더라고……. 발 없는 말이 천 리 간다고 들어는 봤냐? 하핫! 그래도 짝사랑 상대가 단장님이라곤 얘기 안 했어!"

솔직히 토해지는 말끝에 아렌이 그의 어깨에 한 손을 턱 올리고 빙긋 웃었다. 그러고는 용서를 바라는 그에게 살기가 뚝뚝 떨어지는 목소리로 말했다.

"너……. 대련 한 번 제대로 더 해볼래?"

"히이익! 미안해! 미안해! 잘못했어!"

"……휴우. 됐다, 됐어."

이미 벌어진 일인데 탓해봐야 뭐에 쓸까. 그렇지 않아도 몸 상태가 안 좋은데 쉬거나 하는 게 더 나을 성싶었다. 한숨을 쉬고 비척비척 걸어간 아렌이 기사단 사이에 서 있는데, 리안이 그 뒤를 따라붙어서 계속해서 용서를 구했다. 기사단 전체에 소문을 퍼뜨릴 생각은 전혀 없었다는 말이었다. 아렌은 '어, 어, 알았으니까 그만해.'라고 대충 대답해주었다. 머리가 핑핑 돌아서 상대하기도 귀찮아졌다.

잠시 후 집합해 있는 기사들 앞으로 프레드릭이 모습을 드러냈다. 그는 헛기침을 두어 번 하는 것으로 기사들의 이목을 집중시켰고, 이내 큰 목소리로 말했다.

"오늘밤에 있을 무도회의 경호를 기사단이 맡기로 했다! 한 시간 안에 준비를 마치고 여기로 다시 집합하도록!"

"네!"

기분 탓인가, 기사들의 대답이 평소보다 더 씩씩했다. 숙소로 향하는 얼굴 또한 하나같이 꽃이 핀 듯 환했다. 왜 저렇게들 좋아하는 거지? 아렌이 고개를 갸웃거리고 있자, 그 기색을 읽은 리안이 냉큼 말을 걸어왔다.

"이야, 간만에 좋은 구경 하겠는걸? 너도 좋지?"

"좋은 구경?"

"어휴, 이래서 샌님이란. 귀족 영애들을 볼 수 있잖아! 그중에서도 이자벨 공녀님! 그 미모는 천상의 미모라고 제국 전체에서 소문이 자자하잖아! 그분을 가까이서 뵐 수 있게 되는 거지. 기사단에 들어온 보람이 이제야 생기는구나!"

이자벨 공녀라면, 예전에 제스와 함께 있었던 여자가 아닌가. 그걸 떠올리자마자 아렌은 급작스레 기분이 가라앉는 게 느껴졌다.

"어, 너 표정이 왜 그래? 전혀 기뻐하는 것 같지가 않다? 이게 얼마나 좋은 기횐데."

리안이 아렌의 옆구리를 팔꿈치로 쿡쿡 찔러대며 은근히 물었다.

"너한텐 네 님이 있으니까 영애님들도 필요 없다는 거냐? 역시……. 악! 정강이를 차면 어떡해!"

아렌은 정강이를 부여잡고 그 자리에서 폴짝폴짝 뛰는 리안을 뒤로 하고 연무장 입구로 가서 쪼그려 앉았다. 일어날 때부터 몸 상태가 좋지 않았는데, 엎친 데 덮친 격으로 두통까지 생겨버렸다. 바로 저, 친구를 빙자한 리안이라는 촉새 때문에 말이다.

'오늘은 좀 쉬고 싶은데.'

아침에 생각했던 것보다 감기 기운이 심한 건지, 자꾸만 눈앞이 흐릿해졌다. 두 무릎 사이에 얼굴을 대고 반쯤 졸아가며 시간을 견디고 있는데, 흐릿한 시야 속에 누군가의 모습이 환영처럼 어른거린다. 이제 눈을 똑바로 못 마주치니 신기루로라도 보는 것인가.

"여어! 아렌!"

제스 뒤에 있는 프레드릭 환영이 매우 반가워하며 손을 든다.

'환영이 말도 하는구나.'

아렌의 얼굴에 희미한 미소가 피어올랐다. 환영으로나마 제스를 똑바로 쳐다볼 수 있으니 마음이 놓인다. 아예 못 보는 건 아니잖아? 근데 환영치고는 지나치게 제스의 기운이 생생한데…….

제스가 점점 다가올수록 잠이 깨어간다. 아렌의 얼굴이 눈에 띄게 새파래졌다.

'환영이 아니었어!'

아렌은 정신을 번쩍 차리며 벌떡 일어섰다. 비명이 나오려는 입을 꾹 다물며 숨을 삼켰다. 정신이 없어도 보통 없는 게 아닌가 보다. 벌건 대낮에 환영이라니. 제스는 바로 그녀 앞에 멈춰 섰다. 그와 그 주위를 호위하듯 선 기사들의 시선이 쏟아지는 가운데, 아렌이 어쩔 줄 몰라 하며 입을 열었다.

"아, 아, 안……녕하……세……."

그녀는 미처 말을 다 끝맺지도 못하고 뒷걸음질을 치기 시작했고, 별안간 숨넘어가는 소리를 내며 저 멀리로 뛰어가버렸다. 아렌의 뒷모습을 주시하던 프레드릭이 조심스레 제스를 향해 물었다.

"단장님, 저 녀석 왜 저러는 겁니까?"

"……."

제스가 아무 대답이 없자, 프레드릭은 무언가 생각난 듯 약간 들뜬 어조로 말을 덧붙였다.

"아, 단장님. 그런데 들으셨습니까? 저 녀석, 누군가를 짝사랑하고 있다는 소문 말입니다. 아주 파다하게 퍼졌던데 도대체 상대가 누굴까요?"

그 말을 듣자 제스가 걸음을 딱 멈췄다. 그에 따라 뒤에 따라가던 이들의 걸음도 자연히 멈추곤 그에게로 시선을 모았다. 굳게 다물린 입에서 그 어느 때보다도 딱딱한 목소리가 흘러나왔다.

"내가."

"예?"

"신경을 써야 할 문제인가?"

묘하게 신경이 곤두선 느낌이 전해지자, 프레드릭이 어찌할 바를 모르고 몸을 잔뜩 움츠리며 더듬거렸다.

"네? 아, 아뇨. 그런 건 아닙니다만……."

금방이라도 터져버릴 것만 같은 위험천만한 침묵이 흘렀다. 프레드릭이 땀을 뻘뻘 흘릴 때가 되어서야 거두어진 시선이 이번에는 아렌이 서 있던 곳으로 향했다. 또 한참 동안 그곳에 시선을 주던 그는 방향을 틀어 곧장 무도회장으로 향했다. 땅을 내딛는 발걸음이 유난히도 거칠어져 있었다.

무도회로 향하는 동안 들은 설명에 의하면 과거부터 기사단은 귀족들이 여는 연회나 무도회의 경호를 자주 도맡곤 했다고 한다. 이번 무도회의 경우 힐버른 가(家)가 주최하며 황실 일원은 참석하지 않기에, 근위대가 아닌 기사단이 나서는 것이라고 한다. 보통 무도회 규모가 커질 때는 예외적으로 견습 기사들도 경호에 참석한다.

무도회장으로 들어서자마자 가장 눈에 띄는 건 샹들리에를 중심으로 매달린 형형색색 비단들이었다. 투명한 보석으로 장식된 천장이 빛을 반사하여 실내를 밝게 비췄다. 이 압도적인 화려함에 가장 호들갑을 떨어대며 뛰어다는 녀석은 리안이었다.

'저러다가 큰 사고 한번 칠 것 같은데.'

아렌은 그러한 제 불길한 느낌이 통하지 않기만을 바라고 또 바랐다. 귀족들이 도착하기 전의 무도회장은 썰렁할 만큼 텅 비어 있었다. 아렌이 슬며시 손을 들어 검지로 대리석 바닥을 만져보았다. 매끄럽고 차가운 느낌이 손끝을 통해 전해지며 몸이 으슬거렸다.

하얀 대리석 위로 다시금 누군가의 얼굴이 떠오르자, 화들짝 놀라며 시선을 뗐다. 두려운 얼굴로 다시 확인한 대리석에는 더 이상 그가 보이지 않는다. 아렌은 한숨을 푹 내쉬며 주저앉았다.

좋아한다니. 평생 누군가를 마음에 담아본 적이 없기에, 이게 좋아하는 감정인지 아닌지 긴가민가하다. 지금 와서 돌이켜보면 제스를 볼 때 느꼈던 많은 마음이 평범하게 느껴오던 감정 위에 존재하는 건 분명했다. 옆에 있고 싶고, 웃는 걸 보고 싶고.

하지만 이것은 연모의 감정 따위 아닐 것이다. 아니어야만 한다. 혹시

맞더라도 억눌러야 한다. 여기서 멈춰야 옳은 일이다. 어떻게 정혼자가 있는 타국의 공녀가 기사단장을 상대로 이런 감정을 품을 수 있단 말인가. 절대 그래선 안 된다.

아렌은 마음을 굳게 다지고 몸을 일으켰다. 생각에 빠져 시간을 보내는 동안 어느새 귀족들이 하나둘씩 무도회장에 도착해 있었다.

이제 기사들이 모여 있는 곳으로 돌아가야겠다고 판단하고 사람들 사이를 헤치고 안쪽으로 들어갔을 때였다. 지나가는 시야 속에 익숙한 누군가가 스쳤다.

'세이?'

검은 연미복을 빼입은 세이를 발견하자 아렌의 눈이 크게 뜨였다. 멀리서 있긴 하지만, 하얀 피부라든가 생김새를 봤을 때 세이가 분명했다. 단 하나, 검은 머리카락이 걸렸다. 본래 세이의 머리카락은 청색이 은은하게 감도는 은발인데, 이상한 일이었다.

아렌이 그를 향해 걸음을 옮기려는 순간, 눈앞이 갑자기 흐릿해져서 크게 휘청거렸다. 그 바람에 옆에 있던 누군가와 그만 부딪쳐버리고 말았다. 그 현실적인 감각이, 몽롱해진 정신을 억지로 끌어내었다.

"앗, 미안."

아렌은 무의식중에 반말을 내뱉으며 몸을 가누었다. 흔들리던 시야 속에, 그녀와 부딪친 귀족 영애가 짜증스럽게 치마를 툭툭 털고 있는 모습이 들어오자 정신이 번쩍 들었다. 누구에게나 하대를 하던 옛 습관이 잘못된 상대에게 나와버리다니. 아렌이 황급히 허리를 숙였다.

"죄송합니다, 영애님. 실수했습니다."

"아직 무도회 시작도 하지 않았는데 꼴이 이게 뭐람! 이 드레스, 어떻게 책임지실 건가요?"

그녀를 향해 영애는 신경질적으로 드레스를 쥐고 흔들어 보였다. 검붉은 와인이 그녀의 드레스에 약간 묻어 있었다. 아렌이 부딪치는 바람에 조금 쏟은 모양이었다.

"제가 닦아드리겠습니다. 방금 묻었으니 물수건으로 닦으면 쉽게 지울 수 있을 겁니다."

아렌이 정중하게 말하며 드레스로 손을 뻗었지만, 찰싹 하며 세차게 내쳐질 뿐이었다.

"어디에 손을 대는 건가요? 내가 누군 줄 알고⋯⋯!"

"죄송합니다. 하지만 시시비비는 나중에 가리고 일단 얼룩부터 닦아내는 게 좋겠습니다. 그러다 완전히 배면 지우기가 더욱 힘들어질 것입니다."

아렌이 진심으로 사과의 뜻을 전하며 물수건을 건넸지만, 영애는 코웃음을 치면서 물수건을 받아들더니 바닥에 패대기쳤다. 그 물수건을 바라보던 아렌은 딱딱한 어조로 말했다.

"기분 상하신 것 충분히 이해합니다. 하지만 정말로 고의로 그런 건⋯⋯."

"듣기 싫어요. 그렇게 하면 더러워진 드레스가 돌아오나요? 얼룩진 드레스를 입고 이 무도회에 참석하라는 뜻이냐고요!"

영애가 씩씩대며 외치자 아렌이 한숨을 푹 쉬고 체념한 듯한 표정으로 물었다.

"그렇다면 영애님께서 제가 어떻게 했으면 하십니까? 원하는 것을 말씀해보십시오."

"뭐라고요? 적반하장도 유분수지, 지금 경이 무슨 무례를 저질렀는지 알기나 하고⋯⋯!"

아렌이 미간을 좁히며 그녀를 향해 계속 말을 이어갔다.

"입고 있기도 싫다, 닦아드린다고 해도 싫다 하시니⋯⋯. 더 좋은 해결

공녀님! 공녀님! 2

책은 떠오르지 않으니, 따로 원하시는 게 있으면 말씀해주십시오."

"제가 원하는 건 하나뿐이죠. 지금 경이 어서 나가서 똑같은 드레스를 장만해 오는 거요."

"……."

"왜요, 가르쳐달라고 하더니 막상 들으니까 못 하시겠습니까?"

한 번 거하게 비꼬아댄 영애가 이제 어떻게 하겠냐는 듯 팔짱을 끼고 응시했다. 제 드레스를 더럽힌 것은 그리 큰 문제가 되는 일이 아니었다. 이 영애는 그저 아렌이 곤란해하는 모습을 보고 즐기는 것뿐이었다. 그러니까 애초에 사과 따위는 필요 없는, 비틀려 있는 사람이라는 것이다.

예전 같았다면 그저 무시해버렸을 것을, 신분이 낮아지니 그마저도 쉽지 않았다. 제 행동에 대한 책임은 결국 기사단에게 돌아갈 테니 말이다. 이 상황을 어떻게 타개해야 할지 고민하던 찰나, 미성의 목소리가 흘러들어왔다.

"무슨 일인가요?"

"이자벨 공녀님!"

영애는 드레스 양 끝단을 잡고 허리를 숙이며, 제게로 다가오고 있는 이자벨에게 예를 갖추었다. 흰 천에 검은 레이스가 덧대어진 드레스에 긴 금발을 허리까지 늘어뜨린 이자벨이 부드럽게 미소 지으며 그 인사를 받았다. 황녀라고 해도 믿을 정도로 예사롭지 않은 기품을 지닌 여자였다.

그러고 보니 이번 무도회가 그녀 가문의 주최로 이뤄진다고 했었지. 아렌이 조금 전에 기사단에서 진행된 브리핑을 상기하며 허리를 숙이자 이자벨이 우아하게 웃었다.

"아렌 경이라고 하셨던가요. 지난번 이후로 또 뵙는군요."

"그간 평안하셨습니까?"

"덕분에 잘 지냈답니다."

가볍게 그녀와 인사를 나눈 후, 이자벨이 정면으로 고개를 돌렸다. 그러곤 조금은 곤란하다는 듯이 웃었다.

"키예프 양. 무슨 일이십니까. 심기가 많이 불편하신 것 같습니다만."

"글쎄, 영애님. 이자가 한눈을 어디 팔고 다녔는지 제게 부딪쳐서 드레스를 이 지경으로 만들어두었지 뭡니까? 그러고선 제게 미안하다며 하대를 했습니다. 저자가 이런 무례를 범했는데, 화날 수밖에요!"

"아렌 경께서요?"

이자벨이 의아해하며 아렌을 바라보자 아렌 또한 그녀를 마주 보았다. 너무도 올곧게 정면으로 향해 오는 시선에 이자벨은 저도 모르게 먼저 눈을 돌렸다. 저도 모르게 먼저 시선을 피해버렸다는 사실이 놀라웠지만, 그녀는 내색하지 않고 입을 열었다.

"키예프 양, 기사단 분들은 저희를 위해 수고해주시고 계십니다. 이번 일은 덮고 넘어가도록 하는 게 어떻습니까?"

"하지만 공녀님……!"

키예프가 이를 뿌드득 갈며 반발하자 이자벨이 손을 들어 그녀를 제지했다.

"대신 이런 일을 대비하여 제가 준비해놓은 여벌의 드레스가 있습니다. 모두 새것에다 헬레나 부인이 특별히 디자인해주신 드레스이니 키예프 양의 마음에도 쏙 드실 것입니다."

"어머나, 헬레나 부인의 드레스를요? 정말 그리해도 됩니까?"

"아일린, 키예프 양을 안내해주세요."

이자벨의 뒤에 있던 하녀가 종종걸음으로 나서서 영애를 안내했다. 영애는 조금 전까지 아렌을 상대로 분풀이하던 것을 싹 잊어버린 채 하녀 뒤를 따라나섰다. 둘의 뒷모습이 모퉁이를 끼고 사라지자 이자벨이 포근하게 웃으며 아렌을 바라봤다.

"일이 잘 해결되어 다행입니다. 그렇지요?"

"예, 영애님 덕분입니다. 감사합니다."

자칫 커질 수 있었던 소동을 이렇게 깔끔하게 정리해주다니, 이건 아렌으로서도 다행인 일이라 그녀가 순수하게 감사를 표했다.

'이자는, 그때 그…….'

분명히 떠오른다. 제가 보아온 여느 영애보다도 더 고운 미모를 가지고 있어서, 속으로 적잖이 놀랐던 기억이 있으니까. 이자벨은 두 손을 포개어 모으며, 얼마 되지 않은 기억을 천천히 떠올려보았다.

때는 제스가 무투대회에서 우승을 한 후, 장소는 알현장 앞이었다. 무투대회에서 우승한 제스가 알현장에서 나오자마자 이자벨과 공작은 그를 맞아 가족처럼 화기애애한 분위기를 조성했다.

당연한 일이라는 걸 알면서도 얼마나 우쭐해지며 행복했던가. 오래전 그를 처음 본 순간부터 그는 제 운명의 상대였다. 자신은 하일렌 공작 가문 중에서도 오랜 전통을 자랑하는 힐버른 가문의 무남독녀니까. 그에게 어울리는 사람은 이자벨, 그녀이기에 제게 어울리는 남자도 기사단장밖에 없다고 생각했다. 따라서 무투대회에서 우승했다는 소식을 듣고 나서도 많이 기뻤다. 공작가의 데릴사위로 삼을 수 있는 자격이 하나 더 생긴 셈이니까.

하지만 그는 그녀가 직접 축하하러 모습을 드러냈음에도 그리 기뻐 보이지 않았다. 심지어는 그녀는 안중에도 없는지 시선 한 번 주지도 않았다. 온갖 애를 쓰며 그의 관심을 돌려보려 했으나 헛수고일 뿐이었다. 그 차가운 태도가, 저 은발의 기사가 사라진 후에 배가 됐다는 건 도저히 이해할 수 없는 일이었다.

「제스 경, 아래로 가서 오붓하게 이야기를 나누심이……?」

「죄송합니다만, 기사단에 일이 많습니다. 기회가 된다면 다음에 뵙겠습니다.」

그는 그렇게 남인 듯 정중하게 거절을 한 후 자리를 떠나버렸다. 다소 굴욕적인 과거를 떠올리자 이자벨의 미간이 살짝 찌푸려졌다.

"아렌 경이라고 하셨나요? 일전에는 죄송했습니다. 제가 오기 전부터 많이 기다리셨을 텐데, 세워두고 실례를 범했군요."

"아닙니다, 괜찮습니다."

"그럼 이번에도 실례를 해도 될까요?"

"예?"

아렌이 어리둥절해하는 사이, 이자벨이 그녀의 손을 꽉 붙들고 사람들 무리에서 멀리 떨어진 창가로 이끌었다. 기둥 뒤로 슬쩍 숨고 나서야 손을 놔준다.

이게 뭘 하는 거지? 아렌이 떨떠름한 얼굴로 바라보고 있자 이자벨이 검지로 입술을 누르며 작게 속삭였다.

"다름이 아니고 여쭤볼 것이 있어서 말이에요."

"예? 무슨."

"제스 경이 기사단에서 어떤 분이신지 알고 싶습니다. 항상 바깥에서만 뵙다 보니 그쪽 일도 궁금해져서 말예요."

"사람을 잘못 찾아오신 것 같습니다. 저는 입단한 지 얼마 되지 않는 견습 기사일 뿐, 이런 사적인 자리에서 단장에 대해 논할 만한 위치에 있지 못합니다. 별 도움을 드리지 못해 죄송합니다. 그럼."

아렌이 자리를 피하려고 했지만, 이자벨은 다소 완강하게 말을 이었다.

"저는 아렌 경의 사적인 의견이 궁금할 뿐입니다. 그럼에도 대답하기가 곤란하신가요?"

"별다른 생각을 가지고 있진 않습니다. 단장님은 단장님일 뿐이죠. 훌륭하고 존경받으시는…….."

언뜻 아렌의 눈동자 위로 혼란스러운 기색이 스쳐 지나갔지만, 그와 반대로 이자벨의 표정은 꽃 피어나듯 환해졌다.

"잘됐군요. 그럼 저를 좀 도와주시겠어요?"

"무엇을 말입니까?"

"부디 제가 그분과 따로 만날 수 있도록 자리를 마련해주세요. 직접 말씀드리기엔, 너무나 떨려서…….."

생각을 떠올리는 것만으로도 부끄럽다는 듯 이자벨이 얼굴을 붉혔다. 아렌은 제 표정이 서서히 딱딱해져가는 걸 느꼈다.

"그런데 공작 영애께서 외간 남자와 사사로운 자리를 가지셔도 괜찮으신 겁니까?"

"그것까지 걱정해주시다니, 상냥하신 분이군요. 하지만 괜찮습니다. 저희 쪽에서 곧 제스 경께 혼담을 넣으려던 차였으니."

"……."

"저와의 혼인은 분명 기사단장님과 저희 가문, 양쪽 모두에게 득이 될 겁니다. 그러니 도와주시겠지요? 제스 경이 제게 와주시도록 말입니다."

이자벨이 웃으며 하는 말 한 마디, 한 마디가 뇌리에 꽂히는 것처럼 충격적이었다. 왜 충격적인지, 왜 거절하고 싶은지 까닭을 알지 못했다.

"단장님이라면……, 아주 좋은, 남편이 되시겠죠. 축하해드릴 일이라고 생각합니다."

"그런가요?"

"예. 두 분, 잘 어울리실 겁니다."

가늘게 떨리는 목소리로 말한 후, 아렌이 입을 꾹 다물었다. 그러자 이자벨의 고운 얼굴에 설렘과 기쁨이 동시에 드러났다.

"아렌 경께서 그렇게 말해주시다니 기쁘군요. 아, 제스 경."

이자벨이 아렌 어깨 너머로 시선을 던지며 반기자 가슴이 쿵 내려앉았다. 뒤돌아서 그의 표정을 확인하고 싶기도, 그렇지 않기도 했다.

"소란이 있는 듯하여 왔습니다만."

"조금 전에 다행히 무마되었습니다. 그럼 저는 일이 있어 먼저 실례하겠습니다."

다소곳이 인사한 이자벨이 자리를 뜨고 나서야, 아렌은 잘 돌아가지 않는 목을 억지로 돌려 보았다. 내리꽂히는 시선에 세포 하나하나가 반응하는 것만 같다.

상대가 그렇게 긴장하고 선 상태에서 제스 또한 말을 걸기 쉽지 않은 모양이었다. 아렌은 어떻게든 이 자리를 벗어나야겠다는 생각에 두 눈을 질끈 감았다.

"저, 저어. 드릴 말씀이 있어요. 여기서는 조금 곤란하니 이 층, 가장 서쪽 방에서 기다릴게요."

그 말이 끝나기가 무섭게 아렌은 제스가 저를 보지 못하도록 인파 사이로 몸을 숨겼다. 이제는 모든 일이 제 손에서 떠났다는 생각에 맥이 탁 풀렸다.


혈통 좋은 망아지가 이상하다. 아니, 원래부터 정상이 아니었긴 했지만 본격적으로 이상해진 것은 바로 어제부터다. 항상 씩씩하게 대들던 녀석이 어디가 안 좋다고 하질 않나, 환청을 듣는 것인지 이상한 소리가 들린다고 하질 않나, 슬금슬금 피하질 않나.

이 자리가 아닌 굳이 다른 자리에 불러낸 것도 이상하다고 여겼는데, 직접 가보니 불길한 예감은 어김없이 들어맞았다. 아렌이 아닌 이자벨 공녀가 있었던 것이다. 그 녀석은 대체 그 작은 머리에 어떤 생각을 넣고 사는 놈인지 모를 일이었다.

"제스 경."

이자벨은 자신이 지을 수 있는 최대한의 매력적인 미소를 띠면서 제스를 향해 다가갔다. 푸른 눈동자가 그녀를 스치듯 지나쳐 방 안을 훑어보았다. 어디에도 아렌의 모습은 찾을 수가 없었다.

"아렌 경을 찾으시나요?"

"여기 있을 거라고 들었습니다."

"그분은 이곳에 오시지 않을 거예요. 이 자리를 자진하여 만들어주신 분이 아렌 경이니까요."

이자벨은 두 손을 맞잡듯 포개어 제스 앞으로 다가왔다.

"잘된 일이지요. 저도 제스 경께 드리고 싶은 말씀이 있었으니까요. 수일 내에 힐버른 저택에서 다과회가 열릴 겁니다. 저와 아버님은 물론이고 친척 분들까지 모두 모이는 큰 자리지요. 그 자리에서 제스 경을 정식으로 소개하고 싶은데, 괜찮겠습니까?"

"죄송합니다."

대답은 즉각적으로 나왔다. 당황한 이자벨이 입을 떼려고 했지만, 제스가 단호하게 말을 이은 게 더 빨랐다.

"저는 제국의 검. 그 자리와는 맞지 않는 사람입니다."

"저, 저어……."

툭 치면 부러질 것 같은 가느다란 손이 제스의 망토를 잡았다. 그녀의 체면을 생각해 손길을 뿌리치진 않았으나, 그 무관심함이 이자벨의 마음을 더욱 뼈저리게 했다. 그녀는 그가 다른 곳으로 가버릴 것 같은 이상한 불안감에, 손에 쥔 망토를 놓지 않았다.

"제 마음만으로도 충분한데도, 안 되겠습니까."

더 솔직하게 전하고 싶었지만, 자존심이란 것이 그것을 쉽게 허락해주지 않았다. 사실 언제나 고백을 받는 쪽이기만 했던 이자벨에게는, 이렇게 따로 불러낸 것만으로 제 선에서 할 수 있는 모든 노력을 기울인 것이었다. 이렇게까지 매달렸으면 이제 알아줄 법도 한데. 무심한 사람. 이자벨은 젖은 눈동자로 제스를 올려다보았다.

"죄송합니다."

무정할 정도로 짧게 대답을 내뱉은 제스는 뒤돌아서 나가버렸다. 홀로 덩그러니 남아버린 이자벨은 파르르 떨리고 있는 손을 꽉 쥐었다. 피가 밸 정도로 입술을 꾹 깨물었으나 마음에 난 상처에 비교할 바는 못 되었다.

"괜찮아. 마음을 전한 건 시작일 뿐이니까.'

그녀가 스스로를 위로하며 치맛단을 모아 쥐었다.


제스에게 2층으로 가보라는 말을 남긴 직후, 아렌은 테라스에 모습을 숨기고 있었다. 지금쯤이면 둘이 만나서 오붓한 시간을 나누고 있을 것이다. 이자벨 공녀와 제스는 제가 보기에도 기막히게 잘 어울리는 선남선녀였다.

'나도 공녀의 신분이었다면, 이자벨처럼 그와 나란히 설 수 있었을까.'

아렌의 입에서 헛웃음이 터졌다. 만약 다시 과거로 돌아가더라도 제스는 만나지 못했을 것이다. 국적과 신분이 다른데 과연 말이나 섞어볼 수 있었을까. 아무리 가정에 가정을 거듭해도 좋은 결과가 나올 가능성은 작아지기만 했다.

그것만으로 왠지 모르게 침통해진 아렌은 한숨을 푹 내쉬며 고개를 젖혔다. 차가운 밤공기가 그녀의 폐 속에 한껏 들어와 머리까지 시원해졌다. 그녀가 우울해하는 걸 눈치 챘는지, 내내 옆을 조용히 따라다니던 로도모나스가 그녀의 팔을 쿡쿡 찔렀다.

"응? 로도모나스, 왜?"

로도모나스가 아무 말 않고 빤히 바라보고만 있자 아렌은 손을 뻗어 그의 머리를 쓰다듬어주었다.

"혹시 걱정해주는 거야? 고마워. 너밖에 없어."

인사의 뜻으로 손가락을 내밀자, 자그마한 앞발을 내밀어 톡 마주친다. 아렌이 작게 웃음을 터뜨리자 테라스 입구 근처에서 익숙한 목소리가 들렸다.

"아렌?"

아렌은 두 눈을 번쩍 뜨며 뒤를 돌아봤다. 그녀의 시선 끝에는, 와인 한 잔을 든 채 놀란 얼굴로 서 있는 세이가 있었다.

"세이! 아까 본 게 세이가 맞구나! 여긴 웬일이에요?"

"이런, 기사단이 왔다고는 했으나 견습 기사인 아렌까지 오셨을 줄은 미처 몰랐습니다."

아렌이 그를 격하게 반기는 사이, 발코니 난간에 앉아 있던 로도모나스도 날개를 파닥거리며 세이 앞으로 날아왔다. 고개를 힘껏 숙여 건네는 인사를 눈짓으로 받은 후, 세이가 아렌에게 시선을 돌렸다.

"세이, 그런데 여기엔 무슨 일이에요? 머리색까지 바꾸고."

"저는……, 살펴볼 사람이 있어서 잠시 참석했습니다. 조금 전까진 후회하고 있었습니다만, 지금은 잘했다는 생각이 드는군요."

"그래요? 후후, 사실 말이죠. 세이가 온 거 제가 먼저 알았어요. 아까 저어기 안에서 먼저 알아봤거든요."

"그러십니까."

세이가 어린아이 타이르듯 그녀의 머리를 토닥거렸다. 아렌은 무도회장 안쪽을 가리키던 손가락을 접으며 살짝 미소 지었다. 감미로운 세이의 목소리를 듣다 보니 무거웠던 머리가 점차 맑아지는 것만 같다.

반가운 마음은 뒤로 하고, 아렌은 색이 달라진 그의 머리카락을 한 줌 살짝 쥐어 들어 올렸다.

"세이, 그런데 머리카락 색을 왜 바꿨어요?"

"글쎄요."

세이는 언제나처럼 뜻을 알 수 없는 대답을 하며 모호한 미소를 지었다. 이럴 때면 끝까지 물어도 대답을 해주지 않는다는 걸 알기에, 그녀는 다른 쪽으로 화제를 전환했다.

"세이에겐 검은 머리도 잘 어울리네요. 원래 머리보단 아니지만……. 은청발이 원래 머리가 맞는 거죠?"

"예, 지금은 마법으로 눈속임을 해두었을 뿐입니다. 말하자면 로도모나스가 모습을 바꾸는 것과 비슷한 원리랄까요. 그런데, 아렌……. 아까부터 왜 그렇게 빤히 보십니까?"

세이의 말대로, 아렌은 검은 머리카락을 손으로 만지면서도 그의 얼굴을 뚫어져라 응시하고 있었다. 곧이어 환한 미소가 그녀의 입가에 머물렀다.

"어쩐지 정말 오랜만에 보는 기분이 들어서요. 세이를 보니까 기분이 좋아지네요."

"저도 아렌을 보니 무척이나……."

매끄럽게 말하다가 세이가 잠시 입을 다물었다. 얼핏 이해 안 된다는 얼굴이었지만 이내 미소를 되찾고 말을 이어나갔다.

"기쁩니다."

아렌이 쑥스러운 듯 시선을 피하자 이번엔 세이가 그녀의 머리를 매만졌다. 은색 머리카락이 손가락 사이로 매끄럽게 빠져나갔다. 테라스 사이로 흘러들어 온 빛에, 그녀의 얼굴이 선명해졌다. 이제 보니 조금은 핼쑥한 것 같다. 어쩐지 낯빛도 좋지 않고.

"아렌, 못 본 사이 조금 마르신 것 같습니다."

"아, 네. 뭐……. 요즘 별별 일이 다 있어서요."

"무슨 일이 있었습니까?"

"어휴, 말도 마요. 누가 헛소문을 퍼뜨려서는."

"어떤 소문 말입니까?"

"그건, 근거 없는 헛소문이라 제 입으로 말하긴 좀 그렇고……."

목구멍까지 올라온 '짝사랑'이라는 단어를 밀어 넣으며 아렌이 입을 다물었다. 세이는 소문 내용을 듣고 싶어 하는 눈치였지만, 제스 이야기를 그 앞에서 하긴 다소 꺼려져서 줄곧 입을 다물고만 있었다. 정확한 사실 정황은 없지만, 그냥 느낌이 말해서는 안 될 것 같았다.

마침 그들 사이를 스산한 바람이 스쳐 지나갔고, 아렌이 두 팔을 감싸며 몸을 움츠렸다.

"날이 차군요."

그 말과 함께 그가 입고 있던 검은 겉옷이 그녀의 어깨 위로 내려앉는다. 아렌은 앞섶을 두 손으로 잡고 꼭 여민 후 난간에 기대 주르륵 주저앉았다. 세이도 그녀를 따라서 옆에 앉는 기척이 느껴졌다.

별달리 할 말이 떠오르지 않아 아무 말도 안 하고 있으려니 다시금 제스와 이자벨의 모습이 눈앞에 어른거린다. 안 되겠다, 뭐든 세이와 이야기부터 나눠야지. 생각을 정리한 아렌이 세이 쪽으로 고개를 돌렸다.

"세이, 궁금한 게 있어요."

"뭐가 궁금하십니까?"

"세이, 가족관계가 어떻게 돼요?"

"……."

"가족요, 가족."

신체 사이즈를 물어본 것도 아닌데 왜 저렇게 뜸을 들일까. 아니, 세이라면 신체 사이즈를 물어봐도 유들유들하게 대답해줄 것 같은데. 아렌이 작게 '네?'라고 재촉하며 묻자 세이가 부드럽게 말했다.

"없습니다."

"혹시 돌아가셨나요? 어쩌다가……."

아렌은 이건 너무 깊숙한 질문이라는 생각을 뒤늦게 떠올리고 입을 다물었다.

"미안해요, 주제넘은 질문이었죠?"

"아니요. 아렌에게 주제넘은 질문이란 없습니다. 다만 부모에 관한 기억은 없기에 대답할 수 없었던 것뿐입니다."

세이가 그녀의 머리카락을 쓸어 넘겨주었다. 밤공기가 차서 그런지 그의 손길이 더욱 따뜻하게 느껴졌다. 부모에 관한 기억이 없다니, 이건 또 무슨 소리일까. 궁금해지긴 했지만, 이것 또한 물어선 안 될 것만 같았다.

"세, 세이. 그럼 음……."

아렌이 할 말을 찾지 못하고 눈을 굴리고 있자, 대뜸 세이가 질문을 던졌다.

"저도, 질문해도 되겠습니까?"

"뭔데요?"

"남장은 왜 하고 계신 겁니까?"

그러고 보니 처음에도 똑같은 질문을 한 적이 있다. 그때는 처음 본 사람에다 이렇게 가까워질 줄은 몰랐으니 어물쩍 넘겨버렸지만, 지금은 달랐다. 세이는 몇 번이나 저를 도와주고 구해준 사람이다. 이제는 경계를 조금 늦춰도 되지 않을까.

무언가 말을 할 듯 말 듯 입을 달싹거리는 아렌을, 세이는 차분히 기다려주었다. 한참을 망설이던 그녀가 얕은 한숨을 푹 내쉬었다.

"세이, 화내지 않는다고 약속해줘요."

"들어보고 결정하겠습니다."

"으으, 그런 말을 들었는데 어떻게 말하라고……."

"화내지 않는다고 말씀드리면, 솔직히 이야기해주시겠습니까?"

더는 상냥할 수 없는 그의 말에 아렌은 저도 모르게 안심이 되었다. 하긴 세이를 믿지 않으면 누굴 믿으랴. 이제 와서 사정을 설명하는 것도 많이 늦은 일이리라.

하지만 막상 설명하려니 어디서부터 설명해야 할지 막막했다. 여러 가지 것들을 정리하는 데는 꽤 오랜 시간이 필요했다. 지루해진 로도모나스가 꾸벅꾸벅 졸 때쯤, 아렌이 입을 열었다.

"남장은……, 여자인 상태로 살면 금방 들켜버릴까 봐 어쩔 수 없이 선택한 거예요. 원래 머리는 좀 더 길었고, 드레스를 입고 다녔죠. 드레스는 왜 입었어야 했냐면, 이제야 말하는 건데……. 사실은 귀족……이었거든요. 그것도 꽤 큰 가문의. 지금은 그 가문으로부터 가출한 상태고요."

아렌이 그가 놀라 숨을 삼키는 소리를 예상하고 두 눈을 질끈 감았다. 얼마나 배신감을 느낄까. 얼마나 화낼까. 어쩌면 배신감을 느끼고 절교를 선언해버릴 수도 있다. 거짓말이 지속된 기간이 너무도 길었으니까, 그 정도는 감당해야 하리라.

하지만 그녀의 귓가에 들려온 말은 전혀 다른 것이었다.

"그렇습니까?"

그의 무덤덤하고 평탄한 말투에, 오히려 아렌이 놀라버렸다. 마치 다 알고 있었던 이야기를 듣는 것 같은 태도지 않은가. 아렌이 두 눈을 동그랗게 뜨며 물었다.

"안 놀라요?"

"놀랐습니다."

그는 전혀 놀란 것 같지 않은 얼굴로 놀랐다고 말하고 있었다. 아렌의 눈이 서서히 가늘어졌다.

"세이, 원래 놀라도 그렇게 티를 안 내요? 저번에도 그렇고 정말 안 놀란 건지, 그런 척하는 건지……. 세이한테 놀라운 일이 있기나 해요?"

그는 대답하지 않았다. 다만 살짝 고개를 돌려 앞을 바라보며 차분히 물을 뿐이었다.

"그래서 가출은 왜 하신 겁니까?"

"사실은……, 집안에서 정해둔 약혼자가 있었거든요."

이 말도 나름대로 어렵게 꺼낸 말이었는데, 세이의 표정엔 여전히 미동이 없었다. 이 말을 듣고도 안 놀랄 줄은 꿈에도 몰랐다. 이쯤 되면 아렌은 도리어 긴장한 자신이 바보가 되는 듯한 기분이었다. 화를 내는 것보다 낫긴 하지만 다소 찝찝한 반응임은 분명하다.

"그 약혼자가 싫었습니까?"

"난 약혼자라는 사람을 전혀 알지도, 만나보지도 않았어요. 그런데 혼인이 정해진 상태에서 만나라니! 말이 되는 소리예요, 그게?"

아렌이 버럭 소리를 지르며 주먹을 불끈 쥐었다.

"더욱 화가 나는 건 아버님의 태도죠. 그딴 자식, 내가 가주가 되면 얼마든지 이겨줄 수 있는데! 두고 봐요. 제가 만약 들켜서 집에 끌려가게 되면 그 정체 모를 놈을 제 발로 찾아갈 거니까요. 결혼식에 못 나올 정도, 아니, 걷지도 못할 정도로 만들어줄 거야."

아렌은 세이가 바로 그 '정체 모를 그놈'이라는 걸 꿈에도 생각하지 못한 채, 허공을 향해 주먹을 마구 휘둘렀다.

"아, 그놈이 결혼을 먼저 포기하게 만든 다음 다시 가출을 하는 게 좋겠군요. 세이모어 공작인지 뭔지, 사교계에도 안 나오는 걸 보니 분명 비실비실하고 허여멀건 놈일 거예요. 몇 대 맞으면 눈물을 뚝뚝 흘리면서 살려달라고 빌겠죠. 흥! 두고 보라지!"

아렌의 말에 세이의 어깨가 가늘게 떨렸다. 그가 손으로 입을 가리며 웃음을 참는 기색이 역력하자, 그를 본 아렌의 얼굴이 썩어갔다. 자신의 원대한 계획이 무시당한 것 같은 기분이 들었기 때문이다.

그녀가 세이를 향해 한 소리 하려는 찰나 그가 대뜸 입을 열었다.

"세이모어 공작의 얼굴을 봤다면 어떻습니까?"

"네?"

"예를 들어 그 약혼자가 저라도 똑같이 가출하실 겁니까?"

"……세이요? 에이, 무슨 말도 안 되는……."

아렌이 손을 휘휘 저으며 말했으나 세이가 그녀의 손을 잡고 꼭 쥐었다. 그가 웃음기를 지우고 진지하게 말했다.

"피하지 마시고 부디 대답해주십시오."

"에? 으음……."

아렌이 눈알을 또르르 굴리며 생각에 잠겼다. 세이가 세이모어 공작? 거기다 약혼자? 어떻게든 상상해보려 애써봐도 도저히 대입이 불가능했다. 애초에 그 형편없는 세이모어 공작과 세이가 같은 인물인 게 말이 되는가. 그런데 대체 세이는 왜 이런 걸 물어보는 걸까. 거기다 무언가 기대하고 있는 것 같은 눈초리가 심상치 않다. 마음 같아선 '싫다'며 장난을 치고 싶지만……. 웃는 얼굴에 침 못 뱉는다고 장난으로라도 그렇게 말할 수가 없었다.

아렌은 그냥 적당히 얼버무릴 생각으로 웃으며 말했다.

"뭐, 세이라면 괜찮겠죠. 세이라면."

"……그렇습니까."

세이의 어조가 유난히 부드러웠다. 그의 기분이 상하지 않는 선 내에서 유들유들하게 상황을 넘긴 모양이었다. 그녀가 세이를 만나 기분이 좋아진 것처럼, 세이 또한 조금 전보다 더 기분 좋은 미소를 짓고 있었다. 긴 속눈썹 한 올 한 올에 빛이 맺힌 것 같다. 그에게 홀린 듯 정신이 뺏겨 있던 아렌이 멍하니 입을 열었다.

"세이는, 웃는 게 참 예뻐요."

"……예쁘다는 말은, 남자한테 하는 게 아니라고 말씀드렸습니다."

'아니, 예쁜 걸 예쁘다고 하는 것도 죄인가요.'라고 말하는 조그맣고 붉은 입술을 보며 세이가 천천히 그녀에게 손을 뻗었다. 살며시 잡아 올린 손등에 가볍게 입을 맞추자 그녀의 두 뺨이 붉게 영글어갔다.

이것은 인사였다. 조금 전에 그녀가 한 대답에 대한 인사. 세이는 방금 나눴던 대화에서 놀라울 정도로 큰 만족감을 얻은 데에 미소 지으며 고개를 천천히 들었다.

"세이, 갑자기……."

많은 이들이 그녀의 손등에 키스하며 인사를 전했지만, 어쩐지 세이가 할 때엔 느낌이 달랐다. 농염한 기운이 흐르는 눈동자와 마주하자 정신이 까마득해졌다.

그때 옆에서 얼음장같이 싸늘한 목소리가 들려왔다.

"여기서 뭐 하는 거지?"

이 목소리는……!

"제, 제스!"

아렌이 도둑질을 하다 들킨 아이마냥 화들짝 놀라며 벌떡 일어서자 세이도 고개를 돌렸다. 짧은 흑발에 푸른 눈동자. 찾았다. 세이는 특유의 온화한 미소를 지으며 몸을 일으켰다. 그리고 더는 정중할 수 없는 태도로 악수를 청했다.

"여기서 다시 뵙는군요, 기사단장님."

제스는 제게로 내밀어지는 손을 무시하고 아렌에게 시선을 돌렸다.

"여기서 뭐 하고 있느냐고 물었다."

"친구를 만나서 잠시 이야기 중이었습니다. 경비를 제대로 서지 않은 점은 죄송합니다……."

"따라와라."

"아……."

아렌이 우물거리자 제스는 번개같이 그녀의 팔목을 낚아채고 끌고 가기 시작했다. 그럴 줄은 미처 몰랐던 아렌이 크게 기우뚱하자 세이가 반대쪽 손목을 탁 잡았다.

"무슨 일이십니까? 아렌은 저와 할 이야기가 남아 있습니다만."

걸음을 멈추고 천천히 뒤도는 제스의 시야 속에 단정히 웃고 있는 세이가 들어찼다.

"저와의 용무가 끝나면, 보내드리겠습니다."

"갑자기 왜……, 놔주세요."

제스에게 잡힌 손목이 타들어갈 듯이 화끈거린다. 쥐고 있는 악력이 너무도 세서, 참다못해 손목을 비틀며 빼내려 할 수밖에 없었다. 하지만 그는 끝끝내 놓아주지 않았다.

손목에 벌겋게 떠오르는 손자국을 보자 세이의 얼굴이 급격하게 싸늘해졌다.

"놓으십시오. 지금 당장."

"비켜라."

"말이 안 통하는군요. 진정 무력행사라도 하길 바라십니까."

"……얼마든지."

'이것 봐.'

세이의 눈에 붉은 기운이 설핏 감돌자 그는 한 손으로 눈을 가리며 마음을 최대한 잠재웠다. 감정이 고조되었을 때 자연히 붉어지는 눈을, 이곳에서 보이고 싶진 않았다. 세이가 쯧, 하고 못마땅한 듯 혀를 찼다.

무도회에 온 것은 분명 기사단장을 보러 온 것이 맞다. 그저 상황만 살피고 사라질 생각이었는데, 기사단장을 처리해달라는 황비의 청을 어부지리로 들어주게 생긴 것이다. 하지만 저 고귀하기 짝이 없어 보이는 기사단장을 짓밟는 것도 그리 재미없지만은 않을 것이다. 무엇보다도, 이런 느낌은 오랜만이니.

세이의 하얀 손가락 사이로 붉은 눈동자가 불길하게 번뜩였고, 분노와 투기에 온몸이 전율했다.

"그렇다면 부디 최대한 버티시길 바랍니다."

취한 듯 나른한 목소리가 울리며 허공에 불온한 흔적을 남겼다. 그게 처음으로 내비친 진심이라는 걸, 둘은 알고 있었다. 아렌이 더듬거리며 입을 열었다.

"자, 잠깐. 지금 뭐……."

"……."

제스는 아무 대꾸를 하지 않고 아렌을 끌어당겨 자신의 뒤에 세웠다. 순식간에 검집에서 뽑힌 검이 흔들림 없이 세이에게 향했다. 팽팽한 긴장감이 검을 따라 흘렀다.

세이는 상대에게서 느껴지는 만만치 않은 살기에 낮게 웃음을 터뜨린 후, 양손을 폈다. 그에 반응하듯 연기와 비슷해 보이는 검붉은 기운이 폭풍처럼 몰려들었다. 마법에 대해서는 문외한인 아렌조차 저것은 보통 마법이 아니라는 건 알 수 있었다. 폭발할 듯 부풀어 오르는 구체를 보자 진정으로 두려움이 몰려오기 시작했다.

제스의 검에 검기가 서리며 불타오른 것도 거의 동시에 일어난 일이었다. 단 한 번 스치듯 본 것만으로도, 예전 무투대회에서처럼 강한 검기는 아니라는 건 알 수 있었다. 무도회를 의식해 스스로 절제하고 있는 탓이었다.

공녀님!
공녀님! 2

거리낄 것이 없는 세이에 반해 제스는 핸디캡이 많았다. 무도회, 기사단장, 주변 민간인들의 피해……. 전력을 낼 수 없는 상황이다. 아무리 제스가 검기를 다룰 수 있다지만, 세이는 적당히 봐줄 수 있는 상대가 아니었다. 직접 본 적은 없지만, 느낌이 그랬다.

안 돼, 이래선 안 된다. 잘못하면 주, 죽을 수도…….

아렌의 머릿속에 피투성이가 된 제스의 모습이 떠오르자, 그녀는 저도 모르게 뛰쳐나가 앞을 막아섰다. 아렌이 튀어나오자 막 마법을 쏘아 보내려던 세이는 아차 하며 손을 거두었다. 주변에 있는 모든 것을 태울 기세로 타오르던 마력 덩어리가 흔적도 없이 사라졌다.

"왜, 막아서는 겁니까."

한 자씩 내뱉는 목소리에 노여움이 배어났다. 조용히 고개를 내저은 아렌이 조용히 뒤돌아 제스를 올려다봤다.

"단장님."

아렌이 똑바로 그를 응시하며 말했다. 그녀의 행동에 제스의 눈도 약간 커져 있었다. 그의 감정에 반응하듯 검기가 서서히 사그라졌다. 아렌은 최대한 그에게 이성을 찾아주려는 생각으로 침착하게 말을 이어나갔다.

"무도회가 열리고 있어요. 여기서 결투를 하실 생각은, 설마 아니시지요?"

"……."

"부탁드립니다. 단장님, 이 행동에 대한 벌은 이후에 얼마든지 달게 받겠습니다. 그러니 지금은 돌아가주세요."

호소에 가까운 어조에 제스의 얼굴에 불쾌한 기색이 역력하게 드러났다.

'미안해요, 제스.'

아렌이 속으로 제스를 향해 말했다. 지금 그녀의 행동이 얼마나 그의 자존심을 상하게 할지는 상상도 못 할 것이다. 태어날 때부터 검사로 보이는 제스는 싸우다 죽어도 그리 미련 없이 눈을 감을 것만 같으니까. 하지만 아렌은 도저히 그 모습을 보고 있을 수는 없었다. 피할 수 있다면 어떻게 해서든 피신시키는 게 우선이다.

"……."

역시 제스는 조금은 화가 난 얼굴이었다. 손목을 잡은 손에 힘이 들어가는 듯싶더니, 이내 뿌리치듯 놓아주고는 자리에서 떠나버렸다. 무도회장으로 들어가는 그의 뒷모습을 본 아렌은 가슴의 통증을 참으려는 듯 얼굴을 일그러뜨렸다. 대체 왜 이렇게 아픈 건지…….

"아렌."

부드러운 목소리가 그녀의 상념을 깨뜨렸다. 고개를 돌려보자 어느새 원래 모습으로 돌아와 있는 세이가 보였다.

"많이 놀라셨습니까?"

"……세이."

혹시, 혹시 말이다. 조금 전의 모습이 원래 세이일 수도 있지 않을까? 아렌은 마른 목 너머로 침을 꿀꺽 삼키며 입을 열었다.

"세이, 아까……, 죽인다는 거……, 진심이었어요?"

"글쎄, 어떨 것 같습니까."

세이가 악의 한 점 보이지 않는 미소를 지었다. 평소와 같은 모습이었지만 거기에서마저 섬뜩함을 느낀 아렌은 마른 목에 침을 꿀꺽 삼켰다. 적어도 자신이 보기에 방금 전 세이는 진심이었다. 진심으로 제스를 죽이려 했다. 얼핏 즐거워 보이기까지 했다.

그녀는 두 손을 깍지 끼면서 최대한 마음을 가다듬고 말했다.

"세이, 무슨 일이 있어도 단장님은 건드리지 말아주세요."

세이의 눈이 찬찬히 가늘어졌다.

"까닭을 물어도 되겠습니까?"

"어……. 그게, 단장님한테 도움을 많이 받았거든요. 신세를 갚는 셈 치고……. 이게 아니지. 단장님 때문이 아니고요. 그, 그냥, 방금 같은 모습은 세이랑 어울리지 않아서요."

세이에게는 설득보단 회유가 더 통할 것 같다는 생각에 급히 방향을 틀어 횡설수설 말했다. 그녀의 말에 세이의 얼굴엔 만족스런 웃음이 떠올랐다.

"알겠습니다. 그리 어려운 일도 아니니까 말입니다."

그게 묘하게 '죽이는 게 더 쉽겠지만'이라는 말로 치환되어 들렸다. 어쩔 수 없이 느껴지는 이질감에 아렌이 주춤하자 세이가 매끄럽게 말을 이었다.

"대신 아렌은 무얼 해주실 겁니까?"

"어……. 뭘 해줄 수 있을까요?"

"소원 하나 들어주십시오."

"소원요? 어떤 소원을……."

불길한 느낌이 든 아렌이 주춤거렸다.

"어려운 것은 요구하지 않겠습니다. 아렌이 해줄 수 있는 범위 내의 것일 테니 걱정 않으셔도 됩니다."

"아, 네. 뭐……."

아렌이 얼버무리며 대답했다. 이상한 거면 절대 안 들어줘야지, 라고 생각하면서. 그녀에게 천천히 다가온 세이가 그녀의 손목을 조심스레 잡아들었다.

"아프시겠군요."

"아."

아렌은 그제야 제스가 잡았던 손목이 새빨갛게 부어오른 것을 발견하고선 한숨을 내쉬었다. 이렇게 세게 잡은 걸 보면 제스가 어지간히 많이 화났나 보다. 그런데 대체 뭐에 그렇게 화가 나서 찾아온 걸까. 이자벨 공녀라면 분위기가 안 좋게 흘러가게 놔두진 않았을 것 같은데 말이다.

아렌이 생각에 빠져 있는 동안 세이가 손목을 들고 천천히 제 입에 가져다 댔다. 부드럽고 따뜻한 입술이 손목에 닿자 아렌은 퍼뜩 정신을 차리고 원망스런 눈으로 그를 노려봤다. 거짓말처럼 붉은 기가 사라졌지만 지금 그게 문제가 아니다! 가만히 두니 지나치게 자기 멋대로 행동하질 않는가!

아렌은 이를 빠드득 갈며 입을 열었다.

"저도 무력행사라는 걸 할 수 있답니다, 천재 마법사님. 이 꽉 무세요."

아렌이 주먹을 단단히 쥐고 그를 향해 휘둘렀지만, 세이는 놀라운 힘으로 그녀의 주먹을 낚아채고 다른 쪽 손으로 허리를 감싸고 끌어당겼다.

제기랄! 마법사가 힘은 또 왜 이렇게 센 거야!

아까 같은 상황이 또 발생할까 봐 아렌은 황급히 그의 어깨를 있는 힘껏 밀어내며 고개를 숙였다. 이번엔 예상외로 그녀를 순순히 놓아주었다.

"세이, 이제 가야겠어요. 미안하지만 이제 그만 가주세요."

"아렌."

아렌이 아무 대답을 하지 않자 세이는 순순히 한 발짝 뒤로 물러섰다. 잠시의 침묵 후에 그가 아렌의 한쪽 손목을 잡고 들어 올렸다. 가늘고 눈부신 손가락이 천천히 손목을 따라 움직이며 쭉 선을 그었다. 이번엔 대체 뭘 하는 건가, 하고 지켜보던 아렌의 눈이 휘둥그레졌다. 그의 손길이 지나친 자리에 식물의 가느다란 줄기가 생겨나더니, 줄기를 따라 보라색 앙증맞은 꽃이 하나둘씩 피어난 것이다.

아렌은 꽃팔찌에서 풍겨오는 익숙한 향기에 금방 꽃의 정체를 알아차릴 수 있었다.

공녀님!
공녀님! 2

"이거, 재스민……?"

"맞습니다."

아렌이 놀라움을 금치 못하며 재스민 팔찌를 이리저리 들여다보았다. 세이가 기분 좋은 웃음을 지으며 머리를 두어 번 쓰다듬어주었다.

"아까 놀라게 해서 죄송합니다. 그럼 다시 뵐 때를 기다리겠습니다."

말을 끝내자마자 세이의 모습은 허공으로 녹아들듯 사라졌다. 아렌이 그가 사라진 자리를 멍하니 응시하며 아쉬운 어조로 중얼거렸다.

"아, 한 대 제대로 때렸어야 하는 건데."

밤의 정적 속에서 그녀의 한숨 소리가 크게 울렸다. 퍼덕퍼덕. 옆에서 들려오는 날갯짓 소리에 시선을 돌려보니 두 눈에 눈물을 그렁그렁 달고 쳐다보는 로도모나스가 보였다. 아렌은 깜짝 놀라 손을 뻗었다.

"로도모나스, 시, 신경 못 써줘서 미안해."

그러고 보니 줄곧 곁에 있었는데 어느 순간부터 로도모나스를 없는 존재 취급하고 있었다. 그는 그녀의 두 손 위로 가뿐히 착지하고선 '관심을 주세요.'라고 말하는 초롱초롱한 눈망울로 올려다봤다.

"이제 갈까?"

작은 속삭임에 로도모나스가 다시 고개를 끄덕끄덕했다. 아렌은 심호흡 몇 번을 한 후 테라스에서 나갔다. 마음이 진정된 지 얼마 되지도 않았는데, 테라스에서 나가자마자 얼마 떨어져 있지 않은 곳에서 제스의 모습이 보였다.

어쩐지 그의 뒤에 사자 형상이 떠오르는 것만 같았다.

'신이시여, 곧 곁으로 가겠나이다. 저를 어여삐 여기소서!'

아렌이 식은땀을 흘리며 속으로 뇌까렸다.

"어……. 제스."

아렌이 무언가 하기도 전에, 제스가 빠른 걸음으로 성큼성큼 다가오더니 그녀를 낚아채듯 데리고 다시 테라스로 나갔다. 워낙 세게 당기는 바람에 세이가 덮어줬던 겉옷이 바닥에 툭 떨어졌다. 아렌이 테라스로 따라들어가자 제스가 다소 거친 손길로 커튼을 휙 쳤다. 제스가 그녀를 놓아주고 두 발짝 정도 앞으로 걸어갔다. 아렌은 고개를 떨어뜨린 채로 최대한 평정심을 되찾으려 애썼다.

무도회장에서 왈츠가 들려온다. 따라라라란. 따라따란. 이 자리만 피할 수 있으면 드레스를 입고 저 안에서 춤을 출 수도 있을 것도 같다.

"……."

아렌은 힐끗 눈을 굴려 제스의 뒷모습을 바라보았다. 무슨 말을 해야 할 것 같은데……. 그녀의 마음을 읽기라도 하듯 그가 아주 천천히 뒤돌았고, 날카로운 눈길로 그녀를 응시했다. 아렌은 찍소리 못하고 고개를 숙였다.

"설명해라, 전부."

"아, 그게……, 말이죠. 아까 세이는요……. 사실 마법 무진장 잘 쓰거든요. 자기가 천재라고 잘난 척할 정도인데요. 아니, 제스를 무시하는 건 아닌데, 거기서 싸웠으면 제스도 곤란해질까 봐……."

아렌이 더듬거리며 말하기 시작했다. 하지만 제스가 그녀의 말을 단호히 자르고 들어왔다.

"요 며칠간, 너의 행동에 대해 설명해라. 지금 당장."

"에……? 무슨 행동…….."

"왜 피하는 건지부터 설명해."

이번엔 아렌이 눈을 슬금슬금 피했다. 물론 대답은 할 수 있었다.

'아아, 왜 피하냐고요? 제스만 보면 가슴이 뛰어서 좀 멀어지려고 했어요. 난 잘 모르겠는데 주변에서 다 제스 좋아해서 그런 거래요! 하하, 재밌죠? 근데 진짜일지도 몰라요!'

대답이 이 모양이라서 문제라는 것이지. 아렌이 '그런 것 모른다.'라는 얼굴로 고개를 세차게 내젓자, 제스의 눈동자가 서슬 퍼렇게 변했다.

"너도 내가 무슨 말을 하는지 알고 있을 거다."

아렌은 급히 주변을 살펴보았다. 누구라도 자기를 좀 끌고 안으로 들어 가줬으면 좋겠는데, 애석하게도 개미 그림자 하나 보이질 않는다. 조금 전까지만 해도 주변에서 그렇게 알짱대던 리안은 어디로 가고 코빼기도 안 보이는 건지. 어떻게든 이 상황을 빠져나갈 궁리만 하고 있는 아렌을 향해 제스가 으르듯 말했다.

"대답해라."

"무슨 말 하는지 모르겠……네요."

아렌이 고개를 휙 돌리자, 제스는 참지 못하고 손을 뻗어 그녀의 턱을 잡고 자신 쪽으로 돌렸다. 아렌이 당황하며 그의 손을 떼어내려 했으나, 꿈쩍도 않는다. 하여간 힘센 건 알아줘야 된다. 아렌은 강제로 제스 쪽을 바라보게끔 되었으나, 시선만큼은 최선을 다해 돌려가며 마주치지 않도 록 애를 썼다.

"날 봐라."

"……."

어떻게든 대답을 하고 싶었지만, 차갑다 못해 아예 찌를 것처럼 날카로 운 그의 눈빛이 쏟아지는 바람에 찍소리도 나오질 않는다. 콩닥콩닥. 무 서운 것과는 별개로, 아렌은 그의 손길이 닿자 더욱더 휘몰아치는 가슴 박동을 견디지 못할 지경이었다. 그래, 제스는 이성적인 사람이니까 타협 을 하자.

"저기, 일단 이것 좀 놓고 얘기를……."

"놓지 않는다."

타협은 바로 실패로 돌아갔다. 공녀 시절 배운 외교술은 가출하면서 베이판에 두고 왔나 보다. 더 이상 할 말이 생각이 나질 않는다. 거기다……, 제스의 얼굴이 바로 코앞에 있으니 심장은 제어불능 상태로 터질 듯 두근거리고 있었다.

"멋대로 행동하는 건 대체 언제 고칠 생각이지?"

"어……. 그러게요……."

"누가 이자벨 공녀와 그런 자리를 만들라고 시켰나?"

"그래서 싫었어요?"

갑자기 내뱉은 말에 더 놀란 것은 아렌, 저 자신이었다. 머릿속으로는 누군가가 지금 대체 무슨 말을 하는 거냐고 비명을 질러대는데 입은 계속해서 멋대로 움직였다.

'신이시여, 곁으로 가겠다는 말, 아깐 반쯤 농담이었는데 이젠 진담입니다. 내 시신은 부디 베이판으로 잘 가야 할 텐데…….'

"이자벨 공녀님……."

"……."

"아름다우시던데요. 두 분이 잘 어울리시는 것도 같기도 해서 자리를 만들어본 겁니다."

제스에게선 아무런 대답이 없었다. 처음엔 멋대로 뱉은 말이었는데 말하다 보니 점점 기분이 좋지 않게 변해갔다.

말을 끝마치고 아렌이 한 발짝 뒷걸음질 치자 그녀의 턱을 단단히 잡고 있던 손이 쉽게 떨어져 나간다. 아렌은 차마 그의 표정을 확인하지 못하고 있었다. 다만 옷깃이 스치는 소리로 그가 벽 근처로 다가간다는 걸 어렴풋이 짐작할 뿐이었다.

쾅! 아렌은 별안간 그녀의 귀 옆에 울리는 굉음에 소스라치게 놀랐다. 항상 침착하던 제스가 주먹으로 벽을 내리친 것이다. 그것도 아렌의 머리 바로 옆에 있는 벽. 조금만 옆으로 향했으면 저가 맞을 수 있었다는 생각에 아렌의 눈이 있는 대로 확장됐다.

제스가 천천히 벽에서 주먹을 떼어냈다. 후드득, 하고 제스의 주먹이 꽂힌 부분만 푹 파여 부서진 부분의 잔재들이 떨어졌다. 그걸로도 모자랐는지 제스는 여전히 새파랗게 타오르는 눈으로 그녀를 돌아봤다.

"마지막이다. 말해."

"……."

오늘로 그녀는 아주 귀중한 걸 배운 것 같았다. 절대 제스를 화나게 하면 안 된다는 것. 다만 이번만은 제외였다. 서로를 위해서라도 절대 말할 수 없었다.

아렌이 입을 꾹 다물고 도리질을 치자 제스는 한참 동안 그녀를 바라보다가 한 마디 내뱉었다.

"제길."

낮고 작은 목소리였지만, 아렌의 귀엔 똑똑히 들렸다. 오늘은 정말이지 온갖 일이 다 일어나는 날이었다. 그가 저렇게까지 감정을 드러내고 욕까지 하다니.

혹여나 손이 다치진 않았을까 괜찮으냐고 물어보고 싶었지만, 그는 그녀를 거들떠도 보지 않고 지나가버렸다. 그 와중에도 그녀가 선물로 주었던 시곗줄은 주머니에서 잘그락거리며 빛나고 있었다.


아렌은 무도회장 구석에 쪼그려 앉아 잔뜩 풀이 죽은 채로 있었다. 오늘 하루 만에 너무 많은 일이 일어나 눈앞이 핑핑 도는 것 같았다. 지끈거리는 머리 때문에 두 눈을 질끈 감고 두 무릎 사이에 얼굴을 파묻었다. 그냥 아무 생각 안 하고 침대에 누워서 자고 싶었다. 다 잊어버리고 싶었다. 오늘 들은 것, 한 것, 본 것 전부 다.

잠시 후 그녀 위로 누군가의 그림자가 드리워졌다.

"어이, 아렌. 뭐 하냐?"

"……리안."

아렌은 그녀를 내려다보고 있는 유쾌한 얼굴의 기사를 보며 말했다. 그의 손엔 술병과 잔이 들려 있었다.

"너, 그거…….."

"쉿. 몰래 빼돌린 거라고."

아렌이 놀라며 목소리를 높이려 하자 리안이 입을 틀어막으며 쉿쉿거렸다. 정말 사고뭉치가 따로 없었다. 경비를 하라고 직무를 주었더니 몰래 술이나 빼돌려 마시고 있다니.

"아무리 지금 사람들이 별로 남아 있지 않다고 해도……. 너 들키면 각오해야 할걸?"

"안 들키면 되지!"

리안이 술병을 단원복 속에 숨기며 당당히 외쳤다. 너무나 명답이라 할 말이 없었다. 저놈 은근히 천재일지도. 가만히 그를 바라보던 아렌은 한숨 섞인 목소리로 말했다.

"넌 그렇게 속이 편해 좋겠구나."

"이거 마시면 속이 편해져! 한 잔 줄까?"

"아냐, 됐어. 안 마셔보기도 했고."

아렌이 제 앞으로 내밀어지는 술잔을 마다하자 리안이 두 눈을 휘둥그레 떴다.

"안 마셔봤어? 그럼 술버릇이 뭔지도 모르겠네? 잘됐다. 원래 첫 술은 어른과 함께 마셔야 되는 거야. 술버릇이란 게 처음에 이상한 걸로 못 박히면 고거 바꾸기 어렵거든. 이참에 이 형님이 술을 가르쳐주지! 술을 한 번도 못 마셔본 어린 양을 위해 내 비밀 병기를 준다! 짠!"

"……그게 뭐야?"

투명한 유리병엔 붉고 반투명한 액체가 담겨 있었다. 어쩐지 보는 것만으로 달콤해 보였다. 리안은 형님만 믿으라는 듯 제 가슴을 팡팡 내리쳤다.

"이게 바로 하일렌 특산 과즙이다! 이걸 술에 섞으면 맛이 기가 막힌다고! 나 혼자 마시려고 몰래 가져온 건데, 특별히 너한테도 조금 나눠주지. 자, 마셔봐!"

신기한 일이었다. 조금 전까지만 해도 톡 쏘는 향기 때문에 가까이도 못 하고 있었던 술에 과즙을 섞자 마치 와인처럼 변해갔다. 심지어는 과즙보다도 더 달아 보였다. 아렌은 홀린 듯이 그 술잔을 받았다.

"쭉, 쭉 마시면 돼."

리안이 고개를 젖히고 원 샷 하는 모습을 흉내 내자, 아렌도 조금 경계가 허물어진 채 살며시 잔에 입을 대보았다. 살짝 들이켜보자 알싸한 느낌이 입안에 확 퍼졌다. 그 향을 음미하며 목으로 넘기자 달콤한 딸기향이 콧속까지 가득 메웠다. 달달한 맛 사이에 깃든 쓴맛은 식도를 넘어가면서 머릿속을 메웠던 걱정과 근심, 짜증거리들을 모두 다 뻥 뚫어주었다.

"어때, 맛있지?"

리안이 건들건들거리며 말하자, 아렌은 두 눈을 휘둥그레 뜨고 고개를 끄덕였다.

"되게 맛있네. 이 좋은 걸 내가 이제껏 왜 안 마셨지?"

"너 앞으로 이 형님 말씀만 믿고 따라라."

"한 잔 더 줘."

아렌이 남은 술을 모두 들이켜고는 빈잔을 들이밀며 말하자, 리안이 크게 웃으며 그녀가 달라는 대로 따라주었다.

"맛있다."

쓴맛에 인상이 찌푸려지긴 하지만 끝에 몰려오는 달달함이 주체할 수 없을 정도로 좋았다. 구름 위를 걷는 것처럼 들뜨고 얼굴도 조금씩 달아오르기 시작한다. 하지만 왠지 모를 자신감이 자꾸만 들었다.

이대로라면 안 취하겠는데?

아렌은 왠지 모르게 기분이 좋아져서 히죽 웃었다. 정말이지 왜 이제까지 이런 맛있는 술을 먹어보지 않았는지. 평생 먹어도 좋을 것 같은데.

하지만 그녀는 몰랐다. 과일주는, 맛있어서 먹다 보면 자신도 모르는 새 취하게 된다는 사실을.

"어어, 술이 다 떨어졌네. 술……, 술……, 술을 더 구해 와야겠어."

리안이 떠나고 홀로 남아버린 아렌은 그가 두고 간 술병을 흔들어보았다. 찰랑찰랑. 유리 조각처럼 반짝이는 액체가 너무나 예쁘다.

"으헤헤."

아렌은 실없는 웃음을 터뜨리며 남은 술을 다 비워버렸다. 약간 아쉬운 눈길로 빈잔을 바라보던 그녀는 곧 누군가 놔두고 간 데킬라를 발견하고 헤벌쭉 웃었다.


"단장님, 정리가 끝났습니다."

제스가 고개를 짧게 끄덕이자, 프레드릭은 기사들을 인솔하여 궁으로 향했다. 프레드릭의 뒤를 따르는 기사들을 쭉 둘러보면서 제스는 누군가의 자취를 좇았다.

아무리 화가 났다 하더라도 과했다. 녀석이 많이 놀랐을 것이다. 앞으로는 계속 피해 다닐 수도…….

거기까지 생각이 닿자 그의 눈동자가 약간 흐려졌다. 냉정을 찾고 대화를 해봐야겠단 생각이 들어 계속해서 그녀를 찾아보았지만, 기사들의 행렬을 끝까지 지켜보아도 그녀가 보이질 않았다. 제스는 얕은 한숨을 쉬며 도로 회장으로 돌아갔다.

텅 빈 회장 속에서 제스는 의외로 쉽게 그녀를 찾을 수 있었다. 항상 아렌 곁을 지키며 따라다니던 생물이 테이블 옆에 날개를 퍼덕이며 떠 있었기 때문이다. 그를 발견한 로도모나스는 크게 움찔하더니 그를 피해 까마득하게 위로 날아 올라갔다. 제스의 시선이 테이블로 옮겨갔다. 테이블 밑으로 삐죽이 나온 두 개의 발을 발견하자 한숨부터 나왔다.

도대체 테이블 밑에 누워서 뭘 하고 있는 건지. 하여간 종잡을 수 없는 녀석이다.

그는 천천히 걸음을 옮겨가 테이블보를 들춰보았다. 진하게 풍겨 오는 알코올의 향기, 그리고 그녀 옆에 나동그라져 있는 술잔. 술로 인해 빨갛게 상기된 망아지의 얼굴. 그 안엔 술에 만취해 소위 '꽐라'가 된 아렌이 있었다. 제스는 살며시 미간을 좁히며 읊조렸다.

"가지가지 하는군."

그녀가 제스의 목소리를 듣고 갑자기 두 눈을 번쩍 뜨더니 무도회장을 잔뜩 울릴 정도로 크게 외쳤다.

"제스, 이 쫌팽이······!"

원한이 사무친 목소리에 제스의 미간이 급격히 좁아졌다. 하지만 술에 절은 아렌은 이미 제정신이 아닌지, 허공을 향해 마구 삿대질을 하기 시작했다.

"너······. 너, 너. 아까 내가 이제껏 왜 피해 다녔냐고 물었지?"

"······."

"그것도 모르냐······. 으씨. 싫어서 그런 거 아닌데······. 눈치도 더럽게 없어서······. 남들 다 아는 거 저 혼자만 모르고······."

제스가 바로 앞에 있는 것을 아는지 모르는지, 아렌은 두 손에 얼굴을 파묻으며 옆으로 뒹굴었다.

"정작 임자 있는 게 누군데……."

임자? 제스가 의미를 알 수 없는 단어를 속으로 되뇌고 있는 가운데, 아렌이 허공을 향해 마구 팔을 휘두르곤 혀가 꼬인 발음으로 외쳤다.

"이자벨이랑 결혼해서 잘 먹고 잘 살라지! 흥! 누군 화 못 내는 줄 알아! 나도 벽 부술 수 있어! 손이 아작 나겠지만!"

"정신이 완전히 나갔군."

제스는 그녀의 팔을 잡곤 살짝 힘을 주었다.

"누가 이렇게 먹였지?"

"어어? 제에스으. 언제 왔어? 근데 또 화낼 거지. 무섭게."

아렌이 울상을 지으며 두 눈을 가렸다. 제스는 당장이라도 기사들 전부를 불러내 추궁하고 싶은 걸 최대한 억누른 목소리로 말했다.

"이렇게 취할 때까지, 누가 먹인 거냐고 물었다."

"나, 하나도 안 취했는데……."

아렌이 혀가 꼬인 발음으로 칭얼거리듯 말했다. 제스의 얼굴에 난감한 빛이 감돌았다. 얕게 한숨을 쉰 그는 곧 그녀를 향해 두 팔을 벌렸다.

"일단 나와라."

"……."

아렌이 손가락을 벌리며 곁눈질로 제스를 훔쳐본 다음, 다시 눈을 가렸다.

"화났잖아, 화났는데 내가 왜 가……."

화난 기색을 최대한 숨겼건만 칼같이 알아본다. 이렇게 예리하게 취하기도 힘들 텐데. 제스는 미간이 좁아지는 걸 억지로 막으며 재차 입을 열었다.

"화나지 않았다."

은색 눈동자엔 이미 초점이 사라진 지 오래였지만 그 와중에서도 제스는 잘 찾아냈다. 아렌이 의심스런 눈초리로 그를 바라보며 말했다.

"정말?"

"그래."

그의 대답에 아렌이 예전처럼 배시시 웃었다. 그녀의 편안한 미소를 보고 제스가 저도 모르게 피식 웃었다.

"역시, 이편이 훨씬 낫군."

얼굴을 보고 새파래져서 도망가는 것보다는.

아렌이 두 눈을 약간 크게 떴다가 손가락으로 그의 볼을 콕 찔렀다. 어처구니없다는 그의 얼굴이 재밌었는지 그녀가 키득거리며 웃었다. 그러곤 제정신이었으면 상상도 못 했을 말을 서슴없이 내뱉었다.

"흐흐, 귀엽네, 귀여워."

"안 되겠군."

제스가 그녀를 안아 올릴 생각으로 몸을 일으켰을 찰나였다. 아렌이 벌떡 일어나더니 두 팔로 제스의 목을 휘감았다. 일어나려던 제스가 갑자기 아렌이 온몸으로 당겨 오자 순간 중심을 잃었고, 아렌이 그대로 바닥에 널브러지는 바람에 제스 또한 바닥을 향했다.

그녀가 갑자기 제스의 목에 팔을 감고 힘껏 끌어당겼다. 그는 그런 그녀와 완전히 겹쳐지지 않기 위해 팔로 바닥을 짚었다. 평소라면 가차 없이 뿌리치고 일어섰겠지만, 그랬다간 자칫 바닥에 머리를 부딪힐 수도 있다.

"……놔라."

"우와, 차갑다. 기분 좋아. ……어? 갑자기 뜨거워졌어……."

제스의 볼에 제 볼을 비벼대던 아렌이 불만스럽게 볼을 부풀렸다.

"미친 건가. 빨리 놔라."

제스는 서둘러 그녀를 떼어내기 위해 지탱하던 두 팔 중 하나를 들어 그녀의 팔을 턱 잡았다. 바닥을 지탱하는 힘이 약해지자, 아렌은 한쪽 손으로 제스의 뒷머리를 잡고는 강하게 끌어당겼다. 그녀의 긴 속눈썹이 제스의 볼에 맞닿았다.

모든 상황은 전조 없이 갑작스럽게 일어났다. 여리고 붉은 입술이 서툴게 입술 위를 덮었다. 가볍지만, 술로 인한 열기로 뜨거워진 입술에서 전해지는 체온은 생생했다.

여인의 것처럼 부드러운 몸이 고스란히 그의 몸에 겹쳐 왔다. 검은 머리카락을 헤집듯 살짝 쥔 손이 천천히 내려가 등허리를 매끄럽게 쓸었다. 팔목에 있던 재스민이 쓸리며 떨어진 꽃잎이 그들을 축복하듯 내렸다.

두근, 두근, 두근. 누구의 것인지 모를 세찬 심장 박동 소리가 진심을 전하며 제스의 몸에 퍼졌다. 언제나 얼어 있던 눈동자가 크게 흔들렸다. 아렌이 곧 허리를 곧추세우더니 그의 등에 팔을 휘감고 끌어당겼다. 오로지 세기만이 애정을 표현할 길이라고 생각했는지 강렬하게 입술을 내리누르기만 했다. 그 바람에 그와 그녀의 이가 부딪쳐 작은 소리를 냈다.

그럼에도 그의 입술은 초콜릿보다 달콤했다. 맛보고 싶다. 더, 더, 깊숙이. 곧 아렌의 입술이 살짝 벌어지고 혀를 내었다. 초점이 없는 은빛 눈동자가 감기며 그의 입술을 탐하는 데 전념했다.

"……헤."

마음껏 그의 입을 취하던 그녀가 배싯배싯 기분 좋은 웃음을 흘린다. 뜨거운 숨이 오롯이 제스의 입에 전해져 오며 단단한 가슴에 균열이 생긴다. 보드랍고 촉촉한 혀에 응하여 얼음처럼 다물어져 있던 입술도 열렸다. 하아, 하고 크게 숨을 쉬고는 혀가 입안에 침범해 들어갔다.

기다렸다는 듯 두 개의 혀가 입안이 자신의 공간인 것마냥 훑었다. 음미하듯 천천히, 좀 더 부드럽고 녹아내릴 듯 깊숙이 서로 호흡을 맞추며 감정을 느꼈다. 두 개의 애달픈 마음이 만나 서로를 어루만졌다. 달뜬 숨결이 뒤섞이며 정신이 아득해진다.

제스의 손이 그녀의 어깨를 부드럽게 감싸 안으며 스르르 올라갔다. 가녀린 목덜미를 쓰다듬듯 스치고 지나가자, 그녀가 작은 웃음소리를 내며 움츠렸다. 아렌이 잠시 입을 떼어내곤 부끄럽지만 기분 좋은 웃음을 배시시 웃어 보였다. 재미가 들린 듯 그녀가 혀를 날름 내어 그의 입술을 핥더니 곧 이를 세워 아랫입술을 살짝 깨물었다. 베어 물듯 살짝 빨아들였다가 떨어져 나간다.

아렌의 입이 다시 제스의 것과 겹쳐지려는 순간, 아렌은 넘치는 술기운을 감당하지 못하고 정신을 잃어버렸다. 제스는 한참 동안 품에 안긴 아렌을 내려다보다가 매우 천천히 그녀를 땅에 내려놓았다. 그의 입술이 천천히 열렸다.

"……이 사고뭉치가."

그의 얼굴은 복잡 미묘한 감정들이 뒤엉켜 완전히 흐트러져 있었다. 보기 드물게 붉기까지 했다. 부드럽고 촉촉한 느낌이 생생하게 입술에 남아 있는 탓이다. 제스는 다른 건 다 놔두더라도 표정부터 수습하기 위해 안간힘을 써야 했다.

제스는 테이블 밖으로 나와, 한쪽 손으로 얼굴을 가리고 한참 동안이나 서 있었다. 방금 무슨 일이 있었는지 도저히 생각이 정리되지 않았다. 더욱 당황스러운 건, 자신도 키스에 응했다는 사실이었다. 이게 대체…….

"……하."

제스가 한숨 섞인 짧은 웃음을 뱉어냈다. 머리가 새하얘져서 그다운 절제된 판단도 내리질 못했다.

때마침 무도회장으로 들어오던 리안은 제스를 발견하고 신음을 삼켰다. 기사단으로 돌아가던 중 아렌이 없는 걸 깨닫고 도로 돌아온 건데 단장님이 계실 줄은 몰랐던 것이다. 그는 황급히 손으로 입을 막고 술 냄새가 나는지 맡아보았다. 미미하게 나긴 하지만 적당히 거리를 두고 서면 모르실 수도 있을 정도다. 근무 중에 견습 기사가 음주라니! 만약 기사단 장님이 이 일을 아신다면 자신은 분명 살아남지 못하리라.

누군가의 기척이 느껴지자 곧바로 무표정으로 둔갑한 제스가 고개를 돌렸다.

"무슨 일이지?"

"예, 기사단 소속 리안입니다! 아렌 경이 안 보여서 찾으러 왔습니다!"

리안은 테이블 밑으로 삐죽 나와 있는 다리를 보고 서둘러 녀석을 끌고 나오려고 했다. 기사단장이 직접 그를 막아서기 전까지는.

"가까이 가지 마라."

"예?"

"녀석은 내가 데리고 가겠다."

"예? 예……."

"가보도록."

리안이 어리둥절한 채 자리를 떠난 후에도 제스는 그 자리에서 조금도 움직이지 못했다. 술에 취한 아렌이 또 무슨 짓을 할지 몰랐기 때문이다.

"……후."

그게 짧게 한숨을 쉬고는 테이블 천을 걷었다. 아렌이 테이블 밑에 웅크리고 자는 모습이 보였다. 제스는 이번엔 넘어지지 않도록 조심하면서 한 손으론 그녀의 머리를, 다른 한 손으론 두 다리를 받치고 일어섰다. 인기척을 느꼈는지 은색 눈동자가 가느다랗게 뜨였다.

"제스……."

만족스런 얼굴로 가슴팍에 볼을 비벼대던 아렌은 곧 쌕쌕거리며 잠이 들었고, 그런 그녀를 내려다보며 제스가 천천히 입을 열었다.

"대체……, 너를 어떻게 해야 하는 거지."

한참을 그 자리에 서 있던 그가 발걸음을 천천히 옮겼다.


하일렌 제국 황궁 의원은 또다시 곤란한 지경에 빠졌다. 얼마 전엔 은발의 기사가 맥을 짚지 않고 자신의 병이 뭔지 맞혀보라는 빌어먹을 수수께끼를 내질 않나, 이번엔 가까이 다가가기도 힘들 정도로 무서운 기사단장이 왔다. 더욱 곤란한 것은, 그가 마치 전장의 중앙에 있는 전사 같은 비장한 얼굴로 의원만을 응시하고 있다는 것이다. 이러다간 이마가 뚫릴 지경이다. 어디 아픈 곳이나 다친 곳도 없어 보이는데 왜 온 걸까. 몸 둘 바를 모르고 전전긍긍하는 의원에게 제스가 말했다.

"……내가."

"예, 예."

의원이 굽실대면서 그의 눈치를 살폈다. 잠시 뜸을 들이던 제스가 무거운 목소리로 다시 말했다.

"……내가."

"예, 예. 말씀해주십시오."

의원은 아까부터 답답해 미칠 지경이었다. 제스가 '내가'에 이어지는 말을 하지 않고 질질 끌고 있는 탓이었다.

'기사단장님께서 뭐요, 뭐요! 그다음을 얘기하시란 말입니다!'

의원은 답답함에 그렇게 외치고 싶었지만 도저히 입 밖으로 낼 순 없었다. '그' 기사단장이 아닌가! 혀를 함부로 놀렸다가 일찍 죽고 싶진 않았다. 제스가 답지 않은 느릿한 어조로 말을 이었다.

"……남자를."

드디어 '내가'가 아닌 다른 말이 나왔다! 의원은 귀를 쫑긋 세우고 그다음을 기대했다.

"아니다. 못 들은 걸로 하도록."

"예……, 옙!"

도대체 무엇을! 무엇을 이야기했다고!

머리를 쥐어뜯고 싶을 정도로 혼란스러워하는 의원을 스쳐 지나가며 제스가 무거운 한숨을 내쉬었다.


방 안에 내리쬐는 아침 햇볕에 아렌이 서서히 눈을 떴다. 잠이 덜 깬 탓에 흐릿해졌던 시야가 점점 분명해지자 익숙한 하얀 천장이 보였다. 여긴 내 방이잖아? 그녀는 깨질 듯 몰려오는 두통에 인상을 찌푸리며 상체를 일으켰다. 금방이라도 무언가 올라올 것처럼 속도 매우 좋지 않았다.

"그런데 내가 어제 어떻게 여기 온 거지?"

아렌은 까치둥지처럼 부스스해진 머리를 긁적거리며 기억을 더듬어봤다. 어제 분명 무도회에 갔었고 거기서 이런저런 일이 있어서 술을 마셨었는데 다음 기억이 없다.

"에이, 모르겠다."

아렌이 머리를 대충 손으로 빗어버린 다음 옷매무시를 가다듬고 일어났다. 문을 열고 나가자 마침 지나가던 리안이 반갑게 손을 흔들었다.

"아렌!"

"리안. 너 잘 만났다. 있지. 너 어제 내가 어떻게 여기로 왔는지 알아?"

"어, 너 기억 안 나냐? 하긴, 술이 떡이 되도록 마셨으니……. 언제 그렇게 마셨냐? 난 그렇게 많이 주지 않았는데."

아렌은 인상을 찌푸렸다. 분명 과실주를 마시며 행복해했던 것까지는 기억나는데 알딸딸한 기분이 좋다고 생각한 이후부터의 기억은 아예 지워져 있었다. 그 후에 도대체 무슨 일이 있었던 거야?

"정말 기억 안 나는 모양이네. 단장님이 너 데리고 오셨어."

"뭐?"

아렌이 멍한 얼굴로 되묻자, 리안이 한쪽 손으로 턱을 괴며 말을 이었다.

"네가 안 보이기에, 내가 다시 무도회장으로 갔는데 네가 테이블 밑에 쓰러져 있더라고. 단장님은 그 앞에 서 계시던데? 단장님께서 직접 데리고 간다고 하시면서 날 돌려보내셨어."

"그, 그래? 그게 다야?"

"어, 그게 다야. 아, 하나 더 있다. 단장님 표정이 약간 이상하셨어."

아렌이 고개를 갸우뚱거렸다.

"표정이 이상하셨다고?"

"응. 평소엔 무표정하시잖아, 알다시피. 그런데……. 그날은 뭐랄까. 넋이 나가 계시더라고. 나사 하나 빠진 것처럼."

넋이 나가? 나사가 빠져? 누가? 제스가?

아렌은 말도 안 된다는 듯 고개를 설레설레 내저으며 자리를 벗어났다. 그래도 넋이 나가 있었다니, 혹시 술을 마시고 무슨 실수라도 저지른 건 아니겠지? 혹시 여자인 걸 들킨 건……!

덜컥 겁이 난 아렌은 거의 뛰다시피 집무실로 향했다. 얼마나 조급해졌던지 그녀는 감히 노크도 안 하고 안으로 뛰어들기까지 했다. 아렌은 목구멍까지 차오르는 호흡을 가다듬으며 주변을 둘러보았다. 제스는 언제나처럼 창가에 서서 바깥을 보고 있었다. 무슨 생각에 잠겨 있는지 이쪽으론 눈길도 주지 않고 있었다.

"저어, 제스."

한 발짝 다가서며 그를 불렀으나 그는 뒤돌아보지 않았다.

"제스. 저기……."

두 발짝, 세 발짝, 가까이 다가갈수록 아렌은 약간씩 초조해졌다.

"제스!"

생각에 깊이 잠겨 있던 제스는 옆에서 불쑥 치고 올라오는 목소리에 반사적으로 고개를 돌렸다. 조금 전까지만 해도 생각 속에서만 존재하던 대상이 현실로 쑥 튀어나왔다. 그는 순간 놀랐던 마음을 잠재우며 물었다.

"언제 온 거지?"

"어……. 방금요."

아렌이 우물거리자 제스가 집무실의 문으로 시선을 가져갔다. 문이 열려 있다. 고민에 지나치게 몰두해버린 탓에 그녀가 집무실에 들어와서 다가올 때까지 알아채지 못한 모양이었다. 제스의 시선이 빠르게 아렌에게 돌아왔다.

"왜 온 건가?"

아렌이 화들짝 놀랐다. 일단 비밀이 들켰을까 봐 찾아오긴 했는데 이걸 어떻게 물어봐야 할지 감이 잡히지 않았다. 눈을 이리저리 굴리며 고민에 빠져 있던 그녀가 더듬거리며 입을 열었다.

"여기 온 건 다름이 아니라……. 아! 고마워서 인사하러 왔어요. 그래요! 제스가 어제 방에 날 데려다 줬다면서요? 그거 고마워서 말하러 왔어요."

순간적으로 제스의 눈동자가 크게 흔들렸다. 그를 본 아렌은 다시금 튀어 오르는 가능성에 흠칫거렸다.

"왜……, 그래요? 혹시 내가 무슨 실수라도 저질렀어요?"

"……너, 아무것도 기억 못 하는 건가?"

"예? 무슨 소리예요?"

아렌이 두 눈을 동그랗게 뜨며 물어 왔다. 그녀를 보는 제스는 이래저래 복잡한 심경이었다. 그런 일을 당해본 건……, 처음인지라, 어떻게 대처해야 할지 당혹스럽기 그지없었다. 가해자가 기억을 못 하니 추궁할 수도 없는 노릇이다. 아니, 차라리 기억 못 하는 게 다행일지도. 자신의 감정만 잘 다스리면 되는 일이니까.

"아무것도."

제스는 그것으로 대화를 마무리했다. 아렌은 일단 안심했다. 그가 말하는 기억이 무엇인지는 모르겠지만, 만약 그녀의 비밀이 들켰다면 이렇게 얌전히 넘어가줄 리 없으니까.

"저기, 제스……. 어제 그, 손은 괜찮아요?"

넌지시 건넨 말에 제스가 천천히 고개를 돌렸다. 시선이 마주치자 다시 한 번 가슴이 내려앉았다. 쿵덕쿵덕. 이 망할 놈의 심장은 언제가 되어야 진정을 할 건지.

하지만 곧이어 턱을 잡아 오는 손길 때문에 그녀는 다시금 제스를 바라볼 수밖에 없었다. 어제와는 다른, 굉장히 조심스런 손길이었다. 그를 똑바로 바라보는 것은 아주 오랜만이었다. 무섭도록 번뜩거리던 눈동자는 언제부턴가 굉장히 부드러워져 있었다.

"나는……. 네가 나를 피하지 않았으면 좋겠다."

아렌은 얼굴이 확 달아오르는 걸 느꼈다. 심장이 간질거리는 듯한 느낌을 감당치 못하고 그녀가 슬슬 시선을 피하자, 턱을 잡은 손에 약간 힘이 들어간다.

"옆에……, 네가 있다고 하지 않았던가."

아렌이 언젠가 '힘들면 나에게 말해요. 내가 있잖아요!'라고 제스에게 건넸던 말을 떠올렸다. 온몸이 간질거리는 느낌에 아렌의 눈동자가 흔들리자 제스가 다시 입을 열었다.

"거짓이었나?"

아무 대답이 돌아오지 않자, 뺨에 머물렀던 온기가 점차 멀어져갔다. 아렌은 아차 하며 멀어지는 그의 손을 덥석 잡았다.

"아, 아, 아, 아니에요! 거짓말……, 아니에요."

그와 함께 있고 싶다는, 그의 옆에 있겠다는 진심엔 변함이 없다. 그녀가 어떤 상태든 그가 그런 오해를 하게 하는 건 싫었다. 아렌은 그의 손을 꼭 쥐었다.

"미안해요. 이제……, 안 그럴게요."

"그래."

온기가 담긴 눈동자는 계속해서 그녀를 향했다. 아렌은 그 눈을 마주 보며 말했다.

"왜 그랬는지는……, 안 물어봐요?"

아렌이 입술을 꾹 깨물었고, 긴장감에 손이 약간씩 떨려 왔다. 제스의 시선이 그녀의 손으로 내려갔다가 다시 올라갔다. 지금 추궁하면 원하는 대답을 얻을 수 있겠지만…….

"기다려주겠다. 네가 말할 때까지."

"……."

"어제와 같은 일은 없을 테니까."

그렇게 토로하듯 말한 그는 얼핏 미소를 짓는 것같이 부드럽게 그녀를 바라봤다. 아파 보이는 그 시선에 이제껏 마냥 지끈거리기만 했던 아렌의 가슴에 애달픈 감각이 가득 차올랐다.

아아, 난 이런 사람을 힘들게 했구나. 오직 내 감정 하나 때문에.

그녀의 가늘고 긴 손가락의 그의 뺨에 가서 닿았다.

"제스."

"……그래."

시간이 멈춘 듯 그에게서 시선을 뗄 수가 없다. 그녀의 표정이 다소 고통스럽게 일그러졌다.

"미안해요."

그가 대꾸해줄 새도 없이 아렌은 그대로 무너져버렸다. 제스는 반사적으로 그녀를 받아들며 안색을 살폈다. 어제 술에 취했을 때와 비교할 수 없을 정도로 흐릿해진 눈이 느릿하게 깜빡이더니 점점 감겼다. 축 늘어진 몸에서 펄펄 끓는 듯한 열기가 느껴졌다.

제스는 서둘러 그녀를 간이침대로 옮긴 후 이마에 손을 대보았다. 뜨거운 이마 위로 흘러내리던 식은땀이 손바닥으로 스며들었다. 이 증상은 누가 봐도 감기몸살이었다.

"끄응……."

"이 바보 녀석이, 이 상태가 될 때까지 뭘 한 건지……."


같은 시각, 아르렐리아를 찾아 만 리를 돌아다니던 카일 에드가는 부단장 라미에와 코델리아에게 코가 꿰여 하일렌의 황성으로 향하고 있었다. 짧은 시간이었지만 카일은 그들에 대해 많은 것을 알 수 있었다. 우선, 라미에는…….

"거기 예쁜 아가씨, 혹시 시간 있어?"

"어머."

조금 전의 발언만으로도, 그에 대한 모든 걸 설명할 수 있었다.

그는 확실히 뛰어난 인재였다. 카일을 설득한 것도, 기사단이 필요로 하는 정보를 입수하는 것도 그니까. 정보 길드보다도 더 믿을 만한 인재인 그에게 유일한 흠이 있다면, 여자를 필요 이상으로 밝힌다는 것이다. 그리고 그는 평균은 넘는 제 외모와 가끔씩 스치듯 보이는 남성적인 매력이 여자들에게 통한다는 것 또한, 지나치게 잘 알고 있었다.

"부단장님! 당장 그만두지 않으시면 두고 갈 겁니다."

코델리아가 라미에를 향해 으르렁거리자, 그가 막 작업을 걸어대던 아가씨가 깜짝 놀라 도망쳐버렸다. 먹잇감을 놓쳐버린 사냥개처럼 아쉬워하던 라미에가 곧 어린애처럼 칭얼대기 시작했다.

"에이, 코델리아는 너무 엄격해. 너야 프레드릭이 있으니 괜찮겠지! 나는 기사단에 돌아가면 여자랑은 담 쌓고 살아야 하는데, 이왕 나온 김에 많이 만나봐야지. 코델리아는 매일 독수공방하는 내가 불쌍하지도 않아?"

코델리아가 기가 차다는 듯 헛웃음을 터뜨렸다.

"독수공방이라뇨, 매일 다른 여자를 만나시면서 도대체 뭐가 외롭다는 말입니까?"

"진정한 그녀를 찾기 전까진 외로운 법이야. 다른 여자들을 만나는 건 그녀를 만날 때까지의 과정이고."

라미에가 능청스럽게 대답하자 코델리아가 '진정한 그녀 좋아하시네.'라고 작게 속삭이고 이를 갈았다.

"왜 다들 부단장님과 파견 나오기를 꺼려하는지 몸소 체험하게 해주셔서 감사합니다. 덕분에 저도 부단장님과는 다시 일하지 않겠다고 결심하게 되었네요."

"깐깐하긴. 그건 나도 마찬가지야. 너랑 다시는……. 오오, 방금 내 운명의 상대를 찾았어!"

라미에가 지나가는 여자에게 홀린 듯 다가가서 다시 작업을 걸기 시작했다. 온몸을 부들부들 떨어대던 코델리아는 결국 펑 폭발해버리고 말았다.

"부단장이고 뭐고 이젠 못 참아! 오늘이야말로 가만두지 않겠어!"

코델리아는 그의 멱살을 잡고 끌고 올 기세로 달려들었다. 옆에서 잠자코 있던 카일이 한숨을 푹 내쉬며 그녀 앞을 막아섰다.

"어차피 오래 걸릴 것 같지도 않으니 조금만 기다리죠."

"비켜봐요! 오늘 내가 저 버릇을 고치고 말 테니까!"

코델리아가 두 팔의 소매를 걷어붙이고는 씩씩대며 외쳤다. 그녀의 광기를 이해 못 하는 건 아니지만, 카일은 다시 한 번 차분한 어조로 그녀를 설득하기 시작했다.

"로미오와 줄리엣 못 봤습니까? 원래 사랑은 장애물이 있으면 더 타오르는 법이죠. 그냥 두는 것이……."

"못 참아! 도대체 기사단까지 가는 데 몇 날 며칠이 걸리는 거야!"

카일의 말은 코델리아에겐 들리지 않는 듯, 그녀가 이를 바득바득 갈았다. 카일도 그녀의 마음을 이해하지 못하는 건 아니었다. 사실 그가 그들을 만난 곳은 수도로부터 그리 멀리 떨어지지 않은 거리였지만, 라미에의 '운명의 상대 찾기' 덕분에 하루 만에 갈 거리를 사흘씩 걸리며 가고 있었으니까.

라미에가 여자를 데리고 어디론가 사라지려 하자, 코델리아가 급기야 검을 빼들곤 달려들었다. 그 모습을 본 카일이 반사적으로 검을 들어 그녀의 검을 막아섰다.

쨍! 두 검이 맞부딪치는 소리가 사방에 울리자 주변에 지나가던 사람들의 시선이 그들에게로 쏟아졌다. 저를 막아선 이를 보자 코델리아의 짙은 눈썹이 꿈틀댔다. 그녀는 분명 여자가 맞지만, 기사단 내에서는 프레드릭에게도 뒤지지 않는 실력을 가지고 있었다. 그런 그녀를 상대로, 카일은 호각으로 막아서고 있다. 흔들리지 않는 검을 보며 코델리아의 입가에 흡족한 미소가 떠올랐다.

"역시, 내 눈이 틀리질 않았어."

골칫덩어리 라미에에 대한 생각은 어느새 사라진 지 오래. 카일과 정식으로 붙고 싶다는 생각만 들었다. 그녀가 온 힘을 다해 카일의 검을 밀어내자 그와 그녀가 반동으로 조금씩 밀렸다.

"너, 검은 어디서 배웠어?"

"어깨너머로 배운 것에 불과합니다."

"흐응."

자신을 평민이라고 소개했지만, 절대 평민이 지닐 수 없는 검술 실력이다. 분명 무슨 사정이 있을 듯한데…….

코넬리아가 그런 생각을 하며 미심쩍게 바라보자, 카일은 검을 도로 집어넣으며 화제를 전환했다.

"당신의 검술 실력도 만만치 않군요. 기사단은 어떤 곳인지 기대가 됩니다."

코넬리아는 순순히 그에 응해주며 입을 열었다.

"기사단은 다른 건 몰라도 실력 하나는 빠지질 않아. 무엇보다도 최고의 실력을 가진 기사단장님이 계시니 말이야."

그녀의 말에 카일은 단장이라는 사람에게 흥미가 생겼다. 자존심이 꽤 강한 편에 속하는 그녀가 순순히 최고라는 수식어를 붙이다니.

"기사단장님은 어떤 분입니까?"

카일의 질문에 코넬리아의 머릿속이 복잡해졌다. 기사단의 단장, 제스를 어떻게 설명해야 될까 싶다. 아니, 그를 말로 설명할 수나 있는 걸까.

"말로 설명하기가 힘든데. 직접 뵙는 게 훨씬 빠를 거야. 말로 해도 못 믿을걸!"

그녀가 어깨를 으쓱하며 말했다.

"하지만 확신할 수 있는 건, 단장님의 검을 받아낼 수 있는 이는 대륙에서 몇 되지 않을 거야. 구렁이 같은 부단장님도 단장님 앞에선 꼼짝 못하지."

"그 정도입니까?"

"그래, 우리 기사단장님은 정말 놀라운 분이시라고."

그녀의 어조와 표정에서 묻어 나오는 경외심과 존경에, 얼굴 한 번 본 적 없는 사람인데도 카일은 그가 점점 궁금해지기 시작했다.

"그 정도라니, 한번 겨뤄보고 싶군요."

"직접 뵈어도 그런 소릴 할 수 있을지 궁금하네."

코넬리아가 유쾌하게 웃음을 터뜨렸고, 카일도 웃음으로 대꾸해주었다. 그때, 옆에서 라미에가 불쑥 튀어나와서 그들의 어깨에 팔을 둘렀다.

"자랑스러운 제군들."

"부단장님……. 끝나셨습니까?"

코넬리아가 으르렁거리며 말하자, 라미에가 환한 미소를 지으며 고개를 끄덕였다.

"끝나긴 했는데, 문제가 생겼어."

"……무슨."

뜬금없는 그의 말에 카일과 코넬리아의 얼굴이 동시에 찌푸려졌다.

"살고 싶으면 튀어!"

무슨 이유에선지 라미에는 그들의 등을 두 손으로 떠밀고 저 혼자 멀리 달아나기 시작했다.

"저 인간 갑자기 왜 저래?"

"저도 잘 모르겠습니다만……."

어안이 벙벙해진 카일과 코넬리아는 라미에가 걸어온 쪽으로 고개를 돌렸다. 이윽고 아까 라미에가 접근했던 여자 옆에 듬직한 사내들이 서서 자신들을 바라보는 모습을 발견했다. 코넬리아가 질린 얼굴로 중얼거렸다.

"하필 임자 있는 여자를 건드려가지고……."

"그러게 말입니다. 이게 도대체 몇 번째입니까."

그들이 황망히 중얼거리자, 사내들이 이쪽을 손가락으로 가리키며 달려오기 시작했다.

"한패다! 잡아!"

"뛰죠."

카일의 말이 끝나자마자, 그들은 젖 먹던 힘까지 모두 쥐어짜내서 라미에가 뛰어간 방향으로 뛰어가기 시작했다.

"아아악! 저 인간을 정말!"

코넬리아의 외침을 들으며 카일은 아까 코넬리아의 검을 막아섰던 것을 후회했다. 어느새 그들은 황궁에 이르기까지, 불과 하루 남겨두고 있었다.

## 11. 해후(邂逅)

"열어, 열어, 열어!"

해가 유난히도 따사로운 하루, 하일렌 황성 동측 문을 지키고 있던 문지기는 멀리서 뛰어오는 기사가 외치는 소리에 깜짝 놀라며 문을 열었다. 갈색 곱슬머리를 가진 그가 가장 먼저 골인하자 뒤따라오던 남녀가 마저 문을 통과한다.

"닫아, 닫아, 닫아!"

갈색 머리의 기사가 떠는 호들갑에 머리가 어질거렸다. 그의 명령대로 문을 쾅 닫자마자, 조금 전에 들어온 기사 셋을 따라오던 사내들이 쾅 하고 부딪쳐 와 쇠창살 사이로 팔을 밀어 넣었다.

"이 문을 열어! 어서!"

"절대 열지 마."

당최 어느 쪽 말을 들어야 할지 어리둥절해하던 문지기는 이내 갈색 머리의 기사가 기사단의 부단장, 라미에 제이린이라는 걸 기억해내고 문을 꽉 잠갔다. 쇠창살 사이에 낀 것처럼 버둥거리던 사내들이 씩씩거리며 라미에를 노려봤다.

"이봐! 너! 딱 얼굴 기억해놨어! 어디 건드릴 여자가 없어서 남편 있는 여자를 건드려! 앙?"

"가만두지 않겠어! 문지기! 얼른 문을 열어!"

라미에에게 한 방이라도 먹이려는 듯이 주먹을 휘두르는 그들을 슬슬 피하던 라미에가 모퉁이를 돌아서야 스르르 무너졌다. 그를 따라 줄곧 뛰어와야 했던 코델리아가 거친 숨을 몰아쉬며 그의 옷깃을 잡아챘다.

"부단장님. 이번 일은, 헉, 절대 이대로, 헉, 넘어가드리지 않을 겁니다. 제가 결투를 신청하면, 받아주세요. 헉."

"헉, 코델리아. 제발 그것만은 봐줘."

"이번엔 진심입니다. 기사단에 돌아가자마자, 헉, 두고 보세요."

코델리아가 살기 어린 눈빛을 보내자 라미에가 살려달라며 손바닥을 모으고 싹싹 빌었다. 하지만 겨우 그것으로 거의 두 시간 동안 사내들에게 쫓겨 다녀야 했던 죗값을 치를 수 있는 건 아니었다.

코델리아는 결국 검까지 빼들고 라미에를 위협했고, 주춤주춤 물러나던 라미에가 슬쩍 카일에게 SOS 신호를 보냈다. 하지만 웬만한 일에선 중재하며 나섰던 카일도 이번만큼은 화가 많이 났는지 싹 무시해버렸다.

이런, 망했다. 이러다간 정말 죽을지도.

낭패한 빛이 역력한 라미에가 두 손을 들어 보이며 코델리아를 달래기 시작했다.

"코델리아! 자, 진정해, 진정. 응? 우리 말로 하자."

"도망가시려 해도 어림없습니다."

"명복을 빕니다, 부단장님. 짧은 시간이었지만 즐거웠습니다."

카일이 강 건너 불구경하듯 가볍게 말하자, 라미에가 식은땀을 흘리며 웃었다.

"하, 하하. 설마, 너희들 진담은 아니겠지?"

"라미에 님 덕택에! 이제껏 며칠 동안, 오늘만 해도 몇 시간 동안 뛰어

다녔는지 아시기는 합니까? 도대체 어떻게 하면 유부녀만 골라서 꼬실 수 있는 건가요? 각설하고, 양심이 있으면 제 손에 피 묻히게 하지 마시고 손목 긋고 자결하세요."

"뭐? 자결이라니, 그건 너무하잖아."

"깔끔하게 목을 매다는 것도 좋고요. 어느 쪽이든 죽기만 하면 됩니다."

며칠간 쌓인 분노가 노골적인 협박으로 돌아오자 라미에는 무릎까지 꿇으며 싹싹 빌기 시작했다.

"용서해줘! 으응? 코델리아! 내가 일부러 유부녀들만 꼬신 거냐고. 그저 운명의 상대를 찾다 보니 걸린 게 유부녀였을 뿐이야."

"꺼지십시오. 그리고 제발 죽어주세요."

"그런 걸 두고 자업자득이라고 하는 겁니다, 부단장님."

"카일, 정말로 너까지……."

"밧줄 드릴까요?"

라미에는 그들에게서 도망가지도 못한 채, 반 시각 이상 이마가 땅에 닿도록 용서를 구했다. 하지만 아무리 빌어도 돌아오는 건 냉담한 자살 권유뿐, 손목을 긋는 시늉까지 해도 통하지 않았다. 서러움에 눈물까지 찔끔거리던 그는 코델리아 어깨 너머로 보이는 구세주를 발견하고 크게 반겼다.

"프레드릭!"

"어엇! 이제 돌아오셨습니까!"

금발에 온몸이 근육질인 덩치 큰 사내가 라미에를 발견하더니 그를 향해 예를 갖추었다. 똑같은 부하인데도 코델리아와 카일과는 사뭇 다른 반응이었다. 가장 먼저 라미에를 발견한 프레드릭은, 곧이어 그 옆에 선 코델리아를 발견하고 얼굴을 붉혔다. 그를 발견했을 때부터 걸음을 옮기기 시작한 코델리아는 능숙하게 제 연인의 허리에 팔을 감았다.

"우리 자기, 오랜만이네? 못 보던 사이 피부가 많이 탄 것 같은데. 더 멋져졌어."

"으, 으응."

"자기 나 없는 동안 외로웠지? 외로웠던 것 맞지? 혹시 찝쩍거린 여자는 없었어?"

"없지, 당연히. 내가 당신 같은 사람을 두고 어떻게…….."

프레드릭은 코델리아보다 몸집과 신장이 한참 더 큰데도, 그녀 앞에선 순한 양처럼 굴고 있었다. 여자와 남자의 역할이 완전히 뒤바뀐 커플이 아닌가.

카일이 작게 웃음을 터뜨리는 한편, 프레드릭 덕에 죽음의 그늘에서 벗어날 수 있었던 라미에는 속으로 좋아하며 싱글거렸다.

"마침 잘 왔어. 우리들, 방금 도착했던 참이었거든. 단장님은 어디 계셔?"

"집무실에 계십니다. 부단장님 일행이 마지막이니 빨리 가서 뵙는 게 좋겠습니다. 다른 견습 기사들은 전부 정규 훈련에 들어간 상태거든요."

"그래. 지금 바로 가봐야겠군. 단장님이 날 많이 찾으셨겠어!"

"단장님께서요? 퍽이나."

"왜 그래, 자기. 부단장님한테…….."

잔뜩 뿔이 나 있는 코델리아를 달래던 프레드릭은 옆에 서 있던 카일을 그제야 발견하고 호기심을 드러냈다.

"어라, 그런데 이쪽은?"

"우리가 스카우트한 기사야. 견습 기사가 아닌 기사로 바로 투입해줬으면 해."

프레드릭이 그를 유심히 바라보자, 카일은 고개를 살짝 숙이며 목례했다.

"처음 뵙겠습니다. 카일이라고 합니다."

제스는 집무실에서 한동안 보지 않았던 서류를 들여다보고 있었다. 하일렌뿐 아니라 모든 나라의 마법사들의 이름과 상세 정보가 적혀 있는 문서였다. 마법사는 천성적으로 숨어서 연구만 하는 걸 좋아하는 족속들이고, 학문을 제외하곤 모든 걸 귀찮아하는 탓에 대부분은 세상에 알려지길 싫어했다. 그런 그들이었기에 마법사들의 일람을 가져오는 데도 시간이 걸렸고, 상세 정보라곤 하지만 미확인이라고 쓰여 있는 칸이 대다수였다.

하지만 아무리 봐도 하일렌의 대마법사보다 높은 마력을 가진 마법사는 존재하지 않았다. 그렇다면 카트린느를 빼낸 것은 마법사가 아니었단 말인가. 아니면 이 정보가 프레드릭의 손에 들어오기 전에 조작된 것이라거나. 그도 그럴 것이, 가면무도회에서 만났던 은청발의 마법사에 대해선 정보가 전혀 없지 않은가.

"……."

제스의 손가락이 책상을 툭툭 두드렸다. 중간에 한 번 걸러진 정보는, 더 이상 믿을 만한 게 되지 못한다. 라미에의 부재가 아쉬워지는 순간이었다.

순간 그의 머릿속에 불현듯 무언가 떠올랐다. 뒤이어 벌어지는 장면이 파노라마처럼 이어지자, 제스의 미간이 있는 대로 좁혀졌다. 그가 상념을 없애고 일에 다시 전념해보려 고개를 뒤로 젖혔다.

'라미에가 돌아오는 대로 정보를 다시 수집하라고 일러야겠군.'

「제스…….」

머릿속을 다시 울리는 목소리에 그가 두 눈을 번쩍 뜨고 고개를 돌렸다. 그의 시선이 닿은 곳엔 간헐적으로 신음을 내며 뒤척이고 있는 환자가 있었다. 난데없이 감기몸살이라니. 항상 씩씩하게 뛰어다녀서 그런지 몰라도 아플 수 있다는 생각은 한 번도 해보지 않았다. 갑자기 병에 걸린 게 아닌 이상, 최소한 하루 이상은 감기 때문에 아팠단 말이 되는데. 아렌을 바라보는 그의 시선이 미묘하게 변해갔다.

"말을 해야 알 것 아닌가."

제스가 들릴락 말락 하게 읊조린 후, 일어나서 아렌에게 다가갔다. 언제나처럼 그녀 옆을 지키고 있던 로도모나스가 천장에 닿을 정도로 높이 날아오르며 피했고, 털을 잔뜩 세우며 경고의 의미를 전했다. 하지만 차마 덤벼들지는 못하는지, 천장 근처에 둥둥 떠 있기만 했다.

간이침대 앞에 앉은 제스는 그녀의 이마에 놓인 수건을 거두고 손을 대보았다. 약을 먹었는데도 열이 가라앉지 않고 있었다.

"……제스?"

비교적 차가운 제스의 손길이 이마에 닿자, 초점 없이 흐릿한 눈이 반짝 뜨였다. 그녀는 천천히 고개를 돌리며 주위를 둘러보고 나서야 여기가 어딘지 파악할 수 있었다.

"아아, 그런데 내가 왜 여기에…….."

"……."

"여기 있으면 안 되는데……. 옳아요…….."

아렌이 슬슬 몸을 일으키려 하자, 제스가 그녀의 이마를 가볍게 눌렀다. 몸에 워낙 힘이 없었기에, 손가락으로 눌렀는데도 몸을 일으키질 못했다. 도대체 이렇게 될 때까지 뭘 한 건지 화가 날 정도다.

이런 마음을 아는지 모르는지, 아렌이 거친 기침을 토해내며 입술을 움직였다.

"숙소로도 괜찮은데…….."

"진찰은 끝까지 받지 않을 생각인가?"

아렌이 고개를 살짝 내젓고 이불을 꽉 쥐었다. 당최 왜 이러는지 알 수가 없었다. 사실 그녀가 쓰러지자마자 의원을 불러오고 맥을 짚게 했지만, 그때마다 그녀는 귀신같이 눈을 뜨고 진료를 거부했다. 감기가 확실하니 감기약만 두고 가라고 우기는 통에 따를 수밖에 없었지만, 식은땀에 젖어 있는 옷은 왜 안 갈아입는지 이유를 알 수 없었다. 평소 같으면 절대 용납하지 않을 행동이었건만, 상대가 환자니 그러기도 쉽지 않았다.

제스가 물수건을 다시 적셔서 이마에 놓으려는 순간, 아렌이 입을 열었다.

"손이 더 좋아요."

잠시 후 수건이 아닌 부드러운 감촉이 이마에 와 닿자 아렌의 얼굴에 기분 좋은 웃음이 피어났다.

"아, 시원하다. 헤…….."

조그맣게 중얼거린 아렌이 눈꺼풀을 내렸다. 잠시 후 규칙적으로 쌕쌕거리는 숨소리가 울린 다음에야 제스가 조심스럽게 손을 떼어냈다. 그리고 손을 갖다 대었던 자리에 물수건을 대신 올려주었다.

제스는 도로 일어서려다 말고 문득 그녀의 얼굴 전체를 훑어보았다. 열이 심하게 오른 탓인지 입술뿐 아니라 볼과 이마까지 불그스름하게 달아올라 있었다. 뜨거운 숨소리가 입술 사이로 새어 나온다. 남자의 것이라기엔 너무도 여린 입술. 제스는 그 위에 손을 올렸다. 따뜻한 숨결이 살갗을 간질이자 제스의 표정이 다시 딱딱하게 굳어졌다.

그때 누군가 집무실을 두드렸다. 제스는 곧장 표정을 수습한 후 커튼을 잡아끌어 칸막이를 가렸다.

"들어와라."

"단장님."

제스의 말이 떨어지자마자 열린 집무실 문 사이에서 오랜 벗의 얼굴이 보였다.

"그간 잘 지내셨습니까? 얼굴이 더 좋아지셨습니다."

서글서글한 웃음을 띠며 들어오는 라미에 뒤로, 코델리아와 프레드릭, 그리고 카일까지 차례로 들어온다. 문이 닫히자 라미에가 경례를 하는 듯 마는 듯 장난스럽게 웃었다.

"부단장 라미에 제이린, 기사단 소속 코델리아 키엘로챠, 무사히 복귀했습니다."

"그래."

오랜만이다, 그간 힘들지 않았나, 등의 인사치레는 오가지 않는다. 하지만 무덤덤하다 못해 건조하기까지 한 태도에 이미 익숙해진 라미에는 가볍게 웃을 뿐이었다.

"이자는 저희가 데려온 새 단원입니다. 실력이 뛰어난 자니 바로 기사 선서식에 임해도 될 것 같습니다."

"카일이라 합니다."

"들어라."

아마도 고개를 들라는 말이리라. 나직하지만 무게감 있는 말에 적잖이 놀라며 카일이 천천히 고개를 들었다. 제스는 창가에 기대어 다소 오만하게 팔짱을 끼고 그를 내려다보고 있었다. 단순히 잘생겼다는 느낌을 받기에는 그에게서 느껴지는 무게가 심상찮았다. 시선을 마주치자 저절로 고개를 숙이게 되었다.

'방금 뭐지?'

카일이 제 행동에 더 놀라서 눈을 크게 떴다. 자신은 명색이 기사다. 그것도 베이판에선 손에 꼽히는. 성격이 다소 유한 면은 있으나 목숨을 건 결투를 수없이 하며 정신력을 다져왔다.

'헌데 기에 눌린 건가? 이 내가?'

카일은 다시 정신을 차리고 고개를 들었다. 다시 한 번 얼음장 같은 눈동자와 마주치자, 카일은 시선을 피하지 않으려 애쓰며 그의 기운을 버텨냈다. 하지만 그것이 오히려 역효과였던지 더욱 강한 살기가 그를 덮쳐왔다. 몇 번이나 실전에서 닳고 닳았기에 이런 게 가능한 것일까.

얼마나 지났을까. 카일의 인내심이 바닥을 보일 때쯤, 그를 짓누르던 위압감이 거짓말처럼 사라졌다. 그는 그제야 고개를 숙이고 얕게 숨을 가다듬을 수 있었지만, 반면 제스는 야속할 정도로 아무렇지 않게 입을 열었다.

"라미에를 제외한 나머지는 나가도 좋다."

"예."

고개를 깊게 숙이고 일어선 코델리아는 집무실에서 나서자 뒤따라오는 카일의 옆구리를 쿡 찔렀다.

"어이, 너 꽤 잘하던데?"

"이런 식의 시험이 있다고 미리 언급이라도 해주셨으면 좋았질 않습니까."

카일의 원망 어린 말에 코델리아가 낮게 킥킥댔다. 좋지 않게 변한 그 얼굴을 감상하듯 보다가 이내 호탕하게 웃으며 등을 팡팡 두드려주었다.

"너, 방금 일 때문에 기분이 상했구나?"

"그렇지 않습니다."

"자존심 상해 하지 않아도 돼! 단장님 앞에선 누구나 다 그렇게 되니깐 말이야."

"확실히, 예상한 것보다 훨씬······."

대단한 자이긴 했습니다만.

카일이 말을 삼키고 입을 다물었다. 코델리아의 입가에 처음으로 씁쓸한 미소가 떠올랐다.

"뭐, 나도 처음에 단장님을 보고 많이 놀랐지. 새파랗게 어린 신입이 보여주는 검술 때문에 입을 떡 벌렸었거든. 꼴같잖게."

"그것 참, 자존심 상하는 일이었겠군요."

"다 지난 일이지. 지금은 저런 단장님을 모신다는 게 자랑스러울 뿐이야."

그녀가 어깨를 펴며 아무렇지 않다는 듯 말했다. 카일이 힐끗 집무실을 뒤돌아보며 기사단장이라는 자를 다시 한 번 떠올렸다. 태어나길 검사로 태어난 자였다. 검을 부리는 것을 한 번도 보지 못한 자에게 검사로서의 투기가 생긴 건 처음이었다. 만약 지금 더 우선시해야 할 일만 없었더라도 결투를 한 번쯤 신청해봐도 좋았을 텐데. 카일은 조금 아쉬워하며 코델리아를 봤다.

"황성 안을 둘러봐도 되겠습니까."

"그러고 보니 이곳은 처음이니까 지리부터 배워야겠구나. 좋아. 내가 안내해줄게."

코델리아는 순순히 고개를 끄덕이며 카일을 데리고 기사단을 빠져나갔다. 자리를 비운 동안 그리웠던 기사단도 한번 둘러볼 겸.

한편, 카일과 코델리아가 나간 후 제스와 라미에는 그간의 일에 대하여 이야기를 나누고 있었다. 지하 감옥에서 갑작스레 사라진 카트린느 부인, 노예 거래에 손을 대고 있던 근위대원에 대한 이야기를 간략하게 이야기해주자 라미에는 꽤 놀라워하는 눈치였다. 치명적인 약점에 해당될 만한 정보들을 어디서 긁어 왔냐는 것이다. 아렌에 대한 이야기를 하기 시작하면 끝이 없었으므로, 그저 운이 좋았다고만 언급했다. 제스는 얼마 전에 프레드릭에게서 받았던 자료를 집어 들면서 말을 이었다.

"그런데 꽤 쓸 만한 자를 데리고 왔군."

"예, 저자를 찾기 위해 그리 많이 헤맸나 봅니다. 완전히 허탕치고 돌아오는 줄로만 알았거든요. 다행인 일이지요."

아카데미 시절부터 친구 사이인 라미에는 다른 이들보다는 다소 제스를 편하게 대하고 있었다. 물론 단장과 부단장이라는 지위 차이 때문에 최소한의 예의는 지키고 있었지만.

라미에는 제스가 넘기는 서류를 건네받자마자 빠른 손놀림으로 종이를 넘겼다. 몇 장 보지도 않고 그가 가장 먼저 내뱉은 말은 하나였다.

"이건……. 중간에 한 번 걸러졌군요."

라미에는 가차 없이 그 서류를 폐기함으로 던져버렸다. 몇 장 보지도 않은 것만으로 정보가 잘못되었다고 알아볼 수 있었던 것은 그의 순수한 능력 때문이었다.

사실 라미에는 기사단에 어울리는 자가 아니었다. 검술이 남들보다 월등히 뛰어나지 않은데도 부단장의 자리에 오를 수 있었던 것은, 그만의 정보 수집력과 그 모은 정보들을 연결하여 파악하는 능력 때문이었다. 사실상 그에게는 기사단원보단 대신과 같은 직위가 더 잘 어울리지만, 비리가 많은 곳은 가기 꺼려진다며 흙탕물에서 발을 빼버렸다. 하지만 그만큼 믿을 수 있는 자이기도 하다.

"마법사에 대한 정보가 필요하다."

"혹시 특정인을 지칭하시는 겁니까?"

"이름은 세이. 마법사다."

"즉시 알아보겠습니다."

라미에가 결연한 얼굴로 고개를 끄덕인 때였다. 칸막이 안에서 누군가의 신음이 들려왔다.

"우우, 츠어……."

"……."

"저 안에 누가 있습니까?"

라미에가 미심쩍은 표정으로 제스를 바라봤다. 집무실에 제스가 아닌 다른 이가 사무적인 일을 제외하고 머무른 적이 없는데, 이상한 일이다.

"별 용무가 없으면 나가봐도 좋다."

서둘러 몰아내려고까지 해? 라미에는 석연찮은 느낌에 고개를 갸웃하면서도 집무실을 나설 수밖에 없었다. 아무리 그라도 상전을 추궁할 순 없었다.

라미에가 나가고 문이 닫히자마자 제스가 기다렸다는 듯이 몸을 일으켜 칸막이 쪽으로 다가갔다. 커튼을 거두니 열로 잔뜩 상기된 아렌이 이불을 둘둘 말고 몸을 웅크리고 있는 모습이 보였다.

"……으."

도무지 차도가 보이지가 않는다. 제스는 아렌의 젖은 이마에 다닥다닥 달라붙은 머리카락을 떼어 넘겨주었다. 열이 오른 후부터 입맛이 뚝 떨어졌는지 제대로 된 식사를 들지 않은 탓이다. 이래서야 아무리 약을 먹어봐야 앞으로도 회복이 더딜 수밖에 없을 것이다.

제스는 조심스레 손을 빼내고 일어섰다.


기사단의 식사를 담당하고 있는 요리사를 포함한 모든 이들은 엄청난 긴장감에 휩싸였다. 그들로선 평생 한 번 볼 일 없던 기사단장이 갑자기 찾아왔기 때문이다. 잔뜩 긴장한 요리사는 용감하게 고개를 들었다가 제스의 허리춤에 있는 검을 발견했다. 형형히 빛나는 검을 보니, 없던 잘못도 생겨나는 것 같지 않은가. 저 검이 뽑힐 일은 없어야 할 텐데.

한편 제스는 제가 이 평화로운 조리실에 어떤 파란을 몰고 왔는지 모르는 채 입을 열었다.

"잠시 다 나가 있어라."

"옙?"

요리사는 뜻밖의 말에 눈을 크게 뜨며 제스를 바라봤다. 하지만 그와 시선이 마주치자마자 황급히 고개를 내릴 수밖에 없었다.

"나가라고 했다."

그 명에 따라 요리사들이 우르르 방에서 나가자, 덩그러니 남은 제스가 잠시 후 부엌칼을 집어 들었다.

한 시간 남짓 흘렀을까. 요리사들은 제스가 조리실에서 나오자 일제히 흠칫거리며 고개를 조아렸다. 그의 손에 들린 것을 스쳐 가듯 확인하자 수십 개의 눈이 동시에 휘둥그레졌다. 그와 가장 어울리지 않는 것 중 하나가, 그의 손에 들려 있었기 때문이다.

그가 들고 있는 것은 쟁반이었다. 탕기(湯器)와 반찬 그릇이 차례로 놓인 쟁반. 비록 탕기 안에 무엇이 들어 있는지는 알 수 없으나 그 옆에 놓인 반찬만 해도 상당히 먹음직스러워 보였다. 그런데 도대체 저 요리는 누가 한 것인가? 기사단장이 한 건 줄은 알면서도 쉬이 믿어지지가 않았다. 차라리 조리실에 숨어 있던 우렁 각시가 나타나서 만들어줬다는 말이 훨씬 일리 있을 것 같았다.

큰 충격에 빠져 있는 요리사들을 뒤로한 채, 제스는 곧장 집무실로 돌아왔다. 그러곤 아까와 똑같은 상태로 잠들어 있는 그녀의 이마에 손을 올려보았다. 여전히 뜨겁다. 진찰을 받지 않겠다고 바득바득 우겨 약만 먹었으니 차도가 없는 건 당연했다.

"일어나라."

"……."

"아렌."

당장 일어나라는 뜻으로 툭툭 쳐 오는 통에 아렌은 강제로 눈을 떠야 했다. 흐릿흐릿한 시야 속에서도 쫌팽이의 얼굴은 똑똑히 보였다.

"힘든데……. 그냥 자면 안 될까요?"

"그만큼 잤으면 이제 일어날 때도 되지 않았나? 일어나."

명령에 가까운 그의 말투에 아렌은 인상을 찡그렸다. 아파 죽겠는데 왜 자꾸 일어나래……. 아렌은 속으로 끊임없이 투덜거리면서 몸을 가누었다. 자리에서 일어나니 제스가 옆에서 부축해주다시피 하여 책상 근처로 데려갔다. 의자에 앉기 전 탕기와 반찬이 앞에 놓였다. 아렌은 김이 모락모락 풍기는 탕기를 멀거니 보다가 손가락으로 가리켰다.

"이게 뭐예요?"

"식사."

아니, 나도 그건 봐서 아는데……. 아렌은 얕은 한숨을 내쉬었다. 뚜껑이 닫혀 있는 탕기에 무엇이 들어가 있는지는 모르겠지만 아무것도 먹고 싶질 않았다.

"먹어야 나을 것 아닌가."

"얼른 낫고 꺼지란 뜻이죠, 그거."

"……."

슬쩍 장난을 걸어봤지만, 제스는 되받아치기보단 투명한 청색 눈동자로 물끄러미 그녀를 바라보기만 했다. 어쨌든 한 숟갈이라도 뜨는 걸 보지 않는 이상 보내지 않겠다는 뜻이었다.

아렌은 맥 빠진 얼굴로 한숨을 푹 내쉰 후 탕기 뚜껑을 잡고 열어보았다. 막 만든 죽 위로 김이 모락모락 피어올랐다. 언뜻 보기엔 맛있게 조리된 보통 죽일 뿐이었지만, 그녀는 그게 아닌 걸 알 수 있었다.

"잠깐, 죽 안에 들어 있는 거, 베이판에서만 나는 거대 양송이잖아요. 맞죠?"

그녀가 믿을 수 없다는 듯한 눈으로 고개를 들었다.

"하일렌에선 구하기 힘들 텐데, 워낙 돌덩이처럼 딱딱해서 조리 방법도 까다롭고……. 누가 조리한 거예요? 설마……"

제스가?

아렌은 뒤를 이으려다 말고 입을 다물고 피식 웃었다. 제스가 요리를 하다니, 재미있는 상상이지 않은가. 그녀가 서둘러 손을 내저었다.

"아, 아무것도 아니에요. 그냥 재미있는 상상이 떠올라서."

"그만 웃고 당장 먹어."

"네."

말은 야박하게 돌아왔지만, 미소는 자꾸만 배싯배싯 새어 나왔다. 제스가 직접 요리를 한 건 아니더라도 특별히 지시를 내리긴 했을 테니까.

죽을 조심스레 한 숟갈 떠서 입에 밀어 넣으니 신기하게 입맛이 살아났다. 입에 딱 맞도록 조절된 간과 거대 양송이의 부드러운 질감은 둘째 치더라도, 입안 가득 퍼지는 그리운 향에 어쩐지 눈시울이 시큰거렸다. 옛날에 질리도록 먹은 거대 양송이가 이토록 맛있게 느껴질 줄이야.

아렌은 어느새 아픈 것도 싹 잊은 채 정신없이 죽을 떠서 먹었다. 순식간에 반이 비어버린 데 제가 더 놀라며 아렌이 입을 열었다.

"으와, 정말 이거 누가 만든 거예요? 나중에 찾아가봐야겠네요."

"찾아가봐야 소용없다. 거긴 없을 테니."

"왜요? 출장 요리사라도 돼요?"

"……."

"어쨌든 정말 맛있네요. 고마워요."

그에게 건네는 감사는 정말 순수한 것이었다. 요리사가 이 죽을 먹을 사람이 사실은 베이판에서 왔다는 사실을 알 리가 없는 이상, 누군가가 지시해서 베이판 특산물로 요리해준 걸 테니까.

그녀가 식사를 거의 마쳤을 때쯤, 집무실 문이 한 번 더 열렸다. 이번에 들어온 이는 서류를 한 다발 들고 있는 프레드릭이었다. 너는 왜 여기 있냐는 눈으로 아렌을 바라보다가, 제스 앞에 식사가 놓여 있는 걸 보고 황급히 고개를 숙였다.

"단장님, 식사하고 계셨습니까? 실례했습니다."

"상관없다. 보고해라."

칼같이 자르는 그의 말에 프레드릭은 잔뜩 기합이 들어간 채 새로운 사건에 대한 보고를 늘어놓기 시작했다. 온갖 살인 사건과 범죄에 대한 이야기가 들려와 속이 안 좋을 법도 하지만, 아렌은 아랑곳 않고 그릇을 탁탁 긁어서 마저 비웠다. 비위를 논하기에는 인간적으로 죽이 너무나 맛있었다.

보고를 마치고 나가려던 프레드릭은 아렌을 툭 치며 서류를 내밀었다.

"아, 아렌. 너 잘 만났다. 내가 좀 바빠서 그런데 대신 심부름 좀 해주겠어? 이 서류만 전달해주면 돼."

"네. 어디에 가져가면 돼요?"

아렌이 손을 내밀어 그것을 받으려고 하자 제스가 먼저 입을 열었다.

"내가 하지."

"옙? 무엇을 말씀……."

제스가 눈짓으로 프레드릭이 들고 있는 것을 가리켰다.

"무엇을……, 설마 이, 이것……, 말씀이십니까?"

"그래. 어디에 가져가면 되지?"

"허어억, 아닙니다. 단장님! 단장님께 어떻게 이런 일을 시킬 수 있겠습니까! 제가, 제가 하겠습니다!"

프레드릭은 벼락을 맞은 듯 펄쩍 뛰며 도망치듯 그 자리에서 벗어났다. 순식간에 왔다가 순식간에 사라지는 그의 뒷모습을 멍하니 보고 있던 아렌이 천천히 고개를 돌렸다.

"제스, 방금……."

'왜 그랬어요?'라고 물어보려다 아렌이 입을 닫았다. 아프니까 배려해 준 거겠지, 누구한테나 그럴 거다. 아렌이 겸연쩍은 얼굴로 그를 바라봤다.

"단장님답지 않으셨어요. 일개 기사 때문에 직접 나선다고 말씀하시다니요. 잠시 다녀오는 것 정도는 저도······."

"쓸데없는 데 신경 쓰지 말고 빨리 나아라."

아렌이 입에 숟가락을 문 채로 동그랗게 눈을 뜨고 제스를 바라봤다. 그가 잠시 입을 다물었다가 다시 말을 이었다.

"다 나으면 뭐든 먹고 싶은 걸 사줄 테니."

"아?"

의외의 말에 아렌이 입을 헤벌렸고, 그 바람에 숟가락이 챙강 소리를 내며 떨어졌다. 아까부터 괴이한 소리가 들려온다. 내가 방금 들은 게 제스가 한 말이 맞나? 아니면 환청이 들리는 건가?

그녀의 생각에 대답하듯 제스가 단정한 어조로 말을 이어나갔다.

"네가 가고 싶다는 맛집······에도 데려가주겠다."

제스가 미쳤나 보다. 아니면 몸살 때문에 이상한 꿈을 꾸고 있다거나. 도저히 현실이라곤 생각할 수가 없는데, 왠지 온몸이 간지러워져서 시선을 마주칠 수가 없다. 얼굴이 화화 달아오르는 건 비단 감기열 때문만은 아닐 것이다.

"그, 그 말 후회할걸요. 하일렌에 있는 모든 음식점 다 들를 거예요. 힘들걸요? 따라다니려면."

"상관없다."

"제스 빈털터리 될 때까지 사달라고 할 거예요. 그래도 괜찮아요?"

"괜찮으니, 낫기나 해라."

윽. 아렌은 새빨개진 얼굴을 보이지 않기 위해 고개를 푹 숙인 채 반찬을 집어서 입에 밀어 넣었다. 어째선지 조금 전과는 달리 아무 맛도 느껴지지 않았다.


같은 시각, 카일은 코델리아의 안내를 받으며 황성을 둘러보고 있었다. 과연 제국의 황성답게 베이판의 왕궁과는 비교도 안 될 정도로 화려하고 웅장했다. 그들이 걸음을 멈춘 곳은 그리말디 1세의 대관식이 이루어졌던 궁전 근처였다.

카일이 고개를 돌려 벽옥으로 조각한 제단을 보는 동안 코델리아가 정원 중앙을 가리키며 당부하듯 말했다.

"저긴 벨베렌 정원이야. 황제 폐하가 아닌 다른 누구도 들어가선 안 되는 곳이지. 실수로라도 들어가지 않도록 해."

"명심하겠습니다."

카일이 고개를 끄덕였다. 주위를 둘러보던 그는 문득 반대쪽에서 힘이 잔뜩 들어간 발소리를 듣고 시선을 옮겼다. 여섯 명의 귀족 모두가 하나도 무서울 게 없다는 오만한 표정으로 어깨를 당당히 펴고 걸어오고 있었다. 그들 중 하나와 눈이 마주치자 카일이 목례를 하는 것으로 예의를 차리며 낮은 목소리로 물었다.

"저들은 누굽니까?"

카일의 시선을 따라가 흘낏 본 코델리아는 고개를 휙 돌리며 말했다.

"아아, 저들은 중앙 일곱 귀족이야. 귀족들의 우두머리쯤으로 보면 돼. 황제 책봉이나 국혼 같은 국가중대사에선 저들의 만장일치가 필요하지. 황권을 견제하기 위한 하나의 장치랄까."

"제국에서 황권을 견제하다뇨, 그건 반역이 아닙니까⋯⋯?"

"보통은 그렇지. 하지만 이곳, 하일렌의 중앙 일곱 귀족은 지금의 황제 폐하께서 친히 만드신 거니까. 어떤 생각을 하고 계신지는 모르겠지만⋯⋯."

카일의 눈동자가 다시 중앙 귀족들에게로 향했다. 그들은 모퉁이를 돌아 저 멀리로 걸어가고 있었다. 하나, 둘, 셋……. 의외로 적은 숫자에 카일이 의아한 어조로 말했다.

"중앙 일곱 귀족이라고 하지만 저들은 여섯밖에 되지 않는군요."

"일곱 중에 하나는 그 어디서도 모습을 드러내지 않아. 심지어 이름이나 작위조차 아는 사람이 없지. 다만 회의 때마다 귀신같은 타이밍에 친서를 보내서 뜻을 전달하긴 한다더군. ……더 자세한 건 잘 모르겠어."

코델리아가 고개를 설레설레 저으며 말했다. 모습을 드러내지 않는 귀족의 우두머리라…….

몇 가지를 더 물으려던 카일은 황성엔 어울리지 않는 쿵쾅거리는 소릴 듣고 그곳으로 시선을 돌렸다.

"프레드릭!"

코델리아가 반갑게 그를 부르자 프레드릭이 방향을 틀어 뛰어와 그들 앞에서 멈췄다. 프레드릭의 얼굴은 마치 못 볼 거라도 본 것처럼 새하얗게 질려 있었다.

"자기, 뭐 땜에 이렇게 식은땀을 흘려?"

코델리아는 그의 이마에 송골송골 맺힌 땀을 손으로 직접 닦아주며 말했다.

"하……. 말도 마. 단장님께서……."

"단장님께서 왜?"

코델리아가 두 눈을 크게 뜨면서 묻자 카일도 절로 관심이 가서 귀를 기울였다. 아무래도 기사단장이 얼마나 대단한 검술 실력을 가지고 있는지, 그런 검술 실력을 가지고 왜 직위는 기사단장에서 더 높이 올라가지 않는지 호기심이 생기긴 했던 것이다.

"그게, 내가 단장님께 심부름을……. 어휴, 말해봤자 믿을 수도 없을 거야. 그냥 난 못 보고 못 들은 것으로 하고 싶네."

프레드릭이 머릿속에서 무언가를 지워내려는 듯 고개를 세차게 내젓자 코델리아가 손으로 얼굴을 가리며 우는소리를 냈다.

"자기, 이제 나한테 숨기는 게 생긴 거야?"

"아아아아니! 그런 게 아니고!"

그들이 얼싸안고 징징대자 카일은 헛웃음을 터뜨리며 고개를 돌렸다. 이건 무슨 뜬금없는 타이밍에 염장질인가. 이들은 시도 때도 없이 이러는 것 같으니 이쪽에서 조심, 또 조심해야 할 것 같았다.

카일이 천천히 고개를 들어보니 장밋빛 대리석 타일과 드넓은 안뜰 위로 짙게 깔려 있는 어둠이 보였다. 어느새 오늘이 다 갔다는 것, 베이판을 떠나온 지 꽤 오래됐다는 사실을 상기하자 그의 눈빛이 어두워졌다.

처음에 찾아 나설 땐 이렇게 그녀를 찾는 데 시간이 오래 걸릴 줄 상상조차 하지 못했다. 워낙 눈에 띄는 외모 덕에 혼자서도 쉽게 찾을 거라고 생각했는데……. 만약 하일렌에서도 못 찾으면 어떻게 해야 할지 막막했다. 데려가는 건 둘째 치더라도, 그녀의 안전을 위해서라도 빨리 찾아야만 했다.

그는 답답한 마음을 가라앉히며 코델리아에게 시선을 옮겼다.

"귀족가엔 언제 수색을 하러 나갈 수 있습니까?"

"아아, 카일 너, 찾아야 할 사람이 있다고 했지?"

"예."

"황성에서의 생활이 적응되는 대로 단장님께 말씀드리러 가자. 어디를 가든 단장님께 보고를 드려야 하니까."

"예, 사정을 봐주셔서 감사합니다."

카일이 차분하게 고개를 끄덕이자 코델리아의 입가에 갑자기 음흉한 웃음이 드리워졌다.

"그런데 도대체 누굴 찾는 거야?"

"그분의 신상에 대해선 함부로 말씀드릴 수가 없습니다. 죄송합니다."

"재미없게……. 그럼 이것만이라도 말해줘. 혹시 찾고 있다는 그 사람……. 연인이야?"

은근한 장난기가 배어 있는 말에 카일의 안색이 눈에 띄게 창백해졌다.

"……장난으로 넘기기엔 너무나 소름 끼치는 소리군요. 꿈에 나올까 무섭습니다."

코델리아와 프레드릭은 서로를 바라보며 고개를 갸웃거렸다. 애타게 찾아 헤매는 것치고는 반응이 색달랐던 탓이다.

카일은 무슨 말을 해야 할지 몰라 입을 달싹거리다가 으스스한 어조로 말했다.

"제가 찾는 사람은 사고를 몰고 다니는 말썽쟁이입니다. 마치……, 그렇습니다. 도대체 무슨 일에 휘말릴지 모르는……, 고삐 풀린 망아지 같다고나 할까요? 어렸을 적부터 말이죠, 한시도 눈을 떼선 안 됩니다. 만약 그분께서 제 여, 여, 연인이 되면……, 저는……, 제 명에 못 죽을 겁니다. 아마 속병을 앓다가 일 년 내로 죽을 수도……. 우욱."

카일이 속이 좋지 않은지 가슴을 쓸어내렸다. 몸서리까지 치는 그의 모습에 코델리아가 아차 하며 두 손을 내저었다.

"미안해! 더 이상 물어보지 않을게! 그러니까 진정해!"

"으윽……. 감사합니다."

말하는 것과는 달리 카일은 한동안 두 손으로 머리를 움켜쥐고 괴로워했다. 상상만으로 고통스러운 모양이었다. 잠시 후 제정신을 찾은 그는 '일단 찾기만 하면 머리부터 한 대 쥐어박아버려야겠다.'는 알 수 없는 말을 중얼거리며 제 방으로 향했다.

코델리아는 점잖아 보이는 카일을 이렇게까지 폐인으로 만드는 이가 대체 누구인지 궁금했지만, 묻지 못하고 그를 떠나보내야 했다.


은색 눈이 반짝 뜨였다. 어느새 제 방보다 더 익숙해진 집무실의 천장과 공기가 그녀를 반겨주었다. 그녀는 눈 위로 따갑게 쏟아지는 햇볕을 손으로 가리며 제스를 찾았다. 제스는 머리맡에 서서 그녀를 내려다보고 있었다.

"미열이 남아 있다. 더 자두도록."

손으로 이마를 짚어보더니 무뚝뚝하게 내뱉는 말이 저거였다.

"제스, 그런 말을 그렇게 무뚝뚝하게 하면 어떡해요? 누가 보면 싸우자는 건 줄 알겠네."

아렌이 나지막이 키득거리며 중얼거리며 그를 올려다봤다. 짙지만 투명한 눈동자와 시선을 맞추자 묘한 기분이 들었다.

감기로 앓았던 며칠간 그는 정말 그답지 않았다. 일이 있어 자리를 비워도 30분 이상을 넘기지 않았으며 그녀가 끼니를 거르지 않는지 늘 지켜보았다. 언뜻 다정하리만치. 그를 인식하자 다시금 얼굴이 미미하게 달아오르기 시작한다. 아렌은 슬그머니 이불을 당겨 올려서 얼굴을 가렸다.

'감기 때문에 그런 거야, 감기 때문에!'

빨갛게 달아오르는 얼굴과 쿵쾅거리는 심장의 이유를 애써 합리화시켜 보지만 제스의 얼굴을 떠올릴 때마다 주체할 수 없을 정도로 가슴이 떨려왔다. 제스가 일어나서 창 쪽으로 걸어가자 아렌은 슬며시 일어나 칸막이의 커튼을 쳤다.

'언제쯤 면역이 될는지……. 응?'

스치듯 지나간 광경 속에 무언가 산만한 게 밝혀서 고개를 돌려보았더니 아니나 다를까, 로도모나스가 몸을 둥글게 말고 선반 위를 데굴데굴 굴러다니고 있었다. 그가 가끔 가다 하는, 왜 하는지 이유를 알 수 없는 행동 중 하나였다. 문제는 저렇게 한동안 구르고 나면 온몸에 먼지를 뒤집어쓴다는 것이다. 선반 위는 몰라도 먼지 많은 침대 밑에 들어가서 구르는 건 큰 문제였다.

'근데 명색이 마족인데……. 기품이 없어도 너무 없는 거 아냐? 뭐, 귀여우니 상관없나?'

기품 있고 고고한 로도모나스의 모습을 떠올리며 피식 웃은 아렌은 눈을 크게 떴다.

"앗! 로도모나스!"

쿵!

"으아……. 아차……."

아렌이 두 눈을 질끈 감았다가 떴다. 굴러다니다 선반에서 굴러 떨어져 버린 것이다. 데구루루 한 번 굴러 몸을 편 로도모나스가 짧은 앞발로 머리를 잡고 낑낑댔다. 그 모습이 안쓰럽기도 하지만 귀엽기도 해서 웃음이 터졌다.

그렇게 로도모나스와 놀기를 한참, 갑자기 집무실의 문을 누군가 노크했다.

"들어와라."

제스가 대답하자, 집무실의 문이 열리며 두 명 정도의 발걸음 소리가 들려왔다.

"단장님을 뵙습니다!"

아, 프레드릭 형이다. 오랜만이네. 알은척이나 할까? 아렌은 반가운 마음에 상체를 일으켰다. 그 순간이었다. 더 친숙한, 그리고 오랫동안 듣지 못한 목소리가 들려온 것은.

"단장님을 뵙습니다."

아렌은 순간 심장이 떨어지는 줄 알았다. 이건, 이건……. 이 목소리는…….

아렌은 너무 반가운 마음에 저도 모르게 커튼을 젖히고 뛰쳐나갈 기세로 일어섰다.

"카……!"

카일, 이라고 내뱉으려던 아렌은 가까스로 이성을 되찾고 손으로 입을 틀어막았다. 반사적으로 자리를 박차고 나갈 뻔했는데, 이건 아니지 않은가.

'카일……. 분명 카일의 목소리야! 카일이 왜 여기에 있지? 카일도 가출했나? 아니, 그럴 리가 없지. 설……마 날 잡으러 온 건가?'

어렸을 적부터 카일은 그녀의 전속 기사를 빙자한 감시자였던 걸 상기해보면 예상은 틀림이 없을 것이다. 온몸의 피가 식는 느낌이었다.

"……정식으로 기사단원이 된 카일 경이…….."

대화 중에 유난히 크게 들려오는 단어에 아렌의 얼굴이 새하얘졌다. 정식 기사라니? 이건 정말이지 생각지도 못한 일이다.

아렌은 어쩔 줄을 모르고 발을 동동 구르다가 두 손으로 뺨을 꼬집었다. 정신 차리자, 카일한테 땡땡이 친 걸 걸려도 정신만 차리면 산다는 말이 있지 않은가. 우선 여기서 들키는 최악의 상황만은 면해야 한다. 일단 여기에 얌전히 숨어 있으면 될 것이다. 카일이 나간 후에 어떻게 된 건지 자세히 알아봐도 늦지 않으니까. 설마하니 카일이 굳이 칸막이 안을 살펴볼 일은 없지 않을까. 그녀는 그렇게 생각했다.

"저, 아렌 녀석은 좀 괜찮습니까? 칸막이 안에 있지요?"

망할!

아렌을 절벽 끝으로 밀어 넣고 있는 것도 모른 채 친절한 프레드릭 씨는 아끼는 동생의 상태를 직접 확인해보겠다며 제스에게 양해를 구하고 있었다. 평소처럼 꺼지라는 말 한 마디만 해줬으면 좋으련만, 제스는 흔쾌히 면회를 허락을 해주었다. 답지 않은 아량이었다.

'이, 이러다간 들키겠어!'

짜고 치는 게임도 이보다는 덜 들어맞을 것 같다. 아렌이 황급히 이불로 자신의 머리를 둘러쓰고는 꽁꽁 싸맸다. 덕택에 머리, 얼굴은 완벽히 가려졌지만, 상당히 수상쩍은 행색이 되어버렸다. 이불을 뒤집어쓴 인간이라니. 하지만 아무렴 어떤가, 들키지만 않으면 될 일이다.

좌악, 하며 커튼이 열리는 소리가 들리자 아렌은 제 표정이 절로 굳어버리는 게 느껴졌다.

"아렌! ……얼레, 너 뭐 하냐?"

어쩐지 저를 향한 프레드릭과 카일의 표정이 절로 상상이 갔다. 제스는……, 어떤 표정일지 한번 보고 싶긴 하지만, 그랬다간 그대로 베이판으로 끌려가버릴 것이다.

아렌이 그 자리를 어떻게든 벗어나기 위해 이불을 단단히 잡은 다음 벌떡 일어섰다. 앞이 하나도 보이지 않았지만, 그녀는 최대한 당당하게 걸어갔다. 하지만 조금 후에 쿵 소리와 함께 밀려오는 머리의 통증에 그녀는 잠깐 멈추어야 했다.

제기랄, 칸막이에 부딪혔나 보다. 아렌은 더 이상 우스워지지 않기 위해 손만 빼내서 벽을 더듬으며 걸음을 슬금슬금 옮겼다. 앞이 보이질 않으니 몇 발자국 가지 않아 다시 부딪히고, 부딪히고, 부딪혔다.

쿵, 쿵, 쿵.

최악이다. 이 바보 같은 꼴을 보며 제스가 어떤 얼굴을 하고 있을지는 상상하기도 싫었다. 아렌은 모두의 시선을 받는 가운데 문을 찾고 힘껏 열었다. 그러다 머리를 다시 쿵 박는 바람에 비틀거리며 집무실에서 나갔다.

조금 앞에 펼쳐진 이해 못 할 장면에 카일이 조심스럽게 문을 가리키며 말했다.

"저어, 저 사람은…….."

"……묻지 마라, 아무것도."

프레드릭이 큰 손으로 얼굴을 가리며 말했고, 제스는 묵묵히 창가로 몸을 돌렸다. 정말로 아무것도 물으면 안 될 것 같은 분위기에 카일이 입을 다물곤 방금 들은 이름을 곱씹어보았다.

'아렌이라……. 하필이면.'

카일이 석연치 않은 느낌에 기억을 더듬어보았다. '아렌'은 공녀 아르렐리아가 만들었던 가명 중 하나였다. 카일은 너무 남자 같은 이름이라며 손사래를 쳤지만, 정작 본인은 굉장히 마음에 들어 했던 이름이다. '취향하고는.'이라고 했다가 몇 대 맞았었지.

'그런데 이름도 그렇고……. 몸집도 아르렐리아 공녀와 상당히 흡사한 게……. 설마, 아니겠지.'

공녀가 기사단이라니, 그것도 활쏘기도 아니고 검술을 주로 하는 하일렌의 황성 기사단에 어떻게 들어온단 말인가. 거기다 아무리 정신이 나갔어도 저런 꼴로 지내고 계시진 않을 것이다. 카일은 어림도 없는 생각이라며 생각을 떨쳐냈다.


"으아, 쪽팔려 죽는 줄 알았다. 완전 미친놈 취급 받겠네……."

아렌은 이불을 확 벗은 다음 붉어진 뺨을 식히려 두 손으로 감쌌다. 이 넓은 하일렌에서 하필이면 제스의 집무실에서 만나게 될 게 뭐란 말인가. 심장 떨어지는 줄로만 알았다. 이 난국을 어떻게 타개해야 할지 고민하던 아렌은 두 눈을 번쩍 떴다. 그래, 세이를 찾아가보자!

세이를 떠올리자마자 아렌은 뛰듯이 걸어 그의 방으로 향했다. 방 앞에 도착하자마자 문을 열려다 호흡을 가다듬고 노크부터 했다.

똑똑똑똑똑똑똑똑똑!

책을 읽는 데 집중하고 있던 세이는 문득 방문을 두드리는 소리에 고개를 들었다. 저렇게 유쾌하고 예의 따윈 찾아볼 수 없는 노크를 할 사람이 있던가, 기억을 더듬다 이내 한 사람을 떠올렸다.

세이는 미소를 머금고 문으로 다가가 손수 문을 열어주었다. 역시, 은발에 은색 눈동자를 가진 공녀가 거기 서 있었다. 아렌은 기다렸다는 듯 그의 손을 덥석 잡고 울상을 지었다.

"세이이이이!"

아렌의 호들갑에 세이의 눈이 약간 커졌다.

"아아아아아! 세이! 큰일 났어요, 큰일!"

"아렌, 무슨 일입니까?"

"아아아아! 어떡해요, 전 망했어요, 망했어!"

발을 동동 구르는 아렌이 도무지 진정할 기미가 보이질 않자 세이는 달아오른 볼을 부드럽게 쓸어내리며 조곤조곤 물었다.

"무슨 이야기인지 들어와서 차근히 말해주시겠습니까?"

"휴우……. 네."

차분하게 달래는 말에 조금이나마 냉정을 찾은 아렌이 방으로 쏙 들어갔다. 세이가 앞서서 테이블로 걸어가자 아렌이 손을 뻗어 그의 머리카락을 만졌다. 그녀의 손길을 느낀 그가 잠시 걸음을 멈추고 몸을 반쯤 돌렸다.

"세이, 원래 머리카락으로 돌아왔네요."

저번에 봤던 검은 머리카락을 떠올리며 그녀가 읊조리듯 말했다. 서늘하지만 아기고양이 솜털처럼 부드러운 촉감이 손끝을 간질였다.

"아렌이 이쪽이 더 좋다고 하시기에."

손을 덥석 잡으며 내뱉는 말에 왠지 굉장히 부끄러워졌다. 아렌은 어떤 말부터 꺼내야 할지 몰라 이리저리 눈을 굴리다가 냅다 입을 열었다.

"세이. 저번에 머리카락 색 바꿨던 거! 저한테도 써주세요!"

"그런 건 왜 필요하신 겁니까?"

세이가 의아하게 되묻자 아렌이 처량하게 어깨를 축 늘어뜨렸다.

"으으. 저번에 가출했다고 한 거 기억해요? 근데, 절 잡으러 온 사람이 하필 기사단에 왔어요. 이대로라면 얼마 안 가 들킬 게 뻔한데…….. 그러면 안 되거든요, 진짜로요. 세이, 제 얼굴이랑 머리랑 전부 다, 바꿔줄 순 없나요?"

"…….."

세이의 검은 눈동자가 그녀를 뚫어져라 바라봤다. 그녀는 한층 더 간절히 애원하는 투로 그에게 다가갔다.

"제발요. 어떻게 생기든 상관없어요. 지금이랑 완전 다르게 만들어주세요!"

"싫습니다."

"왜요? 그런 마법 정도는 눈감고도 쓸 수 있는 것 아녜요?"

"그렇긴 합니다만."

자신의 애타는 마음도 몰라주고 세이가 여유 만만하게 말하자 아렌이 발을 동동 구르며 외쳤다.

"세이, 전 정말 심각하다고요!"

"저도 심각합니다. 전 이 머리카락 그대로가 마음에 드니까요."

부드럽게 쓰다듬다 쥐어 올린 은빛 머리카락에 그가 입술을 묻었다. 가볍게 떨어지는 키스에도 어쩐지 쑥스러워져서, 아렌이 어색하게 웃으며 슬금슬금 멀어졌다.

"어, 그, 그래요? 그, 그럼 눈 색이라도……. 얼굴 형태라도……."

"전 아렌의 눈도 좋아합니다. 어느 하나도 바꾸고 싶지 않습니다."

그가 다시금 다가와 눈꺼풀에 입술을 내리려 하자, 미세한 틈을 두고 아렌이 피해버렸다. 이런 행동은 어떻게 해야 기분 나쁘지 않게 거절할 수 있을지 잘 모르겠다. 멀어진 아렌이 잔뜩 굳어 있자 그가 재미있다는 듯 낮게 웃었다.

"세이, 왜 이렇게 자꾸 붙고……. 입술로……. 흠. 혹시 다른 사람한테도 똑같이 해요?"

"아닙니다."

"그럼 저한테 왜 이러는 거예요?"

"아렌 당신이기 때문에."

"……."

"다른 이유가 필요합니까?"

그가 여유롭게 말하며 손을 들자 그 안으로 일렁이는 빛이 모여들더니 곧 아렌에게 흘러 들어갔다. 빛이 스며들듯 사라진 후에는 조금이나마 남아 있던 감기 기운마저 싹 없어져버렸다. 감기에 걸렸다는 걸 알고 있었구나. 아렌은 깜짝 놀라면서도, 그가 치유 마법을 쓸 수 있다는 데 안심했다.

사실 마족과 드래곤의 혼혈인 로도모나스가 세이 앞에서 꼼짝도 못하는 걸 보고, 혹시 세이는 마족이 아닐까라는 생각을 한 적이 있었다. 마족이라면 꽤 께름칙한 상황이었다. 마족이 중간계에 있기 위해서는 반드시 인간과 계약을 해야만 하는데, 그 계약은 살인이나 반역 같은 좋지 않은 것들이 많았으니까. 마족이라고 해서 세이가 아니게 되는 건 아니지만, 알 건 알아야 한다고 생각했다.

하지만 이제는 그 의심을 접어둘 수 있었다. 마족은 치유 마법을 못 쓰기 때문이다. 치유 마법을 쓰는 걸 본 이상, 세이는 절대로 마족일 리가 없었다. 그렇다면 역시 로도모나스가 그의 아래에 있는 건 단순한 우연인 걸까.

"무슨 생각을 그리 하십니까?"

아렌은 퍼뜩 정신을 차리며 고개를 들었다. 어느새 다가온 세이가 그녀를 빤히 들여다보고 있었다.

"아, 아녜요. 그냥 생각할 게 좀 있어서. 그런데 세이, 진짜 머리카락 색 안 바꿔줄 거예요?"

"예."

"정말 끌려갈지도 모르는데……."

아렌이 무겁게 한숨을 내쉬고 있자 세이가 잠시 생각에 잠겼다가 손을 들어 올렸다. 옷장이 확 열리고 그 안에서 무언가 튀어나왔다. 그것은 마치 받아달라는 듯 아렌의 손 위에 둥둥 떠 있었다.

"받으십시오."

"어, 이건 가발이잖아요?"

"그거라면 충분히 얼굴을 가릴 수 있을 겁니다."

아렌은 냉큼 그것을 집어 들어 이리저리 살펴보았다. 그가 준 가발은 앞머리가 꽤 긴 편이라 잘만 쓰면 머리는 물론이고 눈 밑까지 가릴 수 있을 것 같았다. 얼굴의 반을 가리면 당연히 알아보기 힘들 테고. 아렌이 만족스러운 얼굴로 고개를 들었다.

"고마워요! 이거면 되겠어요. 그런데 세이, 이거 어디서 난 거예요? 혹시 변장에 취미가 있어요?"

"가면무도회 때, 아렌을 위해 준비해둔 가발 중 하나입니다. 몇 개 더 있으니 가져가서도 괜찮습니다."

"흐음, 그렇군요. 어쨌든 세이, 다시 한 번 고마워요!"

아렌은 가발을 들고 어떻게 쓰는지 이리저리 들여다보며 고심했다. 그런 그녀를 가만히 바라보던 세이가 입을 열었다.

"아렌, 혹시 원하신다면……. 그 누구도 아렌의 뒤를 쫓지 못하게 해드릴 수도 있습니다."

가발을 빗던 손가락이 멈칫했다. 다른 사람이 한 말이었으면 허세부리지 말라고 했을 것이다. 틀림없이. 아렌은 눈을 이리저리 굴리다가 은근히 호기심을 드러냈다.

"구……체적으로 어떻게요?"

"특별히 원하시는 방법이 있으십니까?"

원하는 방법이라니……. 그 어조가 단순히 '돌려보내는 방법'을 말하는 것 같지는 않았다. 왜일까, 저렇게 상냥한 세이인데 지금만큼은 그 미소가 오싹하기 그지없었다.

"아니에요. 그럴 필요 없어요. 세……이, 나 이제 갈게요! 안녕! 다음에 봐요!"

슬금슬금 뒤로 물러나던 아렌이 서둘러 문을 닫고 나가버렸다. 요란한 발걸음 소리가 멀어지고 사위가 침묵에 휩싸였다. 웃음기가 씻기듯 사라진 검은 눈이 어둠 속에서 빛났다.

"레이나스 공작가가 드디어 움직여주는군."


그 후 며칠 동안 아렌은 카일과 마주치지 않기 위해 무진 애를 써야 했다. 하지만 카일이 하도 이곳저곳에서 보이는 바람에 아렌은 정식 훈련을 제외하고는 종일 방 안에 틀어박혀 있어야 했다. 무슨 개도 아니고 뭘 저렇게 빨빨거리며 돌아다닌담. 혹시라도 만나면 꼭 사탕을 던지며 외쳐야겠다. '우쭈쭈, 물어와. 카일!'……이라고. 하지만 그 '개'가 된 카일한테 쫓기는 고양이는 다름 아닌 자신이었다. 아렌이 한숨을 푹 내쉬었다.

그래, 쓸데없는 생각 하지 말고 최대한 열심히 피해 다니자. 아렌은 세이가 협찬해준 가발을 푹 눌러쓰고 조심조심 연무장으로 향했다. 숙소에서 연무장까지는 그리 거리가 멀지 않은데도 카일한테 들킬까 심장이 쪼그라드는 기분이었다.

그나마 다행인 것은 카일이 곧장 기사 선서를 하고 정식 기사가 된 것이었다. 덕분에 견습 기사 훈련 시간만큼은 마음을 놓고 지낼 수 있었다. 같은 견습 기사였으면 어땠을지 상상만 해도 끔찍했다.

아렌은 슬금슬금 걸음을 옮겨 연무장의 가장 구석자리에 서서 안도의 한숨을 내쉬었다. 안도감과 함께 찾아온 억울함에 아렌이 인상을 찌푸렸다.

'내가 왜 카일을 이렇게 무서워하게 된 거지…….'

아렌은 속으로 이를 바득바득 갈았다. 어렸을 때부터 '카일은 내 밥!'이라는 좌우명 아래 살아왔는데 이렇게 카일을 무서워하는 상황에 놓일 줄이야.

온통 카일에게만 집중하고 있던 아렌은 누군가 등을 퍽 치는 바람에 깜짝 놀라며 고개를 돌렸고, 곧이어 크게 한숨을 내쉬었다.

"……리안."

"여어! 아렌! 너 머리가 그게 뭐야? 못 알아볼 뻔했잖아."

"쉿, 목소리 낮춰."

아렌이 혹시 주변에 카일이 있는지 두리번거리는 사이, 리안이 그녀의 가발 머리카락을 한 올 잡아서 들어 올렸다.

"웬 금발? 이거 염색한 거야? 왜? 왜 했는데?"

자꾸만 꼬치꼬치 캐물어 오는 리안을 피해 자리를 옮기려는 순간 그녀는 보았다. 마침 연무장에 들어서고 있는 카일을. 아렌은 괴상한 신음을 내며 휙 뒤돌았고, 그 와중에서도 리안은 아렌 옆을 치근덕거렸다.

"야, 너 왜 그래? 왜 갑자기 놀라?"

"리안, 잠깐만 조용히 좀 해줄래?"

리안이 자꾸만 눈치 없이 굴자 아렌이 이를 갈면서 경고했다. 하지만 리안은 그에 굴하지 않고 '왜? 왜? 왜?'라고 물으며 주위를 뱅글뱅글 돌았다. 가끔씩, 리안은 사실 제스가 '너도 한번 당해봐라.'는 뜻으로 보낸 스파이 같은 존재가 아닐까 의심이 들기도 했다.

아렌은 슬쩍 눈을 굴려 카일을 찾았다. 그는 프레드릭과 이런저런 이야기를 나누면서 연무장 앞쪽으로 걸어가고 있었다. 이번 훈련은 특별히 카일이 도와주기로 했다는 말이 들리자 아렌의 얼굴이 있는 대로 구겨졌다.

일이 꼬일 때는 제대로 꼬이는 것 같았다. 그 많은 기사는 다 어디다 두고 하필 카일이 훈련을 도와준다는 말인가. 만약 들키면 끌려가서 딴 따다단……. 혼인을 올리게 된다고 생각하니 눈앞이 깜깜해졌다.

'아냐, 가발을 쓴 데다 얼굴도 적당히 가렸으니 설마, 모르겠지.'

아렌은 최대한 자연스럽게 행동하기로 마음먹고 검을 단단히 쥐었다. 카일이 앞에서 한 번씩 검을 주고받으라고 했고, 그에 따라 아렌의 대련 상대였던 리안이 먼저 목검을 휘둘렀다.

아렌은 적당히 그를 상대해주면서 카일의 동태를 흘끔흘끔 살폈다. 그는 연무장을 돌아다니며 견습 기사들의 자세를 직접 교정해주고 있었다. 그가 서서히 아렌에게로 다가오자 그녀는 어색하게 고개를 피하고 검을 휘둘렀다. 카일이 앞에 다가와 멈춰 서자 가슴이 콩닥콩닥 뛰기 시작했다. 자기가 검을 휘두르는지, 검이 자기를 휘두르는지 분간이 안 갈 정도였다.

"힘이 약한 편이군요. 근력을 더 단련하는 게 좋겠습니다."

그가 기계적으로 움직이는 검을 유심히 바라보면서 말했다. 아렌은 최대한 고개를 숙이고 끄덕였다. 가발이 그녀의 인상을 바꾸게 해주기만을 빌고 또 빌었다.

'가, 빨리 가!'

아렌은 그녀를 빤히 바라보고 있는 카일에게 속으로 주문을 걸었다. 뭔가 이상한 느낌이 든 건지 카일은 고개를 갸우뚱하며 그녀를 지나쳤다. 그렇게 바늘방석 같은 훈련이 끝나 연무장에서 나가려는데, 카일과 프레드릭의 대화가 들려왔다.

"……그러니까, 찾는 사람이 있으니 바로 황성에서 나가고 싶다?"

쫑긋! 귀가 두 배로 커졌다.

"예. 빨리 찾아야 합니다. 바로 내일부터 조사하러 다녔으면 합니다만."

"뭐, 좋을 대로 해. 그전에 단장님께 말씀드리러 가야 할 거야."

"예."

아, 다행이다. 황성에서 나간다면 내일부턴 조금 편하게 지낼 수 있겠지. 아렌이 안도의 한숨을 내쉬었다.

"아렌, 너 뭐 하냐?"

"……."

가슴이 덜컹하고 떨어진다. 그녀는 제가 이야기를 엿듣는 데 집중해버린 나머지 카일과 프레드릭 옆으로 바짝 붙어 서서 노골적으로 엿듣고 있다는 걸 깨달았다.

빌어먹을! 이놈의 발! 너 언제 움직였니? 아렌은 슬그머니 그들에게 쏠린 상체를 제대로 세우며 헛기침을 했다. 프레드릭이 어이없어하는 투로 말했다.

"너 지금 엿듣고 있는 거야? 왜? 그것도 그렇게 티 나게?"

"……."

"그런데 너……. 머리가 왜 그래? 혹시 이거 가발이냐?"

프레드릭이 의아해하며 아렌의 머리를 툭툭 두드렸다. 마찬가지로 그녀를 유심히 내려다보던 카일이 그에게 누구냐는 눈짓을 보냈다.

"아, 이 녀석 처음 보는구나. 이 녀석이 원래 머리가……."

안 돼! 아렌은 저도 모르게 자기 옆에 떠 있는 로도모나스를 움켜잡았다. 그리고 속으로 '미안해, 로도모나스!'라고 중얼거린 후, 프레드릭의 머리를 향해 있는 힘껏 집어던졌다.

빠악! 로도모나스는 경쾌한 소리를 내며 프레드릭의 머리에 정확하게 명중했다.

"으억!"

프레드릭의 비명 소리가 들려옴과 동시에 그의 몸이 서서히 기울어졌다. 꽤나 강력한 한 방이었던지 로도모나스도 정신을 잃고 바닥으로 툭 떨어졌다. 아렌은 푸딩 백 개쯤은 준비해놔야겠다고 생각하며 잽싸게 그를 안아들었다.

"……이게 무슨."

갑작스레 벌어진 사태에 카일은 쓰러진 프레드릭만 멍하니 바라보고 있었다. 한 방에 프레드릭을 골로 보낸 아렌은 그사이 걸음아 날 살려라 하며 연무장을 빠져나가버렸다. 그렇게 아렌은 카일에게 들키지 않은 채 그 상황을 빠져나오긴 했지만 부작용이 꽤 컸다. 그 일 이후 로도모나스가 식음을 전폐하고 구석에 박혀 있었기 때문이다. 그는 머리 위로 불룩 솟아오른 혹만큼이나 심하게 삐쳐 있었다.

아렌이 무릎 꿇고 꼬박 하루 동안 사과를 한 다음에야, 로도모나스는 그녀가 내민 딸기 맛 푸딩을 겨우 한입 먹어주었다.


"하아……. 이제 어떻게 하지?"

아렌은 입에서 탄식 섞인 한숨을 토해내며 옆에 놓여 있던 단검을 집어들었다. 방패 위로 두 개의 검이 교차되어 그려진 가문 문장이 선명하게 반짝이며 그녀의 마음을 무겁게 했다.

"계속해서 카일을 피해 다닐 순 없을 것 같은데……."

아렌이 인상을 찌푸리며 단검을 옆 테이블에 내려놓았다. 프레드릭에게 일격을 날리고 그 다음날 아침이 되었는데도 아렌은 쉽게 방 밖으로 나갈 수가 없었다. 임시방편으로 가발을 쓰고 다니긴 하지만, 카일이 황성을 나갔다가 온 후에도 이런 식으로 피할 수만은 없는 노릇이었다. 정상적인 생활이 전혀 되질 않으니 여간 곤란한 게 아니었다.

좀 더 확실한 방법이 없을까.

아렌이 창문 쪽으로 몸을 돌리자 날개로 몸을 감싸고 잠이 든 로도모나스가 보였다. 그리고 그 옆에는 그가 어제 먹어치운 푸딩의 흔적이 적나라하게 남아 있었다.

어제 로도모나스를 프레드릭에게 공처럼 던져 맞힌 이후 그를 달래기 위해 얼마나 고생을 했던가! 그 많은 푸딩 때문에, 푸딩 장수와 로도모나스는 행복한 반면 그녀와 그녀의 주머니는 울어야 했다.

아렌이 검지로 슬쩍 로도모나스를 쿡 찔러보았다. 움찔하면서 가늘게 뜨이는 초록색 눈이 귀여웠다. 마족이 아니라 완전히 소동물 아닌가.

사람보다 조금 더 체온이 높은 로도모나스를 부드럽게 쓰다듬고 있으려니 점차 마음이 진정되어갔다. 그래, 카일 하나 때문에 언제까지고 방에 박혀 있을 순 없다. 여차하면 제스 방에 숨어버리지, 뭐. 단순하게 생각하자.

사기를 충전한 후 아렌이 힘차게 일어나서 문을 열었다. 그리고 마침 다가오던 누군가와 마주치곤, 조금 더 늦게 나올 걸 그랬다며 후회했다. 어제 아렌의 일격에 기절했던 프레드릭이 단단히 화난 얼굴로 그녀 앞에 멈춰 섰다.

"야, 이 녀석아!"

"……하하, 형."

다시 문을 닫으려던 그녀는 어색하게 웃어 보였다. 머리에 두 겹 정도 둘러져 있는 붕대를 보자 슬그머니 미안해졌다.

"괜……찮아요, 이마는?"

"당연히 안 괜찮지! 헉!"

프레드릭이 분을 삭이며 외치는 순간, 아렌 뒤에서 무언가를 발견하고 흠칫했다.

— 그르르.

잔뜩 성이 난 채로 그를 노려보는 건, 다름 아닌 로도모나스였다. 프레드릭이 한 번만이라도 쓰다듬어보고 싶어 했던. 그런 그가 어제의 일로 노골적으로 송곳니까지 드러내며 으르렁대자 프레드릭이 울상을 지었다.

'나, 난 그저 한번 쓰다듬어보고 싶었던 것뿐인데 아렌 녀석 때문에 도리어 원한만 샀잖아!'

로도모나스의 생각은 이랬다. 물론 자신을 잡아서 던진 건 아렌이었지만, 아픈 건 프레드릭의 단단한 머리 때문이었다. 그렇기에 전보다 더 나쁜 태도로 대할 수밖에 없었던 것이다. 로도모나스가 낮은 위협 소리까지 내며 콧김까지 내뿜자 프레드릭은 절망에 가득 찼다.

프레드릭을 위로하려던 아렌은 곧이어 입을 합 다물 수밖에 없었다. 어디서 나타났는지 저 멀리서 카일이 주변을 두리번거리며 다가오고 있던 것이다.

'도망가야 해! 일단 프레드릭 형부터 떼어내야겠다!'

아렌이 천장을 뚫을 기세로 펄쩍 뛰며 프레드릭의 귓가에 대고 외쳤다.

"어, 형! 저기에!"

"엥? 왜?"

프레드릭은 화들짝 놀라며 그녀가 가리키는 대로 뒤를 돌아봤다. 주위를 획획 둘러보았으나 아무것도 없었다. '없는데?'라고 말하며 고개를 되돌린 프레드릭은 곧, 저 멀리로 줄행랑치고 있는 아렌을 발견했다.

"어휴……. 저 녀석. 결국 아무 말도 못 했잖아."

프레드릭이 어처구니가 없어서 화도 내지 못하고 헛웃음만 터뜨렸다. '원체 정신없는 녀석이니 내가 이해해야지.'라고 중얼거리고 있는데 어느새 다가온 카일이 그의 어깨를 툭 쳤다.

"프레드릭 경, 여기서 뭐 하십니까?"

"아아, 별일 아니야. 오늘부터 황궁을 나가고 싶다고 했지? 지금 단장님께 같이 가자고."

"예."

한편, 프레드릭과 카일에게서 도망친 아렌은 곧장 집무실로 달려가고 있었다. 제스의 집무실이라면 사람이 많이 드나들 것 같지 않았기 때문이다. 그곳에 있으면 조용히 있을 수 있겠지. 아렌은 노크도 하지 않고 방에 불쑥 들어갔다.

"제스!"

이른 아침인데도 제스는 정갈한 제복 차림으로 창가에 기대서 있었다. 천천히 돌아보는 그가 한 폭의 그림과 같아서 눈을 뗄 수 없게 했다.

"어제는 제 방에서 잤어요. 그 덕분인지 감기도 다 나았고요."

"그래."

"그래도 오늘 신세 좀 질게요. 악마가 쫓아오고 있어서요."

"……."

그가 의자에 깊숙이 몸을 기대며 그녀를 응시했다. 대체 이번엔 또 무슨 일이냐는 거다. 동시에 그는 그녀의 눈 밑까지 완벽하게 가리고 있는 가발을 신경 쓰고 있는 눈치였다.

아렌은 어색하게 웃으며 제 머리를 가리켰다.

"아, 가발요? 허허! 별건 아니고요. 요즘 탈모가 생기는 것 같아서요. 제스도 조심해요! 머리카락이 좀 많이 빠진다 싶으면 지압을 미리미리……."

"……."

"하아, 그렇게 미쳤냐는 듯 보지 말아요. 나에게도 나름 사정이 있다고요."

유쾌하던 어조가 끝으로 갈수록 하소연에 가깝게 변했다. 아렌은 한숨을 푹 내쉬었다. 사실 가발이란 게 하고 있으면 굉장히 갑갑해서 가끔씩은 카일에게 들키든 말든 벗어던지고 싶어질 때도 있었다.

"아, 일단 숨어서 얘기해요. 누가 와서 날 찾거든 모르는 척해줘요."

아렌은 이곳저곳을 둘러보다가 책상을 보더니 얼굴을 밝혔다. 저 안이라면 감쪽같이 몸을 숨길 수 있을 것 같았다. 의자를 슬쩍 밀어내고 빈 공간에 몸을 웅크리고 앉자 흡족해졌다.

"좋아, 딱 맞네요."

제스의 한쪽 눈썹이 치켜 올라갔다. 얼마 전엔 이불을 둘러쓰고 이곳저곳에 머리를 박으며 나가더니 이건 또 무슨 짓이란 말인가. 저 뜬금없는 가발은 또 뭐고.

일순 눈을 가느다랗게 좁힌 제스는 팔을 뻗어 가발을 벗겨냈다. 가려져 있던 은발이 폭포수처럼 내려앉았다. 아렌은 '어? 뭔가 시원하고 허전한데?'라는 얼굴로 사방을 둘러보다가 곧 제스의 손을 보고 기겁했다.

"뭐 하는 거예요! 내놔요!"

"이런 건 대체 왜 쓰고 있는 거지?"

"탈……."

"탈모 같은 같잖은 소리나 지껄일 거면 나가라."

아렌이 손을 휘두르자 제스가 어림도 없다는 듯 가발을 치켜들었다. 손이 닿지 않을 정도로 까마득히 높아지자 아렌이 어쩌지도 못하고 발을 동동 굴렀다.

"주세요! 그거 없으면 큰일 난다고요!"

"그러니까 그 큰일이 뭔지 말해."

"그게, 그게……. 아, 일단 주고 얘기해봐요, 주고! 엇!"

안절부절못하고 그 자리에서 통통 튀어대던 아렌은 순간적으로 제스 쪽으로 기우뚱하고 말았다. 단순히 툭, 하고 부딪친 것뿐이었지만 그녀가 고개를 젖히는 타이밍이 너무도 빨랐다. 숨소리마저 들릴 만큼 가까이서, 두 얼굴이 마주쳐버렸다.

"……."

"……."

둘이 얼어붙은 듯 아무 말도, 행동도 못 하고 있을 때 집무실의 문이 활짝 열렸다. 아렌은 깜짝 놀라 얼른 몸을 추슬러 뒷걸음질 쳤고, 제스 또한 거리를 벌리며 가발을 책상 밑에 던졌다.

"단장님."

아렌은 최대한 표정을 수습하고 소리 나는 쪽으로 고개를 돌렸다. 갈색 의 곱슬곱슬한 머리를 가진 남자가 그녀와 제스를 번갈아 바라보고 있었 다. 그는 그렇게 문을 닫지도 못한 채 있다가 한참 후에야 아렌을 관찰하 듯 응시했다.

"……너는?"

"아, 안녕하세요. 저는 견습 기사……, 아렌입니다."

아렌이 머뭇대며 말했다. 남자에게선 아무 말도 없었다. 다만 머리카락 한 올도 놓치지 않을 정도로 날카로운 눈빛으로 응시할 뿐이었다. 처음엔 얼굴에만 머물러 있던 시선이 가슴으로 내려갔다가 점점 아래로 향했다. 발끝까지 내려가자 다시 답답할 정도로 천천히 올라온다.

느닷없는 눈총 세례에 아렌이 당황하며 눈을 피했다.

'뭐, 뭐야. 왜 저렇게 쳐다봐? 그보다 이 사람 누구야?'

제스가 어떻게 해줬으면 좋으련만, 제스는 창밖을 바라보는 그대로 아무 말도 하지 않고 있었다. 아까의 침묵보다 더 싸늘한 공기가 그들 사이에 흘렀다.

아렌이 다시 갈색 머리의 남자에게 시선을 돌려 조심스럽게 입을 열었다.

"저어, 누구…….”

말을 채 끝맺기도 전에 그녀의 두 눈이 휘둥그레졌다. 라미에가 잡은 문틈으로 프레드릭과 카일의 모습을 발견했기 때문이다.

망할! 저 콤비는 왜 또 온 거야? 그녀는 잽싸게 가발을 줍고 책상 밑으로 몸을 숨겼다. 뚜벅, 뚜벅. 규칙적인 발걸음이 멎자 곧이어 친숙한 목소리가 들려왔다.

"단장님. 아, 부단장님도 계셨군요. 용무 중이셨습니까? 그럼 잠시 나가 있겠습니다.”

"아니, 이야기가 길어질 것 같으니 너희 먼저 볼일 보도록 해.”

가볍게 돌아오는 대답에 프레드릭이 고개를 끄덕이며 제스에게 시선을 돌렸다.

"예, 단장님. 보고드릴 게 있습니다. 다름이 아니라……. 카일 경이 오늘부터 귀족가 수색에 투입되었으면 하고…….”

아, 왜 왔나 했더니 역시 카일이 오늘부터 황성 밖으로 나간다는 말이 사실인 모양이었다. 그럼 이 위기만 넘기면 일단 당분간은 가슴 펴고 살 수 있을 듯한데.

그런데, 그런데……. 기침이 나오려고 한다. 이 상황에서 기침을 하면 안 되는데!

아렌은 가발로 입과 코를 막았다. 숨이라도 참으면 괜찮아질까 했는데,

살랑거리는 머리카락 때문에 코가 더 가려워져버려서 그만 사고를 치고 말았다.

"엣칭."

의외의 곳에서 들리는 기침 소리에 사방이 고요해졌다. 아렌은 얼마 전과 같이 제스의 얼굴은 볼 엄두도 못 내고 가발을 푹 눌러쓰며 시야를 가렸다. 이제는 정말로 망했다. 내 무덤을 내가 팠다. 이래서야 카일한테 백번 비웃음 받아도 할 말이 없을 것 같았다. 아렌이 그렇게 절망하는 사이 프레드릭이 먼저 어색한 침묵을 깼다.

"……단장님."

"…….'

"혹시……. 여기……, 또 누가 있습니까?"

아까 '누가 날 찾거든 모르는 척해줘요.'라고 부탁했던 탓인지 제스는 아까부터 아무 말이 없었다. 심장이 쫄깃해지는 긴장감에 아렌은 옷깃을 꽉 쥐었다.

"아까 아렌……이라는 녀석이 너희들이 오자마자 책상 밑으로 들어가던걸."

제스 대신 라미에가 친절하게 대꾸했다.

"책상이라면……. 단장님의 책상을 말씀하시는 겁니까?"

"놀랍게도 맞아."

상황은 점점 나빠지고 있었다. 이런 대화를 듣고서도 책상 밑에 있을 수는 없었던 아렌은 결국 제 발로 기어서 책상 밑에서 나왔다. 그녀는 벽에 딱 붙은 채 슬금슬금 움직여서 문으로 향했다.

"아렌……. 너 거기서 뭐 하고 있었냐?"

모든 시선이 제게로 쏠려 있다. 그걸 의식하자 온몸에서 식은땀이 흐를 것 같았다. 아렌은 최대한 고개를 숙인 채 빠르게 걸음을 움직였다.

그 모습을 지켜보던 이들 중 하나인 카일이 기억을 천천히 더듬었다.

'저자는……, 얼마 전부터 행동이 이상했던…….'

이불을 뒤집어쓰고 나가질 않나, 프레드릭한테 이상한 생물을 던져서 기절시키질 않나, 이번엔 무시무시한 기사단장의 책상 밑에 숨어 있기까지……. 줄줄이 소시지같이 끊임없이 이어지는 괴상한 행동들이 제가 아는 누군가의 행동과 굉장히 비슷하지 않은가.

하지만 공녀님이 이런 곳에 있을 리 없겠지.

스스로의 생각이 우스워 피식거리던 카일은 가발 밑으로 삐죽 나온 은색 머리카락을 무심코 발견하고 두 눈을 크게 떴다.

"……허억!"

카일은 저도 모르게 신음 소리를 내뱉으며 비척비척 뒷걸음질 쳐서 벽에 기대섰다. 너무도 큰 충격을 받은 듯 다리까지 후들거렸다. 갑자기 카일의 상태가 이상해지자 제스와 라미에, 프레드릭의 시선이 그에게 모였다. 그리고 그사이 아렌은 집무실에서 쏙 빠져나가버렸다.

"왜 그래, 카일?"

프레드릭이 그의 어깨를 툭 치며 말을 걸었다. 살짝 쳤을 뿐인데 카일은 크게 휘청거렸다. 그는 마치 죽은 사람이 살아 돌아온 걸 본 사람처럼 혈색이 파리했다. 핏기가 가신 입술이 달싹이다가 한 글자를 내뱉었다.

"설마 공……."

"공?"

카일의 호흡이 점점 거칠어지며 말을 잇지 못하자 프레드릭이 뒤돌아 제스를 바라봤다. 제스는 미간을 좁히고 카일을 뚫어져라 바라보고 있었다.

"자, 자, 잠시 실례하겠습니다."

카일은 비틀거리면서도 최대한 정중하게 경례를 하고 집무실을 나갔다. 제스는 둘이 나간 집무실의 문을 빤히 바라보다가 걸음을 옮겼고, 그 뒤를 라미에가 냉큼 따라나섰다. 프레드릭은 상황 파악을 하지 못해 멍하니 있다가 뒤늦게야 허겁지겁 그들을 따랐다.

하일렌 황궁 내에서 가장 화려한 곳, 레이아나 황비의 방에 에슬란 황제가 와 있었다. 부부 사이라면 화기애애하게 담소를 나눌 만했지만, 지금 그들은 형식적인 관계 그 이상 그 이하도 아니었다. 그를 증명이라도 하듯 황제는 황비가 타준 차를 마시며 건조한 어조로 말했다.

"차향이 매우 좋소."

얼핏 요사스럽게 보이는 금색 눈동자가 가늘게 휘어졌다.

"폐하를 위해 특별히 마련해두었습니다."

황제는 더 이상 말을 잇지 않았다. 그러자 레이아나 황비가 그에게 넌지시 말을 건넸다.

"폐하, 안색이 좋지 않아 보이십니다."

"피곤해서, 피곤해서 그런가 보오."

달칵, 황제가 찻잔을 내려놓았다. 시름을 보여주는 주름이 더욱 깊어졌다.

"요즘 잠을 통 못 이루신다는 말을 전해 들었습니다. 어찌하여 그러십니까?"

그가 땅이 꺼질 정도로 무거운 한숨을 내쉬고는 입을 열었다.

"나이가 드니 내 기력이 많이 쇠했나 보오. 죽어가는 황자들의 울부짖음이 밤마다 나를 괴롭힌다오."

슬며시 고개를 들며 말하는 그의 짙은 눈동자에 회한의 빛이 서렸다. 제 자식을 여섯이나 공개 처형을 시켰으니 당연한 거겠지. 사라진 황태자와 제 자식인 이옌을 제외하곤 말이다. 속마음을 감추고 황비가 그를 부드럽게 말했다.

"폐하. 지금도 늦지 않았습니다. 그들에게 못 해준 것만큼 이옌 황자에게 베풀어주시면 그들도 기뻐하며 저승으로 떠날 것입니다."

그녀가 잠시 입을 닫았다가 다시 말을 이어나갔다.

"이옌의 황태자 책봉식은 언제……."

"가겠소, 황비. 다음에 또 차를 마시러 오리다."

황제가 그녀의 말을 잘라내며 일어섰다. 그녀는 황급히 따라 일어서며 고개를 조아렸다.

"예, 폐하."

에슬란 황제의 발걸음 소리가 멀어지자, 레이아나 황비는 눌어붙은 양초마냥 딱딱한 얼굴로 창문으로 고개를 돌렸다. 예상외로 황태자 책봉이 미뤄지고 있다. 어차피 황자는 하나밖에 남지 않았는데 구태여 왜 미룬단 말인가. 저 능구렁이 같은 황제가 무슨 생각을 하고 있는지 알 길이 없어 답답하다. 설마 먼 옛날 황후와 함께 사라졌던 황태자를 아직까지 기다리고 있는 건 아니겠지?

새카맣게 타들어가는 그녀의 가슴과는 달리 청량하게까지 보이는 하늘은 너무나 푸르렀다. 레이아나 황비의 꾹 깨문 잇새로 비장한 목소리가 새어 나왔다.

"황자에게 꼭 황위를 물려줄 것이야. 꼭……."

"그렇게 될 것입니다, 황비 전하."

황비가 소리가 들리는 쪽으로 시선을 돌렸다. 그녀의 충복인 카트린느 부인이 어느새 모습을 드러내 그녀에게 고개를 조아리고 있었다.

"베이판은 어찌 되어가고 있는가?"

황제를 사근사근 대할 때와는 달리, 황비가 빠르고 딱딱하게 물었다. 카트린느가 우아하게 고개를 들며 반만 남은 입술에 미소를 머금었다.

"모든 일이 순탄하게 흘러가고 있습니다. 환전꾼이 가짜 돈으로 스무 배 이상의 자금을 대출하고 이익을 얻고 빠진 상태입니다. 베이판의 자금난은 이미 한계에 다다랐고 이제 준비해둔 위조지폐로 왕가의 신용을 땅에 떨어뜨리기만 하면……. 베이판은 하일렌 제국에 손을 내밀 것이고, 머지않아 쉽게 하일렌의 속국으로 들어올 것입니다."

레이아나 황비가 창문을 열자 서늘한 바람에 그녀의 머리카락이 휘날렸다.

"……세이모어 공작 쪽의 움직임은 어떠한가?"

"모든 상황을 알고 있으나 좌시만 하는 상황입니다. 헌데 전하, 소인이 한 가지만 여쭤도 되겠습니까?"

"고하라."

"세이모어 공작……. 대체 그자는 붉은 연꽃과 무슨 관련이 있는 겁니까?"

레이아나 황비의 손이 매끄럽게 창틀을 매만지고 아래로 떨어졌다.

"너는 붉은 연꽃이 어떻게 이제껏 많은 일을 기밀하게 해낼 수 있었다고 보느냐?"

"네? 그것은……."

그녀 자신도 이상하게 여기긴 했다. 붉은 연꽃은 황비를 주축으로 서른 정도의 귀족들과 그들 휘하의 신하와 사병으로 이루어진 단체. 10년 이상 활동해오면서 단 한 번도, 누구에게도 꼬투리가 잡힌 일이 없다. 일을 치밀하게 행하긴 했어도 그런 대규모의 인력이 움직이면서 단 하나의 단서도 남기지 않았던 건 불가능에 가깝다. 어떻게 그럴 수 있었는지는 사실 그녀도 항상 궁금해해왔던 차였다.

카트린느가 도저히 모르겠다는 얼굴로 고개를 내저었다.

"황공하오나, 소인의 짧은 생각으로는 그 이유를 짐작하지 못하겠습니다.”

레이아나 황비가 자신의 금발을 쓸어내리며 입을 열었다.

“세이모어 공작, 바로 그자가 모든 뒤처리를 도맡아 한 덕이니라.”

그렇게 말하는 레이아나 황비의 눈에는 자신에 대한 조소가 담겨 있었다. 그제야 카트린느는 모든 것을 이해할 수 있었다. 뒤처리 담당이라⋯⋯. 바꿔 말하면 붉은 연꽃이 저지른 일에 대한 모든 증거물을 가지고 있다는 말이 된다. 그래서 천하의 황비조차 함부로 못 대한 것이다. 그가 한번 입을 털었다간 붉은 연꽃 전체가 전멸하는 거나 마찬가지니.

“그렇다면 그자를 제거하는 게 여러모로 더 좋지 않습니까? 혹시라도 함부로 입을 놀리기라도 하면⋯⋯.”

“걱정하지 말거라. 그가 비밀을 누설하는 일은 없을 것이니.”

황비가 휙 돌아 단호하게 지시했다.

“지금 중요한 것은 그가 아니다. 황자가 황위를 받을 때까지 적어도 베이판은 손에 넣어야 한다. 어서 일에 박차를 가하라.”

“예, 전하.”

그녀의 말이 떨어지기가 무섭게 카트린느가 다소곳이 인사를 한 후 걸음을 옮겼다.


처음 집무실을 나섰을 때만 해도 아렌은 평소보다 조금 빨리 걸어서 카일을 따돌리려 했다. 하지만 카일은 의외로 집요했다. 아니, 그는 아렌의 전속 기사가 됐을 때부터 끈질겼다. 가끔 공부를 하다가 도망치곤 했던 아렌을 잡아 오는 게 그의 임무 중 하나였고, 그 임무를 완수할 때까진 절대 저택으로 안 돌아가곤 했으니까. 다시 말해 그가 있는 한, 아렌은 절대 자유의 몸이 아니었다.

‘지 버릇 개 못 준다더니!’

다시 한 번 세상의 진리를 되새기고 있는데, 그녀의 귀에 카일의 외침이 유난히 크게 들려왔다.

"거기! 잠깐만 기다려주십시오!"

'왜 따라오는 거야, 왜! 설마 알아챈 건가?'

아렌은 두 눈을 질끈 감고 못 들은 척 뛰어가기 시작했다. 공작저에 잡혀가서 죽을상을 하고 혼인을 기다리고 있는 제 모습이 떠오르자, 아렌은 세차게 고개를 저어댔다. 절대 안 된다. 이곳에서 무언가를 이루기 전엔 돌아갈 수 없다.

"잠깐만요! 거기 멈춰 서보십시오!"

카일이 뒤에서 전속력으로 쫓으며 그녀를 향해 소리쳤다. 아렌은 잡히면 죽는다는 마음가짐으로 미친 듯이 발을 굴렸다. 어디 숨을 데가 없을까, 두리번거리다가 에라 모르겠다 하며 가장 화려해 보이는 정원 쪽으로 발길을 돌렸다. 수풀 사이에 몸을 숨기고 한참을 있으니, 카일이 헉헉대는 숨소리가 옆에서 들려왔다.

"어디 간 거지?"

그의 곤란해하는 목소리가 바로 앞에서 들린다. 치밀어 오르는 불안감에 눈이 질끈 감겼다. 저리 가, 저리로 가라. 저리로. 아렌의 주문이 통했던지 카일의 발소리가 멀어지는 게 들려왔다. 발걸음 소리가 거의 없어지자, 아렌은 가슴을 쓸어내리고 들어왔던 길의 반대 방향으로 나갔다. 몸을 일으키려는 찰나 굵고 중후한 목소리가 그녀의 귀를 파고들었다.

"누구냐?"

레이아나 황비의 방에서 나온 후 황제는 평민 복장을 하고서 자신의 정원에 들어섰다. 벨베렌 정원. 오직 황제만이 들어올 수 있도록 엄격히 제한된 공간이다. 실제로 이곳에 들어온 자들은 끌려가서 감옥에 갇히거나 벌금형에 처해지기도 했다. 조금 과하다 싶기도 했지만, 한두 번 본보기를 그리 보이니 효과는 매우 좋았다. 오늘도 느긋하게 차를 마시며 취미 생활을 즐기던 그는 인기척을 느끼고 시선을 돌렸다.

"누구냐?"

수풀을 노려보던 그의 눈에 들어온 것은, 도저히 암살자로 보이지 않을 정도로 체구가 작은 소년이었다. 고운 피부와 섬세한 이목구비는 여자들도 질투할 정도로 아름다웠지만, 짧은 머리카락과 차림새가 중성적인 느낌을 더해주고 있었다.

투명한 은빛 눈동자가 자신을 발견하고 휘둥그레지자 그는 짧게 한숨을 내쉬었다. 이제야 황제인 걸 알아차린 모양이다. 곧 용서해달라고 엎드려 빌기 시작하겠지. 그러면 그는 또 한참 동안 됐으니 꺼지라고 해야 할 것이다. 귀찮다, 귀찮아. 자신만의 휴식 시간을 방해받은 그는 심기가 불편해졌다.

하지만 그 붉고 오밀조밀한 입에서 나온 말은 예상을 한참이나 벗어난 것이었다.

"으와, 카일인 줄 알고 깜짝 놀랐네. 안녕하세요, 할아버지."

"할……아버지?"

에슬란 황제는 난생처음 들어보는 호칭에 망치에 맞은 것처럼 멍해졌다. 덥수룩한 갈색 머리를 가진 소년이 고개를 갸우뚱하며 다시 입을 열었다.

"그런데 여기서 뭐 하세요? 할아버지, 혹시 길을 잃으셨어요?"

"……허허."

소년은 약간은 걱정스런 얼굴로 그를 올려다봤다. 어딜 봐도 치매 걸린 노인을 대하는 태도에 황제는 기가 막혀 웃음을 터뜨렸다.

"아니, 나는……."

황제다, 라고 말하려다 그가 재미있는 생각을 떠올리곤 입을 다물었다. 에슬란 황제는 깔끔하게 정리된 정원을 쭉 둘러보고 말했다.

"정원사다. 황제 직속이지."

그런 건 있지도 않지만, 이 낭창해 보이는 소년은 왠지 아무 의심 없이 속아 넘어갈 것만 같다. 그리고 소년은 그의 예상에 딱 들어맞게 반응했다.

"와아, 황제 직속 정원사라니! 별게 다 있군요. 되게 할 일 없을 것 같……. 흠흠. 저는 아렌이라고 해요. 기사입니다."

자신을 아렌이라고 소개한 소년이 사근사근하게 말했다. 아무래도 평민 복장을 하고 있다 보니 황제라는 생각은 추호도 못 하는 것 같았다.

"기사라고? 전혀 기사같이 보이진 않는데."

"네? 무슨 그런 섭섭한 말씀을 하세요, 할아버지!"

아렌이 눈매를 좁히며 대꾸하자, 황제는 웃음을 터뜨렸다. 그리고 답지 않게 그녀를 약 올리기 시작했다.

"너처럼 체구가 작고 여리한 놈이 무슨 검을 다룬단 말이냐. 나는 평생을 살면서 너 같은 기사를 본 적이 없다. 그 가느다란 팔로 검을 들 수나 있는 거냐?"

"으익, 무시하지 마세요! 이래 봬도 활과 검, 둘 다 다룰 수 있어요. 비록 둘 다 숙소에 두고 와서 보여드리진 못하지만, 기사로서 부끄러운 정도는 아닙니다."

"그런데 너, 여기가 어딘 줄은 아는 거냐?"

아렌이 휙휙 주위를 둘러보더니 고개를 갸우뚱했다. 그녀는 누군가에게 한 번도 황성을 돌아다니며 안내받은 적이 없었다. 청소를 도맡은 하인이 되었을 때는 제한된 구역만 돌아다녔기에, 이런 곳엔 발 디딜 틈도 없었다.

"정원?"

역시, 모르고 온 것이군. 하긴 이곳이 어떤 곳인 줄 알았으면 들어오지도 않았겠지. 내가 조금만 젊었어도 네 녀석은 당장에 목이 날아갔을 거다. 그런 속마음을 감추고 에슬란이 혀를 끌끌 차며 입을 열었다.

"아니다, 이 녀석아. 여긴 벨베렌 정원이라는 곳이다."

"벨베렌 정원, 벨베렌 정원……. 어디서 많이 들어본 것 같은 이름이네요."

아렌이 고개를 갸우뚱하자 그 어벙한 얼굴이 우스워 황제가 너털웃음을 터뜨렸다.

"이곳은 황제의 정원이라고도 불리기도 한단다. 말 그대로 황제 말고는 아무도 들어와선 안 되는 곳이지."

"허억……. 할아버지, 혹시 황제 폐하한테 저를 이르실 건가요?"

"글쎄, 어떨까……."

"비, 비밀로 해주세요. 네?"

아렌이 두 손을 모으고 애절한 눈빛을 쏘아댔다. 여기서 황제인 걸 밝혀 놀라는 모습을 즐길까, 하다가 그는 마음을 바꾸어 '정원사 할아버지'로 남아 있기로 결정했다. 이렇게 그를 허물없이 대하는 이도 오랜만이었기 때문이다. 그가 큰 인심을 쓰듯이 말했다.

"내 특별히 비밀로 해주도록 하지."

"아, 다행이다. 고맙습니다!"

"자, 이리 와서 차라도 마시지."

황제가 티 테이블을 가리켰고 아렌은 사방에 눈치를 살피며 조심스레 말했다.

"할아버지, 여기 황제 폐하만 들어올 수 있다면서요. 근데 여기서 이렇게 차를 마시고 있어도 돼요?"

"그래, 황제 폐하께서 나한테만 특별히 윤허(允許)를 내리셨지."

"우와, 폐하께서 할아버지를 정말 아끼시나 봐요."

그녀의 단순한 대답에 황제는 실소가 터져 나오려는 걸 무진 애를 쓰며 억눌러야 했다. 지지리도 눈치가 없지 않은가. 거기다 직속 정원사라는 엉터리 직업을 대도 속아 넘어가다니. 츠츠, 눈뜨고 코 베일 순진함이로고.

황제는 직접 차를 타서 그녀에게 밀어주었고, 아렌은 가끔씩 주변을 살펴보며 차향을 음미했다. 꽤 시간이 흘러도 아무 기척이 없어 안심한 아렌이 황제에게 시선을 옮겨 말을 걸었다.

"그런데 황제 폐하께선 어떤 분이세요?"

"그런 건 왜 묻는 거냐?"

아렌이 멀뚱히 그를 바라보다가 그걸 몰라서 묻느냐는 얼굴로 변했다.

"듣자 하니 하일렌을 엄청나게 부흥시킨 철혈군주라고 들었는데, 직접 뵈면 어떤지 궁금해서요. 사람들은 황제 폐하 앞에서 벌벌 떠느라 말도 잘 못 한다고 하더라고요."

그런 것치고 너는 참 잘 떠드는구나. 황제가 아무 대답도 않고 차만 마시자 아렌은 다시 재잘거렸다.

"황제 폐하는 어떻게 생기셨나요? 정원사시면 자주 마주치셨을 거 아니에요. 젊으셨을 땐 정말 엄청난 미남이었다고 들었는데……."

은색 눈동자가 초롱초롱하게 빛나는 걸 본 황제가 웃음을 터뜨렸다.

"큭큭큭, 그걸 내 입으로 어떻게 말한단 말이냐."

"네?"

아렌이 되묻자 황제가 배를 잡고 구를 정도로 호탕하게 웃었다.

'황제를 칭찬했더니 정원사가 좋아하네. 충성심이 대단한가 봐.'

아렌은 고개를 갸웃거리면서도 별생각 없이 넘어갔다. 그녀는 곧 자신이 든 찻잔을 보고 '어?' 하고 작게 소리를 내며 이리저리 뜯어봤다. 반투명한 찻잔은 월계수 잎이 찻잔 표면을 따라 새겨져 있었고, 잎 주변엔 펄이 은은히 돌며 우아함의 극치를 보여주고 있었다.

아렌은 믿을 수 없다는 듯 두 눈을 동그랗게 뜨고 입을 열었다.

"할아버지……. 혹시 이거…….."

"응?"

아렌은 남은 차를 단숨에 마시고는 찻잔을 뒤집어보았다. 그녀가 작게 '역시…….'라고 중얼거리며 황제에게 시선을 옮겼다.

"할아버지, 아무리 황제 폐하께 총애 받는 정원사라고 해도 이런 찻잔을 함부로 쓰면 혼나실걸요?"

"……이 찻잔이 어떤 건지 아는 거냐?"

황제가 설마 하며 묻자 아렌이 별거 아니라는 듯 어깨를 으쓱했다.

"당연하죠. 이건……. 조각가 에드워드의 유작이잖아요. 말로만 들었는데 직접 보긴 또 처음이네요."

"가짜일 수도 있지 않느냐."

아렌은 고개를 저으며 찻잔을 들었다.

"보세요. 찻잔 밑에 양각으로 에드워드의 서명도 있어요. 꽤 오래된 것인데도 유리 밀림이나 흰 줄도 안 보이고요. 이건 틀림없는 진품이에요."

"호오."

의외로 드러나는 아렌의 영특함에 황제가 짧은 감탄을 내뱉었다. 그녀가 말한 대로 그들이 쓰는 찻잔은 전설적인 조각가 에드워드의 유작이 맞다. 세상에 몇 번 모습을 드러낸 적 없는 찻잔을 바로 알아보다니……. 황제는 그때부터 아렌에게 예술 말고도 다른 분야에 대해 넌지시 찔러보았다. 아렌도 아무 경계심 없이 재잘거렸고, 이야기를 들을수록 황제는 놀라움을 금치 못했다.

소년은 정치, 역사, 외교 등 전 분야에 있어서 박학다식했다. 다만 한 가지, 지식은 많으나 비교적 그를 활용할 지혜가 부족했다. 하지만 그것은 아직 나이가 어린 탓. 조금만 나이를 먹어 감정 조절을 잘하게 되고 경험이 더해지면 아주 훌륭한 지도자가 될 스타일이었다. 황제의 눈이 가늘어졌다.

'단순한 견습 기사가 아니다. 아주 어렸을 때부터 전문 교육을 받지 않고서야 이런 수준의 지식이 절로 생길 리 없다. 아무리 봐도 귀족의 자제 같은데……. 무엇 때문에 견습 기사를 하고 있단 말인가?'

한눈에 아렌을 간파한 황제조차도 '가출'이라는 사유는 생각해내지 못하고 고민에 빠졌다.

그때 수풀이 파사삭거리며 누군가 나왔고, 아렌은 화들짝 놀라며 시선을 돌렸다. 시선이 닿은 곳엔 지긋이 나이를 먹었지만 정정한 기운은 넘쳐나는 노인이 경악에 찬 얼굴로 그들을 바라보고 있었다. 그를 알아본 황제는 아차 하며 벌떡 일어났다.

"폐……!"

"하하하하하! 콘라드! 이제 오는가!"

황제의 전속 시종, 콘라드가 입을 열려는 찰나 황제가 서둘러 그의 입을 막았다. 아렌이 눈치 챌 수 없도록 황제는 입술을 거의 움직이지 않고 낮게 속삭였다.

"나는 지금 정원사라네. 닥치고 정원사처럼 대하게."

"읍!"

"그렇지 않으면 자네는 당분간 나를 보지 못하게 될 게야."

황제의 으름장에 콘라드는 상황은 이해하지 못했지만 일단 입을 다물었다. 황제가 무슨 생각을 하는지를 알아내는 건 애당초 포기한 일이었다. 하지만 그의 요구를 거부할 경우 협박은 협박으로만 끝나지 않는다는 걸 알고 있었다. 콘라드가 한숨을 쉬며 마지못해 고개를 끄덕였다.

"자, 애야. 이 사람은 콘라드 할아버지라고 부르면 된단다. 같은 정원사지."

"정원사라니……!"

천연덕스러운 황제의 말에 콘라드가 신음에 가까운 소리를 냈다. 콘라드는 골치가 아파 와 이마를 짚고 고개를 숙였고, 그가 왜 그러는지 영문을 알지 못하는 아렌은 고개를 갸웃거리면서도 인사를 건넸다.

"안녕하세요, 할아버지. 전 견습 기사 아렌이에요."

아렌이 꾸벅 인사를 하자 콘라드가 뒷목을 잡더니 쓰러지려고 했다. 그 옆에 선 황제가 '어허, 이 친구가 고혈압이 심해서 이래. 이 친구 참.'이라고 호탕하게 웃으면서 그의 등을 퍽퍽 쳤다. 콘라드는 아픔에 인상을 찡그리면서 허리를 곧추세웠다. 단순하게 '참 사이가 좋구나.'라고 생각하던 아렌은 어느덧 어스름하게 해가 저물어가는 걸 발견하고 그들에게 작별을 고했다.

"할아버지, 전 갈게요. 앞으로 볼 수 있을지 모르겠지만요."

"그래? 벌써 가야 되는 게야?"

"네, 더 이상 있다간 위험할 것 같아요."

뭐가 위험하다는 건지 모르겠지만, 황제는 그녀를 빤히 바라보다가 어딘가를 가리켰다.

"애야, 여기를 봐라."

그의 손가락이 테이블 옆 수풀을 가리켰고, 아렌이 허리를 숙여 아래를 확인하자 작은 체구의 사람이 들락날락할 수 있을 정도 크기의 구멍을 볼 수 있었다.

"일명 개구멍이다. 다음에 시간이 나면 또 놀러 오도록 해라. 다행히 황제는 여기 자주 오지 않으니, 들킬 염려는 없을 거다."

그의 말에 아렌이 입을 동그랗게 모으며 감탄을 내뱉었다.

"저야 좋죠. 이런 곳 자주 오고……. 다음에 또 봬요, 할아버지!"

아렌이 힘차게 손을 흔들자 황제도 그녀에게 손을 흔들어주었다. 못마땅한 얼굴의 콘라드는 황제가 눈빛을 찌릿 보내자 억지로 웃으며 그녀를 배웅했다.

아렌이 그 자리에서 벗어나자마자 황제가 큭큭대면서 입을 열었다.

"재밌는 녀석이로세. 그렇지 않나, 콘라드?"

콘라드는 굉장히 곤란한 얼굴로 황제를 향해 잔소리를 시작했다.

"또 그런 차림으로 계셨습니까? 그러니 견습 기사가 황제 폐하께 그런 불충을 저지르는 게 아닙니까!"

"시끄러워, 콘라드. 난 좀 여유를 즐길 필요가 있단 말이네."

황제는 그의 말을 듣는 둥 마는 둥하며 티 테이블로 걸음을 옮겼다. 그의 짙은 눈동자가 스르르 움직여 아직 채 식지 않은 찻잔을 향했다. 귀족 자제만큼 똑똑한 견습 기사라니.

"재미있는 녀석이로세."

그가 다시 한 번 읊조리며 엷게 웃었다.


아렌은 주위를 살피며 정원을 빠져나가고 있었다. 시간이 꽤 지나 밤이 완연해졌으니 이쯤 되면 마음을 놓아도 될 성싶다. 설마하니 지금까지 찾으러 다니진 않겠지. 방심한 아렌이 수풀을 젖히고 나온 순간, 그녀는 두 눈을 동그랗게 뜨며 자신을 덮은 그림자를 천천히 올려다봤다.

"어?"

금방이라도 볼기짝을 열 대쯤은 칠 것 같은 눈매로 내려다보고 있는 이는……. 카일이었다. 이런 찰거머리가 다 있나. 아렌의 얼굴에 낭패의 빛이 서렸다. 활활 불타오르다 못해 불기둥을 발사할 것 같은 그 눈초리와 마주치자 아렌은 저도 모르게 고개를 숙였다.

"좀 지나가겠습니다."

"어딜 가십니까?"

카일이 아렌의 목덜미를 잡고는, 마치 어미고양이가 새끼를 물어다 놓는 것처럼 자신 앞으로 질질 끌고 왔다. 그리고 한 자씩 또박또박 그녀의 이름을 내뱉었다.

"아르렐리아 공! 녀! 님!"

"……사람 잘못 보셨습니다."

아렌이 빠져나가려고 기를 써보았으나 카일은 '쯥' 소리를 내며 그녀에게 주의를 주었다. 이미 모든 게 들켰다는 걸 깨닫고서도 아렌은 계속 오리발 작전을 펼쳤다.

"잘못 보셨다니까요. 망할. 이거 놓으세요."

"……공녀님, 공녀님과 같이 지낸 햇수가 몇 년인데 공녀님도 못 알아볼 줄 알았습니까?"

"너 이미 몇 번 못 알아봤거든?"

아렌이 직설적으로 말을 받았고, 카일이 이때다 싶어 다른 쪽 손으로 가발을 잡고 벗겨냈다. 은발이 쏟아지는 게 느껴지는 바람에 반사적으로 고개를 들었다 카일과 눈이 마주쳤다. '딱 걸렸습니다.'라고 쓰인 무시무시한 얼굴이었다. 도망갈 길이 없어진 아렌이 억지로 웃으며 손을 흔들어 주었다.

"아, 하하하하. 카일, 안녕? 오랜만이네?"

참지 못한 카일이 그녀의 귀에 대고 힘차게 소리 질렀다.

"공녀님!"

"아, 귀청 떨어질 뻔했네."

아렌이 귀를 막으며 인상을 찌푸렸고 카일이 입술을 헤벌리고 있다가 정신을 차리고 말했다.

"기가 막혀서 말이 안 나오는군요. 도대체 여기서 뭐 하고 계시는 겁니까? 아, 혈압이……."

"……하하! 그, 그냥 지나가던 중이었어. 괜찮다면, 계속 가도 될까?"

아렌이 슬쩍 그의 옆으로 빠져나가려 하자, 카일은 그녀를 막아서며 말했다.

"지금 그런 말을 하는 게 아니잖습니까. 하일렌이라니, 거기다 황궁! 기사! 도대체 생각이 있으신 겁니까?"

"쉿! 조용히 해! 누가 듣겠어!"

아렌이 그의 입을 틀어막자, 카일이 인상을 쓰며 그녀의 두 손을 잡고 떼어냈다.

"공녀님의 성격이 특이하다곤 생각했습니다만 설마하니 이런 짓까지 벌일 거라곤 상상도 못 했습니다. 세상에, 공작님께서 이걸 아시면 도대체……."

"야, 내 성격이 어떻다고……. 아, 아무튼 목소리 좀 낮추라고! 누가 듣겠어!"

주변에 혹시 들을 사람이 있을세라 아렌이 끙끙대며 입을 두 손으로 막았다.

"엇! 저기 있다! 너희들!"

익숙한 목소리가 귓가를 때렸다. 아렌이 기겁을 하며 고개를 돌리자 제스와 프레드릭, 그리고 라미에가 한눈에 들어왔다. 웬일인지 제스는 굉장히 쌀쌀맞은 무표정으로 그녀를 응시하고 있었다.

저런 표정은 오랜만인데……. 아렌이 침을 꿀꺽 삼키며 카일의 입에서 손을 천천히 떼어냈다. 제스의 시선이 마치 접착이라도 된 것처럼 그녀의 손을 따라 느릿하게 움직였다.

"제……. 단장님. 그리고……, 형……."

"형이라고요? 형이라고요! 지금 형이라고 하셨습니까!"

'형'이라는 단어를 듣자마자 카일이 펄쩍 뛰며 외쳤고 아렌은 한 손으로 이마를 짚고 '이 일을 어찌해야 되는가.'라고 조그맣게 중얼거렸다. 프레드릭은 두 눈을 흡뜬 채로 손가락으로 아렌과 카일을 번갈아 가리키며 말했다.

"뭐야, 둘이 아는 사이였어?"

그에 카일이 정중한 어조로 입을 열었다.

"예, 이분은……."

"와하하! 카이이이일!"

아렌이 카일의 목소리가 묻힐 정도로 큰 웃음소리를 내며 그의 입을 틀어막고 있는 힘껏 밀었다. 그러곤 억지 미소를 지으며 프레드릭과 제스를 향해 말했다.

"신경 쓰지 마세요! 와하하! 다른 게 아니고 제 가발이 너무 좋아 보인다고 해서 상담을 해주고 있었어요! 카일도 탈모가 일어나나 봐요! 불쌍한 카일, 나이가 몇이나 됐다고 벌써부터……. 자, 카일! 우리 저리 가서 얘기해볼까?"

그녀가 과장되게 웃으며 카일을 밀어내자, 그가 마지못해 걸음을 옮겼다.

"거기 단장님이랑 형도 혹시 머리카락이 좀 빠진다 싶으면 상담해줄 테니 걱정하지 마세요!"

멀어지는 그들을 보며 프레드릭은 멍하게 중얼거렸다.

"단장님, 방금 무슨 일이 있었던 겁니까?"

제스의 표정은 과히 좋지 못했다. 왠지 모르지만, 아렌이 그와 함께 있는 걸 보는 순간 기분이 바닥을 치고도 남았던 것이다. 하지만 프레드릭은 계속해서 눈치 없는 말만 계속 이었다.

"둘이 꽤 가까워 보이는군요. 언제 저렇게 친해졌을까요?"

"……."

제스는 무슨 생각을 하는지 한참 동안 침묵을 지키다 걸음을 옮겼다.

"앗, 단장님!"

라미에와 프레드릭이 서둘러 제스의 뒤를 따랐다. 눈치 없이 '가까워 보인다'는 말을 한 프레드릭에겐 그날, 평소보다 몇 배나 되는 업무가 떨어졌다. 이 부당한 대우에 어떻게든 항의해보려 했지만, 차갑기가 된서리 같은 제스에게 차마 대들 수는 없었다.

'크윽……. 이번 휴가도 꽝인가.'

프레드릭은 조용히 속으로 눈물을 흘리며 서류를 집어 들었다.


한편, 있는 힘껏 카일을 끌고 간 아렌은 인적 없는 공터에서 그를 놔주었다. 그녀는 혹시나 듣는 귀가 없나 주의 깊게 주변을 살피며 힐끔 카일을 훔쳐봤다. 그는 어이없어하는 동시에 혹여 그녀가 도망칠까 주시하고 있었다. 아렌은 긴장감을 억누르고 머리를 재빨리 굴렸다.

'카일을 어떻게 해서든 구슬려야 해!'

그녀로선 다른 사람도 아닌 카일이 온 게 다행인 일이었다. 사실 카일은 아렌에게 꼬투리 잡힌 것도 많거니와 이제껏 아렌을 이긴 전적이 전무한 '물렁이'였다. 어떻게 보면 공작이 아르렐리아를 데리고 올 사람으로 카일을 택한 건 최악의 선택을 한 거나 마찬가지였다.

'일단 대화로 최대한 설득해보자.'

아렌이 과장되게 활짝 웃으며 두 팔을 활짝 벌렸다.

"카일! 여기서 보니까 무진장 반갑다!"

"반가우시다는 분이 그렇게 도망을 다녔습니까?"

카일이 어림없다는 투로 대꾸하며 아렌의 이마를 잡고 밀어냈다. 그녀는 그에 굴하지 않고 그의 어깨를 툭툭 두드렸다.

"에이, 과거는 잊어버리고! 아무튼 정말 반갑다! 나 완전 향수병 걸릴 뻔했지 뭐야!"

"아쉽군요. 걸리셨으면 제 발로 돌아오셨을지도 모르는데. 이제 돌아가시죠."

그녀의 눈이 커다랗게 열렸다.

"돌아가? 어딜?"

"베이판이지 어디긴 어디겠습니까."

"카일! 내 말 좀 들어봐!"

아렌이 그의 팔을 잡고 필사적으로 외쳤으나 카일은 고개를 저었다.

"들을 필요가 없습니다. 빨리 공작가로 돌아가시죠."

"카일!"

아렌이 답답한 마음에 그의 이름을 한 번 더 불렀다. 카일은 어림도 없다는 강한 눈초리를 쏘아 보냈다.

"지금 레이나스 가문이 발칵 뒤집혔습니다. 가출이라니, 제정신입니까? 아니, 요 며칠사이를 생각해보면 정말 제정신이 아닐지도…….."

"카일, 잔소리는 여전하구나. 완전 아줌마야."

아렌이 입술을 삐죽이자, 카일이 슬쩍 인상을 찌푸리며 소심하게 반발했다.

"아줌마라뇨? 이렇게 만드신 게 누군데."

"어렸을 때부터 맨날 잔소리만 해대잖아. 아줌마처럼. 그래서 여자친구나 사귀겠어?"

지금 누구 때문에 여자한테 눈길 한 번 주지 못하고 있는 건데, 이 사고뭉치 악마가……. 본심은 말하지도 못한 카일은 고개를 저었다.

"말 돌리지 마시죠. 빨리 베이판으로 돌아가셔야 합니다. 정 안 가시겠다면, 기사단장님께 모두 고하는 수밖에 없겠죠."

"카일, 안 돼! 하지 마! 누구 죽는 꼴 보고 싶어서 그래? 네가 단장님이 화난 걸 못 봐서 그런 말이 쉽게 나오지! 말하지 마!"

아렌이 언젠가 화를 냈던 제스를 떠올리곤 비명에 가깝게 외쳤다. 그녀가 베이판에 가자는 말을 들었을 때보다도 더 격렬한 반응을 보이자 카일이 은근한 호기심을 드러냈다.

"공녀님은 단장님께서 화나신 걸 보셨습니까? 웬만한 일엔 화를 내실 것 같아 보이진 않으시던데요."

"몰라. 아무튼 절대 말하지 마! 단장님이 아시면……. 난 베이판에 가기도 전에 목이 잘릴 거야!"

"이웃나라 공녀님인데, 설마 죽이기야 하겠습니까."

"직접 죽이진 않더라도 눈빛만으로 죽일지도 몰라."

"……그럼 말 안 하고 떠나기로 하죠."

카일도 제스를 떠올렸는지 몸을 부르르 떨며 동조했다. 어떻게 해도 '떠나자, 돌아가자.'로 귀결되자 아렌이 잔뜩 흥분하여 펄펄 뛰며 외쳤다.

"카일! 정말 이러기야!"

"공녀님이야말로 이러시깁니까?"

"망할 카일! 꽉 막혀가지곤! 말이 안 통해!"

"아무리 욕하셔도 소용없습니다. 빨리 돌아가시죠. 레이나스 가에 공녀님을 찾았다고 연락을 하겠습니다."

얼굴이 시뻘게질 정도로 악을 쓰던 아렌이 흥분을 가라앉히기 위해 심호흡을 몇 번 내뱉었다. 아무래도 강경책으로 나가는 건 실패인가 보다. 그렇다면…….

순간 좋은 기억을 떠올린 그녀가 음흉하게 입꼬리를 올렸다.

"너, 나한테 그렇게 막 대할 처지가 아닐 텐데?"

"무슨 뜻입니까?"

"난 네가 삼 년 전 여름에 저지른 일을 알고 있어."

"……공녀님, 그 무슨."

"너 네가 깨뜨린 화분, 얼마짜리였는지 기억하지?"

화분이라는 단어를 듣는 순간 카일의 머릿속에 과거의 기억이 파도처럼 밀려왔다.

그 화분은 왕실에서 레이나스 가에 내려준 보물 중에 보물. 하지만 그것은 홀에 전시된 지 얼마 지나지 않아 카일의 부주의로 산산이 깨져버렸다. 그리고 하필이면 그 장면을 공녀 아르렐리아에게 들켰다. 다행히 그녀가 멀쩡히 있던 게 바람에 밀려 떨어진 거라고 우겨줘서 겨우겨우 넘어갔지만, 그걸 믿을 공작이 아니었다. 공작은 지금까지도 물밑으로 범인을 찾고 있었다. 오래 지난 일이었지만 지금 와서 밝혀진다면 카일은 엄청난 곤경에 빠질 것이다. 실수를 은폐하려 했다는 괘씸죄에 가중처벌까지 받을 것이 분명하다.

거기다…….

"그 화분……. 엄청난 고가야. 그거 다 갚으려면 너, 평생 급여를 다 빼앗겨야 될걸? 그래도 괜찮아?"

아렌의 직격탄이 심장에 꽂히자 그는 저도 모르게 한 발짝 물러섰다. 그냥 모르는 척 넘어가주는 줄로만 알았는데……. 기억해뒀다 이런 때에 써먹다니, 모르는 척 넘어가줬던 게 이제 와서 보니 참 영악스럽기 그지없다. 카일의 눈에 아렌의 등에 악마의 날개가 쑥 솟아오르는 환각이 보였다.

'악마 공녀 같으니. 기사의 월급이 얼마나 된다고 그것 가지고 협박을…….'

"그, 그건······."

그가 더듬거리며 대답하자 아렌이 더욱 진하게 웃으며 말했다.

"어서 결정해. 나에게 협력하면 그걸로 더 이상 협박하지 않겠어."

"······공녀님, 못 뵌 사이 더 영악해지신 것 같습니다."

"이제야 세상을 안 거지. 자, 어떡할래?"

아렌의 붉은 입술에 의미심장한 웃음이 떠오르자 카일이 움찔했다. 청탁을 받는 공직자의 기분이 이런 걸까. 아렌의 검은 제안에 카일은 정신을 못 차릴 지경이었다. 평생 동안 급여를 빼앗기며 사느니 차라리 그냥 지금 모르는 척할까······. 유혹에 빠지려던 카일은 고개를 세차게 내저었다.

"안 됩니다. 어서 가시죠. 그래야 화분과 공녀님을 맞바꾸는 거래를 제안할 수 있······. 아니, 없습니다. 공녀님의 안전을 위해서라도 가야 합니다."

협박 작전이 통하질 않자 아렌이 속으로 혀를 끌끌 차곤 작전을 변경하기로 했다. 일명 눈물의 애원 작전으로.

"카일, 어렸을 때부터 카일은 내 편이었잖아. 제발 억지로 데려가지 말아줘, 응?"

아렌은 지을 수 있는 가장 처량한 얼굴로 그의 팔을 붙잡고 매달렸다. 그녀가 하는 양을 지켜보고 있던 카일은 한쪽 머리가 저려 오는 걸 느꼈다. 이 악마 공녀가 또 뭘 하려고······.

"조금만 더! 딱 조금만 더! 응? 카이이이이일!"

아렌이 콧소리까지 내가며 팔을 잡고 늘어졌으나 그는 눈 하나 깜박이지 않았다. 오히려 가식적이라는 눈초리로 카일이 그녀를 내려다봤다.

"으······. 징그럽습니다. 부디 꿈에 나오지 않아야 할 텐데······. 현실에서도 시달리는데 꿈에까지 나타나면······. 우욱, 또 속이······. 어쨌든 아무리 그래도 안 됩니다, 공녀님. 빨리 가시죠."

어째 부작용이 큰 방법을 고른 것만 같은 기분이 들어 아렌의 얼굴이 구겨졌다.

"싫어! 돌아가면 결혼해야 되잖아! 넌 내가 그 정체 모를 세이모어 공작 가에 가서 갇혀 사는 걸 기어코 봐야겠냐!"

"그것 참 고소한……. 헉, 아니, 그건 아닙니다만……."

카일이 마지못해 대답했다. 앞에 '고소'라는 발칙한 단어가 들렸던 것 같지만 못 들은 척하고 아렌이 진심을 담아 호소했다.

"제발, 조금만, 조금만 더 여기 있게 해줘. 응? 이렇게 부탁할게."

카일이 잠시 머뭇거렸다. 그도 사실 세이모어와의 혼사 이야기가 나왔 을 때부터 좋게 생각은 하지 않고 있었다. 물론 세이모어 가로 보내버리 면 카일은 골칫덩이로부터 해방이 되어 만세 삼창이라도 불러야 하겠지 만, 그런 식으로 처분하듯 보내버리는 건 영 내키지 않았다. 일단 그녀는 자신의 은인이기도 하니까.

하지만 그녀가 고집을 부린다고 이대로 여기에 둘 수도 없는 노릇. 카 일은 되도록 그녀를 달래 데려가자는 쪽으로 생각을 전향하여 말했다.

"혼사 때문에 그러신 거라면, 일단 돌아가서 차근차근 이야기를 나눠보 시죠. 저도 최대한 공녀님 편을 들어드리겠습니다."

"이야기는 애당초 많이 나눠봤어. 카일. 내 발로 순순히 가진 않을 거 야. 절! 대! 안 갈 테니까 그렇게 알아."

아렌이 결연한 의지를 내비쳤다. 그녀가 숙소 쪽으로 발길을 돌리자 카 일이 냉큼 뒤로 따라붙었다.

"야, 너 왜 따라와?"

"공녀님께서 베이판에 돌아간다 하실 때까지 따라다니며 설득할 겁니 다. 정말이지, 어떻게 이곳까지 오셨는지. 하긴 공녀님은 어렸을 적부터 온갖 사고를 다 치고 다니셨지요. 이웃 꼬마 애들을 패서 시시때때로 울리질 않나, 저번엔 불장난 치다 헛간을 홀랑 태워먹은 적도 있었죠, 또……."

"잔소리 그만! 그만!"

아렌이 귀를 막으며 고개를 도리도리 저었으나 카일은 그녀의 한쪽 손을 잡아 떼며 끝까지 말해주었다.

"심지어 갓난아기였을 때부터 사고를 쳐서 공작가를 발칵 뒤집었죠. 그건 알고 계십니까?"

의외의 말에 아렌이 호기심이 들어 그를 바라봤다. 그녀가 궁금해하는 걸 눈치 채고 카일이 먼저 말을 이어나갔다.

"저도 들은 이야기라 자세하겐 모르겠습니다만. 공녀님이 갓난아기였을 때……, 반나절 동안 사라져서 공작가가 난리가 났었다고 하더군요. 대체 그때 어딜 가셨었던 겁니까?"

"갓난아기인데 내가 어딜 가겠어? 방에 기어 다니고 있었는데 못 본 거겠지."

아렌이 대충 대답하며 귀를 가렸던 한쪽 손을 내렸다. 그녀가 다소 냉정을 되찾은 걸 깨닫고 카일 또한 마음을 가라앉혔다. 대책 없이 가출을 해서 무슨 일을 당했을지 부모 같은 마음으로 은근히 걱정을 많이 했는데 다행히 별 탈 없이 지낸 듯 보였다. 안심되는 일이었다.

"그래도 건강해 보여서 다행입니다. 너무 건강해서 탈……. 흠흠, 하일렌에선 또 어떤 사고에 휘말리셨습니까? 한번 들어보기나 하죠."

"사고라니, 나는 전혀……!"

아렌이 당당하게 말하려다가 입을 합 다물었다. '그럴 리가 없을 텐데요.'라고 말하는 듯한 카일의 눈초리도 그렇고 그녀가 휘말렸던 위험한 사고들이 떠올랐기 때문이다.

"몰라! 정말, 여기까지 쫓아오다니! 어렸을 때 널 주워 오지 말았어야 했어!"

"……저도 먼 옛날 공녀님을 따라가지 말았으면 하고 하루에 수십 번도 더 생각합니다. 요즘 들어 더."

허탈한 어조에 무언가 진심이 담겨 있는 것 같아서 양심이 찔렸다. 하긴 카일이 나 때문에 고생을 많이 하긴 했지, 하일렌으로 오기까지 힘도 많이 들었을 거다. 아렌이 잠잠해지자 카일이 아까 그녀에게서 빼앗았던 가발을 눈앞에 흔들어 보였다.

"그런데 이 가발은 뭡니까? 새로운 취미라도 생긴 겁니까? 그러고 보니 아까부터 이상한 점이 하나 있었는데……."

카일의 시선이 점점 내려갔다. 그의 시선이 어디로 향해 있는지를 깨달은 아렌은 팔로 가슴 부근을 가리며 그의 정강이를 걷어찼다.

"어딜 보는 거야, 이 변태야!"

아렌이 씩씩대며 외쳤다. 카일이 인상을 구기고 정강이를 쓰다듬으며 입을 열었다.

"없던 게 더 없어지셨네요. 거기다 머리카락은 또 왜 그렇게 짧아진 겁니까? 볼 건 머리카락밖에 없었는데……. 설마 남장을 하신 겁니까?"

"그래! 여자로 있었으면 들킬 게 뻔하니까. 가발은……, 세이가 줬어. 너 피하려고 쓴 거야."

"세이요?"

"어, 내 친구 있어."

상체를 일으킨 카일이 잠시 동안 생각에 잠겨 있다가 입을 열었다.

"뭔가 세이모어와 굉장히 이름이 비슷하군요. 본인 아닙니까?"

"아……. 정말 카일, 너다운 단순한 사고방식이구나."

아렌이 혀를 끌끌 차며 한심한 눈초리를 쏘아 보냈다. 그럼 세이가 사실은 세이모어인데 이름을 줄여서 가명으로라도 쓰고 있다는 말인가. 이 무슨 다섯 살짜리 어린애가 떠올릴 법한 생각인가. 아렌은 그에게서 가발을 받아들고 툴툴거렸다.

"이제 이거 필요 없어. 돌려줄 필요도 없겠지."

가발을 휙 던져버린 그녀가 갑자기 생각난 듯 그를 흘기며 말했다.

"근데 너 어떻게 여기까지 온 거야? 찰거머리 같으니."

"베이판 전역을 떠돌고 하일렌에 흘러들어 와 이차저차 해서 오게 되었습니다."

카일의 성의 없는 대답이 끝나자마자 아렌의 투덜거림이 이어졌다.

"대답하기 귀찮으면 차라리 귀찮다고 말해."

"예, 귀찮습니다. 어떻게 여기까지 왔는지 공녀님께 이야기하려면 오늘 밤을 다 새워도 모자랄 겁니다."

"호칭부터 정리해야겠다. 공녀님이라고 부르지 마. 여기서는."

"공녀님을 공녀님이라고 부르지, 그럼 뭐라고 부릅니까?"

꽉 막힌 카일의 대답에 아렌이 답답함을 이기지 못하고 다시 목소리를 높였다.

"대놓고 광고할 일 있냐! 아렌이라고 불러. 여기선 똑같은 기사니까."

'아렌'이라는 이름을 듣자 그녀를 바라보는 눈초리가 한심하다는 듯이 변했다.

"아렌이라니, 옛날 옛적 지었던 이름을 쓰니까 이렇게 빨리 들키는 거 아닙니까. 사실 저는 아렌이라는 이름을 듣자마자 공녀님이라는 걸 눈치채고 있었습니다."

카일이 천연덕스럽게 거짓말을 늘어놓았으나 아렌은 들은 척도 하지 않고 자기 말만 계속 이어갔다.

"……하여튼 옛날부터 너 때문에 되는 일이 없어. 처음에 너 목소리 들었을 때 얼마나 놀랐는지 알아?"

아렌이 집무실에 몸져누워 있을 때 처음 카일의 목소리를 듣고 저도 모르게 뛰어나갈 뻔했던 것을 떠올렸다. 그때 그대로 카일을 알은척했더라면 카일은 '공녀님!'이라고 말했을 테고 제스에게 정체가 고스란히 드러났을 것이다. 상상만이라도 아찔해져서 아렌은 두 팔을 단단히 감싸 마음을 진정시켰다.

괜찮아, 아직 들키지 않았어. 카일 입단속만 잘 시키면 이제까지처럼 잘 지낼 수 있을 거야……. 아렌이 카일을 휙 돌아보고 단단히 으름장을 놓았다.

"그래. 너, 내가 공녀라는 거, 주변 사람들한테 입만 뻥끗하기만 해봐. 특히……, 기사단장님한테."

"저는 아무래도 다른 사람은 몰라도 기사단장님만큼은 알고 계셔야 된다고 생각합니다만. 앞으로의 생활이 더 편해질 것 같기도 하고 말이죠."

천연덕스러운 그의 말에 아렌이 질겁하며 두 팔을 마구 휘저었다.

"안 돼! 안 돼! 안 된다고 했잖아! 내 말은 귓등으로 듣는 거냐! 카일! 절대 안 돼! 다른 사람 다 알아도 기사단장님한테만큼은 말하지 마!"

"기사단장님한테만큼은……, 이라니, 그게 대체 무슨 소립니까?"

카일이 의심에 가득한 얼굴로 물었다.

"기사단장님……, 하니 생각나는 건데, 아까도 그렇고 맨 처음에 집무실에서 이불 뒤집어쓰고 벽에 마구 박치기를 했던 것도 공녀님이셨군요. ……큭, 그때 웃음을 참느라……. 흠흠, 단장님이 아시면 안 되는 특별한 이유라도 있습니까?"

"몰라. 아무튼 기사단장님한테 절대 말하지 마. 말하기만 해봐. 내 모든 인생을 걸고 널 괴롭히겠어. 여자가 한을 품으면 오뉴월에 서리가 내린다는 말 아냐? 모르겠지! 넌 바보 카일이니까!"

아렌이 맹렬하고 빠르게 말을 쏟아내자 카일의 눈이 점점 커졌다.

"맙소사, 그럼 지금까지는 모든 인생을 걸고 괴롭힌 게 아니란 말씀입니까?"

그의 말에 아렌의 눈도 커졌다.

"……내가 널 그렇게 많이 괴롭혔나?"

카일과 아렌은 서로 다른 이유로 말문이 막혀 두 눈을 끔벅거리며 마주 봤다. 한참 후에야 아렌이 먼저 몸을 돌리고 앞장서서 걸어갔다. 카일도 제정신을 찾고 그녀의 뒤를 따라가며 말을 붙였다.

"그런데 정말 안 돌아가실 겁니까?"

"안 갈 거라니까!"

"가셔야 되는데……."

"싫다고! 난 여기서 해야 할 게 있단 말이야!"

"……그렇게 억지 부리면 답니까?"

이어지는 입씨름에 아렌이 흥 소리를 내며 외면했고, 카일이 그런 그녀를 빤히 쳐다보다가 슬그머니 손을 들고 머리를 콩 쥐어박았다. 느닷없는 카일의 공격에 아렌이 머리를 두 손으로 감싸 쥐며 으르렁거렸다.

"카일, 방금 때린 거, 너냐?"

"죄송합니다. 만나기만 하면 한 대 때려야겠다는 다짐이 막 생각나서……. 그리고 방금은 굉장히 얄미웠습니다."

카일이 가볍게 응수하자 아렌은 이를 악물고 낮게 중얼거렸다.

"그래. 아주 그냥 맞먹지 그래."

"허락만 해주신다면야."

카일의 입술에 짓궂은 웃음이 번졌다. 그는 문득 그녀 옆에 떠 있는 로도모나스를 발견하곤 물었다.

"그나저나 얜 뭔가요?"

"……로도모나스."

로도모나스가 파닥파닥 날갯짓을 하고 날아와선 아렌의 머리 위에 폭 내려앉았다. 반짝거리는 초록색 눈망울과 폭신해 보이는 털을 본 카일이 자기도 모르게 중얼거렸다.

"꽤 귀엽군요."

"한번 만져볼래?"

로도모나스에게 시선을 고정한 탓에 아렌의 얼굴에 사악한 미소가 번져가는 것은 보지 못한 카일이 잽싸게 고개를 끄덕였다. 아렌은 차오르는 웃음을 억누르며 최대한 단조롭게 말했다.

"검지를 들이대. 그게 인사법이니까."

"아, 이렇게 말인가요?"

아렌의 조언에 따라 카일이 로도모나스를 향해 천천히 검지를 갖다 댔다. 초롱초롱 빛나던 녹안이 한순간 획 가늘어졌고, 무섭도록 날카로운 이빨이 쩍 벌어졌다.

와그작!

그 어느 때보다 고요했던 기사단엔, 희생양의 처절한 비명 소리와 '죽어라! 카일!'이라는 사악한 외침이 섞여 울려 퍼졌다.


아렌은 기사단 숙소에 있는 자신의 방으로 걸음을 옮기고 있었다. 그녀의 옆에는 언제나처럼 귀여운 털 뭉치 로도모나스가 파닥거리며 따르고 있었다.

그리고 그 옆엔…….

"공녀님, 저와 함께 빨리 베이판으로 돌아가시죠. 세이모어 공작과의 만남이 얼마 남지 않은 걸로 알고 있습니다."

카일이 로도모나스에게 씹혀 퉁퉁 부어오른 손가락을 호호 불면서도 끊임없이 귀환 권유를 보내고 있었다. 계속해서 그의 말에 대꾸 없이 무시하던 아렌이 더 이상 참지 못하고 버럭 소리 질렀다.

"내가 만나자고 한 거야? 벌인 사람이 알아서 처리하라 그래!"

"벌인 사람이라면……. 공작님이신데, 공작님께서 세이모어 공작과 선을 보실 순 없지 않습니까."

"아아. 헛소리 작작해, 카일."

아렌이 쏘아붙이자 카일이 한숨을 푹 쉬며 중얼거렸다.

"성질하고는……."

"카일, 난 비폭력주의자지만 나조차 어쩔 수 없는 때가 있다는 걸 알아둬."

"공녀님, 방금 그 말, 제발 제가 잘못 들은 거라고 말씀해주십시오."

"……정말 한 대 또 맞아야 정신을 차리지?"

아렌이 주먹을 불끈 쥐어 보이자 카일이 장난기를 지우고 본론을 꺼냈다.

"그런데 공녀님, 정말로 돌아가시지 않을 겁니까?"

"또 그 소리야? 아까부터 내 말은 뭐로 들은 거야?"

아렌이 또 어물쩍 넘기려고 하자 카일이 잠시 뜸을 들이다가 잔잔한 어조로 말을 걸었다.

"……공녀님, 공녀로서의 책임은 잊으신 겁니까?"

"……이봐, 카일."

"말씀하십시오."

"나는……."

아렌이 말하다 말고 입을 다물었다. 범람하는 생각에 무엇부터 말해야 할지 모르는 모양이다. 카일은 참을성 있게 그녀가 말할 때까지 기다려주었다. 생각을 정리한 아렌이 그 어느 때보다도 진지한 어조로 말을 이어갔다.

"나는 말이야, 어렸을 때부터 내 뜻대로 할 수 있는 게 하나도 없었어. 순전히 공녀로 태어났다는 그 이유 하나만으로 말이야. 마치 너는 이러이러하게 살아야 한다는 대본이 주어진 배우가 된 기분이었지."

그녀가 가련할 만큼 완곡하게 진심을 쏟아내었다.

"내가 가출을 한 건 비단 세이모어 공작과의 혼인 문제 때문만은 아니야. 물론 그게 결정적으로 내 등을 떠밀긴 했지만……. 나도 내가 공녀였던 덕에 누리고 살았던 것들엔 감사해. 하지만 공녀라는 이름이 없는 나로서 살아보고 싶었어. 내가 뭘 할 수 있을지 궁금해서."

말을 멈춘 아렌이 진지한 눈동자로 카일을 들여다보며 말했다.

"……여기 서 있는 기사 아렌도 온전히 나야. 공녀로서의 책임뿐 아니라 기사 아렌으로서의 책임도 여기엔, 있다고."

"……."

"집안에 꼭 보여줄 거야. 내 자신만의 힘으로 새 이름을 만들어 드높일 수 있다는 것. 집안의 후광을 받지 않고도, 남편으로 내정되어 있는 세이모어 공작보다 더한 이름을 얻을 수 있다는걸."

짙은 침묵이 주위에 깔렸다. 그녀의 얼굴을 살피다가 카일은 한숨을 내쉬며 더 이상 말하지 않겠다는 뜻으로 두 손을 들어 보였다. 그게 무슨 뜻인지 굳이 말하지 않아도 알아챈 아렌이 먼저 몸을 돌리고 걸어갔다. 분명 카일은 잔소리쟁이에 융통성이 없긴 하지만 그녀에게만은 굉장히 물렀다.

카일이 그 뒤를 묵묵히 따르다가 그녀의 기분을 풀어주잔 생각에 가볍게 말을 걸었다.

"그런데 공녀님, 너무하다는 생각 안 하십니까?"

"아렌이라고 부르랬지. 몇 분이나 지났다고 벌써 까먹어? 붕어냐?"

"아렌 님, 너무하십니다."

"말 좀 놔."

"그럴 순 없습니다. 일단은 공녀님이니까요."

카일이 완강하게 고개를 저으며 거부의 뜻을 보였다. 그러고 보니 어렸을 때부터 저 녀석은 꼬박꼬박 존대를 썼었지. 정말 고집은 황소 힘줄보다도 센 녀석이다.

"으휴, 정말……. 일단 공녀님이란 건 또 뭐야? 한 번만 더 공녀님이라고 부르려고 하기만 해봐. 근데 뭐가 너무하다는 거야?"

아렌이 묻자, 카일이 불만이 가득한 목소리로 말했다.

"어떻게 저한테 한 마디 말씀도 안 하고 떠나실 수가 있습니까?"

카일이 걸음을 딱 멈추고 그녀를 바라보았다.

"말했으면 보냈을 거야?"

"아뇨."

"그러니 말을 안 했지."

아렌이 딱 꼬집어 말했고 카일이 반사적으로 대꾸했다.

"말려도 나가셨다면, 동행은 했을 겁니다."

그렇게 말하는 그의 얼굴엔 약간의 섭섭함이 묻어 있었고 아렌은 그걸 단번에 알아챘다. 하긴 줄곧 옆에서 떨어지지 않던 녀석이니 오죽하겠냐만…….

"따라다니는 내내 돌아가자고 할 거고?"

심드렁한 그녀의 말에 카일이 망치에 맞은 것처럼 멍한 표정을 지었다.

"말발이 많이 느신 것 같습니다."

"옛날에도 너한테 질 정도는 아니었어."

아렌이 날름 혀를 내밀곤 다시 걸음을 옮겼다. 아무래도 카일의 얼굴에 덕지덕지 붙어 있던 섭섭함이 마음에 걸렸던 탓에 아렌이 재차 입을 열었다.

"……너한테 말 안 하고 나온 건 일부러 그랬던 게 아니고……. 그냥 어쩌다 보니 그렇게 된 거였어. 시간이 별로 없어서."

"그러십니까. 뭐, 이젠 찾았다는 게 중요한 거겠지요. ……개고생을 하긴 했지만 말입니다."

카일이 단조롭게 대답했고 괜스레 쑥스러운 마음이 든 아렌이 입을 다물었다. 옛날부터 그러했지만 아까부터 그는 그녀의 기분을 건드리지 않는 선상에서 말을 하기도 하고 그만하기도 했다. 옆에 카일이 있으니 마치 베이판에 돌아온 기분이었다. 물론 하일렌에서 지인이 많이 생겼다 하지만 10년 이상을 함께한 이와 비교할 순 없었다.

아렌은 아까 진심을 토로하고 나선 기분도 한결 가벼워진 데다 든든한 지원군이 생긴 것 같아 절로 미소가 피어올랐다. 그런 아렌의 모습을 보고 카일은 오히려 불안함을 느꼈다.

"왜 그렇게 웃으십니까? ……불길하게. 또 무슨 음모를 꾸미시는 거 아닙니까?"

"카일, 모처럼 훈훈한 생각을 하고 있는데 망치지 마."

그들은 그렇게 투덕거리면서 아렌의 방이 있는 층에 도착했다. 그 앞에서 두 사람이 기다리고 있었다. 하나는 프레드릭, 그리고 하나는 아까 집무실에서 봤던 부단장, 라미에였다.

"엥? 여긴 왜……?"

아렌이 고개를 갸웃하고 멀뚱히 있자 프레드릭이 먼저 성큼성큼 다가왔다.

"아렌, 할 일이 산더미 같지만 너한테 진지하게 물어볼 게 있어서 왔어."

"뭔……데요?"

"너, 도대체 단장님한테 무슨 짓을 한 거냐?"

프레드릭이 두터운 두 손으로 아렌의 어깨를 잡고는 얼굴을 들이밀었다. 카일은 깜짝 놀라 그를 제지하려다가 아렌의 눈치를 보며 행동을 멈췄다.

"무슨 짓……이라뇨?"

내가 제스한테 무슨 짓을 했더라?

아렌이 얼떨떨하게 대답하자 프레드릭이 진지하게 말을 이어갔다.

"너, 언제부턴가 단장실에서 계속 지내기 시작했지. 처음엔 그러려니 했어."

"아렌 님……. 단장실에서 계속 지내시다니요? 이게 대체 무슨 말입니까?"

카일이 추궁하듯 아렌을 바라봤다. 또 설명해야 할 것이 늘었다는 생각에 아렌은 머리카락을 쥐어뜯고 싶은 심정이었다. 거기에 아랑곳 않고 프레드릭은 그간 자신이 보아온 것을 읊었다.

"그런데 언제부턴가 이상해졌다고. 너무 익숙해졌어. 항상 같이 다니질 않나……. 거기다 어제는 단장님이 너 대신 심부름까지 하신다고까지 하셨잖아."

"네? 제가 본 단장님께서 공……, 아니, 아렌 님 대신 심부름을요?"

카일이 믿을 수 없다는 듯 말했다.

"아아……. 그거."

아렌이 심드렁하게 대답하자 카일의 눈이 더욱 커졌다. 프레드릭은 그녀와 시선을 마주치려고 애쓰며 추궁을 계속했다.

"식사도 같이 하는 때가 많고……. 너의 편의를 너무 봐주시는 것 같은 느낌도 든단 말이지."

이 상황을 해명하라는 듯이 셋이 동시에 아렌을 바라보았고 아렌은 별

일 아니라는 뜻으로 어깨를 으쓱했다.

"식사든 같이 다니는 거든 다 우연일 뿐이에요. 심부름이야 제가 아파서 그런 거였고요."

"그……렇긴 하지만. 보통 단장님은 다른 단원들에겐 그러시지 않으신단 말이다!"

프레드릭이 흥분하며 말하는 동안 아렌은 자신에게 쏟아지는 라미에의 시선 때문에 여간 신경 쓰이는 게 아니었다. 여우같은 눈매와는 달리 칼날처럼 날카로운 눈빛이 영 꺼림칙했다. 거기다 카일까지 '도대체 이게 무슨 소립니까! 전부 설명하십시오!'라는 성가신 기운을 뿜어내고 있으니…….

사방에서 쏟아지는 눈초리에 진이 다 빠지는 느낌이었다.

'아이고, 내가 전생에 무슨 죄를 지었기에 이런 꼴을…….'

"아, 정신없어. 도대체 제 방 앞에 왜 이렇게 몰려 있는 거예요? 단장님과 저는 아무 관계 아니니까 이만 들어갈게요."

아렌은 카일을 밀쳐내며 대충 말했다.

"그……래? 아무 관계 아니라고?"

프레드릭이 말꼬리를 늘이며 말하자 아렌이 그를 향해 고개를 휙 돌리고 당부하듯 말했다.

"네, 그냥 프레드릭 형과 단장님 관계랑 똑같으니까 걱정하지 마세요. 정 제 말이 의심가면 단장님까지 껴서 다 같이 얘기해보도록 해요."

아렌의 놀랍도록 직설적인 말에 프레드릭이 도리어 깜짝 놀라며 손을 내저었다.

"아, 아니야! 그럴 필요까진 없어! 뭐, 네가 그렇게 얘기한다면 그런 거겠지."

제스 이야기 때문인지 프레드릭이 순순히 받아들였다. 그녀의 성격이라면 정말로 제스를 불러오고도 남을 거라는 걸 경험상 아는 덕이었다. 여기서도 '무적의 제스 효과'를 체험한 아렌이 만족스런 얼굴로 방으로 들어갔다.

문이 탁, 닫히자 카일이 큰 한숨을 내쉬었다. 도대체 방금 자신이 들은 이야기가 무슨 얘긴지 이해가 가질 않았다. 방금 들은 대화를 단편적으로만 봤을 때, 그 범상치 않은 기사단장이 아렌에게 호의적이라는 결론이 나왔다. 지나치게 호의적인 것도 문제지만 그 반대보다는 낫겠지. 거기다 기사단장은 아직 아렌이 남자라고 알고 있으니 걱정할 만한 상황은 생기지 않을 것이다.

카일은 걸음을 옮기려다 라미에를 발견하고 그를 불렀다.

"라미에 님."

"……여어."

그가 기대고 있던 몸을 바로 세우며 대답했다. 어둠 속에서 갈색 눈동자가 형형히 빛나고 있었다. 심상치 않은 느낌에 카일이 재차 입을 열었다.

"무슨 일 있으십니까?"

"……."

라미에는 대답을 하지 않고 생각에 잠겼다. 저렇게 진지한 라미에라니, 항상 여자를 찾아 돌아다니며 능글거리는 모습과는 다소 거리가 있었다. 카일이 다시 그에게 말을 걸려는 찰나, 라미에가 먼저 방을 턱짓하며 말을 가로챘다.

"방금까지 저……, 아렌이라는 녀석이랑 같이 있다 왔냐?"

"네."

"흐응……. 그래."

라미에가 여우같은 눈웃음을 치고 프레드릭에게로 스르르 눈동자를 굴렸다.

"너, 눈치 못 챈 거냐?"

"뭘……, 말입니까?"

프레드릭이 멍청하게까지 보일 정도로 멍한 어조로 말했다.

"프레드릭, 네 눈은 장식인가 봐."

"그게 무슨?"

라미에가 무척이나 재미있다는 듯 싱글거리며 카일을 바라봤다.

"너는 당연히 알고 있겠지, 또 누가 알아챘을까?"

"……."

거기까지 말한 라미에가 휙 뒤돌아 콧노래를 부르며 저 멀리로 걸어갔다.

카일은 그의 뒷모습을 빤히 바라보다가 눈살을 찌푸렸다. 아렌에 관한 것 중, 프레드릭은 모르지만 자신은 알고 있는 사실은 두 개밖에 없다. 여자, 그리고 공녀라는 신분.

둘 중 무엇을 알아챈 걸까? 전자이면 그나마 다행일 텐데.

프레드릭이 자신의 눈 부근을 만지며 '내 눈이 왜?'라고 중얼거리다 불평 어린 어투로 말했다.

"도대체 왜 저러시는 거야?"

"저도 잘 모르겠습니다."

카일은 아무것도 모르는 척하며 고개를 저었다.

"나 참, 부단장님은 여자 생각 말고 다른 무슨 생각을 하고 계신지 도통 알 수가 없다니까."

프레드릭이 설레설레 고개를 저었다. 다시 '내 눈이 어떻기에…….'라고 중얼거리기 시작한 프레드릭을 뒤로하고 카일은 방문을 지그시 바라봤다. 레이나스 가에 알려야 하는데, 기사단장님께 외교적으로 협력을 요청

해야 하는데…….

「여기 서 있는 기사 아렌도 온전히 나야.」

그녀의 말이 그의 머릿속에 다시 울렸다. 공작가에 있을 때 얼마나 그
녀가 답답해했는지 옆에서 지켜봐왔던 그이기에 그녀의 솔직한 진심에
아무 말도 하지 못했다. 그리고 그에게 있어서 그녀를 강제로 데려간다는
것 자체가 무리였다.

카일이 얕은 한숨을 내쉬었다.

'라미에 님도 라미에 님이지만……. 일단 레이나스 가에 연락하자. 조
금만 시간을 더 달라고 시간을 끄는 사이 아렌 님을 어떻게 해서든 설득
해보는 거야.'

그가 그렇게 생각을 정리하곤 자신의 방으로 걸음을 옮겼다.


레베카, 그녀의 교육은 대부분 음식이 미끼로 사용되었다. 빈민가에서
오랫동안 굶주렸던 만큼 음식만 보면 아귀처럼 달려들었기 때문이다. 먹
을 것을 얻기 위해서라면 그녀는 무엇이든 했다. 뭉개지는 듯한 발음으로
단어를 읽고, 문장을 읽었다. 인간의 행동을 흉내 내는 원숭이처럼 말을
하고 책을 읽었다. 이것이 모두 무엇을 위한 것인지, 어디에 필요한 건지
는 전혀 인식하지 못한 것처럼 보였다.

과제를 완수하면 먹이를 주는 식이었으니 그녀가 해내지 못하는 것은
없었다. 목숨을 걸고 하는 일에 걸림돌이 되는 게 있을 리가 없었다. 미리
정해놓은 목표를 완수하고서도 더 해내면 포상은 배로 돌아왔다. 하루하
루 넘기다 보니 그녀의 발전은 비약적으로 이루어졌다.

"자, 레베카. 이 책을 모두 외우고 내 말에 대답할 수 있으면 네게 이것

을 주마."

먹을 것 앞에서 그녀가 못해내는 건 없었다. 눈을 뜬 후부터 감기 전까지 오직 그것만을 위해 살았다. 그녀는 또다시 굶주릴 때를 위해 먹을 것을 최대한 배에 저장하려는 것처럼 보였다.

"언어, 화술, 역사, 외교술……. 모두 일정 수준에 이르렀습니다. 이에 대해선 부가적인 교육을 더 하지 않아도 될 정도입니다. 허나 예절과 교양이……. 터무니없이 떨어집니다. 특히 식사 예절이 말입니다."

"세이모어 공작과 식사는 안 한다더냐? 식사 예절이 가장 중요한 것들 중 하나인데 그래선 안 되지. 안 되면 강제로라도 시키도록 해라."

"분부 받잡겠습니다."

레베카 교육을 담당하고 있는 집사가 레이나스 공작 앞에서 고개를 조아렸다.

어디로 보나 레베카가 가장 먼저 배워야 할 것은 식사 예절이었다. 일정이 빡빡한 만큼 원래대로라면 다른 것들부터 집중해야 했으나 그녀가 하는 양을 보고 있자면 어쩔 수 없었다.

다음날, 언제나처럼 먹을 것을 기다리며 공부하던 레베카는 제 앞에 놓인 식사를 보고 의아해했다. 보통 당일 정해진 목표치를 채우지 못하면 먹을 것을 주지 않는데, 지금은 교육이 채 끝나기도 전이기 때문이다. 하지만 그런 생각도 잠시, 레베카는 곧 주려 오는 배를 참지 못하고 손을 뻗었다. 저 따끈따끈한 스테이크를 집어서 먹기 위해서다. 저것을 먹으면 그 어느 때보다도 행복해질 것 같았다.

하지만 그때, 고기를 잡으려던 레베카의 손은 누군가에게 꽉 붙들렸다. 집사는 언젠가 그랬던 것처럼 포크와 숟가락을 쥐여주었다.

레베카는 그것을 가만히 보다가 옆으로 던져버렸다. 이런 것은 먹을 때 필요한 것들이 아니었다. 쨍그랑. 은식기가 벽에 부딪치며 맑은 음을 내었다. 다시금 손을 뻗어 고기를 쥐려는데 집사에게 한 번 더 손이 잡혔다. 마찬가지로 식기를 내던지려는데, 갑자기 손에 천이 둘둘 말렸다.

"이제부터 이것을 사용하지 않으면 아무것도 먹지 못할 것이다."

레베카는 천으로 둘둘 말려 손에 고정되어 있는 식기를 보며 화가 났다. 이런 것 때문에 아무것도 먹지 못하다니, 눈에 불꽃이 튀었다.

"아아아아! 아아아아아!"

레베카는 괴성을 내지르며 손을 마구 흔들었다. 하지만 단단히 묶여 있는 식기는 떨어질 생각을 하지 않았다.

그녀는 결국 고개를 내려서 접시에 코를 박았다. 온 얼굴에 소스를 묻히며 스테이크를 와구와구 씹어 먹는 그녀는 사람이 아니라 개였다.

결국 손은 한 번도 쓰지 않고 샐러드까지 게걸스럽게 해치운 그녀는 만족스러운 얼굴로 고개를 들었다. 아침에 했던 화장 위로 먹다가 떨어뜨린 음식 잔재들이 덕지덕지 붙어 있었다. 그럼에도 레베카는 배가 부르다며 다리를 벌리고 낄낄거렸다.

그 짐승 같은 꼴을 보며 집사와 하녀들은 다들 질렸다는 표정이었다.

어떤 수를 써도 식기를 이용하여 천천히 먹는 법을 가르치지 못했다. 이 소식을 듣자 레이나스 공작은 다른 방법을 제시했다. 또래 영애들이 모이는 소규모 티파티에 참석시키라는 것이었다.

"그래도 되겠습니까? 아직 많이 부족할 텐데요."

"식사 예절이 고쳐지지 않는다면 어차피 '저것'은 아무 짝에도 쓸모없다. 폐기 처분을 하기 전에 마지막 시험은 해보아야지."

레이나스 공작이 두 손을 깍지 끼며 눈을 번쩍였다.

레베카가 밖을 나서게 된 건, 그로부터 얼마 지나지 않은 어느 화창한 날이었다. 그녀는 제 몸을 감싸고 있는 길고 풍성한 드레스가 불편하여 바르작거렸다. 드레스란 것은 몇 번 입어보았지만, 입고 나가본 적은 이

것이 처음이었다.

그런데 지금 대체 어딜 가는 걸까. 배가 주려 오고 있었다. 레베카는 마차 창문 밖을 흘끗흘끗 쳐다보면서 식사 때만 기다리고 있었다.

곧이어 마차의 움직임이 멈추고 문이 열렸다. 집사는 손수 마차 문을 열어주며 저택 안에서와는 달리 그녀를 정중히 대해주었다. 마차에서 내린 레베카는 주위를 휘휘 둘러보다가 정원 사이에 놓인 다과 테이블을 보고 그 앞으로 달려갔다. 주변엔 저와 비슷한 차림의 영애들과 영식들이 몇몇 있는 듯했으나 상관없었다. 빈민가에서 짐승처럼 살아갔을 때에도 보는 눈은 많았다.

"어머, 영애님은 처음 뵙는 분이시군요. 성함이 어떻게 되시지요?"

레베카는 손에 한가득 집어든 쿠키를 그대로 입안에 쑤셔 넣으려다가 고개를 돌려보았다. 그리고 자신 앞에 서 있는 영애를 본 순간, 그만 배운 것은 모두 잊고 입을 헤 벌려버렸다.

천사님이었다. 노란색 귀여운 양산을 쓰고 어깨가 드러난 에메랄드빛 드레스를 입은 여자는, 꿈속에서나 상상하던 천사님이었다. 그리고 그 옆에는 왕자가 아닐까 싶을 정도로 멋진 남자가 서 있었다.

후드득. 레베카의 입술에 얹히듯 있던 쿠키들이 쏟아졌다. 그러자 영애가 깜짝 놀랐다.

"어머, 영애님. 괜찮으신가요?"

"입이 더러워지셨습니다."

그 멋진 남자가 다가와서 입술을 닦아주기에, 레베카는 그만 그대로 굳어버렸다. 빈민촌에서의 남자는 구정물을 뒤집어쓴 듯 더러운 자들밖에 없었는데, 세상에 이런 남자도 있었다는 걸 처음 알았다.

손수건으로 꾹꾹 눌러주며 닦는 부분마다 불이 붙은 것만 같다. 레베카는 쿵쿵 뛰는 심장 박동을 감당해내지 못하고 고개를 돌려버렸다. 당황스

러웠다. 그래서 그냥 보이는 대로 푸딩을 집어 들었다. 그대로 입에 가져
가려는데, 앞에 서 있던 영애가 손으로 입을 가리며 한 걸음 물러섰다.

"어머, 영애님. 그런 것을 손으로……."

곱디고운 미간이 더럽다는 듯 슬쩍 찌푸려진다. 레베카는 쩍 벌린 입으
로 가져가려던 손을 멈추었다.

"장난이 과하시군요. 설마 그것을 그대로 드시려던 것은 아니지요?"

레베카는 천사같이 빛나던 그녀의 녹안에 비릿한 막 하나가 쳐지는 것
을 보았다. 강한 혐오와 경멸로 뒤범벅된 그 눈빛은, 그녀가 이제껏 자주
마주해오던 것이었다.

레베카는 푸딩이 으깨지듯 쥐어진 손을 천천히 내렸다. 그 순간, 그녀
는 처음으로 '수치심'이라는 걸 깨달았다.

## 12. 의외의 천적

"천마제(天魔祭)가 시작되려나 보군요."

카일이 연무장으로 향하던 걸음을 멈추고 하늘을 보며 말했다.

"어? 천마제? 와, 우리 구경 갈까?"

아렌이 요란하게 웃으며 말하자 카일이 그녀를 흘긋거렸다.

"천마제라는 걸 듣고 그런 말씀 하시는 분은 아렌 님밖에 없을 겁니다. 그날은 천족과 마족이 일 년에 단 하루 중간계에 오는 날. 서로 만나기만 하면 싸우려고 들어서 보통 사람은 외출을 자제하는데 말이죠."

"그 말은 천족과 마족을 볼 기회가 그날밖에 없다는 말이잖아? 궁금했는데 잘됐다."

아렌이 휘파람까지 부르며 말했다.

"정말이지 조심성이라고는 티끌만큼도 찾아볼 수가 없네요……."

"네가 지나치게 조심성이 많다고는 생각 안 해? 그랬다간 세상에 재밌는 것들을 모두 놓친다고."

"저는 호기심보단 안전을 택하겠습니다."

카일이 한숨을 쉬자 아렌은 진심으로 고민에 빠져들었다. 분명 카일은 어렸을 때까지만 해도 '공녀님임' 하며 졸졸 쫓아다녔는데 어느 순간부터

'공녀님!' 하며 소리를 바락바락 지르는 아줌마로 변해 있었다. 대체 누가 잠재되어 있던 아줌마 본성을 깨웠을까. 그게 자신인지 이래저래 고민에 빠져 있던 아렌에게, 카일이 다시 말을 걸었다.

"아렌 님, 그런데 요즘 라미에 님이……, 아렌 님을 이상하게 쳐다보는 것 같지 않습니까? 왜 그러시는 걸까요?"

'라미에'라는 이름을 듣자마자 아렌이 눈살을 찌푸렸다. 며칠 전 숙소에서 마주친 이후, 라미에의 이유를 알지 못할 따가운 시선은 며칠째 계속되고 있었다. 아니, 날이 갈수록 심해지고 있었다.

"글쎄, 왜 그러시지. 무슨 일이 있다면 차라리 말씀해주시면 좋을 텐데."

아렌이 발에 걸리는 돌부리를 탁 차며 중얼거렸다. 며칠 동안 그녀가 가는 모든 곳에서 라미에와 마주쳤다. 그리고 그럴 때마다 아렌은 이마가 뚫릴 정도로 강렬한 시선을 받아야 했다. 그 시선이 어찌나 노골적인지 주변에선 '설마 라미에 님이 여자를 그렇게 좋아하시더니 이제 남자까지…….'라는 소문까지 돌 지경이었다. 심지어 제스를 보러 갈 때조차 라미에와 만나는 일이 잦아서 곤란한 차였다.

"이왕 이렇게 된 거, 베이판으로 돌아가시죠."

"왜 이야기가 그쪽으로 흘러가는 거야?"

"그게, 전 빨리 베이판으로 돌아가 발 뻗고 자고 싶……. 아니, 아렌 님께서 많이 스트레스를 받으시는 것 같아서 말입니다."

"으으, 조만간 왜 그러냐고 진지하게 물어보든가 해야지. 그런데 넌 라미에 님과 어떻게 아는 사이야?"

아렌이 영문을 알 수 없다는 얼굴로 묻자 카일이 고개를 끄덕였다.

"예, 저를 스카우트하신 분이 바로 부단장님입니다."

"흐음……."

아렌이 두 손을 깍지 끼고 머리를 받쳤고 그 모습을 보던 카일은 입을 열려다가 머뭇거렸다. 라미에가 아렌에 대해 무언가 알고 있는 것 같다는 짐작을 그녀에게 말해야 할까. 말했다가 괜한 걱정을 하게 하는 건 아닐지 고민이 되었다. 조금만 상황을 본 다음에 이야기해도 늦지 않겠지.

카일은 속에서 그렇게 정리하고 입을 다시 열었다.

"듣자 하니 부단장님은 단장님과 오랜 친구 사이라고 하시더군요. 알고 계셨습니까?"

"아니. 처음 듣는 얘기네. 친구 사이였어? 흐응…….."

제스에게 친구라……. 어렸을 적 친구라면 같이 장난도 치면서 놀았을까? 제스가 해맑게 웃으며 들판을 뛰어다니는 모습을 상상하다 아렌이 피식 웃었다.

"라미에 님은 참 이상하신 분입니다."

갑자기 들려온 카일의 목소리에 아렌이 퍼뜩 상념에서 깨 고개를 돌렸다. 카일이 손으로 턱을 슥슥 문지르며 그녀를 아래위로 힐끗거렸다.

"대체 아렌 님한테 볼 게 뭐가 있다고 그렇게 자꾸 보는 걸까요……. 윽."

퍽, 카일의 망언을 참지 못하고 아렌이 그의 정강이를 걷어찼고, 그는 굉장히 괴로워하며 다리를 감싸고 주저앉았다.

"아렌 님, 정강이 차는 거 굉장히 아픕니다. 밤에 뒤통수 조심하십……. 아니, 고칠 생각 없으십니까?"

"없어."

아렌이 딱 잘라 거절한 후 걸음을 옮겼다. 모퉁이를 돌자 익숙한 누군가 그녀를 향해 손을 흔들었다.

"어이, 아렌!"

"엇, 형!"

옆에서 '형이라니…….'라고 중얼거리며 이마를 짚는 카일을 애써 무시하고 아렌이 반가운 기색을 드러냈다. 하지만 그것도 잠시, 그녀는 흠칫 놀라며 걸음을 멈출 수밖에 없었다. 프레드릭 옆에 두 명이 더 있는 걸 그제야 발견한 까닭이었다. 적발에 약간 까무잡잡한 피부의 여자와, 굉장히 따분한 표정을 짓고 있는 남자였다. 여자는 몰라도 남자는 굉장히 익숙한 사람이었다.

"인사해. 이쪽은 부단장 라미에 제이린 님."

"안녕하세요."

아렌이 고개를 숙이며 인사했다. 어차피 처음 만난 이후로 노골적으로 쳐다보는 거 알고 있었는데 새삼스럽게 인사라니, 느낌이 이상했다. 하지만 더욱 민망한 것은, 바로 앞에서 인사를 건넸는데도 아무 대답도 하지 않는 지금 상황이었다.

프레드릭이 둘 사이에 어색하게 떠도는 기류를 느끼곤 얼른 남은 한 명을 소개했다.

"그리고 이쪽은……."

"안녕, 난 코넬리아야!"

"아, 프레드릭 형의 애인 분이시라는! 뵙고 싶었어요!"

"날 알고 있어?"

코넬리아가 두 눈을 크게 뜨며 말했다. 붉은 머리카락보다 좀 더 진한 레드브라운 눈동자를 들여다보며 아렌이 미소 지었다.

"예, 그럼요. 이야기 많이 들었어요. 프레드릭 형의 아름다운 애인 분이시라는."

"너 정말 마음에 드는데? 그렇죠, 부단장님!"

"……."

보통 예의상으로라도 긍정적인 대답은 해줄 수 있었음에도 라미에는 아렌을 빤히 쳐다보고만 있었다. 코델리아가 프레드릭의 옆구리를 쿡 찌르자 그가 뒷머리를 긁적이며 조심스레 말했다.

"저, 라미에 님. 이 녀석, 남자입니다."

"그래서?"

천연덕스러운 반응이 굉장히 불안하게 느껴졌다. 점점 모두가 뻘쭘해지는 상황이 닥치자 화제를 돌려야겠다고 생각했는지 코델리아가 카일을 향해 물었다.

"그런데 너, 찾을 사람이 있다고 하지 않았나? 황성 밖으로 가겠다더니?"

"네, 바로 이분을 찾고 있었습니다."

아렌은 순간 뜨끔하여 눈치를 줬으나 이미 상황은 안 좋아진 지 오래였다. 이미 귀빈을 대하는 것처럼 존대를 써버리지 않았나. 그녀는 '아이고, 골치야.'라고 속으로 중얼거리며 이마를 짚었다. 그의 말에 프레드릭의 두 눈이 있는 대로 커졌다.

"뭐? 네가 찾는다는 사람이 이 녀석이었어? 그럼 그 사고를 몰고 다니는 말썽쟁이에……."

"어디로 튈지 모르는 고삐 풀린 망아지가……. 아렌?"

프레드릭과 코델리아가 무언가 설명을 원하는 눈초리로 아렌을 바라보았고 아렌은 눈을 가늘게 뜨고 카일에게 시선을 천천히 옮겼다.

"말썽쟁이, 고삐 풀린 망아지? 카일, 이게 어떻게 된 건지 설명해줄래?"

"그게……."

그녀의 으스스한 어조에 카일이 식은땀을 삐질삐질 흘렸다. 증인이 있으니 발뺌도 못 하는 모양이다. 아렌이 입 모양으로 '너 나중에 보자.'라고 하자 카일은 작은 신음을 내며 고개를 숙였다. 그녀가 무얼 하는지 보지 못한 코델리아가 허리에 손을 얹고 꺼드럭거리며 외쳤다.

"그러고 보니 너, 내가 기사단에 가자고 했을 때 냉큼 따라왔으면 그 고
생도 안 했을 거 아냐!"

기사단에 가자는 그녀의 제안을 연거푸 거절했던 걸 그제야 떠올린 카
일은 고개를 끄덕했다.

"그 점에 대해선, 감사하게 생각합니다. 근데 지금 저 좀 살려주십…….
아, 아무것도 아닙니다."

카일이 번듯하게 대답하다가 아렌의 무시무시한 표정을 보고 입을 다
물었다. 아렌은 카일의 입을 좀 더 단속할 필요가 있다고 생각하면서, 아
직도 제게 향해 있는 시선을 의식할 수밖에 없었다. 대체 왜 저렇게 쳐다
보는 건지. 이유라도 알면 이렇게 답답하진 않을 것 같다.

아렌은 결국 바쁘다는 핑계로 그 자리를 피해버렸다. 등 뒤에서 유난히
따갑게 쏟아지는 시선이 느껴지긴 했지만, 끝내 뒤돌아보진 않았다.

힘겨운 과정을 지나 연무장에 도착한 아렌은 목검을 집어 들며 어깨를
툭툭 두드렸다. 그녀는 눈매를 좁히며 자신 옆에 딱 달라붙어 있는 카일
을 노려봤다.

"넌 왜 견습 기사도 아니면서 견습 기사 훈련에 참가하는 거야?"

아렌이 퉁명스럽게 말하자, 카일은 당연하다는 투로 대답했다.

"아렌 님이 언제 도망가실지 모르니까요. 옆에 붙어 있어야겠습니다."

"아아, 정말 싫다."

아렌이 바람 소리가 날 정도로 세차게 몸을 휙 돌려 목검을 들고 이리
저리 휘둘렀다. 사실 카일을 만난 게 좋은 건 맞다. 어렸을 적부터 같이
자라온 친구니까. 하지만 그가 일거수일투족 다 따라붙는 건 영 달갑지
않았다.

목검을 들고 휘두르는 모양새를 보고 카일은 저도 모르게 감탄을 내뱉

었다.

"아렌 님, 검술이 많이 느셨군요."

"그치? 역시……, 스승이 못 가르쳤던 거였어."

아렌이 장난기 가득한 미소를 지으며 말했다. 그녀의 말대로 기사단에서 기초 훈련을 받은 덕에 그녀의 실력은 눈에 띄게 늘어가고 있었다. 하긴 기사 집안의 후계자였으니 당연한 거겠지, 라고 생각하며 아렌이 자부심에 가득 찼다.

"아니요, 그건 절대 아닐 겁니다. 억지로 가르쳐달라고 한 어느 분이 소질이 없어도 너무 없더군요."

"그거 혹시 나 말하는 거야?"

"검술뿐 아니라 눈치도 느셨군요. 옛날엔 바보가 아닐까 싶을 정도로 없으셨는데……."

"망할 카일……."

아렌이 투덜대듯 대꾸했으나 카일이 유쾌하게 웃었다. '마음껏 까니 오래 묵은 체증이 다 풀리는구나!'라고 속으로 되뇌면서.


그들이 오기 전부터 볼일이 있어 연무장을 찾은 제스는 느닷없이 느껴지는 불쾌감에 눈살을 찌푸리고 있었다. 지극히 냉담한 그의 시선은 아렌과 카일이 연무장에 들어왔을 때부터 그들에게 닿아 있었다.

무슨 농담이 오간 것인지 아렌이 별안간 유쾌한 웃음을 터뜨리며 카일을 바라봤다. 카일도 웃으며 그녀의 검을 잡은 모양새를 고쳐주었다.

그 행동 하나하나를 뜯어보던 제스의 눈매가 점점 날카로워졌다.

옆에서 마찬가지로 그들을 지켜보던 프레드릭이 혼잣말로 중얼거렸다.

"저 둘, 무슨 사이야? 요즘 계속 같이 다니던데. 숙소에도 같이 오고 말이야……."

나지막한 읊조림이었지만, 예민한 제스의 귀는 귀신같이 그를 잡아내었다. 제스가 천천히 시선을 옮겨 프레드릭을 바라보았고, 프레드릭은 심장이 떨어질 것같이 화들짝 놀랐다.

"방금 그거, 무슨 소리지?"

"아아……. 방금 제 말을 들으셨습니까? 그게……. 아렌 녀석의 숙소에 제가 물어볼 것이 있어서 갔는데, 그때 둘이 굉장히 화기애애하게 왔었습니다. 그게 생각나서……."

프레드릭의 말이 끝났음에도 제스는 그에게서 시선을 떼지 않았다. 그게 '물어볼 것'에 대해 이야기를 더 들으려는 뜻인 걸 알아채고 그가 무릎을 꿇으며 이실직고했다.

"크흑, 죄송합니다. 단장님! 다름이 아니라 단장님께서 저 녀석만 편애하시는 것 같아 샘이 나서 그만……. 단장님에게 어떻게 한 거냐고 물으러 간 겁니다!"

"대답은?"

"예?"

의외의 말에 프레드릭이 고개를 들었으나 거역할 수 없는 기운에 곧 다시 숙이며 더듬거렸다.

"아, 아무 관계 아니라고……, 했습니다. 단장님과 기사 사이 그 이상, 그 이하도 아니라고……. 의심되면 단장님께 여쭤보라고……, 했습니다."

"……."

제스가 서늘함이 느껴지는 눈동자로 프레드릭을 내려다보다 시선을 거두어 연무장 안을 바라봤다. 아렌과 카일은 뒤에서 어떤 일이 벌어지는지 전혀 알지 못한 채로 즐겁게 이야기를 나누고 있었다. 그의 고개가 정면으로 스르르 향하더니 입술이 천천히 움직였다.

"카일이라고 했던가."

"옙!"

"설명해라. 기사가 느긋하게 견습 기사 훈련에 참여하고 있는 이유를."

그의 말에 프레드릭은 아무 말도 못 하고 사색이 되었다.

"그, 그건……."

"기사단이 많이 허술해졌군. 직접 기강을 잡아야 하는가."

한없이 낮아지는 어조에 그 말을 들은 이들은 모두 숨을 죽였다. 공적인 일엔 냉혹하기 그지없는 기사단장이 직접 나서다니! 목숨을 걸고 막아야 한다!

"아닙니다! 단장님께서 구태여 나서는 일이 없게 하겠습니다! 죄송합니다!"

입을 딱 벌리고 있던 프레드릭이 숨찬 어조로 소리쳤다. 주변에서 그 대화를 듣고 있던 이들은 제발 그렇게 되지 않길 속으로 빌며 제스의 대답을 기다렸다. 사위를 짓누르는 무거운 침묵 뒤에, 제스가 휙 뒤돌아서서 집무실로 향했다. 제스의 뒷모습이 점이 되어 보이지 않을 때가 돼서야, 프레드릭을 포함한 이들은 안도의 한숨을 길게 내쉴 수 있었다.

몇 시간 후, 프레드릭은 회의실에 카일을 불러내었다.

"카일, 네 일이야."

"예?"

카일은 황당하다는 듯 대답하며 프레드릭이 가리키는 서류 뭉치를 바라보았다. 성인 남자의 키를 가뿐히 넘길 정도로 수북이 쌓인 서류가 '나 좀 들여다봅쇼.'라고 외치며 장사진을 이루고 있었다.

카일이 몇 번이고 눈을 감았다가 떴다.

"……뭐가 이렇게 많습니까?"

"그게 평균이야."

프레드릭이 애써 태연하게 말했다. 실은 카일에게 일을 맡기기 위하여 쓸데없는 서류까지 끼워 넣고 쌓아둔 거지만, 신참인 그가 그걸 알 리 없었다.

"이걸……, 다 해야 되는 겁니까?"

넋 나간 얼굴로 서류 더미를 바라보고 있는 카일을 보니 프레드릭은 측은하고 미안한 마음이 들었다.

"카일, 너 혹시 단장님한테 밉보인 거 있냐?"

"예? 그게 무슨 말씀입니까?"

카일이 두 눈을 휘둥그레 뜨며 말했다. 기사단장님한테 밉보이다니, 차라리 아렌한테 정강이 백 번을 차이는 걸 감수하겠다고 생각하며 카일이 침을 꿀꺽 삼켰다.

"아냐, 아무것도 아니야."

프레드릭이 아까의 일을 기억해내고 부르르 떨며 그 자리를 떠났다. 이렇게 일을 맡겨두고 가는 건 카일에겐 미안한 일이지만 어쩔 수 없는 일이었다. 당분간 단장님의 눈에 띄지 않는 게 카일에게도 좋을 성싶었다.

탁, 하고 문이 닫히자 홀로 남은 카일은 무거운 한숨을 내쉬었다.

"후우, 이래서야 아렌 님을 감시할 수도 없겠군."

그가 곤란하다는 듯 혀를 찼다. 솔직한 심정으로는 이 서류를 보자마자 '기사단을 관두겠습니다!' 하며 뛰쳐나가고 싶었다. 하지만 아르렐리아 공녀님이 여기 있는 이상 그럴 수는 없는 일.

카일은 조만간 공녀님에게 베이판에 가자고 더 권유해봐야겠다고 생각하며 맨 위에 있는 서류를 향해 손을 뻗었다.


아렌은 휴일 아침에 눈을 뜨자마자 방 앞에 카일이 있는지부터 살폈다. 모처럼의 휴일을 잔소리로 메우고 싶진 않아 카일이 있다면 기절시켜서라도 따돌리고 나갈 생각이었는데, 다행히 그의 모습은 보이지 않았다.

아렌은 새털처럼 가벼운 마음으로 씻고 방으로 돌아왔다.

"드디어 오늘 자유의 몸이구나."

카일이 봤다면 '악마의 웃음'이라고 칭했을 미소를 지으며 아렌이 젖은 머리카락을 대충 수건으로 문질렀다. 아무리 물기를 닦아내도 마를 낌새가 보이질 않아 대충 고개를 저어 털어내곤 아렌이 옷을 벗었다. 그러곤 가슴에 붕대만 감은 상태인 제 몸을 거울에 비추어보았다.

'어째 가슴이……. 좀 커진 느낌이…….'

아렌이 붕대를 더욱더 세게 동여매고 셔츠를 입었다. 머리카락에서 물방울이 뚝뚝 떨어지며 어깨 부근이 서늘해졌다. 그녀는 단추를 마저 여미며 오늘은 어떻게 보낼지에 대해 생각에 잠겼다.

'모처럼의 휴일이니 제스나 보러 가야겠다. 지금 집무실에 가도 있으려나? 일단 가볼까?'

아렌은 마지막 단추는 제대로 여미지도 않은 채 곧장 집무실로 향했다. 제스를 보러 간다는 기대감에 저도 모르게 뛴 탓에 그녀가 집무실 앞에 도착했을 땐 이미 숨이 차올라 헥헥대고 있었다. 그녀는 머리를 대충 손으로 빗어 정리한 후 마음을 가다듬고 문을 두드렸다.

똑똑. 답지 않게 차분하게 노크했는데 대답이 없다. 설마 제스도 쉬는 날이라 놀러 나갔나? 다시 노크해봤는데도 여전히 안은 묵묵부답이었다. 아렌의 어깨가 처량할 만큼 축 늘어졌다.

'오랜만에 보러 왔는데…….'

그녀는 다소 원망스런 눈길로 애꿎은 문을 바라보다가 발길을 돌렸다.

"거기서 뭘 하고 있지?"

막 돌아가려던 찰나 약속이라도 한 것처럼 그 목소리가 들려왔다. 아렌이 휙 고개를 돌리자, 집무실로 다가오고 있는 제스가 보였다.

"제스."

"⋯⋯."

"오늘 쉬는 날이라 놀러 왔어요. 왜 이제 와요? 못 보고 가는 줄 알았네."

제스는 그녀 앞으로 다가가다가 눈썹을 비스듬히 휘어 올렸다. 씻은 지 오래되지 않아 젖은 머리카락과 발그레한 볼, 습기를 머금은 속눈썹과 입술⋯⋯. 도드라진 어깨선을 따라 묘한 색기가 흐르고 있었다. 번번이 아니란 걸 알면서도 이런 때엔 아렌이 남자가 맞는지 의심이 들곤 했다.

"뭘 그렇게 봐요?"

아렌이 빨리 들어가자는 뜻으로 문을 눈짓하자 제스가 그녀를 빤히 바라보다가 먼저 문을 열고 들어갔다. 언제나처럼 잘 정돈된 집무실이 시야에 확 들어왔다. 아렌은 바보스러울 정도로 해맑은 웃음을 지으며 그의 건너편에 앉았다.

"제스, 오랜만이에요."

그녀의 말대로 견습 기사 훈련과 카일 때문에 제스와 만난 지 꽤나 지난 것 같았다. 이참에 질릴 때까지 보고 가자는 일념하에 아렌이 제스를 뚫어져라 바라봤다. 가슴은 여전히 콩닥거렸지만 예전처럼 아픈 게 아니라 설레는 것에 가까웠다.

"훈련은?"

"재밌어요. 예전에 제스가 기본기를 충실히 배우라고 했잖아요? 근데 요즘은 기본기부터 배우니까, 뭐랄까. 기반이 없는 흔들거리는 건물에⋯⋯, 기둥을 세워주는 기분이랄까요. 그래요."

"그래. 활도 가끔씩 잡아라."

아렌은 작게 고개를 끄덕이고 다시 입을 열었다. 여기에 온 김에 제가 하고 있었던 것들도 전해야 했다.

"저번에 알아보겠다고 하던 것들 말예요."

그녀가 손에 들려 있던 서류 하나를 내려놓았다. 거기엔 클렌카티, 피츠로이, 웨일즈, 다이애나 등과 같은 유명 귀족들의 이름이 일렬로 쭉 늘어져 있었다.

"마틴과 카트린느 부인의 교집합 속에 있던 귀족들이에요. 이 귀족들은 겉으론 평범해 보이지만, 보시다시피 두 사건을 경계로 사병 숫자를 늘리고 있다는 걸 알 수 있었어요."

"사병 숫자?"

"네. 꼬투리가 잡혔으니 일을 빨리 진행시킬 필요가 있었겠죠. 그 일이 무엇이든, 이용할 수 있는 인원은 많아야 하고요."

"……."

"사병을 늘린 명목은 다양해요. 세금을 걷는 데 인력이 더 필요하다든지 경비가 필요하다든지. 하지만 이렇게 여러 귀족들이 동시에 사병 숫자를 늘리는 건 확실히 이상한 일이죠. 다행히도 이게 옳은 방향인 것 같네요. 이쪽으로 계속 조사를 진행해보겠습니다."

자신만만하게 말을 끝낸 아렌이 턱을 들며 돌아올 대답을 기다렸다. 또 언제 이렇게 조사를 해 온 거지? 제스는 내심 놀라면서도 고개를 끄덕였다. 계속 조사를 진행하라는 뜻이었다. 그러자 그녀가 가볍게 미소 지으며 화제를 돌렸다.

"네. 그런데 제스, 제스는 그동안 뭐 하고 지냈어요?"

"……."

"저 없는 동안 심심하지 않았어요? 혹시 제 생각도 했어요?"

아렌이 장난기 가득한 어조로 묻자 제스의 시선이 스르르 그녀에게 옮겨갔다.

"그 헛소리는 언제쯤 그만둘 거지?"

"장난이에요, 장난. 제스도 참, 유머감각이 없다니까요."

"……."

아렌은 괜히 민망해져서 이마를 긁적거렸다. 워낙 데면데면한 성격이니 '네 생각 하면서 밤을 지새웠어!' 같은 장난스런 대답은 바라지도 않았지만 그래도 저렇게 대놓고 헛소리라고 할 줄은 몰랐다. 한동안 어색한 침묵이 흐르고 아렌이 점점 지루해져갈 때쯤 웬일로 제스가 먼저 입을 열었다.

"……카일이라는 자."

"네?"

아렌이 두 눈을 휘둥그레 뜨자 제스가 그녀의 표정 변화를 낱낱이 포착해내려는 듯 날카로운 시선으로 그녀를 응시했다.

"원래 알고 있었나?"

아렌의 입이 합 다물렸다. 막 아니라고 대답하려는데, 제스가 다시 입을 열었다.

"기억을 못 하나 보군."

"예? 뭐가요?"

아렌이 긴장감에 주먹을 쥐었다 폈다를 반복했다. 기사단에 들어와 제스에게 취조 받았던 모든 범죄자의 기분이 이런 걸까, 라고 생각하며.

"카일이라는 자, 어렸을 때부터의 친구라고 네 입으로 나에게 말했다."

"아."

아렌은 작고 짧게 탄성을 터뜨렸다. 선배 시종, 그러니까 데이브와 결투하기 전날 스쳐 지나가듯 말한 적이 있었다. 카일은 고향 친구라고. 그런데 그때 잠깐 들은 이름을 아직까지 기억하고 있다니, 아렌이 놀라움에 두 눈을 크게 뜨자 제스가 다시 입을 열었다.

"왜 널 찾아온 거지?"

"그냥, 우연히 만났어요."

뜨끔해진 아렌이 입을 합 다물고 시선을 슬슬 피했고 그 모습에 제스의 미간이 모였다.

"그 버릇."

"네?"

휙, 하고 그의 손이 순식간에 다가오더니 아렌의 턱을 잡고 정면으로 돌렸다.

"……곤란해지면 시선을 피하는 버릇, 고치라고 말했을 텐데."

애초에 그녀는 사람의 눈을 피하거나 하지 않았다. 하지만 이런 때에 제스의 눈을 들여다보고 있으면 정말로……, 무언가를 말하게 될 것 같아 번번이 피하게 됐다. 턱을 잡은 손에 힘이 들어갔다.

"눈, 피하지 마라."

아렌은 잠시 버티다가 그에게 시선을 가져갔다. 제 말을 들을 때까지 놓아주지 않을 거라는 걸 경험으로 알고 있는 탓이었다. 스치듯 보기만 할 생각이었는데, 그의 눈동자가 바로 앞에 있자 접착이라도 된 것마냥 눈을 뗄 수 없었다.

'……보지 말걸.'

그가 오로지 그녀만 바라보며 앞에 있다는 것만으로도 가슴이 세차게 뛰고 묘한 감정이 피어올랐다. 제스를 마주하고 있자니 어느새 그가 그녀를 추궁하는 것도, 방금까지 그에게 반항하고 있었다는 것조차 잊혀갔다.

"말해라."

차디찬 어조였지만 제스의 말은 이미 귀에 들어오지도 않았다. 정말 카일 말대로 제정신이 아닌 걸지도……. 아렌이 천천히 다리에 힘을 주어 조금 일어섰다. 상체를 조금 굽히는 것으로 이마와 이마가 맞닿을 정도로 그들은 가까워졌다. 그녀가 갑자기 다가오자 제스의 눈에 빛이 감돌았다. 아렌은 충동적으로 얼굴을 살짝 기울이고 그에게 다가갔다.

닿을 듯 말 듯 가까워지고 그대로 멈춘다. 눈동자를 살짝 옮기자 살짝 열린 창문 사이로 바람이 들어오며 제스의 검은 머리카락이 흩날리는 게 보였다. 제스의 시선 또한 그녀에게 닿아 있는 게 느껴졌다.

그녀가 느릿하게 고개를 돌리던 그때.

"단장님…… . 어라라."

의외의 목소리를 듣고 아렌은 화들짝 놀라며 문 쪽을 바라봤다. 갈색 곱슬머리에 훤칠한 키의 그가 석연치 않은 얼굴로 이쪽을 바라보고 있었다. 빠르게 시선을 옮겨보자 문도 열려 있었다. 서둘러 들어오다가 닫는 걸 깜박했나 보다. 낭패다.

아렌은 황급히 표정을 수습하고 벌떡 일어나 도망치듯 집무실을 나섰다. 다다다, 하는 발소리가 고요한 집무실에 선명히 들려왔다.

"…… ."

라미에가 천천히 시선을 돌려 제스를 바라봤다.

"나중에 다시 찾아오겠습니다, 단장님."

라미에가 허리를 숙여 인사하고 집무실을 나갔다. 그가 나직하게 욕설을 내뱉으며 곧장 향한 곳은 카일이 산더미 같은 서류와 씨름하고 있는 회의실이었다. 그가 벌컥 문을 열고 들어가자, 밤새 서류 작업에 몰두하느라 눈 밑 그늘이 진해진 카일이 그를 반겼다.

"부단장님."

라미에는 카일에게 다가가 다짜고짜 멱살을 잡아 올렸다. 카일은 얼결에 그의 손에 이끌려 벽에 부딪혔다.

"왜 이러십니까?"

카일이 약간 얼굴을 찌푸리고 묻자 라미에가 처음 본 이후 가장 진지한 얼굴로 그에게 물었다.

"너희, 정체가 뭐냐?"

"……예? 그게 무슨 말씀이십니까?"

"왜 여자가 남자 행세를 하고 있지? 무슨 속셈이야?"

라미에가 아르렐리아 공녀에 대해 이야기하는 것을 깨닫고 카일의 검은 눈이 순식간에 커졌다. 역시……, 알아차렸다는 건 그쪽인가. 그나마 정체가 뭐냐고 묻는 걸 보니 신분은 알아채지 못한 모양이다. 형형히 빛나는 눈초리에 그가 침을 꿀꺽 삼켰다.

"그건……. 말씀드릴 수 없습니다."

라미에가 천천히 카일의 멱살을 잡은 손에 힘을 뺐다. 그가 배신자를 대하듯 카일을 노려보다가 다시 천천히 입을 열었다.

"그 견습 기사를 왜 찾고 있었던 거냐?"

"……어떤 분께서 찾아오라 명하셨습니다. 그뿐입니다."

"떠나지 않는 걸 보니 가지 않는다고 하는 모양이군. 왜지?"

"더 이상 말씀드릴 수가 없습니다. 죄송합니다."

카일이 조용하지만 단호하게 대답하자, 라미에가 진지하게 그를 뜯어보았다. 잠시간 생각에 잠겼다가 예리한 눈초리로 카일을 쏘아보았다. 카일은 그저 찾으러 온 이에 불과하다. 속셈이 있다면 카일이 아닌 남장을 한 견습 기사에게 있겠지.

캐내야 한다. 정체를 숨기고 기사단장에게 접근한 이유까지 모조리. 생각을 정리한 라미에가 노여움이 채 가시지 않은 상태로 입을 열었다.

"데리고 가는 건 내가 도와주도록 하지."

"그게 무슨……?"

라미에의 말투에서 심상치 않은 기운을 느낀 카일이 그를 유심히 살폈다. 라미에가 고개를 살짝 내젓고 말을 이어갔다.

"됐어. 왠지는 묻지 마라. 그리고 넌 당분간 무슨 일이 생겨도 잠자코 빠져 있어."

"그럴 수는 없습니다! 무슨 짓을 하시려는 겁니까!"

카일이 강하게 반발하고 들었다. 그에 라미에가 손을 내저으며 냉정하게 말했다.

"해가 되는 짓을 하려는 건 아니니까 걱정 마라. 다만 여기서 나가게 할 거다. 제 발로 말이지."

라일락이 유독 만발해 있는 벨베렌 정원에선, 제국의 '철혈군주'라고 불리었던 황제가 느긋하게 티타임을 즐기고 있었다.

"그 견습 기사는 안 오는 건가."

에슬란 황제가 찻잔을 탁, 내려놓고 먼 곳을 바라보며 입을 뗐다. 평민 복장을 하고 나다니는 취미 말고도 다른 신선한 취미가 생긴 걸 알고 있는 시종장 콘라드는 무거운 한숨을 내쉬고 입을 열었다.

"소인은 감히 그가 평생 안 왔으면 하고 바랍니다. 정원사라니, 잔디라도 깎으실 줄 아시고 그런 장난을 치시는 겁니까?"

"그러게, 시범이라도 보여달라고 하면 어쩌지? 내 미리 배워두어야겠어."

"……."

이런 상황을 두고 첩첩산중이라고 하는 걸 거다. 콘라드는 이해할 수 없었다. 벨베렌을 드나드는 건 황제와 시종을 드느라 어쩔 수 없이 출입하는 자신뿐. 이곳에 실수로라도 들어온 시녀와 시종, 귀족들조차도 엄벌에 처한 폐하시다. 그런데 유독 어린 견습 기사에겐 친히 차까지 타주시는 데다 그와 담소를 나누는 걸 즐기기까지 하니 이상한 일이 아닐 수 없다. 일찍이 어느 황자에게도 보여주지 않은 모습이다. 그 견습 기사 소년보다 한참 어린, 제국의 단 하나뿐인 황자에게도 냉담한 폐하가 아니시던가. 도대체 그 소년에게서 무엇을 보셨기에.

콘라드가 혼란 속에 빠져 있건 말건 황제는 오매불망 소년만을 기다렸다. 꽤 오랜 시간이 흘러 포기하고 일어서려던 그때, 개구멍에서 바스락거리는 소리와 함께 체구가 작은 은색 머리카락의 견습 기사가 쏙 나왔다.

"할아버지!"

"옳거니! 왔구나!"

에슬란 황제가 복권에라도 당첨된 것처럼 눈을 빛내며 그녀를 반겼다. 가발을 썼던 저번과는 달리 이번엔 원래 머리인 은발이었지만, 그런 사소한 변화를 신경 쓸 황제가 아니었다.

"아이고……."

콘라드가 골치가 아프다는 듯 이마를 짚고 들리지 않을 만큼 신음 소리를 내었다. 아렌은 주변을 휘휘 둘러보고 낮은 목소리로 말했다.

"오늘도 황제 폐하께선 안 계신가 보네요."

"그래, 할 일이 많은가 보지. 자, 어서 여기 앉아라."

보통 정원사가 했다고는 상상도 할 수 없을 정도로 불경한 언사였지만, 아렌은 별다른 트집을 잡지 않고 황제의 건너편 의자에 앉았다. 황제가 콘라드에게 나머지 한 의자에 앉으라고 눈짓하자 그는 작게 신음을 내며 순순히 그의 말에 따랐다. 기사 소년에겐 같은 정원사라고 소개했는데, 한쪽이 예의를 차리고 서 있는 것이 혹여 의심이라도 살까 염려하는 것이리라. 결국 황제만을 위해 만들어진 벨베렌에선 황제, 황제의 시종, 그리고 한참이나 어린 견습 기사의 티타임이라는 괴상한 상황이 연출되었다. 자신이 차를 타겠다는 콘라드의 손길을 뿌리치고 황제가 직접 차를 타면서 싱글싱글 웃었다.

"오늘은 어떤 이야기를 해줄 거냐? 옳지, 저번에 말해주다 만 각국의 화폐에 대한 이야기를 마저 해주련?"

각 나라에선 어떤 화폐 방식을 쓰고 있는지, 그것들이 어떻게 제조되는지 등은 황제에겐 지극히 상식선상에 있는 이야기였다. 당연하다 못해 지겨운 이야기들을, 황제는 손녀의 재롱을 보는 할애비 된 마음으로 듣고 있었다.

평소라면 먼저 말해왔을 이야기를, 오늘의 아렌은 황제가 먼저 청하였는데도 입을 열지 않고 있었다.

"얘야."

"……."

한 번 더 불러보았으나 묵묵부답이었다. 콘라드는 '감히 황제 폐하의 말을 무시하다니!' 하며 한 소리 하고 싶었지만 그랬다간 황제한테 한 대 얻어맞을 것 같아 그 성질을 꾹 눌렀다. 환갑 가까이 돼서도 맞는 건 치욕스럽지만, 때리는 상대가 황제니 당해낼 재간이 없었다. 황제는 날카로운 눈빛으로 그녀를 훑어봤고, 곧이어 그녀의 상태가 평소와는 다르다는 걸 깨달았다.

"얘야. 열이라도 있는 게야? 얼굴이 왜 그리 빨가누?"

황제가 그녀의 어깨를 살짝 치며 말하자 아렌이 깜짝 놀라며 퍼뜩 시선을 황제에게로 옮겼다.

"아, 죄송해요. 아픈 건 아닌데요……."

어떤 기억을 떠올렸는지는 몰라도 아렌의 얼굴이 터질 것처럼 빨개졌다. 그 모습에 황제와 콘라드의 얼굴에 의아함이 깃들었다.

"허허, 무슨 일이 있기에 이러누."

난 너의 이야기를 듣고 싶건만, 무엇이 방해를 한단 말인가. 에잉, 내 웃고는 있으나 못마땅하다.

아렌은 한동안 고민에 휩싸여 구부정하게 앉아서 초점 없는 시선을 돌렸다. 황제가 찻잔을 들고 한 모금 마시며 그녀의 말을 기다려주니 생각을 정리한 아렌이 등을 세우고 어렵사리 입을 열었다.

"할아버지……. 혹시 혼인하셨어요?"

"그럼."

여러 번 했지, 라는 말은 삼키며 황제가 대답했다. 혼인 이야기라면 자신을 따라올 자가 없다 여기지만 더 자세한 이야기는 함구하는 게 좋을 성싶다. 혹여 '국혼' 같은 말실수라도 하면 어찌한단 말인가. 그는 조만간 '황제에게 총애 받는 정원사 에슬란'의 프로필을 구체적으로 만들어 이런 사태에 철저하게 준비해야겠다고 마음먹었다.

에슬란 황제가 이런 생각을 하는 줄 꿈에도 모르는 아렌은 자신의 생각에만 빠져 있다가 다시 입을 열었다.

"그럼……, 덮쳐보셨어요?"

"풋!"

"컥!"

그녀의 말에 황제도, 아무 말 없이 차를 마시던 콘라드도 사레가 들려서 한참을 켁켁거렸다. 육십 평생 이런 질문을 받는 건 처음이었다. 황제는 정신을 추스르고 입가에 흐르는 차를 닦아내며 입을 열었다.

"덮치다니……. 설마 너……."

"그게……. 일부러 하려 한 건 아니고요……. 그게, 너무 하고 싶어서 우발적으로……."

아니, 이자가 감히 황제 폐하 앞에서 무슨 망측한 소리를! 콘라드는 서둘러 '폐하! 지금이라도 이자를!'이라고 말하려다가 황제의 얼굴을 보고 입을 합 다물었다. 황당함이 가셨는지 어느새 황제는 반짝거리는 눈빛으로 기사를 바라보고 있었다. 아렌은 고개를 푹 수그리며 기어들어 가는 목소리로 말했다.

"뽀뽀, 할 뻔했는데……."

황제는 흐트러진 자세를 바로 세우며 웃음을 터뜨렸다.

"허, 고작 뽀뽀 가지고 호들갑 떨긴. 난 또 뭐라고."

"고작……, 뽀뽀요?"

"그래, 무슨 고민인가 했더니……. 촌스럽기 그지없군."

"놀리지 마시구요. 어떡해요? 저 이제 그 사람 얼굴 어떻게 보나요?"

황제는 떨리는 음성을 듣고 그녀에게 시선을 옮겼다. 볼에 하는 새털 같은 키스야 인사로라도 자주 쓰이지만 이 낭창한 소년에게는 꽤나 큰일인 듯싶었다. 황제는 이왕 이렇게 된 것 고민 상담이나 해주자는 생각에 넌지시 호기심을 드러냈다.

"상대는 어떤 사람이냐?"

황제의 물음에 아렌은 남장을 했다는 사실을 까먹고 제스를 떠올리며 말했다.

"어……. 키가 무진장 크고요……. 싸가지 없고 대답도 잘 안 하고 냉기가 풀풀 날려요."

그를 떠올리는 것만으로 힘겨운지 아렌이 목소리를 쥐어짜내 말했다. 황제는 그 상대가 기사단장이라는 생각은 추호도 하지 못하고 '세상에, 그런 여자가 있단 말인가. 녀석, 쉽지 않은 상대를 골랐군. 역시 내가 점찍어둔 녀석다워.'라고 속으로 중얼거렸다. 아렌이 다시 홍당무처럼 얼굴을 붉히고 있자 황제가 상체를 젖히며 근엄하게 말했다.

"좋아. 내가 좋은 해결책을 알려주도록 하지."

"예? 뭔데요?"

'해결책'이라는 단어에 아렌이 동그랗게 눈을 뜨고 그를 바라보았다.

"모르는 척해라."

황제가 비밀 명령이라도 내리는 것처럼 단호하고 비장하게 말했다.

"모르는 척을요? 충동적으로 할 뻔한 건데 사과든 뭐든 해야 하지 않을까요?"

아렌이 마구 헝클어진 표정으로 이해 못 하겠다는 듯 말했다. 그러자 황제가 답답하다는 듯 인상을 쓰고 의자 깊숙이 몸을 밀어 넣었다.

"어허, 이 녀석이 당기기만 하고 밀어낼 줄은 모르는 녀석이로세. 만나거든, 먼저 씩 하고 웃어줘라. 마치 아무 일도 없었던 것처럼. 상대가 먼저 조바심 나서 알은척할 때까지 내버려두도록 해. 차제남이 되는 거야."

'당긴다.'는 말에 다시 한 번 얼굴을 붉혔던 아렌이 심호흡을 하고 한층 차분해진 어조로 황제에게 되물었다.

"차제남이요?"

"차가운 제국의 남자라고들 하지. 소싯적의 대세였건만 모른단 말이냐? 츠츠. 요즘 것들이란."

황제가 혀를 끌끌 차며 마무리했다. 아렌은 턱을 괴고 잠시 생각에 빠지더니 혼잣말을 중얼거렸다.

"그렇군요. 그게 좋단 말이죠……."

"그래, 이 할애비를 한번 믿어보아라."

황제가 의기양양하게 말하자 아렌은 한층 밝아진 얼굴로 웃으며 외쳤다.

"고마워요, 할아버지! 이제 가볼게요!"

"에잉, 벌써 가는 게야?"

자리를 떠나려는 아렌을 황제가 재빨리 멈춰 세웠다. '이야기로 나를 즐겁게 해주어야지!'라는 말은 하지 않았더라도 섭섭함은 유독 드러났다. 그 기색을 읽고 아렌이 굉장히 미안한 표정으로 말했다.

"죄송해요. 빨리 씩 하고 웃어주고 싶어서요. 조만간 또 올게요!"

아렌이 꾸벅 인사하고 손을 흔들며 그 자리를 떠났다. 멍하니 이 상황을 관전하던 콘라드는 그녀의 기척이 완전히 없어진 다음에야 사태를 파악하고 황제에게 말했다.

"……폐하, 아무리 생각해도 조언의 방향이 잘못된 것 같습니다만."

"응? 뭐가? 차제남은 온 세계를 떠들썩하게 했던 일명 대세였다네, 대세. 자네도 모르는가? 촌스럽긴."

"먼 옛날, 황후가 되시기 전의 마마께 키스를 한 후 아무렇지 않게 대하셨다가, 그 뒤에 어땠는지 기억나지 않으십니까?"

콘라드가 먼저 '떠올리고 싶지 않은 옛날 옛적의 기억'을 떠올리곤 말했다. 황제는 찻잔을 쥔 손을 멈칫거리다 미간을 슬며시 좁혔다.

"응? 그러고 보니……. 그렇게 모른 척하고 나서 불꽃 싸대기를 맞은 것 같긴 하군. 검까지 빼내들었던 것 같기도 한데 말이지……."

"예, 저도 말리다가 여러 번 후려 맞지 않았습니까. 그러니까 요지는 방금 폐하는 소년에게 싸대기를 맞는 방법을 전수해주신 겁니다."

콘라드의 말에 황제는 잠시 어색한 침묵을 유지하다가 호탕하게 웃었다.

"허허, 어쩌겠나. 이제 생각난 것을. 싸대기를 맞고 오면 그때 위로해주면 될 일. 뭣하면 작위라도 하나 내려주지."

"작위라니……!"

"알겠나? 이게 차제남 식 사고라네. 자네도 배우게나."

황제가 장난기가 가득한 미소를 지으며 손가락으로 자신의 가슴을 쿡찔렀다. 어안이 벙벙해 있던 콘라드는 무거운 한숨을 쉬며 고개를 설레설레 내저었다.

"……폐하를 믿고 고민을 털어놓은 저 아렌이라는 소년이 참 불쌍해지는군요."

"껄껄. 시끄러워, 입 다물게. 콘라드. 사형시키기 전에."

황제의 조언 같지 않은 조언을 철석같이 믿고 아렌은 곧장 혼자 집무실로 향했다. 원래대로라면 로도모나스와 함께여야 하지만, 제스를 다시 보러 간다는 걸 듣고 아렌의 방으로 횡하니 날아가버렸다.

집무실로 가는 동안 그녀는 눈을 이리저리 굴리며 말 첫마디는 어떻게 시작할지 생각하기 시작했다. 그냥 평소처럼 대하자, 평소처럼. 아무 일도 없었던 것처럼.

하지만 막상 집무실 앞에 도착하자 아렌은 문으로 손을 가져갔다가 말았다가를 반복했다. 오늘따라 집무실의 문은 절대 열릴 것 같지 않을 것처럼 단단하고 견고해 보였다.

'으으…….. 차제남이고 뭐고 도저히 못 하겠다.'

아렌이 얕은 한숨을 내쉬며 손을 떨어뜨리자 기다렸다는 듯 집무실의 문이 벌컥 열렸다. 아렌은 깜짝 놀라며 두어 발자국 뒤로 물러섰다. 이런, 아직 제스를 마주 볼 마음의 준비가 되지 않았는데……. 얼굴이 미미하게 달아올랐다고 느낀 순간 귓가로 제스의 목소리가 아닌 다른 사람의 목소리가 들려왔다.

"……무슨 일이실까."

"아…….."

부단장, 라미에가 한쪽 눈썹을 치켜세운 채로 아렌을 내려다보고 있었다. 아렌은 '이 사람이 왜 여기 있는 거야?'라는 생각에 정신이 팔려 말을 잇지 못했다. 고개만 살짝 빼내 집무실 안을 슬쩍 보려 했으나 라미에는 제스가 보이지 않도록 몸으로 가리며 다시 입을 열었다.

"용무가 뭐야?"

아렌은 인상을 찌푸리며 그를 올려다봤다. 그전까지는 그저 노골적으로 쳐다보기만 했지만 이제는 그에게서 알 수 없는 적의가 분명하게 느껴졌다. 그녀가 입을 열려는 찰나 집무실 안에서 차분하고 고요한 목소리가 들려왔다.

"……라미에."

제스의 목소리다! 아렌의 두 눈에 빛이 지나가는 한편, 라미에는 눈썹을 움찔거리더니 이내 어쩔 수 없다 여겼는지 조금 비켜주었다. 그제야 아렌은 제스를 온전히 시야에 담을 수 있었다.

"들어와라."

라미에가 작게 혀를 찼다. 마음 같아서는 당장 들어가고 싶었지만 아무래도 그녀가 있는 동안 라미에가 옆에 붙어 있을 것 같은 느낌이 들었다. 아렌은 머뭇거리다가 안을 향해 외쳤다.

"아니에요, 단장님! 나중에 다시 올게요!"

"…….."

아렌이 그렇게 소리치고는 뒤돌아서 쏜살같이 뛰어갔다. 그녀가 향하는 방향을 유심히 보던 라미에가 뒤를 돌아 제스를 바라봤다.

"단장님, 저자가 어떤 자인지 여쭈어도 되겠습니까?"

"견습 기사."

그의 대답에 라미에의 얼굴에 짙은 의혹의 빛이 서렸다.

"믿을 수 있는 자입니까?"

"그렇다."

"어째서 확신하시는 겁니까? 그런 건 모르는 일 아닙니까. 숨겨진 본성이 있을지는……."

"……라미에."

낮고 강한, 거역할 수 없는 목소리에서 더 이상의 말은 불허한다는 뜻이 전해져 왔다. 라미에는 제가 선을 넘었다는 걸 깨닫고 황급히 고개를 숙였다.

"죄송합니다. 단장님."

라미에는 정중히 허리를 숙여 인사를 한 후 뒷걸음질 쳐서 집무실을 나 갔다. 항상 웃음이 가시질 않았던 그의 얼굴은 밀랍처럼 딱딱하게 굳어 있었다. 라미에는 발걸음을 재촉해 그녀가 향한 방향으로 걸어갔고, 이윽 고 아무도 없는 방 안에서 가슴을 진정시키고 있는 아렌을 발견하고 그녀 를 불렀다.

"이것 봐."

라미에가 곧장 방으로 들어가 문을 닫았다. 아렌은 불쑥 나타난 라미에 때문에 당황했지만 최대한 침착하게 대응했다.

"예? 부르셨습니까?"

라미에는 험악한 인상이 아니다. 아니, 오히려 실실 웃으며 다녀서 좋 은 편이다. 하지만 지금 그의 눈초리엔 강렬한 혐오와 경멸이 뒤섞여 있 었다.

"……속셈이 뭐야?"

"예?"

"기사단은 물론이고 단장님까지 감쪽같이 속여 넘겼더군. 훌륭해."

아렌은 말 속에 박힌 가시를 느끼고 어리둥절했다. 이 사람이 이렇게 나에게 악의를 가질 만한 일을 내가 했던가? 아니, 이 사람과는 몇 번 인 사를 나눈 기억밖엔 없는데?

"무슨……."

아렌의 어리둥절한 모습에 라미에가 짜증난 기색이 역력하여 미간을 찌푸렸다.

"나는 속일 생각은 하지 않는 게 좋을 거야. 처음 본 순간부터 알아봤으 니까. 네가 여자인 것 말이야."

'여자'라는 단어에 심장이 쿵 내려앉았다. 아렌은 정신을 차려보려 애를 쓰며 최대한 천연덕스럽게 대답했다.

"무슨 말씀을 하시는 건지……."

아렌의 대답에는 신경 쓰지 않는 것인지 라미에가 말을 이었다.

"뭘 노리고 기사단에 들어온 거지? 남장에, 가명까지 써가면서 말이야."

"……."

"발뺌할 생각일랑 하지 마라. 카일에게 모두 확인한 후니까."

갑자기 쏟아지는 추궁에 아렌은 말문이 막혔다. 그럼 이제까지 나를 그렇게까지 노려본 건 감시를 한 것? 내가 남장을 한 상태고 가명을 쓰고 있는 건 어떻게 알아냈지? 이 사람은 도대체 어디까지 알고 있는 거야?

"그걸……."

어떻게……, 라는 말은 입안에서만 맴돌 뿐 밖으로 나오지 않았다. 그녀의 반응에 라미에는 극도로 화가 치밀었는지 숨을 거칠게 몰아쉬었다.

"지금 그걸 어떻게 알았느냐가 중요한가?"

라미에가 화를 가라앉히기가 힘든지 거칠게 머리카락을 쓸어 넘겼다. 반면 아렌은 최대한 평정을 되찾으려 애쓰며 말했다.

"이러시는 이유를 알고 싶습니다."

"한동안 '아렌'이라는 인물에 대해 조사를 해봤지. 그런데 어찌 된 일인지 너 같은 외모를 가진 아렌이라는 사람은 세상에 없다지 뭐야. 이상한걸. 너는 이렇게 여기 있는데 말이야. 답은 하나밖에 없지. 어떠한 이유가 있어 가명을 쓰면서 네 정체를 숨기고 있다는 것."

라미에가 말을 멈추고 잔뜩 찌푸린 얼굴로 아렌을 쳐다봤다.

"……암살자냐?"

"그럴 리가……!"

아렌이 소리치는 순간, 라미에의 손이 그녀의 입을 다짜고짜 틀어막고 낮게 으르렁거렸다.

“아니, 그것보단 이쪽이겠군.”

이쪽……? 아렌이 입을 떼기도 전에 라미에가 그녀를 벽 쪽으로 밀쳤고, 그 바람에 그녀는 거세게 몸을 부딪혔다. 라미에가 그녀에게 바싹 가까이 붙어서며 속삭였다.

“요즘 하일렌에는……, 돈 많은 귀족들을 꼬셔내 돈을 뜯어내는 이들이 늘고 있다던데.”

그의 말뜻을 이해한 아렌은 표정을 딱딱하게 굳혔다. 라미에는 핏기가 하나도 없는 그녀의 얼굴에 바싹 다가가며 눈웃음을 쳤다.

“내 앞에선 순진한 척, 하지 않아도 된다고.”

라미에가 그의 볼을 손가락으로 천천히 톡톡 두드렸다. 아렌은 그것이 낮에 제스에게 했던 행동을 의미하는 걸 깨닫곤 얼굴을 붉혔다. 설마 했는데 정말로 그 장면을 봤던 거다. 저도 모르게 키스를 하려고 했던 그 장면을.

라미에가 혐오감이 뒤섞인 도발적인 말을 그녀의 귓가에 대고 속삭였다.

“똑같이 해봐, 돈이라면 나도 줄 수 있으니 굳이 상대하기 어려운 단장님을 꼬시느라 시간을 들이지 않아도 될 거야.”

이런 미친. 아렌은 있는 힘을 다해 잡힌 손목을 뿌리치고 그녀의 입을 막고 있는 손을 잡고 떼어냈다. 하지만 라미에의 반대쪽 손이 다시 손목을 잡아챘다. 그의 손가락이 그녀의 손목을 으스러뜨리기라도 할 듯 맹렬하게 조여들었다. 아팠지만, 아프지 않았다. 아렌은 새파랗게 불타는 눈동자로 그를 직시했다.

“……사람을 뭐로 보고! 짚어도 한참을 잘못 짚으셨습니다. 제기랄. 이거 놓으세요. 당장!”

아렌이 이를 바득바득 갈며 소리치자 라미에의 입꼬리가 슬며시 올라갔다.

"연기 한번 기가 막히게 잘하는군. 하긴, 그 정도는 되어야 단장님을 속였다고 할 수 있겠지."

꼬였다! 완전히 꼬여버렸어! 완전히 오해를 하고 있어 어디서부터 고쳐줘야 될지 엄두가 나질 않았다. 거짓말을 해봐야 속아 넘어갈 것 같지도 않고 그렇다고 진실을 말할 수도 없는 일이다. 라미에가 불쑥 아렌의 귓가에 얼굴을 들이밀며 말했다.

"사실 난 네가 무슨 짓을 하건, 무슨 속셈을 가지고 있건 관심 없어. 하지만 내 주변에서 얼쩡거리는 건 사양이다. 내가 있는 말, 없는 말 다 내뱉기 전에 썩 꺼지는 게 좋을 거야."

"간섭이 너무 심하신 것 아닙니까? 부단장님이 뭔데 이래라저래라……!"

아렌이 숨 가쁘게 외치자 라미에의 두 눈에 섬광이 지나갔다.

"간섭? 방금 간섭이라고 했나?"

라미에의 다른 쪽 손이 순식간에 다가와서 아렌의 멱살을 잡아챘다. 그가 그녀의 얼굴과 거의 닿을 정도로 가까이 다가와 분노 가득한 말을 씹어 내뱉었다.

"단장님과 난 십 년 이상을 같이한 친구다. 네놈의 더러운 수에 놀아나고 있는 걸 가만히 두고 볼 수야 없지 않겠나? 널 피떡이 되도록 패주고 싶지만 참고 있으니 더 이상 자극하지 마라."

"당장 이거 놓으십시오. 다시 한 번 말씀드리지만 속셈 같은 건 없습니다. 단장님을 가지고 장난친 적, 한 번도 없어요!"

아렌이 두 눈을 부릅뜨며 강하게 반발하자 라미에가 크게 코웃음을 쳤다.

"그럼 이유를 말해. 남장을 하고 단장님을 농락하는 이유를. 나를 납득

시켜봐.”

“그건……!”

아렌이 말을 잇지 못하자 라미에가 그녀의 멱살을 놓으며 내팽개치듯 밀어냈다. 세차게 밀려오는 힘에 균형을 잃을 뻔했으나 그녀는 다리에 단단히 힘을 주며 몸을 가누었다.

“생각이 바뀌었어. 이젠 네놈의 속셈 따위 알고 싶지도 않다. 당장 기사단을 떠나. 기사단은 네깟 것이 장난으로 들어와 들쑤실 곳이 아니다.”

라미에가 빠르고 단호하게 내뱉고는 검지로 아렌의 이마를 툭 치며 말했다.

“너, 내가 봐온 인간들 중에 꽤나 최악이야.”

“제기랄! 아니라고 하잖아요!”

화가 머리끝까지 난 아렌이 버럭 욕설을 뱉어내며 주먹을 휘둘렀다. 하지만 라미에 또한 검술 훈련을 받은 정식 기사였기에, 반사적으로 상체를 조금 트는 것으로 피했다. 씩씩거리는 그녀에게 멸시의 눈초리를 쏘아 보낸 그는 천천히 입을 열었다.

“말했을 텐데, 네 이야기 따윈 이제 관심 없다고.”

딱 잘라 말하고는 라미에가 몸을 휙 돌렸다.

“이봐요! 부단장님!”

필사적인 아렌의 외침에도 부단장 라미에는 뒤도 돌아보지 않고 어둠 속으로 걸어갔다. 온몸을 감싸는 적대감과 분노에 아렌이 두 주먹을 꽉 쥐고 부르르 떨었다.


넓게 풀어헤쳐진 구름이 붉게 물든 하늘에서 자맥질을 하고 그 속을 이름 모를 철새가 무리지어 날아갔다. 라미에가 나간 후 한참 후에야 아렌은 기사단 본관에서 나와 자신의 방으로 향했다.

근심 어린 표정이 역력한 아렌은 누군가 방 앞에서 자신을 빤히 바라보고 있는 걸 알아채고 걸음을 멈췄다.

"카일."

카일이 기대어서 있는 등을 떼고 살짝 고개를 숙였다. 아렌이 앞에 다가가 멈춰 섰고, 카일은 멀뚱멀뚱 그녀를 바라보았다.

"뭘 그렇게 봐?"

아렌이 아까의 일을 최대한 티 내지 않으려 애쓰며 말했다.

"……저한테 무슨 하실 말씀 없으십니까?"

카일이 꼼꼼히 그녀의 기색을 살피며 물었다.

"무슨 말을 듣고 싶은데?"

아렌이 전혀 모르겠다는 투로 말하자 카일이 이마를 긁적이며 말했다.

"의외군요. 바로 베이판에 가자고 하실 줄 알았습니다만……."

마치 그녀가 방금 어떤 일을 겪고 왔는지 아는 것 같은 어투에 아렌의 두 눈이 크게 열렸다.

"너, 알고 있었어?"

"실은 며칠 전부터 라미에 님이 눈치 챈 것 같다고 생각하긴 했습니다. 오늘……, 아렌 님을 제 발로 나가게 하겠다고 직접 말씀하시더군요. 제가 말렸습니다만……."

그가 머뭇거리며 말하자, 아렌의 얼굴에 노기가 서렸다. 그 기분을 읽고 카일이 순순히 고개를 숙였다.

"왜 말 안 했어?"

"죄송합니다. 부단장님께서 뭐라고 하시던가요?"

조심스런 카일의 물음에 아렌은 쉽게 대답하기가 망설여졌다. 부모와 같은 마음으로 그녀를 돌보는 동시에 주군으로 섬기는 카일이다. 카일이 얼마나 속상해할지, 그리고 그녀보다도 더 화를 낼지 알고 있었기 때문에 귀족을 홀려 돈이나 뜯어내는 여자로 취급받고 왔다는 말은 차마 할 수 없었다. 미리 말하지 않은 것에 대해 배신감이 들긴 하지만 그것도 그녀가 불필요한 걱정을 할까 봐 염려해서였을 것이다.

"······아무 일도."

아렌이 제스의 말투를 흉내 내어 최대한 무미건조하게 말했다. 그리고 카일이 다시 말을 걸세라 빨리 다시 입을 열었다.

"나 들어가서 잘 거야."

아렌이 비키라고 손짓하자 카일이 그녀가 지나갈 수 있도록 문 앞에서 살짝 비켜섰다. 문을 열고 들어가는 그녀의 뒷모습을 향해 카일이 다시 한 번 말을 걸었다.

"아렌 님, 괜찮으시겠습니까?"

"아무 일도 없다니까. 바보 카일."

염려 섞인 그의 말에 아렌이 피식 웃으며 말했다. 그녀가 아무 일도 없다고 했지만 그게 거짓말인 걸 알아차린 모양이다.

"······아렌 님, 아렌 님이 원하신다면 언제든 베이판으로 돌아가실 수 있습니다."

카일이 차분하게 말했다. 그것은 무작정 '돌아가자'가 아닌, 진심으로 그녀를 염려해서 한 말이었다. 그 마음을 읽어낸 아렌이 약간 씁쓸한 미소를 지었다.

"카일, 사실 난 이제 어떻게 돌아가야 될지 모르겠어. ······이젠 마치 여기가······, 내 자리 같아. 우습게 들릴지도 모르겠지만 말이야."

아렌이 호소하듯 말하고는 카일에게 고개를 돌렸다.

"난 돌아가지 않아."

라미에의 기세로 보아 분명 폭언을 쏟아내었을 텐데, 그녀의 흔들림 없는 어조에 카일은 내심 놀랐다. 아렌은 희미한 미소를 입가에 걸며 인사를 건넸다.

"라미에 님 일은 내가 알아서 할게. 조심히 가, 카일."

문이 탁, 닫히자 카일은 한참 동안 그를 응시하다가 목례를 했다.

"저는 당신의 뜻을 따릅니다, 어린 주군이시여."


카일의 발소리가 멀어지는 게 들리자 문에 기댄 채로 주르륵 흘러내렸다. 생기로 가득 찼던 얼굴엔 짙은 그늘이 드리워져 있었다.

"하아아아. 젠장."

아렌이 나지막이 욕설을 내뱉으며 낮의 일을 상기했다. 적대감이 가득한 라미에의 목소리가 아직도 귓전에 생생하게 울렸다.

"아, 완전 우울하네."

아렌은 입술을 깨물며 웅얼거렸다. 아무한테도 이 고민을 털어놓을 수가 없었다. 아무에게도……. 아렌이 고개를 푹 숙이고 무릎 사이에 얼굴을 묻었다. 기분이 어찌할 도리 없이 한없이 가라앉고 있었다. 속에서 올라오는 깊은 한숨을 길게 뱉어내자, 창가에서 꼬리를 말고 자고 있던 로도모나스가 파닥거리며 날아와 그녀의 무릎 위에 톡 내려앉았다.

"로도모나스……."

반짝거리는 초록 눈동자가 그녀를 응시하다가 걱정스런 빛이 서렸다. '무슨 일 있어요?'라고 묻는 듯한 눈동자에 아렌이 힘없이 고개를 떨어뜨렸다.

그 모습을 안절부절못하며 지켜보던 로도모나스는 앞발을 휘둘렀고, 아렌은 두 눈을 크게 떴다. 느닷없이 눈앞의 광경이 바뀌어버린 것이다. 이 갑작스런 변화에 아렌은 우울한 기분도 잊어버린 채 멍해졌다.

"여긴……."

로도모나스가 파닥거리며 그녀에게서 떨어져 나가자 아렌이 천천히 몸을 일으켰다. 짙은 침묵이 주변에 깔려 있었고, 벽에는 거의 다 녹아내린 촛불이 주변을 희미하게 밝히고 있었다. 집무실만큼이나 크고 한 번도 쓰지 않은 것처럼 깔끔하고 정돈되어 있는 방을 찬찬히 둘러보던 아렌은 그곳이 어딘지 깨닫고 경악했다.

"로도모나스! 마음대로 세이의 방으로 공간이동을 해버리면 어떡해!"

아렌이 원망스런 시선을 로도모나스에게 보내자, 그가 억울한 얼굴로 고개를 저었다. 초롱초롱한 눈망울에 눈물이 그렁거리는 걸 보니 더는 혼낼 수가 없었다.

"그래, 세이 보고 기분전환 하라는 거지? 그런데 세이가 없잖아. 주인 없는 방에 마음대로 들락거리면 안 되는데……."

아렌이 곤란한 얼굴로 주변을 둘러보다가 어둠 속에서 한 인영을 찾아내고 신음을 삼켰다. 주변이 고요한데도 어떠한 기척도 숨소리도 들리지 않아서 아무도 없다고 생각했건만, 세이가 있었던 것이다. 놀랍게도 그는 침대에 걸터앉아 벽에 기대 눈을 감고 있었다. 언제나 그녀가 올 줄 알고 있었던 것처럼 맞아주던 것과는 상이한 모습이었다. 굉장히 불편해 보였지만 미동이 없는 걸로 보아……. 아렌은 두 눈을 휘둥그레 뜨고 그에게 살금살금 다가갔다.

'우와, 세이 자는 거야?'

자는 세이라니, 이런 진귀한 광경을 혼자 본다는 게 아까울 따름이었다. 잠꼬대라도 하면 두고두고 놀려먹을 수 있을 텐데, 아쉽게도 그는 잠이 들었을 때조차도 완벽할 만큼 아름다웠다. 아렌이 찬찬히 그의 얼굴을 살펴보다가 슬며시 상체를 일으켰다. 자는데 깨우는 건 실례니 조용히 방에 돌아가야겠다는 생각에 아렌이 까치발로 한 발짝, 걸었을 때였다. 옆으로 손이 쑥 나오더니 허리를 휘감고 당겼다.

"으어억!"

"오셨습니까, 아렌."

아렌은 스스로 생각하기에도 괴상한 비명을 지르며 무언가 푹신한 것 위로 넘어졌다. 서둘러 몸을 일으키려다 곧이어 은은한 미소를 짓고 있는 세이를 발견했다. 낭패한 기색을 지우려고 애쓰며 그녀가 슬며시 손을 흔들어 보였다.

"아…….. 하하하, 세이. 자고 있던 거 아니었어요?"

아렌이 어색하게 그의 어깨를 밀어내며 그의 옆에 앉았다.

"자는 사람을 감상하시다니, 악취미군요."

"아, 아니. 일부러 그런 게 아니고……. 로도모나스가 말도 안 하고……."

공간이동을 시켜버렸어요, 라고 이으려 했으나 세이가 그녀의 말끝을 싹둑 자르고 말했다.

"거기다 아렌……. 이런 늦은 밤에 오시는 건……."

"……에?"

"무슨 뜻으로 받아들여야 하는 겁니까?"

매혹적으로 빛나는 검은 눈동자가 웃음기를 담고 휘어졌다. 위험해, 위험해! 아렌이 주춤거리며 일어서려 하자 세이의 두 손이 그녀의 어깨를 잡고 꾹 눌렀다. 시선이 마주치자 묘하게 색스런 눈동자를 보고 아렌은 숨을 삼켰다.

도대체 뭘 하려는 걸까, 이상한 짓 하려고 들면 주먹을 날릴 테다. 아렌이 속으로 다짐에 다짐을 거듭하고 있는데 난데없이 툭, 하고 가볍게 그녀의 어깨로 무언가 기대 왔다. 그리고 그것이 세이라는 걸 깨닫는 데는 오래 걸리지 않았다. 아렌은 두 눈을 크게 뜨고 자신의 어깨를 내려다봤다. 그녀의 어깨에 기댄 세이가 서서히 눈을 감으면서 읊조리듯 말했다.

"……잠시만."

"에?"

"잠시만 이렇게 있겠습니다."

담담했지만 어딘가 호소성 짙은 말에 아렌은 냉정하게 그를 밀쳐낼 수가 없었다. 거기다 전의 행태에 비해 너무나 건전한 행동에 얼이 빠져버렸다.

'뭐…… 괜찮겠지, 어깨 정도라면.'

아렌은 두 손을 무릎 위에 모아 쥔 채로 통나무처럼 빳빳하게 등을 세웠다. 하지만 시간이 지날수록 그녀는 가시방석에 앉아 있는 것 같은 기분을 떨칠 수가 없었다. 외간 남자에게 어깨를 빌려주는 것이 굉장히 낯이 간지러워졌던 것이다. 혹여 불편할까 봐 옴짝달싹하지도 못해 발가락만 오므렸다가 폈다가를 반복했다. 어색한 분위기를 참지 못한 아렌이 슬쩍 말을 건넸다.

"잠 와요, 세이?"

"……."

"잠 오면 누워서 자는 게 더 편할 텐데요."

씨알도 먹히지 않는다. 아렌은 얕게 한숨을 내쉬고 힐끗 그를 바라봤다. 희미한 빛에도 여자의 것보다도 긴 속눈썹이 돋보였다. 그녀의 어깨에 기댄 채로 이상하게 그에게서 '지쳤다'라는 메시지가 전해져 와서 아렌이 조심스럽게 입을 열었다.

"……세이, 혹시 무슨 일 있었어요?"

"……."

"세이, 설마 그새 잠든 거예요?"

"……예."

약간은 느릿하게 울리는 세이의 목소리는 낮았지만 감미로웠다.

'뭐야, 대답하는 거 보니 자는 거 아니잖아.'

아렌은 속으로 투덜거리며 아까 했던 것처럼 발 운동을 계속했다. 길지 않은 침묵조차도 어색하게 느껴져 아렌은 다시 눈을 굴려 그를 바라봤다. 청색이 감도는 은빛 머리카락이 어둠 속에서도 보석처럼 반짝이고 있었다. 아렌은 저도 모르게 그의 머리로 손을 가져다 댔고 놀랍도록 부드러운 감촉에 입을 동그랗게 모았다. 그와 동시에 손길을 느낀 건지 세이의 감겼던 눈이 반짝 떠졌다.

"아, 미안해요. 세이."

남의 머리카락을 막 만져대다니, 실례다. 아렌이 손을 회수하려고 하자 그의 손이 다가와 부드럽게 감쌌다.

"조금 더."

"에?"

아렌이 그를 내려다보자 세이가 천천히 고개를 올려 시선을 맞췄다. 그의 검은 눈동자엔 이제껏 아렌이 결코 보지 못한 음울한 빛이 반짝이고 있었다.

"……만져주십시오."

"에…….."

아렌이 우물쭈물하자 그가 부드럽게 그녀의 손목을 머리 위로 이끌었다. 다시 그의 머리 위에 살포시 손을 얹은 아렌은 이 상황을 이해하지 못해 가만히 보고만 있었다. 무슨 생각인 건지 세이는 그녀의 어깨에 머리를 기댄 채로 서서히 눈을 감았다.

'뭐야, 머리 더 쓰다듬어달라고?'

아렌은 잠시 망설이다가 아까보다 더 조심스럽게 그의 머리를 쓰다듬었다. 고양이의 솜털보다 더 부드러운 감촉에 아렌은 기분이 좋아지면서도, 그답지 않은 행동과 언행에 의아함이 들었다. 뭐랄까, 상처받은 맹수가 지쳐 쉬고 있는 느낌이랄까. 무도회에서 봤던 무서운 모습과는 완전히 상반된 모습에 아렌은 조금씩 걱정이 되기 시작했다.

"세이, 정말 무슨 심각한 일 있는 건 아니죠?"

"……."

그는 여전히 대답이 없었다. 제스의 침묵은 보통 긍정을 표할 때가 많은데, 세이의 침묵은 어떤 의미인지 읽어낼 수가 없었다. 아렌은 이리저리 머리를 굴리다가 문득 든 생각을 뱉어냈다.

"혹시 음, 상사라든가……. 세이를 못살게 굴었나요? 직장인 스트레스? 야근시켰어요? 그런 거라면 나한테 말해요. 내가 가서 한 대 쥐어박아줄게요. 아니, 황궁 마법사의 상사라면 황제 폐하잖아? 내 목이 먼저 날아가겠어……."

끝으로 갈수록 중얼거림으로 변해가는 말에 잠자코 있던 세이가 쿡쿡대며 웃음을 터뜨렸다.

"어? 정말인가 보네요? 누구예요? 누가 세이를 괴롭혔어요? 나한테 말만 해요. 황제 폐하가 아니라면 내가 패줄게요."

"아뇨, 그저 지쳤을 뿐입니다. 모든 것에."

"뭐에, 그렇게……."

"하지만 아렌에겐 더 큰일이 있는 것 같군요."

몽환적일 만큼 느릿한 목소리가 작게 울렸다. 단번에 자신의 기분을 들킨 것 같아 아렌이 움찔하자, 세이가 스르르 몸을 일으켜서 아렌에게 미소 지었다. 얼핏 보였던 암울한 느낌은 이제 흔적 없이 사라져 있었다.

"어깨를 빌려주셔서 감사합니다, 아렌."

세이가 우아하게 일어나서 그녀에게 손을 내밀었다.

"차를 마시겠습니까?"

은은하게 웃으며 말하는 모습이, 굉장히 안 어울리는 단어일지 모르겠지만 온순해 보였다. 아렌은 짧게 고개를 끄덕이고 손에 이끌려 테이블 앞에 앉았다. 멍하니 세이가 차를 타주는 걸 지켜보고 있는데, 잠시 잊고 있었던 고민이 다시 머릿속을 어지럽혔다. 이럴 때가 아닌데……. 라미에의 오해를 풀 방법을 찾아야 하는데……. 어떡하지. 세이 덕에 잠시간 나아졌던 기분이 다시 가라앉는 게 느껴졌다.

평소 같으면 발랄하게 웃으며 이야기를 쏟아냈을 아렌이 아무 말도 하지 않고 찻잔만 멀거니 바라보고 있자, 세이가 그녀를 불렀다.

"……아렌."

"…….'"

"아렌."

세이가 다시 한 번 아렌을 부르자, 아렌의 눈에 초점이 돌아왔다. 사람을 앞에 두고 다른 생각에 잠긴 것을 깨달은 아렌이 황급히 사과했다.

"아, 세이. 미안해요……."

"괜찮습니다."

상냥한 어조의 말에 아렌도 희미한 웃음으로 답했지만, 침울한 기분은 가시질 않았다. 아렌이 한숨을 푹 내쉬며 찻잔을 바라보고만 있자 세이가 말을 걸었다.

"아렌, 무슨 일입니까?"

"아무 일도……."

"저에겐 아무것도 숨기지 않으셔도 됩니다."

아까 그녀가 해주었듯, 세이가 손을 뻗어 그녀의 머리를 쓰다듬어주었다. 눈을 감고 손길을 느끼다가, 아렌이 천천히 입을 열었다.

"……실은, 다른 사람한테 여자란 걸 들켜버렸어요. 기사단을 나가라고 노골적으로 협박을 하더라고요."

"그렇습니까."

아렌이 씁쓸한 기색을 드러내며 말하자, 세이가 놀라는 기색조차 보여주지 않고 덤덤하게 대답했다.

"그게 끝이에요?"

큰 고민거리를 어렵게 털어놓았는데 기대에 못 미치는 반응에 아렌이 실망감을 감추지 않고 말했다.

"저야말로 묻고 싶습니다. 그게 고민의 끝인 겁니까?"

세이가 놀라울 정도로 가볍게 대답해서 아렌이 도리어 당황해서 웅얼거렸다.

"네, 이게 고민이긴 한데…….."

"제가 알던 아렌은 어디 갔습니까?"

아렌이 말을 끝맺기도 전에 세이가 대뜸 물었다.

"……에?"

아렌이 두 눈을 크게 뜨며 그를 바라봤고, 세이가 거침없이 말을 이어갔다.

"제가 알던 아렌은, 어떤 일이 있어도 부딪쳐보는 쓸데없이 씩씩한 소녀였습니다만. 여기 있는 건 영 다른 사람이군요."

"…….."

"평소처럼 뻔뻔하게 행동하십시오. 말려도 듣지 말고 고집대로 하십시오. 해보다가 안 되면 여기저기 박아보기도 하고 다쳐서 끙끙거리다가도 곧장 일어서십시오. 염치없게 드러누우십시오. 왜 그러십니까, 새삼스럽게."

"……평소에 내가 저랬단 말이에요?"

"뭐, 그렇게 되는군요."

아렌이 두 눈을 크게 뜨고 세이를 응시했다. 장난기가 가득한 세이의 얼굴을 보던 아렌은 잠시간 침묵을 지켰다. 둘의 시선이 허공에서 만난 지 얼마 되지 않아 아렌의 입가에 경련이 일듯 비실비실 웃음이 새어 나왔다.

"풋. 아하하!"

아렌이 배를 붙잡고 크게 웃음을 터뜨리자 세이도 미소를 머금었다. 웃음이 잦아들자 아렌이 두 주먹을 불끈 쥐며 말했다.

"그래, 이렇게 풀죽어 있는 건 나답지 않아요. 어떻게든 오해를 풀어봐야겠어요."

생기를 되찾은 눈동자가 반짝이며 세이를 향했다.

"고마워요, 세이. 이제야 힘이 났어요. 일단 가서 부딪쳐보겠어요. 될 대로 되라고 하죠."

"예, 그 모습이 바로 저의 아렌입니다."

"으……. 방금 그 말, 뭐예요? 완전 닭살……."

그녀는 과장되게 팔을 벅벅 긁은 다음 헤실 웃었다. 정말 놀랍도록 신기한 일이었다. 방금까지만 해도 세상이 무너질 것처럼 기분이 음울했는데 세이와 몇 마디 나눈 것만으로 좋아졌다. 세이가 기분이 좋아지는 마법이라도 쓴 게 아니냐는 억측까지 들 정도로.

거기다 더 그녀를 들뜨게 한 사실은, 처음엔 좋지 않았던 그의 기분도 많이 나아진 것 같다는 사실이었다. 아렌은 세이가 타준 재스민 차를 한 모금 마시고 벌떡 일어섰다.

"정말로 늦었네요. 이렇게 늦은 시각에 찾아와서 미안해요. 그리고 고마워요."

아렌을 따라 세이가 천천히 일어서면서 입을 열었다.

"곤란한 일이 생기면, 언제든지 제게 오십시오."

세이가 그녀의 손을 살짝 잡아 올려 손등에 가볍게 입을 맞췄다.

"깊은 밤일수록 더욱 좋겠지요."

말을 마친 그가 천천히 그녀의 손등에서 입술을 뗐다. 적당히 붉은 그의 입술에 서서히, 아찔할 정도로 매력적인 미소가 떠올랐다.

"그게 무슨 소리……."

아렌의 순진한 반응에 세이가 낮게 웃음을 터뜨렸다. 곧이어 세이가 손을 한 번 휘둘렀고 그녀의 모습이 빛에 휩싸여 사라졌다. 끝을 알 수 없을 정도로 검은 그의 눈동자가 한동안 그 자리를 응시하다가 스르르 움직여 창밖을 향했다. 불길할 정도로 어두운 구름 사이로 진물처럼 달빛이 스며 나오고 있었다.


다음날, 아렌은 머릿속의 혼란을 떨쳐버리기 위해 황성 안을 거닐고 있었다. 옆에는 귀여운 로도모나스와 찰거머리 카일을 대동하고 있었다. 유난히 차분한 그녀를 향해 카일은 슬쩍 장난을 걸었다.

"눈 밑 그늘이 왜 그렇게 진해졌습니까? 이대로라면 베이판으로 바로 돌아가도 되겠군요. 아렌 님의 몰골을 보고 그쪽에서 먼저 사양할 테니까요."

그의 시선을 느꼈는지 아렌이 고개를 휙 돌리고 씩 웃음을 지어 보였다.

"까분다, 너. 내가 요즘 말이야, 네가 매일 베이판에 가자고 졸라대는 통에 밤에 잠을 못 이룰 정도로 스트레스가 쌓인다고. 알기나 하냐?"

'스트레스'라는 말에 카일의 얼굴에 장난기가 가시고 짙은 그늘이 드리워졌다.

"……저도 마찬가지입니다. 요즘 저를 보면서 기사들이 얼마나 수군대는지 아시기나 하십니까?"

"왜?"

점점 암울해지는 어조에 아렌이 짜증내다 말고 그를 바라보았다. 카일은 심란한 한숨을 내쉬었다.

"……가해자가 이렇게 둔해서야, 저만 억울하게 됐습니다."

"대체 무슨 소리야?"

"아렌 님께서 저를 탈모에 고생하는 가련한 기사로 만들지 않으셨습니까!"

그가 답답해 못 견디고 주먹으로 퍽퍽 소리가 날 정도로 가슴을 내리쳤다. 탈모라, 탈모……. 어딘가 익숙한 단어를 곱씹어보다 곧이어 그녀는 얼마 되지 않은 기억을 흐릿하게 떠올렸다. 카일과의 관계를 얼버무릴 때, 카일이 탈모 때문에 가발 상담을 받는다고 둘러댔었지.

"아아, 그게 소문이 났구나, 쩝."

대수롭지 않게 말하는 그녀를 향해 '뭐 이런 여자가!'라는 눈초리를 쏘아 보내던 카일이 참지 못하고 불평을 늘어놨다.

"'소문이 났구나, 쩝.'으로 끝날 문제가 아닙니다! 지나가는 기사들마다 제 머리를 보며 가발 잘 어울린다고 한 마디씩 건넵니다. 그때마다 저는 머리카락을 쭉쭉 당기면서 이건 제 머리카락이라고 해명해야 하고요. 아아, 이러다간 정말로 스트레스성 탈모가 생길 수도……."

"아하하. 진짜 탈모 일어나면 재밌겠다."

상상이라도 한 건지 아렌이 유쾌하게 키득거리자 카일이 손으로 얼굴을 쓸어내리며 고개를 절레절레 저었다.

"재미라니……! 역시 악마의 현신이십니다."

"시끄러워, 카일. 너 레이나스 가에 돌아가면 해고해버린다?"

"해고라니, 쌍수를 들고 환영할 일이군요."

카일이 가볍게 응수하면서도 그녀의 기색을 살폈다. 어젠 분명히 혼자 두기 겁날 정도로 침울했는데 하루가 지나니 평소의 그녀 모습으로 돌아와 있었다. 허나 정말로 아무렇지 않은 건지, 아무렇지 않은 척하는 건지는 읽어내기 힘들었다.

"카일, 나는 아무렇지도 않아."

그의 속내를 읽어낸 것 같은 말에 뜨끔한 카일이 고개를 돌리며 시치미를 뗐다.

"무슨 말씀이십니까?"

"글쎄? 그건 네가 잘 알걸?"

아렌은 흥흥거리며 주변을 둘러보다가 갑자기 딱 걸음을 멈추고 입을 열었다.

"부단장님이다."

아렌의 시선 끝엔, 길가에 서서 이야기를 나누는 부단장 라미에와 프레드릭이 있었다. 그를 발견한 카일이 서둘러 그녀에게 말을 걸었다.

"방으로 돌아가시죠."

"아니, 카일. 나를 믿어."

아렌은 침착하게 고개를 저어 그의 팔을 밀어내고는 당당하게 걸어갔다. 프레드릭이 반갑게 그녀를 맞이했으나 라미에는 힐끔 그녀를 바라보고 보기도 싫다는 듯 고개를 돌려버렸다.

"저기요, 부단장님."

아렌이 불렀으나 라미에는 대놓고 무시했다. 그 태도에 발끈하여 나서려는 카일을 눈빛을 쏘아 제지시킨 후 아렌이 라미에의 시선이 향한 곳으로 걸어갔다.

"부단장님. 저랑 얘기 좀 해요."

과감한 행동과 거친 어조에 놀란 프레드릭과 카일의 시선이 일제히 그녀에게 향했다. 프레드릭이 슬쩍 라미에의 눈치를 봤고, 라미에는 아렌에게 눈길도 주지 않고 입을 열었다.

"너희 둘, 가보도록 해."

그가 프레드릭과 카일에게 턱짓으로 멀리 가버리라는 뜻을 전하고는 아렌에게 시선을 돌렸다. 연한 갈색 눈동자가 불꽃마냥 팍팍 튀고 있었다.

"너는 여기 잠시 남고."

"바라던 바입니다."

아렌이 다소 퉁명스럽게 들릴 정도로 무덤덤하게 대답했다. 그 둘 사이에 흐르는 적대감을 느낀 프레드릭이 조심스럽게 둘의 눈치를 보다가 라미에에게 말을 걸었다.

"저어, 라미에 님……."

"글쎄, 잔말 말고 빨리 가."

"옙."

라미에답지 않은 강경한 어투에 프레드릭은 더 이상 말을 꺼내지 못하고 걸음을 옮겼다. 목석처럼 서 있는 카일을 툭 치자 그가 고개를 내저었다.

"저는 여기 있겠습니다."

"카일, 너도 가."

아렌이 고개를 돌려서 그에게 당부하는 눈빛을 보냈다. 카일은 '저도 여기 있게 해주십시오!'라는 간곡한 뜻이 담긴 표정을 지었으나 그녀는 고개를 단호히 내저었다.

"괜찮으니 가. 빨리."

"……알겠습니다."

카일이 살짝 고개를 숙여 예를 갖춘 후 떠나자 라미에가 달가워하지 않는다는 표정으로 그녀를 내려다봤다.

"왜 아직 여기 있는 거지? 떠나기로 한 게 아니었나?"

"말씀드릴 게 있습니다."

아렌이 최대한 감정을 싣지 않은 음조로 말을 빠르게 본론을 꺼냈다.

"죄송하지만, 전 부단장님 말씀을 따를 수가 없습니다. 제가 이곳에서 나갈 일은 없을 겁니다."

말이 끝나기도 전에, 라미에의 눈빛이 먹이를 앞에 둔 맹수의 것마냥 번뜩였다. 잡아먹을 듯 쳐다본다.

"내가 분명히 경고했을 텐데."

"부단장님. 제 말을 들어주세요."

어제보다도 더 위협적인 목소리로 라미에가 으르렁댔으나, 아렌은 기죽지 않고 말했다. 하지만 그는 그녀의 말을 들어줄 생각이 없는지 시선을 휙 돌려버렸다.

"네가 나가지 않는다면 나도 나름의 생각이 있다."

라미에는 곧 제스를 찾아 나설 기세로 발걸음을 옮겼고, 아렌은 황급히 그의 손목을 잡아채며 외쳤다.

"잠깐만요! 부단장님!"

"만지지 마."

라미에는 더러운 것이 닿은 것처럼 인상을 찌푸리며 그녀의 손을 탁 쳐냈다. 아렌은 허공에 떠 있는 손을 거두며 입술을 꾹 깨물었다. 이런 대우까지 받아야 하나? 곧장 드는 생각에 반발심이 들었지만 일단은 설득을 해야 한다는 생각에 그녀가 차분히 입을 뗐다.

"저는 부단장님이 생각하시는 그런 사람이 아닙니다. 목적이 있어서 접근한 것도, 돈이 아쉬운 것도 아닙니다."

"들을 생각 없다고 말했던 걸로 기억하는데?"

"듣기 싫어도 들으십시오. 제기랄, 자기 할 말만 한다고 다가 아니잖아요!"

그의 태도가 전혀 변할 기미가 보이질 않자 초조함에 그만, 아렌이 두 눈에 쌍심지를 켜며 언성을 높였다.

"부단장님께서도 말하고 싶어도 말할 수 없는 게 하나쯤은 있지 않습니까?"

라미에의 인상이 더더욱 험악해졌으나 그럴수록 아렌은 허리를 꼿꼿하게 세우고 턱을 들었다. 기 싸움에서 지면 당장에라도 기사단을 나가야 할 것 같은 느낌이 들었다. 침묵을 지키던 라미에가 입술은 거의 움직이지도 않고 말했다.

"무슨 말을 하려는 거지?"

"……말 그대룹니다. 아무 속셈은 없으나 사정은 밝힐 수 없습니다. 저도 속 시원히 말하고 싶다고요."

그가 사방이 울릴 정도로 코웃음을 치더니 쌀쌀맞게 말했다.

"그걸 내가 납득할 것 같나?"

"믿기 힘드셔도 사실입니다."

라미에의 빈정거리는 말투에도 아렌은 턱을 치켜들고 어깨를 펴며 당당하게 이야기했다. 라미에가 '하!' 하고 비웃음을 터뜨렸다.

"웃기는군. 그런 거짓말에 속아 넘어갈 것 같나?"

"믿기 힘드신 거 이해합니다, 하지만…….."

"알아? 아니, 넌 내 말의 반도 이해하지 못했다. 썩 꺼지지 않으면 어떻게 할 거라는 걸 벌써 잊은 건가?"

라미에가 낮게 으르렁거리며 거친 손길로 아렌의 멱살을 잡아챘다. 억센 그의 손길에 목에 고통이 몰려왔지만 아렌은 아랑곳 않고 덤덤한 투로 대꾸했다.

"그럼 이것부터 대답해주시죠. 제가 왜 부단장님을 납득시켜야 하나요? 아니, 애초에 부단장님께서 왜 저에게 화를 내시는 거죠?"

"뭐?"

아렌이 정면을 바라보며 단호하게 말을 시작했다.

"'속였으니까 기사단을 나가라.'고 하셨죠? 하지만 거기에 저는 전혀 동의를 할 수 없습니다. 우선 단장님을 속인 것은 단장님과 저 사이의 문제입니다. 전 부단장님께 이런 멸시를 받을 이유가 없습니다. 화를 내도 단장님이 내야 해요."

한마디로 너 나대지 말란 소리다.

"또한 단장님을 속였으므로 기사단에서 나가라는 억지 같은 주장에 저는 전혀 따를 생각이 없습니다. 기사 작위는 단장님을 속인 것과는 별개로 제가 이뤄낸 것입니다. 기사단장님이 아니고서야, 누구도 저를 내쫓을 수 없어요."

하나하나 조목조목 따지고 드는 목소리는 지극히 담담했다.

"물론 속인 건 전적으로 제 잘못입니다. 지금 와서 후회는 하지 않아요. 후회를 한다고 과거를 바꿀 수 있는 건 아니니까. 준비가 되면 단장님께 제 입으로 밝힐 겁니다. 그리고……."

"하, 온통 저 좋을 대로군."

그가 기가 찬다는 듯 그녀의 말을 끊었으나 아렌의 시선은 그의 눈동자를 똑바로 파고들었다.

"이대로 떠난다면 저를 향한 단장님의 믿음을 배신하는 게 됩니다. 전 단장님을 배신하는 짓은 죽어도 하지 않습니다. 아니, 오히려 단장님을 배신하는 건 부단장님께서 하고 계십니다."

아렌이 딱 잘라 말하곤 낮게 심호흡하자 라미에가 부드득 이를 갈았다.

"마음대로 지껄여봐, 어디."

"지껄이라고 하면 제가 못 할 줄 아십니까? 저를 기사단에 데려오신 것도, 기사로 만들어주신 것도 단장님이십니다. 부단장님께선 단장님을 믿지 못하시는 겁니까? 거기다 지금 부단장님께서는 단장님의 허락도 없이 저를 협박하고 계시죠. 단장님께서 아신다면 뭐라고 하실까요?"

"내가 단장님을 배신해? 뚫린 입이라고 건방진 소릴 참 잘도 하는군."

"방금 그 말씀, 그대로 부단장님께 돌려드리죠."

그녀의 가벼운 대꾸에 라미에가 그녀를 죽일 듯이 노려보았고, 아렌은 그 시선을 피하지 않았다.

"……기사라, 웃기는 소릴 하는군. 고작 견습 기사 주제에 말이야."

그가 한 마디 한 마디 씹어뱉듯이 말했다.

"부단장님이 아무리 깎아내리려고 하셔도 엄연히 저는 기사단의 기사입니다. 저는 기사 하나하나가 바로 기사단이라고 생각하고 있습니다. 즉, 저를 모욕하는 것은 곧 부단장님 자신, 나아가 단장님과 기사단에 대한 모욕입니다. 그러니 그만하시죠."

온갖 모욕과 협박에도 굴하지 않는 그녀를 보며 라미에의 눈동자에 호기심이 일었다. 꽤 오랜 시간이 흐른 후 그녀를 유심히 살펴보던 라미에가 먼저 입을 열었다.

"……흥미를 일으키려 했다면, 꽤나 좋은 작전이었다고 하고 싶군."

그의 한쪽 입꼬리를 슬며시 올리더니 다시 입을 열었다.

"좋아, 내가 제안 하나 하지."

"무슨……?"

아렌의 눈이 커다래졌다.

"사건 하나를 두고 누가 먼저 해결하는지 내기를 하는 거다. 네가 진다면, 단장님한테 여자인 걸 네 입으로 밝히고 기사단을 떠나라."

"제가 왜 그 제안에 응할 거라고 생각하시는 거죠?"

아렌의 말에 그녀의 멱살을 잡은 손가락 마디가 하얘지도록 조여들어왔다.

"당연히 넌 응할 수밖에 없을 거다. 제안을 받아들이지 않으면 난 바로 단장실로 갈 거거든."

그녀를 갖고 노는 느낌에 아렌이 불쾌한 기색을 역력하게 드러냈다.

"치사하다고 생각하진 않으세요?"

"난 내 최대한의 아량을 베푼 거야."

"그 아량이란 것, 더 넓어질 순 없는 겁니까? 하아, 됐습니다. 그 내기라는 거, 제가 이기면 어떻게 되는 겁니까?"

"그럴 일은 없겠지만, 내가 입을 다무는 걸로 하지. 어때, 마음에 드는 내기인가?"

아렌은 어금니를 꽉 물었다. 내기 같은 도박에 그녀의 행보를 정하고 싶진 않았지만 이 내기를 피하게 된다면 더 이상 물러날 곳이 없었다. 그녀는 내키지 않았지만 느릿하게 고개를 끄덕였다.

"좋아요, 한번 해보죠."

그녀가 말을 끝마치자 라미에가 아렌의 눈앞에 위협적으로 검지를 치켜들며 경고를 했다.

"대신 그때까지 넌 단장님 근처에 얼씬도 하지 마라."

"뭐라고요? 왜요!"

젠장! 정원사 할아버지에게 전수받은 차제남 되기 프로젝트에 따라 씩 하고 웃어줘야 하는데! 그렇게 생각하며 아렌이 강력하게 반발했다.

"말했지, 난 내 친구가 너한테 농락당하는 걸 보고 싶지 않다."

라미에의 냉랭하기 그지없는 말투에 아렌은 짜증이 치미는 게 느껴졌다.

농락하는 게 아니라고 수십 번을 말했는데 전부 반사된 모양이다. 이제 남은 건, 정정당당히 겨루어 이겨서 저 입을 다물게 하는 수밖에 없었다. 아렌은 최대한 내기에서 빨리 이겨주겠다고 생각하며 애써 정중하게 말했다.

"알았어요. 두고 봐요. 꼭 이길 테니까. 대신 나중에 딴소리하기 없기예요."

"너나 미리 짐 싸놔."

라미에가 거만한 눈초리로 그녀를 내려다봤다. 아렌에겐 생사가 달려 있다고 해도 과언이 아닐 정도로 심각한 문제인데 그에겐 한낱 장난 정도로만 느껴지는 데에 또 한 번 더 화가 치솟았다. 으으……. 정말 한 방 먹여주고 싶은데, 무슨 수 없을까? 아렌은 이리저리 머리를 굴리다가 손바닥을 들어 보이며 말했다.

"잠깐만요, 확인해둘 게 있어요. 그럼 이 승부가 끝날 때까지는……, 기사단을 나가지 않아도 된다는 거죠?"

그런 말은 한 번도 하지 않았지만 아렌이 은근히 대답을 강요했다.

"이제 보니 건방진 걸 넘어서 뻔뻔하기까지 하군."

"대답해주세요, 제가 한 말이 맞죠?"

"……좋아, 한번 시작한 내기는 마무리 지어야 하니까."

라미에가 못마땅한 기색을 역력히 드러내며 말하자 은색 눈동자가 일순 빛을 품더니 스르르 밑으로 향했다. 승부가 끝날 때까진 기사단을 나가지 않아도 된다고 자기 입으로 말했겠다, 한 입 갖고 두말할 사람 같아 보이진 않으니 아렌은 더 이상 망설일 것이 없었다.

"할 말 다 했으면 이 멱살 좀 놓죠? 상처 나면 책임질 건가요? 아오, 정말 짜증 제대로 나게 해주시네요, 여자만 밝히는 찐따 부단장님아."

"뭐……라고?"

확 변한 그녀의 태도에 멍해진 라미에를 향해, 아렌은 주변이 쩌렁쩌렁하게 울릴 정도로 시원하게 소리쳤다.

"귀먹었냐? 정강이 부숴버리기 전에 당장 놓으라고, 이 돌대가리야!"


기사단의 집무실에는 제스, 라미에, 아렌이라는 최악의 조합이 형성되어 있었다. 그 빌어먹을 내기라는 것 때문에. 제스는 창밖을 바라보며 라미에의 보고를 듣고 있었고, 아렌은 고개를 숙이고 '부단장님 말이 모두 옳소!'라는 제스처를 취하고 있었다. 처음에 집무실에 들어왔을 때만 해도 라미에가 미주알고주알 이를까 봐 끙끙댔는데 예상외로 라미에는 약속을 지키고 그 문제에 대해 함구했다.

"……그렇게 돼서 아렌 경을 당분간 저에게 맡겨주셨으면 좋겠습니다."

라미에가 '내기'에 대한 내용을 쏙 빼먹고 유들유들하게 포장하여 보고를 끝맺었다. 과연 바람둥이답게 화려한 언변을 선보였지만, 아렌이 견습 기사로만 있기에 너무나 아까운 실력을 가졌기 때문에 현장에 데리고 나가겠다는 게 요지였다.

아렌은 슬쩍 눈을 굴려 제스를 바라봤다. 아무리 들어봐도 억지투성이인데, 과연 제스가 그냥 넘어가줄까?

제스는 창가에 기대서서 무언가를 알아내려는 듯 날카로운 시선으로 라미에를 바라보고 있었다. 라미에가 평소의 능글맞은 웃음으로 일관하자 제스의 시선이 이번엔 아렌에게 스르르 옮겨갔다. 그의 단정한 입술이 서서히 열렸다.

"……일을 맡고 싶나?"

"에?"

아렌이 입을 헤벌리고 반문했다.

"사건을 맡길 원하느냐고 물었다."

무뚝뚝하지만, 아렌은 그 속에서 원하지 않으면 보내지 않겠다는 메시지를 읽어낼 수 있었다.

"네, 단장님. 보내주십시오."

아렌은 맹세하듯 엄숙하게, 그리고 망설임 없이 긍정을 표했다. 제스가 낮은 한숨을 흘리며 라미에를 마주했다.

"……허가한다."

"감사합니다. 나가보겠습니다."

그의 명령이 떨어지자 라미에가 목례를 하고 뒷걸음질 쳤다. 아렌도 엉거주춤하며 그의 뒤를 따르려는데 잔잔하면서도 거역할 수 없는 말이 들려왔다.

"남아라."

'어, 나, 나?'

단호한 그의 명령에 아렌은 딱 멈춰 섰고, 라미에는 못마땅한 듯 혀를 쭛 차면서도 순순히 발걸음을 옮겼다. 라미에가 문을 닫고 나가자, 제스는 한참 동안 아렌에게 시선을 고정했다. 아렌이 신발 안으로 발가락을 잔뜩 오므리며 말했다.

"왜, 왜요? 뭘 그렇게 봐요?"

"……."

어색한 침묵이 감돌았다. 아렌이 용기를 내어 힐끔, 제스를 본 순간 그와 시선이 마주쳐서 황급히 다시 눈을 아래로 돌렸다. 제스의 시선에 두 볼이 화끈거리는 게 느껴졌다. 이런데 저번에 그 대담한 짓은 어떻게 했나 감탄이 일 정도였다. 그러고 보니 집무실에 오는 동안 라미에의 뒤를 따르며 머리통을 한 대 후려갈길까, 말까를 고민하느라 차제남 프로젝트는 까맣게 잊고 있었다.

'설마 이렇게 빨리 둘만 남을 줄이야! 제길, 웃어주긴 무슨 개 풀 뜯어먹는 소리! 막상 앞에 있으니 얼굴도 못 보겠네! 민망해. 어떻게 대해야 하지? 어떻게?'

"……너."

아렌은 심장이 내려앉을 정도로 놀라며 생각나는 대로 입을 움직이기 시작했다.

"제스. 그게, 저번에 그 일 있잖아요. 신경 쓰고 있는 건 아니죠? 그냥, 그. 눈꺼풀에 뭐가 붙은 것 같아서 고개를 기울여서 본 것뿐이에요. 제스도 전혀 생각 안 하고 있었죠? 제스야말로 진정한 차제남이라고 생각해요! 글쎄, 난 아직도 멀었어요. 망측하게 그 장면을 다시 꿈으로……. 헉! 아무것도 아니에요. 으하하! 내가 지금 무슨 말을 하는 걸까요?"

"……."

망했다! 직격타다. 자살골이다! 맘껏 헛소리를 내뱉은 아렌은 침묵을 견디지 못하고 고개를 푹 숙였다. 누군가 식도를 잡아 꽉 옥죄는 것 같은 느낌에 낮은 신음 소리가 마른 입술 사이로 새어 나왔다. 제가 있는 걸 기억해달라고 하는 건지 심장은 북이 울리듯이 쿵쾅대고 있었다. 정말이지 모공 크기만 한 구멍만 있어도 어떻게든 숨어들고 싶은 기분이다. 왜 제스 앞에서만 자신이 자꾸 이상해지는 건지 답답하기도 하고 이해가 되질 않았다.

하지만 아이러니하게도 동시에 제스가 지금 무슨 생각을 할까, 사실은 그 일을 신경 썼을까, 아예 잊어버리진 않았을까 궁금했다. 또 제스가 사실은 그 일을 잊어버렸으면 하고 바라는 건지, 그 반대인지 제 마음도 싱숭생숭했다.

한동안의 침묵 끝에, 얕은 한숨 소리와 함께 그의 목소리가 들려왔다.

"라미에와 어떤 내기를 했지?"

내기의 '내' 자도 안 꺼냈는데 어떻게 알았지? 아렌이 고개를 번쩍 들었다.

"내, 내기라뇨?"

아렌이 숨이 턱턱 차올라서 되물었다. 제스의 눈에 의혹의 빛이 서리자 그녀는 바짝 긴장했다. 어떤 내기를 했는지 말하면 그 이유도 물을 것이다. 그리고 자신을 속였다는 걸 알면 일말의 망설임도 없이 그녀를 내칠

지도 모른다는 생각에 가슴이 먹먹해졌다.

"아, 아무 내기 안 했어요. 정말로요. 아무 일 없어요."

아렌은 정신없을 정도로 고개를 내저으며 다시 입을 열었다.

"진짜……예요."

울상이 된 표정 때문에 그가 믿어줄지는 미지수였지만 아렌이 필사적으로 말했다. 축축이 젖어 오는 손을 둘 곳이 없어 바짓단을 움켜쥔다. 또 거짓말을 한다는 게 미안하기 그지없었다.

잠시 후 그가 느릿하게 창밖으로 시선을 돌렸다. 라미에가 무슨 이유에선지 그를 탐탁지 않게 생각하고 있다는 건 진작 눈치 채고 있었다. 그 후 라미에가 어떻게 행동했을지도 능히 추측이 가능했다. 그가 알고 있는 것들로 추궁을 한다면 충분히 둘 사이에 무슨 일이 있는지 알아낼 수도 있을 것이다. 조금쯤은……, 도움을 줄 수도 있다. 허나, 원하지 않을 것이다.

"왜 남들에겐 그리 뻔뻔해지지 못하는지, 바보 녀석."

제스가 아렌의 귀엔 들리지도 않을 정도로 나지막이 읊조렸다. 뒤에서 '에? 방금 제스가 무슨 소릴 했나?'라고 중얼거리는 소리가 들리자 제스가 이번엔 그녀에게 들릴 만한 크기로 말했다.

"열심히 하도록."

"네?"

의외의 말에 아렌은 두 눈을 휘둥그레 뜨고 시선을 그에게 집중했다.

"네가 맡게 된 첫 사건이 아닌가."

아렌은 멍하니 있다가 약간 볼이 상기되면서 미소가 배시시 나오는 게 느껴졌다. '열심히 하라'는 그의 한 마디를 듣자 천군만마를 얻은 듯 든든해졌다. 그가 보지 않는데도 아렌은 세차게 고개를 끄덕였다.

"네! 열심히 할게요! 네!"

"천마제가 있으니 조심해야 할 거다. 나가봐라."

"네."

아렌이 나가려다 잠시 걸음을 멈추고 제스의 뒷모습을 향해 말했다.

"고마워요, 제스."

'언젠간 다 말할게요.'

작은 속삭임을 남긴 아렌이 문을 닫았다. 고요하게 한숨을 내쉰 그녀는 곧이어 라미에를 발견하곤 흠칫 놀랐다. 그는 집무실 바로 앞에 기대서서 팔짱을 끼고 다소 거만하게 서 있었다. 요사스럽게 보이는 연한 갈색 눈동자가 천천히 그녀를 훑었다.

"너, 단장님한테 우리의 내기에 대해 말한 건 아니겠지?"

저 인간은 사고방식이 왜 저렇게 꼬였어? 생각하며 아렌이 한숨 섞인 말을 내뱉었다.

"안 했어요."

"의외인걸. 바로 징징 짜면서 일러바칠 줄 알았는데 말이야."

그의 입술 한쪽이 비스듬히 올라가며 비웃음이 걸렸다.

"멋대로 생각하세요. 시비를 거는 데 도가 트이신 것 같은데, 일일이 대응하기도 귀찮네요."

아렌이 냉소적으로 받아치자 라미에가 입가에서 미소를 지워내며 당부했다.

"이제부터야. 내기가 끝나기 전까진 단장님 근처에 얼씬도 하지 마라."

아렌의 눈썹이 움찔거렸고, 곧이어 그녀는 지루하다는 듯 과장되게 기지개를 펴며 하품을 했다.

"누가 보면 부단장님이 단장님의 아내인 줄 알겠어요. 그리고 제가 단장님 근처에 안 가겠다고 아까부터 몇 번이나 말했어요? 귀에 딱지 앉겠네. 전 남의 말 귓등으로도 안 듣는 어디 사는 찐따 씨와 달라서 한 번만 말해도 돼요."

"……아까부터 그 버르장머리 없는 말투 굉장히 거슬려."

라미에가 눈을 가느스름하게 좁히며 말하자 아렌은 지지 않고 혀를 쏙 내밀었다.

"어라, 다 듣고 계셨나요? 워낙 제 말을 듣지 않으시기에 귀가 먹은 줄 알았습니다만. 아니면 찐따라는 단어만 들리시는 건가요?"

아렌이 한껏 비꼬아 따따따 쏟아낸 후, 언젠간 그가 했던 것처럼 얼굴 앞에 검지를 위협적으로 들이대며 말했다.

"어쨌든 대결하기로 한 이상 피하지 않아요. 약속대로 내일 부단장님의 집무실로 가겠습니다. 지고 나서 질질 짜지나 마시길! 흥."

아렌은 유유히 그 자리를 떠나며 허공에 대고 소리쳤다.

"아, 이제야 속이 좀 후련하네!"

뒤이어 깔깔거리는 웃음소리까지 들려오자 라미에가 그녀의 뒷모습을 바라보면서 불쾌한 기색을 여실히 드러냈다.

"뭐 저런 여자가……."

바람둥이 부단장 라미에와 공녀 아르렐리아의 천적 관계가 탄생하는 순간이었다.

## 13. 미필적 고의

천마제 당일 정오, 부쩍 쌀쌀해진 날씨에 아렌은 검은 재킷을 걸치며 발걸음을 바삐 움직이고 있었다.

"으, 늦었다, 늦었다. 그 찐따가 또 뭐라고 씨부렁댈지……."

아렌은 눈매를 좁히면서 부단장의 집무실로 빠르게 뛰어갔다. 본관, 제스의 집무실 아래층에 위치한 부단장 라미에의 집무실 앞에 선 아렌은 크게 심호흡을 하며 마음을 가다듬었다. 라미에와 대결할 사건이 무엇일까, 지면 어쩌면 좋을지 걱정이 되는 동시에 가슴이 벅차오를 정도로 두근거렸다. 이제, 내기를 떠나 기사로서 첫 계단을 오르게 될 것이다. 아렌은 손잡이를 꽉 쥐고 힘차게 열었다.

"늦어서 죄송합니다! 부단장님, 잉……?"

아렌은 집무실 문을 열고 들어가자마자 보이는 광경에 기겁했다. 그의 집무실 안엔 서류가 얼마나 많은지, 방 전체가 파묻혀 있다고 해도 과언이 아닐 정도였다. 발 디딜 틈 없이 어지럽게 널려 있는 서류를 보며 압사당할 것 같은 느낌이 물씬 들었다.

이 많은 서류를 혼자 처리하는 거야? 마냥 찐따인 줄 알았는데 능력은 있긴 한가 보네. 아렌이 침을 꿀꺽 삼키며 눈을 돌렸다가 더 크게 놀랐다.

"기사단에 여, 여, 여자를 끌어들이다니······."

아렌이 비명이 나오려는 걸 누르며 중얼거렸다. 물론 기사단에도 여기사들이 있다. 때문에 기사단은 딱히 금녀 구역으로 정해진 건 아니지만 그래도 사사로이 여자를 끌어들여선 안 된다. 그런데······. 솔선수범해서 규칙을 지켜야 할 부단장이란 인간이 나신의 여인네와 껴안고 잠을 자고 있다니.

서류 더미 사이에 떡하니 자리 잡은 화려한 침대에 아렌은 질린 표정을 지었다.

'집무실에 왜 저런 침대를 갖다 놓은 거야! 그, 근데 이거 뭔가 방해해선 안 되는 분위기인데······.'

아렌이 주춤주춤 뒷걸음질 치자 그제야 잠에서 깨어난 라미에가 부스스한 머리를 정리하며 몸을 일으켰다. 그에 따라 이불이 슥 내려오며 실오라기 하나 걸치지 않은 상체가 드러났다.

아렌은 화들짝 놀라며 뒤로 휙 돌아섰다. 잠에 취해 반쯤 감긴 갈색 눈이 아렌을 발견했고 곧이어 느릿하게 말을 걸었다.

"아, 왔냐?"

"왔냐라니! 그런 태평한 소리가 나오십니까? 빨리 옷이나 입으시죠! 제 눈이 썩어들어 가기 전입니다!"

아렌이 버럭 소리치자 라미에가 심드렁한 어조로 대답했다.

"아아, 너 여자였지. 참. 잠시 잊고 있었네."

"······어제까지만 해도 그걸로 협박하셨거든요?"

아렌이 으르렁대자 라미에가 '뭐, 그건 그거고.'라며 옆에 있는 여자를 깨웠다. 옆에 있는 나체의 여인은 뭐라 뭐라 꿍얼대더니 옷을 입기 시작했고, 라미에도 주섬주섬 옷을 집어 들었다. 도대체 저런 인간이 어떻게 부단장이 된 건지 알 길이 없다.

"어이, 다 입었으니 이제 뒤돌아봐도 돼."

"……."

아렌은 슬쩍 고개를 돌렸고, 그제야 제대로 입은 — 반팔 티 하나에 바지를 대충 걸친 게 제대로 갖춰 입은 거라면! — 라미에와 여인을 볼 수 있었다. 눈부시게 아름다운 여인은 라미에의 귀에 대고 뭔가를 속삭였다. 여인을 빤히 보던 아렌은 보통 사람과는 다른 무언가를 발견하고 눈을 크게 떴다.

'어? 귀가……, 뾰족해?'

아렌의 시선을 느낀 건지 여인이 그녀를 향해 웃어주었다. 라미에가 뭐라고 속삭이자 여인은 고개를 끄덕이곤 창문을 향해 걸어갔고, 밖으로 휙 몸을 던졌다. 창문으로 나가버렸다……. 나가버렸다……. 잠깐, 여기 3층인데?

"으어억! 여기서 자살을 하시면!"

아렌은 기겁하며 뛰어가서 창밖을 바라봤다. 하지만 염려했던 것과는 달리 여인은 멀쩡한 모습으로 지상으로 착지하여 저 멀리로 뛰어가고 있었다.

"엉? 어, 어떻게 한 거지?"

라미에가 잠에 취해 나른한 목소리로 말하며 그녀의 어깨를 툭 쳤다. 아렌이 '으악!' 하고 비명을 지르며 뒤돌아보자 라미에는 약간 눈이 잠시 커졌다가 원래대로 돌아갔다.

"그녀는 엘프야. 저 정도는 당연한 거지."

"엘프라니……. 종족을 초월한 사랑도 하시나요?"

"뭐, 그런 셈이지. 그런데 넌 뭐 이리 일찍 온 거야? 아직 아침이구만."

"……해가 중천에 떠 있는데요."

아렌이 창밖을 슬쩍 가리키며 말했다. 아침잠이 많은 편이라 굉장히 늦었다고 생각하고 뛰어온 건데, 어째 이 인간은 더 심하다. 긴장감 없이 늘어지게 하품을 하는 라미에를 향해 그녀가 눈을 가늘게 뜨며 물었다.

"내기, 벌써 잊어버리신 건 아니죠? 어떤 사건을 맡으면 되나요?"

"아아, 조금 기다려봐."

라미에는 뒷머리를 긁적거리더니 책상 한가득 쌓여 있는 서류 뭉치를 거침없이 파기 시작했다. 두더지가 땅을 파는 것처럼 서류 뭉치 속으로 끝없이 들어가던 그는, 곧 얇은 종이 뭉치를 집어 들고 그녀에게 쑥 내밀었다. 아렌은 그것을 받으려 한 걸음 앞으로 나섰으나 갑자기 라미에가 손을 빼며 다시 입을 열었다.

"……이제라도 순순히 물러나는 게 좋을 텐데."

라미에가 거만하게 턱을 들며 말하자 아렌은 세차게 코웃음을 쳤다.

"됐고 빨리 주기나 하세요."

"꽤나 태도가 이중적이군. 단장님한텐 그렇게 대하지 않았던 것 같은데."

라미에가 턱을 긁적거리며 말했다.

"단장님이 찐따 님이랑 같은 줄 알아요? 그리고 원래 그렇게 말이 많아요? 빨리 내놔요."

아렌이 가시가 잔뜩 박힌 핀잔을 주자 라미에가 큭큭대며 서류를 건네주었다. 기껏해야 열 장도 되지 않는 얇은 서류였다. 첫 장을 획 넘긴 아렌은 위에서부터 쭉 읽어 내려갔다.

"흐음……. 이틀 전에 약초 켄케스를 실은 수레가 사라졌다고요? 통째로?"

"그래. 수레와 범인을 먼저 찾는 쪽이 이기는 거다."

'수레는 비밀리에 베이판으로 가고 있었다.'라는 문장에 집중하던 아렌이 미간을 살짝 좁히며 조그맣게 중얼거렸다. 베이판이라……. 요즘 베이판에 많이 휘말리는 것 같은 기분인데……. 고개를 갸웃거리면서도 아렌이 신중한 손길로 다음 장을 넘겼다. 몇 장 대충 훑어보던 아렌은 인상을 찌푸렸다. 보기 좋게 정리되어 있긴 했지만 보고서는 말 그대로 공란이 많고 그나마 있는 내용도 부실했다. 다시 말해 주어진 정보가 턱없이 부족했다.

"설마 이게 다예요? 이상한데……. 켄케스에 대한 정보는 하나도 없잖아요?"

찾는 게 어떤 건질 알아야 추적을 하든 뭐든 할 것 아냐! 라고 생각하며 그녀가 말했다. 그에 라미에는 늘어지게 하품을 하며 대충 대답해주었다.

"네가 알아서 찾아봐."

"뭐라고요? 사건을 해결하라더니, 달랑 서류 뭉치 하나 던져주고 끝이에요?"

"거기 용의자로 의심되는 도적단의 몽타주도 있잖아. 켄케스에 대해서 아는 마법사 은둔지도 적혀 있고 말이야. 이 정도까지 가르쳐준 것도 고맙게 생각해, 나머지는 발로 뛰어서 네가 알아내."

도적단을 잡을 건지, 켄케스에 대해 알아볼 건지는 내가 정하란 소린가……. 아렌은 라미에에게 시선을 옮기며 다시 물었다.

"수레를 지키던 사람은 없었나요?"

"……있었어."

의외의 대답에 아렌의 두 눈이 커졌다.

"에? 그럼 목격자도 있을 거 아니에요?"

"다 죽었어."

"네?"

"이백 명이 지키고 있었는데, 다 죽었어. 아, 단 한 명, 잠시 자리를 비웠던 병사가 살아 있긴 한데……."

"이백 명이 다 죽다니……. 그럼 그 한 명, 저도 만나볼 수 있나요?"

"원한다면. 따라오도록 해."

라미에가 귀찮은 기색이 역력한 얼굴로 툭 내뱉듯 대답하고는 걸음을 옮겼고 아렌이 그의 뒤를 따랐다. 한층 아래로 내려가 어느 방 앞에 우뚝 선 그는 그녀에게 들어가보라는 뜻으로 눈짓을 했다. 아렌은 고개를 끄덕이고 문을 열고 방에 들어갔고, 이리저리 둘러보던 그녀는 구석에 쪼그려 떨고 있는 한 남자를 발견하고 물끄러미 바라봤다. 그는 쉼 없이 무언가를 중얼중얼거리며 오뚝이처럼 몸을 흔들거리고 있었다.

"큰 충격을 받았는지 아무 말도 못 하는 상태야. 취조하려 해도 소용없어."

아렌은 아무 대답 하지 않고 그에게로 손을 뻗어 어깨를 툭 쳤다.

"저기요."

남자는 흔들흔들하던 몸을 멈추고 아주 천천히 고개를 돌렸다. 아렌을 보는 순간 남자의 동공이 더는 커질 수 없을 정도로 확대되었다.

"으아악! 아, 아, 아, 악마……."

비명을 지른 남자가 아렌에게서 최대한 멀어지려 애쓰며 부들부들 떨었다.

"으, 은색, 은색, 은청……, 악마……."

"악마라니, 절 말하시는 겁니까?"

아렌이 어리둥절한 얼굴로 그를 향해 말했다. 그게 더욱 그를 두렵게 만든 듯 그는 두 손으로 머리를 감싸고 잔뜩 웅크렸다. 아까 분명 아무 말 못 한다고 하지 않았나? 멍해져 있는 아렌에게 라미에가 인상을 찌푸리며 말했다.

"뭐야, 왜 이래? 설마 네가 수레를 훔친 건 아니겠지?"

벙하게 있던 아렌이 펄쩍 뛰며 바로 반박했다.

"그럴 리가 있겠어요! 이틀 전이면 전 부단장님한테 호되게 당한 날이 잖아요! 그러고 나서…….."

세이를 만나러 갔었어요, 라는 말을 삼키며 아렌이 입을 다물었다. 그 러자 라미에가 의혹이 짙은 눈빛으로 그녀를 바라봤다.

"그러고 나서?"

"아, 아니에요. 아무튼 아니라고요! 정말 진심으로 의심하시는 거예 요?"

아렌이 씩씩대며 말을 끝맺자 라미에가 팔짱을 끼면서 심드렁하게 대 꾸했다.

"……네가 이백 명을 도륙시킬 만한 능력은 있어 보이진 않으니 아니겠 지. 그렇다면 저자가 정신을 났나 보군. 뭐, 같이 지냈던 이들이 하루아침 에 전부 시체로 변해버렸으니 이해가 갈 만하지만."

"다행이네요. 진심으로 하신 말씀이었으면 평생 찐따라고 부를 생각이 었어요."

격양된 어조로 말을 쏟아낸 아렌은 남자를 힐끔 쳐다봤다. 몰래 아렌을 훔쳐보던 남자는 시선이 마주치자 더 심하게 몸을 떨며 웅크렸다. 무슨 짓을 한 것도 아닌데 저렇게 두려움에 떨다니……. 기분이 상한다기보단 딱할 정도로 불쌍해 보였다. 어쨌든 그에게선 아무 정보도 못 얻어낼 것 같다는 생각에 아렌이 얕게 한숨을 내쉬었다.

이렇게 주어진 정보가 적은 상황에서 도적을 쫓을지, 켄케스를 쫓을지 를 정하는 건 꽤나 어려운 일이었다. 머리를 굴리던 아렌이 라미에를 슬 쩍 떠보았다.

"……부단장님은 어디부터 가실 거예요?"

"너는 뭔가 아쉬울 때만 부단장님이라고 부르는군. 그리고 내가 어딜 갈지는 네가 알 바 아니지. 이만 먼저 나가줬으면 좋겠는데?"

라미에가 작게 하품을 하고는 기지개를 펴고 휙 뒤돌았다. 아렌은 인상을 찡그리며 로도모나스를 바라봤고, 그 또한 기분이 좋질 않은지 부루퉁한 얼굴로 고개를 휘휘 저었다.

아렌은 걸음을 척척 옮겨 방을 나가려다 고개만 휙 돌렸다.

"찐따님, 빈정대는 말투로 사람 열 받게 하는 방법에 대해 책이라도 내보시는 게 어때요? 혹시 알아요? 불티나게 팔려서 작가가 될지?"

"나가, 꼬맹아. 네 말장난 상대해줄 시간 없어."

"꼬맹이라니요! 으이구!"

아렌은 씩씩대며 거세게 문을 닫고 나갔다. 사방이 고요해서 로도모나스의 날개가 퍼덕거리는 소리밖에 들리질 않았다. 아렌은 라미에가 건네준 서류를 들여다봤다.

'켄케스……. 아무래도 들어본 적이 있는 것 같은데…….'

묘한 기시감에 아렌이 눈을 가느스름하게 뜨고 기억을 더듬었다. 켄케스라는 이름을 계속 되뇌던 아렌은 별안간 큰 소리를 내며 머리를 쥐어뜯었다.

"으으! 생각 안 나! 답답해! 에잇, 몰라. 언젠간 생각나겠지."

내기에 집중하자고 생각하며 아렌이 로도모나스에게 휙 고개를 돌리고 입을 열었다.

"로도모나스, 세이 방에 있니?"

로도모나스는 잠시 사라졌다 나타나서 고개를 도리도리 저었고 아렌은 볼을 부풀리며 투덜거렸다.

"으음……. 이런 중요한 때에 세이는 어딜 간 거야? 마법사니까 약초에 대해 잘 알 거라고 생각했는데……, 아쉬운 대로 이 마법사를 찾으러 가는 수밖에 없는 건가."

아렌은 서류의 두 번째 장을 빤히 바라보았다. '마법사 실베스탄'이라는 글자가 밑에 그려진 지도를 유심히 보면서 그녀는 서서히 발걸음을 옮겼다.

한창 사람이 넘쳐나야 할 낮인데, 길가엔 개미새끼 한 마리 얼씬하지 않았다. 상점은 죄다 '휴업'이라는 팻말만 내건 채 닫혀 있었고, 지나다니는 건 오직 아렌과 로도모나스뿐이었다. 카일이 말한 대로 천족과 마족이 만나대면 죽어라 싸워대는 통에 모두 외출을 자제하고 있는 모양이었다. 대낮 시장바닥에 홀로 서 있으려니 이상한 기분이 들어서 아렌이 로도모나스를 올려다봤다.

"어찌 된 게 천족도 마족도 코빼기도 보이질 않는 거야? 재미없게. 근데 애초에 천족과 마족은 왜 그렇게 사이가 안 좋은 거야? 넌 아니, 로도모나스?"

로도모나스가 고개를 도리질하곤 위로 올라가 그녀의 머리에 사뿐히 착지했다. 포근한 느낌에 아렌의 입가에 미소가 피어올랐다.

"모든 마족이 너같이 귀여운 모습은 아니겠지, 응?"

아렌이 손가락으로 로도모나스를 폭 찌르자, 로도모나스는 기분 좋은 표정으로 그녀의 검지에 볼을 비벼댔다. 내기의 긴장감은 어느새 잊어버리고 아렌이 소풍 가는 기분으로 흥흥거리며 발걸음을 옮겼다. 비록 천족과 마족을 실컷 보는 로망은 이루어지지 않았지만, 천마제에 나들이를 한다는 자체만으로 그녀를 들뜨게 했다. 매년 천마제마다 위험하다는 이유로 집 밖으로 한 발짝도 나가지 못해 얼마나 답답했던가!

아렌은 가출을 하길 잘했다고 생각하며 걸음을 옮겨 마법사 실베스탄의 집으로 향했다. 하지만 즐거운 것도 잠시, 녹초가 될 정도로 길을 헤매던 아렌은 결국 머리를 부여잡고 절규를 질렀다.

"으아악! 못 찾겠어! 거기다 물어볼 사람도 없어! 망할 천마제! 이건 다

천마제 때문이야!"

자신이 길치인 건 생각도 하지 않고 천마제를 저주하자 로도모나스가 그녀의 눈높이까지 내려와 어깨를 톡톡 쳤다.

"왜, 로도모나스?"

아렌의 시선이 로도모나스에게로 향하자 그가 앞발로 자신만만하게 자신을 가리켰다. 그게 뜻하는 바가 무엇인지 찬찬히 생각하던 그녀는 설마 하며 물었다.

"로도모나스, 혹시 여기로 공간이동을 할 수 있는 거야?"

아렌이 손가락으로 지도를 쿡 찌르자 로도모나스가 고개를 끄덕거렸고, 아렌은 허탈한 표정을 짓지 않기 위해 무진 노력해야 했다. '헤매기 전에 진작 말하지!'라는 말이 목구멍까지 차올랐으나 그대로 말했다간 로도모나스는 백발백중 삐칠 것이 분명했다.

속마음을 감추고 아렌은 엄지를 척 들어 보였다.

"역시 로도모나스가 최고야."

로도모나스가 기쁜 듯 함박웃음을 지으며 공중제비를 돌았고, 그 모습을 보며 아렌은 입만 움직여 선한 웃음을 지었다. 날로 늘어가는 푸딩 소비량도 그렇고, 알게 모르게 삐치는 일이 많아서……. 요즘은 세이가 무슨 저의로 로도모나스를 보냈을까, 라는 생각도 든다. 돌보기 귀찮아서 보낸 것 같기도 하단 말이지…….

아렌이 눈을 가늘게 뜨면서도, 다음에 만나면 슬며시 떠봐야지 생각한 그때 뒤에서 허스키한 중저음의 목소리가 들려왔다.

"로도모나스?"

로도모나스가 갑자기 휙 날아올랐고 아렌은 두 눈을 크게 뜨며 두리번거렸다. 로도모나스는 그녀 머리 위에서 날갯짓하며 어딘가를 뚫어져라 바라보고 있었다. 아렌이 몸을 돌리는 순간, 멀지 않은 곳에 서 있는 흰칠

한 남성이 보였다.

"로도모나스, 너 아는 사람이야?"

— ……

슬며시 로도모나스에게 말을 건넸지만 아무 대답이 돌아오질 않았다. 이상하다고 생각한 순간 다시 한 번 그 남성의 목소리가 들려왔다.

"……인간."

"에?"

검은색에 가까운 어두운 회색 머리카락을 가진 그는 멀리 있음에도, 마치 옆에서 말을 거는 것처럼 목소리가 선명히 들려왔다. 형형하게 빛나는 두 눈은 표범을 연상하게 할 만큼 날카롭게 빛나고 있었다. 제스와 세이는 미형인 데 반해 남자는 '천상 남자'다운 느낌이 강했다.

멍하니 있는 아렌을 직시하며 그가 다시 입을 열었다.

"로도모나스를 어떻게 네가 데리고 있는 거지?"

남자는 놀라울 정도로 빠르고 미끄럽게 접근해 와 그녀의 앞에 우뚝 섰다. 까마득할 정도로 높은 곳에 있는 그를 보기 위해 아렌은 목을 최대한 젖혀야 했다.

'키 무지막지하게 크네. 우와, 저런 눈은 처음 봐.'

아렌이 속으로 감탄을 내뱉었다. 그의 눈동자는 농도 짙은 보라색이었는데, 중앙에 선명하고 어두운 동공이 자리 잡고 있었다.

"말해, 인간."

매력적이고 허스키한 목소리가 다시 한 번 귓가에 들려왔다. 그녀의 어깨에 턱 내려앉은 두 손이 강하게 조여 왔다. 그러거나 말거나 아렌은 그 눈을 똑바로 들여다보며 입을 열었다.

"우와, 이런 눈 색은 처음 봐요. 근데 뭘 먹고 그렇게 컸어요?"

남자의 얼굴이 서서히 구겨졌다.

"묻는 것에 답해."

"아, 근데 어깨 잡으신 거 되게 아픈데요, 좀 놔주시죠."

"답하는 것이 먼저야."

"놓는 게 먼저예요."

"인간, 나는 그리 관용적인 성격이 아닌 걸 알아둬."

기분이 나빠진 아렌은 슬그머니 눈매를 좁혔다. 요즈음 별로 사고 치는 것도 없고 가만히 있는 사람 왜 자꾸 주변에서 건드리지 못해 안달인가 싶었다. 아렌은 후우, 하고 한숨을 쉬고 그를 노려보며 말했다.

"이봐요, 저 알아요? 만난 적 있어요? 왜 초면에 반말이에요?"

"……."

그러한 종류의 폭언은 난생처음 들어보는 것처럼 남자의 얼굴이 어이 없다는 듯 서서히 구겨졌다.

그가 제정신을 차리기 전에 로도모나스는 알아서 앞발을 휙 휘두르며 공간이동 마법을 시전했다. 몸이 붕 뜨는 느낌이 들자 아렌은 아주 용감 하게도 혀를 쏙 내밀어버렸다.


남자에게 내밀었던 혀를 쏙 집어넣고 쩝쩝거리며 아렌은 주변을 둘러 보았다. 작은 집이 옹기종기 모여 둘러 있는 길가는 마찬가지로 한적했 다. 의아함을 품은 은색 눈동자가 검은 털 뭉치, 로도모나스를 향했다.

"로도모나스, 아까 그 사람 뭐야?"

— 마족이야.

소년티를 벗지 못한 가는 미성으로 로도모나스가 말하자 아렌의 동공 이 있는 대로 커졌다.

"뭐? 마족? 허억……. 인간, 인간 할 때부터 알아봤어야 했는데! 그 보 라색 눈깔에 집중하느라……. 설마 쫓아와서 죽이거나 하진 않겠지……."

아렌은 주위를 휘휘 돌아보았다. 텅 빈 길가에 그녀의 그림자만이 길게 늘어져 있으니 어딘가 스산한 느낌이 들었다. 그녀는 팔짱을 끼고 푸르르 떨고는 로도모나스에게 말을 걸었다.

"그런데 로도모나스, 아까 그 사람이 널 부른 게 맞아?"

— 응, 그 사람 나 알아. 많은 마족들이 나 알고 있어.

"그래? 우리 로도모나스, 유명인이었구나?"

로도모나스가 함박웃음을 지으며 끄덕거렸다. 원을 그리며 빙그르르 날아다니는 로도모나스를 보며 아렌은 표범 같은 남자가 했던 말을 떠올렸다.

'분명 로도모나스를 내가 왜 데리고 있는 건지 물었지. 왜 원래 있어야할 주인에게 있지 않은지를 묻는 것 같았는데. 원래 주인은 세이고, 그 사람은 로도모나스를 알고 있다면……. 그 마족이 세이를 아는 걸까?'

아렌은 로도모나스를 향해 입을 열었다가 닫고 고개를 흔들었다. 아니야, 내가 너무 예민하게 생각하는 걸 거야. 상념을 털어낸 그녀는 로도모나스를 마주 보고 히 웃어주었고, 옆에 떡하니 버티고 있는 집으로 시선을 돌렸다.

"아, 여기가 마법사 실베스탄의 집이구나. 흐응."

아렌이 자료에 있는 건물 그림과 번갈아보며 고개를 끄덕였다. 여느 집과 다를 바 없을 정도로 평범했지만 동시에 '여긴 마법사의 집이오!'라고 광고라도 하는 것처럼 특이했다. 커다란 느티나무가 집 지붕을 뚫고 하늘을 찌를 듯이 우뚝 서 있는 까닭이었다. 느티나무는 집 전체를 가릴 만큼 커다래서 지붕이 하나 더 있는 것이 아닌가 하는 착각마저 들었다. 이것에 비하면 세이는 같은 마법사인데도 꽤 평범하게 살고 있다는 걸 깨달을 수 있었다.

아렌은 손을 뻗어 손잡이를 단단히 잡고 열었다.

"저기, 계세요?"

쾅!

"으악!"

아렌은 난데없이 들려오는 굉음에 펄쩍 뛰었다. 아렌은 '뭐, 뭐야?'라고 중얼거리며 소리가 들려온 안쪽 방으로 시선을 돌렸고, 곧 방문이 활짝 열리며 연기가 뭉게뭉게 피어 나오는 걸 볼 수 있었다. 그 사이로 새카만, 아주 새카만 생물이 하나 툭 튀어나왔다. 그를 발견한 아렌은 소스라치게 놀라며 비명을 질렀다.

"으아아아악! 괴물이다!"

"크아아아악!"

아렌의 비명에 더 놀란 그 생물도 비명을 질렀다.

"뭐, 뭐, 뭐야!"

그녀는 기겁을 하며 뒷걸음질 쳤다.

"너야말로 뭐냐! 넌 뭔데 남의 집에 함부로 들어온 거냐!"

시커먼 생물이 아렌을 향해 삿대질을 하며 외쳤다.

"남의 집……?"

아렌은 눈을 가늘게 뜨고 그를 위아래로 훑어봤다. 자세히 보니 괴물이 아닌……. 재를 온몸에 뒤집어쓴 사람이었다. 아렌은 놀란 가슴을 쓸어내리며 입을 열었다.

"아아……. 죄송합니다. 혹시 이 집 주인이세요?"

"그럼 손님이 이런 꼴을 하고 여기 서 있겠냐?"

꼬장꼬장한 어조로 말한 그가 뒷짐을 지고 척척척 걸어와 검은 재 사이에서 빛나는 눈으로 위아래를 훑었다. 아렌은 슬쩍 상체를 뒤로 젖히면서 입을 열었다.

"그, 그렇게 다가오지 마시고요. 마법사 실베스탄 님 맞으시죠? 몇 가지 여쭤볼 게 있어서 찾아왔어요."

"어엉? 여쭤볼 거?"

실베스탄의 입술에서 재가 확확 튀어나왔다. 아렌은 팔로 슬쩍 얼굴을 가리며 말했다.

"예, 그런데 그전에 재부터 털어내시는 게 어떨까요? 그나저나, 괜찮으세요? 아까 큰 소리가 나던데…….."

"아아, 그래. 이것부터 어떻게 하는 게 좋겠군."

실베스탄이 끊임없이 구시렁대며 수건을 들어 자신의 몸을 털어냈다. 재가 우수수 떨어지면서 검은 그을음이 가득 묻은 그의 얼굴이 드러났다. 얼굴에 깊이 파여 있는 주름과 치켜 올라간 눈썹은 그의 완고한 성격을 여실히 보여주고 있었다. 그가 연이어 '에잉, 에잉.' 하는 소리를 내면서 옷을 마저 털어냈고 가느스름하면서도 날카롭게 빛나는 눈을 그녀에게로 휙 돌렸다.

그가 주름이 자글자글한 손가락을 들이대며 말했다.

"물어볼 거라면……. 너의 정체를 알 만하군."

실베스탄의 눈이 벌레의 등껍질마냥 번들거렸다. 모든 걸 꿰뚫어보는 것처럼 날카로운 그 눈빛에 아렌이 입을 동그랗게 모으며 감탄을 내뱉었다.

"오오, 역시 마법사는 다른……."

"황실에서 날 스카우트하러 온 거겠지?"

"엥?"

실베스탄이 만면에 미소를 가득 머금고 두 팔을 활짝 벌렸다.

"드디어 제국에서도 나를 주목하기 시작했군, 그래. 크하하! 실속이라곤 전혀 없는 것들을 황실에 들이기에, 황실에 있는 것들은 모조리 얼간이인 줄 알았지 뭐야."

"저어……. 뭔가를 잘못 알고 계신 것 같은데……."

아렌의 말은 귀에 들어오지도 않는지 그가 '그래, 그래, 그래야지. 암. 나를 못 알아봐서야 쓰나.'라고 중얼거리면서 벽에 있는 오래된 찬장을 뒤적거렸다.

"낭보를 가지고 왔으니 뭐라도 선물해줘야겠군그래. 좀 있으면 천마제가 있다고 했지? 내 특별히 이 성수를 주지. 마족 놈들이 달려들면 면상에 뿌려주라고."

그가 그녀의 손을 덥석 잡더니 작은 병을 쥐여주었다. 이런 이런, 선물까지 받아버리다니……. 더 이상 두고 볼 수만은 없어 아렌이 토해내듯 소리 질렀다.

"마법사 실베스탄 님! 저는 기사입니다!"

실베스탄의 움직임이 시간이 멈춘 듯 딱 끊겼고, 그가 느릿하게 고개를 돌렸다. 그의 입가에선 서서히 미소가 사라지고 있었다.

"……기사?"

"예, 황실 소속이긴 하지만……. 스카우트를 하러 온 것이 아닙니다. 켄케스라는 약초에 대해서 물으러 왔어요."

실베스탄이 실망감이 가득한 표정을 숨기면서 혀를 크게 끌끌 찼다.

"에잉, 헛다리짚었군. 그래, 나라는 인재는 황실에 들어가긴 아까워. 나도 거절할 참이었다고. 에잉."

거절할 참이었다면서 아까 그 반가워하는 얼굴은 뭐람. 실베스탄은 허리를 쑥 숙이더니 그녀의 얼굴을 군데군데 뜯어보듯 살피며 낮은 어조로 물었다.

"그런데 켄케스라……. 하필 그걸 왜 찾지?"

"하필이라뇨?"

아렌이 두 눈을 크게 뜨며 묻자 실베스탄이 한쪽 손으로 턱을 괴며 중얼거렸다.

"켄케스는……, 독초야. 고가에다 쉽게 거래되지도 않고, 관리가 매우 힘든……."

그는 더 설명하려다가 입을 합 다물고 손을 휘휘 저었다.

"아, 번거롭군. 귀찮아. 그 많은 마법사들 중 왜 나를 찾아온 거야? 다른 사람을 찾아봐."

"어어? 말해주려다 마는 게 어디 있어요?"

아렌이 강한 염원이 담긴 눈빛을 쏘아댔으나 그는 단호하게 손을 흔들며 돌았다.

"가! 가라고! 난 지금 막 위대한 마법을 만들고 있었어. 널 상대해줄 시간이 없단 말이다."

그의 완강한 태도에 아렌이 한숨을 푹 쉬고 로도모나스에게 호소의 말을 건넸다.

"으으, 이제 어쩌지?"

아렌이 자신이 아닌 누군가에게 말을 걸자 실베스탄이 힐끗 뒤돌아보고 눈을 번쩍 떴다.

"잠깐, 그 생물은 뭐지? 처음 보는데."

"아, 얘요? ……마족……이에요."

말해도 되는 걸까, 라고 생각하며 잔뜩 늘어지는 어조로 말한 순간, 실베스탄이 순식간에 돌진해 오더니 잔뜩 흥분해서 침을 튀기며 소리쳤다.

"마족이라고? 마족이라고! 마족이라고!"

"예? 예?"

아렌은 뒷걸음질 치며 그에게서 멀어졌고, 그는 불타오르는 눈길을 로도모나스에게로 던졌다. 그 시선을 받은 로도모나스는 흠칫하며 높이 날아올랐다. 마치 그를 먹잇감 보듯 찐득하게 바라보던 실베스탄이 미끄러지듯 다가오며 열성적으로 외쳤다.

"저 마족을 해부……, 아니, 조사하게 해주면 안 되나? 안 된다면 피라도! 단 세 방울 정도라도 좋아!"

"피요? 갑자기 그게 무슨 말씀……."

아렌이 말을 끝맺기도 전에 실베스탄이 얼굴을 바싹 들이밀었다.

"마족의 피는 그 자체로 강력한 독이야! 어떻게 해서 그렇게 강한 독성을 띨 수 있는지 연구해보는 게 내 평생소원이라고! 제발!"

흥분한 채로 빠르게 말을 내뱉은 그가 강한 염원이 담긴 눈초리를 그녀에게 쏘아 보냈다. 이거 원, 싫다고 하면 안 될 것 같은 분위긴데…….

아렌은 슬쩍 고개를 들어 로도모나스를 올려다봤다. 로도모나스는 있는 대로 인상을 찌푸린 채 고개를 세차게 저으며 아주 강력하게 '싫다'는 의지를 표출해 보이고 있었다. 하긴, 낯선 사람이 갑자기 피를 달라는데 주는 게 이상하지. 아렌은 한숨을 쉬었다.

"죄송해요, 그건 안 되겠네요. 로도모나스가 싫대요."

"뭐! 로도모나스! 이름이 로도모나스인가 보지?"

거절한 건 한쪽 귀로 흘려보낸 실베스탄이 뜨거운 콧김을 내뿜으며 외쳤다. 그가 눈을 이리저리 굴리더니 좋은 생각이 난 듯 한껏 들뜬 어조로 외쳤다.

"우리 통성명부터 하지 않겠나! 정말 반갑네! 난 실베스탄이라고 해! 이래 봬도 꽤 유능한 마법사지!"

실베스탄이 으스대면서도 한쪽 손을 쑥 들이밀며 악수를 청하자 아렌은 눈매를 좁혔다. 어째 로도모나스를 발견하기 전과는 태도가 완전히 달라진 것 같은데…….

"아아, 네. 저는 아렌이라고 해요."

아렌은 그의 악수에 가볍게 응해주었다. 위아래로 크게 악수를 하고 실베스탄이 손을 뿌리치듯 놓으며 휙 돌았다.

"켄케스! 켄케스를 찾고 있다고 했지! 오래전에 내가 받아둔 게 있을 텐데. 자아⋯⋯. 한번 찾아볼까?"

별안간 그가 털썩 주저앉아서 분필 비슷한 것을 꺼내 들었다. 흰 분필은 몇 번인가 움직이며 무언가를 그리기 시작했다. 원 위에 알 수 없는 단어를 적어대던 실베스탄은 이따금씩 아렌을 향해 미소를 지어 보이면서 '켄케스를 찾아주면 로도모나스의 피 한 방울만 뽑게 해줘.'라는 뜻을 전했다.

켄케스를 찾아준다면서 왜 갑자기 바닥에 낙서를 할까, 라고 생각하며 아렌이 조심스럽게 물었다.

"저어, 뭐 하시는 건지 여쭤도 되나요?"

"보면 모르냐! 마법을 쓰기 위해 마법진 그리고 있잖아."

그가 큰 원 안에 꼬불거리는 글씨를 채워 넣었다. 그가 하는 양을 지켜보던 아렌은 슬며시 궁금증을 표했다.

"저어, 마법은 원래 그렇게 쓰는 건가요?"

"그게 무슨 뜻이냐? 그럼 마법을 어떻게 써야 하는 게 맞는 거냐?"

"어어, 그러니까⋯⋯. 손만 휘두르면 마법을 쓸 수 있다거나⋯⋯."

세이는 손만 한 번 휘두르면 모든 마법을 쓸 수 있었는데⋯⋯. 아렌이 세이를 떠올리면서 말했고 그가 있는 대로 인상을 구기며 말했다.

"무슨 말 같지도 않은 말을 하고 있는 거지?"

"⋯⋯아닌가요?"

"당연히 아니지! 마법은 그딴 애들 장난 같은 게 아니라고! 복잡한 수식과 계산을 거쳐 탄생하는⋯⋯. 그래, 하나의 예술 작품이란 말이다! 그걸 손을 한 번 휘두르는 걸로 완성한다고?"

실베스탄이 침을 튀겨가며 손으로 허공을 마구 휘둘렀다. 아렌은 뜻하지 않게 그를 흥분시킨 것 같아 식은땀을 흘렸다.

"어어……. 그런데 그렇게 마법을 쓰는 사람을 본 적이 있는데요. 손만 휙 휘둘러서 마법을 쓰던걸요."

"뭐라! 대체 누구!"

"세이라는, 황성 마법사인데요……. 제 친구예요."

아렌이 말을 하면 할수록 실베스탄의 얼굴이 점점 일그러졌다.

"헛소리! 나는 황성 마법사를, 아니, 황성 마법사의 사돈의 팔촌까지 다 꿰고 있어! 그런데 그런 놈이 있다고는, 내 생전 처음 듣는다!"

실베스탄이 자기 분에 못 이겨 펄펄 뛰며 말했다. '어디서 거짓말이야!' 라는 눈빛을 받자 아렌은 잘못 건드렸단 생각에 곧바로 말을 정정했다.

"예, 알겠습니다. 제가 잘못 봤나 봐요."

실베스탄이 '에잉, 에잉.' 하고 못마땅해하며 마법진을 마저 완성시키고 일어서서 무언가를 중얼중얼거렸다. 그의 웅얼거림이 뚝 끊기자 방 전체에 있는 물건이 흔들거리더니 저 구석에서 초록색 약초가 쑥 나와 그에게로 날아왔다. 그는 기다렸다는 듯 그것을 휙 낚아채고 아렌에게 내밀었다.

"자, 받으라고. 이게 켄케스야."

"아."

아렌이 작게 탄성하며 그것을 받아들었다. 그저 이름 없는 풀과 다를 바 없는 생김새가 도저히 독초같이 보이진 않았다.

"완전 쑥처럼 생겼네. 이거, 어디서 많이 봤는데, 정말……."

아렌이 조그맣게 중얼거리면서 기억을 더듬었다. 먼 옛날……, 본 적이 있다. 그래, 분명 카를로스 공자가 가지고 와서 보여줬었는데. 한껏 잘난 척을 하면서 말이야. 뭐에 쓴다고 했더라?

아렌이 생각에 골똘히 잠겨 있는 사이 실베스탄이 환하게 웃으며 그녀에게 다가왔다.

"자, 내가 하나 해줬으니 너도 하나 해줘야지. 저 마족에게 피부터 한 방울 주게 명령해줘!"

실베스탄이 로도모나스를 바라보며 탐욕스런 두 눈을 번쩍이자 로도모나스가 으르렁거리는 소리를 냈다. 싫어하는 기색이 역력하다. 아렌은 조용히 고개를 저으며 말했다.

"죄송해요. 켄케스를 주신 건 감사하지만, 그 부탁을 들어드릴 수가 없어요."

"뭐라! 왜!"

실베스탄이 펄쩍 뛰면서 비명을 토해냈다. 아렌은 어쩔 수 없다는 듯 어깨를 으쓱이며 재차 입을 열었다.

"로도모나스가 준다고 하지 않는 이상 저로선 할 수 있는 게 없어요. 명령을 내릴 만한 사이도 아니고요."

"뭐? 저 마족, 너와 계약한 게 아니었나?"

잔뜩 인상을 찌푸리며 실베스탄이 건네는 말에 아렌은 어리둥절해하며 대답했다.

"계약……, 같은 건 안 했는데요."

"그럼 왜 마족이 네 옆에 붙어 있는 거지?"

"안 되나요? 물론 계약이 필요하다고는 하지만, 예외의 경우도……."

순진한 대꾸에 실베스탄이 짜증이 가득한 표정으로 혀를 끌끌 찼다.

"이런, 상식이라곤 쥐뿔도 없는 녀석이군. 마족이 미쳤다고 할 일 없이 인간 옆에 붙어 있냐? 계약 없인 천족도 마족도 이곳에 있지 못해! 그건 불법이라고, 불법! 천족에게 대놓고 전쟁 선포를 하는 거나 마찬가지라고! 천마제가 애초에 왜 생긴 거라고 생각하는 거야?"

아, 마족과 천족은 인간계의 역사에 관여를 해서는 안 되고, 계약 없인 중간계에 올 수 없기 때문에 1년에 단 한 번 방문할 수 있도록 만든 날이 천마제였지. 거기까지 생각이 닿자 조금 이상해졌다.

아렌이 두 눈을 크게 뜨고 로도모나스를 바라봤다.

"로도모나스, 그럼 넌 여기 어떻게 있는 거야? 세이랑 계약한 거니?"

— …….

로도모나스는 알 수 없는 표정으로 아렌을 바라보고만 있을 뿐, 아무 말도 하질 않았다. 원하는 걸 얻지 못하게 됐다는 걸 깨달은 실베스탄이 불편한 심기를 마구 드러내며 입술을 잘근잘근 깨물었다.

"그 마족이 어떻게 너와 함께 있는지 모르겠지만……. 어찌 됐든 네 녀석은 오늘 나를 두 번이나 낚았어. 이 위대한 마법사 실베스탄 님을 말이야. 츠츠."

그가 크게 혀를 차곤 마땅찮은 눈초리를 아렌에게 쏘아댔다. 무슨 생각을 하는지 그의 입가에 의뭉스러운 미소가 점점 번져갔다.

어어, 이거 왠지 불길한데……. 순간, 실베스탄이 검지를 그녀의 눈앞에 마구 흔들면서 언성을 높였다.

"거기다 마법의 신성함까지 모독했지! 너! 도저히 용서할 수 없다! 그래, 마침 잘됐다. 저 방을 전부 정리하도록 해! 청소가 끝날 때까지 내보내주지 않을 거다. 위대한 마법사 실베스탄을 두 번이나 낚은 벌이야!"

"네에에에?"

아렌은 기겁했지만 실베스탄은 그녀의 말을 무시하고 휙 뒤돌아섰다. 맙소사, 걸려도 된통 잘못 걸렸다. 아렌이 낭패한 기색이 역력한 채로 슬슬 뒷걸음질을 치다가 문을 힘껏 열었다. 하지만 문고리는 잘그락거리기만 할 뿐, 돌아가질 않았다.

낑낑대는 그녀를 향해 실베스탄이 어림없다는 듯 코웃음을 쳤다.

"문엔 멋대로 들어올 수는 있어도 나갈 순 없는 마법이 걸려 있으니 괜한 헛수고 않는 게 좋을 거야.”

아렌이 움직임을 딱 멈추고 이상한 얼굴로 실베스탄을 바라봤다.

“그거, 미묘하게 반대 아닌가요? 보통은 들어오진 못하고 나갈 순 있는 마법을 걸어놓을 텐데요.”

“시끄러워! 어서 청소나 해! 청소 다 할 때까지 이 집에서 못 나갈 줄 알아!”

실베스탄은 방이 울릴 정도로 아렌을 윽박지르고는 자신의 연구실로 쏙 들어가버렸다.

“아니, 내가 왜 갑자기 마법사의 청소부가 된 거지?”

아렌이 멍한 어조로 중얼거렸다. 이거야말로 마른하늘에 날벼락이 아닐 수 없었다.

“로도모나스, 공간이동 쓸 수 있어?”

아렌의 물음에 로도모나스가 고개를 휘휘 저었다. 기다렸다는 듯 안쪽에서 떽떽거리는 실베스탄의 외침이 들려왔다.

“아, 그리고 마법을 써서 나갈 생각 따윈 추호도 하지 마! 결계를 이중, 삼중으로 쳐놨으니까!”

“이거야 원…….”

아렌이 곤란함이 가득한 얼굴로 이 상황을 어떻게 타개해야 할지 고민하기 시작했다. 하지만 오래 지나지 않아 아렌은 무거운 한숨을 내쉬며 고개를 저었다.

‘조른다고 보내줄 것 같지도 않고……. 최대한 빨리 청소를 끝내자.’

아렌은 그가 가리켰던 방문을 슬쩍 열어 고개만 빠끔 들이밀었다. 구석구석 거미줄과 메마른 먼지가 가득 차 있었다. 몇 년간 청소를 하지 않은 건지 습하고 역한 냄새가 확 풍기며 코를 찔러 왔다. 문틈 사이로 비집고 들어온 바람에 책에 쌓여 있던 초록색 곰팡이가 먼지처럼 피어올랐고, 아렌은 손으로 입을 막고 한참을 콜록댔다.

"으……. 대체 얼마 동안 청소를 안 한 거야? 여길 혼자 청소를 해야 하다니……."

아렌은 오만상을 찌푸리며 중얼거렸다.

"정말 본 대로 말한 것뿐인데……. 이건 다 세이 때문이야."

그녀의 그림자가 처량하게 축 늘어졌다.


쨍그랑, 쨍그랑.

"이크."

와르르.

"어휴."

이걸로 열일곱 번째, 책 더미를 무너뜨린 횟수이다. 아렌이 한숨을 쉬면서 쏟아진 책을 주섬주섬 주웠다.

애초에 그녀는 공녀의 신분이었기에 청소와는 거리가 멀었다. 시종으로 지내긴 했지만 그것도 잠시였고, 늘 반짝반짝 빛나는 황궁을 청소하는 것과 10년간 묵은 때와 곰팡이에 찌든 방을 청소하는 것은 엄연히 수준 자체가 달랐다. 다시 말해 서투른 솜씨로라도 분발해서 청소를 해도 방 안은 처음 상태와 다를 바가 없었다. 아니, 오히려 그녀가 청소를 하려고 손을 뻗을 때마다 위험천만하게 쌓여 있던 물건이 요란스런 소리를 내며 쏟아지거나 깨져서 일거리가 늘어나기 일쑤였다.

아렌이 그녀 품속에 모은 책을 책 더미 위에 와르르 쏟아내며 주저앉았다. 쪼그린 무릎 위에 팔꿈치를 대고 얼굴을 묻었다. 거칠고 긴 한숨 소리가 새어 나왔다.

"내가 도대체 여기서 뭘 하고 있는 거람……. 빨리 켄케스를 찾아야 하는데……. 안 그러면 기사단에서 나가야 하는데……."

아렌은 무슨 말인지 알아듣기 힘들 정도로 웅얼거렸다. 조사를 하러 온 기사가 청소부로 강등된 지 어언 두 시간 정도가 지나가고 있다. 그 찐따는 수사를 어느 정도로 진행했을까? 설마 벌써 찾은 건 아니겠지……. 한숨을 푹, 내쉬고 한참 동안 침울해 있던 아렌은 별안간 눈을 번쩍 뜨고 벌떡 일어섰다.

"아니야! 그렇지 않을 거야! 일단, 눈앞에 닥친 것부터 해치워보자고!"

아렌이 주먹을 불끈 쥐고 다시 청소를 시작했다.

얼마나 지났을까, 창문을 닦다가 손이 욱신거려 오던 그때.

"계십니까?"

익숙한 목소리에 아렌이 두 눈을 홉뜨고 문을 바라봤다.

"어? 부단장님!"

아렌이 깜짝 놀라며 그를 불렀다. 실베스탄의 집에 막 들어온 부단장, 라미에가 그녀를 보더니 인상을 찡그리고 위아래로 훑어봤다.

"……꼴이 그게 뭐지? 내기는 포기한 건가?"

그가 말한 대로 아렌의 상태는 아주 엉망진창이었다. 단정하고 깨끗했던 옷뿐 아니라 얼굴과 머리마저 먼지로 뒤덮여 있었다. 자신의 꼴을 인지한 아렌이 서둘러 손으로 머리를 툭툭 털자 혹여 묻을세라 라미에가 슬쩍 멀어졌다.

"뭐야, 또 누구야?"

실베스탄이 신경질적으로 외치며 나왔다. 그의 얼굴엔 '오늘따라 왜 이렇게 잡것들이 많이 찾아오는 거야?'라고 쓰여 있었다.

"마법사 실베스탄 님 되십니까?"

"그렇다."

실베스탄이 매우 까칠하게 대답했다.

"켄케스 약초에 대해 여쭈러 왔습니다만."

라미에는 잡다한 말을 하지 않고 즉각 본론을 꺼냈다. 그 말을 들은 실베스탄은 한쪽 눈썹을 휙 올리며 언성을 높였다.

"뭐? 오늘따라 그것에 대해 묻는 사람이 왜 이렇게 많지?"

"같은 사건을 맡고 있거든요."

아렌이 잽싸게 대답하자 실베스탄이 손가락을 위협적으로 흔들어 보이며 당부하듯 말했다.

"너에게 묻지 않았어."

"아, 예. ……내 참, 더러워서."

"방금 뭐라고 했지?"

"아무 말도 안 했어요."

아렌이 불만스럽게 투덜거렸다. 흐음, 하고 작게 소리를 내면서 실베스탄이 라미에를 위아래로 훑어봤다. 훤칠한 키에 건장한 체격, 그리고 무엇보다도 체력이 아렌보다 좋아 보였다. 청소부가 하나 더 생겼군. 실베스탄이 두 눈을 번쩍이며 입을 열었다.

"켄케스에 대해서 알고 싶으면 넌 저 방을 치우도록 해!"

실베스탄이 의기양양하게 아렌이 청소하던 방의 반대쪽 방을 가리키며 말했다.

동지가 생겼다! 아렌은 속으로 기뻐하며 라미에의 얼굴을 감상하기 위해 그에게로 시선을 돌렸다. 하지만 예상외로 라미에는 별 반응이 없었다. 아니, 마치 이런 상황을 예상이라도 한 것처럼 오히려 여유 만만해 보였다.

"이것, 받으십시오."

라미에는 대답 대신 실베스탄에게 무언가를 쑥 내밀었고, 실베스탄은 팔짱을 끼고 콧방귀를 뀌었다.

"뭐지? 뇌물인가? 헹, 나한테 뇌물은 안 통해!"

"일단 받아서 보십시오."

라미에를 의심스런 눈초리로 바라보면서도 실베스탄이 꾸러미를 받아 들었다. 그 안에 무엇이 있을지 아렌도 궁금해져서 뒤에서 고개를 쏙 뺐다. 꾸러미 속에는 손가락 두 마디쯤 되는 크기의 보랏빛 돌이 들어 있었다.

"웬 돌멩이에요?"

따악.

"아야!"

실베스탄의 딱밤이 이마에 직격으로 날아들자 아렌이 이마를 부여잡고 비틀거렸다. 실베스탄이 그녀를 향해 떽떽거렸다.

"돌멩이라니! 이건 마정석이다!"

"마……정석이요?"

"그래! 그것도 흠……. 최상급이로군!"

실베스탄이 흡족하게 고개를 끄덕거리더니 라미에를 향해 말했다.

"최상급 마정석이라. 구하기 힘들었을 텐데."

"예. 때문에 조금 늦어버렸습니다."

그가 여우같이 빙글빙글 웃으며 말했고, 반대로 아렌의 입꼬리는 서서히 내려갔다. 뭐야, 코빼기도 안 보이기에 내가 앞서 나간다고 생각했는데 그게 아니었어? 실베스탄은 조심스럽게 마정석을 천으로 감싸 옆에 둔 다음, 두 손을 포갰다.

"그래, 어떤 걸 물어보고 싶지?"

자기 입으로 뇌물은 안 받는다더니, 마정석을 받은 후 실베스탄의 태도는 아까 전과는 다르게 사근사근했다. 라미에는 울상이 된 아렌을 보고 씨익 웃어주었다. 마치 '꼬맹아, 마법사는 이렇게 구워삶는 거란다.'라고 말하는 것 같은 미소였다.

라미에가 허리를 숙여 실베스탄의 귓가에 무언가를 속삭였다. 실베스탄은 '응, 응.' 하고 순순히 대답하더니 마찬가지로 아렌에게 들리지 않도록 손으로 가리고 무언가를 일러주었다. 그것을 들은 라미에가 고개를 끄덕거리며 흡족한 미소를 지었다.

"잘 알겠습니다. 그럼."

"그래, 잘 가게."

라미에가 빙글거리며 아렌을 향해 한쪽 눈을 찡긋했다. 으으, 얄미워! 찌그러진 아렌의 얼굴을 보고 킥킥거리던 그는 아주 당당하게 문을 열고 나갔다. 아렌은 그 문을 보며 이를 바드득 갈고는 실베스탄을 향해 외쳤다.

"저한테도 가르쳐주세요! 저도 빨리 가야 한다고요!"

"시끄러워! 너는 청소나 열심히 해!"

실베스탄은 윽박지르고는 다시 안쪽 방으로 쏙 들어가버렸다.

"으으……. 젠장."

아렌이 고개를 푹 숙이고 주먹을 쥐었다. 마법사가 이렇게 괴짜인 걸 알았으면 사전 조사를 하고 왔어야 했던 건데. 내가 왜! 왜! 왜! 여기서 이 짓을 하고 있어야 하는 거야! 아, 저 마법사는 청소할 사람이 필요했던 게 틀림없어. 딱 좋은 때 내가 찾아온 거고. 거기다……! 거기다 찐따한테 비웃음을 사기까지 했어! 이런 꼴로!

밀려오는 짜증을 참지 못한 아렌이 옆에 있던 장식장을 퍽 걷어찼다. 그럼에도 분을 풀지 못한 아렌이 주먹을 부르르 떨며 씩씩거렸다.

"에잇! 짜증나! ……응?"

한껏 언성을 드높이던 아렌이 자신 위에 드리워지는 그림자를 발견하고 슬쩍 고개를 돌렸다. 자연히 그녀의 눈과 입이 떡 벌어졌다. 힘껏 가해진 힘을 이기지 못하고 기울어진 장식장이 그대로 그녀 위로 쓰러지고 있었던 것이다.

"……어라. 끄아악!"


건물 밖으로 나온 라미에는 방금 전 아렌의 얼굴을 떠올리며 숨죽여 웃었다.

'내가 그 많은 여자를 만나봤지만, 무슨 생각을 하는지 얼굴에 그대로 드러나는 여자는 처음이야.'

라미에가 배를 잡고 한참이나 끅끅거렸다. 별 희한한 녀석이다, 라고 생각하면서도 그는 어떤 사실을 기억해내고 입가의 미소를 지웠다.

'하지만 무슨 꿍꿍이로 단장님과 기사단을 속이고 있는지 모른다. 그것조차 연기일지 몰라. 속지 말자.'

마음을 가다듬은 그는 걸음을 옮기려다 말고 멈춰 서서 건너편 건물을 바라보았다. 건물 뒤편에서 누군가의 그림자가 빠르게 사라졌다. 대수롭지 않게 여기고 시선을 돌리려던 그는 갑자기 두 눈을 크게 떴다.

"……설마."

라미에는 발걸음을 재촉해서 모퉁이를 돌았다. 평소 같았으면 인파에 가려 보이지 않을 정도로 날랜 움직임이었지만, 천마제라 길이 텅 비어 있어서 멀리서나마 그를 발견할 수 있었다. 눈에 익은 체격, 복장……. 라미에가 놀라움에 입을 떡 벌리고 그를 불렀다.

"단장님!"

확신에 찬 라미에의 목소리에 그 인영이 우뚝 섰다. 라미에의 눈이 더이상 커질 수 없을 정도로 커졌다.

"단장님이십니까?"

라미에가 다시 한 번 부르자, 제스가 천천히 몸을 돌렸다. 얼어붙은 남청색 눈동자가 뚫어지게 라미에를 응시했다.

"단장님께서 어째서 여기에 계십니까? 설마……."

라미에가 침을 꿀꺽 삼켰다.

"……지나 ……가던, 길이었다."

제스가 힘겨운 듯 뚝뚝 끊어 말하곤 입을 다물었다. 가면과도 같은 무표정으로 가리고 있었지만 제스 자신도 할 말이 없는지 굳은 입술을 더이상 열지 못하고 있었다. 아니, 오늘 단장님께선 나오실 일이 없는 걸로 알고 있습니다, 라는 말이 목구멍까지 차올랐지만 라미에가 그를 삼켰다. 그 이유를 너무도 명확히 짐작할 수 있었던 탓이다.

'그 견습 기사가 걱정되어 와보신 건가? 맙소사.'

스스로의 생각에 말문이 막혀 라미에가 입을 살짝 벌렸다.

"라미에, 지나가던 길이었다."

그가 유난히 딱딱한 어조로 당부하듯 말했다. 거기엔 더 묻지 말라는 무언의 강요도 섞여 있었다. 그의 파고드는 듯한 시선과 부딪치자 라미에는 고개를 숙이며 입을 열었다.

"예, 단장님. 단장님께선 지나가던 길이셨군요. 잘 알겠습니다."

"……."

라미에를 응시하던 제스가 그의 옆을 스쳐 뚜벅뚜벅 걸어갔다. 어딘가 어색하고 뻣뻣한 발소리가 충분히 멀어졌을 때쯤 라미에가 천천히 허리를 세웠다.

"……하!"

멍하니 벌어졌던 라미에의 입에서 짤막한 웃음이 터져 나왔다. 믿을 수가 없었다. 다른 사람이면 몰라도, '그' 기사단장님이다. 자신과 오웰도 무려 2년이라는 긴 시간을 쏟아서 겨우 친구가 될 수 있었던 사람. 그것도 어릴 적에 말이다.

헌데 만난 지 얼마나 됐다고 기사단에 넣어주고, 집무실에서 같이 생활

하는 건 다반사며 하물며 그 녀석을 따라오고 그에 대해 변명까지 했다? 더욱더 웃긴 건, 제스가 그 사실을 당황해하며 숨기려 한다는 사실이었다.

아렌이 가까이 갔을 때 제스의 얼굴에 떠올랐던 표정이 스쳐 지나갔다. 애송이 녀석은 보지 못한 모양이지만, 자신은 똑똑히 볼 수 있었다. 제 눈을 의심할 수밖에 없었던, 그 표정. 라미에는 손으로 얼굴을 가리며 어처구니가 없어 웃음을 터뜨렸다.

'하, 이게 대체⋯⋯. 도저히 믿을 수가 없군. 그 녀석 도대체 무슨 짓을 한 거야?'

"아렌."

"으으⋯⋯."

자신을 부르는 매끄러운 목소리에 아렌이 실눈을 떴다. 지끈거리는 뒤통수를 손으로 잡으며 그녀가 끙끙대자 다시 한 번 낮고 고요한 목소리가 들려왔다.

"아렌, 여기서 뭐 하시는 겁니까?"

가늘고 흰 손길이 그녀의 볼을 가볍게 쓰다듬고 지나갔다.

"어어? 세이?"

아렌이 두 눈을 번쩍 뜨고 고개를 들었다. 세이가 은은한 미소를 띠고 그녀를 내려다보고 있었다. 엎드린 상태에서 그를 바라보는 건 꽤나 힘들어서 아렌이 상체를 슬쩍 일으켰다. 세이가 그녀의 팔을 붙잡아 가볍게 들어 올렸고, 덕분에 아렌은 거의 힘을 들이지 않고도 제대로 설 수 있었다.

아렌은 힐끔 로도모나스를 올려다봤다. 퍼덕거리며 허공에 있는 그가 '나 잘했어요?'라고 말하는 듯한 얼굴로 그녀를 바라보고 있었다. 아무래도 로도모나스가 자초지종을 세이에게 전부 말한 모양이다.

"으으……. 흑 났어요."

울상이 되어 불룩한 부분을 손으로 문지르고 있자 세이는 약간 난감한 얼굴로 그녀를 바라보았다.

"오늘은……, 이걸로 만족해주십시오."

세이가 아렌의 머리에 회복약을 부어주었고, 약은 흡수되듯이 머리에 스며들었다. 회복 마법을 써주는 것보다야 못했지만 아픔이 잦아드는 게 느껴졌다. 아렌이 희미하게 웃으며 그를 향해 말했다.

"고마워요, 세이."

순수한 감사를 표한 후 그녀가 자신의 꼴을 기억해내곤 서둘러 옷을 털어냈다. 손이 닿을 때마다 뽀얀 먼지가 일어나며 허공에 날렸다. 인상을 찌푸리며 피할 만한데도 세이도 손을 뻗어 손수 아렌의 손이 닿지 않는 부분을 털어주었다.

"세이, 손 더러워져요."

"가만히 계십시오."

그가 덤덤하게 대답하며 볼에 묻은 먼지를 쓸어냈다. 대충이나마 먼지가 제거되자 아렌이 먼저 그의 손을 밀어내며 그만 됐다는 뜻을 전했다. 세이가 손을 거두며 입을 열었다.

"그런데 여기서 뭘 하고 계셨던 겁니까? 이렇게……, 다치기나 하고 말입니다."

아렌의 흑이 있었던 자리를 부드러운 손길이 살짝 쓰다듬고 지나갔다. 세이의 물음에 아렌이 한숨을 쉬며 말했다.

"아아……. 뭐 조사할 게 있어서 왔는데 청소나 하고 있네요."

"무슨 조사를 말씀하시는 겁니까."

"아, 별일 아니에요. 신경 쓸 필요……."

"아렌."

싸늘하게 가라앉은 검은 눈동자에서 제대로 말하라는 무언의 압박이 느껴졌다.

"어어……."

아렌이 무어라 대답하기 전에 쾅, 하고 문이 활짝 열렸다.

"뭐야! 어느 허섭스레기가 감히 대마법사 실베스탄 님의 결계를 뚫고 온 거지?"

세이가 느릿하게 고개를 돌렸다. 아렌은 실베스탄의 잔뜩 화난 얼굴을 보고 히익, 하고 숨을 삼키고는 세이의 로브 자락을 쭉쭉 잡아당겼다.

"세, 세이. 결계라는 걸 뚫었어요?"

그는 대답하지 않았지만 직감적으로 그 침묵이 긍정을 의미하는 걸 깨달았다.

'으어, 저 자존심 강한 마법사의 결곈지 뭔지를 뚫었다니……. 큰일이다.'

"제기랄! 몇 년에 걸쳐 만든 결계인데 한 방에 깨다니! 당장 나와! 이런 건방진!"

실베스탄이 입에서 불을 내뿜을 기세로 펄쩍펄쩍 날뛰었다. 세이에게 불똥이 튀는 건 막아야겠다고 생각한 아렌이 한 발짝 앞으로 내딛었으나 세이가 저지했다. 세이가 앞장서 뚜벅뚜벅 걸음을 옮기자 곧 잔뜩 성난 눈동자가 그에게 향했다. 당장이라도 한바탕 벌일 기세였던 실베스탄은 세이를 보더니 크게 주춤거렸다.

"뭐……냐?"

실베스탄이 세이를 경계하듯 위아래로 훑어보았고, 세이는 천천히 손을 내밀었다.

"원하신다던 마족의 피입니다."

불길할 정도로 차분한 목소리로 그가 말했다. 세이의 손에 들린 작은 유리병 안엔 검붉은 보석이 하나 들어 있었다. 실베스탄은 떨리는 손으로 유리병을 받아들었다. 그가 유리병을 살짝 흔들자 보석이 딸랑거리며 작은 소리를 냈다.

"이……걸 대체 어디서? 거기다 결정화까지……."

"이제 뭐든 아시는 걸 말씀해주셨으면 합니다만."

실베스탄은 정말 궁금하다는 듯 물었지만 세이는 그에 대답하지 않고 딱 잘라 본론을 말했다. 실베스탄이 찔끔한 얼굴로 서둘러 입을 열었다

"아아, 아까 켄케스에 대해 물었지. ……켄케스는 독초라 희석해서 써야 해. 관리도 꽤나 까다롭고……, 켄케스가 거래된다고 하면……. 단 한 군데에서밖에 없어."

저 깐깐한 마법사가 순순히 말할 리가 없지, 라고 생각했는데 실베스탄은 슬슬 뒷걸음질 치면서 줄줄 털어놨다. 아렌은 세이의 뒷모습을 슬쩍 봤다가 그를 향해 물었다.

"거기가 어딘데요?"

"켄케스는 쉽게 거래되는 약초가 아니야. 잘 알려져 있지도 않고. 유통이 금지된 독초니까 십중팔구 훔친 사람은 암거래를 하러 가겠지. 암시장을 잘 살펴보는 게 좋을 거야. 고작해야 돈이 궁한 것들이 훔친 거겠지. ……이제 내가 아는 건 다 말한 거나 마찬가지니 이제 나가줬으면 좋겠어."

"예? 나가도 돼요?"

"그래! 나가줘, 제발! 당장 나가!"

실베스탄이 더 이상 참지 못하겠다는 듯 버럭 소리 질렀다. 갑자기 왜 저러는 거야? 아렌이 주춤하자 세이의 길고 강한 손가락이 그녀의 팔목을 잡았다.

"아렌, 그만 가는 게 좋겠습니다."

세이가 그녀를 잡아끌었다. 그가 한 발짝, 한 발짝 다가갈수록 실베스탄은 그의 근처에도 있기 싫다는 듯 원을 그리며 멀어져갔다. 세이는 그에게 한 번의 눈길도 주지 않고 문손잡이를 잡았다. 아렌이 '아, 그거 안 열려요.'라고 말하려는 순간, 거짓말처럼 문손잡이가 쉽게 돌아갔다.

아렌은 눈을 크게 떴다가 다시 감았다. 문이 열리며 틈새로 따가운 햇볕이 쏟아져 들어와 눈이 찡 아파 온 탓이다. 고개를 숙이려는 찰나 그녀의 얼굴에 그늘이 드리워졌다.

"눈이 많이 부십니까?"

아렌이 실눈을 떠서 목소리가 들리는 쪽으로 돌렸다. 세이가 로브 소매로 그녀의 눈을 가려주고 있었다. 대답을 기다리는 그에게 그녀는 미소로 대신 답했다. 세이는 그녀의 얇은 손을 살짝 힘주어 잡았다가 먼저 걸음을 옮겼다.

그들이 나가자, 실베스탄은 온몸을 지배하던 한기를 견디지 못하고 부르르 떨었다.

"으……. 내 생애 저런……, 마력은 처음 보네. 인간이 맞기나 한 건가? 마족의 피는 어떻게 구한 거야? 다른 한 녀석은 분명 평범한 인간인데……."

실베스탄이 미간을 좁히며 작은 유리병을 만지작거렸다. 영롱한 검붉은 구슬이 또르르 굴렀다.

"에라, 내가 알 게 뭐람! 소금 뿌려야겠어, 소금!"


"으와, 바깥 공기다. 세이 아니었으면 오늘 하루 종일 청소만 했을 거예요."

밖으로 나온 아렌이 끔찍하다는 듯 파르르 떨자, 침묵을 지키던 세이가 손을 놓아주고 입을 열었다.

"역사상 마법사의 은거지에 무작정 들어가는 이는 아렌밖에 없을 겁니다."

"으으, 냅다 문을 걸어 잠그고 청소를 시킬 줄 누가 알았나요. 마법사 중에선 괴짜가 많나 보네요. 내 앞에 있는 누구 씨도 포함해서 말이죠."

아렌이 장난기 가득한 미소를 지으며 그의 팔을 툭, 쳤지만 어딘지 서늘하게 가라앉은 그의 눈을 보고 입을 다물었다.

"······천마제인데 이렇게 돌아다니고 계셨습니까?"

말에서 다소 냉담한 기운이 느껴져 아렌은 슬쩍 눈치를 봤다. 회색 로브가 얼굴의 반 이상을 가리고 있었지만 그에게서 느껴지는 무거운 존재감은 여전했다. 그가 언젠가 제스 베이비를 두고 자리를 비운 로도모나스를 으를 때처럼 낮은 어조로 말했다.

"위험하니 돌아가시는 게 좋겠습니다. 보내드리겠습니다."

"으아아! 잠깐! 내 말 좀 들어봐요, 세이!"

아렌이 두 손으로 허공을 내저었으나 세이는 짧게 고개를 내저었다.

"듣고 싶지 않습니다."

세이가 단호하게 말하고 로도모나스에게 눈짓했다. 로도모나스가 머뭇대는 사이 아렌은 세이의 허리에 팔을 휘감고 매달리다시피 하여 그를 뜯어말리기 시작했다.

"아악! 안 돼요, 안 돼요! 아직 아무것도 알아낸 게 없는데 들어갈 순 없다고요! 세이, 내 말 좀 들어봐요!"

"······."

아렌은 두 눈을 질끈 감았다. 곧장 공간이동이 시전되며 기사단으로 돌아갈 줄 알았는데 이상하게 잠잠했다. 무슨 감정의 변화가 생겼는지 세이가 다소 풀린 어조로 말했다.

"말씀해보십시오."

아렌이 실눈을 뜨고 세이의 얼굴을 밑에서 바라보았다. 로브 모자 때문에 얼굴에 드리워진 그늘 사이에서도 기묘할 정도로 새카만 눈이 그녀에게 향해 있었다. 먹이사슬의 정점에 있는 짐승의 눈빛처럼 흉흉한 동시에 고귀한 빛을 띠고 있었다.

아렌은 주춤하며 슬며시 팔을 풀었다. 어딘가 어색하고 머쓱해졌지만 그녀가 침착하게 입을 열었다.

"세이, 나는……, 이대로 돌아갈 순 없어요. 해결해야 할 일이 있거든요. 그리고 천마제라도 걱정할 필욘 없어요! 이래 봬도 검술도 많이 늘었거든요."

"끝입니까?"

간단히 말한 후 그의 눈이 다시 로도모나스에게로 향하자, 아렌이 그의 시야를 손으로 가리며 외쳤다.

"으악! 아니요, 잠깐만요. 음, 세이! 일단 이건 알고 있어요. 세이가 지금 나를 돌려보내더라도 난 다시 나올 거라는 걸 말이죠. 그리고……, 자꾸 이러면 난 다시는 세이를 보지 않겠어요!"

마지막 말은 진심이 아니었지만 뭐든 끌어와 써보자고 생각하며 아렌이 소리를 빵 쳤다. 잠시 다물어져 있던 그의 입술이 열렸다.

"겁박하시는 겁니까?"

"뭐, 일종의……."

아렌이 말끝을 흐리며 입을 다물었다.

"그렇다면, 뜻대로 하십시오."

한기가 느껴질 만큼 냉담하게 말한 그가 휙 뒤돌아 가려 하자 아렌이 깜짝 놀라며 그의 로브 자락을 잡았다.

"세이! 이대로 가는 거예요?"

"예."

그가 놀라울 정도로 덤덤하게 대답했다. 아렌은 로브 자락을 잡은 손에 힘을 주며 다시 물었다.

"그렇다는 말은, 나를 다시는 안 보겠다는 뜻인가요?"

"……."

아렌은 두 눈을 크게 뜨고 외쳤으나 세이에게선 아무 대답도 돌아오지 않았다. 아렌은 저도 모르게 안달을 내며 언성을 높였다.

"세이, 진심이에요?"

"아렌이야말로 방금 그 말씀 진심입니까?"

그가 불길할 정도로 조용하게 물었다. 그에 아렌이 거칠게 그의 로브 자락을 놓으며 외쳤다.

"아니요, 그냥 해본 말이었어요. 네, 진심이 아니었어요. 그런데 일방적으로 그렇게 화내고 가버리는 걸 보니 반대로 저는 마법사님께 아무것도 아니었던 것 같네요."

다소 빠르게 말을 끝내고 숨을 몰아쉬면서도 그녀는 제가 왜 이러는지 도무지 이해할 수가 없었다. 다만 하나는 확실했다. 아까 그가 뒤돌아서는 순간 꽤 큰 충격을 받았다는 것.

그녀는 다소 감정적이 됐다는 걸 깨닫고 길게 심호흡했다.

"……미안해요, 요즘 일이 너무 많아서 과민해졌나 봐요. 세이에게 화낼 일이 아닌데. 나중에 다시 얘기해요."

그렇게 말한 아렌이 걸음을 한 발짝 떼는 순간, 뒤에서 손이 쑥 나오더니 아렌의 어깨를 감싸 당겼다. 턱, 하고 단단한 곳에 부딪히나 싶었는데 부드러운 은청색 머리카락이 몇 가닥, 바람에 휘날리는 게 보였다. 세이의 입술이 천천히 그녀의 귀에 다가와 낮게 속삭였다.

"저도 진심이 아니었습니다."

목소리가 점점 다가오더니 이내 촉촉한 느낌이 귀에 와 닿았다. 화들짝 놀라는 그녀를 달래듯 어깨를 잡은 손에 힘을 주고는, 그의 입술이 귀 깊숙이 파고들었다.

"상처를 드렸다면 죄송합니다. 다만, 다시는 그런 말씀 입에도 담지 마십시오."

고막을 가득 메우는 그의 목소리가 마치 그녀를 지배할 듯이 파고들었다. 아주 가볍게 촉, 입술을 대고 떼어냈는데도 천둥같이 크게 들렸다. 생전 처음 느껴보는 은밀한 감촉에 자꾸만 정신이 아득해지려 했다.

"알았어요, 알았다고요. 그런데 세이, 기사 하나가 민망해 죽었다는 소문이 나는 걸 원하지 않는다면 그 입 좀……."

아렌이 힘겹게 말하자 그의 입꼬리가 슬며시 올라갔다. 낮게 쿡쿡거리는 숨결조차 그대로 귀를 간질여서 아렌은 '정말 돌아버리겠네!'라고 외치고 싶은 걸 억지로 참았다. 아렌이 세이의 팔을 떼어내려고 낑낑대자 잠시 후 그가 순순히 팔을 풀었다. 아렌은 황급히 그에게서 떨어져 나오며 눈을 세모꼴로 떴다.

"세이……."

새빨개진 채로 아렌이 귀를 벅벅 긁자 세이가 천연덕스럽게 고개를 기울였다.

"아직 화가 나신 겁니까?"

뻔뻔스럽다! 무지하게 뻔뻔스러워! 도저히 당해낼 수 없는 철면피야!

아렌이 더 세게 귀를 긁어대자 세이가 그녀의 손을 탁 잡고 고개를 천천히 한 번 저었다.

"그러다 상처가 나겠습니다."

아까의 냉랭함은 흔적도 없이 지운 그가 온화한 미소를 머금으며 말했다. 확 변한 그의 태도에 멍해지면서도 어딘가 안도감이 들었다. 뭣 때문에 화가 풀렸을까, 생각하다가 아렌이 입을 열었다.

"음, 아까는……. 다시 한 번 미안해요. 저도 답답해서 홧김에 말하다 보니……. 하지만 저는 정말로 돌아갈 수 없어요. 해야만 하는 일이 있거든요."

아렌이 솔직하게 말하자 세이가 그녀를 빤히 응시했다. 잠시 후 그가 흠, 하고 작게 소리를 내고 말을 이었다.

"제가 졌습니다. 아렌을 강제로 돌려보내지는 않겠습니다."

"네? 정말요?"

아렌이 눈을 크게 뜨며 세이를 바라보자 그가 빠르게 뒤에 말을 덧붙였다.

"단, 저와 함께 다닌다는 전제 아래입니다. 오늘은 정말로 위험한 날이니까요. 일이 끝나는 즉시 돌아가신다고 약속하십시오."

"세이도 같이요?"

아렌이 반문하자 세이가 고개를 짧게 끄덕했다. 아렌은 망설이지 않고 즉각 대답했다.

"좋아요! 내 입장에서야 사양할 건 없죠!"

아렌이 히, 하고 웃자 세이도 잔잔한 미소를 머금었다. 싸늘했던 분위기도 풀어져서 아렌은 가벼워진 마음으로 발걸음을 옮겼다. 아렌은 문득 평소 같지 않은 그의 차림새에 눈이 갔다. 햇볕 알레르기가 있는 사람마냥 세이는 회색 로브로 온몸을 가리고 있었다. 심지어 찬란할 만큼 빛나는 머리카락도, 아름다운 얼굴도 다 가려져 보이질 않아 은근한 아쉬움이 들었다.

"그런데 세이, 그 로브, 덥지 않아요? 되게 답답해 보이는데……."

그렇게 말하며 아렌이 살짝 그의 로브 모자를 들췄다. 세이의 손이 빠르게 다가와 그녀의 손을 잡았다.

"괜찮습니다."

세이가 짧고 덤덤하게 대답했다. '그래요? 그럼 뭐…….'라고 입속말을 중얼거리며 손을 빼낸 아렌은 그를 유심히 보다 키득거렸다.

"세이, 볼 만하던 얼굴이 안 보이니 엄청 평범해 보여요. 실상은 밝힘증 심한 마법사님인데 말이에요."

"아렌이야말로 기사가 되니 굉장히 늠름해 보입니다. 실상은 다섯 살 난 꼬맹이인데 말입니다."

"뭐라고요! 그러는 세이야말로……. 윽, 윽."

아렌이 더 공격적인 단어를 찾지 못하고 주먹을 불끈 쥐자 세이가 낮게 웃으며 그녀의 머리를 쓰다듬어주었다.


"날씨가 좋질 않네요."

아렌이 하늘을 올려다보며 말했다. 짙은 구름 사이로 빛이 번쩍이며 간 헐적으로 우르릉, 하는 소리가 났다. 비가 올 것 같은데……. 싸늘한 바람 이 스쳐 지나가자 아렌이 손으로 오른팔을 비볐다. 옆에서 세이가 조용히 말했다.

"추우십니까?"

"아뇨, 괜찮아요."

"아렌, 이제 어딜 가실 겁니까?"

좀 더 걸음이 느린 아렌에게 보폭을 맞춰주며 세이가 물었다. 아렌은 검지로 입술을 꾹 누르며 눈을 이리저리 굴렸다.

"아까 그 마법사의 말에 따르면 정황상……, 암시장에 먼저 가봐야겠네 요. 그런데 암시장이 어딜까요?"

아렌이 천진난만한 어조로 말하고 주위를 휙휙 둘러보자 세이가 한숨 을 섞어 말했다.

"대책 없기론 아렌만 한 사람이 없을 겁니다. 따라오십시오."

아렌이 눈을 반짝거리며 그를 바라보자 세이는 난감하다는 얼굴로 마주 보다 먼저 걸음을 옮겼다. 아렌은 그의 옆으로 고개를 쏙 내밀며 유쾌하게 말을 걸었다.

"세이, 아까 방에 없던데……. 저보고는 위험한데 돌아다닌다고 뭐라고 했으면서 세이야말로 잘도 돌아다니고 있었군요!"

"저는 마법사의 집에 청소를 빌미로 잡히거나 하진 않습니다."

"아아……. 그건……."

괜히 말을 꺼냈다. 아렌이 할 말이 없어져서 입을 다물었다.

"다음에 다시 한 번 그런 일을 당하고 있는 게 눈에 띄면 꽁꽁 묶어 가두고 한 발짝도 못 나가게 할 테니 그렇게 아십시오."

세이가 엄한 어조로 말하자 아렌이 처량하게 어깨를 늘어뜨렸다.

"세이, 너무하잖아요."

"지금 당장 그렇게 하지 않은 것에 오히려 감사하셔야 할 겁니다."

아까보단 조금 부드러워진 어조로 말을 마친 세이가 그녀의 머리를 가볍게 쓰다듬어주었다. 아렌이 우우, 하고 작게 야유를 보내고는 길가를 훑어보았다. 텅 빈 길엔 아렌과 세이, 로도모나스의 그림자만이 길게 늘어져 있었다.

"사람이 정말 한 명도 없네요. 천마제여도 실은 별것 없는데 말이에요. 천족과 마족이 바글거릴 걸 은근히 기대했는데……."

아렌이 입속말을 웅얼거리다가 아까 전 일을 기억해내고는 손바닥을 짝 쳤다.

"아! 세이, 나도 아까 마족과 만났어요. 만났을 땐 마족인 걸 모르긴 했지만……."

세이가 걸음을 멈추고 아렌을 뚫어져라 내려다봤다. 기묘하게 빛나는 시선을 인식하지 못하고 아렌이 그때를 회상하며 말을 이었다.

"회색 머리카락에, 보라색 눈동자……. 마족이라곤 해도 사람이랑 정말 똑같이 생겼어요. 키가 컸고 자꾸 저를 인간이라고 부르던데요. 마족인 걸 티 내는 것도 아니고 인간이라고 부를 건 또 뭐예요?"

"그가 뭐라고 했습니까."

웬일인지 세이는 숙연할 만큼 진지한 얼굴이었다. 아렌은 기억을 더듬으며 어어, 하는 소리를 냈다.

"로도모나스가 왜 저랑 같이 있냐고 묻던데요. 혹시 세이. 아는 사람, 아니, 아는 마족이에요?"

"그럴 리 없지 않습니까."

덤덤하게 말하는 그를 보며 아렌은 문득 장난기가 발동했다. 그녀는 두 손을 뒷짐 지고 혼잣말을 하는 척하지만 그에겐 충분히 들릴 정도의 크기로 말했다.

"아아, 그 사람은 엄청 남자답고 멋있던데. 왜 내 주변엔 그런 사람이 없나 몰라."

"그건 무슨 뜻입니까?"

세이가 우뚝 서서 살짝 굳은 얼굴로 그녀를 뚫어져라 바라봤다. 아렌은 몰라서 묻느냐는 듯 태연한 어조로 말했다.

"세이는 여자보다도 예쁘잖아요. 처음엔 남잔지도 헷갈릴 정도였다니까요."

"……."

세이의 눈이 서서히 가늘어졌고 이어 그가 휙 돌더니 먼저 걸음을 옮겼다. 평소 그녀의 보폭에 맞춰주던 것과는 달리 다소 빨라진 속도였지만 아렌은 그를 따라붙으며 세이의 기색을 살폈다. 그는 한 치의 흐트러짐 없이 길가를 쳐다보고 있었다.

'흠, 약 올리기는 실패인가. 세이를 무너뜨리려면 도대체 뭘 어떻게 해 야 하지?'

아렌은 머리를 굴리다가 금방 포기하고 입을 삐죽였다. 카일을 상대로 말발을 좀 더 연마해야겠다, 라고 생각하던 찰나 세이가 멈춰 서며 말을 건넸다.

"저쪽이 암시장이니 이 근처에서 잠시 주변을 살펴보는 게 좋겠습니 다."

"하하. 세이랑 이렇게 같이 수색하러 다니는 거 꽤 재밌네요."

"아렌, 이건 놀이가 아닙니다."

주의를 주는 듯 단호한 어투였지만 아렌은 생기발랄하게 말을 걸었다.

"이렇게 세이랑 돌아다니는 건 두 번째네요. 세이, 아까 방에 없던데 세 이도 밖에 나와 있었어요? 무슨 볼일 있어서 나온 거 아녜요? 나랑 이렇 게 다녀도 돼요?"

"예."

"참! 세이, 그동안 뭐 하고 지냈어요? 저번에 봤던, 말 잘 듣는 세이한 테도 안부 전해주세요. 종종 보고 싶다고."

장난스럽게 말한 아렌이 엄숙할 정도로 가라앉은 그의 얼굴을 보고는 재빨리 뒤에 덧붙였다.

"장난이에요. 그날 세이가 유독 힘이 없어 보여서 걱정했다고요. 정말 무슨 일 있었던 거예요?"

"없었습니다."

"아무튼, 기운을 찾아서 다행이에요! 그런 세이는 전혀 세이답지 않아 요. 제어가 안 되긴 하지만, 평소의 세이가 훨씬 좋은걸요."

"……."

아렌이 떠드는 동안 세이는 이상하리만큼 반응이 없었다. 더 이상 꺼낼 화제가 없어져서 그녀가 겸연쩍은 얼굴로 이마를 긁적였다.

'어째 어느 순간부터 기분이 상당히 가라앉은 것 같은데.'

세이를 곁눈질로 살피다가 아렌이 침을 꿀꺽 삼켰다.

'세이 설마……, 삐친 건가?'

아렌은 스스로의 생각에 의아함이 들어 고개를 갸웃했다.

'세이가? 세이가 삐쳐? 그 어른스러운 세이가?'

세이와 어울리지 않는 단어가 있다면, 바로 '삐치다'라는 것임을 자신할 수 있었다. 하지만 그녀가 말하는 동안 찝쩍거리는 짓을 두 번쯤 더 하고도 남았을 그가, 그녀의 시선을 피한 채 입을 다물고 걸음만 옮기고 있었다. 분명 낌새가 이상하다. 말할까 말까 고민하던 아렌이 에라 모르겠다, 그에게 물었다.

"에……. 세이, 혹시 삐쳤어요?"

세이도 우뚝 멈춰 서서 천천히 뒤돌았다. 그녀를 바라보는 새카만 두 눈은 약간 커진 상태였다. 잠시의 정적이 흐른 후 세이가 수려한 미간을 서서히 좁혔다.

"당최 무슨 말씀을 하시는 건지."

호수처럼 고요한 어조로 그가 말했다. 오호, 반응이 예상외인데? 아렌의 눈꼬리가 가늘게 좁혀졌다.

"삐친 것 같은데……."

아렌이 상체를 뒤로 젖히며 여유 만만하게 흐응, 웃어주었다. 평소와는 정반대가 된 것 같은 승리감에 아렌은 사실 방방 뛰고 싶을 정도로 신이 나 있었다. 세이는 망설임 없이 고개를 내저었다.

"아닙니다."

"에이, 맞잖아요."

"아니라니까요."

"솔직히 말해봐요, 세이."

아렌이 집요하게 물고 늘어지며 손가락으로 세이의 로브를 쿡 찔렀다. 그녀의 손을 잡아 끌어내리며 세이가 한숨 섞인 어조로 중얼거렸다.

"삐치지 않았습니다. 다만 저번에도 말씀드렸다시피 저는 예쁘지도 않습니다."

아렌이 입을 가리고 웃음을 터뜨렸다. 예전부터 예쁘다고 하면 별로 좋아하지 않는다는 건 알고 있었지만, 설마 정말 넘어갈 줄은 몰랐다.

"푸하하! 세이, 이런 면도 있었군요."

그녀가 기분 좋게 웃는 동안 세이는 다소 복잡하고 난감한 얼굴로 그녀를 바라보았다. 아렌의 웃음이 잦아들 때까지 세이가 기다려줬다가 입을 열었다.

"이리 오십시오, 아렌."

끝을 알 수 없는 깊고 검은 눈동자가 그윽하게 그녀를 향해 있었다. 웃음은 그쳤지만 미소는 지우지 않은 채로 아렌이 손을 내밀어 맞잡았다. 세이가 살짝 끌어당기더니 순식간에 그녀의 어깨를 잡고 옆에 밀착시켰다. 회색 로브가 펄럭, 하는 소리를 내며 그녀의 어깨를 감쌌다. 또 어떤 방법으로 그를 약 올려볼까 궁리하던 아렌은 곧이어 살짝살짝 스쳐 오는 체온 때문에 금방 생각을 접었다. 얇은 옷 아래로 움직이는 잔근육이 새삼 그가 남자라는 걸 느끼게끔 해주었다. 얼굴이 빨개졌지만 그 모습을 세이에게 보였다간 또 어떻게 놀려 올지 몰라 고개를 숙이고 묵묵히 걸어갔다.

어둡고 꼬불꼬불한 골목을 따라 들어가니 허름한 가게가 쭉 늘어서 있는 대로가 나왔다. 시내보다는 한참 더 고요한 분위기인 그곳을 그녀가 휘휘 둘러보았다.

"아아…… 사람이 없으니 물어보면서 다닐 수도 없는 일이고. 아! 뭐라도 일단 먹고 갈까요?"

아렌이 유일하게 열린 가게를 발견하고 매우 반갑게 소리쳤다.

"빨리요."

아렌이 그를 잡아끌며 말하자 세이는 묵묵히 그녀가 이끄는 대로 따라갔다. 자그만 케이크 가게 앞에는 바깥에서도 먹을 수 있도록 나무 테이블과 의자가 준비되어 있었다. 테이블 앞에 그를 세워두고 아렌은 금세 케이크 한 조각을 사 왔다. 그녀는 먼지가 일어날 만큼 털썩 자리에 주저앉으며 말했다.

"아, 정말 배고팠어요."

아렌이 포크를 집어 들고 케이크를 콕 찔렀고, 세이가 그녀의 건너편에 앉았다.

"으, 맛있어. 역시 맛있는 건 충분히 음미하면서 먹어야 해요. 역시 단 걸 먹으면 기분이 좋아진다니까."

아렌이 케이크를 한입 물고 오물거리며 몸을 부르르 떨었다. 혀를 녹일 듯한 달콤한 초콜릿 맛이 입안에 퍼졌다. 아렌이 환하게 웃음을 피운 채로 초콜릿의 맛에 빠져 있자 그녀를 지켜보는 세이의 얼굴에도 미소가 피어올랐다.

"세이, 세이도 먹어요. 배 안 고파요?"

볼에 생크림이 묻은 줄도 모르고 아렌이 세이 쪽으로 접시를 살짝 밀며 권했다. 그 볼을 빤히 바라보던 세이는 짧게 고개를 내저으며 거절의 뜻을 전했다.

"괜찮으니 원하시는 대로 드셔도 됩니다."

"네, 대신 먹고 싶으면 하나 사줄 테니 말해요."

아렌이 선심 쓰듯 말하고 포크로 케이크를 쿡, 찔렀다.

"아렌, 볼에……."

"에?"

아렌이 고개를 들었다.

그때였다. 세이의 팔이 그녀의 머리를 감싸며 볼에 무언가 시원한 느낌이 든 건. 할짝, 하는 소리와 함께 아렌의 신경이 마비되었다. 세이의 검은 눈이 알 수 없는 빛을 품었다.

"이제 배가 부르군요."

매끄러운 목소리가 귀 바로 옆에서 들려왔다. 살짝 벌어진 입술에서 얼빠진 신음이 새어 나왔다.

"맛있군요. 생각한 것보다 더."

낮은 웃음소리가 섞인 목소리가 바람을 타고 울려 퍼졌다. 세이가 도로 멀어지자 아렌은 얼굴이 확 달아오르는 걸 느끼며 포크로 애꿎은 테이블을 푹, 찔렀다.

"세이, 미쳤군요! 배가 고프면 식사를 해요, 남의 볼에 묻은 걸 먹지 말고!"

"볼에 묻은 걸 먹는 게 더 맛있는 듯해서 말입니다."

"정말 세이도 특이하다니까요……. 어디 먹을 게 없어서……. 내가 이젠 무슨 음식으로 보이나 보죠?"

빈정거림이 가득한 그녀의 말에 세이가 빙글빙글 웃었다.

"차라리 음식이었으면 좋겠군요."

이건 또 뭔 소리야……. 복잡한 심경으로 그를 바라보던 아렌은 어쩔 수 없다는 듯 얕게 한숨을 내쉬곤 케이크를 마저 먹기 시작했다. 세이가 지그시 그녀를 바라보다가 대뜸 입을 열었다.

"저는 잠시 주변을 돌아보고 오겠습니다. 여기 얌전히 계셔야 합니다."

멀리 가는 그의 뒷모습을 보다가 아렌이 케이크를 푹푹 찌르며 길가를 바라봤다. 암거래를 하는 사람이 '나 암거래하러 왔소!'라고 광고하면서 다닐 거라고 생각하진 않았다. 하지만 누구든 지나가는 사람이 있어야 주시하든 말든 할 텐데, 이건 뭐 쥐새끼 한 마리도 보이지 않으니…….

"가는 날이 장날이라더니, 날을 잘못 잡은 건가?"

아렌은 불만스럽게 투덜거리곤 건너편 벽을 바라보며 손톱을 튕겼다. 톡, 톡, 하는 작은 소리가 고요함을 깼다.

'켄케스…….'

아렌이 턱을 괴고 골똘히 생각에 잠겼다. 켄케스는 고가긴 하지만 그에 비해 관리가 어려운 편이다. 돈을 생각하는 자들이라면 켄케스보다 더 유통이 쉬우면서 이익이 더 남는 물품을 택했을 터. 수레를 지키던 200명을 죽이고 가져간 거라면 뭔가 더 있는 게 틀림없다.

'좀 더 정보가 있으면 좋을 텐데…….'

아렌이 마지막 남은 케이크 조각을 입에 밀어 넣고 우물거리며 생각했다.

그때, 그녀의 귓가로 그리 달갑지 않은 목소리가 들려왔다.

"뭐야, 너도 여기까지 온 거냐?"

아렌은 고장 난 인형처럼 행동을 딱 멈추고 천천히 고개를 돌렸다. 그녀의 시선 끝에는 그녀를 한심하다는 듯이 쳐다보고 있는 갈색 머리카락의 남자가 있었다. 아렌은 한 번 움찔거리듯 미간을 좁혔다가 입을 열었다.

"……찐따……, 아니, 부단장님."

아침에 봤던 엘프와 나란히 서 있던 라미에가 그녀의 건너편에 털썩 앉았다.

"이런 곳에서 케이크라니, 태평하군. 내기는 잊은 거냐?"

"아니요. 잊을 리가 있겠어요?"

"어째 청소할 때가 더 잘 어울렸던 것 같은데 말이지."

"부단장님은 하루라도 시비를 걸지 않으면 입안에 가시가 돋친다거나 하는 불치병에 걸리신 것 같아요. 의원을 찾아가보는 걸 감히 권해드려요."

"정말 유치해서 들어줄 수가 없군."

라미에가 턱을 괴면서 고개를 절레절레 저었다.

"들어줄 수 없으면 가시면 돼요. 괜히 와서 말 시키고 있는 건 부단장님이라는 걸 알아주시길!"

세차게 코웃음을 치고 아렌이 포크를 그릇에 던졌다. 접시가 깨질 정도로 크게 쨍그랑, 하는 소리가 울렸다. 우스울 만큼 쉽게 말장난에 넘어간 것 같기도 하지만, 볼 때마다 그가 했던 말이 생각나서 울화가 치미는 건 어쩔 수 없었다.

"조사는 많이 진척된 건가?"

"네, 아주 많이요."

아렌이 잽싸게 대답했다. 실상 진행된 건 하나도 없었지만 말만으로도 그에게 지기 싫었다.

"흐응, 그래……."

라미에가 껄렁한 자세로 턱을 괴고 그녀를 응시했다.

"부단장님은요?"

"나? 나야……. 이 근처는 전부 다 조사했지. 나가던 길이었어."

벌써 전부 다 조사했다고? 그러고 보니 실베스탄에게서 정보를 듣고 간 한참 후에 출발했으니 그럴 만했다. 아렌은 슬쩍 눈을 굴리다가 그를 떠보았다.

"뭐 건지셨어요?"

"글쎄. 못해도 너보단 많이 알아냈을 것 같군."

그가 얄밉게 이죽거리자, 포크를 잡은 아렌의 손에 힘이 들어갔다. 포크를 라미에의 면상에 꽂아버리고 싶은 마음을 억제하고 아렌이 마음 깊숙한 곳에 참을 인을 새기고 있는데, 그가 불쑥 질문을 던졌다.

"너 말이야, 단장님을 어떻게 생각하고 있지?"

"잉? 그게 무슨 말이에요?"

뜬금없는 질문에 아렌이 머뭇대자 라미에가 단호하게 말했다.

"말 그대로야."

당연한 권리를 주장하는 것 같은 그의 태도에 아렌이 슬쩍 얼굴을 찌푸렸다.

"그게 갑자기 왜 알고 싶으세요?"

"그야 단장님이 널……."

라미에가 무언갈 말하려다 멈추고 아렌을 흘긋 바라봤다. 미묘하게 복잡해 보이는 표정을 짓더니 그가 손을 휘휘 저었다.

"아니, 아니다."

'뭐야, 말하려다 말고…….'

아렌은 입을 삐죽이곤 목소리를 가다듬고 말했다.

"단장님은 단장님이죠. 또 뭐가 있겠어요?"

"그럼 요전에 입을 들이밀었던 그 행동은 뭐지?"

"그, 그건, 그저 친애……, 아니, 존경하는 뜻을 담아……."

아렌이 더듬거리며 말하다가 입을 다물었다. 무슨 말을 해야 할지 고민하다가 그녀는 '아니, 내가 왜 대답하고 있는 거야?'라는 생각에 왈칵 화가 나서 테이블을 주먹으로 내리쳤다.

"정말 해도 해도 너무하네! 그……, 그 볼에 그건! 당사자인 단장님도 묻지 않는데 왜 부단장님이 난리예요?"

"흐음……. 일리가 있는 말이군."

얄미워질 정도로 그가 순순히 대답했다.

"그럼 다른 걸 물어보지. 단장님께 여자라는 걸 이야기하지 않는 이유가 뭐지?"

이 찐따가 또 무슨 꿍꿍이로 묻는 거야? 그렇게 생각하며 인상을 찌푸렸지만, 예상외로 라미에는 굉장히 진지한 얼굴로 그녀를 바라보고 있다. 그의 변화에 아렌이 어리둥절해하면서 물었다.

"계속 내 말은 들은 척도 안 하더니……. 이젠 들어줄 마음이 생기셨나 보죠?"

"응."

참 간단하게 되돌아오는 대답에 아렌은 눈매를 가느스름하게 좁혔다.

"근데 내가 왜 그걸 그쪽한테 말해야 하나요?"

"그래, 굳이 말할 필요가 없지. 잘 알았다."

"잠깐만요!"

일어서려는 그를 아렌이 재빨리 불렀다. 라미에가 느릿하게 고개를 돌리며 무슨 말이든 해보라는 뜻을 전했다. 이 사람에게 진심을 말한다라……. 느낌이 이상했지만 아렌은 후, 하고 한숨을 내쉬고 말했다.

"저는 언젠가는 떠나야 하거든요, 그런데……."

"돈을 뜯어내면 떠날 건가?"

"돈과는 전혀 관계없어요. 무, 물론 가끔 돈이 부족하면 밥을 얻어먹긴 하지만 그건 돈이 목적이라고 볼 순 없고요."

"뭐야, 빌붙기는 한다는 거냐?"

"굶어 죽지는 말아야 하니까요. 돈을 빌리는 건 아니고 어디까지나 친선의 의미로 밥을 얻어먹는……. 그런데 대체 뭐가 그렇게 웃겨요?"

어느 순간부터 배를 잡고 큭큭대는 라미에를 향해 아렌이 콧잔등을 찌푸리며 말했다. 웃음을 참느라 어깨까지 떨던 그는 크게 심호흡을 몇 번 했다.

"아니, 생계형인 줄은 미처 몰랐거든. 일단 계속해봐."

가느다랗게 눈을 좁히고 있던 아렌이 한숨을 푹 쉬고 이야기를 이어갔다.

"거짓말을 시작한 건, 단장님 때문은 아니었어요. 다른 이유 때문에 피치 못하게 위장을 해야 했는데 그게 크게 번져간 거죠. 하지만 일이 이렇게 될 줄은 저도 몰랐고…….."

"이기적이군. 결국은 네 사정 때문에 거짓말을 했다는 것 아냐? 왜 자꾸 변명하지?"

웃음을 그친 라미에가 싸늘하게 가라앉은 눈빛으로 그녀를 바라봤다.

"이기적일지도 모르겠네요, 하지만 전…….."

말을 끊은 아렌이 심호흡을 하곤 다소 침울해진 어조로 말했다.

"네, 실은……, 많이, 후회가 돼요. 굉장히 많이요. 하지만 남자라고 속이지 않았더라면 지금까지 곁에 있지도 못했을 거예요. 전 지금이 더할 나위 없이 행복해요. 그리고 전 그저……. 이 생활을 지키고 싶은 것뿐이에요."

절실한 마음을 쏟아내면서 그녀가 쓴웃음을 지었다. 바람이 쏴 지나가며 나뭇가지가 스산한 소릴 냈다. 라미에가 그녀를 물끄러미 응시하더니 테이블 위에 있는 손을 덥석 잡았다.

"왜, 왜 이래요? 갑자기!"

아렌이 화들짝 놀라며 손을 빼냈다.

"서, 설마 저까지 여자로 보시는 건 아니죠?"

아렌이 어색한 동작으로 멀어지면서 경계심 가득한 눈초리를 던졌다.

"너 같은 꼬맹이는 줘도 안 가져."

라미에가 억양 없이 말하곤 그의 손을 거두었다.

"아니, 그럼 손은 왜 갑자기 잡은 거예요? 깜짝 놀랐네."

아렌이 투덜대면서 라미에가 잡은 손등을 벅벅 문질렀다. 라미에가 그녀의 행동 하나하나를 뜯어보면서 골똘히 생각에 잠겼다.

'뭐야, 남자에게 하나도 익숙하질 않잖아?'

여자인 걸 속이고 들어온 것만 제외하곤, 하는 행동도 말도 지나치게 솔직하지 않은가. 거기다 라미에는, 제스가 시킨 '세이'라는 마법사에 대한 조사 때문에 바빠서 그녀에 대한 조사는 충분히 하지 못한 상태였다. 수상하기에 그저 눈앞에서 치워버릴 생각만 했는데, 조금 성급했는지도…….

라미에가 그녀를 지그시 바라보자 아렌은 '설마 아니겠지. 오기만 해봐.'라고 중얼중얼거렸다.

"아렌."

의자에 깊이 앉아 생각이 잠겨 있던 라미에는 갑자기 들려오는 낮은 미성에 고개를 들었다. 회색 로브를 입고 있는 상대는 몸은 물론이고 얼굴 절반 이상을 가리고 있었다. 고개가 기울어진 각도로 시선은 아렌에게 향해 있는 것을 짐작할 수 있었다.

"이런, 동행이 있었군."

라미에가 혀를 끌끌 찼다. 좀 더 자세히 물어볼 생각이었는데, 라고 생각하며 그가 일어섰을 때였다. 아렌이 반가운 기색을 드러내며 그를 불렀다.

"세이. 벌써 왔어요?"

'세이'라는 이름을 듣자 라미에의 옅은 갈색 눈동자가 강렬하게 번쩍였다. 그가 행동을 딱 멈춘 채로 아렌을 향해 입을 열었다.

"세……이? 세이라고? 혹시 마법사인가?"

"예, 그런데요?"

아렌이 어리둥절해하면서 말하자 라미에의 입술에 희미한 미소가 그려졌다. 단장님이 조사를 명하신 이후 아무리 쑤시고 다녀도 먼지 하나 나오지 않더니……. 이런, 생각지도 못한 대어를 낚게 되었군.

"이봐, 네 동행, 나에게 소개해주지 않겠어?"

"어……."

아렌이 어눌하게 말을 끌며 세이를 힐끔 봤다. 그제야 세이의 고개가 느릿하게 라미에를 향했다.

"저에게 볼일이 있으십니까?"

정중하지만 싸늘한 어조로 세이가 말했다. 그가 고개를 들자 가느다란 턱 선과 단정한 입매가 보였다. 라미에는 특유의 껄렁한 태도로 직설적인 질문을 던졌다.

"볼일이야 많지. 이름부터 알고 싶군. 세이라는 건 풀 네임인가? 성은 뭐지? 마법사라고? 어디 소속이지?"

"……."

"생김새도 보고 싶은데, 모자를 젖혀봐."

라미에가 세이를 향해 손을 뻗었다. 어? 어? 라며 둘을 번갈아보던 아렌이 황급히 라미에의 손을 탁 쳐냈다.

"부단장님! 실례잖아요!"

"넌 가만히 있어."

라미에가 절도 있게 그녀의 손목을 붙잡고 말했다. 아렌이 반발하려는 순간, 세이의 목소리가 그 사이를 갈랐다.

"그 손……, 놓으십시오."

그렇게 말하는 세이의 얼굴은 가면을 쓴 것처럼 딱딱하고 무표정했다. 라미에가 입꼬리 한쪽을 올리며 대꾸했다.

"놓으면 대답을 해줄 건가?"

아렌에겐 능글거리며 잘 웃었던 세이에게선 불안할 정도로 대답이 없었다. 라미에는 채근하는 것처럼 빠르게 그를 훑었다.

"왜 아무 말도 못 하지? 통성명도 못 하는 이유라도 있는 것처럼. 뭔가 켕기는 게 있어 보이는데, 내 눈엔……."

라미에가 집요하게 다그쳤다.

"부단장님! 그만하세요! 이 이상의 무례한 행동은 제가 용납하지 않겠어요!"

아렌은 은색 눈동자를 맹렬하게 이글거리며 버럭 소리 질렀고, 라미에는 그녀를 향해 턱짓을 했다.

"넌 빠져. 지금 누구 앞을 가로막고 있는 건지 알고나 있나? 이건 명백한 하극상이야."

라미에도 물러서지 않고 으름장을 놓았다.

"세이는 제 동행자예요. 이러시는 것, 실례예요!"

아렌이 잔뜩 인상을 쓰며 울분을 토해냈고 라미에는 속으로 혀를 끌끌 찼다. 거참, 단장님이 조사를 명하셨다고 당사자 앞에서 말할 수도 없고…….

그때, 라미에는 누군가 뒤에서 자신의 옷을 잡고 당기는 걸 느끼고 뒤를 돌아봤다. 그와 동행자인 여자 엘프가 그의 옷깃을 잡고 사시나무처럼 덜덜 떨고 있었다.

"왜 그래?"

라미에의 물음에도 엘프는 입술 한 번 떼지 못하고 고개를 내저었다. 무엇이 이렇게 그녀를 겁에 질리게 만든 것일까. 라미에는 놀라서 얼굴이 굳어졌지만 내색하지 않았다. 라미에가 다시 침착하게 입을 열려는 그때, 그의 머릿속에 누군가의 목소리가 울렸다.

— 두 번째 경고입니다. 놓으십시오.

라미에는 두 눈을 있는 대로 크게 뜨고 휙 고개를 돌려 목소리의 주인공을 찾았다. 아렌은 등지고 있어서 발견하지 못했지만, 세이는 싸늘하게 얼어붙은 얼굴로 라미에를 똑바로 쳐다보고 있었다. 그의 시선이 느릿하게 라미에의 손으로 내려갔다.

— 하찮은 벌레의 피를 제 손에 묻히고 싶지 않습니다.

벌레? 하찮아? 그 거만한 어투에 라미에의 마음속에 반발심이 일어났다. 오히려 라미에가 그녀의 손목을 더 꽉 움켜쥐었다. 부러지면 부러졌지, 절대 굽히지 않겠다는 게 그의 자존심이었다.

그러자 정체를 알 수 없는 마법사에게서 형언할 수 없는 기운이 느껴졌다. 등줄기를 따라 뱀처럼 스멀거리며 올라오는 것은……, 살기였다.

— 물러서십시오. 그녀가 눈치 채지 못하도록 자연스럽게.

유리 파편 같은 말이 폐부까지 깊숙이 찌르고 들어왔다. 라미에는 저도 모르게 아렌의 손목을 놓고 한 발자국 뒷걸음질 쳤다. 평소였으면 절대 따르지 않을 말이었지만 마치 그의 말 한 마디에 손발이 조종당하는 것 같았다. 라미에의 본능이 움직이지 말라고, 순응하라고 비명을 지르고 있었다.

'단장님, 대체 저런 자의 정보는 왜 필요하신 겁니까?'

라미에의 이마에 식은땀이 송골송골 맺혔다. 입을 열려 해도 쉽게 되지 않았다. 딱딱거리며 마주치는 이가 자신의 것인지 믿기지 않았다.

— 한 번 더 길을 막는다면……. 고통을 느낄 수 있는 마지막 순간까지 살아 있는 걸 후회하도록 만들어드리겠습니다.

라미에의 필사적인 저항을 비웃기라도 하듯, 소름 끼치도록 어두운 목소리가 다시 한 번 머릿속을 헤집었다.

"부단장님?"

아렌의 목소리에 꿈에서 깨어나듯 라미에의 몸이 크게 흠칫했다. 그는 더 이상 커질 수 없을 정도로 눈을 부릅뜬 채 아렌에게로 옮겼다. 아렌은 갑작스런 그의 변화에 당황스런 얼굴이었다. 핏기 하나 없이 하얗게 질린 얼굴을 최대한 수습하려 애쓰며 라미에가 입을 열었다.

"얼른……, 가보도록……, 해."

"예?"

몸이 어디 좋지 않으신 건가요? 라고 물으려는 순간 세이의 손이 그녀의 어깨를 따뜻하게 감싸 왔다.

"아렌, 이제 가는 게 좋겠습니다."

"아……."

망설이는 아렌을 향해, 그가 온화하게 웃어주었다.

"아, 네……. 그래요, 세이. 가보겠습니다, 부단장님."

아렌이 꾸벅 인사한 후 흘끔 그를 바라보고 걸음을 돌렸다. 세이도 그녀의 어깨를 끌어안으면서 돌아섰다.

— 그녀가 함께 있었던 것을 감사하게 여기십시오, 라미에 제이린.

섬뜩할 정도로 냉혹한 그림자가 라미에를 감쌌다.

## 14. 밤의 남자

그림자 하나 보이지 않는 대로를 아렌과 세이는 함께 걸어가고 있었다. 라미에와 헤어진 후 세이는 줄곧 그녀를 로브로 감싸 데려가고 있었다. 간헐적으로 우르릉거리는 소리가 들려오며 가느다란 빗줄기가 추적추적 내리기 시작했다.

아렌은 로브 밖으로 손을 빼냈다. 물방울이 톡, 톡, 손바닥을 때렸다.

"미안해요, 세이. 아까 그 사람은……, 기사단 부단장님인데, 인간이 원래 저래요."

아렌은 심란해지는 마음을 억누르며 세이를 흘긋 쳐다봤다.

"아렌이 사과하실 필요는 없습니다."

세이가 상냥하게 대답했다. 초면에 그런 실례를 저질렀는데도 세이는 너그럽게 넘어가주는구나, 생각하며 아렌은 생각에 잠겼다.

'벌써 부단장님은 뭘 많이 알아낸 모양이던데…….'

아렌은 자꾸만 가슴에서 빠져나가려 하는 용기와 자신감을 필사적으로 붙잡았다. 그녀는 주먹을 꽉 쥐고 세이를 향해 질문을 던졌다.

"세이, 아까 둘러본다던 거……. 어떻게 됐어요?"

"아무것도 없었습니다."

그가 덤덤하게 대답하자 아렌이 펄쩍 뛰었다.

"으앗! 그걸 이제 말하면 어떡해요! 세이, 구석구석 살펴본 거 맞아요? 안 되겠다, 내 눈으로 직접 한 번 더 살펴봐야겠어요."

"아렌."

서둘러 움직이려는 아렌을 세이가 팔목을 낚아채며 저지했다. 세이는 약간 서늘함이 느껴지는 눈빛으로 그녀를 빤히 바라봤다.

"……이 일을, 꼭 해야겠습니까?"

가능하면 하지 않으면 한다는 뜻이 전해져 왔고, 아렌은 세이의 팔을 툭 치며 말했다.

"에이, 무슨 소리예요. 세이!"

그녀의 말이 끝나자마자, 먼 곳에서 귀를 찢을 정도로 굉음이 울려 퍼졌다.

"뭐, 뭐야?"

아렌이 깜짝 놀라며 주위를 휘휘 둘러봤다. 먼 곳에서 매캐한 회색 연기가 자욱하게 피어올라 하늘을 덮어갔다.

"마족과 천족……. 두 종족은 중간계에 오지도 못하며, 역사에 관여해서도 안 됩니다. 이에 불만을 가진 마족들이 많다고 들었는데……. 결국 일을 벌인 모양입니다."

강 건너 불구경하듯 말한 세이가 아렌에게 시선을 옮겼다.

"이런 곳을 혼자 돌아다닐 생각이셨단 말입니까?"

후, 하고 가볍게 한숨을 내쉰 후 그가 중얼거렸다.

"생각이 없다 해야 할지, 세상을 모른다 해야 할지……."

"지금 세이가 날 심하게 무시하는 것 정돈 알겠어요."

아렌이 끙, 하는 소릴 내며 대답했고 세이가 그녀의 머리 위에 살짝 손을 얹었다.

"언제 어디서고 조심하셔야 합니다, 아렌은 여자의 몸이니 말입니다."

"으하하. 나한테 여자라고 하는 사람은 세이밖에 없네요. 여자인 걸 잊지 않아줘서 고마워요."

아렌이 장난을 치며 은근슬쩍 넘어가려 했으나 세이에겐 통하지 않았다. 그가 잔뜩 진지한 얼굴을 한 채 코끝이 닿을 정도로 가까이 왔다.

"아렌, 제대로 대답하십시오."

모든 걸 꿰뚫어볼 것 같은 날카로운 눈동자가 그녀에게 대답을 강요하며 직시하고 있다. 아렌이 슬쩍 눈을 피하며 말했다.

"알았어요. 최선을 다해 조심해볼게요."

"착하시군요."

강압적인 그의 말투에 아렌이 마지못해 대답하자 세이가 흡족하게 대답하곤 시선을 먼 곳으로 던졌다. 은근히 거역하기 힘든 타입이라니까, 라고 생각하며 아렌이 힐끗 세이를 훔쳐봤다. 약간 어두운 곳에서 보니, 그의 청빛 감도는 은발이 완벽한 은색으로 보였다.

「으, 은색, 은색, 은청……, 악마…….」

그를 보는 순간 아주 뜬금없게도, 켄케스를 지키던 200명 중 살아남은 목격자의 비명 소리가 귓가에 들렸다. 아렌은 화들짝 놀라며 고개를 휘휘 저었다. 대체 무슨 생각을 하는 거야, 제국에 은색 머리카락인 사람이 얼마나 많다고…….

그때 다시 한 번, 마법이 난사되면서 건물이 무너지는 소리가 천지를 뒤흔들었다. 아렌이 휘청거리자 즉각 세이가 그녀를 잡아주었다. 먼 곳에서 사람들의 고통스런 비명 소리가 들려왔고, 허공으로 진한 흙먼지가 꽃피어나듯 퍼지는 게 보였다.

쾅, 쾅, 굉음이 아까보다 좀 더 가까운 곳에서 들려왔다. 건물이 도미노처럼 연이어 무너지는 소리 사이로 다소 냉정하게 느껴지는 세이의 목소리가 울렸다.

"아렌, 이젠 돌아가십시오. 여기선 아무것도 얻을 수 없을 겁니다."

"세이, 그게 무슨……."

아렌이 균형을 잡는 데 집중하느라 힘들게 대답했다. 땅의 진동이 잦아들 때쯤, 낮은 목소리가 다시 들려왔다.

"돌아가십시오. 그들과 자꾸 연관되어 당신에게 이로울 것이 없습니다."

그의 어조, 표정, 태도에서 심상찮은 느낌을 받은 아렌은 등을 곧게 세우고 그를 물끄러미 바라보았다.

"세이……. 아까부터 이상해요. 설마……, 세이, 뭘 알고 있어요?"

"……."

"세이!"

아렌이 빨리 이야기하라는 뜻으로 그의 손을 잡고 강하게 힘을 주었다. 하지만 세이는 그녀를 바라보기만 할 뿐, 전혀 입을 열 생각이 없어 보였다.

"세이, 대체 뭘 알고 있는 거예요?"

긴장된 침묵이 흘렀다. 굳게 닫힌 입이 열릴 기미가 보이지 않자 아렌의 마음속엔 궁금증이 꼬리에 꼬리를 물고 피어났다. 마족은 계약 없이 중간계에 있을 수 없다면서, 로도모나스는 여기에 왜 있는 건지. 마법은 복잡한 수식과 계산을 통해 마법을 써야 된다고 하는데 세이는 어떻게 손만 휘두르고 마법을 쓸 수 있는 건지. 세이를 앞에 둔 실베스탄과 라미에의 행동은 왜 그랬는지……. 하지만 때가 좋지 않아.

아렌은 침착하게 마음을 가라앉히고 단 하나의 질문을 건넸다.

"……세이는 누군가요?"

아렌이 숨을 멈추고 그의 대답을 기다렸다. 세이는 아렌을 응시할 뿐 그녀의 궁금증을 풀어줄 생각은 전혀 없는지 웃기만 하고 있었다.

"세이, 내 말 듣고 있어요?"

"듣고 있습니다."

입술을 멍하니 벌린 아렌이 낯선 사람을 대하는 눈빛으로 세이를 뚫어져라 바라봤다.

"당신, 도대체……, 누구예요?"

입술이 저절로 움직이며 약간 갈라지는 목소리가 나왔다. 빗물 때문에 뺨에 들러붙은 은색 머리카락을 세이의 손이 쓸어 넘겼다.

"당신이 아니고 세이입니다."

홍채가 보이지 않을 정도로 어두운 눈동자가 아렌을 깊숙이 들여다보았다. 상황에 맞지 않는 말에 아렌이 미간을 찌푸렸다.

"세이, 제대로 대답 좀……."

"……아렌이."

세이가 그녀의 말을 가로채고 들어왔다.

"지어주지 않으셨습니까."

억양 없고 단조롭게 말한 후 세이가 입을 다물었다. 다시 한 번 침묵이 자리 잡았다. 숨 막히는 시간 동안 아렌은 그에게서 눈을 돌릴 수가 없었다.

"그게 무슨……."

아렌이 멍하니 중얼거렸으나 대답이 돌아오지 않았다. 그의 손길이 음미하듯 그녀의 볼을 쓸었다.

"아렌."

"네?"

"……."

그의 침묵에 아렌이 고개를 갸웃하며 다시 입을 뗐다.

"불렀으면 말을……."

"……어느새 어엿한 숙녀가 다 되셨군요."

옛날을 회상하듯, 약간 나른한 어투로 말하며 그가 이마를 맞대어 왔다. 서늘한 공기 사이로 다소 뜨거운 체온이 전해져 왔다.

"어느새……, 라니……."

아렌이 멍한 어조로 읊조렸다. 도대체 무슨 말을 하는 거냐고, 처음부터 끝까지 설명하라고 하고 싶었으나 입안에서만 맴돌 뿐, 밖으로 나오질 않았다. 깊숙이 빛나는 검은 눈동자가 그녀의 시선을 단단히 붙잡았다.

"키스는 해본 적 있습니까?"

그가 조용히 물어 왔다. 불장난을 하다 들킨 어린아이처럼 아렌의 가슴이 덜컹했다. 그녀는 엉겁결에 기억해낸 장면들을 생각하지 않기 위해 온갖 애를 썼다. 대답이 없는 것을 부정의 의미로 받아들이고 세이의 고혹적인 미소가 짙어졌다.

"해보시겠습니까?"

"누구……랑요?"

분위기가 심상치 않게 변해가는 게 느껴져 등에서부터 목에 이르기까지 뻣뻣하게 굳기 시작했다. 세이의 손이 스르르 올라와 그녀의 뺨을 쓸었다. 은근하게 빛나는 눈동자를 더 이상 마주할 수 없어 아렌은 두 눈을 질끈 감고 힘껏 그의 어깨를 잡고 밀어냈다.

"세이! 무무무무무슨!"

몰려오는 화끈거림과 거친 숨을 몰아쉬며 아렌이 외쳤다. 입술이 닿을 정도로 가깝게 세이가 다가오며 야릇한 웃음을 입가에 물었다.

"지금부터 한 마디라도 더 하면……. 제가 무슨 짓을 할지 모릅니다."

따뜻한 입김이 그녀의 입술 위를 타고 흩어졌다. 그의 손이 그녀의 두 어깨를 감싸고 아프지 않을 정도로만 단단히 잡았다. 세이가 눈을 내리깔자 긴 속눈썹이 선명하게 시야에 들어왔다.

"……입."

입?

"벌리시겠습니까?"

가까이서 조곤조곤 속삭여 오는 말이 간지럽다. 아렌은 이 묘한 분위기를 더 이상 참을 수 없어져 확 밀치고 멀어졌다. 빨개진 얼굴을 보며 세이가 작게 웃었다.

"이대로 데려가고 싶군요. 허나 좋아하지 않으실 것 같습니다."

"뭘, 어디로…….'

아렌이 무슨 말을 해야 할지 몰라 입만 뻐끔거리자 세이가 나지막이 웃음을 터뜨렸다. 두방망이질치는 심장 소리가 고막을 가득 메워서 머릿속이 새하얘졌다. 아렌이 주먹을 꽉 쥐고 세이를 향해 치켜들자 그가 재빠르게 손목을 잡았다.

"왜, 왜 이래요?"

아렌이 당황하며 손을 빼내려고 했으나 세이는 더욱 강하게 힘을 주고 단호하게 말했다.

"아렌, 이리 오십시오."

"또 무슨 짓을 하려고……!"

세이는 아무 말 없이 그녀의 팔을 잡고 골목 더 깊숙한 곳으로 들어갔다. 어느 지점에 멈춰 서더니 이내 로브 자락으로 그녀의 눈을 가렸다. 아렌은 인상을 찡그리며 그를 올려다봤다.

"세이, 이게 대체 무슨…….'

콰앙! 그녀가 말을 채 끝맺기도 전에 눈앞에 붉은색 섬광이 떨어지며 거대한 폭발음이 들려왔다. 흙더미와 불기둥이 솟아올라가고 땅이 꺼지는 듯한 굉음을 내는 마법의 아우성에 완전히 난장판이 되었다. 유리창이 산산조각 나는 소리도 뒤따랐다.

시야를 가렸던 팔이 내려가자 아렌은 아까까지 서 있던 곳이 폐허로 변해버린 걸 볼 수 있었다. 자욱한 먼지가 일어났으나 쏟아지는 비에 이내 씻겨 내려갔다.

"이젠, 생각이 바뀌었습니다."

그가 뜻 모를 말을 짧게 내뱉곤 아렌의 어깨를 단단히 잡았다. 아렌은 연타로 치고 들어오는 충격에 휩싸여 멍한 상태였다. 저기에 계속 서 있었으면……. 서 있었으면……. 상상만 해도 싸늘한 기운이 등줄기에 흘렀다.

"아렌. 잘 들으십시오."

세이가 두 손으로 그녀의 뺨을 감싸고 진정시키자 아렌의 시선이 느릿하게 세이에게로 돌아왔다.

"켄케스는……, 어떠한 용도로 쓰이기 위해선 바닷물에 보관되어야 합니다. 그 용도는 아렌도 알고 있을 겁니다. 기억을 떠올려보십시오."

세이가 그녀의 볼을 놓아주었다.

"가십시오."

아렌이 무어라 말하기도 전에 아렌과 로도모나스는 빛에 싸여 사라졌다. 빛이 사그라지자, 유난히 커진 빗방울이 떨어지는 소리가 망치질을 해대듯 그의 귓가를 메웠다. 그가 느릿하게 로브 모자를 젖혔다.

"그동안……, 당신이 다치면 안 되니 이 수밖에 없군요."

빛조차 가둬버릴 것 같은 검은 눈이 천천히 감겼다. 곧이어 세이가 자제하고 있었던 마력을 서서히 풀어놓기 시작했다. 그를 중심으로 형체는 없으나 강렬한 기운이 뻗어나갔다.

공녀님!
공녀님! 2

반 정도 마력을 방출했을 때쯤, 반대편 건물 옥상에서 마족이 고개를 빼꼼 내밀었다. 그다음 건물에도, 그 옆 건물에서도 하나둘씩 마족이 모습을 드러냈다. 먼발치에서 공간이동으로 서넛이 나타나더니, 폐허가 된 공간에 순식간에 수천의 마족이 몰려들었다. 세이의 눈동자가 스르르 열리자 그 속에 붉은 기운이 일렁였다. 수천의 마족들이 세이를 중심으로 모여, 마치 선이라도 그어둔 것처럼 일정 거리를 유지하고 멈춰 섰다. 본성이 잔혹한 그들답지 않게, 신을 영접하듯 하나같이 숭고한 표정을 하고 있었다.

세이의 시선이 다가오는 마족들을 점찍듯 하나씩 훑고 지나갔다. 마족 무리에서 한 훤칠한 남성이 빗속을 뚫고 뚜벅뚜벅 걸어 나왔다. 언젠가 아렌과 만난 적 있었던, 어두운 회색 머리카락에 보라색 눈동자를 가지고 있는 그는 세이 앞에 우뚝 서서 입을 열었다.

"오랫동안 찾아 헤맸습니다."

그가 그 자리에 무릎을 꿇자, 뒤에 서 있던 모든 마족이 따라서 부복했다. 끝없이 떨어지는 물방울 사이로 숭엄한 목소리가 울렸다.

"마황 폐하."


끝없이 내리는 비가 은발을 적셨다. 빗방울이 볼을 타고 내려가는 걸 느끼며 아렌은 천천히 고개를 들었다.

"여기가 어디지……?"

나직한 목소리는 쏴아, 퍼붓는 빗소리에 파묻혔다. 눈앞에 흰 물갈기를 일으키며 노호하는 검푸른 바다가 펼쳐져 있었다. 해심에서부터 물굽이가 솟아오르며 육지로 밀려 올라왔다. 주위를 빙그르 배회하던 로도모나스가 앞발을 휙 휘두르자 아렌 앞에 희미한 불이 생겨났다.

"세이……."

그의 이름을 읊조리자 용케 알아듣고는 로도모나스가 고개를 끄덕했다. 뒤이어 코앞에 있었던 세이의 얼굴, 직후에 일어난 일들이 주마등처럼 뇌리를 스쳐 지나갔다.

「입, 벌리시겠습니까?」

얼굴이 확 달아올라 아렌이 황급히 손을 입술에 가져갔다. 떠올리는 것만으로도 귀를 간질이는 그의 목소리는 이상한 긴장감과 탄력으로 아렌의 가슴을 파고들었다. 열기가 가시지 않은 볼을 꼬집으며 정신을 차리려고 애썼다.

세이는 도대체 무슨 생각으로 그런 짓을 한 거야, 도대체……. 아, 그런데 마지막에 한 말은 도대체 뭐야? 아니, 그게 문제가 아니지. 일단 내기부터…….

이것저것 생각하다 보니 머리가 지끈거리며 아팠다. 나뭇잎을 푸르르 떨게 하는 찬 바람이 그녀의 뜨거워진 얼굴을 식혀주었다.

톡톡, 로도모나스가 앞발로 그녀의 볼을 토닥였다. 아렌이 왜 그러냐는 얼굴로 그를 바라보자 그가 앞발로 먼 곳에 덩그러니 서 있는 커다란 창고를 가리켰다.

"저기 가자고?"

아렌이 묻자 로도모나스가 옷을 쭉쭉 잡아당기며 고개를 끄덕였다. 그녀는 로도모나스가 안내하는 대로 걸음을 옮겨 창고 앞에 우뚝 섰다.

"꽤 크네……."

아렌이 중얼대자 로도모나스가 손잡이를 툭툭 건드렸다. '열어보세요!'라고 말하는 눈동자를 보고 있자니 혹시……, 여기가 푸딩 창고가 아닐까, 하는 쓸데없는 생각이 들었다. 비에 젖은 손잡이를 쥐고 힘껏 당기니

경첩에서 끼익대는 소리가 들렸다.

창고 안에 들어가니 시야를 차단하는 것 같은 어둠에 아렌이 한동안 멍하니 서 있었다.

"여어."

"으악!"

기다렸다는 듯, 불이 확 밝아지며 누군가의 모습이 드러났다. 으슥한 곳에 무심한 가운데 불쑥 나타난 사람의 그림자처럼 사람을 놀라게 할 만한 건 없었다. 아렌이 괴상한 비명을 지르며 두 눈을 크게 뜨자 그녀를 한심하다는 듯 쳐다보고 있는 누군가를 발견했다.

"부단장님."

"이제 왔냐?"

라미에가 여유롭게 한쪽 입꼬리를 들어 올렸다. 그는 팔짱을 끼고 테이블에 비스듬히 기대서서 다소 건방진 눈초리로 그녀를 보고 있었다. 그의 얼굴 만면엔 승리에 대한 기쁨이 서려 있었다.

아렌이 주변을 휙 둘러보고 설마 하며 입을 열었다.

"왜 여기 계세요?"

"뭐야, 너 알고 온 게 아니었나?"

라미에가 의아한 눈빛으로 그녀를 빤히 건너다보았다. 이크, 아는 척을 해야 할 것 같다.

"아……뇨, 알고 왔어요."

아렌이 말끝을 늘어뜨리며 말하자 라미에가 빙긋 웃었다.

"그렇다면 네가 진 것도 알고 있겠군그래. 모를까 봐 걱정했지 뭐야. 이렇게 네가 올 때까지 친히 기다려줬는데 말이야."

졌다고……? 아렌이 빠르게 시선을 돌려 공간 구석구석을 훑었다. 유난히 좁아 보이는 그 공간 구석에 허름한 수레가 있었다. 잔뜩 시든 초록색 잎사귀 조각들이 덕지덕지 붙어 있는 걸로 봐서 명백히 켄케스가 그 수레에 있었음을 말해주고 있었다. 바닥엔 발자국이 어지러이 널려 있었다. 마치 한바탕 소동이 일어났던 것처럼.

아렌은 열리지 않는 입을 억지로 움직여 질문했다.

"그럼……. 범인을 설마 벌써 잡으신 거예요? 대체 어떻게……, 이렇게 빨리?"

이곳은 수도로부터 꽤나 떨어진 해안가다. 아렌이야 세이가 공간이동 마법을 써줘서 빠르게 이동할 수 있었지만 라미에는 아니지 않은가. 이렇게 빨리 범인을 검거할 수 있을 리가 없다…….

아렌의 넋 나간 얼굴을 즐기는 것처럼 라미에가 씩 웃으며 말했다.

"엘프는 왜 데리고 다녔다고 생각하는 거냐?"

"아……."

아렌이 짧게 탄성을 내뱉었다. 엘프도 분명 공간이동 마법을 자유자재로 구사할 터. 자신만 로도모나스의 도움을 받아 공간이동을 쓸 수 있는 게 아니었다. 그래서 여자 엘프를 데리고 다닌 거였나…….

"네가 오기 전 일찌감치 엘프의 도움을 받아 범인을 기사단으로 호송했어. 실베스탄 마법사의 말대로 범인은 그저 푼돈이나 벌려던 도적단이더군."

아렌이 한동안 멍한 얼굴로 있다가 입을 열었다.

"그럼……. 전…….."

"그래, 넌 진 거야. 그래도 용케 제대로 찾아오긴 했군. 여기까지 온 것만 해도 칭찬해주지."

가벼운 어조로 말했으나 아렌에겐 청천벽력과 같아서 등허리가 썰렁해졌다. 아렌은 온몸에 힘이 쭉 빠져서 주저앉지 않기 위해 휘청휘청 물러서서 벽에 기대섰다.

라미에는 망연자실해하는 그녀를 응시하며 생각에 잠겼다.

아직도 긴가민가하긴 하지만 나쁜 녀석 같진 않은데……. 아니, 그보다 더 좋은 용도에 그녀를 써먹을 수 있을 것이다. 예를 들자면 세이라는 마법사의 정체를 밝히는 데 이용한다거나…….

"이봐, 너……."

다른 제안을 하려던 라미에는 입을 돌연 꾹 다물었다.

"……아무것도 아니야. 어쨌든 기사단을 나가겠다는 약속, 확실히 지키도록 해."

라미에가 확실히 인지시키기 위해 힘주어 말하곤 밖으로 걸음을 옮겼다. 아렌은 혼란스러운 머리를 정리하지 못하고 반편스레 천장만 바라보았다.

"져버렸어……."

입 밖으로 내자 그제야 실감이 났다. 이제 어떻게 해야 하지? 정말 여기서 떠나야 하나? 그럼 이제……. 제스도, 세이도……, 못 보는 거야?

툭, 투둑. 지붕에 떨어지는 빗소리는 어수선한 좁은 공간을 더욱 침울하게 하였다. 아렌의 그림자가 처량할 정도로 푹 수그러졌다.

'이게, 끝인가…….'

아렌의 시선이 바닥으로 떨어졌다. 남아 있겠다고 우길 수도 없는 상황이다. 그랬다간 라미에가 제스에게 전부 말해버릴 테니까. 어지러운 생각을 감당치 못하고 으음, 하고 신음 소리를 낸 그때 아렌은 바닥에서 잉크 자국을 발견했다. 대수롭지 않게 넘기려다가 그녀는 별안간 두 눈을 번쩍 떴다.

멀찍이서 잉크 자국을 빤히 보던 그녀는 몸을 움직여 그 앞에 웅크려 앉았다. 검고 선명한 그것을 이리저리 살피던 아렌이 벽에 붙어 있는 등불을 가지고 와 떨어뜨려보았다. 불길이 확, 옮겨붙는 순간 아렌은 눈을 있는 대로 크게 떴다.

"보라색 불……."

아렌이 나지막이 속삭였다. 이런 특이한 불꽃, 분명 예전에 본 적이 있다. 다름 아닌 붉은 연꽃과 관련되어 있었던 카트린느의 집에서…….

"이건, 베이판의 지폐 잉크잖아……. 지폐 잉크가 왜 여기……? 잠깐, 지폐? ……잉크?"

아렌이 고개를 갸웃, 하는 순간 놀라움보다도 빠르게 설핏 스쳐 가는 기억이 있었다. 그와 동시에 아렌의 눈에 생기가 돌아왔다.

"어쩐지, 켄케스! 어디서 많이 들어봤다 했어! 내가 왜 이제까지 그걸 까먹고 있었을까! 으, 바보! 바보!"

아렌이 벌떡 일어서서 주먹으로 자신의 머리를 때렸다. 아니, 이럴 때가 아니지, 라는 생각에 그녀가 있는 힘껏 뛰어 밖으로 나갔다.

"부단장님!"

다급한 목소리가 울리자, 그리 멀리 가지 않은 라미에가 인상을 찌푸리며 뒤를 돌아봤다.

"뭐지?"

"부단장님께서 잡으신 그 도적단, 범인이 아니에요!"

잠시의 침묵 후에 무슨 소리냐며 헛웃음이 들려왔지만 아렌은 빗길을 부랴부랴 달려갔다. 찰박찰박 튀는 빗방울에 신발과 바지가 젖었지만 그에 개의치 않고 뛰어가 라미에 앞에 멈춰 섰다. 거친 숨을 가라앉히고 아렌이 최대한 차분하게 말했다.

"정확하게 말하면, 진범이 아니에요, 부단장님."

"무슨 소릴 하는 거야, 대체. 수작 부리려거든 단념하는 게 좋을 거다."

라미에의 미간이 확 찌푸려졌다.

"부단장님, 이건 분명 내기지만 제발 지금만큼은 자존심은 생각하지 마시고 이번만 제 말을 들어주세요."

그녀의 호소에 가까운 말에도 라미에는 요지부동의 태도로 고개를 내
젓기만 했다.

"정신이 나간 거냐? 멀쩡하게 범인도 다 잡았는데 이제 와서 무슨 헛소
리야? 네가 패배를 인정하기 싫어서 발악을 하는 모양인데, 소용없어."

"딱 한 번만요! 딱 한 번만 다시 저곳으로 가서 조사를 같이 해주세요!"

아렌이 필사적으로 외쳤다.

"글쎄, 소용없다니까. 이미 승부는 끝났어."

"그런……!"

아렌은 소리를 치다 말고 입을 다물었다. 어느새 라미에를 파악한 건
지, 찐따 부단장에게는 이런 것 말고 다른 방법이 더 통할 듯싶다는 느낌
이 들었다.

아렌이 표정부터 의연하게 굳히고 차분해졌다. 어떤 태도를 취해야 그
가 들어줄지 파악했다는 게 오싹하긴 했지만, 천천히 상체를 젖히고 턱을
거만하게 치켜들었다.

"승부는 아직 끝나지 않았어요."

"뭐?"

"전 승복할 수 없다고요. 막말로 부단장님이 잡은 도적단이 진범이라는
증거 지금 댈 수 있어요?"

"이게 지금 누굴 상대로 도발을…….."

"저는 지금부터 부단장님이 잡은 도적단이 진범이 아니라는 걸 증명할
거예요. 어때요, 한번 들어볼 만하지 않나요?"

아렌이 당당하게 자신의 주장을 피력하자 라미에가 질린 표정을 지었
다. 철부지 같은 면 사이로 언뜻 보이는 당찬 모습에 흥미가 생겨서 내기
를 건 것이지만, 지금 상황에선 위풍당당함이 오히려 괜한 호기를 부리는

것처럼 여겨졌다. 그 탓에 저 높은 콧대를 지그시 눌러주고 싶은 투기도 생겨났다.

라미에가 눈매를 좁히고 입을 열었다.

"……그래, 좋아. 의문의 여지는 없애야 깨끗이 승복할 테니."

아렌과 라미에는 서로 한동안 노려보다 약속이라도 한 듯 홱 뒤돌아서서 창고로 향했다. 아까 그 장소에 멈춰 선 아렌은 날카로운 눈초리로 주변을 살폈다.

"부단장님, 외관 크기에 비해 여기 너무 작다는 생각 안 하셨어요?"

"……."

어두워서 눈치는 못 챘는데 그러고 보니 조금 작은 것 같기도 하고. 라미에가 속으로 동조했다. 대답은 돌아오지 않았으나 처음부터 그의 반응은 기대하지 않았다는 듯, 아렌이 계속해서 머리를 굴리다 퍼뜩 고개를 들었다.

"로도모나스, 혹시 여기 숨겨진 공간이 있니?"

"숨겨진 공간이라니, 말도 안 되는 소리."

라미에가 어림도 없다는 얼굴로 픽 웃고는 그녀가 하는 양을 지켜보았다. 로도모나스가 한동안 주변을 날아다니더니 한쪽 벽을 가리켰다. 옳거니! 아렌이 화색을 띠고는 로도모나스가 가리킨 벽을 툭툭 두드려봤다. 속이 빈 것처럼 텅텅거리는 소리가 들리자 아렌은 그 주변을 손으로 더듬고 그곳을 있는 힘껏 밀기 시작했다.

라미에가 이상한 얼굴로 그녀를 바라봤다.

"뭐 하는 거지? 증명을 하겠다더니, 창고를 무너뜨리기라도 할 생각인 거야?"

"부단장님, 헛소리 그만하고 이것 좀 같이 밀어주세요."

아렌이 낑낑대며 '빨리요!'라고 하자 라미에가 얕게 한숨을 쉬곤 따라서 벽을 밀었다. 라미에의 힘이 더해지니 벽이 서서히 움직이기 시작했다. 그그극, 하고 돌과 돌이 마찰되는 소리가 울렸고 이내 벽이 쑥 빠졌다.

"으악!"

단단히 지탱하던 것이 없어지니 아렌이 무너진 벽 위에 처참하게 엎어졌다. 라미에는 찰나의 순간 몸을 가누고 넘어지지 않았다. 벽이 무너지며 흙먼지가 분분하게 피어올랐다. 뽀얗게 시야를 흐리던 먼지가 사그라지자, 그들 앞에 비밀 공간이 드러났다.

"이건……."

라미에가 다소 넋 나간 얼굴로 새롭게 나타난 공간을 보았다.

"뭐……야, 이게?"

적잖이 놀란 듯 라미에가 말을 끌었다. 아렌이 몸을 일으켜 그녀 앞에 놓인 거대한 돈뭉치를 바라봤다.

"베이판의 지폐예요. 한 나라의 지폐가 이런 곳에서 만들어지진 않으니 틀림없이 위조지폐겠죠."

아렌이 돈뭉치 중 하나를 집어 올렸다. 베이판의 국왕 얼굴이 그려진 익숙한 촉감의 그것은 놀라울 정도로 진짜와 같았다. 먼저 생각을 해낸 건 자신이긴 하지만 막상 발견하고 나니 너무도 놀라웠다.

아렌은 차근차근 라미에에게 설명을 하기 시작했다.

"켄케스는 독초라고도 알려져 있지만 사실, 베이판의 지폐 잉크 색소를 뽑아내는 데 쓰여요. 지폐 잉크를 뽑아내기 위해선 반드시 바닷물에 보관해야 하고요. 잡으셨다는 그 사람들은……. 이 지폐를 숨기기 위해서 대신 세워둔 거겠죠. 그저 단순 절도사건으로 보이게 하려고요."

라미에가 천천히 무릎을 꿇고 지폐 한 뭉치를 들어 올렸다. 그것을 천천히 뒤집고 살피던 그가 시선을 아렌에게로 옮겼다.

"이걸……, 대체 어떻게 안 거지?"

켄케스의 색소가 지폐 잉크에 쓰인다는 건 베이판의 국가 기밀사항이다. 베이판 3대 공작 가문의 영애인 그녀조차도 단 몇 번 스치듯 접할 기회가 있었을 뿐이다. 라미에가 아무리 정보에 능통하다 해도 국가 기밀사항에 해당하는 정보를 알 수 있을 리가 없다.

그런데 그걸 하일렌의 평범한 견습 기사가 알아냈다니, 어불성설이다. 이럴 때는 딱 잡아떼는 게 최고지, 라고 생각하며 아렌이 말할 수 없다는 의미로 고개를 짧게 내저었다. 라미에가 베이판의 위조지폐를 만지작거리면서 허탈하게 웃었다.

"내가 너무 안일했군. 견습 기사도 알아보는 걸……, 이 내가 못 알아보다니 말이야."

그건 국가 기밀사항이라 모르는 게 당연해요, 라고 말하려다 아렌이 화제를 돌렸다.

"그런데 이걸 대체 누가 만든 걸까요?"

"그건 조사해봐야 알 수 있겠지. 엘프를 돌려보냈으니……. 이제 어쩐다."

라미에가 지폐를 더미에 툭 던져놓으며 일어섰다.

"아아, 이제야 주인이 찾아온 모양이군."

라미에가 씩 웃으며 입구를 바라봤고, 기다렸다는 듯 다급한 발소리가 공간 안으로 침범해 들어왔다.

"누구냐!"

우레와 같은 고함 소리에 아렌은 깜짝 놀라며 뒤를 휙 돌아봤다. 검은 옷을 입고 복면을 쓴 여섯의 남자가 라미에와 아렌을 에워싸고 경계 어린 눈초리를 보내고 있었다. 이윽고 아렌은 그들의 복면에 새겨진 문양을 보고 두 눈을 크게 떴다.

마치 피로 점찍은 것처럼 새빨간 꽃, 언젠가 카트린느의 방에서 봤던 붉은 연꽃 문양이 틀림없었다. 그때뿐만 아니라 이번 사건도 전부 붉은 연꽃이 관련되어 있었다. 그리고 거기엔 항상 베이판이 연루되어 있었다. 대체 무슨 일이 벌어지고 있는 건지 가늠이 되질 않았다.

"……그걸 본 이상 산 채로 여기서 나갈 순 없을 거다."

복면의 남자들 중 하나가 쑥 나오며 검을 빼들었다. 검을 빼는 소리가 연이어 뒤를 이었다. 퍼뜩 정신을 차린 아렌이 등에 달린 활로 손을 가져가면서 라미에를 향해 말했다.

"잠시 내기는 잊고 일단 이 사람들부터 처리해야겠네요."

"그래야 할 것 같군. 내 등 뒤를 너 같은 녀석에게 맡겨야 하다니……. 하지만 상황이 상황이니만큼 어쩔 수 없겠지."

이게 끝까지 시비야! 아렌이 눈을 세모지게 떴다. 스릉, 하고 라미에가 검을 뽑는 소리가 들렸다. 아렌도 따라서 시위를 당기자 라미에가 떨떠름한 표정을 지우지 않은 채로 당부하듯 말했다.

"죽지 마라, 꼬맹아. 시체 치우는 건 질색이니."

"찐따 부단장님. 너나 잘하세요."

아렌의 말이 끝나자마자 라미에는 그들을 향해 튀어나가고, 아렌은 시위를 놓았다.


풀썩, 라미에 앞으로 검은 복면의 사내가 쓰러졌다. 라미에가 호흡을 가다듬으며 검을 내리고 아렌에게 시선을 옮겼다. 마침 아렌에게 달려들던 남자도 그녀의 화살을 맞고 비명을 지르며 쓰러져버렸다. 둘이서 여섯을 상대하느라 아렌도 라미에도 몸 곳곳에 상처를 입긴 했지만 비교적 피해가 적은 편에 속했다.

'꽤 쓸 만한데?'

내색하지 않았지만 라미에는 사실 꽤나 속으로 놀라고 있었다. 생각한 것보다 그녀의 활솜씨가 훌륭한 탓이었다. 단순히 뛰어난 편이었던 그녀의 활솜씨 또한 기사단에 들어가 정식 훈련에 매진한 후부터 많은 진전을 보이고 있었고, 그건 긴장감이 배로 증폭된 실전에서 빛을 발했다.

아렌이 줌통에 남은 화살 수를 세면서 호흡을 가다듬었다. 그러더니 쓰러진 여섯의 남자를 쭉 둘러보며 입을 열었다.

"빨리 기사단에 알려요. 로도모나스, 단장님한테 가서 알려줄래?"

로도모나스가 불만스럽게 눈을 가늘게 떴으나, 이내 그녀의 간청을 못 이겨 사르르 사라졌다. 아렌은 온몸을 덮치는 피곤에 두 눈을 감고 그 자리에 풀썩 앉았다. 오뚝이처럼 상체를 흔들다 냅다 바닥에 뻗어버렸다.

"아아, 피곤해……. 피곤해, 이러다 과로로 죽는 거 아닌가 몰라……."

아렌이 호들갑을 떨며 중얼거렸다. 그런 그녀를 빤히 보다가 라미에가 짧게 한숨을 내쉬었다.

"내기는……, 네가 이겼다."

"네? 정말요!"

아렌의 얼굴이 활짝 피어 라미에를 향했다.

"그래. 내가 널 여자에 견습 기사라고 너무 우습게본 모양이야. 다른 일도 겹치는 바람에……, 방심했군. 어쨌든 단장님껜 말하지 않겠다. 하지만……, 언젠간 네 입으로 꼭 밝히도록 해."

"네! 알겠어요!"

아렌이 환호성이 나오려는 걸 억누르며 입을 막았다. 그녀가 대놓고 마구 웃었다간 저 성질 더러운 찐따 부단장이 생각이 바뀌었다며 말을 바꿀지도 몰랐다. 하지만 입술 사이로 비집고 나오는 미소는 억제할 수가 없었다.

"……아예 대놓고 웃지 그래?"

라미에가 불쾌한 기색이 가시지 않은 채 말했다. 이래저래 못마땅했다.

자신의 오랜 친구인 제스를 속이는 자를 그냥 눈감고 넘겨야 하다니. 애초에 자리를 비우지 말았어야 하는 건데, 별 볼 일 없는 견습 기사 따위 방심하지 말고 한 번에 보내버렸어야 하는 건데. 내기를 하는 동안에 세이라는 마법사에 대한 조사는 잠시 미뤘어야 되는 건데.

녹초가 된 아렌이 신음 소리를 내며 풀썩 누웠다.

'으아아! 해냈다!'

이제는 하일렌을 떠나지 않아도 된다고 생각하니, 아렌의 가슴속에 환희가 차올랐다. 답을 얻지 못한 수많은 의문들이 머리를 뒤흔들었으나 지금만큼은 아무것도 생각하고 싶지 않았다. 오직 이곳에 남게 되었다는 기쁨과 기사로서 무언가를 해냈다는 희열감을 만끽하고 싶었다.

곧이어 로도모나스가 사라졌던 자리에 빛이 생기더니 제스와 로도모나스의 모습이 드러났다. 로도모나스는 잠시라도 제스의 근처에 있기 싫은지 쪼르르 날아와 아렌 옆에 내려앉았다. 아렌은 누운 상태로 제스를 올려다보다 그와 시선이 딱 마주쳤다. 짙은 남색 눈동자를 보자 터질 듯이 넘쳐흐르던 고민이 물 흘러가듯 떠내려가는 것 같았다.

아렌이 반가운 기색을 맘껏 드러내며 방긋했다.

"제스!"

"……."

"헤헤, 제스."

굉장히 오랫동안 못 본 것 같은 기분이 들어 아렌이 되뇌듯이 다시 한 번 제스를 불렀다. 그에 대답이라도 하듯 제스의 눈동자가 빛을 품었다.

"제스……라고?"

옆에서 라미에의 넋이 나간 목소리가 들려와 아렌이 퍼뜩 제정신을 차렸다.

'아차, 찐따가 있었지! 남들 앞에선 단장님이라고 불러야 하는데!'

아렌은 눈을 휘둥그레 뜨고 몸을 일으켰다. 라미에가 믿을 수 없다는 얼굴로 그 둘을 번갈아보다가 아렌의 손에 들린 익숙한 검을 발견했다. 라미에의 입술에 약간의 경련이 일었다.

"하……하하!"

별안간 그가 폭소를 터뜨렸다. 보통 사이는 아니라고 생각했는데 계속 설마, 아니겠지 했다. 그런데 이름을 부르게 하는 것도 모자라서 어머니 에클렛의 검까지 주다니……. 거기다 낮에 아렌의 뒤를 밟던 그의 모습까지 겹치니 기가 막혀서 도저히 웃지 않을 수 없었다.

라미에가 실성한 사람처럼 자지러지게 웃자, 아렌이 옷매무새를 정리하며 제스를 향해 슬쩍 말을 건넸다.

"제스, 보자마자 이런 소리해서 미안한데, 부단장님이 미쳤나 봐요. 황성 의원은 정신병도 봐주나요?"

제스의 미간에 슬며시 주름이 잡혔다.

"……라미에."

고요하지만 무게감 있는 목소리가 울리자 라미에가 거짓말처럼 뚝, 웃음을 멈추고 고개를 숙였다.

"죄송합니다, 단장님."

라미에가 표정을 수습하고 심호흡을 후, 내뱉었다. 그가 허리를 숙이고 인사를 하자 제스가 고개를 한 번 까딱한 후 입을 열었다.

"설명해라."

"예. 보고 드립니다. 좀 더 조사를 해봐야 정확한 정황을 알 수 있겠지만, 제가 몇 시간 전 기사단에 보냈던 도적떼는 이번 사건의 진범이 아닌 것 같습니다. 그들은 그저 위장일 뿐 진범이 숨기고자 하던 건 따로 있었습니다."

라미에가 지폐 뭉치 하나를 제스에게 정중히 내밀었다.

"이것이 켄케스를 훔친 이유이자, 진범이 숨기려고 했던 베이판의 위조지폐입니다. 저 뒤에 숨겨진 걸……, 아렌 경이 찾아냈습니다."

"엣헴."

아렌이 들으라는 듯이 헛기침을 하곤 칭찬을 바라는 눈길로 힐끔힐끔 제스를 훔쳐보았다. 제스는 별다른 말은 삼가고 라미에에게서 지폐 뭉치를 건네받았다. 지폐에 머물던 눈이 스르르 움직여 쓰러져 있는 검은 복면의 사내들에게 향했다. 복면 귀퉁이에 선명하게 찍혀 있는 붉은 연꽃 문양을 발견한 그의 눈매가 점점 날카로워졌다. 라미에가 돌연 그 앞에 무릎을 꿇고 고개를 숙였다.

"또한 단장님. 라미에 제이린, 스스로 죄를 청합니다."

갑작스런 행동에 아렌이 깜짝 놀랐으나 라미에는 그 어느 때보다도 숙연한 어조로 말을 이어갔다.

"일전에 드린 보고는 거짓이었습니다. 아렌 경의 특출함을 원해 이번 사건에 투입시킨 게 아니요, 다만 사소한 오해가 있어 아렌 경을 끌어들여 내기에 응하게 했습니다. 공무에 있어서 개인적인 성질의 것을 관계시켜선 안 되는 바, 중죄를 지었으니 어떤 벌이든 달게 받겠습니다. 부단장 직위를 내려놓으라 하셔도 두말 않고 따를 것입니다."

그의 폭탄선언에 아렌은 두 눈을 휘둥그레 떴다. 스스로 '오해'라고 한 데다 그는 전체적으로 '모든 잘못은 자신에게 있다.'라고 말하고 있었다. 비록 제스가 모두 눈치 채고 있었던 건 사실이나, 증거가 없는 이상 라미에가 먼저 시인하지 않으면 얼마든지 꾸며대고 빠져나갈 수 있는 상황이었다.

'제법인데.'

아렌이 속으로 감탄했다. 저 마냥 속없어 보이는 부단장이 목숨이라도 내놓을 기세로 죄를 청하고 있다. 더욱 놀라운 것은 그 이유가 충성심 단

하나 때문이라는 것이다. 저 정도 충성심이니……, 그녀에게 과하게 폭언을 퍼부었던 것도 이해가 되기 시작했다. 그 마음을 충분히 헤아린 아렌은 깊은 곳에서 응어리가 사라지는 게 느껴졌다.

숨죽이고 처분을 기다리고 있는 라미에를 향해 제스가 입을 열었다.

"근신으로 충분하다."

라미에가 허투루 그런 짓을 벌이지 않는 것을 알아준 건지 제스는 관대한 처분을 내려주었다. 라미에가 아무 말도 못 하고 고개를 떨어뜨렸다.

잠시 후 제스는 걸음을 옮겨 그를 스쳐 지나갔고 아렌은 잽싸게 따라붙으며 말을 걸었다.

"제스, 오늘 뭐 했어요?"

태평스러움이 물씬 묻어나는 말이 엄숙한 분위기를 깼다. 왠지 혼자 우스운 꼴이 된 것 같아 라미에는 짐짓 어처구니없다는 표정을 지었다. 하지만 이젠 라미에는 안중에도 없는 건지 아렌이 봇물 터지듯 질문을 마구 던져댔다.

"제스, 밥은 챙겨 먹었어요? 또 거른 거 아니죠?"

"……."

"대답 없는 거 보니 또 안 먹었나 보네! 빨리 가서 같이 먹어요! 저도 배고프거든요. 하하, 그런데 이번 달 제 주머니 사정이 조오금 그런데 한 끼만 사주면 안 되겠습니까, 단장님?"

"……."

"흠. 그리고 이왕 사주시는 거, 방금까지 열심히 일한 부하를 위해 메뉴로 고기는 어떠십니까?"

무릎을 꿇고 있던 라미에가 스르르 일어났다. 아렌이 제스 옆에서 그동안 못 했던 이야기들을 쏟아내며 까르르 웃는 모습이 보였다. 제스는 익숙한 듯, 그녀의 수다를 묵묵히 다 받아주고 있었다. 사실 라미에는 사적

공녀님!
공녀님! 2

인 자리에서 그들이 어떻게 지내는지 못 본 상태였다. 하지만 지금 아렌에게선 그녀가 말했던 것처럼 '옆에 있는 것으로 행복해하는 모습'이 빤히 보였다. 속셈이 없다는 것 또한, 확연했다.

'어쨌건 이 생활을 유지하고 싶을 뿐이라더니⋯⋯. 진심이었나 보군.'

쌍방의 관계임을 안 이상, 라미에는 더 이상 그녀를 협박할 생각이 없었다. 라미에가 눈동자를 스르르 움직여 제스에게 고정했다.

'그리고 보니⋯⋯, 단장님 쪽에선 속 좀 상하시겠는데. 남자로 알고 계시니⋯⋯.'

라미에가 턱을 긁적이며 생각에 빠졌다. 아무래도 언질을 해두는 게 좋을까⋯⋯, 싶다가 이내 그만두는 쪽으로 마음이 기울었다.

'저는 이제 옆에서 지켜보기만 할 겁니다. 힘내십시오, 단장님. 부디 빨리 알아채시길⋯⋯.'

라미에가 작게 웃음을 터뜨렸다.


폐허가 된 하일렌의 수도 한편엔 수천의 마족이 모여드는 진풍경이 펼쳐지고 있었다. 수천의 마족에게 둘러싸인 한 인물은 회색 로브로 몸을 칭칭 감고 있었는데, 손을 간단히 휘두르는 것으로 그의 모습이 드러났다. 어떠한 미색을 갖춘 여인보다도 아름다운 그의 얼굴엔 반대로 범접하기 힘든 기백이 살얼음처럼 깔려 있었다.

푸슬푸슬 떨어지는 빗방울이 점점 굵어졌으나 어느 마족도 그에 개의치 않는 듯했다. 그들의 얼굴은 온통 어떤 종류의 희열로 가득 차 있었다. 고요한 침묵을 뚫고 마족의 목소리가 울려 퍼졌다.

"마황 폐하시다!"

"마황이시다! 검은 황제께서 돌아오셨다!"

뒤늦게 뛰어든 마족이 숨을 삼키며 감탄을 내뱉었다.

"마황이시여, 부디 저희들을 이끌어주소서."

"마황이시여! 천족들을 멸해주소서."

맹목적으로 외친 마족이 세이 앞에 복종하듯 낮게 엎드렸다. 지금처럼 순응하는 마족의 모습은 역사상 그 유례를 찾아볼 수 없는 것이었다.

마족이란 날 때부터 호전적이며 지배받기를 거부하는 천성을 가지고 있다. 무조건 힘이 우선인 그들은, 서열이 높다고 하여 고개를 숙이기보단 그를 빼앗기 위해 덤벼드는 것이 보통이다. 하지만 어찌 된 것인지 마족들은 세이를 거룩하게 느껴질 만큼 숭배하고 있었다. 그들을 내리깔아보고 있는 세이는 당연하다는 듯 이 상황을 받아들이고 있었다.

"마황 폐하, 아름다운 마황 폐하……!"

찢어질 것같이 높은 여자의 목소리가 허공에 울렸다. 마족들 사이에서 요염한 적발의 마족이 거미처럼 느릿느릿 기어 나와 세이 앞에 머리를 조아렸다.

"마황 폐하, 성은을, 은총을 내려주옵소서. 제게 그 영광을……!"

상상만 해도 흥분이 되는 건지 마족이 숨을 헐떡거렸다. 다시 바닥을 짚고 자신들의 황제 앞에 다가가 발에 입을 맞추려는 순간이었다.

"무엄하다."

세이 앞에 부복하고 있던 회색 머리카락의 마족이 순식간에 다가가 그녀의 오른쪽 팔을 스쳐 지나간다. 그와 동시에 여자 마족의 팔은 아주 깔끔하게 잘려 그 단면에서 검붉은 피가 콸콸콸 쏟아졌다. 밀려오는 고통에 여자 마족이 날카로운 비명을 지르며 뒤로 물러났다. 회색 머리카락의 마족이 유난히 뾰족한 송곳니를 드러내며 으르릉, 위협을 가했다. 여자 마족은 바득바득 이를 갈지만, 그를 당해낼 재간이 없는지 뒤로 물러섰다. 마족의 피는 그 자체로 치명적인 독. 그녀의 피가 뚝뚝 떨어질 때마다 바닥이 미약한 소리를 내며 타들어갔다.

"루키페르."

나직한 미성이 울리자 루키페르라고 불린 회색 머리카락의 마족이 다시 무릎을 꿇고 고개를 숙였다.

"지상에 남아 있는 모든 마족들을 모아……."

마족들은 하나같이 기대에 찬 얼굴로 세이를 올려다봤다. 천족과 마족의 갈등이 어느 때보다도 심해진 지금, 그들은 천족들의 피를 보기를 원하고 있었다. 그들을 자신들의 마황이 이끌어준다면 그보다 기쁜 일은 없으리라. 마족들은 하나같이 숨을 죽이고 이어지는 세이의 말을 기다렸다.

"마계로 돌아가라."

기대와는 어긋나는 말에 마족들이 곳곳에서 신음 소리를 내었다. 하지만 감히, 그 어느 누구도 반대되는 말을 꺼내지 못했다. 그만큼 압도적이고 냉혹한 마황이기에. 마족들이 그 명령에 복종도 대답도 못 하고 있을 때 루키페르가 먼저 입을 열었다.

"마황 폐하께서도 마계로 돌아오시는 겁니까?"

"그렇지 않다."

세이가 짧게 대답했다. 이제야 겨우 찾았는데, 라고 생각하면서 루키페르가 신음을 섞어 호소했다.

"마황 폐하! 부디……."

"더 이상의 말은 불허한다. 물러가라."

마황의 명령은 절대적인 것. 무거운 침묵 속에서 마족들의 모습이 허공에 녹아들듯 하나둘씩 사라져갔다.

수천, 천, 백, 열, 아홉, 셋, 하나……. 세이가 명령을 내린 지 얼마 지나지 않아 어느새 세이의 앞에는 루키페르만이 남아 있었다. 그도 경건하게 허리를 숙이고 공간이동을 시전하려다 문득 입을 열었다.

"마황 폐하, 목숨을 걸고 한 말씀 올려도 되겠습니까."

"말해봐라."

그렇게 말하며 세이가 한 치의 감정도 깃들지 않은 시선을 루키페르에게 고정했다. 그는 세이 앞에 다시 한 번 무릎을 꿇으며 호소했다.

"폐하, 부디 저희 곁으로 속히 돌아와주십시오. 자리를 비우신 지 오래된 탓에 마계는 최악의 상황으로 치닫고 있습니다. 마족들 하나하나를 모두 제어하는 것은 이미 저로선 한계입니다."

"그래, 그 꼴 보지 않아도 훤하군."

자신의 무능력함을 고백하며 루키페르가 고개를 더욱 숙이자 세이가 가볍게 혀를 찼다. 천성이 흉악한 자들을 강제로 마계에 모아둔 데다 우두머리까지 부재해 있으니 얼마나 난장판일지는 쉽게 가늠할 수 있었다. 반대로 그들의 우두머리인 마황이 있다면 이야기가 달라진다. 굳이 직접 나서지 않더라도 마황이라는 무거운 존재감 하나만으로 마계는 질서를 되찾을 것이다. 하지만 세이는 아직 돌아갈 생각이 없는 건지 오만하게 명령했다.

"허나 아직은 돌아갈 생각이 없다. 때가 되면 돌아갈 터. 기다려라."

"예."

단정히 대답한 루키페르가 뒤이어 든 의문에 입을 달싹였다. 권속은 수족처럼 부리는 자로 생명이 다할 때까지 자신의 주인을 따라다녀야 한다. 하지만 마황의 권속 중 하나인 에스로도모나스는 다른 이를 따라다니고 있었다. 그를 향해 건방진 말을 툭툭 내뱉던 은발의 인간을 떠올리고 루키페르가 조심스레 입을 뗐다.

"한 인간 계집에게 로도모나스를 붙여두신 걸 보았습니다. ……혹, 계약자입니까?"

"아니."

루키페르의 얼굴에 의아함이 깃들었다. 계약자도 아닌 인간에게 마황이 자신의 권속을 붙여두었다? 전례 없는 일이지만 그 이유를 넘겨짚어 보며 루키페르가 입을 열었다.

"혹 인간 계집이 마음에 드셨다면 데려와 비로 삼으셔도 되지 않으시겠습니까. 명령을 내리신다면 데려오겠습니다."

"아니, 손끝 하나 대지 마라."

나직하고 낮은 목소리로 말한 그가 더 이상 얘기하기 싫다는 듯 명령을 내렸다.

"슬슬 지루하군. 물러가라."

루키페르가 더욱 고개를 숙이며 경건하고 엄숙하게 대답했다.

"명을 받듭니다. 우리들의 이름 없는 마황이시여."

루키페르가 사라지자 세이가 낮게 웃음을 터뜨렸다.

"데려가 비로 삼는다라……. 그것 또한 괜찮은 방법이겠지."

그렇게 말하는 세이의 눈에 서늘한 빛이 반짝였다.


밤은 이미 깊어져 대부분은 짙은 어둠과 적막에 가려 있었다. 로도모나스의 도움으로 아렌, 제스, 라미에는 무사히 기사단으로 돌아올 수 있었다. 기사단에 돌아오자마자 라미에가 전의를 불태우며 이번 사건은 자신이 마무리하겠다고 자신의 집무실로 향했다. 두 번이나 제스에게 마법을 썼다는 사실이 짜증이 났던지 로도모나스는 털을 잔뜩 세우고 먼저 아렌의 방에 돌아가버렸다.

결국 집무실엔 제스와 아렌만이 덩그러니 남아 있었다. 아렌이 힐긋 제스를 훔쳐봤다. 희미한 불빛이 그의 얼굴에 그림자를 던지고 있었다. 아렌이 손가락을 꼼지락거리다가 넌지시 그에게 말을 걸었다.

"아까……, 마족들이 난리를 치던데, 고요한 걸 보니 이젠 다 돌아갔나 보네요. 다행히 황성에는 피해가 없었나 봐요. 다행이라고 해야 하나……."

"……."

제스는 대답 없이 걸음을 옮겨 집무 책상 의자에 앉았다. 아렌은 쪼르
르 그의 뒤를 따라 그의 집무 책상 앞에 섰다. 한동안 보이지 않던 서류
더미가 또다시 그의 책상 한편을 가득 채우고 있는 걸 본 아렌이 두 눈을
크게 뜨며 물었다.

"으와아……. 그런데 갑자기 서류가 왜 이렇게 늘었어요? 또 무투대회
를 열기라도 하나요?"

책상 앞 촛불에 불을 밝힌 제스가 망설임 없이 서류 하나를 집어 들고
입을 열었다.

"네 숙소로 돌아가라."

그녀를 쳐다보지도 않고 하는 말에 아렌이 '사람을 보면서 말하라고요.'
라고 볼멘소리를 중얼거리고 느릿하게 집무실 문으로 향했다. 노골적으
로 가기 싫다는 뜻을 내비치며 질질질, 발을 끌고 문 앞에 멈춰 섰다. 크
게 숨을 한 번 내쉰 아렌이 입을 열었다.

"나 가요."

"……."

"진짜 가요."

"……."

"제스, 나 진짜 간다니까요?"

아렌이 고개를 휙 돌리고 약간 언성을 높이며 말했다. 왜 신경질이 나
는지는 모르겠지만 일단 저도 모르게 질러버렸다.

"그래."

대답이 돌아왔지만 무덤덤한 어투가 영 못마땅했다. 아렌은 인상을 찡
그리고 손잡이를 잡고 돌리려다가 멈칫했다.

"아아아아! 참참, 제스! 나 말이죠, 방 열쇠를 잃어버렸어요."

"……."

그녀가 주머니 속에서 딸랑이는 열쇠의 존재를 무시하며 호들갑을 떨었다.

"글쎄, 조사 중에 어딘가 떨어뜨렸나 봐요. 내일이 되어야 열쇠공을 부를 수 있을 텐데……. 기사인데 노숙자가 되길 원하진 않겠죠, 기사단장님? 그런 의미에서 오늘 간이침대는 내 차지네요!"

뻔뻔스럽게 말을 이어나가며 아렌이 잽싸게 간이침대로 향했다. 다행히 제스는 별다른 말을 하지 않았고 아렌은 침대에 몸을 풀썩 누였다. 깊게 한숨을 내쉬며 온몸에서 힘을 빼니 자신의 것이 아닌 것처럼 무기력해졌다. 그 와중에도 제스가 서류를 넘기는 소리가 들려와서 아렌이 그를 향해 말을 걸었다.

"제스, 잠 안 와요?"

"……."

대답 없는 건 어느새 익숙해졌기에 아렌이 몸을 빙글 뒤집고 천장을 바라봤다. 그려진 무늬를 따라 손가락을 움직이며 아렌이 입을 열었다.

"제스, 나 말이죠. 오늘……, 위조지폐도 찾아내고 붉은 연꽃하고도 겨뤄서 이겼어요. 이제야 정말……, 한 사람의 기사가 된 것 같아요."

아렌이 솔직하게 털어놓았다. 라미에의 내기를 받아들인 것은 실상 그녀 자신과의 내기이기도 했다. 라미에에게 이김과 동시에 그녀는 자신에게도 이겼다. 공녀가 아닌 그녀 자체로 존립할 수 있다는 게 마냥 허황된 꿈이 아니라는 걸, 가출을 한 게 마냥 치기 어린 행동이 아니라는 걸 증명한 것과 같았다. 하지만 마음속 깊은 곳에서 우러나오는 뿌듯함은 금방 사그라졌다. 제스에게서 또 대답이 없는 탓이다. 아렌이 몸을 빙글 뒤집고 팔을 앞으로 축 늘어뜨렸다.

"무뚝뚝하긴. 열심히 했다거나 잘했다는 말 한 마디 정돈 해줘도 괜찮 잖아요."

"……."

아렌이 볼을 잔뜩 부풀리고 간이침대에 얼굴을 묻었다.

나 지금 누구랑 얘기하고 있니? 그래, 잠이나 자자. 잠이나. 저런 벽창 호한테 말을 거는 내가 바보지.

"……너는."

"으억!"

한창 속으로 욕을 하고 있는데 갑작스럽게 당사자의 목소리가 들리자 아렌이 화들짝 놀라며 숨을 삼켰다.

"원래부터 한 사람의 기사였다."

"……."

더 무뚝뚝해질 수가 없을 정도의 어투였지만 이번엔 아렌이 말을 잃어 버렸다. 저 남자, 저걸 지금 격려라고 하고 있는 건가……. 하지만 정말 제스다운 격려라는 생각에 아렌의 입가에 희미한 미소가 걸렸다.

"감사합니다, 단장님."

"……."

"아, 그리고……. 다시 만나서 기뻐요."

아렌이 나직하게 중얼거리며 깍지를 끼고 눈 위에 두었다. 찐따 부단장 에게 졌다는 소릴 듣는 순간도 이랬었는데. 정말……, 다시는 보지 못하 게 될까 봐 온 세상에 어둠이 찾아온 것만 알았다. 아렌은 눈을 돌려 제스 쪽을 바라봤다. 어둠 속에서도 빛나는 눈동자가 이상하게 따스해 보였다. 잠이 와서 헛것이 보이나, 생각하며 아렌이 말했다.

"헤헤, 아무 뜻 없어요."

"……."

"이제 자야지. 제스도 얼른 자요. 수면이 부족하면 피부도 거칠어지고 신경질적이 되며…… 후아암."

그녀가 잠기운이 잔뜩 묻어 뚝뚝 떨어질 정도로 길게 하품을 했다. 잠시 후 무방비한, 새근거리는 작고 규칙적인 숨소리가 들려왔다. 사방이 고요해지자 아까 아렌이 그랬던 것처럼 제스의 머릿속에도 오늘 일이 스쳐 지나갔다.

라미에와 마주치고 난 직후 그는 곧장 기사단으로 돌아와 언제나처럼 집무에 집중했다. 하지만 반나절이 지나가도록 서류 하나를 채 보지 못한 그는 이상함을 느꼈고, 그제야 자신이 서류를 거꾸로 들고 보고 있었다는 걸 깨달았다.

공간이동으로 켄케스가 있던 창고에 갔을 때, 제스 자신을 향해 바보스러울 정도로 환하게 미소 짓는 아렌을 보면서 그 자신도 놀랐다. 아렌이 무사하다는 걸 안 순간 찾아오는 안도감 때문에.

침대 밑으로 흘러내린 은색 머리카락 몇 가닥을 보다가, 제스는 의자 안으로 깊숙이 몸을 누이고 천천히 눈을 감았다.


아침부터 꾸물거리던 날씨가 개어 바람이 일어났다. 새가 재자재자 우는 소리에 잠이 깬 아렌이 눈을 뜨고 부스스 일어났다. 어제 하루 종일 돌아다닌 탓인지 다리의 근육통이 미약하게 느껴졌다.

'아, 나 집무실에서 잤지…….'

그녀가 흐리멍덩한 기억을 더듬고는 후아암, 큰 하품을 했다. 잔뜩 마른 입이 깔깔해 쩝쩝 다시곤 고개를 슥 돌려 본능적으로 제스를 찾았다. 역시나, 창문으로 얇게 배어든 아침 햇살을 받으며 제스가 창가에 서 있었다. 이른 시각인데도 단정하고 깔끔한 제복 차림의 그는 아렌에게로 시선을 고정하고 있었다.

'허어억! 또 보고 있었어!'

아렌이 황급히 그녀의 머리를 정리했다. 커다란 눈곱을 소매로 쓱 문지르고 창피함에 얼굴이 약간 붉어졌다.

"제……스, 잘 잤어요?"

"……."

아렌이 슬쩍 눈을 굴려 제스를 바라봤다. 숙소에서 자고 왔다고 하기엔 너무 이른 아침이고, 집무실에서 눈을 붙였다기엔 너무 깔끔한 모습인데…….

"혹시……, 밤 새웠어요?"

"……."

"하하, 밤 새우면 몸에 안 좋은데요. 의자는 불편하니 간이침대에서 눈 좀 붙이지 그랬어요? 아, 간이침대는 내가 쓰고 있었구나. 조금 밀어내고 자도 괜찮았을 텐데요. 아, 같이 자자는 소리는 아니고요……. 아, 내가 무슨 소리를……."

"……."

어색한 침묵을 메우기 위해 말을 걸었는데 도리어 더 어색해져버렸다. 아렌은 신발을 허겁지겁 신고 과장된 어조로 말했다.

"아 참, 훈련 가야 되는데……. 나중에 봐요, 제스."

민망함을 참지 못한 아렌이 얼굴을 반대쪽으로 하고 벌떡 일어나 문으로 걸어갔다. 등 뒤에 꽂히는 시선을 느끼며 아렌이 딱 나서려는데 제스의 목소리가 그녀의 발길을 잡았다.

"열쇠."

"에?"

아렌이 두 눈을 동그랗게 뜨고 제스를 돌아봤다. 아렌을 향하는 그의 눈빛은 마치 초점을 맞춘 렌즈의 강한 집광처럼 찌르는 듯 강렬했다.

“열쇠, 떨어졌다.”

온몸이 얼어붙는 기분이었다. 아렌이 두 눈을 휘둥그레 뜨고 간이침대를 바라봤다. 침대 밑에는 정말 당황스럽게도, 그녀의 방 열쇠가 떡하니 자리 잡고 있었다. 거기다 이 순간만큼은 어찌나 반짝거리는지 눈이 다 부실 지경이었다.

“아……, 하하, 열쇠가 왜 저기 있을까요?”

답을 알고 있는데도 아렌이 모르는 척하며 말했다. 그녀는 어제 집무실에서 나가고 싶지 않아서 멀쩡히 주머니 속에 있는 걸 없어졌다고 거짓말을 했다. 그런데 그 열쇠가 소파 밑에 있는 건 자는 동안 주머니에서 흘러내린 게 틀림없을 것이다.

망할 열쇠! 기계처럼 삐거덕 삐거덕 움직여 열쇠를 주워들고 아렌이 어색하기 짝이 없는 미소를 지었다.

“우와, 신기해라……. 분명 밖에서 잃어버렸는데, 열쇠에 발이 달렸나 보네요.”

“…….”

“아니면, 하하……. 열쇠가 공간이동 마법을 쓸 수 있다든가…….”

당황한 아렌이 열쇠를 들고 온갖 말도 안 되는 변명을 하자 제스가 창밖으로 시선을 옮기며 말했다.

“나가봐라.”

이번만큼은 아렌이 즉시 그의 말에 따라 후다닥 집무실을 나갔다. 그리고 손발이 오그라드는 민망함이 잊힐 때까지 달리고 또 달렸다.


“콘라드, 기사단에 떠도는 소문 들었나?”

요즘 부쩍 평민 옷을 입는 횟수를 늘린 에슬란 황제가 느긋하게 차를 마시며 말했다. 명주실처럼 윤기가 자르르한 아침 햇살이 찻잔에 담뿍 꽂혀 내리고 있었다. 찻잔 속에 홍차보다 더 붉고 짙은 액체가 모락모락 김을 올리고 있었다.

"무슨 소문 말씀이십니까?"

그의 전속 시종인 콘라드는 스푼으로 찻주전자 안에 가라앉은 설탕을 건져내다 말고 되물었다. 황제는 차를 스푼으로 저으며 중얼대듯 말했다.

"듣자 하니 아렌을 괴롭히는 자가 있다더군. 내기를 했다나 뭐라나. 자세한 내용은 모르지만 지면 기사단에서 나가야 한다는 황당한 내용이라네."

"그래서 어떻게 됐습니까?"

왜 갑자기 이런 이야기를 꺼내는지, 불안한 마음이 앞섰지만 덤덤하게 콘라드가 되물었다. 그러자 자식을 자랑하는 부모의 것과 같은 미소를 입에 머금으며 황제가 어깨를 으쓱했다.

"이기긴 이겼다더군, 역시 내 새끼야."

"……내 새끼라니요."

"딴죽 걸지 말게, 콘라드."

콘라드가 황제가 차를 후룩, 마시곤 찻잔을 테이블 위에 사뿐히 내려놓으며 대뜸 입을 열었다.

"콘라드, 자네가 내 곁을 지킨 지 몇 년이나 됐지?"

콘라드는 심상찮은 기운을 느끼고 손을 멈칫했다. 그 말은 이제껏 황제가 무언가 예상치 못하는 행동을 하기 전에 으레 내뱉던 말이었다. 돌아오는 대답이 없자 황제가 두 눈을 번뜩이며 그를 돌아봤다.

"자네, 감히 지금 황제의 말을 씹는 거야?"

"아, 아닙니다. 근 삼십 년이 되어갑니다."

"그래. 참 오랜 세월 덕택인지, 자네는 항상 내가 어떻게 행동할지를 귀신같이 알아차리더군."

황제가 회상하듯 중얼대고는 폭신한 의자 깊숙이 몸을 밀어 넣으며 고개를 젖혔다. 황제가 잠시 뜸을 들이더니 고개를 번쩍 들고 다시 입을 열었다.

"그럼 내가 이제부터 어떻게 할 건지도 알고 있겠군그래."

"폐하……. 설마……."

"그래. 기사단의 부단장인가 뭔가 당장 불러와, 콘라드."

황제가 찻잔을 들고 다향을 한껏 들이마시며 대수롭지 않게 이야기했다. 역시나. 콘라드가 한숨을 삼키며 넌지시 그를 말렸다.

"저어, 폐하……. 소년이 이겼다는데 그냥 넘어가심이……."

"빨리. 십 분 안에 대령해 와."

그가 고집스러운 표정으로 더 이상 말하지 않겠다는 듯 입을 꾹 다물었다.

"예……."

콘라드는 이 나이에 이 짓을 계속 해야 하나, 중얼거리면서 기사단으로 향했다. 무심한 듯 고개를 돌리고 있던 황제는 콘라드가 사라지자마자 이제 오나, 저제 오나 기다리기 시작했다. 마치 신랑을 기다리는 새색시처럼. 그렇게 한참을 목을 빼고 주변을 살피다 무료해져서 황제가 찻잔을 잡은 손가락을 꼼지락거렸다.

왜 이렇게 안 와, 황제를 기다리게 한 죄도 물어버릴까 보다, 하면서 짜증이 왈칵 날 무렵 저 멀리서 갈색 머리카락을 가진 훤칠한 사내와 함께 콘라드의 모습이 보였다. 옳거니! 왔구나! 황제는 허리를 세우고 최대한 근엄한 표정을 짓고 그를 빤히 바라보았다.

콘라드가 황제 뒤로 걸음을 옮기자 라미에가 무릎 꿇고 예를 갖추었다.

"황제 폐하, 부르셨습니까?"

"그래, 짐이 경을 불렀지."

황제가 목소리를 가다듬으며 근엄하게 말했다. 무슨 말부터 꺼내야 할까, 고민하다가 황제가 입을 열었다.

"요즘 고생이 많지?"

"……예?"

야근을 하는 부하를 다독이는 듯한 그의 태도에 라미에가 짧은 의문사를 내뱉었다. 그러다 예의가 아니라는 생각에 황급히 그가 다시 말했다.

"아닙니다."

"크흠. 듣자 하니 베이판의 위조지폐가 발견되었다고 하던데……. 할일이 많을 게야. 제국을 위해 일하느라 기사단이 얼마나 힘든지는 내 알고 있네. 공로를 치하할까 했는데, 그것도 여의치 않고 말이야."

"황공합니다."

라미에는 고개를 숙이면서도 어딘가 이상한 느낌을 받았다. 에슬란 황제의 복장도 이상하거니와 황제는 분명 웃고 있는데 눈은 서슬 퍼렇게 빛나고 있었다. 거기다 기사단의 공로에 대해 이야기하고자 했다면 기사단장을 부를 일. 부단장을 부르진 않을 텐데.

"자, 인사치레는 이 정도로 됐고……. 이제 바로 본론으로 넘어가겠네."

황제가 다섯 손가락을 서로 맞대고 웃음기를 싹 지우며 입을 열었다. 라미에가 긴장을 하며 그의 말을 기다렸다.

대체 무슨 일이기에 저런 표정을…….

"자네가 최근 아렌이라는 견습 기사를 그렇게 못살게 굴었다지?"

예상치 못한 이야기가 황제의 입에서 나오자 라미에는 자신의 귀를 의심했다. 이게 웬 뜬금없는 이야긴가, 하며 고개를 들었는데 황제가 눈을 부릅뜨며 대답을 채근하고 있었다. 라미에가 다시 예를 갖춰 고개를 숙이고 입을 열었다.

"아, 그것은 아렌 경과 사소한 오해가 있어서……."

기사단 내부의 문제를 가지고 왜 자신이 변명을 하고 있어야 하는지, 떨떠름한 얼굴을 숨기지 않고 라미에가 말하자 말을 끊고 황제가 대뜸 말했다.

"자네 죽고 싶나?"

"……예?"

황제의 말이 떨어지기 무섭게 라미에가 의문에 가득 찬 시선을 그에게 보냈다. 황제가 티 테이블 위에 놓인 찻잔을 왜깍대깍하며 불편한 심기를 드러냈다.

"오해는 무슨 얼어 죽을 놈의 오해? 눈에 넣어도 아프지 않을 그 아이가 무슨 짓을 했다고?"

"후우."

라미에의 황당해 마지않는 표정을 보고 콘라드가 땅이 꺼져라 한숨을 내쉬었다. 그에 전혀 아랑곳 않고 황제가 라미에에게 따가운 눈빛을 쏟아내며 언성을 높였다.

"그 아이가 내기에서 이겼기 망정이지, 져서 이곳을 떠났으면 어쩔 뻔했느냐 말이야. 에잉, 생각만 해도 성질이 뻗치는군. 나가기만 했어봐, 내가 아주 그냥……!"

"폐하, 고정하십시오."

콘라드가 옆에서 말리자 황제는 '그래, 고혈압을 조심해야지.'라고 중얼대며 헛기침을 했다. 잠시 후 그가 최대한 점잖게 말했다.

"어찌 됐든 앞으로 어떤 오해가 생겨도 그 아이를 건드리지 말게. 내가 점찍어놨다고. 흐흐흐. 아, 물론 다른 의미는 없다네."

아이? 눈에 넣어도 아프지 않아? 점찍어둬? 아렌을 칭하는 이상한 말들도 그렇고, 황제가 자신에게 화를 내는 이유가 견습 기사 하나 때문이라니 어이가 없었다. 숱하게 떠오르는 의문이 라미에의 표정에 그대로 드러났고 그 기색을 읽은 황제가 언성을 높였다.

"자네 입장에선 이해가 안 될 만도 하겠군. 하지만 질문은 받지 않을 거네. 난 차제남이니까."

또다시 알아듣기 힘든 말을 중얼거리며 황제가 차를 한 모금 들이마셨다. 라미에는 황당함에 말문이 막혀 그의 말에 잠잠히 귀를 기울이고 있었다.

"장황하게 말이 길어졌군. 하고 싶은 말은 단 한 마디였어. 자네, 또 아렌을 건드렸다간 사형시켜버릴 테니 그리 알게나."

황제가 위협적으로 손가락을 흔들어 보이다가 무언가가 생각난 듯 손가락을 딱, 부딪치며 말했다.

"참, 그리고 나에 관해서도 함구해야 할 게야. 난 그 녀석의 정원사 할아버지니까 말이야."

'대체 이게 무슨……?'

여러 의문이 해결되기도 전에 하나에 잇대어 또 다른 의문이 머리를 들고 일어났다. 하지만 감히 제국의 황제 앞에서 이것저것 대놓고 물어볼 순 없는지라 라미에는 입을 꾹 다물었다.

"대답은?"

"……명심하겠습니다."

라미에가 열리지 않는 입을 억지로 열어 대답했다.

"그래, 이제 물러가도 좋네."

황제가 손을 휘휘 젓자 라미에가 공손히 인사를 하고 물러갔다. 라미에가 황제의 정원에서 빠져나가자 콘라드가 호기심을 드러냈다.

"그런데 폐하께선 그 소문을 어찌 들으신 겁니까?"

"나름 정보통이 있다네."

기분이 좋은 듯 황제가 입가에 미소를 물며 대답했다. 정보통이라 니……, 하고 중얼거리며 황제의 뒤통수를 빤히 내려다보던 콘라드가 펄 쩍 뛰며 물었다.

"설마……, 기사단에 첩자라도 심어두신 겁니까?"

"허허, 첩자라니. 그냥 내부 조력자라고나 해두지."

황제가 한바탕 호탕하게 껄껄거렸다. 콘라드는 철없는 아들을 보는 심 정으로 한숨을 내쉬며 혼잣말 같은 넋두리를 중얼거렸다.

"……그런 걸 보통 첩자라고 부릅니다."

"뭐 어떻게 부르든 무슨 상관인가. 중요한 건 내 속이 시원해졌다는 거 지. 허허."

기분이 한결 나아진 황제가 너털웃음을 터뜨리며 차를 마저 마셨다.


황제의 정원에서 떠난 라미에는 시선을 정면으로 향하고 입을 굳게 다 문 채 천천히 걸어가고 있었다. 지금의 그의 기분은 마치, 덜 익은 감을 통째로 집어삼킨 것처럼 찝찝했다. 방금 박박 우기다가 흥분하다가 협박 까지 일삼는 황제의 모습은 제가 보고 들어온 것과 너무도 이질적이었다. 들은 내용으로만 유추해보면 황제는 정원사 행세를 하면서 아렌을 만나 고 있는 모양인데, 그 이유 또한 짐작할 수 없었다. 정말로 아렌이 마음에 든 그 이유 하나 때문인가.

황제의 말은 황당하고, 행동도 한참이나 격식을 벗어나 있어 사실 미친 것인가, 하는 생각도 들었다. 하지만 그의 기백은 여전해서 마냥 그렇게 여길 수도 없었다.

'이게 무슨 일이야, 도대체?'

라미에는 어이가 없어서 피식 웃었다. 하지만 황제의 뒷조사를 할 순 없고 그도 더 이상 아렌을 건드릴 생각이 없었기에 이번 일은 잊고 지나가기로 결정했다.

'정말 신기하단 말이야……. 응?'

막 기사단 입구로 들어가려던 그의 시야에 누군가가 들어왔다. 흑발을 단정히 묶은 그가 먼발치에 기대서 라미에를 뚫어져라 바라보고 있었다.

"어이."

라미에가 손을 들며 알은척을 하자, 카일이 그를 향해 다가왔다. 성큼성큼, 어딘가 화가 난 것 같은 거친 발걸음도 모자라 눈은 이글이글 타오르고 있었다. 그의 앞에 딱 멈춰 선 카일이 밀랍처럼 굳은 입술을 움직여 말을 건넸다.

"부단장님, 결투를 신청합니다."

"뭐?"

라미에가 미간을 좁혔다. 대나무처럼 뻣뻣한 얼굴로 카일이 대답했다.

"받아주십시오."

"갑자기 결투라니, 뭐 잘못 먹기라도 한 거야?"

"아뇨. 아주 건강하고 멀쩡한 상태입니다."

짤막한 말은 한없이 건조하고 딱딱했다. 라미에가 멍하니 눈만 깜박거리다가 허공으로 시선을 옮겼다. 이 녀석이 나에게 이렇게 행동할 만한 이유가 있었던가? 머리를 뒤적거려 금방 답을 찾아낸 라미에가 돌연 헛웃음을 터뜨렸다.

"너도 내가 그 녀석을 건드려서 이러는 거야?"

"그 녀석이 아렌 님을 칭하시는 거라면, 그렇습니다. 그리고 그 녀석이 아니고 아렌 경이라고 제대로 불러주십시오."

반짝 날이 서는 삼엄한 눈빛이 곧바로 라미에에게 꽂혔다. 츳, 하고 작게 혀를 찬 그는 이마를 긁적거리며 적당히 거절할 만한 말을 떠올려보았다. 적당한 건수를 떠올리자마자 잽싸게 그가 안됐다는 투로 말했다.

"미안하지만 안 되겠군, 그래. 난 지금 근신 중이거든."

"그렇다면 근신이 풀리는 즉시 결투에 응해주십시오."

"어쩌나, 난 평생 근신할 건데."

능글맞게 대꾸했으나 그것이 오히려 역효과를 냈던지 카일의 눈매가 칼날보다도 더 날카로워졌다.

"받아들이신 걸로 믿고 근신이 끝난 후에 뵙겠습니다. 그럼 이만…….."

카일이 한껏 쌀쌀맞게 내뱉은 다음 휙 돌아서서 척척 걸어갔다. 기사단 숙소로 들어가는 뒷모습을 빤히 보다가 라미에가 손으로 이마를 짚었다. 황제에 이은 카일의 어퍼컷에 라미에는 제자리에서 맴을 돈 것처럼 어질어질했다.

'벌집을 쑤셔도 이것보단 낫겠어. 당분간 카일을 피해 다녀야지.'

바람이 뿌연 먼지를 일으키며 지나갔다. 소소리바람이 부는데, 마치 따귀를 때리는 것 같았다. 겨우겨우 생각을 정리하고 라미에가 발걸음을 내딛으려는 찰나였다. 약속이라도 한 듯이 그의 귀에 익숙한 미성이 뒤에서 들려왔다.

"어라? 찐따 부단장님!"

라미에 자신을 찐따라고 부르는 이는 세상에 단 한 사람밖에 없었다. 이 모든 일의 원흉.

'일진 정말 사납군. 이거 도대체 몇 단 콤보야?'

라미에가 드물게 한숨을 푹 내쉬고는 뒤를 돌았다. 천연의 보석같이 빛나는 은빛 눈동자와 은발의 소유자를 보는 순간, 라미에의 얼굴이 일그러졌다. 바로 그녀의 행색 때문이었다.

"……꼴이 그게 뭐냐? 세수는 한 거냐?"

"아니요, 사정이 좀 있어서 아직……. 방에 돌아가서 바로 씻을 거예요.”

아렌이 눈을 비비고 긴장감 없이 늘어지게 하품했다. 어제 붉은 연꽃의 자객들과 싸우는 동안 생겼던 생채기는 치료되지 않은 채 그대로였고 신발은 온통 진흙투성이였다. 그간의 마음고생을 보여주듯 그녀의 눈 밑은 시커멨고 미처 떼어내지 않은 눈곱이 찌껍찌껍 붙어 있었다. 라미에가 슬쩍 입가를 가리키며 말을 건넸다.

“……그 침 자국이나 닦지 그래?”

“아아…….”

아렌이 멋쩍은 듯 작은 소릴 내며 소매로 입가를 북북 문질렀다. 그녀를 보는 라미에는 ‘이게 과연 여자인가?’라고 말하는 눈빛을 보내며 생각에 잠겼다. 초지일관 허술한 녀석인데 정말 이상한 일이었다. 이 녀석을 한번 건드렸더니 온갖 대어들이 판을 치지 않는가 말이다.

카일이야 처음부터 그녀를 찾아온 것이니 그렇다 쳐도, 미친 또라이라고 해도 모자랄 세이라는 마법사, 여자에겐 관심도 없던 기사단장 제스로도 모자라 황제까지 나서서 건드리지 말라며 들볶는다. 내기가 진행되는 동안 그녀 자체도 보통내기가 아닌 걸 깨닫긴 했지만 그보다도 뒷배가 든든하다 못해 두려워질 지경이다. 라미에는 의심스런 눈초리로 아렌을 바라보았다.

“……너, 정체가 뭐냐?”

“또 무슨 시비를 걸려고 이러시는 거예요?”

아렌이 새치름한 표정으로 대꾸했다.

“아니다, 아무것도.”

라미에가 고개를 설레설레 저었다. 입이 떡 벌어질 정도로 화려한 뒷배를 가진 그녀는 정작 그걸 전혀 눈치 채지 못하는 것처럼 보였다. 라미에는 그녀를 스쳐 걸어가려다 문득 생각난 듯 말했다.

"아, 참. 그리고……. 그리고 저번에 심한 말 한 건 미안했다."

아렌은 두 눈을 크게 떴다. 대충 내뱉는 듯했지만 라미에는 빈말 따윈 하지 않는 직설적인 화법을 구사하는 사람이었다. 다시 말해 정말 자신이 잘못했다고 생각을 하지 않는 이상 저런 말을 인사치레로 건넬 리는 없었다.

라미에는 어깨를 으쓱하며 대수롭지 않게 말을 이었다.

"내가 오해를 한 데다 심한 말을 한 건 순전히 내 잘못이니까. 여자인 걸 밝히겠다고 협박을 한다거나 너에 대한 뒷조사를 더 이상 하지 않겠어."

아렌이 슬그머니 한 발자국 물러섰다.

"……갑자기 왜 이러세요?"

아렌이 경계 어린 눈빛을 쏘아대며 속으로 '사람이 안 하던 짓을 하면 죽을 때가 된 거라던데…….'라고 중얼거렸다. 라미에가 얼굴을 굳히며 딱딱하게 말했다.

"하지만 딱 거기까지야. 사과를 한다고 해서 네가 거짓말을 하고 있는 걸 좋게 생각하는 게 아니란 것만 명심해둬. 앞으로도 널 돕거나 하는 일은 절대 없을 거야."

'그럼 그렇지…….'

아렌이 속으로 구시렁댔다. 하지만 거짓말한 것 자체는 오로지 자신의 잘못인 걸 시인한 상태이고, 사과까지 한 사람한테 나쁘게 대할 생각은 없었기에 그저 짧게 고개를 끄덕였다. 그리고 그간 실례되는 말을 많이 한 것도 같고.

아렌도 훈훈한 분위기 속에 사과를 하려던 찰나였다.

"근데 넌 대체 어떻게 된 게 주변에서 여자라는 걸 알아보질 못하냐?"

"……네?"

아렌이 미처 대답하기도 전에 라미에의 시선이 느릿하게 아렌의 가슴으로 향했다. 두툼한 재킷을 입고 있어서 그런지 그녀의 가슴은 유난히 더 평평해 보였다. 라미에가 씨익 웃으며 말을 이었다.

"아하. 이유가 따로 있었군."

능글맞아 보이는 그 미소에 아렌이 화들짝 놀라며 두 팔로 가슴을 가렸다.

"아, 아, 아, 아니, 지금 어딜……."

"어떻게 그렇게 평평할 수가 있지? 못 먹고 자라서 발육이 덜 된 건가? 아니면 설마 배가 가슴만큼 튀어나와서 평평해 보이는 거야?"

빠르게 말한 후 라미에가 사뭇 걱정스럽다는 얼굴로 그녀를 빤히 보았고, 아렌은 속에서부터 서러움 섞인 울분이 욱하고 올라오는 게 느껴졌다.

"남이사! 배불뚝이든 가슴이 없든 무슨 상관이에요! 못 먹고 자랐으면 어쩔 건데요! 빵 한 조각이라도 사주실 거예요?"

주위의 눈치를 살피고 수치심에 얼굴을 붉히기보다는, 아렌의 눈은 당돌한 적의로 빛나고 있었다. 라미에가 웃음을 터뜨렸다.

"정말 입만 살았군."

라미에가 아렌의 머리에 툭, 손을 올려놓으며 말을 이었다.

"육체파 여성까진 아니더라도 더 커라, 꼬맹아. 그래서야 내가 여자라고 말해도 누가 믿어주기나 하겠냐?"

"아니, 진짜 보자보자 하니까!"

아렌이 그를 향해 주먹을 휘둘렀다. 능숙하게 피한 라미에가 빙글 웃고는 홱 돌아 여유롭게 그 자리를 빠져나갔다. 성큼성큼 나아가며 그는 아렌에게 들리지 않을 정도로 중얼거렸다.

"되도록 빨리 커라. 안 그럼 단장님이 너무 불쌍하시잖냐."

라미에는 뭐가 그리 좋은지 연신 웃음을 터뜨렸고, 그의 웃음소리는 모퉁이를 돌았는데도 한참 동안 이어졌다. 그와 반대로, 딘에 이어 라미에에게 '릴레이 가슴 농락'을 당한 아렌은 울분을 참지 못하고 뿌드득 소리가 날 정도로 이를 갈았다.

"저 찐따가 끝까지……."

아렌은 한참 동안이나 라미에가 사라진 방향을 노려보다가 시선을 내렸다. 가슴을 가리던 한쪽 손을 내리니 횡, 찬 바람이 불면서 재킷이 흔들거렸다. 찬 바람만큼이나 텅 빈 것 같은 가슴이 황무지처럼 보였다. 돌연 아렌이 씁쓸한 기색을 드러내며 중얼거렸다.

"그렇게 납작한가……."


"다녀오셨습니까? ……그런데 꼴이 그게 뭡니까? 돼지우리에서 구르다 오셨습니까?"

아렌의 방이 있는 숙소에 올라왔을 때, 문 앞에서 기다리던 카일이 그녀를 처음 보자마자 내뱉은 말이었다. 그에게선 라미에에게 보였던 적대감은 씻은 듯이 사라지고 딸을 바라보는 아버지의 얼굴만이 남아 있었다.

"죽고 싶으면 뭔 말을 못해. 그런데 무슨 일이야?"

아렌이 주먹을 질끈 쥐어 올려 텅 빈 위협을 가했다가 피식 웃었다.

"잠시 말씀드릴 게 있어서 왔습니다."

카일이 꼼꼼한 눈길로 그녀를 살피며 말했다.

"귀찮아. 카일, 베이판에 가자고 하는 거면 내일 얘기하자."

아렌이 어린애처럼 설레설레 머리를 가로저어 도리질을 했다. 그녀가 성큼성큼 문 앞으로 돌아가자 카일이 한쪽 손으로 문고리를 잡고 막아섰다.

"중요한 이야기입니다."

그가 꽤나 진중한 어투로 말했다. 보통 카일은 그녀의 말을 따라주는 쪽이었기 때문에 그녀를 막아서기까지 하자 아렌이 마지못해 고개를 끄덕했다.

"……알았어. 무슨 얘긴데?"

"일단 들어가서 얘기하시죠."

아렌이 카일을 살짝 밀어내고 문고리에 열쇠를 넣고 돌렸다. 딸까닥, 열리는 소리가 들리자마자 카일이 잽싸게 그녀가 들어갈 수 있게끔 문을 열어주었다. 아렌을 따라 방 안에 들어간 카일은 처음으로 아렌이 머무르는 방을 둘러보았다. 정리정돈이 서투른 탓에 각종 생활용품, 타월이나 옷가지 등이 침대 위에 어지러이 널려 있긴 했지만 카일은 이 정도면 준수하다고 생각했다. 뒤이어 그는 침대 옆 테이블에 놓인 레이나스 가의 단검을 조심스레 집어 들었다.

"단검……. 가지고 나오셨군요."

"그래, 무슨 일이 있을지 모르니까. 근데 첫날 쓰고 한 번도 안 썼어. 검이 생겼거든."

"그런데 요전부터 눈여겨보고 있었습니다만, 그 검은 어디서 나신 겁니까?"

카일이 그녀의 허리춤에 있는 검을 가리키며 말했다.

"단장님이 주셨어. 흐아암."

아렌이 가는 눈을 하고 하품을 늘어지게 하며 의자에 털썩 주저앉았다. 그 모습을 보며 카일이 혀를 찼다.

"공녀님, 품위 따위는 어디다 버리고 오신 모양……. 흠, 좋은 검이군요."

"자, 어서 본론을 말해봐."

아렌이 대꾸하기도 귀찮다는 듯 대꾸하자 카일이 잠시 뜸을 들였다. 어

공녀님! 공녀님! 2

떻게 말을 끄집어낼까 찬찬히 간추리는 듯 보였다. 생각을 정리한 후 그가 입을 열었다.

"라미에 님과의 내기, 이기셨다 들었습니다."

"응."

"베이판에 관련된 사건을 맡게 되다니, 처음부터 공녀님께 유리한 싸움이었고 순전히 운으로 이기신 거라고 생각합니다. 다른 사건이었으면 승리를 장담할 수 없었겠지요."

또 잔소리 시작인가 싶어서 아렌은 절로 한숨이 났다. 동시에 조금이지만 짜증도 났다. 카일은 유모와 같은 보호자였지만, 아무리 그래도 사사건건 참견하는 건 싫었다. 아렌이 손사래를 활활 쳤다.

"그래, 근데 뭐……."

"하지만 동시에 운도 실력이라고 생각하고 있습니다."

'운일 뿐이니까 다 그만두고 당장 돌아가시죠!'라고 말할 줄로만 알았는데, 의외의 말이 들려와 아렌이 두 눈을 번쩍 떴다. 카일이 차분하게 말을 이어갔다.

"저는 공녀님께서 베이판에 돌아가시지 않는다고 하신 말씀이 단순히 고집이라고 생각했습니다. 솔직히 이렇게 일을 해내실 거라는 생각도 못 했고 말입니다. 그런데……."

"……그런데?"

아렌이 채근하듯 되묻자 카일이 불쑥 옛 기억을 들춰냈다.

"공녀님, 저와 처음 만났을 때, 저에게 뭐라 말씀하셨는지 기억하십니까?"

"……."

"……그런 진지한 표정으로 속이려고 하셔도 소용없습니다. 기억 못 하시는 거 다 압니다."

"하하, 들켰나?"

짐짓 심각한 표정을 지었던 아렌이 뒷머리로 손을 가져가며 멋쩍게 씩 웃음을 지었다. 카일은 팔짱을 끼면서 어림없다는 눈빛을 보냈다.

"속일 사람을 속이시지요. 전 공녀님의 속이 빤히 들여다보입니다."

"……그거 약간 섬뜩한데?"

아렌이 과장되게 몸을 부르르 떨고는 장난기 가득한 웃음소릴 냈다. 그에 대답하듯이 카일도 희미한 웃음을 지으며 말을 이었다.

"공녀님께선 절 처음 만났을 때, '나만 따라오라'라고 하셨습니다. 예, 전 공작가의 사람이기 이전에 공녀님을 따르는 수하입니다. 공녀님이 제 주군이시지요. 어렸을 때 낚였습니……. 흠흠."

하나하나 풀어내듯 천천히 진행되는 그의 말은 의외로 아렌이 원하는 방향으로 흘러가고 있었다. 카일의 말을 기다리며 아렌의 두 눈엔 점점 희망의 빛이 차올랐다.

"……이곳에서 기사로 살아가시는 게 행복하시다면 공녀님을 제 손으로 마냥 억지로 끌고 갈 순 없다고 생각합니다. 아쉽게도……, 흠, 마지막 말은 잊어주십시오."

"정말? 카일, 그럼 여기에 있는 걸 눈감아주는 거야? 역시 카일, 네가 최고야!"

아렌이 용수철 튀듯이 자리에서 일어나 그의 손을 잡고 흔들었다. 그를 보는 카일의 심정은 이만저만 혼란스러운 게 아니었다. 카일이 무거운 한숨을 쉬며 말했다.

"정말 제가 옳게 행동하는 건지 잘 모르겠습니다."

"당연히 옳게 행동하는 거지! 뭐 별일이야 있겠어! 걱정일랑 붙들어 매셔!"

앞으로 잘 부탁한다는 듯, 아렌이 그의 손을 잡고 위아래로 세차게 흔들어댔다. 하지만 카일은 고개를 짧게 좌우로 흔들고 단호하게 말했다.

"모셔가는 걸 아예 포기한다는 소리는 아니니 오해하지 마십시오. 잠깐 동안의 시간을 드리겠단 소리입니다. 이곳 생활을 미련 없이 정리할 정도로만."

"……정리라고?"

위아래로 요동치던 손이 점점 느릿해지더니 아렌의 얼굴에서 미소가 사그라졌다.

"설마 언제까지고 여기 눌어붙어 사실 생각입니까? 여자인 걸 숨기고 말입니까?"

"그래, 마냥 여기에 있을 순 없는 건데."

아렌이 어깨를 축 늘어뜨리고 천천히 고개를 끄덕였다.

"당장은 아니더라도 언젠간 떠나야겠지……."

손을 놓고 기운이 빠져 배슬배슬 움직여 의자에 다시 앉는 모습이 처량해 보였다. 아렌이 의외로 심하게 좌절하자 카일은 미안한 마음이 들어 입을 닫았다. 그리 길지 않은 시간이었지만 예상외로 그녀에겐 소중한 것들이 많이 생긴 모양이다. 무엇인진 모르겠지만……. 분명 그녀는 지금 가슴 아파하고 있었다. 방 안이 무덤처럼 조용해졌다. 카일이 그녀를 위로하기 위해 어깨에 손을 가져가려는데, 아렌이 번쩍 고개를 들며 씩씩하게 외쳤다.

"아, 몰라! 몰라, 몰라! 아직 일어나지도 않은 일, 그때 가서 생각하지 뭐. 하하!"

아렌이 지나치게 호쾌하게 웃으며 방이 쩌렁쩌렁 울릴 정도로 외쳤다. 하지만 진짜 감정을 숨기려는 의도가 빤히 보여 카일은 엷게 한숨을 내쉬었다. 이런 때엔 혼자 있게 해주어야겠다고 생각하면서 카일이 고개를 숙였다.

"⋯⋯그럼 전 나가보겠습니다. 그리고 좀 씻으시는 게 좋겠습니다."

"아, 하하하! 알았어!"

아렌이 그의 어깨를 툭툭 두드리며 과장되게 억지로 웃으며 말했다. 카일이 막 걸음을 옮기려는 순간 아렌이 무언가 생각난 듯 그에게 말을 걸었다.

"아 참, 카일! 그런데 내가 고민이 하나 있는데 말이야⋯⋯."

"예? 무슨⋯⋯."

"있잖아⋯⋯."

아렌이 손가락을 꼼지락거리며 어물어물 말꼬리를 흐렸다.

"예, 말씀하십시오."

순순히 대답하면서 카일이 컵에 물을 따랐다. 슬쩍 보니 아렌이 어떻게 말을 해야 할지 모르겠다는 얼굴로 눈을 굴리고 있었다. 약간 불안한 마음은 들었으나 '고민이라고 해봤자 뭐가 있겠어?'라고 생각하며 물을 들이켰을 때였다. 비로소 생각을 적절히 잘 대신해줄 말을 찾아냈다는 듯 갑자기 반색을 한 목소리로 그녀가 외쳤다.

"가슴을 크게 만들려면 어떻게 해야 할까?"

"푸웃!"

방금 전까지만 해도 카일의 입안에 있던 투명한 물방울이 바깥으로 튀어나왔다.

"윽, 드러."

아렌은 인상을 찡그리며, 그녀에게로 날아드는 투명한 파편을 팔로 막았다. 카일은 미처 입가에 흐르는 물을 닦을 생각도 하지 못하고 입만 벌리고 있다가 침을 꿀꺽 삼키고 말했다.

"그, 그, 그, 그, 그, 그⋯⋯. 갑자기 그게 무슨⋯⋯."

"그게, 어머님의 가슴은 봉긋하잖아⋯⋯. 왜 난 이렇게 작은 걸까?"

제 가슴을 흘긋 내려다본 아렌이 의아한 눈으로 카일을 응시했다.

"응? 왜 그런 걸까? 너무 커져도 문제긴 한데 적당히는 커야 할 거 아냐?"

"그, 그걸 제가 어떻게……."

카일이 확확 달아오르는 얼굴로 겨우 입을 뗐다. 하지만 그의 심정이 어떤지도 헤아려주지 않은 채 아렌이 계속해서 당돌한 말을 이어갔다.

"그럼 이거라도 말해줘. 가슴 크게 하려면 어떻게 해야 해? 물어볼 데가 너밖에 없어서 그래."

카일은 말을 어떻게 아물려야 할지를 몰라 더듬거렸다.

"가……. 그러니까, 그건……. 자연스레 크는 것 아니었습니까……?"

"안 크니까 문제지! 응? 카일, 어떻게 해야 할까?"

아렌이 카일에게 순진한 눈빛을 마구 쏘아 보내자 카일은 속으로 비명을 지르기 시작했다. 아니, 도대체 그걸 왜 나한테 물어보는 거야? 진짜 내가 안다고 생각하는 건가? 진실로 순진한 건지, 순진한 척하는 건지, 은근히 골리려고 일부러 저러는 건지 알 수가 없었다.

마음 같아선 이 이상 곤란해지기 전에 검으로 머리를 쳐서 기절시키고 도망가고 싶다. 하지만 그럴 순 없다. 그녀는 주군이니까……, 주군이니까 절대 그럴 순 없다! 하지만……, 정말 안 되는 걸까? 이번만 눈 딱 감고 해버려?

카일이 온갖 생각을 다 하는 사이 상황은 점점 파국으로 치닫고 있었다.

"주무르면 좀 커지려나?"

원하는 답을 얻지 못한 아렌이 자신의 가슴으로 손을 올리며 혼잣말을 읊조렸다.

이런……! 카일은 제스를 만났을 때보다도 더 굵은 땀방울이 등허리를 훑고 떨어지는 게 느껴졌다.

"그, 그런 건 알아서 해결하십시오! 공녀님도 이제 성인이 아닙니까! 그, 그럼 저……, 저는 이만!"

지나치게 흥분되고 빠르게 말한 카일이 자리를 박차고 뛰어나갔다. 손을 떼어내기도 전에 문을 쾅 닫아버려 애꿎은 손가락을 찧어버렸다. 고통에 찬 카일의 신음이 점점 멀어져갔다. 아픈 와중에도 열심히 발을 놀려 마치 지옥에서 벗어나듯이 도망가고 있는 모양이었다.

문을 빤히 바라보던 아렌이 진심으로 모르겠다는 듯 고개를 갸웃했다.

"쟤 왜 저래?"

때는 깊은 한밤중, 잠이 많이 모자랐던 그녀는 세상모르고 한밤중까지 곯아떨어져 있었다. 아렌이 졸음이 가득한 잠꼬대를 하며 뒹굴 엎어졌다. 꽃물이 든 것처럼 발그스름한 볼을 누군가 살며시 쓰다듬었다.

"잉……?"

그녀의 볼을 감싼 따뜻한 손이 닿았다 떨어지는 게 느껴져서 아렌이 실눈을 떴다. 성에가 낀 것처럼 흐릿한 시야 안에 익숙한 방이 보였다. 그녀가 눈을 살짝 비비며 무거운 상체를 일으켰다.

로도모나스가 창문 앞에서 퍼덕거리며 날고 있었고 그리고 그 앞에는……. 아렌이 고개를 들었다. 열린 채인 창문으로 쏟아져 들어온 달빛이 세이의 모습을 선명한 명암으로 양분하고 있었다.

"좋은 꿈 꾸셨습니까?"

갑작스런 그의 등장에 아렌의 눈이 크게 열렸다.

"으악! 세, 세이……."

아렌이 기겁을 하며 벌떡 일어서 중심을 잡지 못하고 쿵, 쿵, 쿵, 몇 발자국 허둥댔다. 겨우 중심을 잡은 아렌이 급히 까치집처럼 헝클어진 머리를 빗었다. 세이의 시선이 그녀에게 접착된 듯 미세한 움직임 하나하나를 따라갔다.

"일은 잘 해결되었는지 궁금해서 왔습니다."

허둥지둥 정신없는 아렌과는 달리 세이가 차분하게 물었다. 그에 아렌은 '무슨 일?'이라는 얼굴로 그를 빤히 보다가 손뼉을 짝, 치며 말했다.

"아! 그 일요. 나름 잘 해결된 것 같아요. 참, 세이, 도와줘서 고마워요. 근데 그건 어떻게 안 거……."

"잘 해결됐다니 다행이군요."

그가 잔잔한 미소를 입가에 머금으며 말했다. 호선을 그리는 그의 입술을 스치듯 봤다가 뒤이어 그가 했던 장난을 떠올렸다.

"세이……. 나한테 뭐 할 말 없어요?"

아렌이 눈을 가늘게 뜨며 입을 뗐고 세이가 잠시 골똘히 생각하는 척을 했다.

"딱히 없습니다."

"아닐 텐데요. 틀림없이 있을 텐데."

"아렌이야말로 무슨 할 말이 있으신 것 같습니다만."

세이의 안면에 미소가 얄밉도록 물살처럼 번졌다. 그 능구렁이 같은 태도에 아렌은 배알이 뒤틀리는 기분이었다. 뭐가 저렇게 태연해? 내가 무슨 말을 하는지 다 알고 있으면서 저러는 거야!

"다시는 그런 짓 하지 말아요. 내가 뭘 말하는지 세이도 알고 있을 거예요. 한 번만 더 그랬다간……. 한 번만 더 그랬다간……. 으……."

아렌은 똑같은 말을 되풀이하며 머리를 굴렸다. 어떤 말을 해야 세이가 오금을 지릴 정도로 무서워할까? 정말 깜짝 놀라서 뒤로 나자빠지게 하고 싶은데. 하지만 야속하게도 적당한 말이 떠오르질 않아 아렌은 눈만 뒤룩뒤룩 굴렸다.

"편하게 말씀하십시오."

틀렸다. 아무리 생각해도 무서운 위협이 떠오르질 않는다. 아렌은 한숨을 푹 내쉬며 이젠 어쩔 수 없다고 생각했다.

"사실, 세이. 그러는 거 좋지 않아요. 저는 세이를……, 그렇게 생각하지 않는다고요."

"알고 있습니다."

나름 비장하게 꺼낸 말임에도 세이가 너무도 가볍게 응수하자 힘이 빠졌다. 아렌이 두 팔을 늘어뜨린 채 고개를 절레절레 저었다.

"하아……. 사람 진 빠지게 하는 덴 특출한 재능이 있나 봐요, 세이……."

"칭찬, 감사합니다."

말싸움에서 완패한 아렌이 '칭찬 아니라고요.'라고 중얼중얼대다가 퉁명스럽게 말을 내뱉었다.

"근데, 무슨 볼일이에요? 저번엔 나한테 한밤중에 찾아오지 말라며 어쩌고저쩌고 하시던 분이 직접 오실 정도면 꽤나 큰일이 생긴 모양이죠?"

"잠시, 자리를 비워야 할 것 같아 인사를 하러 왔습니다."

"에? 어디 가는데요? 여행이라도 가나요?"

"베이판에, 만나야 할 사람이 있습니다."

"베이판에요? 누……굴 만나러 가는데요?"

아렌은 그제야 세이가 평소와는 다른 차림새를 하고 있는 걸 발견했다. 그는 길게 내려오는 검은 옷에 흰 자수가 물결무늬를 그리는 고풍스런 옷을 입고 있었다. 그게 신비로운 외모와 분위기를 더욱 강하게 만들었다. 세이는 의미 깊은 웃음을 지으며 그녀를 지그시 바라봤다.

"저의 반려가 될 사람을 만나러 갑니다."

"엥? 반려라니……. 약혼자가 있었어요?"

의외의 사실에 아까까지 화났던 건 모두 잊고 아렌이 눈을 휘둥그레 떴
다. 달빛 아래 웃음 치는 세이는 평소보다도 더 아름다웠지만 반대로 아
렌은 얼굴을 구기며 언성을 높였다.

"아니, 약혼자가 있는데 나한테……!"

"다치셨습니까?"

세이가 그녀의 말을 단호히 자르며 그녀의 몸으로 시선을 옮겼다. 아렌
은 상처를 손으로 가리면서 외쳤다.

"지금 그게 문제가 아니잖아요! 말 돌리려고 하지 말고 제대로 날 보고
말해요!"

"상처, 보여주십시오."

팔에 있는 가장 큰 상처를 가린 아렌의 손을 잡아 내리면서 세이가 말
했다. 심상치 않은 느낌에 아렌도 흠칫하며 자신의 몸을 내려다봤다. 붉
은 연꽃의 자객들과 겨루느라 생긴 작은 생채기에 피딱지가 앉고 부풀어
올라 있었다. 잠잠히 그녀의 상처를 살피던 세이가 입을 열었다.

"아렌, 예전에 제가 한 말 기억하십니까?"

"세이, 지금 그게 문제가 아니라!"

"다치지 말아달라는 말은 허투루 들으신 것 같습니다."

말이 끝나기가 무섭게 세이가 아렌의 무방비한 손목을 단단히 잡았다.

"아렌이 제 말을 듣지 않았으니, 저도 똑같이 하겠습니다."

"무슨…….."

아렌이 반응할 틈도 주지 않고 세이가 그녀를 강하게 끌어당겼다. 세이
가 다소 거친 손길로 그녀의 옷을 잡아당겼고, 살핏한 셔츠 속으로 부드
러운 어깨가 고스란히 드러났다. 그가 목과 어깨 중간 즈음에 얼굴을 묻
었다. 아렌이 깜짝 놀라며 그의 어깨를 밀어내려 한 순간, 단단하고 날카
로운 것이 목덜미를 강하게 파고들었다.

"윽!"

아렌이 흠칫하며 몸을 빼려 했으나 세이는 그녀를 놓아주지 않았다. 허리를 감은 그의 손에서 하얀 빛이 나와 아렌의 온몸에 스며들었다.

"……이건, 놔두겠습니다. 흔적을 남겨둬야 저를 기억하실 테니."

그렇게 속삭이며 세이가 상처에 가볍게 키스를 했다. 오묘한 느낌에 온몸의 신경이 바짝 곤두섰고 아렌의 얼굴이 경악으로 물들어갔다.

"이거 놔요, 세이!"

아렌이 목청이 터져라 외치자, 세이가 좀 더 꽉 안았다가 그녀를 풀어주었다. 아렌은 마치 늑대에게서 도망치는 사슴처럼 뒷걸음질 쳐 그와의 거리를 벌렸다. 손을 들어 더듬어보니 끈적끈적하고 축축한 느낌이 전해져 왔다. 그가 물어뜯은 자리에서 피가 나고 있었다.

"세이, 이게 무슨 짓이에요!"

아렌이 분노인지 경악인지 모를 감정에 숨을 몰아쉬며 비명을 내뱉었다.

"무모하게 행동하신 데 대한 벌입니다. 아, 물론 한번 맛보고 싶기도 했습니다."

세이가 나지막하지만 또렷하게 말하자 아렌은 황당한 기분을 느끼며 손가락으로 문을 가리켰다.

"빨리 나가요, 당장! 그리고 이제부터 나한테 세 발짝 이상 가까이 오지 마요!"

단단한 으름장에 아랑곳 않고 세이가 다가와 손으로 그녀의 목덜미를 감쌌다. 놀라울 만큼 뜨거운 손길이 느껴짐과 동시에 세이가 강제로 시선을 맞춰 왔다.

"다가오지 말라는 건 제게 할 수 있는 말이 아닙니다, 아렌."

세이가 살짝 고개를 기울이며 조각 같은 입술을 살짝 움직였다.

"다시 한 번 가르쳐드릴까요?"

"세이, 제대로 알아둬요. 세이에게 고마운 것도, 신세진 것도 있지만 이런 행동은 치가 떨리게 싫다는걸!"

"정말 다루기 힘든 아가씨로군요."

세이가 가볍게 후, 하고 숨을 쉬고 고개를 돌려 나른한 표정을 지었다. 아렌이 시근덕시근덕 가쁜 숨을 몰아쉬면서 말을 쏟아내었다.

"이봐요, 내친김에 물어보죠. 내가 이름을 지어줬다는 건 무슨 말이에요? 그리고 내가 고기도 아니고 물기는 왜 물어요? 그리고……."

"저는 아무것도 알려드릴 생각이 없습니다. 스스로 떠올리십시오."

"뭐라고요?"

"그러기로 약속했으니까."

그녀와는 달리 세이가 놀라울 정도로 부드럽게 말했다. 그 차분함에 오히려 기가 막혀서 아렌이 하, 하고 웃었다.

"뭐예요, 정말……!"

"제 말을 듣기 싫으시면 뜻대로 하십시오. 뒷감당은 아렌의 몫이니."

세이가 고개를 다시 돌려 아렌을 직시했다. 순간, 검은 눈동자에 그녀의 시선이 꼼짝없이 붙들렸다. 허공에 시선이 얽히자 아렌은 그의 눈동자에서 무언가를 읽었다.

순수한 호의를 넘어선, 좀 더 진하고 맹목적인, 감당할 수 없을 정도의 감정. 그리고 그것은 오로지 자신에게 집중되어 있었다. 마치 흉몽을 꾸고 있는 것처럼 기분이 으스스해졌다. 심지어 입가에 자리 잡은 온화한 미소조차도 불길해 보였다.

"그럼."

그가 별다른 작별인사도 없이 천천히 몸을 돌렸다. 세이의 모습이 허공에 녹아들듯 사라졌다.

"뭐야……."

아렌이 나직하게 중얼거리며 목을 감싼 손을 내렸다. 차가운 공기 중에 노출된 상처가 타들어갈 듯이 따갑게 느껴졌다. 그리고 그 느낌은 한참이 지나도 조금도 사그라지지 않았다.

베이판의 유명한 학자 중 하나인 지오프리 선생은, 갑자기 들이닥친 레이나스 공작의 요청에 당황했다. 공녀의 '대역'이 필요하니 공녀를 가르쳤던 그대로 누군가를 가르치라는 것이었다. 그것도 극비로.

감히 공작의 명령에 가까운 제안을 거절할 순 없어 곧장 공작가로 향했다. 가는 길 내내 체면을 잊고 투덜거렸다. '대역'도 아르렐리아 공녀님처럼 땡땡이를 잘 부린다면 공작의 명령이고 뭐고 자리를 박차고 나오리라 생각했다.

공작가에 도착한 지오프리 선생은 자신이 가르치게 될 학생을 보고 깜짝 놀랐다. 어디서 기아 체험이라도 하고 온 사람마냥 피골이 상접해 있었고, 부족한 영양 때문인지 눈이 잘 안 보이는 것 같았다. 어찌 됐건 높은 보수에 홀린 지오프리 선생은, 공작이 시키는 대로 아르렐리아를 교육시켰던 그대로 레베카를 가르쳤다.

짐승을 대하는 것 같았다. 정말 볼품없고, 교양이 없었으며, 오직 먹기 위한 본능으로만 살아가는 짐승 같은 여자였다. 교육 방법 또한 단순했다. 한 글자, 한 문장 외울 때마다 과자나 빵을 주었다. 신기하게도, 레베카는 먹을 것이 걸려 있으면 죽기 살기로 무언가를 해냈다. 책 한 권을 떼더라도 먹기 위해 목숨이 걸린 것처럼 달려드니 배우는 속도도 월등했다.

처음엔 굉장히 회의적이었다. 이 짐승을 아무리 교육해봐야 아르렐리아가 될 리 없다. 사실 베이판의 어떤 영애도 아르렐리아를 따를 자가 없다. 월등히 아름다운 외모, 천성적으로 지닌 기품, 철이 없긴 하지만 비상하게 돌아가는 두뇌……. 땡땡이를 많이 쳐서 그렇지 그것만은 자신도 인정한 사실이다.

시간은 화살처럼 빠르게 지나갔다. 여자의 변신은 무죄라고 했던가. 처음엔 뼈만 앙상했던 레베카의 몸엔 점점 살이 붙었고, 적당히 보기 좋은 상태에서 식이 조절에 성공하여 날씬하나 볼륨감이 있는 몸매로 바뀌었다. 제법 글도 쓰고 말도 잘했으며 이제는 먹을 것에 그리 집착하지 않았다.

그리고 무엇보다도 언제부턴가 식기를 써서 식사를 하게 되었다. 보통 귀족들이 그러하듯, 소량의 음식을 입에 넣고 충분히 음미했다.

오직 아르렐리아가 되기 위해 교육받고, 그녀가 좋아하는 것을 좋아하며 싫어하는 것을 싫어하고, 그녀와 닮도록 화장을 한 레베카는 더 이상 처음에 봤던 빈민촌의 여자가 아니었다.

"오셨습니까, 선생님."

그녀가 드레스를 양쪽으로 잡고 사뿐히 인사했다. 천천히 고개를 들고 자세를 바로 하는 그녀의 얼굴에선 빛이 뿜어지는 것만 같았다.

"이곳에 다과를 준비해두었습니다. 직접 준비한 것인데, 좋아해주실는지 모르겠습니다."

지오프리 선생은 뭔가 일이 이상하게 돌아가고 있다는 걸 깨달았다. 물론 아르렐리아에게는 한참 수준 미달이지만, 이렇게 계속 교육을 받는다면 대역이 아니라, 아르렐리아 공녀가 또 하나 생기는 것과 같지 않은가.


오늘의 수업이 끝난 후, 레베카는 콧노래를 흥얼거리며 귀에 귀걸이를 걸었다. 오늘 입을 드레스는 장미꽃처럼 붉은 드레스였다. 눈부신 은발을 곱게 땋아 늘어뜨리고, 어깨를 강조하여 드러내었다. 적당히 마른 쇄골과 가느다란 목이 얼마나 매력적인지 알게 된 다음부터, 그녀는 먹을 것을 절제하기 시작했다. 살기 위해 먹어야 된다는 위기감이 옅어지고부터, 점점 다른 것들이 보이기 시작한 것이다.

오늘은 티파티에 갈 것이다. 그곳에 자주 참석하곤 하는 델리바인 후작 아들이 마음에 들었고, 그 또한 그녀에게 호의적이었기 때문이다. 사실 그 자리에 있는 다른 남자들 또한 그녀에게 호감을 가지고 있었다.

그녀가 모습을 드러내면 그들은 환호했다. 애정을 갈구하며 에스코트를 해주고 한 번만이라도 말을 섞길 바란다.

처음에는 저들이 나에게 왜 이러는가, 당황한 적이 있었다. 하지만 곧 생각이 바뀌었다. 남자란 것은 이제껏 똑같이 진창에서 구르던 아귀 중 하나였지만 지금은 아니었다.

빛의 세계에 있는 사람들이 그녀에게 아름답다고 한다. 꿈같은 세상에 사는 사람들이 그녀에게 손을 내민다.

여기에 있는 모든 화려함이, 그녀의 손안에 있었다.

## 15. 전조(前兆)

　하일렌에서 발견된 위조지폐 뭉치 때문에 베이판은 순식간에 혼란에 빠졌다. 최근 하일렌 제국에 진 빚이 불어나 있는 상태였기에 왕국 자체가 입은 타격은 지대했다. 지폐 제조 방법이 알려져 있다는 것 자체만으로 큰 부담이었다.

　왕국이 파산 위기에 놓여 있는 이 시기에 하일렌의 철혈군주, 에슬란 황제가 의외의 제안을 해 왔다. 위조지폐가 하일렌에서 만들어진 만큼 양국의 사이가 어긋날 것이 우려된다며, 하일렌처럼 금화와 은화로 화폐를 바꾸는 비용을 모두 지불하겠다는 것. 그리고 베이판은 그 도움의 손길을 잡을 수밖에 없었다. 하일렌이 아무 대가 없이 도와주자 백성들은 하나같이 모여서 이웃나라를 칭찬했다. 하지만 그 중 누구도, 위조지폐에 관한 사건을 해결한 이가 자국의 가출한 공녀라는 건 알지 못했다.

　"카일, 너 할 일 없어?"

　연무장을 척척 걸어 나가던 공녀, 아렌이 딱 붙어서 따라오고 있던 이에게 휙 돌면서 물었다.

　"예."

　깔끔하게 떨어지는 대답에 아렌의 어깨가 축 처졌다.

"으휴……."

"그래서야 땅이 꺼지겠습니까. 그런데 아까부터 제가 할 일이 있는지 없는지는 왜 궁금해하시는 겁니까?"

"몰라."

"그렇군요."

잠시만이라도 자유의 시간을 준다느니, 그런 말은 전혀 돌아오지 않는다. 아렌은 무거운 한숨을 쉬었다. 라미에와의 일이 끝난 후 그녀는 한때 잃었던 생기를 되찾을 수 있었다. 이젠 라미에의 눈치를 보지 않고 돌아다닐 수 있으리라. 분명 그리 생각했는데…….

'카일 때문에 혼자 있을 수가 있어야지.'

혼자 활쏘기나 검술도 연습하고 싶었고, 무엇보다도 만나러 가야 할 사람이 많았다. 정원사 할아버지라든가 제스라든가. 특히 제스에 대해선 카일에게 밝히기 꺼려졌다. 둘이 대체 무슨 사이냐고 꼬치꼬치 캐물을지도 모르기 때문이다.

사실 꺼려지는 것보다도, 그녀 속에서 제스와의 관계를 어떻게 정의해야 할지 모르는 그 애매함이 더 컸다. 목 조르기로 시작한 첫 만남부터 시작해서 미끼로 활약했던 몇 주간, 그리고 그 이후 집무실에서 빈둥거리던 일을 어떻게 설명해야 할까. 도저히 알 수가 없었다.

하지만 머리 아픈 문제는 일단 제쳐두고 어떻게든 카일부터 떨어뜨리자. 아렌은 그의 아픈 부분부터 건드리기로 했다.

"카일, 너 외롭지 않아?"

카일이 무슨 말을 하냐는 얼굴로 그녀를 응시했다. 아렌은 두 손을 깍지 껴서 고개를 받친 채 거들먹거리듯 말했다.

"그게, 부단장은 하루가 멀다 하고 여자를 만나러 다니는 걸 보니 네 생각이 나더라고. 여자 하나 없이, 외롭지 않아?"

"그야 아렌 님께서 얌전히 베이판으로 돌아가서 혼인을 하신다면 저도 그럴 시간이 날지도 모르죠. 그리고 아렌 님께서 반 정도만 사고를 덜 치셨어도 지금쯤 저는 지금쯤 결혼을 했을지도 모릅니다."

옳거니! 아렌이 갑자기 카일의 팔을 덥석 잡고 눈물 젖은 눈동자로 그를 바라봤다.

"카일! 네가 애인이 없는 게 나 때문이란 말이야? 정말 미안해!"

"헉."

갑자기 변모한 그녀의 태도에 그가 숨넘어가는 소리를 내었다. 아렌은 그가 정신 차리지 못하도록 계속 '정말로 미안한' 표정을 지으며 말을 이었다.

"미안해, 카일. 나 때문에 많이 힘들었지……. 정말 내가 죽을죄를 졌어……."

아렌이 고개를 푹 떨어뜨렸다. 잠시의 정적 후에 카일이 심하게 떨리는 목소리로 말했다.

"……갑자기 왜 이러십니까? 적응 안 되게……. 혹시 미치셨습니까?"

뭐? 미쳐? 하기야 미칠 수도 있겠다. 카일이 계속 거머리처럼 따라다닌다면 말이다. 아렌은 자꾸만 일어나려는 난폭함을 잠재우고 물기 촉촉한 눈으로 그를 바라봤다.

"안타까워서 그래. 스물이 넘도록 여자친구를 사귀어보지 못하면 그 사람은 마법을 부릴 수 있게 된다고 하던데."

"마법이요?"

"응, 근데 내가 아는 마법사들은 다 변태란 말이지. 변태 마법사라니. 불쌍한 카일, 가련한 카일……."

아렌이 우는소릴 내며 소맷자락으로 눈물을 훔치는 시늉을 하였다. 한참을 흑흑대며 가짜 울음소리 내고 있자 옆에서 얼이 빠진 목소리가 들렸다.

"도대체 무슨 말씀을 하시는 건지…….."

기다렸다는 듯 아렌이 고개를 확 쳐들었다.

"그런 의미에서! 오늘 너에게 자유 시간을 줄게! 나가서 마음껏 여자들을 만나고 와!"

아렌이 '어때, 좋지?'라고 쓰인 얼굴로 그를 응시했다. 카일이 의심이 가득한 얼굴로 눈매를 좁혔다.

"……또 속으로 무슨 계략을 피우시는 겁니까?"

"계략은 무슨 계략? 그런 거 전혀 없어! 자, 빨리 나가서 여자를 찾아보도록 해. 안 되면 찐따 부단장 뒤에라도 따라붙어서 하나 가로채도 되고."

"제가 나가 있는 동안 아렌 님은 무얼 하실 겁니까?"

"나? 난……. 방에 가서 책 읽을 거야. 읽으려고 놔둔 책이 많거든."

책은 무슨. 아렌이 싱글벙글하며 말하자 카일의 눈매가 미세하게 찌푸려졌다.

"책이라……. 아렌 님께서 자진해서 책을 읽으신단 말씀이십니까."

"그래. 네가 못 본 사이 나는 꽤나 교양인이 됐다고. 진짜야."

"흐음……."

"그런 눈으로 쳐다보지 마. 뭐든 의심하는 버릇은 좋지 않아."

"예에……."

느릿하게 대답하는 걸로 보아 완벽하게 의심하고 있었다. 이래서야 변명을 하면 할수록 의심만 더 사겠는걸. 거기까지 생각이 닿자 아렌은 호탕하게 그의 등을 툭 두드려주었다.

"자, 어서 가봐! 오랜만에 받은 휴가를 이렇게 축내고 있어야 되겠어? 팔팔한 젊은이가!"

"예, 뭐 그렇게 말씀하신다면야……. 그런데 아렌 님, 목에 웬 상처가 있습니다."

아렌은 화들짝 놀라 손바닥으로 목을 감쌌다.

"아아아, 이거! 아, 아, 아, 아무것도 아니야!"

미친 듯이 고개를 내저으며 아렌이 입술을 짓씹었다. 그러고 보니 어젯밤 세이가 남겨두고 간 상처를 소독하고 가리는 걸 깜박했다. 대체 정신을 어디다 두고 다니는 걸까. 아렌은 일단 임시방편으로나마 맨 윗단추를 잠가서 상처를 가렸다. 아슬아슬하긴 하지만, 이 정도면 괜찮을 것 같다.

"아무것도 아닌 게 아닌 것 같습니다만. 꽝장히 붉은데 혹시⋯⋯."

"뭐, 뭐?"

카일이 무언가 캐내려는 듯한 눈초리로 응시하자 아렌의 언성이 높아졌다. 외간 남자한테 목을 물어 뜯기다니, 카일이 들으면 당장 베이판에 끌려가고도 남을 만한 건수였다. 이건 다 세이 때문이다. 다음에 만나면 어떤 수를 써서라도 이에 상응하는 복수를 해줘야겠다. 잘난 면상에 한 방 먹여주든지.

카일의 눈매가 살짝 떨렸다. 혹시 알아챘을까? 심장이 입 밖으로 튀어나올 정도로 두근거리고 초조해졌다. 하지만 곧이어 들려오는 카일의 말은 예상과는 완전히 동떨어진 것이었다.

"벌레한테 물리셨습니까? ⋯⋯좀 씻으십시오. 더럽게."

그럼 그렇지. 아렌은 슬금슬금 피하려는 카일을 향해 소리를 빽 질렀다.

"시끄럽고, 가려면 빨리 가!"

"하여간 성질은⋯⋯. 흠, 그럼 전 가겠습니다."

카일이 허리를 숙여 간단히 인사를 건넨 후 뒤돌아 걸어갔다. 좋았어, 드디어 떼어냈다. 아렌은 속으로 환호성을 질러대며 휙 뒤돌았다. 가장 먼저 만나러 갈 사람을 떠올리자 신발에 튀는 구정물도 전혀 신경 쓰이지 않았다.

단숨에 본관에 도착해서 계단을 타고 올라가자 집무실 문이 보였다. 그 앞에 멈춰 서고 나서야, 아렌은 너무 빠르게 뛰어온 나머지 숨이 허덕거리고 있다는 걸 깨달았다.

"하아, 하아, 하아……."

아렌은 가쁜 숨을 심호흡으로 달래고 가만히 손을 문손잡이를 쥐었다. 그대로 문고리를 돌리려는 그때, 그녀의 귓전에 익숙한 목소리가 들렸다.

"책을 읽으러 여기까지 오신 겁니까? 아렌 님."

아렌이 화들짝 손을 떼어내고 숨을 삼키며 뒤를 돌아봤다. 반 층 아래에 서 있는 카일이 어처구니없다는 표정으로 그녀를 바라보고 있었다.

"네, 네가 왜 여기……."

"하도 거동이 수상쩍기에 가는 척하고 따라왔지요. 어찌나 신나게 뛰어가시던지, 제가 뒤따라가는 것도 모르시더군요."

카일이 계단을 마저 올라와 그녀에게 다가왔다. 그의 눈이 집무실을 힐끗 향했다가 아렌에게로 돌아왔다.

"변명을 대려면 좀 그럴듯한 걸로 대시지 그러셨습니까. 책은 무슨……. 아렌 님이 자진해서 책을 읽으셨다면 저는 그길로 의원을 찾아갔을 것……. 흠흠. 아무튼, 단장님의 집무실엔 왜 오신 겁니까? 얼토당토 않은 말로 저를 따돌리시기까지 하셨으면 뭔가 중요한 이유가 있을 텐데요."

카일이 의심스러운 눈길로 아렌을 응시하며 대답을 강요했다. 아렌은 땀이 축축이 배어든 손을 꼭 쥐었다.

"아니, 뭐, 뭘. 상식적으로 기사가 단장실에 왜 왔겠어? 일하러 왔어, 일. 그래, 심부름!"

"심부름이요? 어떤……."

카일이 아렌의 표정을 면밀히 뜯어보았다.

"그건, 그건……. 네가 알아서 뭐하게?"

아렌이 다소 퉁명스럽게 내뱉은 다음 카일을 외면하였다.

'뭔가 수상하다…….'

한 길 사람 속은 모른다 하지만, 아렌의 마음이라면 세 길 정도는 들여다볼 수 있는 카일은 분명히 뭔가 있다는 생각에 잠겼다. 방금 분명 단장님의 집무실에 들어가려 했었다. 자신을 속이면서까지 단장님을 찾아가야 할 이유가 무엇이 있었을까.

침착하게 아렌과 단장님과의 관계를 되짚어보고 있으려니 잠시 잊고 있었던 어슴푸레한 기억이 하나둘씩 수면 위로 떠오르기 시작했다. 정신 나간 기사가 사실 아렌이라는 걸 깨닫기 전 카일은 무려 세 번이나 그녀와 마주쳤다. 그중 두 번은 기이하게도 집무실에서였다. 집무실에 사람이 그다지 많이 드나들지 않는다는 것을 고려하면 우연이라기엔 많은 횟수였다.

'공녀님도 딱히 집무실에 볼일이 있어 보이진 않았는데……. 침대나 책상 밑에서 공무를 수행하는 기사는 없으니까. 잠깐, 침대라……. 침대? 침대?'

카일이 갑자기 그녀의 어깨를 덥석 잡으며 외쳤다.

"서, 설마 공……. 아니, 아렌 님!"

"왜, 왜 이래?"

놀란 아렌의 눈이 확 커졌다. 카일은 금방 숨이 끊어질 것처럼 더듬더듬 말을 이었다.

"서, 설마! 설마! 설마! 단장님과 그렇고 그런……!"

"뭐? 무슨 소리야?"

"아, 아니겠죠? 아니라고 말씀해주십시오."

무슨 상상을 하는지 카일의 얼굴이 경악으로 물들어갔다.

"카일, 자꾸 아니라고 말하라고만 하지 말고 제대로 말해봐."

아렌은 미간에 주름을 잡고 그에게 물었다. 카일은 핏기 없이 파르무레한 얼굴로 입술을 달싹였다. '그렇고 그런'이라니, 다짜고짜 무슨 소리야? 아, 몰라. 이렇게 된 거 나도 모르겠다.

아렌이 그의 손을 슬슬 밀어내었다.

"나중에 얘기하자, 카일. 나 단장실에 볼일 있어. 제스, 나 들어가요."

아렌의 몸은 견고하게 닫히는 문 사이로 사라졌다. 문 닫히는 소리에 번쩍 정신을 차린 카일이 제 기억을 되짚어봤다. 제스……, 분명 제스라고 했다. 단장님의 이름을 저렇게 친근하게 부르다니, 상상도 못 해본 일이었다.

"서, 설마……. 말도 안 돼."

한참 후에 그가 저승 문을 앞에 둔 사람처럼 넋이 나가 말했다.


아렌이 카일과 입씨름을 하고 있던 그때, 제스는 라미에가 정리해 올린 서류를 몇 번이고 장장이 살피고 있었다. 그가 서류에서 눈을 떼고 잠시 생각에 잠겼을 때였다. 집무실 앞에서 누군가가 대화를 나누는 소리가 정적을 깼다.

"……!"

"……?"

내용은 자세히 들리지 않았지만, 들리는 목소리 중 하나는 분명히 아렌의 것이었다. 말끔히 짙은 눈동자가 문을 향하자 때맞춰 문이 열렸다.

"……카일, 나 단장실에 볼일 있어. 제스, 나 들어가요."

보통 기사들에게는 상상도 할 수 없을 정도로 무례한 인사 방법이었지만 아렌은 태연하게 들어와 문을 닫았다.

"제스, 저 왔어요."

전날 더러운 모습은 어디로 갔는지 말끔한 모습으로 나타나선 샐쭉, 귀엽게 웃는다. 결곡하게 생긴 그 얼굴 모양과 맑고도 다정스러운 눈매가 어여쁘다.

"제스는 아침부터 웬 서류를 그렇게 보고 있어요?"

아렌이 책상 앞에 딱 멈춰 서서 목을 길게 빼고 제스의 서류를 들여다봤다. 한두 번이 아닌 일이었으나, 격식은커녕 마치 친구를 대하는 것 같은 태도에 제스는 어이가 없어졌다. 그녀가 서류 내용을 대충 훑어보더니 다시 입을 열었다.

"베이판의 위조지폐에 관한 서류네요. 참, 간밤에 잠이 안 와서 제가 조금 생각을 해봤는데요, 제스. 들어볼래요?"

제스는 별다른 대답을 하지 않고 서류로 시선을 옮겼고, 아렌은 순순히 고개를 끄덕였다.

"알았어요. 지금은 바쁘군요. 말 안 할게요."

"……."

"하지만 듣고 싶으면 말해요. 언제든 말할 준비가 됐어요."

아렌이 어깨를 으쓱하며 말하곤 입을 다물었다. 말하고 싶다는 기색이 역력하게 드러났으나 제스는 아무 대답도 해주지 않았다. 말 안 하겠다고 한 지 얼마 지나지 않아 아렌은 꼼지락 꼼지락, 손가락을 꼬다가 차례로 다리를 흔들흔들, 온몸을 배배 꼬기 시작했다. 결국은 안달이 났는지 그녀가 먼저 입을 열었다.

"좀 들어줘요! 제발! 말하고 싶어 죽겠다고요."

입이 간지러워 미치겠다는 듯이 아렌이 발을 동동 굴렀다. 오래 참지 못할 거라곤 생각했는데 역시나였다. 제스가 무뚝뚝하게 대답했다.

"말해라."

"네! 다른 사람도 아니고 제스가 그렇게 듣고 싶다는데 말해줘야죠."

아렌이 단박에 태도를 바꾸며 인심 쓴다는 듯이 말했다. 제스는 예상과 한 치도 다름이 없는 그녀의 모습에 웃음마저 나려 했다. 아렌이 알면 놀라 까무러칠 정도의 일이었지만, 방금 그녀의 말을 일부러 무시한 것은 제스 나름의 '장난'이었다.

처음엔 아무리 눌러도 더 크게 튀어 오르는 게 골칫덩어리가 따로 없건만, 요즘엔 그런 모습을 보지 못해 어색함을 느꼈던 터다. 도리어……, 그런 모습을 보고 싶기까지 해 그녀의 말에 대답을 해주지 않았던 것이다. 이 모든 게 우습긴 했지만 그저 익숙해진 탓일 거다.

제스는 모든 감정을 차가운 무표정 아래 감추며 서류에 시선을 돌렸다. 잠시 후 아렌의 이야기가 시작되었다.

"카트린느와 마틴의 일이 연관되어 있다는 전제 아래 조사를 해오긴 했지만, 아무래도 찝찝했어요. 전제 하나가 잘못되면 그로부터 파생된 모든 게 무너지는 거니까. 그래서 카트린느의 일부터 차근차근 생각해봤어요. 지폐 잉크를 세 차례에 걸쳐 밀수하고 사병까지 모았어요. 그 일을 과연 혼자 할 수 있었을까요?"

서류를 넘기려던 제스의 손이 딱 멈추며 그가 의외라는 시선을 아렌에게로 옮겼다. 아렌이 오기 전, 자신도 마침 똑같은 생각을 하고 있던 터였기 때문이다.

"사건의 크기로 보아 한 나라를 뒤흔들려고 작심을 하고 치밀하게 준비해온 것이 분명하다. 배후가 없다면 할 수 없는 일이지."

아렌이 기다렸다는 듯 말을 받았다.

"그것도 엄청난 돈을 조달할 수 있는 힘을 가진 사람이겠죠. 하지만 베이판의 지폐 제작 방식을 알아내고 비밀리에 만들어낼 만큼의 재력을 가진 사람이 있나요?"

제스는 마치 라미에와 이야기를 하는 듯한 기분이 들었다. 순간순간 보이는 재치와 명석한 면이 있긴 했지만 이번처럼 극명히 볼 수 있는 적은 없었다. 새삼 속으로 놀란 제스가 짧게 다시 입을 열었다.

"황실을 제외하곤 존재하지 않는다. 하지만 귀족이라도 불법적인 방법을 이용한다면 그만큼의 자금은 마련할 수 있다."

"불법적인 방법이라면……."

아렌이 말끝을 흐리자 제스의 눈이 날카롭게 빛났다.

"노예 거래다. 노예 시장에서라면 그 자금을 마련하는 게 가능하겠지."

"그 자금의 흐름은요?"

"마틴 제롬 말고도 몇몇 개의 노예 거래 사건 조사 결과, 모든 자금이 황성으로 흘러들어 왔다는 것만 밝혀졌다."

아렌이 손으로 턱을 괴고 잠시 생각에 빠졌다가 다시 입을 열었다.

"어떻게 하든 황실과 연관되는군요. 이 가설이 맞는다면 붉은 연꽃은 황실과 연관이 있을지도 모른다는 거네요. 제스, 그런데……, 여기서 한 가지 의문이 생겨요."

"뭐지?"

"만약 붉은 연꽃이 황실과 관련이 되어 있다고 하면……. 붉은 연꽃, 즉, 황실에서 왜 제스의 어머니를 살해하고 제스도 죽이려 한 거죠? 그리고 왜 지금은 가만히 놔두고 있죠?"

"……."

그들은 약속이나 한 듯 말없이 깊다란 침묵에 잠겼다.

그때 누군가 집무실의 문을 노크하곤 열었다. 아렌이 고개를 돌리자 많아야 열한 살 쯤 먹은 시동(侍童)이 잔뜩 겁에 질린 얼굴로 문을 닫지도 못하고 서 있는 게 보였다. 그가 급히 허리를 숙이며 예를 갖췄다.

"무슨 일이지?"

무뚝뚝하고 차가운 제스의 어조에 시동이 놀라며 어버버 입을 열었다.

"저어⋯⋯. 전언이 있어서⋯⋯."

"무슨 전언?"

아렌이 말을 걸자 시동이 그녀에게 시선을 옮겼다. 그제야 숨이 놓인 듯 얼굴에 화색이 돌았다.

"황제 폐하께서⋯⋯. 지금 즉시 회의장으로 오시라고 기사단장님께⋯⋯."

"알았어, 나가봐."

시동은 고개가 땅에 닿을 정도로 깊숙이 허리를 숙이고 쏜살같이 달려 나갔다. 문이 탁 닫히자 아렌은 제스에게 말을 건넸다.

"황제 폐하께서 부르시다니, 무슨 일일까요? 이제까지 그런 일 없었잖아요."

"⋯⋯."

황실 일원의 호위는 근위대의 임무. 황제가 자신을 부르는 일은 한 번도 없던 일이다. 기사단장이 된 후 처음으로 황제의 얼굴을 본 것이 바로 무투대회에서였다. 이상하긴 했지만 황제의 명이니만큼 무시할 수는 없는 일. 제스가 자리에서 일어나 걸음을 옮기자 아렌이 냉큼 따라붙었다.

"그나저나 어땠어요, 제스? 아까 내 추리가?"

"제법 쓸 만했다."

그의 말이 끝나자마자 은색 눈동자가 강렬하게 반짝였다.

"정말요? 정말 쓸 만했어요?"

"그래."

"헤헤⋯⋯."

괜히 쑥스러운 마음이 들어 아렌이 손을 등 뒤에서 맞잡고 꼼지락거렸다. 회의장으로 향하는 길이 너무도 짧게 느껴졌다. 그리고 보니 그와 이렇게 나란히 걸어가는 건 꽤 오랜만이었다. 찐따 부단장 덕분에 한동안 그와 있었던 적이 없었던 것이다.

살짝살짝, 팔이 스칠 때마다 아렌의 뺨이 능금같이 물들었다.


반쯤 열린 창문이 바람에 떠밀려 삐걱댔다. 회의하기에 용이하게끔 책상은 원형으로 맞붙어 있었다. 책상을 둘러싼 나무 의자와 환기용으로 열어둔 것 하나를 빼고 틈 없이 꽉꽉 닫힌 창문은 회의장의 딱딱한 분위기를 형성하는 데 한몫했다. 녹음이 가득한 바깥과는 단절된 것처럼 엄숙하기까지 했다. 절대 열릴 것 같지 않던 문이 문고리가 부드럽게 열리는 소리와 함께 움직였다.

쏘옥, 문 사이로 튀어나온 은색 눈동자가 회의장 안을 둘러봤다.

"아무도 없어요. 좀 일찍 온 걸까요? 분명 바로 오라고 하셨는데…….."

"……."

제스는 대답 없이 천천히 걸음을 옮겨 자리를 찾아 앉았다. 그를 따라 아렌도 앉으려다 멈칫했다. 황제 폐하가 오신다는데, 견습 기사가 앉아서 맞이할 순 없는 까닭이다. 아무래도 서 있는 게 좋겠지. 그렇게 생각하는 찰나 제스가 아렌의 생각에 대답하듯 말했다.

"……앉아라."

잉? 그러다가 황제 폐하가 오시면 어떻게 하려고? 아렌이 두 눈을 크게 뜨고 그를 바라보자 제스의 시선도 아렌에게 가 닿았다.

"괜찮으니 앉아라."

그가 듣는 사람이 질릴 정도로 무뚝뚝한 어조로 말하자 아렌의 얼굴이 장난기로 물들었다.

"제스, 누가 보면 싸우자는 건 줄 알겠어요. 어쨌든 앉아도 된다니 그렇게 할게요."

아렌은 자리에 앉아서 등허리를 바로 하고 눈도 또랑또랑하게 떴다. 하일렌 제국의 철혈군주를 볼 수 있다는 사실에 다소 긴장이 됐던 탓이다. 분명 기백이 넘치고 압도적인 기운의 소유자일 거라는 생각에 기대감마저 부풀어 올랐다. 사인이나 한 장 받을까, 라는 터무니없는 생각을 하다가 아렌이 제스에게 말을 건넸다.

"언제쯤 오실까요? 금방 오시겠죠? 아, 설레."

"……."

하지만 아무리 기다려도 황제는 나타날 생각을 하지 않았다. 아렌은 어느새 빨랫줄에 걸린 오징어마냥 의자에 축 늘어져버렸다.

"아, 정말……. 왜 이렇게 안 오실까요?"

아렌은 슬쩍 고개를 돌려보았다. 그녀와는 달리 제스는 한 치의 흐트러짐 없이 완벽한 모습을 유지하고 있었다.

제스도 참 신기하다니까. 그녀가 고개를 설레설레 저었다. 아까 시종의 모습만 보고 새삼 깨달은 사실인데, 많은 사람들은 아직도 제스 대하기를 무척이나 어려워했다. 절제된 동작과 조용한 감정, 필요한 말만 내뱉고 이어지는 침묵 때문이었다.

'교육이라도 받은 걸까?'

말도 안 되는 생각이었다. 아무리 귀족이라도 어느 정도 친화력은 있어야 한다. 물밑으로는 어떤 흙탕물이 튈지라도 일단 아군은 만들어야 하기 때문이다. 어디서도 저리되도록 교육시키지는 않는다. 우두머리가 되는 왕이나 황제가 아닌 이상.

'결론은 날 때부터 검사에 쫌팽이인 건가…….'

아렌의 입가에 슬쩍 웃음기가 감돌았다. 제가 속으로 그를 어떻게 부르는지 알면 어떤 반응을 보일지 생각하니 웃을 수밖에 없었다. 하지만 곧 혼자 웃는 게 민망해져서 헛기침을 몇 번 해야 했다.

이번엔 창밖에만 집중하고 있던 제스가 아렌에게로 시선을 옮겼다.

"……."

무슨 생각을 하고 있기에 저리 혼자서 키득거리는지 모를 일이었다. 매 초마다 생각이 바뀌는 정신없는 녀석이니 대체 이번엔 또 무슨 생각을 하고 있을지 궁금해지기까지 한다.

제스는 가만히 그녀를 바라보다가 조심스러워 보일 정도로 천천히, 손을 들었다. 보이지 않는 장벽이 있는 것처럼 허공에서 우뚝 멈췄다. 만 가지 수심이 안개 끼듯 제스의 눈에 어리었다. 닿으려는 순간 다시 멀어진다.

반대쪽으로 그의 고개가 다시 돌아갔다. 미처 전하지 못한 마음은 허공에만 떠돌았다.

잠시간의 정적이 흐른 후, 마음을 가다듬은 아렌이 슬쩍 그에게 말을 건넸다.

"그런데 제스, 왜 아무도 안 오는 걸까요?"

시간이 많이 지난 것을 깨달은 제스가 천천히 일어섰다.

"가지."

흐트러진 마음을 추스르듯 딱딱한 어조로 말한 그가 걸음을 옮겼다. 아렌도 네, 하고 작게 대답하며 그를 따라나섰다.

"그런데 제스, 제스 지금 황제 폐하한테 바람맞은 거예요?"

제스가 아무 말 않고 앞서 나가자, 아렌이 그에게 따라붙으며 말을 계속 했다.

"제스, 나한테 고마워해야 해요. 혼자 바람맞게 두진 않았잖아요. 그쵸? 그랬으면 얼마나 외로웠겠어요."

"고맙군."

"세상에. 방금 고맙다는 말, 내가 환청을 들은 건 아니죠?"

"그래."

"제스, 방금 그거 제스가 그런 거 맞죠? 나한테 고맙다고…….”

"시끄럽다."

"네."

잠시 입을 다물어주자, 라고 생각하며 아렌이 앞에 펼쳐진 복도를 응시했다. 쭉 뻗은 대리석의 복도 바닥에는 탐스러울 만큼 붉은 양탄자가 깔려 있었다. 복도 끝엔 계단이, 까마득히 높은 천장엔 샹들리에가 붙어 있어 있었다. 샹들리에에 붙은 보석 장식들이 바람이 불 때마다 찰락찰락 흔들리고 있었다. 천장에 이어 주변을 둘러보던 아렌은 눈을 휘둥그레 떴다. 복도 한쪽에 놓여 있는 백자(白瓷)가, 떠오르는 신예 공예가의 작품이었기 때문이다. 굵은 선으로 표현된 역동성과 섬세함에 단번에 눈을 빼앗겼다. 괴짜라는 신예의 성격이 그대로 나타나 있는 듯하다. 좋아, 정했다. 다음에 정원사 할아버지를 만나면 이 공예가에 대한 이야기를 해드려야겠다.

그녀가 이리저리 한눈을 팔고 있는 동안 제스는 계단으로 한 발짝 내딛었다. 뚜벅, 뚜벅, 제스가 계단을 먼저 내려가는 소리가 들리자 도자기에 정신이 팔려 있던 아렌이 황급히 그의 뒷모습을 향해 외쳤다.

"제스, 같이 가요!"

그녀의 말에 제스가 계단 중간쯤에서 몸을 반쯤 돌렸다. 얼른 그를 따라 걸음을 옮기려던 그녀는 무언가 이상한 걸 발견하고 멈칫했다. 제스의 뒤쪽으로 모래알 같은 희뿌연 먼지가 흘러내리고 있었다.

'어어?'

아렌은 급히 고개를 들어 천장을 확인했다. 아니나 다를까, 제스 바로 위, 거대한 샹들리에가 달려 있는 천장에 가뭄에 갈라진 논바닥처럼 금이 가고 있었다. 발견한 후부터는 더 빠르게 쩌저적 갈라지기 시작했다. 흙

먼지가 천장에서 풀썩풀썩 피어올랐다. 커다랗게 홉떠진 눈이 거기서부터 일직선을 그으며 내려왔다. 제스가 보였다.

상황을 파악하자 간담이 서늘해졌다. 천장이 버긋하게 갈라지더니 마침내는 샹들리에가 툭 떨어졌다. 그 소리를 잡아낸 제스가 시선을 위로 옮겼다. 아렌은 저도 모르게 몸을 날렸다.

"제스!"

아렌이 온 힘을 다해 제스를 밀쳐냈고, 제스는 떠밀리면서도 보호하듯 그녀의 허리를 단단히 안았다. 거대한 샹들리에가 바닥에 정면으로 부딪쳐 요란한 소리를 내며 그대로 산산조각이 났다. 와그르르하고 떨어진 장식물이 사방에 튀었다. 이어 샹들리에 위로 무언가 액체가 폭포수처럼 쏟아졌다. 투명한 액체는 치지직, 타는 소릴 내며 닿은 것들을 급속하게 부식시켰다.

간발의 차로 샹들리에를 피한 아렌과 제스는 긴 계단을 사정없이 굴러 바닥에 털썩 쓰러졌다. 굉음이 들리자 황궁 내에 있던 이들이 순식간에 몰려들었다.

"꺄악!"

"세상에, 어떻게 이런 일이⋯⋯!"

"멀쩡히 있던 샹들리에가 어째서!"

계단 위 난간에 꾸역꾸역 기대선 귀족들이 앞 다투어 한마디씩 했다.

"괜찮으십니까!"

타다닥, 하고 몇 명의 시종들이 달려와 외쳤다. 아이고, 골이야⋯⋯. 아렌이 속으로 중얼거렸다. 얼마나 계단을 굴렀던지 귓가가 윙윙 울렸고 몸도 욱신욱신 아파 왔다. 눈을 뜨니 별이 번쩍번쩍하면서 도무지 정신이 차려지질 않았다. 팔에 전기가 흐르는 것처럼 찌릿하고 아프자 아렌이 기다란 숨과 함께 신음 소릴 흘려보냈다.

"으으……."

아렌이 다른 쪽 손으로 팔을 감싸 쥐려고 했다. 하지만 뭔가에 단단히 막혀서 손 하나 까딱할 수 없었다. 그러고 보니 이 따뜻한 건 뭐지?

"아렌."

귀에 대고 속삭이는 것처럼 아주 가까이서 낮고 차분한 목소리가 들려왔다. 아렌이 목소리가 들리는 쪽으로 고개를 올려 그의 얼굴을 확인했다. 항상 날이 서 있던 눈동자에 걱정이 어려 있었다.

제스도 괜찮은 모양이다. 아렌이 안도 섞인 한숨을 내쉬다가 돌연 눈을 크게 떴다. 아까부터 온몸을 통해 전해져 오던 온기가……, 제스에게서 전해지고 있다는 걸 알아챘기 때문이다. 어깨를 감싸고 있는 단단한 팔의 존재를 느끼니……, 이런! 가슴이 다시 두방망이질을 치기 시작했다.

"제스, 빨리 놔줘요."

아렌이 그에게만 들릴 정도로 작고 빠르게 속삭이자 제스가 팔을 풀고 먼저 바닥을 짚고 일어섰다. 제스가 샹들리에 쪽으로 시선을 옮겼다. 산산조각이 난 샹들리에 때문에 계단 전체가 엉망진창이 되어 있었다. 정체를 알 수 없는 액체는 아직도 치이익거리는 소리를 내며 붉은 양탄자까지 스며들고 있었다.

눈을 돌려 천장을 바라봤다. 샹들리에가 붙어 있던 천장은 아주 깨끗하고 관리가 잘되어 있었다. 낡아서 떨어진 걸로는 보이지 않았다. 게다가 결정적으로 샹들리에가 붙어 있던 천장의 절단면은 매우 깔끔했다. 마치 누군가 고의로 잘라낸 것처럼.

거기까지 확인한 제스의 미간이 살며시 좁아졌다. 잠시 후 아렌 또한 겨우 몸을 추슬러 비척비척 일어나고 있었다.

"으윽."

손으로 오른쪽 팔을 움켜쥐며 그녀가 작은 신음 소릴 내었다. 제스에게 안겨 굴러 떨어졌지만 바닥에 떨어졌을 때 잘못 부딪힌 것이 틀림없었다. 아렌은 다리에 잔뜩 힘을 주고 비척대며 일어섰다.

"제스……."

아렌이 그를 찾아 시선을 돌렸을 때였다. 유리 조각이 보였다. 손바닥을 두 개 합친 것보다도 더 큰 유리 조각. 샹들리에의 파편으로 보이는 그것은 뭐든 후벼 찌를 정도로 날카로워 보였다. 햇빛을 받아 빛나는 유리 조각의 경계를 따라 피가 흘러내렸다. 뚝, 바닥에 떨어져 붉은 양탄자와 하나가 된다.

그리고 그 피의 주인은……, 유리 조각이 박혀 있는 곳은, 제스의 팔이었다.

'어째서…….'

평소라면 날아오는 유리 조각을 능히 피하고도 남았을 그다. 그 찰나의 순간 팔에 날아오는 파편을 일부러 피하지 않았다고 하면 이유는 단 한 가지밖에 없었다. 제스의 품에는 아렌이 있었고, 피했더라면 아렌의 등에 꽂혔을 테니까. 아렌이 손을 들어 그의 팔에 가까이 가져가려다 떨림을 주체치 못하고 내렸다. 그 와중에도 제스는 평소와 전혀 다름없는 무뚝뚝한 어조로 그녀에게 말을 걸었다.

"다친 덴?"

"……."

지금 그게 중요한 게 아니잖아요, 제스 팔을 봐요. 하고 싶은 말은 넘쳐흘렀으나 입은 달싹거릴 뿐 아무것도 내뱉지 못했다. 그 까닭을 짐작한 제스가 느릿하게 손을 들었다. 닿을락 말락 한 거리에서 긴 손가락이 그녀의 눈을 감겨주고는 떠났다.

아렌이 눈을 감은 사이 제스는 자신의 팔을 깊숙이 찌르고 있는 유리 파편을 빼냈다. 상처 사이로 검붉은 피가 왈칵 솟아오르며 바닥으로 후드득 쏟아졌다. 제스가 유리 파편을 바닥에 던지자 대리석과 유리가 맞부딪치는 날카로운 소리가 들렸다. 아렌이 눈을 떴다.

출혈 과다가 걱정될 정도로 많은 양의 피가, 언제나 깔끔했던 그의 제복을 흠뻑 적시고 있었다.

"제, 제……, 제, 제스……."

제스가 다치다니, 꿈에도 생각 못 했던 일이었다. 언제나 얄미울 정도로 강하고 깔끔한 모습만 보여줬던 그다. 내가 지금 제대로 보고 있는 게 맞는 걸까. 잘못 본 거겠지. 다시 눈을 감았다 떠봐도 그대로다. 이게 현실임을 깨닫자 머릿속이 새하얗게 변해버렸다. 아렌이 어찌할 바를 모르고 그의 팔에 손을 뻗었다. 만지면 아플까 봐 허공에서 두 손이 멈칫 섰다.

"어……. 어떡……해……."

아렌은 완전히 충격에 빠져서 아무 생각도 하지 못하는 것처럼 보였다. 잠시 난감해하던 제스가 허리를 숙였다.

"괜찮아."

"어떡해, 제스, 아, 아프죠……."

"아프지 않다."

"어서, 가요. 의원한테, 어서."

아렌이 정신없이 웅얼거린 다음 제스를 끌어당겼다. 제스는 대답 대신 걸음을 옮겼다. 마음 같아선 샹들리에 쪽을 더 조사해보고 싶었지만, 이쪽이 먼저였다.


"어디지, 어디지……. 의원, 의원!"

"……."

황성 복도에선 누구나 보면 눈이 휘둥그레질 만한 광경이 펼쳐졌다. 성별이 모호할 정도로 예쁘장하게 생긴 기사가 기사단장의 손을 잡아끌고 어디론가 향하고 있었기 때문이다. 그녀가 제정신을 차리지 못하는 것도 문제지만, 그 바람에 길을 찾지 못하는 게 더 큰 문제였다.

"분명 여기였는데, 없어요. 그새 잘린 건, 아니겠죠."

제가 길을 찾지 못하고 있다는 사실은 깨닫지 못하는 모양인지 그녀가 웅얼거렸다. 의원이 들었다면 누굴 실직자로 만들 생각이냐며 펄쩍 뛸 일이었다. 제스는 엷게 한숨을 쉬고 그녀의 뒷모습을 향해 말했다.

"왼쪽."

"알고 있어요, 알고……."

"거기서 오른쪽."

"제, 제스, 말하지 마요, 말해서 더 피가 나면, 정말로……."

"반대쪽이다."

그렇게 제스의 길 안내를 몇 번 받은 다음에야 간신히 의원의 방을 찾은 아렌은 쾅 소리 나게 방문을 열어젖혔다.

"의원님, 의원님, 여기 사람이 죽어가요……, 빨리, 빨리 치료 좀……."

아렌은 우왕좌왕하다가 침대 모서리에 몇 번 부딪히기까지 했다. 한가하게 책이나 들여다보고 있던 의원이 고개를 들었다가 기함했다.

'뭐야, 갑자기. 전에는 하나씩 와서 괴롭히더니 이젠 쌍으로 왔잖아?'

감히 대놓고 말할 순 없어 의원이 속으로 중얼거리며 그리 머지않은 과거를 떠올렸다.

우선 저 은발의 기사는, 가슴이 두근거리는데 어떤 병이냐는 둥, 맥을 짚지 않고 맞혀보라는 둥 이상한 소리를 늘어놓은 적이 있었다. 결국 심장이 아프다던 그는 진맥 한 번 못해보고 떠나보냈다.

또 다른 하나, 기사단장은 저번에 의원을 찾아와 '내가…….', '내가 남자를…….'이라는 말만 되풀이하다가 돌아가버렸다. '내가 남자를' 다음에 이어질 말이 너무나 궁금했던 탓에, 의원은 며칠간 잠을 못 이뤘다. 끼리 끼리 논다더니 딱 그 꼴이 아닌가 말이야.

"저어……. 그런데 무슨 일로……."

당당한 속마음과는 달리 기어가는 목소리로 의원이 말하곤 슬쩍 고개를 들었다. 기사들이 병동에 올 땐 이유가 하나밖에 없겠지, 다쳤으니까. 기사단장이야 여태껏 다쳐서 온 일이 없으니 이쪽인가? 하며 은발의 기사에게 의원이 시선을 돌렸다.

"팔, 팔 좀……. 팔, 치료, 빨리……."

"예?"

아렌은 대답하는 대신, 얼음물을 뒤집어쓴 사람처럼 부르르 떨며 손을 움직였다. 망토 안에 숨겨져 있는 무언가를 보고 크게 움찔했다가 이내 제스의 다친 왼팔을 살짝 잡고 의원에게 내보였다.

의원이 숨을 삼켰다. 망토에 가려져 있어서 미처 발견하지 못한 기사단장의 팔엔 커다란 상처 사이로 검붉은 피가 왈칵왈칵 솟아나오고 있었다. 출혈량도 상당했는지 팔 전체가 새하얘져 있었고 역한 피비린내도 진동했다.

"이것 좀 어떻게 해주세요……. 빨리……."

형편없이 일그러진 얼굴로 아렌이 애원하자 의원도 황급히 정신을 차렸다.

"자, 어서 이쪽으로 오십시오."

"……."

정작 다친 당사자인 제스는 딱딱한 무표정인 채로 걸음을 움직여 의원이 안내하는 곳으로 걸어갔다. 제스가 앉자마자 의원이 수건으로 팔을 뒤덮은 피를 닦아냈다. 곳곳에 굵은 피딱지가 앉아 있었고 상처 사이로 뭔가 반짝이는 작은 조각들이 알알이 박혀 있었다.

"혹시 팔에 유리가 날아와 박혔습니까?"

"그래."

남의 일을 이야기하듯 제스가 무심하게 대답했다. 상처를 주의 깊게 살피면서 의원이 말을 이어나갔다.

"유리를 뺄 때 조심하셨어야 했는데……. 아직 남아 있는 조각들이 너무 많습니다. 일단 빼내기부터 해야겠습니다. 아프실 수도 있지만 조금만 참아주십시오."

의원의 말에 제스가 짧게 고개를 끄덕였다. 의원은 집게를 들더니 상처를 벌려 유리 조각을 하나하나 빼내기 시작했다. 상처를 뒤적거리는 섬뜩한 소리가 한동안 이어졌다. 조각 하나하나가 나올 때마다 아렌은 저가 더 괴로워하며 옅은 신음을 냈다.

째깍, 째깍, 째깍……. 시간이 꽤 지난 후 마지막 조각을 거즈 위에 놓으며 의원이 소매로 이마의 땀을 훔쳤다.

"일단 유리 조각은 다 빼냈습니다."

집게를 놓고 의원이 빠르게 회복약을 집어 들고 상처에 조심스레 부었다. 투명한 액체가 스며들면서 출혈이 점점 멎더니 피부가 조금씩 맞붙었다. 그 위에 붕대를 감아주면서 의원은 한숨 돌리며 말을 건넸다.

"응급처치는 끝났습니다. 워낙 치명적이었던 상처라 회복약을 부어도 완벽히 낫게 하진 못하는군요. 매일 와서 치료를 받으셔야 합니다. 또한 다 나으실 때까지 왼팔은 절대 쓰시면 안 됩니다. 까딱하면 영영 한쪽 팔을 못 쓰게 되실 수도 있습니다."

"알겠다."

붕대가 다 감기자 짧게 말한 제스가 더 이상 볼일이 없다는 듯 일어섰다. 그를 올려다보는 의원은 속으로 질색이 섞인 감탄을 내뱉었다. 상처의 깊이도 그렇고 유리 조각을 빼낼 때 작은 신음 한 번 내기는커녕 미묘한 표정 변화도 없다는 사실이 믿겨지질 않았다. 보통 사람이 그런 부상을 당했으면 스스로 패닉 상태에 빠질 정도로 깊은 상처였는데…… 의원은 혀를 내두르며 작게 고개를 저었다.

제스는 팔을 망토 안에 숨기며 의원을 향해 말했다.

"치료, 저쪽도."

"예? 예, 예."

의원이 제스가 가리키는 쪽으로 시선을 돌렸다. 은발의 기사, 아렌이 다섯 걸음 정도 떨어진 곳에 서 있었다. 치료 과정을 지켜보는 내내, 그리고 지금까지 아렌은 숨소리를 죽이고 어깨만 들먹들먹하고 있었다. 혹여 치료하는 데 방해가 될까 걱정됐던 탓이었다. 의원이 머뭇거리는 사이 짙고 푸른 눈동자가 아렌을 향했다.

"아렌."

그의 목소리가 들리자 흐릿한 눈동자에 초점이 돌아왔다.

"제스, 이제 안……, 아파요?"

제스가 평소와 다름없는 차분한 발걸음으로 그녀에게 걸어갔다. 그녀 앞에 우뚝, 발걸음을 멈춰 서고는 제스가 천천히 다리를 굽혀 앉았다. 그녀와 시선을 맞대며 제스가 입을 열었다.

"괜찮다."

"다행, 이에요. 정말로 어떻게……, 되는 줄, 알고…….'"

급하게 먹어 목이 멘 사람처럼 아렌이 헐떡거리자 제스가 그녀의 머리 위에 손을 얹었다. 그러고는 평소와는 달리 부드러운 어조로 말했다.

"이제 그만 너도 치료받아야 하지 않겠나."

"네, 에."

아렌은 크게 심호흡을 하고 고개를 털었다. 일단 치료가 끝나 안심이 되었는지 그녀는 완전한 충격 상태에서 조금이나마 벗어난 것처럼 보였다.

"제스……."

제스에게만 들릴 정도로만 작게, 아렌이 그의 이름을 되뇌었다. 머리를 스치듯 쓰다듬어준 제스가 그녀를 의원에게 인도했다. 의원은 조심스레 들어 올린 그녀의 팔을 옮겨 받았다. 조금 세게 쥐었는지 신음이 터졌고, 제스의 눈빛이 한층 날카로워졌다. 머리가죽이 오그라드는 것 같은 느낌에 숨을 훅 들이쉬면서 의원이 진료를 계속했다.

"여기, 아프십니까?"

"조금……."

"이렇게 하면 어떠십니까?"

"그건 아프지, 않아요."

그녀의 손끝을 조심스럽게 잡고 의원이 말을 이었다.

"미약하게 금이 간 것 같긴 한데, 부목을 대어드릴 테니 며칠간 오른쪽 팔은 쓰지 마시고 시간이 지나 괜찮아지거든 푸셔도 될 거 같습니다."

"네에……."

제게로 향한 시선이 더 날카로워지기 전에, 의원은 최대한 빨리 붕대를 감아주었다. 붕대를 고정하는 집게를 꽂고 의원은 긴 한숨을 내뱉으며 말했다.

"다 됐습니다. 이제 가셔도 됩니다."

제발 빨리 가주었으면 좋겠다는 뜻이 역력했다. 제스가 먼저 걸음을 옮기자 그 뒤를 아렌이 따랐다.

문이 탁, 닫히는 소리가 들리자 의원은 온몸에 진이 다 빠져 의자 위에 축 늘어졌다. 한바탕 폭풍이 휩몰아치고 간 것 같은 느낌에 그는 멍한 눈으로 허공을 보며 '내가 이 짓을 계속해야 하나?'라는 심각한 고민에 휩싸였다.

한편, 의원의 방 앞에 멈춰 선 제스는 아까 충분히 살피고 오지 못한 현장을 보러 가야겠다고 생각하며 아렌에게 말했다.

"먼저 집무실에 돌아가라."

아렌이 곧장 반발하려다 무슨 이유에선지 고개를 천천히 끄덕였다. 예상외로 고분고분한 반응이었다. 뭔가 이상한 느낌이 든 제스는 당부하듯 말을 보탰다.

"다른 길로 새지 말도록."

"네."

아렌이 고개를 끄덕끄덕하자 제스는 그녀를 물끄러미 바라보다가 걸음을 옮겼다. 그의 뒷모습을 따라 시선을 옮기던 아렌은 그의 모습이 모퉁이를 돌아 사라지자마자 입술을 질끈 깨물었다. 곧 그녀는 비장한 표정으로 휙 뒤돌아 집무실이 아닌 어딘가를 향해 뛰어가기 시작했다.


황성 정원사는 고달팠다. 무슨 까닭에선지 모르겠지만 지금 그는 황제의 정원에서 황제에게 잔디 깎는 법을 가르치고 있었다.

'이게 도대체 무슨 날벼락이람?'

정원사가 속으로 우는소릴 했다. 분명 오늘 아침까지만 해도 평소와 다름없는 나날이었다. 때는 점심 즈음, 즐겁게 다른 정원사들과 시시덕거리고 있었는데 난데없이 '정원 가꾸는 기술을 모두 전수하라.'는 황명이 떨어졌다. 처음 명을 받았을 때, 하인이 농담을 하는 건 줄로만 알았다.

그런데 얼마 후에 '안 오면 사형이다.'라는 황제 친필 편지가 전달되어 왔고 정원사들은 모두 충격에 빠져들었다. 그들은 서로에게 역할을 미루다가 최후의 방법을 선택했다. 바로 승부를 가리는 데 있어서 세상에서 가장 공평한 방법, 가위바위보. 그 목숨을 건 승부에서 '남자는 주먹!'이라며 주먹을 낸 한 정원사가, 나머지 모두 약속이나 한 듯이 보를 내는 바람에 황제의 교육을 맡게 된 것이다.

"저어……. 이렇게……, 이런……, 깎으시면…….."

정원사가 고개를 깊숙이 숙이곤 잔디 깎는 시늉을 하였다. 하지만 황제를 너무나 두려워한 탓에 잔디를 깎기는커녕 오히려 망쳐놓기만 했다. '어어, 이게 아닌데!'라는 얼굴로 쩔쩔매고 있자 황제가 눈썹을 비스듬히 치켜세웠다.

"자네, 제대로 가르칠 순 없나?"

"으허억! 죽을죄를 지었습니다! 살려주십시오!"

황제의 말이 끝나자마자 정원사가 잔디깎이를 집어던지며 이마가 땅에 닿도록 굽실거렸다. 황제는 귀찮은 듯 휙 돌아서서 아무렇게나 잔디를 깎기 시작했다. 하지만 뜻대로 되지 않아 곧 도구를 땅에 화풀이하듯 던지곤 의자에 털썩 앉았다.

"차라리 꽃꽂이가 낫겠어. 에잉, 이거야 원."

황제가 혀를 차며 말하자 옆에서 이를 지켜보고 있던 콘라드가 눈을 가늘게 떴다.

"꽃꽂이라니……. 폐하께서 말입니까?"

"홀홀, 믿을 수 없겠지만 난 꽃꽂이도 잘한다네. 차제남은 원래 뭐든 잘해야 하는 게야. 설령 못하는 게 있어도 잘하는 척해야 하는 게 정석이지. 이런 깨알 같은 비법, 메모라도 해놔야 할 게야."

황제가 악동 같은 웃음을 지으며 손가락을 흔들어 보이자 콘라드의 얼굴이 부루퉁해졌다.

"아, 예. 그놈의 차제남……. 어련하시겠습니까."

"입 다물게, 안 들으면 알지?"

"예에……. 사형당하지 않도록 조심하겠습니다."

능청스레 농담을 주고받던 그들은 동시에 너털웃음을 터뜨렸다. 기분 좋은 웃음이 잦아들자 콘라드가 내쳐진 정원 도구를 보고 말했다.

"폐하, 그런데 이렇게까지 하셔야 합니까? 단지 그 소년을 속이기 위해서라기엔 직접 잔디 깎는 법을 배우는 건 조금 지나친 것 같아서 드리는 말씀입니다. 그 성별이 모호해 보이는 소년 어디가 그렇게 마음에 드십니까?"

"마음에 드는 데 이유가 있겠는가."

황제가 즐거운 듯이 말하고 입을 닫았다. 어린 황자나 공개처형 시켜버린 다른 황자들을 한 번도 '내 새끼'라고 부른 적이 없는 분이시다. 그 모습을 보며 콘라드는 거기엔 좀 더 깊은 의미의 어떤 무언가가 있을 거라 생각했다.

황제가 막 정원사에게 물러가라고 하려던 찰나, 황제의 정원에 난데없이 미성의 목소리가 울렸다.

"할아버지!"

익숙한 목소리를 듣고 황제와 콘라드가 움찔하며 고개를 돌렸다. 멀리서 은발의 소년이 다가오는 걸 본 황제는 온화한 미소를 지으며 반가운 듯 손을 흔들어주었다. 그러곤 복화술로 콘라드에게 빠르게 명령을 내렸다.

"이런 젠장, 하필 이런 때! 콘라드, 빨리 정원사를 데리고 나가게!"

"폐하! 젠장이라니요! 체통을 지켜주십시오!"

"시끄러워! 지금 그게 문제가 아니네!"

황제가 등 뒤로 손을 파닥거리며 정원사를 얼른 데려가라는 뜻을 전했다. 하지만 미처 콘라드가 움직이기도 전에 아렌이 더 빨리, 그의 앞에 다가와 소리쳤다.

"할아버지! 계셨군요! 다행이에요! 콘라드 할아버지도, 안녕하셨어요!"

콘라드는 정원사를 끌고 가려다 만, 아주 어정쩡한 자세로 억지웃음을 지어 보였다. 황제 또한 이 어색한 상황을 아렌이 알아차리지 못하길 바라며 크게 웃었다.

"어, 어허허허! 그래, 어허허! 발도 참 빠르구나. 앉아라."

아렌이 고개를 끄덕이며 황제가 안내하는 자리에 앉으려 할 때였다.

"……히끅."

갑자기 숨넘어가는 소리가 옆에서 들려와서 아렌이 소리 나는 쪽으로 시선을 돌렸다. 콘라드 옆에 선 남자가 무슨 못 볼 것을 본 사람처럼 넋이 나간 채로 아렌을 바라보고 있었다. 황제와 아렌을 번갈아 바라보던 그는 얼굴이 노래졌다가, 새파래졌다가, 빨개졌다가를 반복하고 있었다. 그의 머릿속엔 온통 '황제 폐하께 할아버지라니……!'라는 글자가 허리케인처럼 몰아치고 있었다. 그가 무슨 생각을 하는지 꿈에도 모르는 아렌은 그저 천진난만하게 꾸벅, 인사를 했다.

"안녕하세요, 할아버지 친구 분이신가 보네요."

"치……, 친구."

정원사가 사시나무처럼 떨자 아렌의 얼굴에 의아함이 깃들었다. 황제는 아차 하며 정원사의 어깨를 손으로 감싸고 호탕하게 웃어젖혔다.

"허허허! 그래, 내 친구지!"

갑작스런 황제의 행동에 정원사는 경직된 채로 흰 거품을 입에 물었다. 그 모습을 빤히 보던 아렌이 걱정스럽다는 듯이 정원사를 향해 말했다.

"저어, 괜찮으세요?"

황제가 정원사의 어깨를 꽉, 잡으며 자연스럽게 말을 받았다.

"어허허! 괜찮아! 괜찮아! 괜찮지?"

황제가 협박이 담긴 눈초리로 정원사를 쏘아보며 대답을 강요했다. 정원사는 유령을 본 것 같은 얼굴로 고개를 끄덕였다. 하지만 아렌은 믿음이 안 간다는 얼굴로 말을 이었다.

"거……품을 물고 계시는데요……. 정말 괜찮은 거 맞으세요? 의원이라도 불러와야……."

이런! 의원까지 데려오다니! 이 이상 내 거짓말이 퍼지면 아니 돼!

다급한 마음이 든 황제는 무리수를 던졌다.

"얘야, 사실 이 친구가 사실은 말이야……. 광견병에 걸렸거든. 거품을 무는 것도 그 때문이란다."

"광……견병이요?"

아렌이 눈을 동그랗게 뜨자 황제가 고개를 짧게 끄덕였다.

"그래. 미친개가 되는 병이니 가까이 가지 말려무나. 마찬가지로 나의 친구인 콘라드, 어서 이 가련한 미친 친구를 눈앞에서 치워버리도록 해."

전혀 친구를 대하는 태도가 아니었지만 황제가 아주 덤덤하게 이야기했다.

이 모든 상황을 받아들일 수 없는 정원사는 결국 다리에 힘이 풀려 풀썩 쓰러져버렸다. 콘라드는 무거운 한숨을 내쉬며 그를 짐짝 내치듯 정원 구석에 밀어 넣었다.


아렌은 오랜만에 동정심을 느꼈다. 방금 전 그녀는 정원사 할아버지를 보러 황제의 정원에 도착했다. 제스가 조사를 끝내고 집무실에 도착하기 전에 얼른 가봐야겠다, 고 생각하며 평소처럼 정원사 할아버지에게 인사를 하고 자리에 앉으려고 할 때였다. 갑자기 옆에 있던 사람이 아렌을 보고 금방 숨이 넘어갈 것처럼 꺽꺽댔다. 인사를 안 했다고 저러시나, 하며 인사를 했더니 도리어 게거품을 물고 땅바닥에 풀썩 무너졌다. 꿔다 놓은 보릿자루처럼 한쪽 구석에 얌전히 기절해 있는 정원사를 보고 아렌이 묵념했다.

'미친개가 되는 병에 걸렸다니, 불쌍하기도 하지…….'

"얘야, 저쪽은 신경 쓰지 말고 앉아라."

멀쩡한 정원사를 한순간에 '미친개'로 만들어버린 황제는 태연하게 말을 걸었다. 아렌이 고개를 끄덕이며 테이블 앞에 앉았다. 위기일발의 사태를 넘겨 한숨을 돌린 황제가 그제야 핼쑥한 그녀의 얼굴을 확인하고 언성을 높였다.

"그런데 얼굴이 왜 그 모양인 게야? 팔은 또 왜 그렇고? 혹시 누가 때리기라도 한 게야?"

"아니요, 그런 건 아닌데…….."

눈 가장자리에 남은 거뭇한 자국을 소매로 찍어 훔치며 아렌이 말을 얼버무렸다. 말하고 싶지 않아 하는 기색이 역력하여 황제는 더 이상 묻지 않았다. 콘라드가 타준 차 한 잔을 마시고 마음을 가라앉히던 아렌이 갑자기 찻잔을 탁, 내려놓으며 눈을 크게 떴다.

"아, 참. 이럴 때가 아니지. 할아버지! 황제 폐하가 할아버지를 많이 총애한다고 말씀하신 적 있으시죠!"

'황제 폐하'라는 단어가 나오자마자 황제와 콘라드는 동시에 몸을 흠칫했다. 설마 무언가 낌새를 눈치 채고 온 것인가, 싶어 염려가 들었다.

"뭐……. 그랬지. 그런데 그건 왜 묻느냐?"

나는 나를 사랑하니까, 아주 거짓말은 아니다. 황제가 시치미를 뚝 뗐다. 그의 말을 들은 아렌의 커다란 눈동자가 윤기를 띠고 빛났다.

"할아버지! 저 부탁 하나만 드려도 될까요?"

"말해보아라. 네 부탁이라면 하나가 아니라 열 개라도 들어주마."

황제가 너털웃음을 터뜨리며 흔쾌히 대답했다.

"할아버지도 참. 으음……. 제 부탁은요……. 그게……. 으음……. 아아, 아무것도 아니에요."

아렌은 한숨을 푹 쉬고 고개를 설레설레 저었다.

"어허, 이 녀석이. 왜 말을 하다가 마누?"

답답하다는 듯 황제의 눈매가 가느스름해졌다. 그의 눈치를 흘끔 살피며 아렌이 괜히 이야기를 꺼냈다는 듯 거푸 한숨을 토해내며 말했다.

"아무래도 너무 무리한 부탁인 거 같아서요."

"네가 은근히 도전 의식을 자극하는구나. 대체 무슨 일이냐? 어서 말해보련?"

오히려 부탁을 들어주는 쪽인 황제가 안달 나서 재촉했다. 아렌은 눈을 뒤룩뒤룩 굴리다가 에라 모르겠다 하며 소리쳤다.

"할아버지! 황제 폐하를 만나게 해주세요!"

"뭐?"

"풋!"

황제가 저도 모르게 되물었고, 잠자코 차만 마시던 콘라드도 입안에 있던 차를 조금 뿜어냈다. 그들의 반응을 본 아렌의 얼굴이 점점 시무룩해졌다.

"안 되나요? 하긴, 일개 견습 기사를 황제 폐하께서 만나주실 리가 없겠죠."

콘라드는 어쩔 줄 몰라 하며 황제를 바라봤다. 소년의 부탁을 들어주려면 황제인 걸 밝혀야 하는 상황이었다. 황제 또한 약간 놀랐던 듯 입언저리가 미세하게 굳어 있었다.

아렌은 얕게 한숨을 쉬면서 다시 한 번 사과를 했다.

"죄송해요. 제가 무리한 부탁을 드렸네요. 아까 말은 듣지 않은 걸로 해주세요."

"……."

그들의 침묵을 거절의 뜻으로 받아들인 아렌이 허리를 구부스름하게 숙이며 고민에 빠졌다. 황제 폐하를 만나 확인해둘 게 있는데, 어차피 정면으로 찾아가봤자 만나주지 않을 테고……. 유일한 연줄인 정원사 할아버지께도 너무 무리한 부탁인 것 같은데 어떻게 하지? 제대로 된 답이 떠오르지 않는다. 그녀가 고민에 빠져 있자 황제가 천천히 입을 열었다.

"애야."

아렌이 고민의 빛을 지우지 않은 채 황제에게로 시선을 옮겼다. 그가 따뜻한 애정이 담긴 눈으로 그녀를 바라보며 차분히 말했다.

"순서가 틀렸구나. 우선 왜 만나고 싶어 하는지부터 나에게 차근차근히 설명을 해보아라. 네가 원한다면 언제든 만나게 해줄 수 있으니."

"정말요?"

"그럼. 아무에게도 말하지 않으마."

네 앞에 있으니까 말이지.

목구멍까지 차오른 말을 황제가 꿀꺽 삼키면서 태연스럽게 말했다.

"그게…….'

"어허, 이 할아비를 못 믿는 게야?"

아렌이 머뭇대자 황제가 못내 섭섭하다는 눈치를 드러냈다.

"아, 아니에요! 그럴 리가 있나요."

아렌은 잠시 동안 하늘을 바라보며 두텁게 자리 잡은 구름을 바라봤다. 어디부터 말을 꺼내야 하나, 고민하던 그녀는 생각을 정리한 끝에 핵심을 집어 말했다.

"오늘 기사단장님한테 회의장으로 오라고 하셨어요. 그런데 한참을 기다려도 납시지 않으시더라고요. 그리고 기사단으로 돌아가는 길에 샹들리에가 기사단장님과 제 머리 위로 떨어졌어요. 마치 기다렸다는 듯이 말이죠."

그녀의 말이 이어질수록 황제의 미간에 점점 깊은 골이 패어갔다.

"잠깐, 황제 폐하께서 기사단장을 부르셨단 말이냐?"

"네, 시종을 보내서 말씀을 전하셨어요. 약간 어려 보였는데…….'

황제가 허, 하고 기가 차다는 듯 웃었다.

"그거 참 이상한 일이구나. 내가 알기로 황제 폐하께선 그런 전언을 보내신 적이 없는데 말이다."

"보내신 적이……, 없어요?"

아렌이 멍한 얼굴로 황제의 말을 되풀이했다.

"그래, 오늘 하루 종일 황제 폐하께서는 황제의 정원에 계셨다. 네가 오기 바로 전에 막 떠나시긴 했지만 말이야, 이 할애비가 계속 여기서 정원을 다듬고 있어서 확실하지. 또한 황제의 명을 전한 자가 어린 시종이라니, 말 다했구나. 황제 폐하께서 전언을 보낼 땐 아주 늙어 주름이 자글자글한 전속 시종만 보낸단다."

'늙어서 주름이 자글자글한 전속 시종'인 콘라드가 수식어가 못마땅한 듯 인상을 찌푸렸다. 하지만 아렌은 그를 미처 살피지 못하고 머리를 굴려 상황을 정리했다.

"그럼 누군가 황제 폐하를 사칭해서 기사단장님을 불렀다는……, 건가요?"

황제의 눈동자에 불꽃이 번쩍였다.

"이야기가 그렇게 되는구나. 누구인진 모르겠지만 그자의 간이 배 밖으로 나와 춤을 추는 모양이다."

아렌은 물끄러미 찻잔 안의 다갈색 차를 바라보았다. 샹들리에는 분명 누군가 고의로 제스 위에 떨어뜨린 것이다. 그게 황제여도 문제였지만 아니어도 문제다. 보이지 않는 적이 생긴 것이다. 상황이 생각했던 것보다 더 복잡해서 무엇을 먼저 해야 되는지 감이 오질 않았다. 그녀는 곧 깊은 한숨을 쉬며 일어났다.

"가려느냐?"

"네, 몰래 온 거라 금방 가봐야 해요."

수정과 같이 맑게 빛나는 눈동자를 마주하며 황제가 넌지시 물었다.

"폐하께 전해드릴 말은 없고? 사건을 해결해달라거나, 그런 부탁은 안 하는 게냐?"

"예. 황제 폐하께서 부르신 게 아니라는 걸 안 것으로 충분해요. 감사해요, 할아버지. 또 올게요."

황제는 느긋한 얼굴로 잠시 그녀를 응시하고 있다가 천천히 고개를 한 번 끄덕이며 동의의 뜻을 나타내었다. 아렌이 저 멀리로 사라진 후 사위가 폭풍우 전의 정적과 같이 고요해졌다. 마른 풀이 흔들려 스적스적하는 소리만이 이따금 들리는 가운데, 그가 몇 모금 차를 마셨다. 아무 말도 건네지 않았지만, 조용한 움직임 속에 감춘 속뜻은 깊어 보였다.

그의 속내를 짐작한 콘라드는 일어서서 한참 동안 그를 묵묵히 바라보았다. 세월이 지나면서 열정에 넘쳐 번쩍거리던 황제는 무엇인가 깊고 어두운 빛 속에 잠겨 있었다. 하지만 지금 그의 뒷모습에선 온몸이 찌릿할 정도로 강렬한 기백이 넘치고 있었다.

그는 지금, 분노하고 있다.

"콘라드."

무겁고 굵직한 황제의 목소리가 고요한 공기를 밀어내며 울려왔다.

"예, 폐하."

"재밌지 않나?"

콘라드의 대답이 끝나자마자 황제가 찻잔을 탁, 내려놓으며 그를 돌아봤다. 어느새 제국을 다스리는 자만이 지을 수 있는 오만한 얼굴을 띤 황제가 입을 열었다.

"감히 나를, 철혈군주라고 불렸던 에슬란 황제를 사칭하는 자가 있는 모양이다."

황제의 말에는 날이 바짝 서 있었다. 비록 세월이 지나면서 얼굴은 여위고 잔주름까지 자글자글 잡혔지만, 패기로 빛나는 눈은 여전했다.

"날뛰는 벼룩을 가만히 두었다간 나중에 큰 고초를 겪게 되는 법이지. 그자가 누군지, 일을 꾸민 까닭이 무엇인지, 그 일에 가담한 놈들까지 낱낱이 알아 오너라."

장엄한 기품이 깃든 그의 목소리에 콘라드가 깊숙이 고개를 숙였다.

"예 폐하."


제스는 곧장 샹들리에가 떨어졌던 현장으로 돌아왔다. 붉은 양탄자 위에 어지러이 널려 있는 유리 조각과 샹들리에의 잔재를 치우느라 하인들이 그 주변을 바삐 움직이고 있었다. 제스가 모습을 드러내자 하인들이 일제히 하던 일을 멈추고 예를 갖췄다.

제스가 걸음을 옮겨 샹들리에로 향했다. 절제된 발걸음 소리 사이에 유리 조각이 바스락거리는 소리가 미미하게 끼어들었다.

"경!"

누군가 제스를 부르며 타다닥, 약간은 방정맞게 뛰어와 제스의 앞을 막아섰다. 시종들은 그들의 모습을 훔쳐보곤 경악했다. 지금 대담하게도 기사단장을 가로막은 자는 튀렌 백작, 소문으론 그의 딸이 기사단장을 사모하고 있다고 하니 기사단장을 막아선 이유야 뻔했다. 제스는 그대로 지나가려 했으나 백작이 용감하게도 다시 그를 붙잡았다.

"제스 경!"

두 번째 막아선 백작을 향해 송곳같이 날카로운 제스의 시선이 스르르 움직였다. 백작의 얼굴엔 비굴한 미소가 걸려 있었다.

"경, 몸은 괜찮으시오? 듣자니 많이 다치셨다고……."

"괜찮소."

의례상으로 대답하는 것이 확연히 느껴질 만큼 차가운 어조였다. 그렇다면 다행이오, 하며 다음 말을 찾던 백작은 혹여 제스가 가버릴까 황급히 말을 덧붙였다.

"경, 그런데 사흘 후 시간이 된다면 무도회에 참석을……."

"두 번이나 막아선 백작에게, 업무방해죄를 적용해도 되겠소?"

무심한 듯 싸늘한 목소리가 백작의 얼굴에서 미소를 앗아갔다.

"보석으로 해결하기엔 꽤 나올 터인데."

그 말 한마디에 백작은 하얗게 질리더니 어버버, 멍해졌다. 한 발짝씩 뒷걸음질 치더니 이내 쌩하니 도망가버렸다.

제스는 아무 일도 없었다는 듯이 샹들리에를 마저 살펴보았다. 천장에서 쏟아졌던 강력한 산성 물질 때문에 샹들리에는 반쯤 녹아버려 형체가 불분명했다. 이번엔 고개를 들어 천장을 살폈다. 아까 살폈던 것과 다름없이 절단면은 깨끗했다. 누군가 명백한 살해 의도를 가지고 샹들리에를 떨어뜨리고 증거 인멸 및 확인 사살을 위해 산성 물질을 뿌린 것이 분명했다.

제스는 눈을 떼려다 무언가 이상한 걸 발견하고 멈칫했다.

'실……?'

천장 구멍 사이에 두세 가닥 정도의 검은 실이 삐죽 튀어나와 있었다.

시선을 고정한 채로 제스는 두 발자국 정도 뒤로 물러섰다. 각도를 달리하자 천장 속이 좀 더 깊숙이 보였다. 어둠으로 뒤덮인 천장 속엔 더 많은 실이 엉켜 있었다. 제스의 눈매가 점점 좁아졌다.

아니, 실이 아니다. 저건……. 사람의 머리카락이다. 사람의 머리가 점차 미끄러지듯 스르르 내려오더니 몸이 종잇장처럼 힘없이 딸려 나왔다. 경계에 위태하게 걸려 장난감처럼 대롱거리다 이내 바닥으로 쿵 떨어졌다. 벌레처럼 꿈틀꿈틀 경련하던 몸이 한 번 크게 떨렸다. 눈이 빙글빙글 돌아가다 허옇게 까뒤집히며 딱 멈췄다. 순식간에 현장은 아수라장으로 변했다.

'이자는……'

모두가 충격에서 헤어 나오지 못하고 우왕좌왕할 때 제스 홀로 냉정을 잃지 않고 시체에 다가가 살폈다. 시체의 얼굴은 빳빳한 미농지처럼 창백했고 입에선 녹색 거품이 꿀럭꿀럭 흘러나오고 있었다. 떨어질 때 충격 탓인지 귀에서 진물과 함께 피가 흘러나왔고 팔과 다리는 기괴한 각도로 꺾여 있었다.

'낯이 익다.'

제스는 곧 그리 오래되지 않은 기억 속에서 그의 모습을 떠올려냈다. 황제의 전언을 전했던, 시동이었다.

"……."

시체를 응시하던 푸른 눈동자에 섬광 같은 빛이 지나갔다. 곧장 몸을 일으킨 제스는 적당히 눈에 띄는 하인을 향해 시체를 기사단에 이송해 오라는 명을 내리고 걸음을 옮겼다. 제스가 지나가자 혼비백산하던 사람들도 움찔하며 길을 비켜주었다.

빠른 걸음으로 긴긴 복도를 걸어가면서 제스가 생각을 정리했다. 시동이 전언을 전한 후 때맞춰 샹들리에를 떨어뜨렸다면 앞뒤가 맞다. 제스가 다시 온 걸 보고 임무가 실패한 걸 깨닫고 자결한 것이다. 하지만 일개 시동이 꾸민 일이라기엔, 대담한 일이었다. 배후가 있음이 분명하다.

"누구냐?"

그가 속삭이듯 말했다. 그는 일단 황제는 제했다. 증거 인멸까지 시도한 자가 자신의 이름을 걸고 불렀을 리가 없으니까.

하나, 마음에 걸리는 일이 있긴 하다. 안개 속에 있는 적과 싸우는 기분, 묘한 기시감. 붉은 연꽃을 쫓을 때도 항상 이런 느낌이었다. 누군가가 보여주는 것만을 보는 기분. 무엇보다도 그들에게는 제스를 죽일 동기가 존재한다.

'차라리 잘된 걸지도 모른다.'

이제는 정면으로 상대해야 할 시기라고 느꼈으니. 상대가 붉은 연꽃이든 아니든, 기사단장으로 있는 이상 상대는 쉽게 정체를 드러내지 않을 것이다. 좀 더 자신이 무방비하게 노출될 필요가 있다.

그렇게 함으로써 상대의 실체를 밝혀낼 수만 있다면……. 하지만 한 가지 마음에 걸리는 것이 있었다. 바로 함께 노출되었을 아렌. 아렌의 안전을 장담할 수 없다는 게 그를 조급하게 만들었다.

그는 좀 더 걸음을 재촉하여 곧 집무실에 도착했다. 주인의 성격을 보여주듯 깔끔하게 정리된 집무실 안을 쭉 훑어봤으나 보이지 않는다. 이곳에서 기다리고 있어야 할 녀석이.

제스의 미간이 급격하게 좁아졌다.

"또 어디로 간 거지?"


황제의 정원에서 나온 아렌은 기사단으로 돌아가는 중이었다. 대체 황제를 사칭한 사람이 누굴까. 고민에 빠져 있던 그녀는 아, 소리를 내며 걸음을 멈췄다. 딛고 있는 땅 위로 진홍색 노을이 물들고 있었다.

'이런, 생각보다 시간이 많이 지체됐잖아? 곧장 집무실로 가 있기로 했는데.'

제 말을 듣지 않았다고 싸늘하게 구는 그가 눈앞에 선하다. 빨리 가봐야겠다. 낭패해진 아렌이 얼른 걸음을 재촉했지만, 집무실에 다다랐을 땐 이미 제스가 도착한 후였다.

"어디 갔었지?"

이런, 걸음이 느렸다고 하기엔 너무 늦어버린 것 같다. 아렌은 그 자리에 우뚝 서면서 입을 열었다.

"저 나름대로 조사를 해보고 왔어요."

"조사?"

"네. 나름대로 아는 사람이 있어서요. 그런데 팔은 괜찮아요?"

"움직이는 데 큰 무리는 없다."

어딘가 석연치 않았지만, 제스는 별다른 말을 덧붙이진 않고 넘어가주었다. 말할 것이 있다면 언젠간 말하리라. 적지 않은 시간을 함께 보내면서 그 정도 믿음은 생겨 있었다.

"그래도 다행이에요. 샹들리에는 일단 피했으니까."

그래, 정말로 다행이다. 샹들리에가 바로 제스 머리 위로 떨어질 거라는 걸 알았을 때의 그 기분은 도저히 말로 표현할 수 없었다. 샹들리에 사건, 정원사 할아버지와의 대화……. 모두가 그녀의 머리를 어지럽혔지만, 막상 당사자인 제스가 침착하니 덩달아 침착해지고 있었다. 지독한 염료 냄새를 맡은 것마냥 띵하던 정신도 점차 제자리로 돌아왔다.

"그런데 제스, 아무래도 혼자 생활하기엔 무리가 있을 텐데, 제가 옆에서 도움을……."

"필요 없다."

그렇게 말하면서도, 제스는 팔 한 번 제대로 굽히지도 못하고 있었다. 아렌이 고개를 설레설레 저으며 서류로 어질러진 책상 앞으로 다가갔다.

"그 팔로 대체 뭘 하겠다고 그래요? 우선 이 서류들부터 치울게요."

"필요 없다니까."

"에이, 그러지 말고요. 부하 부려먹기 좋다는 게 뭐예요? 다 나을 때까지 제가 옆에 있을 테니 종처럼 부려먹어요."

아렌은 저만 믿으라는 듯이 가슴을 팡팡 내리치며 책상 앞으로 다가갔다. 책상 위에 어질러져 있는 서류보다는 이미 결재가 되어 뭉텅이로 쌓여 있는 서류가 더욱 지저분해 보였다. 우선 이것부터 치워줘야지. 아렌은 눈높이만큼 높이 쌓여 있는 서류를 향해 왼손을 뻗었다.

"아, 오른손을 못 쓰니 이거 참 들기가 뭐한 게……, 끙차!"

와장창.

"끄아아!"

제스는 조용히 이마를 짚었다. 서류를 치우는데 어째서 멀쩡히 있던 유리 장식품을 깨는 건지 알 도리가 없었고 무엇보다 앞날이 캄캄해졌다.

어떻게 보면 붉은 연꽃보다도 더 강력한 적이라고 생각되었다. 저 망아지 녀석이.


'제1차 집무실 대란'으로도 불리는 첫 번째 도움이 유리 장식품을 박살내는 걸로 끝난 이후로도 아렌은 제스를 도와주기를 포기하지 않았다. 비록 자신도 오른손에 붕대를 감고 있어 거동이 불편하긴 하지만, 어딘가에 도움을 줄 곳은 분명히 있으리라. 그런 생각으로 간이침대에 머물고 있는데 제스는 정말로 아무런 도움을 청하지 않았다. 큰 상처였으니 아파할 만도 한데, 다쳤다는 것조차 티내지 않았다.

"제스, 뭐 시킬 일 없어요? 종처럼 부려먹으라는 거 잊지 않았죠?"

"……."

잊을 리가 없었지만, 아렌은 곁눈으로 흘끔거리며 제스를 살폈다. 그는 팔이 다쳤다고는 생각할 수 없을 정도로 정상적으로 팔을 쓰고 있었다. 그래도 도와줄 게 하나쯤은 있지 않을까? 아렌이 일어나서 벽에 착 붙어 슬금슬금 다가갔고, 낌새를 알아챈 제스가 고개를 돌렸다.

'또 뭘 하려고?'

'아무것도요!'

그들이 말없이 눈빛으로 대화를 나눴다. 그의 입술에서 들릴 듯 말 듯 한숨이 새어 나오자 아렌이 이때다 싶어 그 옆으로 의자를 끌고 와서 앉았다. 그러고는 그가 들고 있는 서류를 빠끔히 쳐다보았다. 제스는 눈을 가늘게 좁히며 으르듯 말했다.

"장난삼아 읽을 것이 아니다. 심심하면 저기 꽂혀 있는 책이나 읽도록."

아렌이 고개를 돌려 책장을 바라봤다.

범주론, 최고선악론, 자기파괴를 향하여, 하일렌의 깃발 아래서, 신역사주의, 월튼 이데올로기, 문학과 철학의 논쟁, 종교개혁과 절대주의……

책의 이름만 쭉 살펴보던 아렌이 입을 부루퉁하게 삐죽였다.

"체, 저기에 있는 것들은 이미 다 읽은 거라고요."

"……"

"어어? 안 믿는 눈친데. 진짜예요. 읊어보기라도 할까요?"

"그것들을 들어서 뭣에 쓰게."

짧게 끊어내는 말에선 더 이상 할 말도, 관심도 없다는 기색이 역력했다. 얼핏 보면 평소와 다를 바 없는 태도지만, 어딘가 달랐다. 이게 과연 기분 탓일까? 슬며시 눈살을 찌푸렸다가, 이내 휘휘 고개를 저으며 옆에 놓인 서류에 시선을 돌렸다. 숫자와 수식들이 회계 보고서에 장황하게 나열되어 있었다. 그것을 처음부터 쭉 읽어보던 아렌은 어느 지점에 이르러서 시선을 딱 멈추었다.

어, 이거 계산이 틀렸잖아?

"저기, 제스. 이거 이자 계산이 잘못되어 있어요. 흠, 제대로 계산하면……. 이렇게……. 십 개월이니까……."

펜을 들고 한쪽 귀퉁이에 숫자를 몇 번 적어 내려간 아렌은 잠시 후에 완벽하게 계산을 마친 후 의기양양한 얼굴로 서류를 들었다.

"자, 제대로 고쳤어요. 회계 쪽 업무 보신 분이 헷갈리셨나 보네요."

잘했다는 말 한 마디라도 할 법했으나, 제스에게선 아무 반응이 없었다. 그저 아무 일도 없었다는 듯 건네받은 서류를 밀어 넣고 없는 사람 취급했을 뿐이다.

아렌이 슬그머니 인상을 찌푸렸다. 기분 탓인가 했는데 역시나 어딘가 이상하다. 투명인간 취급하며 무시해대는 게, 처음과 비교할 바는 아니지만 근래 들어서 가장 멀어진 느낌이었다.

"제스, 저한테 화난 거라도 있어요?"

"없다."

아렌이 떨떠름한 표정을 지었다. 제가 생각하기에도 제스가 화낼 만한 일은 없었다. 그런데도 느껴지는 이 거리감은 뭘까?

아렌은 참지 못하고 그가 보고 있는 서류 앞으로 얼굴을 불쑥 내밀었다. 눈을 마주치려 애를 쓰는데도 가볍게 무시당한다. 그녀는 지지 않고 걸음까지 옮겨가며 그의 시선에 따라붙었고, 그는 줄창 무시해댔다.

"제스, 절 봐요."

용감하게도, 아렌이 제스의 한쪽 볼을 꾹 잡고 억지로 자기를 바라보게끔 돌렸다. 그가 어이없다는 표정으로 그녀를 바라봤다.

"봐."

아렌이 고개를 기울였다. 분명 뭐가 이상한데.

"봐라."

조금 더 낮아진 목소리와 함께 찰싹, 무정한 손길이 그녀의 손을 내쳤다. 분명 기분이 나빠야 할 행동인데도 아렌은 도리어 제 얼굴이 미미하게 달아오르는 게 느껴졌다. 그 가벼운 접촉에도 심장이 쿵쾅거리는 이유를 당최 모르겠다. 결국 아렌은 상체를 쑥 뒤로 빼면서 그와 조금 멀어졌다.

그 모습을 보면서 제스가 미간을 좁혔다. 멋대로 다가올 땐 언제고, 이젠 다시 멀어져?

"요즘 들어 부쩍 이상한 행동을 많이 하는군. 더 이상 방해하지 말고 나가라."

"방해하려고 한 게 아니라, 당황했을 뿐이에요."

"둘 사이에 어떤 차이가 있는지 모르겠군."

아렌이 급하게 말을 정정하고 나섰지만, 제스는 여전히 싸늘하게 반응했다. 뭔가를 말하려던 입이 절로 꾹 다물렸다. 본인이 바라지 않는 도움을 주겠답시고 남아 있는 게 민폐일 수 있다는 건 알고 있었다. 하지만 그렇다고 실제로는 어떨지 모르는 환자를 두고 갈 수는 없지 않은가. 더군다나 그 상대가 제스라면.

"……조용히 있겠습니다, 단장님."

제스는 또다시 말이 없었다. 아무래도 평소의 제스답지 않다는 생각엔 틀림이 없는 것 같다. 아무리 억지로 집무실을 들락거리는 일이 많았어도 이토록 강제적인 축객령을 내린 적은 없었는데 말이다. 아렌은 조금은 풀이 죽은 채로 간이침대로 향했다.


제스는 마지막 서류를 결재하곤 의자 깊숙이 몸을 묻었다. 모든 것은 정지된 것처럼 고요했다. 단 하나, 칸막이 안쪽에서 들려오는 숨소리만 제외하고. 잠이 오지 않는다고, 심심하다고 한참을 뒤척이더니 어느새 잠이 든 모양이다.

제스는 젖힌 고개를 천천히 원위치 시키며 회계 보고서를 집어 들었다. 조금 전, 잘못된 부분을 찾았다며 신나게 끼적거린 숫자들 위로 반짝거리는 눈동자가 겹쳐졌다. 실수 하나 찾아냈다고 신나서 방긋거리는 얼굴이라니.

제스는 별 볼 일 없는 서류를 손에서 내려놓질 못했다. 알게 모르게 지어진 미소가 사라진 건, 곧이어 집무실 문을 노크하는 소리가 들릴 때쯤이었다. 문을 열고 들어온 프레드릭이 허리를 숙이며 예를 갖추었다.

"단장님, 이자벨 공녀께서 단장님을 뵈러 접대실에서 기다리고 계십니다."

"알겠다."

"예, 그럼 나가보겠습니다."

"프레드릭 경. 개인적인 질문을 하나 해도 괜찮겠나?"

프레드릭은 도로 나가려다 말고 걸음을 멈추었다. 그리고 다시 허리를 굽히며 입을 열었다.

"예, 단장님. 얼마든지 하문하십시오."

"코델리아 경을 보면 기분이 어떻지?"

"예?"

의외의 질문이었다. 저도 모르게 고개를 든 프레드릭은 제스와 시선이 마주치자 황급히 다시 조아렸다.

"예, 코델리아 말씀이시군요. 코델리아를 보면……, 당연히 기분이 좋습니다. 저의 연인이니까요."

"그것뿐인가?"

"아니요, 더 있습니다만……."

"계속 해봐라."

"우선 그녀를 보면 마음이 따뜻해집니다. 손길이 닿는 것만으로 두근거리고, 하루 종일 피곤해도 그녀의 얼굴만 보면 피로가 싹 사라지는 기분이지요. 그녀가 없어진다 생각하면 가슴이 먹먹해지며 다친 걸 보면 화가 나기도 합니다. 보면 안아주고 싶고……. 뭐, 여느 사랑하는 사람들이 그러하듯 말입니다. 구구절절 읊었지만 간단히 말하면 그냥 같이 있는 게 좋습니다. 앞으로도 계속 같이 있고 싶고요."

프레드릭이 쑥스러운 듯 뒷머리를 긁적이며 흘끔 눈을 굴렸다.

"저어, 더 듣고 싶으시다면 날 잡고 하루 동안 꼬박 말씀드릴 수도 있습……."

"이쯤이면 됐다."

"예, 그럼 편히 쉬십시오."

어쩐지 단장님께서 평소와는 다소 다르신 것 같다. 그렇게 생각하며 프레드릭은 뒤돌아서 집무실에서 나섰다.

문이 탁 하고 닫히는 소리가 들리자, 제스의 시선이 느릿하게 간이침대로 향했다. 규칙적이고 얕은 숨소리와 함께 그간의 기억이 머릿속으로 밀려들어 왔다.

「저기, 이봐요! 당신 뭐 하는 사람이에요? 어떻게 알았냐니까! 대답해줘요!」

아렌이 처음 제스에게 건넸던 말이다. 생각해보면 그와 만났던 것은 어처구니없을 정도로 우연이었다. 선술집에서 그가 시비에 휘말리지 않았더라면, 몰락한 귀족가의 자제가 아니었다면 세상에 존재하는 줄도 모르고 스쳐 갔을 인연이었다.

「우리 이제 통성명할까요? 제 이름은 아렌이에요. 보시다시피 건장한 남자랍니다! 그쪽 이름은 뭐예요?」

제스라고 이름을 부르게 한 것도 별 뜻이 있어서 그리 시킨 건 아니었다. 시종들에게 괴롭힘을 받을 때 직접 나선 것도 그저 붉은 연꽃을 알아내라는 임무에 차질이 있을까 봐 염려됐던 까닭이다. 그 후 모든 자신의 행동은 오직 '붉은 연꽃의 임무를 맡았으니까.'라는 이유로 정당화되었다. 전부 다, 하나도 빠짐없이.

하지만 언제부터였나, 기억도 나지 않는다. 가장 먼저 시선이 간 것은 그 똑바른 눈동자와 꼿꼿한 등, 뛰어난 활솜씨였으나 비단 그런 것들 때문에 그를 아끼게 된 것은 아니었다. 그런 것이 없었어도 결과는 같았을 것이다. 그 든든하면서도 연약한 어깨가 안쓰럽다고 생각한 건 생전 처음 있는 일이었으니.

스스로 되물었다. 이것 또한 붉은 연꽃 때문인가? 죽게 내버려두기 싫었던 건 오로지 그가 가진 재주 때문이었나?

하지만 정작 이 질문에 대답해준 건, 프레드릭이었다.

처음으로 도를 넘어버린 이 감정이 낯설고 거북했다. 무엇보다도 그 녀석은 남자이지 않은가. 멀쩡한 사내를 마음에 두는 게 무슨 의미가 있는가.

그러니까 이 이상은 안 된다. 제가 낼 수 있는 최대한의 자제력으로 선을 그어야 했다. 그래야 지금까지의 일 또한 그르치지 않을 수 있다.

제스는 피가 나도록 주먹을 꽉 쥐곤, 시끄러운 마음을 정리하며 접대실로 향했다. 나지막하지만 위엄 있는 걸음걸이가 복도 전체를 울렸다.

그가 다가가자 문 앞을 지키고 서 있던 기사들이 발뒤꿈치를 착 모으며 경례했다. 이자벨의 심복으로 보이는 하인들 또한 일제히 고개를 조아렸다. 제스는 걸음을 늦추지 않고 접대실 안에 들어갔다.

"제스 경."

이자벨이 기다렸다는 듯 자리에서 일어나 반색했다. 순금에서 뽑아낸 것처럼 화사한 금발이 반동으로 물결쳤다.

"오랜만에 뵙습니다."

그녀가 살포시 웃으며 고개를 기울였다. 하일렌 최고의 미모라는 칭송이 무색치 않은 아름다운 미소였다.

"그간 어찌 지내셨나요, 바깥은 점점 쌀쌀해지는 게 이제 곧 겨울이……."

"용건이 무엇입니까?"

이자벨의 낯빛이 미세하게 어두워졌다. 용건이 없으면 보러 오지도 못하는 건가요. 그런 속에도 전혀 무딘 체하려 했으나 입술은 어쩔 수 없이 가늘게 떨렸다. 이자벨이 손에 품고 있던 것을 내보이며 말했다.

"여기, 니헬 왕국에서 직접 가져온 찻잎이 있어……. 귀한 것이라, 경께도 대접해드리고 싶었습니다."

"호의는 감사하나 차는 즐기지 않습니다."

이자벨이 손을 내리며 찻잎을 꼭 쥐었다. 차가워도 그렇게 차가울 수가 없었다. 삐죽삐죽 튀어나온 찻잎에 손이 찔렸으나, 무형의 냉정함에 가슴을 깊이 베인 것에 비할 바가 못 되었다.

"마시지 않으시더라도 대접만큼은 허락해주세요."

"……."

"쉽지 않은 걸음이었다는 걸 아시겠지요. 부디 절 비참하게 만들지 말아주세요."

혼기가 찬 공녀가 기사단장을 찾아왔다. 그런데 1분도 채 되지 않아 접대실에서 나왔다. 소문이 어찌 날지 뻔했다. 하지만 그럼에도 기사단장은, 구걸과 같은 사랑을 거절할 것이다. 착잡한 마음이 들어 입술에서 미소가 사그라지려 했다. 이렇게 차가운 태도를 취할 것을 알고 있었으면서 적지 않게 실망을 하는 자신이 한심했다.

그때 믿을 수 없는 말이 들려왔다.

"오래 머물 순 없습니다."

이자벨의 얼굴이 환해졌다. 제스가 정중히 그녀에게 자리를 권했고 이자벨은 그에 따라 자리에 앉으며 싱긋 웃어 보였다. 그녀는 서둘러 밖에 있는 시종을 불러 차를 타게 했다. 맑은 물에 퍼지는 담갈색의 차를 보면서 들뜬 이자벨이 입을 열었다.

"다치셨다 들었어요. 듣고 얼마나 놀랐던지……. 혹 아직 다 낫지 않았다면 제가 신관을 부르겠습니다."

"괜찮습니다. 처치는 끝났습니다."

"그렇다면 다행이군요. 그나저나 샹들리에가 떨어지다니……. 이는 황제 폐하께 간언드릴 만한 일이에요. 대체 어떻게 관리를 하였기에……."

"신경 쓰실 바 되지 못합니다."

제스의 모습을 한가득 눈에 담으며 이자벨이 찻잔을 들어 올렸다. 쌉쌀하고 따끈한 찻물이 입안에 들어오자 콧속에 향긋한 차 향기가 서렸다. 외사랑 하는 모든 이들이 그러하듯 상대와 몇 마디 하는 것으로 마음이 붕붕 떴다. 여자 중에 자신만큼 제스에게 가까이 다가가 있는 이도 없으리라는 자신감마저 생겨났다.

"경, 실은 드릴 말씀이 있어 왔습니다."

"……."

"드릴 말씀이란 건……."

이자벨이 잠시 머뭇거리며 입을 닫았다. 머릿속으로 어젯밤 있었던 일이 스쳐 지나갔다.


전날 밤, 이자벨에게 느닷없는 손님이 찾아왔다. 하인의 입으로 전해들은 바에 의하면 기사단에서 온 사람이라 한다. 가슴이 덜컥 내려앉았다. 설마, 설마 기사단장님께서 오신 것인가. 가슴을 쥐고 뛰었다. 굳게 닫힌 문을 바라보면서 머리와 옷매무시를 가다듬었다. 두근두근, 전신에 퍼지는 심장 박동을 느끼며 문을 열었다. 그 안에 서 있는 남자를 보고 이자벨이 발을 멈칫했다.

'제스 경이……, 아니야?'

옅은 갈색의 곱슬머리를 가진 그가 휙 뒤돌아 이자벨을 바라봤다. 그가 고개를 숙여 목례를 하는 것으로 예의를 갖췄다.

"오랜만에 뵙습니다, 이자벨 공녀님."

"오랜만이에요, 라미에 경."

제스가 아닌 데에 실망이 크긴 했으나 그걸 내보여선 안 된다. 이자벨은 가볍게 표정을 가다듬고 차분한 발걸음으로 앞으로 다가갔다.

"예, 잘 지내셨습니까."

라미에가 허리를 바로 세우며 빙글거리는 웃음을 지었다. 의중을 파악할 수 없는 웃음에 거부감이 들어 이자벨이 곧장 그에게 물었다.

"늦은 시각에 무슨 일이실까요?"

"이런, 단장님이 아니라고 해서 너무 박대하시는 것 아닙니까? 차라도 한 잔 내주시지요."

라미에가 장난스럽게 말을 건넸다.

"죄송합니다, 제가 경황이 없었군요."

이자벨은 문 앞에 선 시종을 향해 차를 준비하라 일렀다. 시종이 문을 닫고 나가자 접대실엔 단둘만이 남았다. 이자벨이 그에게 자리를 권하며 먼저 앉았다.

라미에는 건너편에 앉으면서 장식장 안에 세워진 금색 상을 보면서 혀를 내둘렀다.

"저 황금상을 보니 아카데미 시절의 기억이 새록새록 떠오르는군요. 영애께서 저 상을 받는 자리에 제가 있었다는 게 영광스럽기 그지없습니다."

"애들 장난감일 뿐이에요."

이자벨이 조용하게 대꾸했다.

"아카데미 시절이라……."

라미에가 장식장에서 이자벨에게로 시선을 옮겼다.

"돌이켜보면 난리도 아니었지요. 영애님과 기사단장님 두 분 때문에 말입니다. 제국 최고의 미남 미녀라며 소문이 자자했지요. 특히 영애님께선 밀려드는 고백에 많이 고단해하셨던 걸로 기억합니다."

"다 옛날 일이지요."

"그런데 이상하게 저는 영애님께 고백하는 이들이 한심해 보였습니다. 저라면 가시 돋친 꽃은 꺾지 않을 텐데 말입니다. 그윽한 향기에 취해 탐하다 보면 어느새 제 손이 가시에 너절해지는 것을."

라미에는 의자에 몸을 누이듯이 기대고 가볍게 말했다. 이자벨이 가볍게 웃었다.

"재미있는 비유군요. 가시 돋친 꽃이 저를 일컬으시는 것처럼 들리지만 않는다면 말이에요."

그녀의 말을 듣고는 라미에의 입술 끝이 비스듬하게 올라갔다.

"아카데미 시절, 이상한 일들이 많이 있었지요. 기억하십니까?"

라미에가 비스듬히 몸을 기울이며 다가왔다. 그러곤 비밀 이야기를 하듯 목소리를 낮춰 속삭였다.

"기사단장님께 고백을 하거나 치근거렸던 영애들은 이상하게도 일주일 안에, 별별 사고란 사고는 다 당하더군요."

"우연의 일치일 뿐이겠죠."

이자벨이 아무렇지 않게 대답하자 라미에가 피식 웃었다.

"예. 그런데 영애께서 지금 한 기사단원에 대해 뒷조사를 하시는 것도 우연입니까?"

"무슨 말을 하시는 건지 모르겠군요."

이자벨은 조금의 동요도 없이 찻잔을 들어 한 모금 살짝 들이켰다.

"예상보다 태연하십니다. 하긴 그래야 영애들을 그렇게 만들어두고도 빠져나올 수 있으시겠죠."

이자벨이 노한 기색이 역력한 채로 그를 쏘아보았다.

"무례한 언사는 삼가주십시오. 그대 앞에 있는 제가 누구라고 생각하시는 겁니까?"

두 사람의 시선이 정면에서 마주쳤다. 그녀의 눈동자에까지 분노가 서릴 즈음, 시종이 차를 들고 들어왔다.

"공녀님, 차를……."

"필요 없으니까 나가."

"예?"

"나가라는 말 안 들리니?"

칼날보다도 더 날카로운 이자벨의 목소리에 시종이 주춤하다가 문을 닫고 나갔다.

한참의 팽팽한 정적 후에 라미에가 어깨를 으쓱하며 말했다.

"심기가 불편해지셨다면 사과드립니다. 하지만 그 기사는 건드리지 않는 게 좋으실 겁니다. 제 경험상 드리는 말입니다. 한번 툭 건드렸을 뿐인데 몇 명이 득달같이 달려들던지……. 나 참."

"무언가 큰 오해를 하고 계신 모양인데, 저는 이 같은 모욕을 인내할 이유가 하등 없습니다."

"그런데 아렌 녀석은 왜 조사하고 계신 건지 끝까지 말을 안 해주실 참입니까? 개인적으로 궁금해져서 그렇습니다."

라미에를 바라보는 이자벨의 눈매가 점점 가늘어졌다. 방약 무도한 자 같으니.

"안나, 라미에 경께서 가신다고 하니 모셔다 드리도록 해."

말끝에 찻잔을 내려놓고 일어난다. 그녀를 따라 시선을 옮기며 라미에가 어쩔 수 없다는 듯 웃는다.

"이런, 가차 없는 축객령이군요."


"하실 말씀이 무엇입니까?"

제스의 목소리에 이자벨이 현실로 돌아왔다.

"실례했습니다. 제가 드리고 싶었던 말씀은, 이 주 후에 열릴 무도회에 동행해주십사 하는 요청이었습니다."

"저는 사사로이 무도회에 참석하지 않습니다."

"그렇다면 저의 호위 기사로는 어떠십니까? 아니, 안 될까요? 이는 아카데미 시절, 가깝게 지냈던 여동생으로 부탁드리는 것입니다."

부드러운 부탁이었지만, 이 또한 제스는 거절하려고 했다. 공작 영애의 호위 기사라면 참석하지 않을 이유가 더 생기는 셈이니까. 하지만 조금 전 집무실에서 한 다짐을 떠올린 순간, 입술이 도로 닫혔다. 다른 사람을 가까이 둔다면, 녀석 또한 거리를 유지하는 데 도움이 되지 않을까. 설령 그것이 제게 그다지 내키지 않는 일일지라도.

"……알겠습니다."

"예? 정말입니까?"

"예. 일시는 따로 통보해주십시오. 그럼."

먼저 돌아가는 그의 뒷모습을 보며 이자벨은 주체할 수 없는 기쁨에 물들었다. 그가 드디어 저를 돌아봐주기 시작한다는 사실이 행복하기 그지없었다. 아주 어릴 적, 아카데미에서 그와 마주친 순간부터 다짐했었다. 그의 곁을 누군가가 지킨다면 그것은 자기가 될 거라고.

이자벨은 그가 잠시나마 앉았던 자리 위로 손을 포개었다. 아직도 남아 있는 듯한 온기가 손바닥 깊숙이 스며든다.

그를 갖고 싶다. 가지고 싶다. 언젠간 꼭 만들리라. 저 사람을, 저 눈빛을 나의 것으로. 공작 가문의 모든 권력을 최대한 이용해서라도.


제스와 이자벨이 만나는 그 잠시 동안 아렌은 타이밍 좋게 눈을 떴다. 시야가 흐릿해 눈을 몇 번 깜박이니 집무실의 새하얀 천장이 또렷이 보였다. 그녀는 상체를 일으키며 주위를 둘러봤다.

제스가 없네. 그 팔을 해가지고선 불편할 텐데, 찾으러 갈까? 그렇게 생각하면서 몸을 일으키려던 찰나 무언가 검은 뭉치가 눈에 들어왔다. 로도모나스가 기운이 하나도 없이 축 처진 채 창가에 널브러져 있었다.

"로도모나스?"

아렌이 조심스럽게 부르니 로도모나스의 꼬리 끝이 약간 살랑였다. 하지만 그것뿐, 더 이상 아무런 움직임이 없다. 손가락으로 조심스럽게 쿡 찔러봐도 마찬가지였다.

"로도모나스, 대체 왜 그래? 어디 아파?"

아렌이 걱정스러운 표정을 짓고 말했다. 마족이 아프면 어디로 가야 하나, 세이도 없는데. 로도모나스가 힘없이 고개를 내저은 후 이상한 소릴 냈다.

— 푸……. 푸……. 푸…….

아렌이 의아함으로 가득 찬 얼굴로 로도모나스를 내려다봤다. 로도모나스는 한동안 계속 '푸'만 연발했다. 로도모나스와 '푸'라……. 짐작 가는 건 하나밖에 없었다. 아렌이 설마 하며 입을 열었다.

"푸딩?"

로도모나스가 크게 한 번 움찔하더니 어딘가 슬퍼 보이는 얼굴로 뒤돌아봤다. 그 행동이 나름대로 푸딩 먹고 싶다고 시위하는 거라는 걸 깨닫자 아렌의 입에서 작은 웃음이 터져 나왔다.

"하긴 요즘 너한테 신경을 못 써줬구나. 푸딩 먹으러 가자. 대신 시선이

신경 쓰이니 기사단 식당 말고 바깥으로…….'

'푸딩 먹으러 가자.'는 말에 벌떡 일어선 로도모나스가 아렌이 말을 채 끝맺기도 전에 앞발을 휙 휘둘렀다. 그러자 아렌의 눈앞의 광경이 영화의 한 장면처럼 휙 바뀌어버렸다. 긴 테이블이 일렬로 쭉 놓여 있고, 기사들이 앉아서 식사를 하고 있었다. 아렌은 약간 어리둥절한 시선으로 눈앞에 왔다 갔다 하고 있는 기사들을 바라봤다.

"로도모나스! 마음대로 공간이동 하지 말랬잖아!"

아렌의 질타에도 로도모나스는 상관없는지 그녀의 옷깃을 잡고 꾹꾹 당기며 푸딩을 사달라는 뜻을 전했다. 이럴 때면 영락없이 장난감 사달라고 하는 어린애 같다. 어쩔 수 없지.

아렌은 체념의 한숨을 푹 쉬며 주방으로 갔다. 로도모나스가 문 앞에서 기대하는 얼굴로 기다리는 가운데, 잠시 후에 모습을 드러낸 아렌의 손에는 체리 푸딩이 담겨 있는 접시가 들려 있었다.

"자, 특별히 부탁해서 받아온 푸딩이야."

아렌이 푸딩만 따로 로도모나스 앞에 밀어주자 갑자기 로도모나스의 초록빛 눈동자가 불타올랐다. 기다렸다는 듯 그는 조막만 한 앞발로 숟가락을 잡고는 푸딩을 퍼 올렸다. 별이 쏟아질 것 같은 눈으로 그것을 응시하다가 이내 입을 쩍, 벌렸다.

'헉…….'

그 모습을 본 아렌이 침을 꿀꺽 삼켰다. 그동안 손가락을 물려본 적이 없던 탓에 그녀는 로도모나스의 이빨을 제대로 본 일이 한 번도 없었다. 그런데 방금 스치듯 본 이빨은 잘못 스치면 베일 정도로 날카로운 것이었다. 프레드릭이나 카일이 꽤 엄살을 피우는 건 줄 알았는데 아니었던 모양이다. 귀여워도 마족은 마족이구나.

"로도모나스, 맛있어?"

기운을 차린 로도모나스가 행복한 얼굴로 고개를 주억거렸다. 일정 기간 이상 푸딩을 먹지 못하면 온다던 '푸딩 금단현상'이 정말로 존재하는 모양이다.

그때 누군가 우당탕거리는 요란한 소리와 함께 식당 안으로 뛰어 들어왔다.

"속보! 속보! 단장님께서 혼인하신대!"

"풉!"

아렌은 잔을 들고 마시던 물을 그만 조금 뿜어내고 말았다. 단 한 마디의 말로 삽시간에 조용해진 기사단원들을 향해, 그가 숨을 헐떡이며 다시 한 번 외쳤다.

"단장님께서 혼인을 하신대!"

처음에는 제 귀가 어떻게 된 건 아닌지 의심하던 이들 사이로 술렁임이 퍼져갔다. 잠시 후에 그들이 앞 다투어 입을 열기 시작했다.

"단장님께서? 그런데 누구와?"

"이자벨 공녀님이래!"

"으악! 이자벨 공녀님! 내가 대시하려고 기회만 노리고 있었는데!"

"아서라, 네까짓 게 무슨……."

여기저기서 경쟁하듯 속사포처럼 터지는 기사들의 대화가 아렌의 귓전을 때렸다.

이게 대체 무슨 소리야? 그녀가 정신을 차리지 못한 채 소란스러운 기사들을 바라보고 있는데 갑자기 프레드릭이 무릎을 탁, 치며 외쳤다.

"이럴 수가, 단장님께서 어쩐지! 이상하다 했어! 글쎄, 아까 단장님께서 연애 상담을 나에게 하시지 뭐야!"

"연애 상담이요? 단장님께서요?"

"그래! 그동안 고민이 많으셨나 봐! 이야! 그나저나 이자벨 공녀님과 혼인이라니! 대단하셔!"

아렌이 기가 막힌 표정으로 하, 하고 짧게 웃음을 터뜨렸다. 요즘 뭔가 이상했던 게 다 혼인이랑 연애 고민 때문이었어? 뭐야, 정말……. 아렌이 무릎에 둔 주먹을 꽉 쥐었다.

그녀와 반대로 이 상황이 흥미롭기만 한 리안은, 즐거운 얼굴로 프레드릭에게 물었다.

"우와, 그럼 다음 기사단장님은 누가 되는 거예요?"

"글쎄, 누가 될까……. 보통 부단장에게로 넘어가지만, 라미에 님께선 좋아하실 것 같지 않은데 말이야."

"다음 기사단장?"

아렌이 끝을 조금 올려 묻자 리안이 당연한 거 아니냐는 표정으로 어깨를 으쓱했다.

"그래. 소문대로 기사단장님이 이자벨 영애님과 혼인을 하시게 된다면 공작이 되시는 거 아니겠어? 그것도 하일렌 최고의 명문가, 힐버른가의 공작 말이지."

이야기를 들을수록 아렌은 제가 어떤 표정을 짓고 있는지 모를 정도로 혼란스러웠다. 제스가 혼인? 그 공작 영애와? 기사단장직을 그만둬?

"아아, 그러고 보니 오늘부터 휴가를 내신다는 것도 혼인 준비의 일환일지도."

"휴가요?"

아렌이 번쩍 고개를 들며 묻자 프레드릭이 의외라는 얼굴로 그녀를 빤히 응시했다.

"응, 오늘부터 어디론가 떠나신다고 들었는데. 모르는 일이었어?"

"떠나요? 어디로요?"

"그건 잘 모르겠는데……. 이것 참 이상하네. 아렌, 너에게도 휴가가 내려졌거든. 못 들었나 보구나."

아렌은 참지 못하고 벌떡 일어나서 문을 향해 뛰어갔다. 뒤에서 그릇은 치우고 가야 하지 않겠냐는 투덜거림이 들렸지만 그녀의 걸음을 멈추지는 못했다.

떠나다니, 어디로?

조금씩 걸음을 재촉하다보니 어느새 뛰고 있었다. 있는 힘을 다해서 뛰는 동안에도 그녀의 머릿속을 지배하는 건 혼인과 관련된 이야기뿐이었다. 제가 왜 이렇게 당황하고 있는지 사실상 이해가 잘 되지 않았지만, 생각하기도 전에 몸이 먼저 움직였다.

벌컥. 두드리지도 않은 문이 활짝 열렸다. 가쁜 숨소리만이 귓가를 메우는 가운데, 아렌은 집무실 안으로 들어서며 서둘러 안을 살폈다. 언제나 책상이나 창가 근처에서 찾을 수 있었던 그림자가 보이지 않았다.

홀린 듯이 움직이던 발걸음이 책상 앞에서 멈추었다. 검이 놓여 있었어야 할 빈 벽이, 멍한 동공 위로 비쳤다.

## 외전. 달조차 나를 비추지 않는다

　천계의 지하 감옥에 검은 실루엣이 일렁였다. 뚜벅뚜벅, 몇 개의 무거운 발소리가 울리더니 여러 그림자가 합쳐졌다. 어렴풋한 인영 중 하나가 횃불을 치켜들고 구석을 비춰보았다. 어떤 자그마한 아이가 무슨 까닭에선지 쇠사슬로 꽁꽁 묶여 꼼짝달싹 못하게 벽에 바싹 묶여 있었다.

　많아봐야 여섯 살 정도일까. 어린 소년이었다. 보기 드문 은청발 머리카락과 섬세하게 조각된 듯한 이목구비……. 누구나 감탄할 만한 아름다운 외모의 소유자였다.

　횃불이 조금 이동하여 소년의 몸을 밝혔다. 피로 얼룩진 옷 사이로 보이는 피부엔 무슨 까닭인지 검은 반점이 생겼다가 사라졌다가를 반복하고 있었다.

　그가 무감정한 얼굴로 입술을 열었다.

　"죽어가고 있군."

　"예, 미카엘 님."

　미카엘이라 불린 이가 얼굴을 가리고 있던 후드를 젖혔다. 주름이 깊이 패어 있는 너른 이마와 수염은 그의 완강한 성격을 그대로 보여주고 있었다. 그는 심각한 얼굴로 지천사를 돌아봤다.

"대 마족 무기는?"

"마왕의 피가 섞인 저 아이를 대상으로 한 덕에 실험은 성공적으로 진행되고 있습니다."

"그래, 천마전쟁은 이제 막바지에 접어들고 있다. 강도를 다소 높이더라도 상관없어. 실험에 박차를 가하도록 해."

미카엘이 뒤돌아서자 눈부신 빛을 품은 날개가 펄럭였다. 지천사는 고개를 끄덕이려다 아이를 힐끗 보고 입을 뗐다.

"하지만 그러기엔 실험체의 상태가 그다지 좋지 않습니다. 오랜 실험 때문이기도 하지만 무엇보다도 실험체의 몸속에서 싸우고 있는 천족과 마족의 피가 문제입니다. 더 이상 강도를 높였다간 죽어버릴 겁니다."

"우리에겐 실험체의 안위까지 걱정할 여유가 없다."

무정하게 말을 끊은 그가 서늘한 눈빛으로 아이를 바라봤다.

"언젠간 폐기되어야 할 혼혈이다. 그것도 천사와 마왕의 사이에서 난 아이야. 필요한 강도만큼 올리도록 해. 도중에 죽어도 상관없다."

"명을 받듭니다."

지천사는 뒤돌아서서 나가는 미카엘을 향해 예를 갖춘 후 아이에게 시선을 돌렸다. 고문과 같은 계속된 실험에 처참하게 망가진 데다, 마력 구속 팔찌를 차고 있어서 분명 아무것도 할 수 없는데…….

아이를 볼 때마다 왠지 불길한 느낌이 들었다. 저 눈 때문인가. 인간으로 치자면 열 살도 채 되지 않은 어린아이가 가지기엔 너무도 섬뜩한 눈. 아니면 아이의 표정 때문일지도 모르겠다. 실험이 상당히 괴로울 텐데도 미세한 동요조차 보이지 않는 무표정. 그 무엇도 무서워하지 않고 그렇다고 발버둥질을 하며 죽음의 그림자와 싸우려는 생각도 없는 저 얼굴.

은청발의 아이를 응시하던 지천사는 얕은 한숨을 내쉬면서 손짓했다. 아무리 혼혈이라도 실험 도구로 쓰는 건 썩 내키질 않지만……. 대천사의 명이시니 어쩔 수 없겠지. 그의 손짓에 뒤에 모여 있던 천사들이 앞으로 나왔다.

"삼……, 아니, 오 단계부터 시작하지."

검은 두건으로 얼굴을 가린 천사들이 각자 손을 모았다. 그들의 손 위로 붉은 연기가 아지랑이같이 피어오르더니 눈 깜짝할 사이에 주변을 집어삼킬 듯 커졌다. 넓은 감옥을 모두 으스러뜨릴 기세로 커진 소용돌이가 아이를 덮쳤고, 아이는 피하지도 못하고 마법을 고스란히 받아내었다. 생살을 잡아 뜯어내는 엄청난 열기와 통증이었다. 아이는 고통 속에서 몸을 비틀면서 바닥으로 곤두박질쳤다.

"……팔 단계."

마법의 빛이 한층 강해지며 노도처럼 아이를 덮쳐갔다. 아이는 살과 뼈가 분리되는 끔찍한 고통에 몸부림쳤지만 천사들은 무서울 정도로 메마른 눈으로 지켜보았다. 계속되는 실험 속에서 아이는, 격렬히 터지려 하는 비명을 억누르는 것 외에는 아무것도 할 수 있는 게 없었다. 극한의 고통 속에서 아이는 죽다가 가까스로 살아나길 수없이 반복했다.

상처를 입을 때마다, 몸속에 흐르는 천족과 마족의 피가 스스로를 치유했으나 그렇다고 아픔을 느끼지 못하는 건 아니었다. 하지만 그 누구도 도움의 손길을 내밀지 않았다.


누군가의 발소리가 천왕성 복도를 울렸다. 다리에 힘이 들어가지 않는지 휘청, 휘청, 그녀가 한 발자국 나설 때마다 벽에 걸린 마법구에 은은하게 불이 들어왔다. 빛바랜 회색 머리카락을 흩날리며 뛰어가는 그녀는 금방이라도 눈물을 쏟아낼 것 같은 처연한 슬픔에 젖어 있었다.

"내 아이, 내 아이……. 가엾은 내 아이……. 가엾은……."

정신이 나간 것처럼 부르짖던 그녀가 큰 회의장 문을 밀치고 들어갔다.

그 안에 원을 그리며 빙 둘러앉아 있던 네 대천사들의 시선이 일제히 여인에게 쏠렸다. 여인이 그 자리에 털썩 주저앉더니 무릎으로 기어 가장 가까이 앉은 미카엘의 옷자락을 잡고 늘어졌다.

"내, 내, 저의 아이는 어디에 있습니까, 어디에……. 아이는, 대체, 어디에 있습니까……. 기척이 전혀 느껴지질 않습니다……. 대천사시여……. 제 아이를……, 보게 해준다는 약속을 지켜주십시오……."

애처로울 정도로 가느다랗고 마른 손이 부들부들 떨렸다. 밤낮으로 그녀를 유폐시킨 방문을 긁은 탓에 그녀의 손톱은 잔뜩 닳아 피딱지가 앉아 있었지만, 그녀에게 향한 미카엘의 눈동자는 마치 물건을 보듯 무심했다.

"뭐 하는 짓이냐, 하니엘. 이곳은 대천사의 신성한 회의장. 이렇듯 무례하게 들어오다니. 네 아직도 마왕과 너 사이에서 태어난 아이를 찾으러 다니느냐?"

움찔, 그녀의 어깨가 매 맞은 아이처럼 크게 흔들렸다.

"제, 제 아이는 어디 있습니까……? 보게 해준다고……, 약속하셨지 않습니까……?"

"다시 천사의 자리로 돌아가고 싶거든 아이에 대한 건 잊고 조용히 물러가거라. 죄악 그 자체인 그 아이는……. 처음부터 존재하지 않았던 거다."

청천벽력을 들은 것처럼 새파래진 하니엘이 자신의 가슴을 미친 듯이 내리치며 미친 듯이 고개를 저었다.

"죄라니요! 아이에겐 아무 잘못이 없습니다. 태어난 것이 어찌 죄가 될 수 있단 말입니까. 다 저의, 저의 죄입니다. 천사의 본분을 잊고 마왕을 사랑한 저의 죄입니다. 저의 목숨을 취하십시오. 허나 그전에 아이를 한 번만이라도 보게 해주십시오!"

"세르비엘."

미카엘이 허공을 향해 가볍게 내뱉자 방에 긴 그림자가 넷 드리워졌다. 그들은 절도 있게 그 자리에 무릎을 꿇고 예를 갖추었다.

"부르셨습니까, 대천사 미카엘이시여."

"하니엘을 데리고 가라."

미카엘의 손이 가볍게 하니엘을 가리키자 그녀가 기겁하며 미카엘의 옷자락을 쥔 손에 힘을 주었다. 그녀가 발작하듯 비명을 질렀다.

"태어나자마자 끌려가 이제까지 어미의 얼굴 한 번 보지 못한 아이입니다! 이름도 지어주지 못했습니다! 대천사시여! 부디 자비를 베풀어주소서!"

"저, 미카엘."

보다 못한 라파엘이 조심스레 말을 걸자 미카엘이 단호한 얼굴로 고개를 저었다. 오직 하나의 염원을 불태우며 하니엘이 고개를 조아리고 빌기 시작했다.

"이렇게, 이렇게 간절히 빌고 또 비옵나이다. 시키는 것은 뭐든지 다 하겠습니다. 아이를 한 번만이라도 보게 해주세요. 제발! 제발……. 이렇게 빕니다……."

"물러가라."

"아이를 보고 싶어 하는 어미의 마음을 헤아려주소서. 매일 흉몽에 시달리더라도 이보다 고통스럽진 않을 것입니다. 제발, 살아도 산목숨이 아닌 절……, 굽어살펴주소서."

하니엘의 이마가 바닥에 닿도록 내려가 올라올 생각을 하지 못했다. 하지만 '라파엘'의 자리에 오른 지 얼마 안 되는 젊은 천사만이 다소 안타깝다는 듯 쳐다볼 뿐, 나머지는 모두 성가시다는 기색이 역력했다.

"하니엘, 너에겐 안된 일이다만 아이를 돌려줄 순 없다."

"……왜입니까?"

하니엘이 세상이 무너질 듯 슬픈 표정으로 미카엘을 올려다봤다. 미카엘은 한없이 냉랭하고 딱딱한 어조로 대꾸했다.

"그건 네가 더 잘 알고 있지 않느냐? 세르비엘. 이 아이를 데려가라."

하니엘은 미친 듯이 고개를 내저으며 읊조렸다.

"이러실 순……, 없습니다……. 젖 한 번 물리지 못하고 떨어졌습니다. 제가 아무리 찾아봐도 아이의 기척조차 느껴지질 않습니다……. 아이는 도대체 어디에 있는 겁니까, 아이는……, 어어억, 살아는……, 살아……, 있기는……, 한……, 겁니까……. 살아는……."

하니엘이 차마 뒷말을 잇지 못하고 고통스럽게 흐느꼈다. 미카엘은 싸늘한 냉소가 담긴 눈으로 그녀를 내려다보며 의자에서 일어섰다.

"하니엘, 이것은 다 너와 너의 아이, 나아가 천신의 정의를 지키기 위함이다. 오히려 천신께 아이를 바친 영광을 감사히 여기고 방에서 얌전히 기다리고 있어라."

"재고……, 재고해주십시오……. 제발……."

"너에겐 안된 일이다만 이 결정이 번복될 일은 없을 것이다. 얌전히 돌아가는 게 너와 네 아이의 신상에도 좋을 것이다."

"다가오지……, 마십시오!"

새된 목소리로 비명을 지른 하니엘이 숨겨 온 칼을 빼내 자신의 목에 겨누었다. 세르비엘 및 천사들이 주춤하는 걸 보자 그녀가 조금 더 분명한 어조로 말을 이었다.

"아이를 보기 전엔 유폐의……, 방으론 돌아가지 않을……, 것입니다. 이게 천신의 의지에……, 반하는 일이라도……."

안쓰러울 만큼 온몸을 부들부들 떨고 있지만 눈빛만큼은 어떠한 의지로 강렬하게 빛나고 있었다. 위협을 허투루 하는 것이 아니라는 걸 반증이라도 하려는 듯 그녀가 검을 목에 더 갖다 댔고, 검붉은 피가 칼날을 타

428  공녀님!
     공녀님! 2

고 뚝뚝 떨어졌다.

"아이와 이별하고 헛된 희망에 매달려 이백 년간……. 생지옥을 경험한 것으로 충분합니다. 아이를 돌려주시지 않으신다면 전……, 여기서 목숨을 끊겠습니다."

미카엘이 그녀가 보지 못하는 사이 세르비엘에게 눈신호를 보냈다. 세르비엘은 짧게 고개를 끄덕이는가 싶더니 순식간에 하니엘에게 접근했다. 하니엘이 칼로 목을 그으려는 순간, 세르비엘이 손목을 탁 쳤다. 쨍강, 맑은 마찰음이 울리며 칼이 바닥으로 떨어지고 그녀는 순식간에 손쓸 도리 없이 회의장 밖으로 질질 끌려갔다.

"이러실 순 없습니다. 제발! 내 아이를 돌려주세요! 신이시여! 신이시여!"

괴로움이 가득한 비명 소리가 한동안 이어졌다. 가장 먼저 입을 연 것은 어딘가 음울한 표정을 띤 젊은 라파엘이었다.

"……아이와 어미 둘 다에게 너무도 가혹한 처사입니다."

미카엘은 별 관심이 없다는 듯 무심하게 고개를 저었다.

"천사의 권위를 바닥에 떨어뜨리고 천신을 모시는 신성한 천사의 몸으로 마왕과 정을 통한 것은 용서받지 못할 죄라는 걸 알고 하는 말씀이십니까."

"아이의 얼굴은 한 번쯤 보여주실 수 있지 않습니까."

"동정과 연민으로 이 일을 흐지부지 넘어간다면 천계의 규율이 어찌 바로 설 수 있겠습니까. 더 강력한 처벌이 내려지지 않는 것에 오히려 감사해야 할 겁니다."

미카엘은 라파엘에게 일말의 시선도 주지 않은 채 딱 잘라 말하곤 입을 다물어버렸다. 이어 가브리엘이 입을 열었다.

"실험은 성공적으로 끝났다 들었습니다. 저 아이는 어찌 처분할 생각이십니까?"

"극형(極刑)에 처하는 것이 원칙이긴 합니다만……. 번거롭군요. 실험 중에 죽는 게 그 아이에겐 나았을지도 모르겠습니다."

미카엘이 혀를 차며 대꾸하자 가브리엘이 눈을 가늘게 떴다.

"하지만 그 아이는 마족과 천족의 피가 한 몸에 담긴 최초의 존재입니다. 마족의 피가 흐르고 있음에도 회복 마법을 쓸 수 있는 존재. 스스로 치유하는 능력 또한 월등히 높습니다. 이대로 처분하는 것보다 다르게 이용하는 게 어떻겠습니까?"

미카엘이 몸을 앞으로 내밀었다.

"다르게 이용을 하다니, 지금 무슨 말을 하시는 겁니까, 가브리엘."

"감정을 없애고 잘 훈련시켜 마족들을 처단할 병기로 만들잔 말입니다. 마왕의 피를 물려받았으니 병기로 만들면 꽤 쓸 만할 테고……. 오랜 천마전쟁에도 우리들의 승리로 종지부를 찍을 수 있겠지요. 어떻습니까, 저의 제안이?"

폭발할 듯한 긴장이 침묵과 함께 드리워졌다. 젊은 라파엘이 숨을 삼키며 천천히 고개를 숙였다. 현 마왕 '바실루스'와 천사 '하니엘' 사이에서 난 아이는 태어난 즉시 어미에게서 떨어져 줄곧 지하 감옥에 유폐되었다. 사실 법에 따르면 아이는 즉결처분을 했어야 했지만, 마족 대항 무기를 개발한다는 극비리의 실험의 가장 좋은 실험체로 쓰이고 있었다.

그런데 실험이 끝난 지금 어미의 품으로 돌려보내기는커녕 극형 아니면 감정과 생각을 없앤 병기로 만든다? 이 무슨 기구한 운명이란 말인가!

라파엘은 참지 못하고 주먹으로 테이블을 쾅 치고 일어섰다.

"차라리 죽이는 게 낫습니다! 천신을 모시는 우리들이 어찌 그런 짓을……, 아무것도 모르는 아이에게 할 수 있단 말입니까!"

세 대천사의 시선이 일제히 라파엘을 향했다. 그중 우리엘이 가장 먼저 고개를 저으며 진중한 목소리로 주의를 주었다.

"라파엘, 앉으십시오. 그 존재에겐 동정이나 연민 따위는 베풀 필요가 없습니다."

"그렇지만……! 아이인데, 그저 아이일 뿐인데……."

태어난 직후 지하 감옥에 유폐되어 그곳에서 한 발자국도 나가보지 못한 가엾은 아이다. 대천사의 자리에 있으면서도 아이를 위해 아무것도 해주지 못한다는 죄책감 때문인지 라파엘이 고개를 떨어뜨렸다. 그를 빤히 보던 미카엘이 엷은 조소를 띠며 입술을 움직였다.

"'그건' 아이가 아닙니다. 괴물입니다."

"예? 그게 무슨……."

라파엘이 고개를 들자 미카엘과 시선이 허공에서 얽혔다. 미카엘은 어떠한 흉몽이라도 떠올리는 것처럼 표정을 찌푸리며 입술을 움직였다.

"라파엘께선 그 괴물의 눈을 한 번이라도 본 적 있으십니까. 저는 살면서 그러한 눈은 본 일이 없습니다. 불길한 느낌이 듭니다. 함부로 동정을 해선 안 됩니다. ……까딱하면 역으로 먹혀버릴 수도 있습니다. 이대로 죽여버리거나 병기로 만드는 게 후일 천계와 마계, 나아가 중간계를 위해서도 좋을 것입니다."

"하지만……!"

라파엘이 재차 언성을 높였으나 가브리엘이 그의 말을 막으며 토의를 진행했다.

"그러자면 우선 피의 충돌을 잠재울 필요가 있습니다. 해결책이 있습니까?"

잠시 생각에 잠긴 미카엘이 손으로 턱을 매만지며 입을 열었다.

"보통은 피의 힘이 폭주했을 땐 조금의 생명력과 마력을 전해주면 될 일이지만 이 괴물은 약간 다릅니다. 천족 하나와 마족 하나의 생명력 모두를 바쳐야 할 정도로……, 피의 충돌이 심합니다."

"천족과 마족 하나의 목숨이라……. 천족은 몰라도 마족의 생명력을 어디서 얻는단 말입니까? 차라리 극형에 처하는 게 빠를 성싶습니다."

더 이상 재고할 가치가 없다는 듯 우리엘이 고개를 설레설레 저었다. 시야가 뿌옇게 흐려져 라파엘은 주먹을 쥔 손으로 거칠게 눈을 비볐다. 결국 이용할 대로 이용해먹은 다음 처분하는 건가……. 마치 물건처럼!

라파엘은 후, 한숨을 쉬며 마음을 가다듬었다. 그래, 이대로 죽는 게 그 아이를 위해서도 나을 것이다. 감정 없는 병기로 쓰이다 생을 마감할 바엔 차라리…….

"천족 하나와 마족 하나의 생명이라……. 우리는 이미 자발적으로 그 일을 해줄 이들을 알고 있지 않습니까?"

세 대천사의 시선이 일제히 미카엘에게로 쏠렸다. 정말로 모르겠냐는 듯 쳐다보던 미카엘이 금색 눈을 빛내며 의자에 몸을 묻었다.

"부모 말입니다. 부모의 생명력을 받는다면, 괴물도 좋아하지 않겠습니까."


"아이……. 내 아이……."

하니엘은 유폐된 방에서 침대보에 얼굴을 묻고 눈물을 흘렸다. 두 손은 한 번도 안아보지 못한 아이를 그리며 허공을 긁어내렸다. 환영 속 아이를 안듯 공기를 모아 품에 가득 담았다. 하지만 텅 빈 가슴이 허전해 고통스런 울부짖음이 울컥 솟구쳤다. 철근 같은 절망감에 생기가 점점 사라지고 정신이 뒤틀어졌다. 그녀가 울다 지쳤을 때쯤, 문이 끼익 열리며 누군가의 발소리가 울렸다.

"하니엘."

미카엘의 목소리에 움찔한 그녀가 얼굴을 들어 올렸다. 그의 품 안에 정신을 잃은 채 안겨 있는 아이를 본 순간 단번에 알아보았다. 잔뜩 말라붙은 몸, 은청색 머리카락, 눈이 내리듯 가볍게 감긴 눈…… 비록 눈 한 번 마주치지 못하고 말 한 마디 나눠보지 않았지만 심장을 썰어내는 것처럼 미어지는 가슴이 말해주고 있었다.

"나의 아이…… 내 아이……"

하니엘이 부들부들 떨리는 손으로 아이를 받아들었다.

"그래, 네 아이다."

미카엘의 가벼운 대답에 하니엘은 보는 사람마저 미소 짓게 할 정도로 행복한 미소를 머금었다. 오, 신이시여, 감사합니다, 라고 연발하며 기뻐하는 것도 잠시, 아이를 살펴보던 그녀의 얼굴에서 미소가 점점 씻겨나갔다.

"그런데……, 아이의 피부가 왜 점점 새카매지는……. 아이가……, 왜 눈을 뜨지 않는 건가요? 어, 어디가 안 좋기라도 한가요……?"

미카엘이 온몸에서 기운을 다 내보내는 것처럼 짙은 한숨을 내쉬었다.

"사실 하니엘, 내가 말은 하지 않았다만 이제껏 이 아이를 상대로 우리가 실험을 했다."

"실험……이라니요?"

하니엘의 눈동자가 크게 흔들렸다. 미카엘이 안타깝다는 듯 눈을 천천히 감았다.

"그 아이는 마족의 피와 천족의 피를 동시에 몸에 품고 있었기 때문에 그대로 두면 오백 년도 살지 못하고 죽을 운명이었다. 비록 피가 섞였다 하나 그 아이도 천족의 피를 지닌 우리의 일족. 그 아이를 살리기 위해 최선을 다했다. 그런데 안타깝게도 치료를 위한 실험은 실패로 돌아가 이젠 아이의 끝을 지켜보는 수밖에 없단다."

"끝……. 끝이라니요! 대천사님! 그게 무슨……, 그게 무슨 말씀이십니까! 끝이라니요!"

하니엘이 세상이 한순간에 무너져 내릴 것 같은 얼굴로 부르짖었다.

"미안하다, 하니엘."

미카엘이 침통한 얼굴로 고개를 절레절레 흔들자 하니엘은 믿을 수 없다는 듯 두 눈을 부릅뜨고 고개를 저었다. 안 돼, 안 돼, 안 돼……. 내 아이……. 내 아이 어떻게 해……. 내 아이……. 그녀가 아이를 끌어안고 미친 듯이 중얼거린다.

그녀를 지켜보던 미카엘이 슬며시 입을 열었다.

"……살릴 방도가 아예 없는 건 아니다만……."

하니엘이 정신을 확 차리고 그 자리에 무릎을 꿇었다.

"대천사시여, 아이를 살릴 방법이 있다면 부디 말씀해주십시오, 제발! 이 아이를 살리기 위해서라면 뭐든 하겠습니다!"

"뭐든, 이라……. 정말이냐?"

"예, 뭐든, 뭐든 다 하겠습니다. 가르쳐주십시오……."

아이를 안은 하니엘이 이마가 땅에 닿을 정도로 깊숙이 고개를 숙였다. 미카엘은 그녀가 보지 못하는 사이 입술 끝을 올리며 정 알고 싶다면 말해주마, 라며 설명을 시작했다. 내용인즉슨, 아이가 피를 제어하지 못하는 것은 그만큼의 마력과 생명력이 부족해서이니 천족 하나와 마족 하나의 생명력을 주면 된다는 것.

그의 말을 들을수록 하니엘의 얼굴에 어두운 그늘이 덮였다.

"어떻게 하겠느냐?"

그녀는 그늘이 어둡지만 단호한 눈빛을 빛내며 고개를 들었다.

"하겠습니다. 이 아이를 살릴 수만 있다면……."

미카엘은 다정한 손길로 그녀의 어깨를 다독였다.

"큰 결심을 했구나, 하니엘. 아이가 다 낫기만 한다면 천계에선 책임지고 저 아이를 보살필 것이다.”

“정말……, 그게 정말입니까?”

하니엘이 미카엘의 소매를 붙잡고 숨을 헐떡였고, 그는 더할 나위 없이 온화한 눈빛을 띤 채 따뜻한 말을 건넸다. 천계에서 받아주다니! 그렇다면 자신이 사라지더라도 아이는 행복하게 살 수 있을 것이다.

“그래, 이미 천왕 폐하의 재가도 내려진 상태란다. 이 아이는 태생이 기구할진 모르나 알고 보면 더할 나위 없이 행복한 존재구나. 너와 같은 어미를 두었으니……”

“정말로……, 그렇게 생각하십니까? 이 아이도 그리 생각해줄까요? 행복할까요?”

애원하듯 물어 오는 그녀의 얼굴을 들여다보며 미카엘이 천천히 고개를 끄덕였다.

“적어도 나는 진심으로 그리 여긴단다. 너의 마음이 이렇듯 갸륵하니 아이도 다를 바 없겠지. 저 아이가 회복만 한다면 앞으로도 천계에서 행복하게 살아갈 거다.”

“다행, 정말 다행입니다. 이 아이를 받아주셔서……, 감사합니다, 자애로우신 대천사시여.”

하니엘이 깊숙이 허리를 숙이자 미카엘이 고개를 내저었다.

“아니, 더 이상 도울 것이 없어 미안할 따름이구나.”

“아닙니다, 아닙니다! 천계에서 아이를 받아주신다니, 그것만으로도 전……!”

진심으로 감사를 표하며 울먹이는 하니엘을 보며 미카엘이 팔을 뻗어 아이의 뺨을 쓰다듬었다.

“알았으니 어서 가거라, 성스러운 아이야.”

말이 떨어짐과 동시에 그녀의 모습이 눈부신 빛에 감싸여 사라졌다. 빛이 완전히 사그라지자 미카엘은 더러운 것을 만진 것처럼 손을 툭툭 털며 뒤에 선 지천사들을 향해 명령을 내렸다.

"따라붙어라. 일이 끝난 직후, 저 괴물을 데려오는 거다."


중간계로 이동한 하니엘은 아이를 한참 동안 바라보았다. 가늘게 떨리는 손은 아이의 볼을 쓰다듬으려 꽃봉오리처럼 오므라들었다. 눈을 질끈 감고 울음을 삼킨 그녀가 그리움에 사무친 이름을 외쳤다.

"바실루스……!"

바실루스, 현 마왕이자 금지된 사랑을 나눈 상대의 이름이었다. 그에 응답하듯 그녀로부터 그리 멀지 않은 곳에 검은 실루엣이 일렁이며 누군가의 모습이 드러났다.

새카만 머리카락, 왠지 깊어 보이는 검은 눈, 그에 대비되는 유독 흰 피부……. 보기 드문 호남이었다.

그의 시선이 하니엘과 그녀의 품에 안긴 아이에게 얼어붙은 듯 고정되었다. 서로만을 한참 동안 바라보다 약속이나 한 듯 서로에게 향해 달려갔다.

곧, 두 개의 그림자가 하나로 합쳐졌다.

"하니엘, 마르셨습니다."

"바실루스……!"

보고 싶었습니다, 진심으로. 녹아들듯 달콤하게 속삭이며 바실루스가 하니엘을 온몸을 밀착해 안아주었다. 이 순간이 영원했으면 좋겠다는 듯 하니엘을 꼭 끌어안고 있던 그가 고개를 내렸다.

"이 아이입니까, 우리들의 아이가?"

하니엘이 울먹거리며 그녀의 품에 안긴 아이를 내보였다.

"우리들의 아이……."

믿을 수 없다는 듯 중얼거린 바실루스가 아이를 손으로 더듬었다. 넋이 나간 사람처럼 아이를 바라보던 그의 얼굴이 별안간 딱딱하게 굳어졌다.

"피의 충돌이……. 이대로라면……, 오래 버티지 못할 겁니다."

바실루스가 고요하게 말하곤 하니엘을 바라봤다.

"아이를 두고 가도 괜찮으시겠습니까?"

잔잔한 어조로 물으면서 바실루스는 하니엘의 얼굴에서 어떤 변화도 놓치지 않기 위해 꼼꼼히 그녀의 얼굴을 살폈다. 줄곧 눈물만 흘리던 그녀가 울음을 뚝 멈추고 고개를 들었다.

"바실루스, 난 그 무엇도 두렵지 않아요. 당신과 함께라면, 그리고 우리의 아이를 살릴 수만 있다면……."

"장합니다, 하니엘. 그대를 사랑하게 된 것이 자랑스럽습니다."

바실루스는 하니엘의 이마에 진한 키스를 하며 속삭였다. 그녀는 살포시 고개를 끄덕이곤 몸을 굽혀 아이를 내려놓았다. 아이는 죽은 게 아닌가 싶을 정도로 숨을 약하게 들이쉬고 내쉬고 있었다. 필시 죽어가고 있다는 증거이리라. 하니엘의 눈에 물기가 차올라 촉촉이 젖었다.

"미안하다……. 이렇게 널 두고 갈 수밖에 없는 못난 어미를 용서해다오. 그리고 꼭 알아주렴."

아이에게선 답이 없었다.

"우리가 가슴속 깊이……, 너를 얼마나 사랑하는지……. 우리는 이렇게 네 곁을 떠나지만, 부디 너만은 행복하길, 너의 옆을 지켜줄 사람이 나타나길, 꼭……."

바르르, 입술이 떨리고 가장 고결한 눈물이 겹겹이 흘러내린다. 바실루스가 하니엘에게 다가왔고, 그녀는 떨어지지 않는 발을 억지로 옮겨 바실루스 옆에 나란히 섰다.

하니엘에게선 밝은 빛이, 바실루스에게선 검은 기운이 빠져나와 반듯이 눕혀 있는 아이에게 흘러 들어갔다.

빛이 사그라진 후 그 자리에 남은 것은 부모의 모든 생명력과 마력을 건네받은 아이뿐이었다. 둘의 기운이 아이의 몸 안을 돌아다니며 난폭하게 날뛰는 두 개의 피를 진정시켰다. 그를 반증하듯 아이의 몸에 피었던 검은 반점들이 서서히 사라지고 시체처럼 파리한 얼굴에도 생기가 감돌기 시작했다.

쏴아아, 어딘가 피의 향기를 가득 담은 바람이 찬연한 은청발을 흩뜨리고 떠났다.

아이의 손가락 하나가 꿈틀했을 때 그 위로 길고 짙은 그림자가 드리웠다.

"이제 이 아이를 데리고 천계로 돌아가자."

지천사들의 손이 서서히 다가와 닿을 즈음 아이의 검은 눈이 서서히 열렸다. 흐릿했던 초점이 맞춰지듯 단번에 지천사들을 향했고 그들의 몸이 퉁, 튕겨져 나갔다. 당황한 지천사들이 서둘러 자세를 잡고 아이를 본 순간, 아이의 팔목에 감겨 있던 마력 제어 팔찌가 금이 가 산산조각이 나버렸다.

뭔가 일이 잘못되어가고 있다, 일단 미카엘 님께 돌아가야……!

생각을 미처 끝맺기도 전에 검붉은 기운이 그들을 덮쳤다. 푹, 푹, 몸이 사정없이 난도질되는 소리가 불쾌하게 울렸지만 아이는 눈 한 번 까딱하지 않은 채 곧장 천왕의 성으로 이동했다. 그중에서도 미카엘을 포함한 대천사들이 있는 회의장을 단번에 찾아 들어갔다.

쾅! 굉음이 울리며 회의장 문이 박살났다. 뽀얗게 일어나는 검은 먼지 구름 사이로 모습을 드러낸 아이를 보며 가장 먼저 반응한 것은 미카엘이었다.

"너는! 이럴 수가, 저 괴물이 올 때까지 지천사들은 뭘 하고 있었단 말이냐······!"

미카엘은 신음에 가까운 비명을 잇새로 터뜨리며 마력 제어 팔찌를 찾았다. 하지만 아이의 팔목엔 팔찌가 옥죄어 벌겋게 뜬 자국만 남아 있을 뿐이었다. 아이의 온몸에서 검은 기운이 뱀 혓바닥처럼 날름거리며 피어올랐다.

미카엘은 마른 목으로 침을 넘기며 경계 태세에 들어갔다.

작은 아이에게서 전해지는 존재감과 위압감은 전대 마왕 바실루스를 압도하고도 남았으니, 틀림없이 부모의 마력을 받아 자신의 것으로 흡수시킨 것이 분명하다.

예상대로 실로 무섭고 두려운 괴물이다. 저 눈을 보라. 피에 굶주려 있지 않은가. 작은 아이가 내뿜는 살기에 어느 누구도 감히 손 하나 까딱하지 못한다. 이대로는, 위험하다!

"무슨 생각을, 하십니까?"

옆에서 아이의 목소리가 들려와 미카엘이 흡! 숨을 삼키며 고개를 돌렸다. 아이는 그가 미처 깨닫기도 전에, 팔을 뻗으면 닿을 거리에 와 있었다. 정확히는 가브리엘의 심장을 손으로 꿰뚫은 채, 미치도록 아름다운 미소를 띠고서 미카엘의 코앞에 있었다. 왜 이렇게 압도당하는 것인가, 굴욕감을 느끼며 미카엘이 입술을 열었다.

"무엇······, 때문에 온 것이냐? 네······, 어미와 아비의 복수를 하러 온 것이냐?"

"······."

"그럴······, 수밖에 없었다. 너를 살리기 위해선, 그 수밖에 없었어! 그래! 실험도 다 너를 살리기 위한 실험이었다."

마지막 발악 같은 그의 외침에 아이가 오만해 보일 정도로 입술 끝을 비스듬히 들어 올렸다.

거짓말이 통하지 않는다는 걸 깨달은 미카엘이 입을 다물고 손에 마력을 모았다. 응집된 마력을 아이에게 쏘려는 순간 거대한 힘이 미카엘의 머리를 내리눌렀다.

옆에 서 있던 천족들도 폭풍에 쓰러지는 나무처럼 바닥으로 무너져 내렸다. 쿵! 마지막으로 미카엘마저 무릎을 꿇자 아이가 그의 머리를 지그시 내리밟았다.

"으, 으으……."

미카엘에게 보여주기라도 하듯 아이에게서 뻗어 나온 검은 기운이 사방으로 퍼져 천왕성을 감싸고 무너뜨리기 시작했다. 급속도로 붕괴되어 무너지는 굉음 사이로 천사들의 비명 소리가 울려 퍼졌다. 아이의 기운은 실로 위험천만하여 대천사들만으론 당해낼 수 없었다. 거기다 대부분의 천사들은 천마전쟁에 합류하여 수적으로 대항할 수도 없다.

상황이 좋지 않음을 판단하고선 미카엘이 탄식을 흘렸다.

아이를 이용해 마족들을 개화시켜 천신의 뜻을 전하려 했다! 한낱 실험체에 불과했던 존재에게 내가 이렇게 형편없이 당하다니! 한낱 괴물 따위에게……!

그 순간, 미카엘의 등에 달려 있던 날개가 산산조각이 나 빛무리가 되어 사라졌다. 날개는 대천사의 상징이며 천신을 대신한다는 자격 그 자체. 날개가 사라져버렸다는 것은 대천사로서의 자격도 박탈당하는 것을 의미했다. 미카엘의 눈이 튀어나올 정도로 부릅떠졌다.

"어째서……?"

이해가 가질 않았다. 수백 년간 섬긴 천신에게 버림받다니, 천신이시여! 어째서 당신께서 저를 버리시나이까? 저는 당신을 위해 이제껏 모든 것을 해왔습니다! 설마 저 아이 때문입니까? 저 아이를 이용했기 때문에 당신이 저를 버리신 겁니까?

"말도……, 안 돼……!"

그래, 말이 되지 않는다. 천마전쟁의 시발점이었던 저 아이는 응당 죽어야 마땅했고 이제껏 살려둔 것이 감사할 일이 아닌가 말이다.

폐기될 실험체를 재활용하여 전쟁을 끝내는 데 쓰겠다는 것이 무엇이 잘못이란 말인가! 천신의 명을 받아 대천사의 자리에 오른 나야말로 정의이고 저 존재야말로 악이다!

눈을 돌려 아이를 바라봤다. 한낱 벌레 보듯 그를 내려다보는 아이의 눈초리에 속이 치욕감으로 범벅이 되어버린다.

저 아이 때문이다, 저 괴물 놈 하나 때문에!

신에서 버림받았다는 절망감과 수치심이 뒤섞여서 미카엘이 목에 핏대를 세우며 외쳤다.

"네 존재는 절대……, 절대 용서받지 못할 것이다, 누구도 널 구원할 수 없을 것이다! 저주받은 존재로 평생을 살아가리라!"

쿠궁! 붉은 화염이 폭발할 듯 솟구쳐 와 미카엘을 감싸고 순식간에 주변을 잠식시켰다. 타오르는 불꽃에 휘말려 새까맣게 탄 검붉은 시체들이 안개나 재로 변해 사라졌다.

아이는 천천히 뒤돌아서 얼어붙은 듯 홀로 서 있는 라파엘을 바라봤다. 무엇을 말할 듯 말 듯 입을 달싹이던 라파엘이 어렵사리 말문을 텄다.

"나는, 나는 왜 살려두는 것이냐……."

천천히 뒤를 도는 그의 입술엔 감미로운 미소가 머금어져 있었다. 떨리는 물음에 그가 천사보다 아름다운 외모와는 달리 바싹바싹 마른 어조로 대답했다.

"말을 전할 자가 필요합니다."

말이라니……? 아이의 손이 부지불식간에 라파엘의 팔을 찌르고 들어갔다.

"저에게 대항한다면, 어찌 되는지 똑똑히 보고 전하십시오, 후손에게 말입니다."

그가 고통스런 신음을 터뜨리며 쓰러지는 걸 너무도 무감정한 눈빛으로 내려다본 아이는 손을 비틀어 빼냈다. 쓰러지는 라파엘을 뒤로하고 아이는 고향을 찾아가는 것처럼 자연스럽게 마계로 이동했다. 천계에서와 마찬가지로 막아서는 마족들은 모두 아이의 손에 남아나지 않고 죽어갔다.

뚝, 뚝, 뚝……. 피에 젖은 긴 은청발에서 진득한 붉은 실이 떨어졌다. 너무도 마왕다운 모습으로 마왕성에 들어간 그가 우아하게 상석에 앉았다. 금박으로 둘러싸인 화려한 손잡이에 지이익, 핏물이 그어지며 스며들었다. 내리떠진 검은 눈이 붉은 기운을 품은 채 마족들에게 향한다.

"거역하면, 죽여드리겠습니다."


이름 없는 마황은 아름답고 잔인했다.

천족이든 마족이든 닥치는 대로 죽이고 죽여 세계가 황폐해질 대로 황폐해졌고, 피의 바람은 그칠 줄을 몰랐다. 아무리 서열이 높은 마족이나 천족이라도 그의 손에선 한낱 벌레만도 못할 정도로 쉽게 목숨을 빼앗겼다. 항상 피에 절어 전쟁터를 누볐기에 그의 은청발을 적발로 착각한 이들이 대다수였다.

천마전쟁의 휴전 후 사실상 세상은 마황의 발아래 있었다. 모든 존재가 그를 '마황'으로 부르며 경배하면서 동시에 두려워했지만, 그는 고독했다. 오직 주위에 있었던 것은 씨를 얻고자 접근하는 헐벗은 여마족들뿐이었다. 마황 또한 사랑을 운운하며 다가오는 여마족은 막지 않고 옆에 두었다.

"사랑합니다, 폐하."

피처럼 붉은 눈을 가진 나신의 여마족이 몸을 기울여 마황의 귓가에 속삭였다. 새하얀 실크를 몸에 두르고 죽은 듯 고요하게 있던 눈이 스르르 열렸다.

"뭐?"

"사랑합니다, 폐하……."

"방금 뭐라 했느냐?"

싸늘하기 그지없는 붉은 눈과 마주하자 여마족은 황급히 고개를 숙이며 물러났다.

"폐하, 불경한 말씀을 드렸습니다. 죄송……합니다……."

일말의 감정도 내비치지 않은 무표정에 미미한 변화가 물살처럼 번지더니 이윽고 낮은 웃음소리가 울렸다.

"폐, 폐하……?"

마황을 옆에서 모신 지 어언 몇 년이던가, 오랜 세월 동안 그가 소리를 내어 웃거나 심지어 입가에 미소를 짓는 모습을 본 적이 없다. 처음 마주하는 그의 옅은 미소는 무서우리만치 아름다워서, 주변에 있던 마족들은 넋을 놓고 그를 바라봤다.

"사랑이라……. 꽤 재미있는 말을 하는군."

색기 어린 입술에선 이내 미소가 씻긴 듯 사라졌다. 곧 그는 따분해 마지않은 얼굴로 천천히 몸을 일으켰다. 사르륵, 반쯤 비치는 얇은 천이 그의 살갗을 타고 흘러내렸다. 가늘고 긴 손이 옆에 있는 여마족의 턱을 잡아 들어 올린다.

"다시 말해보아라, 이 나를, 어쩐다고?"

그가 몸을 기울여 속삭였다. 속살이 내비치는 얇은 천 사이로 보이는 매끄러운 피부는 빛무리가 서린 듯 새하얗고 매끄러웠다. 여마족은 닿을 듯 가까이 있는 시선에서 도저히 눈을 돌릴 수가 없었다. 농염한 기운이 눅진하게 흘러나오는 붉은 눈은 독극물과 같이 치명적이면서 도저히 거부할 수 없이 매혹적이었다.

"사랑합니다, 폐하. 은애(恩愛)해 마지않습니다……."

홀린 듯 중얼거리며 고개를 조아려 마황의 발등에 입을 맞추었다. 어느 누가 매료되지 않을 수가 있단 말인가, 이렇듯 존귀하고 고고한 존재에게.

"당신을 위해서라면, 제 모든 것을 바칠 수 있습니다……. 폐하를 위해서라면 이 한 목숨 기꺼이 바치겠나이다."

"목숨이라."

뒤로 조금 물러난 여마족은 차가운 대리석 바닥에 닿을 듯 이마를 내리고 입술을 움직였다.

"예. 당신은 강하고 아름다운 우리들의 주군, 우리들의 군주이시니까요."

"증명해보아라."

"……예?"

여마족이 고개를 들어 마황을 바라봤다. 긴 속눈썹이 드리운 그늘 속, 검붉은 눈이 나른하게 깜박였다.

"네 목숨을 바치겠다는 말을 증명해보란 말이다."

의외의 대답에 여마족의 표정 위로 당혹감이 떠올랐다. 증명? 어떻게 증명을 해보란 말인가.

무슨 말을 해야 할지 몰라 우물거리고 있는 그녀 옆에 챙강, 칼 한 자루가 날카로운 쇳소리를 내며 떨어졌다. 아무리 마족이라도 단 한 번 베는 것으로 목숨을 위험하게 만들 수 있다는 마검이었다.

상아처럼 새하얀 검신을 눈여겨보다가 고개를 들어 올렸다. 벽에 비스듬히 기댄 마황의 어깨 위로 얇고 긴 은청발 머리카락이 유려한 곡선을 그리며 흘러내렸다. 어슴푸레한 빛 아래로 드러난 눈은 감정이란 한 치도 깃들어 있지 않아 마치 보석이 아닐까 의심까지 들 정도였다.

"제가 죽으면 마황이시여, 당신은 기쁘십니까?"

"……글쎄, 그건 그때가 되어봐야 알 것 같군."

말의 고저가 전혀 느껴지지 않는 감미로운 목소리가 사방을 울렸다. 그 속엔 살아 숨 쉬는 것조차 지루하다는 듯한 무료함이 깃들어 있었다.

대답을 들은 여마족은 조금의 주저도 없이 손을 옮겨 검을 꽉 쥐었다. 여마족이 상체를 조금 들어 올리자 은색 날이 허공에 부채꼴로 호선을 그리며 올라갔다. 푸욱, 마치 남의 배에 박아 넣듯 가차 없는 움직임이 뒤를 이었다.

여마족은 검을 쥔 손에 힘을 주어 더욱 깊숙이 찔러 넣었다. 고통스러웠다. 마검이 자신의 생명력을 싹싹 긁어먹는 게 느껴졌다.

곧, 죽으리라.

하지만 비명을 지르는 몸과 반대로 마음속 깊은 곳에서는 광기로 범벅된 환희가 솟아올랐다.

'제가 당신을 위해 목숨을 바쳤습니다. 기쁘십니까, 마황이시여. 기뻐해주시는 겁니까.'

나오지 않는 목소리를 대신해 입술만 움직여 물었다. 목구멍을 울컥 치고 올라오는 피를 그대로 뱉어내었다. 상처를 비집고 흘러나온 피와 합쳐져 대리석을 기어가 마황의 발에 닿았다. 천천히 기울어지던 몸은 이내 묵직한 소리를 내며 바닥을 나뒹굴었다.

여마족은 점점 감기려는 눈에 힘을 주어 버텼다. 피로 물든 발을 타고 올라간 시선이 이내 마황의 얼굴에 머물렀다. 적당히 붉은 입술이 그리는 곡선을 보자 몸이 두둥실 떠오를 듯 가벼워지는 듯했다.

그녀는 다시 한 번 굵은 핏방울을 쏟아내며 마황을 향해 손을 쭉 내밀었다.

고귀한 그에게 한 번이라도 더, 닿고 싶어서.

"날 위해 죽는 게 행복한가?"

그물에 갇힌 물고기처럼 꿈틀거리는 그녀를 바라보던 마황이 입을 열었다. 여마족은 거칠게 숨을 헐떡거리며 미친 듯이 고개를 끄덕였다.

'행복합니다, 기쁩니다. 나의 사랑, 나의 폐하.'

"이런 것이 네가 말하는 사랑이냐? 잘 알겠다."

'알아주시는구나. 기쁩니다, 경애하고 숭배하는 나의 폐하.'

여마족은 거의 사라진 의식 속에서도 비정상적인 희열에 몸을 움찔거렸다. 마황의 입가엔 비틀린 웃음이 그려져 있었다. 분명 아름답지만 무언가 결여되어 있는 미소.

그는 몸을 기울이며 거의 하얗게 질린 여마족에게 비밀 이야기를 하듯 속삭였다.

"추하구나."

목소리는 다정했으나 눈길은 서늘하다.

"벌레처럼 기다 쓰레기처럼 버려지는 것이 너의 사랑이라면, 나는 받지 않겠다."

가늘고 새하얀 손이 성큼 다가가 그녀의 몸에 박혀 있는 검을 비틀어 가차 없이 빼냈다. 후우욱, 남은 생명력을 검에 순식간에 빼앗겨버린 여마족은 곧 재로 변해 허공에 사르르 흩어졌다. 마치 그 자리에 본래부터 존재하지 않던 것처럼, 흔적도 없이 그렇게 사라져버렸다.

마황은 볼에 튄 핏방울을 손등으로 스윽 닦아내며 자세를 바로 했다. 검은 기운을 머금고 흉포해진 마검을 바닥에 떨어뜨리곤 다시 나른하게 눈을 감았다.

모든 건 너무나 쉬웠다. 잔인한 살육, 광기, 쾌락……. 세상에 존재하는 어떤 것도 텅 빈 그의 내면을 채워주지 못했다. 존재하는 그 무엇도 그를 위협할 순 없었으나, 내면의 어둠은 그를 좀먹듯 서서히 삼켜갔다.

## 외전. 나의 태양

꿈을 꿨다. 은색 찬란한…….

"윽!"

갑작스러운 고통에 나는 신음을 내뱉으며 눈을 떴다. 몸 여기저기서 근육이 비명을 지르고 있는 탓에 절로 눈살이 찌푸려졌다. 눈앞엔 먼지 뒤덮인 술통이 나뒹구는 게 보였다. 자그마한 창문 사이로 햇살이 쏟아져 들어오는 걸로 보아 벌써 아침이 온 모양이다. 졸음이 쏟아져서 눈이 다시 감기려고 하는 찰나.

"이래도 안 일어나고 배겨? 쓸모없는 놈!"

채 아물지 못한 상처 위로 가차 없이 채찍질이 가해졌다. 너덜거리는 옷이 핏물로 축축하게 물드는 게 느껴졌다. 나는 다시 잠드는 걸 포기하고 상체를 가누어 일어나는 것으로 '일어났다'라는 의사 표시를 했다. 부스스한 머리를 손으로 빗어 정리하고 있자니 내 앞으로 무언가 툭, 떨어졌다.

"늦잠을 잤으니 오늘 식사는 그걸로 끝이야! 썩 먹고 나오도록 해!"

배가 볼록한 중년의, 나의 주인이라는 자가 창고 안이 쩌렁쩌렁하게 울리도록 외치고는 자리를 떠나버렸다. 나는 그가 던지고 간 내 주먹의 반도 안 되는 크기의 주먹밥을 집어 들고 한참을 바라보았다.

이런 것을 나에게 줬던 이가 또 있었는데. 몽롱한 기억 속에 떠오르는 얼굴이 있다. 이미 세상에 없는 나의 아버지, 어머니. 지독한 가난을 견디지 못하고 어린 나를 헐값에 팔았다. 나 대신 은화를 쥐고 그들은 울었다. 거듭 미안하다고 오열하며 쓰러졌다. 그 후 난 쭉 유람선에서 생활 중이며 그들이 죽었다는 소식은 얼마 전에 들었다.

나는 작은 주먹밥을 바스러질 정도로 세게 쥐고는 일어섰다.

나의 주인이라는 자가 열고 갔던 문을 나서니 바닷바람이 소금 냄새를 풍기며 내 위를 뒤덮었다. 작은 주먹밥을 그러쥐고 있는 힘껏 던졌다. 퐁당, 작은 파문을 일으키며 주먹밥이 바다로 떨어졌다. 저 밑으로 가라앉았으면 좋으련만, 떠 있기만 한다. 그 꼴이 꼭 정처 없이 세상에 떠다니는 나와 같다는 생각이 들어 입술이 메말라갔다.

슬쩍 눈을 돌리니 육지와 사람들이 보인다. 나에게서 그리 멀지 않은 갑판으로 몇몇 사람들이 들어오며 진동이 나무판자를 통해 내 발로 전해졌다. 유람선을 이용할 다음 귀족들인 모양이다.

나는 걸음을 옮겨 언제나와 같이 일을 시작했다. 이곳에선 식자재를 나르는 일부터 청소까지 허드렛일은 모두 내 차지였다. 가만히 갑판을 청소하고 있으려니 내 등을 누군가 퍽 쳤다.

"너 지금 어딜 나와 있는 거냐?"

나의 주인이라는 자가 신경질적으로 버럭 소리 질렀다. 내가 빤히 바라보자 그가 목소리를 더 높이며 외쳤다.

"이번 손님들이 어떤 분들인지 알기나 하냐? 바로 베이판의 삼 대 공작가문 중 하나인 레이나스 가문이다! 그 고귀한 분들께서 너를 보면 퍽이나 기분 좋아하시겠다. 어서 이 층 홀에 먼저 가서 청소하도록 해!"

나는 순순히 고개를 끄덕이고 2층 홀로 올라갔다. 텅 빈 홀을 쭉 둘러

보고 청소를 하려는데 문득 눈에 걸리는 게 있었다. 테이블 밑에 발 두 개가 있었다. 나는 고개를 갸우뚱하며 테이블에 다가갔다. 고급스러워 보이는 보라색 구두가 신겨진 그 발은 내 것보다도 작았다. 이곳에 있는 어린애는 나밖에 없는데. 곧장 나는 손으로 테이블보를 잡고 휙 들춰보았고, 나도 모르게 두 눈을 크게 떴다.

"……아."

테이블 안에서 엎드려 있던 그녀는 깜짝 놀라 나를 바라봤고, 나의 입에선 감탄이 절로 나왔다. 투명할 만큼 고운 피부에 짙은 눈썹, 발그레한 볼, 신비롭게 빛나는 은색 눈동자를 마주하니 정신이 멍해졌다.

"누구……."

오늘 처음 내 입에서 말이 나왔다. 그리고 그것보다 더 놀라운 것은 이어지는 그녀의 대답이었다.

"빨리 테이블보 원위치 안 시키냐?"

"……."

나는 거역할 수 없는 강압적인 말투에 서둘러 테이블보를 내렸다. 한참 동안 그 자리에 못 박힌 듯 있다가 나는 반대 방향으로 가서 테이블 아래에 쏙 나와 있는 그녀의 얼굴을 바라봤다. 나를 보자마자 그녀의 얼굴이 불쾌한 듯 구겨졌다.

"뭘 봐?"

"……."

아무리 봐도 나보다 어려 보이는데 반말이 아주 쉽게 튀어나온다. 내가 멍하니 그녀를 바라보고 있기만 하자 그녀는 나에게서 관심을 끄곤 주변을 살폈다. 잠시 후에 사람들이 웅성거리는 소리가 크게 들려왔다. 분주한 발걸음 소리가 이어지며 '아르렐리아 님!'이라는 외침도 들려온다.

누굴 잃어버린 걸까? 입구 쪽을 멍하니 바라보고 있는데 테이블 안에 있는 소녀가 나를 향해 속삭였다.

"아씨, 벌써 알아차렸어? 눈치만 드럽게 빨라가지고. 야, 너 나 봤다고 얘기하지 마."

"……."

"악! 너 왠지 고자질할 것 같은 느낌이야. 이리 와봐. 빨리."

그녀가 테이블 안을 가리키며 재촉했고, 나는 순순히 고개를 끄덕이고 테이블 안으로 들어갔다. 그녀가 사방을 둘러보더니 테이블보를 내리고 나에게로 시선을 옮겼다.

"너 이름이 뭐야?"

"……."

"이름 뭐냐고. 이름 없어?"

그녀의 질문에 쉽게 입이 열리질 않았다. 누군가와 대화한다는 것 자체가 무척이나 오랜만이었다.

"……카일."

잔뜩 잠긴 목에서 갈라진 목소리가 나왔다. 이게 내 이름이고 목소리였나, 낯설기까지 했다. 나는 그렇게 아름다운 이와 만나본 적이 없었기 때문에 그녀의 얼굴에서 눈을 떼지 못하고 있었다. 신기해하는 나와는 달리 그녀의 얼굴은 불만으로 가득 차 있었다. 빛을 품은 것 같은 은색 눈동자를 이리저리 굴리다가 그녀가 손을 내 어깨에 툭, 내려놓고 비장하게 말했다.

"좋아, 카일. 넌 지금부터 나의 비밀 요원이다."

"……."

"대답 안 해? 비밀 요원이라니까?"

그녀의 고압적인 말투에 나는 저도 모르게 고개를 끄덕였다. 그녀는 나의 대답에 흡족한 얼굴로 씨익 웃었다.

"그래, 카일. 넌 내 비밀 요원이니까 내가 이 유람선에서 벗어나게 도와줘."

유람선을 나간다라, 그 단순한 요청을 나는 거절할 이유가 없었기에 승낙하는 의미로 상체를 일으켰다. 그때였다. 꼬르륵, 천둥같이 울리는 소리가 내 배에서 나는 걸 인지한 순간 나는 얼굴이 뜨겁게 달아오르는 걸 느꼈다. 어제아침 주먹밥 하나를 먹은 이후로 아무것도 먹지 않았으니 배꼽시계가 크게 울리는 건 당연한 일이었다. 그런데 하필 이 순간에……. 창피했다.

은발의 소녀는 두 눈을 크게 뜨고 나를 똑바로 바라보더니 이내 그녀의 볼에 경련이 조금씩 일어나기 시작했다.

아, 저건 분명히…….

"푸하하하하하하!"

소녀는 어울리지 않는 큰 목소리로 배를 잡고 웃기 시작했다. 내가 어쩔 줄 몰라 하자 그녀는 한참을 끅끅대며 웃다가 두 눈에 맺힌 눈물방울을 닦아내며 말했다.

"아, 미안. 근데 그렇게 진지한 얼굴에 꼬르륵 소리가 나니까 웃겨서 말이야."

"……."

나는 아무 말 하지 않고 그녀의 눈길을 피했다. 아름다운 그녀에 비해 내가 얼마나 초라한 존재인지 인식이 되는 것 같아서 창피했다. 그녀는 눈을 가늘게 뜨면서 나에게 다시 말을 걸었다.

"너, 노예니?"

"……."

나는 잠시 생각에 잠겼다가 고개를 내저었다. 팔려왔긴 하지만 노예는 불법이었기에 엄연히 '일꾼'이란 이름 아래 여기에 있었다.

"그래? 근데 왜 그렇게 다쳤어?"

"……."

나는 말하고 싶지 않다는 의미로 느릿하게 고개를 내저었다. 흐응…….
그녀가 다시 한 번 콧소리를 냈다. 뭐가 잘못된 걸까? 그녀는 나를 머리
에서 발끝까지 면밀히 살폈다. 관찰하는 시선에 나는 왠지 모를 불편함이
느껴졌다.

"여기서 나가자!"

느닷없는 그녀의 말에 나는 정신이 멍해졌다.

"여기서 나가자니까? 여기, 좋아? 계속 있고 싶어?"

그녀의 말에 나는 더 생각도 하지 않고 고개를 내저었다. 그에 그녀의
얼굴에 웃음이 활짝 피어났다.

"그래, 나랑 같이 가자."

그녀가 나를 향해 손을 내밀었다. 나는 그 손의 의미를 알지 못해 멀뚱
히 바라보기만 했다. 그러자 그녀가 답답하다는 듯 손을 흔들며 말했다.

"손, 잡으라고."

그녀의 말에 나는 머뭇거렸다. 빛날 정도로 흰 손에 형편없는 내 손이
닿으면 그 손마저 더러워질 것 같았다. 나의 기색을 알아챈 그녀가 '아이,
참.' 하며 혀를 끌끌 차곤 바닥에 닿아 있던 내 손을 채서 잡았다. 나는 깜
짝 놀라 그녀의 얼굴을 바라봤으나 오히려 그녀는 아무렇지도 않게 말했
다.

"나만 믿고 따라와."

그렇게 말한 그녀가 먼저 일어나서 테이블보를 열고 나갔고, 나는 손길
에 이끌려 서서히 일어났다. 테이블보를 나오자마자 누군가의 날카로운
고함 소리가 들려왔다.

"아르렐리아 님!"

"아차……."

아르렐리아라고 불린 은발의 소녀의 얼굴에 낭패한 기색이 스쳤다. 그녀의 하녀처럼 보이는 이가 다다다 달려와서 경악한 얼굴로 소녀와 나를 번갈아 바라보았다.

"아르렐리아 님! 그 아이는 누굽니까?"

"아, 얘? 방금 생긴 내 친군데?"

아르렐리아가 아무렇지도 않게 말했다. '친구'라는 말에 내가 흠칫하자 그녀는 이가 전부 드러나 보일 정도로 씨익 웃었다.

"지금 대체 무슨 말씀을……."

그녀의 하녀가 기가 막혀 하자 나는 미안한 감정이 들어 고개를 숙였다. 저 멀리서 쿵쿵쿵 소리가 들리더니 나의 주인이라는 자가 뛰어와 비명을 질렀다.

"아니, 너! 지금 뭐 하는 거냐!"

나의 주인이라는 자도 경악 어린 눈초리로 나를 바라보더니 이내 씩씩거리며 다가와 나의 뺨을 후려쳤다. 나는 힘없이 바닥에 쓰러졌고, 내 손에 닿아 있던 하나의 온기와 멀어졌다. 나의 귓가에 주인의 비굴한 목소리가 들려왔다.

"아이고, 공녀님께 저희가 씻을 수 없는 죄를 지었습니다. 용서해주십시오."

내가 시선을 돌리자 나를 줄곧 바라보고 있던 듯 은색 눈동자와 허공에서 마주쳤다. 아까보다 더 창피해져서 나는 시선을 피했다. 주인이 '이 자식이 어딜 공녀님께…….'라며 우악스럽게 나를 잡아채러 다가왔고, 그 순간 얼음장 같은 그녀의 목소리가 울렸다.

"쟤 얼마야?"

"예?"

"얼마냐고."

나는 두 눈을 크게 뜨고 아르렐리아에게 시선을 옮겼다. 그녀는 꽤나 차갑게 식은 얼굴로 주인을 바라보고 있었다. 주인도 의외의 말에 놀란 듯 눈을 휘둥그레 떴다가 꽤 좋은 거래라고 생각했던지 나를 힐끔 봤다.

"아, 저 일꾼 말입니까. 마음에 드셨나 보군요. 저……, 녀석은 저, 적어도 이십만 골드는 주셔야……."

"……."

20만 골드! 세상 물정에 어두운 나조차 입이 떡 벌어질 만큼 큰 금액인 걸 알 수 있었다. 꽤 고민을 할 만한 금액이지만 아르렐리아는 곧바로 대답했다.

"줘."

"예?"

아르렐리아의 말에 그녀 옆에 있던 하녀가 반문했다. 아르렐리아가 조용하게, 하지만 단호하게 말했다.

"주라고. 원하는 대로."

"아가씨……."

하녀가 그녀의 말에 멍하니 있자 아르렐리아는 내 주인을 노려보면서 말했다.

"과하게 부른 거 알지만 그냥 속아 넘어가주는 거야. 이제 됐지? 난 얘 데리고 간다?"

그녀가 다소 오만하고 빠른 어조로 말하고 내 손을 덥석 잡아당겼다. 나는 나보다 훨씬 작은 어린애의 부축을 받아 일어나 끌려가는 꼴이 되었다.

믿을 수 없는 일이었다. 왜 나를……. 그녀가 갑판까지 나를 끌고 가 놓아주었다. 내가 빤히 바라보자 그녀는 슬쩍 눈을 굴리더니 사과를 건넸다.

"미안해. 화났어?"

미안하다고? 대체 무엇이? 나의 당황한 기색을 화가 나서라고 생각했는지, 아까의 다소 건방졌던 모습과는 180도 다른 모습으로 나의 눈치를 살폈다.

"얼마냐고……. 물건 취급해서 미안해. 저런 놈들은 그런 식으로 말하지 않으면 이야기가 안 통하거든."

그녀가 굉장히 미안한 기색으로 말했다. 전혀 미안해할 필요 없는 것이었지만 나는 고개를 끄덕이는 것으로 긍정을 표했다.

"자, 이제 넌 자유야. 네가 가고 싶은 데로 가도록 해."

그녀의 말에 내 몸이 싸늘하게 식는 게 느껴졌다. 자유? 그럼 이대로 헤어진단 말인가? 아르렐리아가 휙 돌아서자 나는 나도 모르게 손을 뻗어 그녀의 팔을 잡았다. 그녀는 '왜?'라고 쓰인 얼굴로 나를 바라봤고, 나는 거절당할 각오를 하고 입을 열었다.

"같이……, 가자고……."

……했잖습니까. 앞뒤 잘라먹은 나의 말을 알아들은 건지 아르렐리아의 눈이 약간 더 커졌다.

"날 따라오고 싶다는 말이야?"

나는 천천히 고개를 끄덕였다. 그녀가 턱을 괴고 고민에 빠진 그 잠시가 나는 영겁의 시간처럼 느껴졌다. 만난 지 한 시간도 되지 않는데 왜 그녀에게서 시선을 뗄 수 없는지 알 수 없었다. 다만 그녀를 따라가고 싶다는 이유 없는 단순한 억지만이 머릿속에 맴돌았다.

하지만 굳이 나를 데려가는 수고를……, 할 리가 없다. 공녀라고 했으니 내가 아니더라도 그녀를 위해 일해줄 사람이 많을 것이다. 내가 체념하고 그녀의 팔을 잡은 손에 힘을 뺄 때쯤, 그녀의 유쾌한 음성이 들려왔다.

"그래, 좋아. 가자."

아르렐리아가 헤헤 웃으며 나의 손을 다시 한 번 덥석 잡았다. 정말입니까? 라고 묻고 싶었지만 삼켰다. 혹여나 그녀가 말을 바꿀까 저어하는 까닭이었다. 아르렐리아의 해맑은 미소를 보자 햇살이 그녀 주변에만 쏟아져 내리는 것 같았다. 불어터진 손에 닿은 온기에 알 수 없는 감정이 가슴에 차올랐다.

나는 부모님을 떠난 이후 처음으로 입가에 미소를 머금고 그녀를 마주했다.


공작가에 돌아오자 한바탕 난리가 벌어졌다. 유람선을 타며 놀고 오라고 보내놨던 공녀가 유람선 값을 내는 대신 웬 노예를 데려왔기 때문이다. 행색이 더러운 노예를 기꺼워하는 사람은 아무도 없었다.

나는 그녀 뒤에 서서 고개를 숙이고 있었다. 흰 수염을 멋들어지게 기른 집사가 해지고 더러워진 내 신발을 빤히 쳐다보았다. 이런 소년은 어디서 데려왔느냐는 눈빛이었다.

나는 신발 안에 있는 발가락에 힘을 주어 오므렸다. 수치심이야 닳고 닳을 정도로 많이 느꼈지만, 앞에 서 있는 소녀와 주변이 죄다 찬란하게 빛나고 있으니 더욱 제가 초라해졌다. 괜히 따라온 걸까. 역시 그 배에 남아 있어야 했는지도 모른다.

"아르렐리아!"

귀족으로 보이는 중년 사내가 버선발로 뛰어나왔다. 그는 잠시 내 앞에서 멈칫했다가 아르렐리아를 안아들었다. 그녀가 인상을 찌푸리며 내려달라고 탁탁 어깨를 치는 바람에 도로 내려놔야 했지만.

"아르렐리아, 이게 어찌 된 일이냐. 왜 유람선을 타지 않았어."

"이십만 골드가 필요했어요, 아버지."

그녀가 또랑또랑한 목소리로 말했다. 그녀의 아버지라면 공작이 분명하다. 그것도 모르고 빤히 바라보던 나는 황급히 고개를 숙였다. 공작이 당황스런 얼굴로 나를 응시했다.

"정말로 저것……, 때문에 이십만 골드를 버리고 왔단 말이냐?"

"예. 이름은 카일이에요."

그녀의 입에서 불리는 내 이름이 너무도 부끄러워, 나는 더더욱 고개를 떨어뜨렸다. 대수롭지 않게 반응하는 그녀 때문에 공작은 더더욱 당황해하는 기색이었다.

"아르렐리아, 사람은 함부로 그렇게 사 오는 것이 아니란다."

"하지만 카일은 거기서 부당한 대우를 받고 있었는걸요."

"저런 아이가 필요하다면 이십 골드로도 몇 명 사올 수 있어. 이십만 골드는 이 아비가 너에게 주는 생일선물이었잖느냐."

그 유람선 여행이 아무래도 그녀의 생일선물이었던 모양이다. 뭐가 잘못됐는지 모르겠다는 듯 똘망똘망 올려다보는 아르렐리아에게, 공작이 무릎을 굽히고 설득하듯 말했다.

"알겠니, 아르렐리아? 너는 철저하게 손해 보는 장사를 했어. 그럼 이제 어떻게 해야 하지?"

"거래를 물려요?"

"그럴 수 있다면."

"하지만 저는 그리하기 싫습니다. 아버지."

"뭐?"

"카일을 여기로 데려온 건 저입니다. 그러니 제가 끝까지 책임을 져야 합니다. 아버지께서는 이 레이나스 집안을 이끌어갈 후계자가 무책임한 인간이 되었으면 하십니까?"

"허나 이십만 골드로는 저 아이를 몇 번이나 사고팔 수 있는데, 애야."

"이상한 일입니다. 유람선 여행 한 번으로 이십만 골드를 쓰는 것은 아깝지 않다고 하시면서, 사람을 구해 오는 데 똑같은 돈을 쓰는 것은 과하다 가르치십니까?"

또박또박 이어지는 맹랑한 말에 공작이 멍하게 가만히 있다가 끝내 큰 웃음을 터뜨렸다.

"허허, 그래. 듣고 보니 네 말이 맞구나. 저런 아이를 거두는 것보다 네 뜻을 지켜주는 게 더 중하지. 로만, 아이를 데리고 가게. 일하던 아이였으니 뭐든 시킬 것이 있겠지."

나에게 향하는 은회색 눈동자 위로 싸늘하고 비릿한 막 하나가 쳐지는 게 보였다. 옆에 서 있던 집사가 허리를 숙이고 예의를 차린 후 내 어깨를 툭 쳤다. 나는 그길로 주방에서 허드렛일을 도맡아하기 시작했다.


일은 그다지 힘들지 않았다. 선상에서 하던 허드렛일과 똑같은 일을 했지만, 대신 제공받는 것들은 월등히 좋았다. 더 이상 누더기 같은 옷을 걸치지 않아도 되고 먹다 남은 주먹밥을 주워 먹지 않아도 됐다. 뱃멀미에 시달리거나 잘 곳이 없어 웅크리지 않아도 괜찮았다. 나를 그곳에서 꺼내준 은인은 그 후로 잘 만나진 못했지만, 언젠가 그녀에게 은혜를 갚을 생각만은 여전했다. 같은 곳에 살고 있는 것만으로 충분했다.

식사 시간이 지나면 폭풍같이 몰아치던 주방에도 평화가 찾아온다. 나는 그럴 때면 주방 안에서 가장 넓은 창 앞에 앉아서 연무장을 구경하곤 했다. 육지에 상륙할 때마다 스치듯 보곤 했던 기사님들이 검을 들고 훈련을 하고 있었다. 어떻게 저리도 무거워 보이는 검을 쉽게 휘두를 수 있는 걸까?

"휴, 어이. 여기 뭔가 먹을 만한 음식 남은 거 없어?"

마찬가지로 연무장에서 검을 휘두르던 기사 한 분이 땀을 닦으며 창가에 팔을 턱 얹었다. 나는 황급히 뭔가 먹을 만한 것을 준비해서 갖다드렸다. 햇빛에 많이 그을린 갈색 얼굴이 씩 웃었다.

"고마워. 그런데 너, 처음 보는 얼굴인데 신참인가?"

"네, 그렇습니다."

"녀석, 대답 한 번 똘똘하네."

"기사이신가요?"

"보시다시피."

간단히 대답한 그가 나를 위아래로 훑어봤다.

"너, 골격이 꽤 좋아 보이는데 기사 해볼 생각 없어?"

놀리는 듯한 뉘앙스가 강했지만, 나는 당황한 나머지 파드득 고개를 저었다.

"아뇨, 제가 어떻게……."

"아하하, 기사가 얼마나 좋은 건데. 명예도 명예거니와 자기 단련을 할 수 있고 또 누군가를 지킬 수도 있고 말이야."

"지켜요……?"

"그래, 네가 지키고 싶은 사람 말이야."

몸이 우락부락한 그는 하얀 이를 보이며 씩 웃은 후 창가에서 떠났다. 그가 한 말의 뜻이 무엇인지 정확히 와 닿지는 않았지만, 왠지 모르게 거기서 눈을 뗄 수가 없었다.

그 후 얼추 한 달이 됐을 즈음, 나는 처음으로 급여라는 것을 받았다. 작은 주머니 안에 은화 몇 개가 굴러다니고 있었다. 나는 깜짝 놀라 그것을 도로 내밀었다.

"이것이 무엇입니까?"

"아까 말했잖느냐. 이번 달 급여라고."

집사, 로만 할아버지가 못 들었느냐는 얼굴로 나를 바라봤다. 나는 고개를 저으며 그 주머니를 도로 내밀었다.

"저는 이미 많은 것을 받았습니다. 월급까지 받는 것은 과합니다."

"남들도 그만한 액수는 받는다. 받을 수 있을 때 받아두는 게 좋아."

사무적으로 대답한 집사 할아버지는 그대로 돌아서서 가버렸다. 딱히 나를 위해주려고 한 말이 아닌 걸 아는데도 왠지 모르게 가슴이 찡했다.

나는 천천히 고개를 내려서 그 주머니를 응시했다. 첫 급여. 돌아가신 아버지는 첫 급여를 받는 일이 많았다. 보통 세 번째 급여까지 받는 일은 거의 없었다. 그래도 나와 내 여동생은 첫 급여 날을 유난히 좋아했다. 그 날만큼은 가족들이 식사를 할 수 있었으니까. 주린 배를 채우고 잠에 들던 기억이 새록새록 떠올랐다.

내가 만약 첫 급여를 받는다면, 하고 상상한 적이 있었다. 조금 더 커서 첫 급여를 받게 되면 여동생의 머리핀부터 사주고 싶었다. 워낙 머리카락이 가늘어서인지 동생의 머리는 항상 헝클어져 있었다. 아무리 빗어주어도 소용없었다. 그래서 저 머리를 정성스레 한 번 빗은 후 핀을 꽂으면 좋아할 거라고 생각했다.

"……."

나는 주방에서 받아온 양파 한 바구니를 앞에 놓아두고, 저택 뒤편으로 돌아갔다. 남들이 없는 곳에서 양파를 까려 했는데, 웬일인지 벤치엔 이미 누가 앉아 있었다. 동그란 은색 눈동자가 이쪽을 바라보자 나는 그 자리에서 멈춰 설 수밖에 없었다. 한 달 전에 보았던 그녀였기 때문이다. 그녀는 여전히 키가 작았다.

"너……. 카일?"

내가 고개를 끄덕이자 그녀가 믿을 수 없다는 듯 눈을 동그랗게 치떴다.

"와, 많이 바뀌었네. 훨씬 나아졌어."

나는 어딘가 쑥스러워져서 황급히 시선을 피했다. 노예로 험히 다뤄지던 그때보다 훨씬 단정하고 깨끗해지긴 했지만, 그녀의 입으로 듣는 건 어쩐지 더 낯간지럽게 느껴졌다. 내가 꾸벅 인사를 하고 돌아가려 하자 그녀가 제 옆자리를 작은 손으로 톡톡 쳤다.

"오랜만인데 여기 앉지 그래? 여기, 여기."

옆자리? 나는 파드득 고개를 저었다.

"아닙니다. 감히 제가 어떻게……."

"넌 내 비밀 요원이잖아."

"그게 이유가 되는……, 겁니까?"

"뭐 어때."

그녀가 시원스레 대답하며 제 옆자리를 토닥거렸다. 정말로 앉아도 될지 머뭇거리던 나는 양파 바구니를 슬그머니 벤치 뒤편으로 밀어버리고 옆에 앉았다. 두 다리를 교차시키며 콧노래를 흥얼거리던 그녀가 내 옆구리를 툭 쳤다.

"너 오늘 급여 받았지?"

"예? 예."

"그래, 어쩐지 줄린의 얼굴이 활짝 폈더라고. 우리 나가서 그걸로 맛있는 거 사먹지 않을래?"

줄린은 아마도 하녀의 이름인 듯했다. 자기 돈이 아닌 내 월급으로 맛있는 걸 사먹자고 저렇게 눈을 반짝이는 걸 보니 갑자기 머리가 혼란스러워졌다. 이렇게 으리으리한 곳에 살면서 고작 하인의 월급에 기대어 뭘 사먹어야 할 정도로 돈이 없나? 아니, 그전에 이 소녀는 매일같이 맛있는 걸 먹고 살지 않는가.

내 표정을 다른 쪽으로 해석했는지 그녀가 아랫입술을 삐죽 내밀었다.

"싫으면 말고. 하긴 처음으로 받은 급여인데 어디 쓰고 싶은 데가 있겠지."

"아뇨, 그렇지는 않습니다."

"왜 쓰고 싶은 데가 없어? 보통 가족들에게 보내거나 사고 싶은 걸 사주거나 그러던데."

그녀가 궁금하다는 듯 되물었다. 보석처럼 반짝이는 은발이 하얀 이마 위로 흐트러졌다.

"그건……."

나는 말끝을 흐리며 입을 다물었다. 그녀가 왜 그러냐는 듯 멀뚱멀뚱 바라보는 가운데, 나는 손을 천천히 주머니로 가져갔다. 깊숙한 곳에서 살며시 빼낸 은화 위로 어두운 그늘이 드리웠다.

이 은화를 받으면 조금 더 행복해질 줄 알았던 적이 있다. 이 한 조각 은화를 얻기 위해 아버지는 몸이 아픈데도 일자리를 찾으러 돌아다녔다. 이 은화 한 닢은, 여동생을 팔던 날 아버지 손에 쥐였다가 남은 세 식구의 식사로 돌아왔다. 이 은화 한 닢은, 내가 팔리던 날 눈물로 젖어 있던 아버지 손에 쥐여 있던 것이다.

첫 급여를 받게 되면 하고 싶은 것이 많았다. 여동생의 머리핀을 사주고 아버지의 다리를 고쳐드리고 싶었다. 어머니의 부르튼 손에 약을 발라드리고 싶었다.

하지만 지금은…….

"……."

지금은 아무것도 없다.

뚝. 은화 위로 맑은 물방울이 떨어졌다. 뚜둑. 두 방울이 더 떨어졌다. 시야가 물컹거리며 흐릿해지고 어깨가 잘게 떨리는 걸 느끼고 나서야 나는 내가 울고 있다는 걸 깨달았다.

은화 한 닢이 이렇게 하찮은 것이었다면 나는 여동생을 그리 팔려가게 두지 않았을 것이다. 이렇게 하찮은 것인 줄 알았더라면 빚을 내서라도 아버지의 다리부터 고쳐드렸을 것이다. 이것 하나 쥐지 못해 가족을 잃어버려야 했다.

그들은 정말로 이 가벼운 은화만도 못한 존재였나. 갈 곳 없는 억울함과 그리움, 슬픔이 가슴에 사무쳤다.

내가 우는 걸 아는지 모르는지, 옆에서 가만히 다리만 흔들거리던 아르렐리아가 벤치에서 폴짝 내려갔다. 살짝 내 앞을 돌아서는, 숨겨둔 양파 바구니를 질질 끌어 내 앞에 가져다 둔다.

"양파 말이야, 엄청 매운가 봐."

"⋯⋯."

"주방장한테 말해놔야겠어. 옆에 두는 것만으로 눈물 나오는 양파는 쓰지 말자고 말이야."

나는 울고 또 울었다.

손에 든 은화가 지나치게 가벼워서. 가족들의 무게는 그보다도 더 가벼워서.

그녀는 내가 울음을 그칠 때까지 조용히 기다려주었다. 무릎 위에 올려둔 주먹이 떨리는 걸 들키지 않기 위해 꼭 쥐었다. 하지만 잠시 후에 내 잇새에서 흘러나오는 목소리는 어쩔 수 없이 흔들렸다.

"핀⋯⋯."

"응?"

"머리핀⋯⋯을 선물해드리고 싶습니다. 받아주시겠⋯⋯습니까?"

그녀는 이해가 안 간다는 표정이었다. 갑자기 내가 왜 우는지, 왜 핀을 선물한다는 건지. 어쩌면 자신이 오늘 아침에 먹지 못한 음식을 떠올리며 딴청을 피우고 있었을지도 모른다. 하지만 내가 입을 꾹 다물고 대답을 기다리고 있자 그녀가 어쩔 수 없다는 얼굴로 턱을 들었다.

"그래, 좋아. 그 정도는 받아주지."

"감사……합니다."

"대신 예쁜 거 아니면 안 받을 줄 알아."

아르렐리아는 괜스레 타박하고는 입을 다물었다. 나는 손에 든 은화를 꽉 쥐었다. 작은 손가락으로 채 가려지지 않은 은화가 반짝 빛나다가 하 얗게 타들어갔다.

여동생은 약하고 작은 아이였다.

노예상에 팔려간 이상 살아남지는 못했을 것이다.

그걸 알면서도 어머니는 언젠가 돌아오면 입히겠다며 예쁜 옷을 사서 앞섶에 이름을 새겼다. 길을 찾아오지 못할까 밤새 불을 켜놓았다. 나 또 한 힘겨운 날들에 치여 너를 잊고 살았다.

잘 살고 있겠지. 땅 밑에서라도 널 지키지 못한 오라비를 원망치 말고 미소 짓길 바란다.

기사가 될 것이다. 지키고 싶은 사람을 온전히 지킬 수 있는 기사가 될 것이다.

언젠가 내가 이 소녀를 온전히 지킬 수 있을 때가 오거든, 네 무덤을 찾 아가 프리지아 꽃을 놓아주리라. 그리고 어머니가 옷섶에 이름을 수놓다 찔려 난 핏방울처럼, 짙은 눈물을 흘려줄 것이다.

— 3권에서 계속.